Jeder neue Tag ist ein Geschenk

Ein Vorlesebuch für Frauenkreise

Herausgegeben von
Hanna Schaar

Verlag Ernst Kaufmann

CIP-Kurztitelaufnahme der Deutschen Bibliothek

Jeder neue Tag ist ein Geschenk: e. Vorlesebuch für Frauenkreise / hrsg. von Hanna Schaar. –
Lahr: Kaufmann, 1987.
ISBN 3-7806-2167-3

NE: Schaar, Hanna [Hrsg.]

1. Auflage 1987

Umschlaggestaltung und Illustrationen: Muki Jacob
Hergestellt bei Studio-Druck, Nürtingen-Raidwangen
ISBN 3-7806-2167-3

Inhalt

April: Frei werden, frei geben

Mai: Von Müttern und Kindern

Juni: Wir gehören zusammen

Oktober: Den Frieden bewahren

November: Trost spenden, Trost empfangen

Dezember: Eine Tür geht auf

Vorwort

Was wäre eine Kirchengemeinde ohne Frauen? Frauen stellen den Hauptteil der Gottesdienstbesucher, Frauen singen in den Kirchenchören, halten Kindergottesdienst und Gruppenstunden, engagieren sich beim Besuchsdienst, betreuen Alte und Kranke, organisieren Gemeindeveranstaltungen und ziehen – geduldig für die gute Sache werbend – mit der Sammelliste von Haus zu Haus. Es sind die Frauen, die das Gemeindeleben tragen und gestalten.

All diesen Frauen, ohne deren Tatkraft und Einsatzbereitschaft kirchliches Leben verkümmern und veröden würde, möchte das vorliegende Buch ein Begleiter durchs Jahr sein – zum Selberlesen in Stunden der Stille und des Atemholens, aber auch zum Vorlesen in Frauen- und Altenkreisen.

Die Geschichten, die hier, entlang des Jahreskreises, in zwölf Kapiteln gesammelt sind, handeln vor allem von Frauen. Sie erzählen von den Möglichkeiten und Erfahrungen weiblichen Lebens, die bei aller Vielfalt und Verschiedenheit ein Grundmuster erkennen lassen, in dem Leserinnen und Zuhörerinnen immer auch ein Stück von sich selbst entdekken werden. Im Nachdenken über erzähltes Glück und Leid, über Hoffnung und Enttäuschung, Mut und Verzagtheit erschließt sich die eigene Lebenswirklichkeit, eröffnen sich neue Wege zum Umgang mit sich selbst und mit anderen.

Die Geschichten dieses Buches enthalten keine Gebrauchsanweisungen für geglücktes Leben, aber sie vermitteln die Gewißheit, daß jeder neue Tag ein Geschenk ist, der uns die Möglichkeit gibt, immer wieder einen neuen Anfang zu machen.

Verlag Ernst Kaufmann

Januar

Jeder Tag ist ein neuer Anfang

Bewahre mich, Gott,
denn ich traue auf dich.

Psalm 16, 1

Mit guten Vorsätzen beginnen wir das neue Jahr. Für den einen heißt das Mäßigung beim Rauchen, Essen oder Trinken; für den anderen das Bemühen um größere Sparsamkeit oder mehr Herzlichkeit im Umgang mit den Kollegen im Büro; für den dritten Geduld zu üben im Kreis der Familie, zum Beispiel mit den Kindern, die ihre Sachen gleichmütig in der Wohnung verstreuen im sicheren Wissen, daß die gutmütige Mutter hinter ihnen aufräumen wird – oder auch mit dem Partner, der uns nicht zuhört, gefesselt von eigenen Problemen; ein vierter hat den Vorsatz, seine Arbeit besser einzuteilen, um mehr Zeit zu gewinnen für Dinge, die neben der Alltagsarbeit wichtig sind für ein erfülltes, gedeihliches Leben: ein Besuch etwa bei der kranken Nachbarin, die geruhsame Lektüre eines geliebten Buches, ein Brief an den einsam gewordenen verwitweten Onkel.

Wir fühlen uns beschwingt, solange uns die guten Vorsätze tragen; die selbst gestellte Aufgabe stimmt heiter, sogar wenn ihre Erfüllung nicht immer ganz gelingt. Offenbar braucht der Mensch einen Punkt in seinem Leben, von dem aus er einen neuen Anfang nimmt, Versagen wegschiebt oder sich wegschieben läßt und beherzt den Sprung ins Neue wagt.

Nicht nur der Jahreswechsel, jeder Tag kann solch einen neuen Anfang setzen. »Wir sollten stets eingedenk sein«, so lesen wir bei Arthur Schopenhauer, »daß der heutige Tag nur einmal kommt und nimmer wieder.« Deshalb die Mahnung, jeden Tag so zu erleben, als könne es unser letzter sein.

Ein neuer Tag: ich beginne ihn ganz selbstverständlich und weiß doch, er ist ein Geschenk, das mir ohne eigenes Zutun gegeben wird. Denn so wenig es in meiner Macht liegt, die Sonne aufgehen zu lassen, so wenig liegt es in meiner Macht, nach einer erholsamen Nacht mit gesunden Beinen und wachem Geist tatenfroh die Pflichten eines neuen Tages anzugehen. Die Sonne, die mich bescheint und die Beine, die mich tragen, sind eine Gabe. Ich freue mich daran und sage

Ja dazu, Ja auch zu mir selbst, sogar wenn mich manches an mir stört, vielleicht die tiefe Falte in der Stirn oder die Langsamkeit meiner Bewegungen. So, wie ich bin, bin ich gewollt – was für ein glückliches Wissen.

Gewollt ist allerdings auch, daß ich, mich erkennend, an mir arbeite, gute Seiten verstärke, Schwächen abzubauen suche. Jeder Tag gibt aufs neue die Gelegenheit dazu – und mehr noch: er fordert diesen Einsatz von mir. Mich selbst, meine Kraft und meine Phantasie soll ich einsetzen, den vor mir liegenden Tag gut zu gestalten, meine Umwelt am eigenen Schwung, der eigenen Freude teilnehmen zu lassen, um damit Gemeinsamkeit zu schaffen. Denn wie die einzelnen Teile des Mobiles aufeinander angewiesen sind, um ihr empfindliches Gleichgewicht zu halten, so brauchen wir uns gegenseitig, um die ganze Fülle eines Tages und Jahres erleben zu können.

Almuth Hochmüller

Warum, warum bist du nicht Susja gewesen?

Nachdenken über sich selbst. Erschrecken darüber, daß man oft nicht das sein will, was man nun einmal ist. Wir wären so gern fehlerlos, vollkommen, großartig. Aber müssen wir das denn sein? Gewiß nicht. Wir brauchen nur wir selbst zu sein. Ob wir es waren, danach werden wir gefragt, wie Susja. Vorlesezeit ca. 6 Min.

Ein alter Rabbiner, mit Namen Susja, pflegte seine Lehrmeinung über das Leben mit folgendem Satz zu erklären: »Wenn ich einmal im Jenseits ankomme, wird man mich nicht fragen: Warum bist du nicht Moses gewesen? Man wird fragen: Warum bist du nicht Susja gewesen?«

Das ist ein wunderbares, schwerwiegendes, beängstigendes Wort: Warum, warum bist du nicht Susja gewesen?

Warum warst du immer bloß mehr oder weniger dies, mehr oder weniger das, nur nie das Richtige. Immer bloß schlechte Kopie, immer bloß verschnitzte Figur, kümmerliche menschliche Halbfertigware. Statt das zu werden, was dir zubestimmt war: Susja zu sein. Bloß Susja, aber dies ganz. Immer mehr, immer besser ein guter Mensch auf die einzige Art, wie dir das möglich war: als guter Mensch Susja mit allem Drum und Dran, halt so, wie Gott ihn gewollt hat.

Warum bist du nicht Susja gewesen?

Spüren Sie, wie diese Frage lähmt? Als ich den Satz zum erstenmal las, ist er mir wie eine Hand mit gespreizten Fingern ins Gesicht gefahren.

Es gibt ein ganz besonderes ekliges Erschrecken, das im Bruchteil einer Sekunde wie ein Messer vom Hals in die Herzkammer fährt und dann betäubt. Als Kind hat solches Erschrecken uns gequält, wenn wir vor der Tür ins Schulzimmer plötzlich wußten, daß wir die falsche Hausaufgabe gemacht hatten. Es hat immer mit Versäumnissen zu tun, die man erst im allerletzten Moment merkt, bevor sie sich auswirken, aber zu spät, um sie aufzuholen; und die deswegen so würgen, weil sie so dumm sind, weil wir etwas verkehrt gemacht haben, wo das Richtige nicht bloß sehr wichtig, sondern im Grund doch auch so naheliegend war.

Dann, wenn es zu spät ist, spüren wir es, wie naheliegend es gewesen wäre, nicht das Falsche, sondern das Richtige zu tun. Die alte dumme und so sehr menschliche Erfahrung mit dem »Ei des Kolumbus«, das so simpel scheint, wenn es auf den Kopf gestellt ist. Wenn der andere gekommen ist und uns vormacht, wie naheliegend das gewesen wäre, wofür wir zu dumm gewesen sind.

So ganz simpel, so ganz das Ei des Kolumbus, ist Susja nun freilich nicht. Naheliegend schon: es leuchtet einem ein, daß man doch wohl am besten das sein sollte, was man unter der eigenen Haut hat, das heißt: am besten sich selbst. Weil man etwas anderes im Grunde ja gar nicht werden kann. Man kann zwar sozusagen ein Fremdkörperleben führen; etwas anderes leben als sich selbst: aber was dabei herauskommt, ist eine ungute kümmerliche, verkrüppelte Menschenexistenz.

Also ist man doch wohl am besten das, was man auf gute Art einzig und allein werden kann, sich selbst. Halt eben Susja. Die Schwierigkeit liegt bloß darin, daß man lange braucht, bis man über sich selbst ein bißchen Übersicht hat. Bis man weiß, wie unser Susja im Innersten denn nun eigentlich aussieht. Und wenn man ihn kennt, will er einem nicht schmecken. Er ist zu grobkörnig, zu verbuckelt. Wir wären so gerne etwas Feierlicheres, Perfekteres, als wir sind, als wir sein können. Aber der liebe Gott hat ihn eben so gemacht, diesen Susja, grobkörnig, nicht in Luxus-Qualität. Warum daran herumkritisieren?

Wir müssen lernen, dankbar zu sein für das Wenige, was wir sind, und aus diesem Wenigen das Beste herausholen – was eben unsere lebenslange, nicht sehr leichte Aufgabe ist.

Machen Sie die richtige Aufgabe! Damit Ihnen die Frage und ihr Schrecken erspart bleibt:

Warum – warum bist du nicht Susja gewesen?

Ernst Schnydrig

Begegnung mit dem Evangelisten Lukas

Ein Bild des Evangelisten Lukas, mit Skalpell und Federkiel, bringt Frau Stammer auf den Gedanken, ihre Lebenserinnerungen aufzuschreiben. Ihre Unruhe und ihre Beschwerden verschwinden. Sie hat ihren Weg für die 3. Lebensphase gefunden.
Vorlesezeit ca. 9 Min.

Frau Hildegard Stammer war schon seit langem nicht mehr gesund. Eigentlich war das merkwürdig, denn sie war ihr Leben lang nie krank gewesen. Zwei Kinder hatte sie großgezogen, nach dem Tode ihres Mannes ganz allein. Und das war gewiß nicht immer leicht gewesen. Um mit der kleinen Rente auszukommen, hatte sie dann noch halbtags im Büro gearbeitet, so daß ein großer Teil der Hausarbeit erst am Abend erledigt werden mußte. Und trotz all dieser Belastungen hatte sie sich immer wohlgefühlt.

Und nun, als sie endlich einmal etwas ausruhen und an sich selber denken konnte, weil die Kinder versorgt und weggezogen waren und sie ins Rentenalter gekommen war, wollte es mit der Gesundheit nicht mehr klappen. Kopfschmerzen schon am frühen Morgen, Rückenschmerzen auch, die gewohnte Kost bekam ihr nicht mehr, und im Bett lag sie stundenlang wach, von Gedanken und Erinnerungen bedrängt, so daß sie den Tag unausgeruht und wie zerschlagen beginnen mußte.

Der Arzt untersuchte sie sorgfältig und gewissenhaft, überwies sie auch an zwei Fachärzte, um ganz sicher zu sein. Aber der Befund gab keinen Aufschluß über die Gründe ihrer Beschwerden. Frau Stammer wußte im Grunde nicht, ob sie darüber froh oder beunruhigt sein sollte.

»Eigentlich sind Sie gesund«, sagte der Arzt. »Aber natürlich müssen wir etwas gegen Ihre Beschwerden unternehmen. Da spielt auch die Seele eine große Rolle, und vielleicht gibt es etwas in Ihrem Leben, was Sie bedrückt und womit Sie sich nicht abfinden können. Erzählen Sie mal ein bißchen über sich selbst.«

Ja, was hätte es da zu erzählen gegeben. Ein Durchschnittsschicksal, wie es viele gab: Mühe und Arbeit, Freude und Leid, Abschied und Neubeginn, nichts Großes, nichts, was einen umwirft. Jetzt weniger Arbeit, kein bestimmtes Tagesziel, keinen, für den sie hätte sorgen können.

»Sie sollten sich ein Hobby suchen«, meinte der Doktor.

»Ein Hobby?«

»Na, halt eine Beschäftigung. Eine Liebhaberei. Stricken oder Malen oder Töpfern.«

»Malen und Töpfern!« Frau Stammer lachte unfroh. »Nee, daraus wird nichts. Dazu habe ich kein Talent. Ich hatte immer zwei linke Hände. Zum Kochen und Maschineschreiben hat es gerade gereicht.«

»Na, dann treten Sie halt einem Wanderklub bei oder einem anderen Verein! Irgendein paar Gleichgesinnte werden sich schon finden.«

»Vielen Dank, Herr Doktor, ich werde darüber nachdenken.«

Und sie dachte darüber nach. Fremde Leute! Was sollte sie mit denen? Eigentlich, wenn sie es recht bedachte, wollte sie mit ihren eigenen Leuten zusammenkommen. Mit ihren Töchtern, die so weit entfernt wohnten und so wenig Zeit zum Briefeschreiben hatten, weil sie eine eigene Familie zu versorgen hatten, mit lieben alten Bekannten, die weggezogen waren, und sogar mit ihrem Mann, der nicht mehr lebte, aber nie aufgehört hatte, ihr gegenwärtig zu sein. Das war natürlich Unfug, Spintisiererei, die nichts einbrachte.

Schon am Morgen pflegte sie mit Kopfschmerzen und einem Gefühl der Unlust zu erwachen. Wenn sie die Augen öffnete, fiel ihr Blick immer zuerst auf das Bild an der gegenüberliegenden Wand. Es war eine Darstellung des Evangelisten Lukas, ein Erbstück. Sie wußte gar nicht, wann es in die Familie gekommen war. Lukas hielt in der linken Hand das

Skalpell, das Werkzeug des Arztes und Chirurgen, in der rechten hatte er einen Federkiel, das Symbol des Schreibens, Wahrzeichen des Evangelienschreibers.

»Du bist auch Arzt«, sagte Hildegard Stammer an einem Morgen, denn sie hatte sich angewöhnt, laut vor sich hinzusprechen. »Vielleicht weißt du eine Medizin für mich, die mir hilft? Aber du bist ja nur ein Bild.«

Da schien es ihr, als bewege der Mann auf dem Bild ein wenig die Feder, es mochte an der Morgensonne liegen, die auf das Gemälde fiel.

Schreiben, dachte die Frau plötzlich, schreiben, ob es das war, was ihr helfen konnte? Aufschreiben, was gewesen war und wie es gewesen war, ihr ganzes Leben, die Zeit mit Hans und den Kindern, mit Jugendgespielen und Menschen, die längst die Erde deckte. Noch am gleichen Tag besorgte sie sich einen Stoß Papier und einen neuen Kugelschreiber. Sie begann,ihre Erinnerungen aufzuschreiben, ungeordnet zuerst, kleine Erlebnisse, allmählich aber sich nahtlos aneinanderfügend. Und sie merkte zuerst gar nicht, daß es Gespräche waren, Gespräche mit Lebenden und Toten, die ihr nahestanden. Aber das fühlte sie sofort: daß sie nun nicht mehr allein war und ohne Ziel. Sie schrieb für sich selbst und auch für ihre Kinder und Enkel, die wissen sollten, wie alles gewesen war. Kein Buch, kein unsterbliches Werk – nur ihre Erinnerungen, die wichtig waren, weil das Leben eines Menschen wichtig war vor Gott und der durch ihn zugemessenen Zeit.

Und es war merkwürdig: sie fand nun auch wieder neue Bekannte, vielleicht, weil die alten ihr beistanden und sie aufgeschlossener machten, und ihr Leben wurde weiter und lichter. Nichts tat ihr mehr weh, nicht der Kopf oder der Rücken oder auch nur ihre Erinnerungen.

Lukas aber, der mit dem Skalpell und der Feder, blickte jeden Morgen auf sie herab. Sie brauchte nicht mehr laut mit ihm zu sprechen, sie nickte ihm einfach zu.

Margarete Kubelka

Bäume pflanzen in Tansania

Zwei Lehrerinnen, Töchter der Missionare Wohlrab und Rösler, gehen nach ihrer Pensionierung zurück nach Tansania. In Mlalo, dem Ort ihrer Kindheit, beginnen sie mit einer Pflanz- und Baumschule, dem Aufforsten der abgeholzten Wälder.
Vorlesezeit ca. 15 Min.

Bald nach fünf Uhr läutet die Glocke in der Kirche neben dem großen Mulabaum. Dann beginnt der Tag in der ehemaligen deutschen Missionsstation – auch für die beiden weißen Frauen, die in der afrikanischen Gemeinde Mlalo, in der am Indischen Ozean gelegenen Republik Tansania, leben. Der Arbeitstag endet, wenn die Abenddämmerung die Höhen des Usambara-Berglandes grau verhüllt. Die Kirchengemeinde der schwarzen Christen besitzt zwar eine Lichtmaschine. Aber da es schwierig und teuer ist, den Treibstoff für den Motor zu beschaffen – bei der Entlegenheit des Ortes und der Armut des Landes –, wird die Einrichtung nur an hohen Festtagen oder wenn der Bischof zu Besuch kommt, in Betrieb gesetzt. An den meisten Abenden bleibt den beiden Frauen nur das spärliche Licht der Petroleumlampe oder Kerze.

Es gibt in Mlalo manches nicht, was für uns selbstverständlich ist. Kein Fernsehen, kein Telefon, keine Möglichkeit zu telegrafieren. Post kommt unregelmäßig in den kleinen Ort, in dessen verstreut liegenden Häusern 3–4000 schwarze Afrikaner leben.

Und mittendrin also die beiden weißen Frauen. Sie sind 1973 nach Mlalo gekommen – ohne offiziellen Auftrag und ohne staatliche Unterstützung, aber mit dem festen Vorsatz, hier Bäume zu pflanzen.

Holz ist in dieser Gegend die einzige Energiequelle. Man braucht viel Holz, denn das Feuer in den kleinen Häusern brennt ständig. Kein Wunder, daß die Wälder dahinschwinden und auf weiten Flächen nur zahllose Baumstümpfe übrigblieben.

Die Dezimierung der Wälder bedeutet einen Schaden für Landschaft und Menschen. Schon war der Regenhaushalt gestört – es regnete weniger als früher. Kam es aber doch zu größeren Regenfällen, so wurden nicht selten Mais- und Bohnenfelder durch herabstürzende Erd- und Gesteinsmassen verwüstet, weil die Berghänge nicht mehr genügend durch Bäume befestigt waren. Die Wüste breitete sich weiter aus, näherte sich dem Usambara-Bergland.

Ja, es mußte aufgeforstet werden! Merkwürdig ist aber, daß sich zwei deutsche Frauen das vornahmen und das im Alter von 73 und 67 Jahren! Sie waren beide in Deutschland Lehrerin gewesen, die eine Hauswirtschaftslehrerin, die andere Studienrätin. Nun waren sie im Ruhestand und hätten in der deutschen Bundesrepublik einen bequemen, gut gesicherten Lebensabend verbringen können. Aber nein, sie wollten Bäume pflanzen in Tansania! Und sie taten es.

Mlalo war ihnen nicht fremd, auch wenn es über ein halbes Jahrhundert lang sehr weit weg für sie gewesen war. Frida Wohlrab wurde 1900 hier geboren. Ihr Geburtshaus steht noch. Agnes Rösler, 1906 auf der afrikanischen Missionsstation Wuga geboren, kam 1913 nach Mlalo. Ihre Väter waren Missionare in der damaligen Kolonie Deutsch-Ostafrika.

Paul Wohlrab gründete 1891 zusammen mit einem anderen Missionar »Hohenfriedeberg«, wie die Station in Mlalo nach einer schlesischen Gemeinde genannt wurde. Ausgesandt waren die Missionare von der Evangelischen Missionsgesellschaft für Deutsch-Ostafrika, die sich später Bethel-Mission nannte.

Der große Mulabaum wuchs schon auf seinem Hügel, als die Missionare Wohlrab und Johannsen 1891 in Mlalo eintrafen. Der eingeborene Häuptling, durch arabische Händler an den Umgang mit Fremden gewöhnt, überließ den Missionaren die Anhöhe bereitwillig.

Es war eine Kraftprobe. Wer würde siegen? Der Gott, an den die weißen Männer glaubten? Oder die bösen Geister, die nach Meinung der Eingeborenen auf dem von der riesigen Krone des Mulabaumes überschatteten Hügel wohnten?

Das Ergebnis war eindeutig. Mit Erstaunen stellten die dunkelhäutigen Menschen fest, daß die weißen Missionare am anderen Morgen noch lebten und auch weiterhin von bösen Mächten verschont blieben.

In der Folgezeit wurde die Missionsstation zum Mittelpunkt einer jungen blühenden Christengemeinde. Die Missionare gründeten Schulen, lehrten Lesen, Schreiben und die Kenntnis der Bibel. Auch Werkstätten wurden eingerichtet, in denen schwarze Afrikaner das Tischler- und Stellmacherhandwerk erlernten.

Die Christengemeinde Mlalo bestand auch nach dem Ersten Weltkrieg weiter, an dessen Ende das Deutsche Reich Deutsch-Ostafrika wie seine anderen Kolonien verlor. Die deutschen Missionare zogen mit ihren Familien nach Deutschland.

Was mag die Töchter der Pastoren Wohlrab und Rösler bewogen haben, mehr als ein halbes Jahrhundert später wieder nach Mlalo zurückzukehren? War es die Erinnerung an die Kindheit?

Sicher, die Erinnerung an diese außergewöhnliche Kindheit in Afrika war immer lebendig geblieben. Die großen Wälder, in denen Eukalyptusbäume und wilde Usambaraveilchen wuchsen, die Wege, über die Erdhörnchen und Paviane huschten, die klaren Bergquellen, die zum Umbafluß sprangen – wer hätte die Bilder vergessen können? Aber nur Erinnerung war es nicht, was Frau Wohlrab und Frau Rösler zurück nach Mlalo führte. Das spürt man, wenn man ihre Briefe liest oder den Erzählungen von Menschen, die diesen beiden Frauen nahestehen, zuhört.

Obwohl im Ruhestand, konnten sich Agnes Rösler und Frida Wohlrab doch nicht mit dem Nicht-mehr-gebrauchtwerden abfinden. Sie suchten nach einer sinnvollen Aufgabe. So kamen sie zu diesem Werk tätiger Nächstenliebe in Afrika.

In Mlalo hatte sich natürlich einiges verändert. Die schwarzen Afrikaner sind heute freier, selbständiger und selbstbewußter als ihre Väter und Großväter um die Jahrhundertwende. Frau Wohlrab und Frau Rösler waren bereit, sich darauf einzustellen. Kamen die Missionare seinerzeit als Lehrer und väterliche Autorität, so wollten ihre Töchter Partner der Leute von Mlalo sein.

Die Häuser der Missionsstation standen noch, und mit Genehmigung des schwarzen Bischofs konnten die beiden Frauen dort einziehen. Sie trafen sogar noch einige Bekannte von früher, so Hiob, den schwarzen Pastor, und seine Frau Miriamu, die einmal Frida Wohlrabs Kindermädchen gewesen war. Bei ihnen fanden die beiden Deutschen freundschaftliches Verständnis für ihre Pläne. Auch innerhalb der jungen Generation erkannte man die Notwendigkeit der Aufforstung, um den Boden zu retten.

So kam es zu einer Zusammenarbeit zwischen Schwarz und Weiß. Auf dem Gelände der alten Missionsstation wurde eine Pflanzschule angelegt. Man sammelte Baumsamen und säte sie in langen Kastenbeeten aus. In Baumschulen wurden junge Bäume herangezogen, die später auf Bergrücken und in abgeholzten Wäldern ausgepflanzt wurden.

Allmählich wurde das Projekt Mlalo bekannt. Aus Europa kommen junge Menschen, um ohne Bezahlung beim Bäumepflanzen zu helfen. Manche bleiben ein Jahr. Sie wohnen in einem Haus der früheren Missionsstation, das jetzt »Jugendhaus« genannt wird. Der Kontakt zwischen den weißen und schwarzen jungen Leuten, die bei der Aufforstung miteinander arbeiten, ist gut. Sprachbarrieren werden überraschend schnell überwunden. Oft bringen die jungen Europäer neuzeitliche Kenntnisse auf dem Gebiet von Technik, Gartenbau, Land- und Forstwirtschaft mit und können nützliche Anregungen geben.

Praktisch ist das, was in Mlalo getan wird, Entwicklungshilfe. Allerdings auf christlicher Basis und ohne staatliche

Subventionen. Die beiden alten Damen waren bereit, ihr Vorhaben von ihrer Rente zu finanzieren.

Nur – wie weit hätte das reichen sollen? Es müssen Arbeitslöhne für schwarze Helfer gezahlt werden. Außerdem gibt es dort viele Menschen, die materielle Hilfe brauchen, nicht zuletzt auf der Aussätzigenstation Hekalungu, die schon während der Zeit der deutschen Missionare bestand. Damals beherbergte Hekalungu auch ansteckende Fälle. Das ist heute nicht mehr so. Bei den Menschen, die jetzt hier leben, ist die Krankheit »ausgebrannt«, d.h. nicht mehr ansteckend. Aber die Menschen sind von der Krankheit gezeichnet; sie brauchen Pflege und Hilfe.

Bei soviel Hilfsbedürftigkeit ringsum konnte die Rente nicht reichen, auch nicht, wenn sich die beiden Frauen in besonderer Notzeit wie die Einheimischen mit einer Mahlzeit am Tag begnügten.

Zum Glück kam Hilfe aus Deutschland. Ein Freundeskreis der beiden alten Damen, tatkräftig gestützt durch ein anderes ehemaliges »Missionskind« von Mlalo, von Albrecht Rösler, dem in Stuttgart lebenden Bruder von Frau Rösler, sammelt Geld, Bekleidung, Verbandszeug und Medikamente für Mlalo. In den Jahren 1979 – 82 sind Bar- und Sachspenden im Wert von fast 50000 DM dorthin geschickt worden. Mit dieser Unterstützung konnten Agnes Rösler und Frida Wohlrab weiter zur Aufforstung der Wälder beitragen und vielen notleidenden Menschen helfen.

Der Einsatz der betagten ehemaligen Lehrerinnen ist beispielhaft für die Menschen in der afrikanischen Gemeinde Mlalo. Aber ist er das nicht auch für uns? Wer kennt nicht die Stunden der Müdigkeit und Resignation, wenn die Kräfte nachlassen? In solchen Stunden ist es ermutigend zu wissen, daß es Menschen gibt – wie diese beiden Frauen in Mlalo –, die im späten Lebensalter noch Kraft und Tapferkeit genug für eine besondere Aufgabe haben. Nicht jeder hat ein Mlalo, aber helfen kann man überall.

Barbara Hlauschka-Steffe

Hoffnung wird groß geschrieben

Eine Frau muß ihr Kind in ein Heim für körperbehinderte Kinder bringen. Sie wartet, ist mutlos – und hört von zwei Mädchen, die vom Unterricht in der Heimschule in das Zimmer gefahren werden, die Worte des einen Kindes: »Hoffnung wird groß geschrieben, Hoffnung ist doch ein Hauptwort.« Diese Worte geben ihr die Kraft durchzuhalten, bewahren sie vor der Verzweiflung.
Vorlesezeit ca. 7 Min.

Ist das die letzte Station auf dem langen Leidensweg ihres Kindes? Wird sie ihre Tochter je wieder hier abholen können? Der Frau zittern die Knie. Sie wischt sich den Schweiß vom Gesicht. Unablässig blickt sie auf die Tür des Behandlungszimmers. Sollte man ihrem Kind hier wirklich helfen können? Sie wagt gar nicht mehr daran zu glauben. Zu oft ist sie schon enttäuscht worden. Von einem Arzt zum anderen ist sie mit ihrem Liebling gegangen. Immer neue Untersuchungen hat die kleine Dulderin ausgehalten. Was hat es genützt? Das Leiden hat sich von Monat zu Monat verschlimmert.

Jetzt kommt die Schwester zurück. Aber sie bringt Birgit nicht mit. Die Frau schnellt aus dem Sessel empor. »Schwester, was hat der Herr Professor gesagt?«

»Ein kleines halbes Stündchen noch, Frau Meiners. Wir sind gleich soweit.«

Wieder muß sie warten. Warten! Wie viele Stunden hat sie schon in Wartezimmern verbracht, den Blick auf die Tür des Behandlungszimmers geheftet? Stunden, in denen die Zeiger der Uhr wie angelötet waren. Aber sie will gern noch weiter warten, Stunden, Tage, Monate, wenn dieses Warten nur einmal belohnt wird.

Doch als der Professor endlich mit ihr spricht, wird es finster vor ihren Augen. Was er sagt, hat sie schon zu oft gehört: »Den Mut nicht verlieren, liebe Frau Meiners – kein Stillstand der Wissenschaft – neue Erkenntnisse auf dem Gebiete der Forschung – zunächst werden wir versuchen...«

Zunächst werden wir versuchen! Wie schwere Tropfen fallen die Worte in ihre wunde, müde Seele. Ihre Welt ist wieder so grau und so leer wie zuvor. Es kostet sie Kraft, zu lächeln, als das kleine weiße Gesicht ihres Kindes wieder vor ihr auftaucht und sie fragend anschaut. Dann schnarrt eine ältere Stationsschwester mit gewohnter Routine ihr Sprüchlein her: »So, da wollen wir den kleinen Spatz mal in Empfang nehmen und in sein Zimmer bringen!«

Frau Meiners hört alles nur halb. Sie ist wie betäubt. Und wieder muß sie warten. Diesmal in dem Zimmer, das ihrem Kinde für lange Zeit zur zweiten Heimat werden soll.

Ihr Blick schweift über die Bilder, die über den Betten hängen. Zeichenblätter, die nur lose mit Reißnägeln festgemacht sind. Grellbunt leuchten die Farben. In weitem Bogen schwingen die Konturen über das ganze Blatt. Die kranken Kinder malten ihren Herzenswunsch. Sie schritten im Geist durch den weiten Raum, den unsere Füße täglich so selbstverständlich durchmessen. Sie malten Bewegung und Tanz, den Traum vom gesunden Leben. Frau Meiners kommen die Tränen.

Da schiebt man in fahrbaren Betten zwei Mädchen herein, mit denen Birgit das Zimmer teilen wird. Sie kommen vom Unterricht in der Heimschule und scheinen Frau Meiners nicht zu bemerken. Sie sind noch ganz bei ihrer Deutschstunde. »Hoffnung wird groß geschrieben«, ruft das eine dem anderen zu, »Hoffnung ist doch ein Hauptwort.«

Frau Meiners ist es, als nähme ihr jemand eine Last von den Schultern. In ihrem Herzen wird es hell. Sie sieht, daß das eine Kind eine komplizierte orthopädische Vorrichtung am Bett hat, das andere auf dem Bauch in einem Gipsbett liegen muß. Auch Birgit wird monatelang so liegen müssen. Aber dieser Anblick stimmt sie auf einmal nicht mehr so traurig wie sonst. Hoffnung wird groß geschrieben. Hoffnung ist doch ein Hauptwort!

Zu wem hat das Kind das gesagt? Frau Meiners weiß, daß das Wort zu ihr gesagt wurde. Nicht ein krankes Kind sagte es zu einem anderen, nein, ein Engel kam vom Himmel und sagte es zu ihr.

»Hoffnung wird groß geschrieben, Hoffnung ist doch ein Hauptwort!« Sie sagt es leise vor sich hin, als sie sich zum Abschied über das Bett ihres Kindes beugt und es küßt. Sie sagt es laut vor sich hin, als sie den langen, einsamen Weg vom Heim für körperbehinderte Kinder, das auf einer Anhöhe liegt, hinunter zum Bahnhof geht. Sie hat es seither unzählige Male gesagt. Das Wort, das sie durchhalten läßt und vor der Verzweiflung bewahrt, das ihr zugerufen wurde, als sie am Ende ihrer Kraft war. »Hoffnung wird groß geschrieben. Hoffnung ist doch ein Hauptwort.« Rudolf Hempel

Jeder neue Tag ein Anfang

Ein altes Ehepaar kurz nach dem Umzug ins Altenheim. Nun, auf engem Raum beieinander, beginnen sie miteinander zu sprechen, zu planen. Sie entdecken, daß dieser Wechsel eine Chance ist, alte Gewohnheiten abzulegen, neu zu beginnen.
Vorlesezeit ca. 10 Min.

Er saß schon eine Weile still im Sessel. Nur seine Hände, welche die Sessellehnen umspannten, verrieten etwas von dem, was in ihm vorging, von dem Kampf, dem Sichauflehnen gegen eine Wendung in seinem Leben, zu der er noch nicht Ja zu sagen vermochte. Plötzlich erhob er sich, heftig, wie im Zorn den Sessel zurückstoßend.

Die Frau neben ihm fuhr erschrocken aus ihren Gedanken auf. Sie sah ihren Mann am Fenster stehen, die Schultern hochgezogen, als fröre es ihn, die Hände auf dem Rücken zuckten nervös.

Er wird nicht fertig damit, dachte sie. So auf engstem Raum haben wir bisher nie miteinander gelebt. Doch ja, damals in der Nachkriegszeit, aber da waren wir noch jung. Froh, den Krieg lebend überstanden zu haben, endlich wieder beieinander zu sein, und auf unsere eigene Kraft und unsere Liebe vertrauend, versuchten wir, uns ein neues Leben aufzubauen. Aber jetzt, hier im Altenheim, der letzten Station, gibt es da für uns noch eine Zukunft?

Voller Sorge beobachtete sie ihren Mann, der nun im Zimmer auf und ab ging, wie ein gefangenes Tier, das nach einem Ausweg und Fluchtweg sucht.

Er war aber auf seinem unruhvollen Hin und Her durchaus nicht nur mit seinen Problemen beschäftigt. Immer wieder blickte er kurz hinüber zu seiner Frau, die so still im Sessel saß, so geduldig, alles hinnehmend. Was mochte jetzt in ihr vorgehen? Mit Schrecken wurde es ihm bewußt, daß er trotz des jahrelangen Zusammenlebens sich nicht vorzustellen vermochte, wie sie diesen einschneidenden Wechsel in ihrem Leben bewältigen würde. Sie hatten nicht darüber gesprochen, wie sie überhaupt all die Jahre jedem wirklichen Gespräch ausgewichen waren oder aber das Bedürfnis zur Aussprache von notwendigem Alltäglichen überdeckt wurde. Ob sie es auch manchmal so entbehrt hatte wie er? Doch sie schien ja vollste Befriedigung zu finden in der Umsorgung und Erziehung der Kinder und gar nicht zu bemerken, wie er dabei immer mehr in den Hintergrund gedrängt wurde. So hatte er sich seinen Interessen zugewandt und sich immer mehr in sich selbst zurückgezogen.

Ja, und nach der Pensionierung hatte sich eigentlich auch nichts daran geändert. Die viele freie Zeit teilten sie kaum miteinander, wie er es eigentlich erhofft hatte. Sicher, es gab für sie genug Aufgaben im Haushalt, obwohl sie zuletzt ja nur zu zweit waren. Aber die Wohnung war groß, und alle Arbeit ging ihr immer langsamer von der Hand. Das war ja mit ein Grund, dem Zureden der Kinder nachzugeben und ins Altenheim zu ziehen.

Während seiner gedankenschweren Wanderung durchs

Zimmer hatte er nicht bemerkt, wie seine Frau ihn beobachtete. Wird er mit der Zeit Ruhe finden? Oder wird es in Zukunft so weitergehen? Wir hätten doch vorher mehr über die seelischen Belastungen sprechen müssen, die dieser Wechsel mit sich bringt, anstatt nur zu erörtern, was nehmen wir mit, was nicht. Aber es war so schwer, die richtigen Worte im richtigen Augenblick zu finden. So hatte sie auch hier wieder geschwiegen, wie so viele Male in ihrer langen Ehe. Letzten Endes ging es ja auch so.

Aber jetzt, hier, in dem zwar großen Zimmer mit der abgeteilten Schlafnische, erkannte sie, daß sie lernen mußten, anders miteinander zu leben. Vor allem mußten sie unbedingt über das sprechen, was sie beide belastete. Und gewohnt, alles erst einmal von der praktischen Seite zu nehmen, kam ihr auch gleich ein Gedanke, eine erste Lösung. Ohne lange zu überlegen, ob es sinnvoll sei, sagte sie in die nur von den Schritten ihres Mannes unterbrochene Stille hinein: »Es fehlt ein kleiner, bequemer Sessel, der in die Fensterecke in der Schlafnische paßt, als kleine Ruhe- und Ausweichstelle.«

Als hätte er nur auf ein Wort von ihr gewartet, blieb er sofort stehen, wendete sich ihr zu und sagte voller Eifer: »Ein großartiger Gedanke! Ich kann mich dann, wenn ich das Bedürfnis habe, mal etwas zurückziehen, und du kannst ungestört deinen Tätigkeiten nachgehen. Wir sind nur durch einen Vorhang getrennt, näher beieinander als es in solch einem Fall in unserer alten Wohnung möglich war. Und ich muß sagen, das finde ich eigentlich schön.«

Und dann begannen sie miteinander über kleine Veränderungen zu sprechen, um den Raum nach und nach auf ihre Bedürfnisse abzustimmen.

»Merkst du es«, rief sie fröhlich, »wir planen wieder, etwas, was wir jahrelang nicht mehr getan haben, weil alles seinen gewohnten Trott lief.«

»So hat ein solch einschneidender Wechsel wohl doch etwas Gutes, wie etwa das Umtopfen einer Pflanze, die sich in der neuen Erde wieder besser entfalten kann. Auch wenn es heißt, alten Leuten sollte man keine Veränderung mehr zumuten, jetzt glaube ich, der Wechsel in eine neue Umgebung ist manchmal direkt notwendig. Er zwingt uns, wenn wir unser Leben wirklich leben wollen, uns der neuen Situation anzupassen, uns auch im Alter noch ein wenig zu ändern. Da wird manch Verkrustetes an alten Gewohnheiten, dies routinierte Neben- und Miteinander abgelegt und verändert. Man kann nochmals neu beginnen.«

Fast mit jugendlichem Eifer erhob sie sich. »Wie wäre es, wenn wir uns bei einer Tasse Tee weiter unterhielten?«

Er saß wartend am Tisch, horchte auf die leisen Geräusche aus der kleinen Kochecke und atmete tief, sich behaglich zurücklehnend. Als seine Frau wieder ins Zimmer trat, und über dem Tablett, das sie vorsichtig trug, ihn ihre jetzt glücklichen Augen anlachten, überströmte ihn eine Welle der Zärtlichkeit, wie er sie seit langem nicht mehr gefühlt hatte.

»Das sind ja die Täßchen aus England! Ich wußte gar nicht, daß wir sie noch besitzen.«

»Sie haben die Jahre im Geschirrschrank gut überstanden, weil wir sie nie gebraucht haben. Wann waren wir schon allein, um ein Service für zwei Personen zu benützen! Und in den letzten Jahren nach deiner Pensionierung haben wir auch nicht mehr an sie gedacht.«

Während sie den Tee tranken, aus den Täßchen, die sie von einer fast vergessenen Englandreise mitgebracht hatten, kamen die Erinnerungen wie leuchtende Blüten aus dem Dunkel. Die beiden alten Menschen fühlten sich plötzlich jung wie damals, lachten und streichelten sich mit zärtlichen Blicken. Und ohne daß es ihnen bewußt wurde, waren sie unversehens wieder in der Gegenwart, in dem zuerst so ungewohnten Zimmer im Altenheim. Sie genossen die Stunde zu zweit, den glücklichen Anfang eines neuen Lebensabschnittes, der ihnen noch viele Möglichkeiten bieten wird, die sie nur nicht versäumen durften.

Miken Sautter

Liebesbriefe

Wie schreibt man einen Liebesbrief? Diese Frage der 15jährigen Tochter veranlaßt die Mutter zum Lesen eines Briefes, den sie vor 18 Jahren an ihren jetzigen Mann geschrieben hat. Und das hat erfreuliche Folgen.
Vorlesezeit ca. 5 Min.

»Mutti«, fragte Uschi, »wie schreibt man einen Liebesbrief?«

Die Mutter stand in der Küche und schrubbte an einem Topf herum. Uschi sollte abtrocknen und das Geschirr beiseite stellen. Sie tat es auch. Sehr langsam – und beschäftigte sich dabei mit den ganz großen Problemen. »Schreibt man gleich am Anfang – ich liebe dich?«

»Nicht gleich am Anfang«, meinte Mutter vorsichtshalber, denn Uschi war erst fünfzehn. »Mehr in der Mitte. Oder am Schluß.«

Uschi dachte nach. Dann stellte sie eine Gewissensfrage. »Hast du viele Liebesbriefe geschrieben?« fragte sie.

»Natürlich«, sagte die Mutter. »An Vati.«

Die Tochter schien ein bißchen enttäuscht. »Ach so, an Vati«, murmelte sie, um nach einer Weile wieder ganz gezielt zu fragen: »Wie hast du ihn denn angeredet?«

Die Mutter überlegte. »Ich weiß nicht mehr genau«, bekannte sie. »Mein liebster Peter, glaub' ich, oder so ...«

»Mein liebster Peter«, quietschte Uschi. »Den alten Brummbär?«

»Uschi«, sagte die Mutter streng, »gib auf die Gläser acht!«

Mein liebster Peter – hatte sie wirklich einmal so geschrieben, so gesagt, und war dabei furchtbar glücklich gewesen? Heute sagte sie, »ich muß noch Wäsche zusammenlegen«, wenn Vati nach Hause kam. Oder »es ist kein Fertigwerden in dem Haus«. Und Vati sagte, »das war heute wieder ein Tag im Büro, also der Hamslinger...« Und dann erzählte er eine Geschichte vom Hamslinger, und die Mutti hörte nicht zu.

Als Uschi über ihren Schularbeiten saß, fing die Mutter an

zu kramen. Wo hatte sie denn nur ... Sie fand das Päckchen, in einer entlegenen Lade gut und sicher aufbewahrt, ein Bändchen darum. Mit dem Gefühl, das Briefgeheimnis eines fremden Menschen zu verletzen, zog sie aus einem Kuvert einen zartblauen Bogen. Sie betrachtete die Schrift, wie sie vor achtzehn Jahren ausgesehen hatte. Sie las. »Mein liebster Peter, wie freue ich mich, bald für immer mit Dir zusammenzusein. Wir werden eine kleine Wohnung haben. Kannst Du Dir dieses Glück überhaupt vorstellen? Wenn Du am Abend nach Hause kommst, werde ich Dir Deine Leibspeise kochen, Mandelpudding, und werde Dich küssen ...«

»Mutti, wo liegen die Fidschi-Inseln?« rief Uschi von irgendwoher.

Wie ein ertappter Sünder steckte Mutti den Liebesbrief zurück. »Die Fidschi-Inseln? Warte mal ...«

Am Nachmittag ging die Mutter zum Friseur. Am Abend, eine Stunde, ehe der Vater kam, begab sie sich in die Küche. Sie kochte Mandelpudding, feiner und schmackhafter, als sie ihn vor achtzehn Jahren je hätte kochen können.

»Oh«, sagte Vater, »mhm.«

Nach dem fünften Löffelchen nahm die Mutter sein gutes Gesicht in ihre Hände und küßte es. An diesem Abend, wirklich, es ist komisch, erzählte Vater keinen Ton vom Hamslinger. Und Mutter redete von ihrer Wäsche kein einziges Wort.

Es war schon dunkel, als die Eltern einen Augenblick aus dem Fenster sahen, vielleicht sogar zum Sternenhimmel auf, und beschlossen, wieder viel öfter zusammen einen Mandelpudding zu essen.

Margarete Zschörnig

Die echte Liebe

In Gestalt einer alten Frau begegnet dem Bauern, der im Schnee steckenzubleiben droht, die Liebe. Die Alte öffnet ihm Augen und Herz für das, was echte Liebe ist.
Vorlesezeit ca. 9 Min.

Wir befinden uns in einer Berglandschaft, in der meterhoch Schnee gefallen ist. Ein Bauer ist auf seinem mühsamen Heimweg. Sein kleiner Hof liegt hoch am Berg, die müden Füße wollen kaum mehr ihren Dienst tun. Kommt er nur ein wenig von dem verwehten Pfad ab, sinkt er knietief ein. Auf einmal, er hat gar nicht gehört, wie sie hinter ihm herkam, geht ein altes Weib neben ihm. Sie hat ein Tuch um den Kopf gebunden, ihr Gesicht ist von Sorge und Mühen zerfurcht, nur die Augen leuchten. Sie hält sich immer näher an ihn.

Unser Bauer hat keine Lust, mit ihr zu sprechen. Er müht sich keuchend, vorwärts zu kommen. Er wird immer müder. Schon fürchtet er, daß er heute auf dem Weg steckenbleiben und erfrieren werde.

Da reicht ihm das alte Weib die Hand – eine von harter Arbeit gezeichnete, rauhe Hand. Sonderbar: das Weiblein, das über den Schnee hinschreitet, als sei es ohne Gewicht, zieht ihn besser als der stärkste Mann auf den richtigen Weg. Er schämt sich, daß er von einem schwachen Weib diese Hilfe nehmen muß und murmelt etwas Unwirsches. Trotzdem läßt er die Hand nur ungern los. So warm strömt es aus ihr in ihn über! Ganz leicht wird ihm ums Herz. So muß es sein, wenn im Frühling der warme Wind das Eis über den Flüssen auftaut.

Das Weiblein bleibt an seiner Seite. Nun ist er doch neugierig, mit wem er es zu tun hat. »Wer bist du?« fragt er.

»Rat einmal!« sagt die Alte, und der Blick aus ihren tiefen dunklen Augen liegt so stark auf ihm, daß ihm das Herz zu klopfen beginnt.

»Ich habe dich noch nie gesehen«, sagt er, »in welchem Dorf wohnst du denn?«

»Ich wohne überall«, sagt die Alte.
»Du bist also kein Mensch?« entsetzt sich unser Bauer.
»Nein«, sagt die Alte. »Ich lebe nur unter den Menschen. Es gibt kein Leben, das ohne mich entsteht, und keines, das ohne mich vergehen möchte.«
»Ach«, sagt der Bauer und schüttelt grimmig den Kopf. »Du bist also die Sorge, die jeden von uns begleitet? Der Kummer bist du! Die Not!«
»Nein«, lächelt die Alte, »du mußt besser raten.«
»Dann bist du vielleicht die Weisheit«, sagt er, »die uns den rechten Weg zeigt?«
»Das kann die Weisheit nicht, dazu ist sie zu kalt«, sagt das Weiblein. »Aber weil es heute so frostig ist, so sollst du nicht länger nutzlos raten. Ich will dir selbst verraten, wer ich bin. Aber du darfst es dann nur denen weitersagen, die es verstehen können. Versprichst du das?«
»Rede doch endlich!« drängt der Bauer.
»Ich bin die Liebe«, sagt das alte Weib. »Die echte Liebe.« Da bleibt der Bauer stehen und schlägt sich vor Erstaunen auf die Schenkel, daß es weithin schallt. Er schüttelt den Kopf und zeigt auf die welken Wangen, die rauhen Hände, das weiße Haar, den gebückten Rücken der Alten. »Du willst die Liebe sein?« sagt er. »Die stell ich mir anders vor. Die prangt in Schönheit, daß den Männern vor Begier das Blut zum Herzen schießt; die hat blühende Farben, einen roten Mund, der zum Küssen einladet, eine volle Brust, die man umarmen möchte.«
»Ach«, sagt das alte Weiblein, »du meinst die Lust, die sich manchmal für mich ausgibt. Die Liebe ist anders. Denk doch nach, wann du ihr in Wahrheit begegnet bist!«
Der Bauer steht horchend, seine Augen werden weit.
»Wie du auf die Welt gekommen bist, wer hat dich zärtlich gehegt? Wer ist in schweren Nächten der Krankheit an deinem Bett gesessen? Die Liebe im Herzen deiner Mutter. Wer hat deine Ungerechtigkeit erduldet und sie mit Güte vergolten? Wer hat dir deine Mühen abgenommen? Die Liebe im Herzen

deiner Frau. Und wer hat beharrlich versucht, die Härte aufzutauen, die dein Herz umschließt? Wer hat dein Leben, als es dunkel zu werden begann, wieder hell gemacht? Die Liebe deiner Kinder.«

Der Bauer stöhnt. »Du hast recht«, sagt er. »Das war die Liebe. Ich habe sie nur oft nicht sehen wollen oder kaum angehört. Bist du böse?«

»Ach nein«, sagt das alte Weiblein. »Deshalb bin ich ja die echte Liebe, weil ich das alles willig ertrage. Man hört mich nicht und man sieht mich kaum. Das schadet nichts, die echte Liebe ist die, von der man nicht redet. Aber trotzdem habe ich – und darum bin ich so alt und so zerfurcht und grau – das Allerschwerste zu tun. Wenn junge Menschen prangend zueinander finden, dann muß ich, wenn sie glücklich werden sollen, neben der Lust stehen und im geheimen alles gutmachen, was sie sündigt und versäumt. Und wenn starke Männer zu großen Taten ausziehen, wenn tapfere Frauen helfen wollen, Not und Elend zu lindern, dann muß ich ihnen die Kraft geben, das Leid zu ertragen, mit dem das Große errungen, das Verborgene getan wird. Alles, was man in der Welt laut und gewaltig preist, wird in der Stille geboren.«

Dem Bauer wird das Herz weich. »Du bist ein schöner Traum, liebes altes Weib. Ach, daß dein Schein nie verginge!«

»Hab keine Sorge deshalb«, lächelt die Alte und wendet sich schon von dem Bauer ab. Man sieht kaum ihre Spuren im Schnee. »Alle anderen glänzenden Bilder der Liebe, die verführen und bezaubern, sind Trug und Schein. Ich, das alte Weib, von unendlicher Arbeit gebeugt und doch voll Kraft und Ausdauer, zeige dir ihr Wesen: ich bin die echte Liebe und darum schwinde ich nie.«

»Warum verläßt du mich dann schon?« klagt der Bauer.

»Ich bin jetzt in dir, Bauer«, sagt die Alte. Und sie hatte recht. Der Bauer merkte es selbst nicht, aber alle andern um ihn fühlten es fortan.

Nach einem japanischen Märchenspiel,
erzählt von Friedrich Schreyvogel

Iljas

Ein Leben lang haben Iljas und seine Frau hart gearbeitet und sich um ihren Besitz gesorgt. Durch eine Reihe von Unglücksfällen verarmt, müssen sie im Alter Knechtsdienste leisten. Jetzt aber finden sie das Glück, das sie vorher vergeblich gesucht haben.
Vorlesezeit ca. 16 Min.

Im Gouvernement Ufa lebte ein Baschkir namens Iljas. Er hatte von seinem Vater nur ein geringes Erbteil erhalten. Der Vater war gestorben, als Iljas erst ein Jahr verheiratet war. Iljas hatte damals sieben Stuten, zwei Kühe und zwanzig Schafe. Doch Iljas war ein guter Wirt und erwarb bald mehr. Von früh bis spät arbeitete er zusammen mit seinem Weibe, stand morgens als erster auf und ging als letzter schlafen und wurde von Jahr zu Jahr reicher. So lebte Iljas fünfunddreißig Jahre und wurde ein reicher Mann.

Nun hatte Iljas zweihundert Pferde, hundertfünfzig Stück Hornvieh und zwölfhundert Schafe. Seine Knechte hüteten die Pferde und die Viehherden, seine Mägde melkten die Stuten und Kühe und machten Kumys, Butter und Käse. An allem hatte Iljas Überfluß, und alle in der Umgegend beneideten ihn. Die Leute sagten: »Wie glücklich ist dieser Iljas. Alles hat er in Menge, er brauchte gar nicht zu sterben.«

Auch angesehene Leute verkehrten gern mit Iljas, und aus ganz entlegenen Gegenden kamen Gäste zu ihm. Und Iljas nahm alle auf, speiste und tränkte alle. Wer auch kommen mochte, für alle gab es Kumys, Tee und Hammelfleisch. Wenn Besuch kam, wurde sofort ein Hammel geschlachtet oder zwei. Waren der Gäste sehr viele, so schlachtete man wohl auch eine Stute.

Iljas hatte zwei Söhne und eine Tochter. Alle drei waren verheiratet. Als Iljas noch arm war, hatten die Söhne mit ihm gearbeitet und selbst die Pferde und Schafe gehütet. Als sie aber reich geworden waren, wurden die Söhne leichtsinnig, und einer fing an zu trinken. Dann wurde der älteste in einer

Prügelei erschlagen, der jüngere aber hatte eine sehr hochmütige Frau und wollte dem Vater nicht mehr gehorchen; da mußte der Vater ihm sein Erbe geben und sich von ihm trennen.

Iljas gab dem Sohne ein Haus und Vieh, und so verringerte sich sein Reichtum. Bald darauf wurden seine Schafe von einer Seuche befallen, und viele gingen ein. Dann kam ein Hungerjahr, die Heuernte war schlecht, und viel Vieh verendete im Winter. Dann raubten ihm die Kirgisen seine beste Pferdeherde, und so ging der Reichtum des Iljas auf die Neige. Von Jahr zu Jahr ward es schlimmer. Und dabei ließen auch die Kräfte nach. Als Iljas siebzig Jahre alt wurde, war er so weit gekommen, daß er seine Pelze, Teppiche, Sättel, Zeltwagen verkaufen mußte; bald verkaufte er auch sein letztes Vieh, und so hatte er endlich gar nichts mehr.

Er hatte selbst gar nicht gemerkt, wie das so nach und nach gekommen war, aber nun mußte Iljas auf seine alten Tage mit seiner Frau bei fremden Leuten Dienste nehmen. Sein ganzer Besitz waren nur die Kleider, die er auf dem Leibe hatte, sein Pelz, seine Mütze, Lederstrümpfe und Schuhe, und seine Frau Scham-Schemagi, die auch schon alt war. Der Sohn war in die Fremde gezogen, und die Tochter war gestorben. So war niemand da, der den Alten geholfen hätte.

Endlich erbarmte sich der Nachbar Muhamedschah der Alten. Er war weder arm noch reich, sondern hatte gerade sein Auskommen und war ein guter Mensch. Er gedachte der Gastfreundschaft, die Iljas ihm früher erwiesen hatte, und sprach zu Iljas: »Komm nur mit deiner Frau zu mir! Im Sommer kannst du auf meinen Gemüsefeldern arbeiten und im Winter das Vieh füttern, Scham-Schemagi aber mag die Stuten melken und Kumys bereiten. Essen und Kleidung sollt ihr von mir haben, und wenn ihr noch was braucht, dann sagt mir's, ihr sollt es bekommen.«

Iljas dankte dem Nachbarn und lebte nun mit seiner Frau als Knecht bei Muhamedschah. Anfangs kam es ihnen schwer an, nach und nach gewöhnten sie sich aber, und so lebten sie still und in Frieden und arbeiteten nach ihren Kräften.

Dem Muhamedschah kamen solche Knechte gut zupaß, denn die Alten hatten früher eine eigene Wirtschaft gehabt, sie wußten überall Bescheid, waren nicht faul und taten alles, was in ihren Kräften stand. Aber es dauerte den Muhamedschah, zu sehen, wie so reiche Leute so tief hatten sinken können.

Eines Tages bekam Muhamedschah Besuch von Verwandten, die waren von fern her gekommen. Und auch der Mullah war mit ihnen. Da befahl Muhamedschah dem Iljas, einen Hammel zu schlachten. Iljas schlachtete den Hammel, kochte das Fleisch und schickte es den Gästen. Die Gäste aßen Hammelfleisch, tranken Tee und machten sich dann an den Kumys. Alle saßen auf weichen Kissen und Teppichen, tranken den Kumys aus Tassen; Iljas aber hatte all seine Geschäfte besorgt und ging an der Tür vorüber. Muhamedschah sah ihn und sprach zu seinem Gast: »Hast du den Alten gesehen, der eben an der Tür vorüberging?«

»Freilich«, sagte der Gast, »aber was ist denn Besonderes an ihm?«

»Das war der reichste Mann in unserer Gegend; Iljas hieß er. Vielleicht hast du von ihm gehört?«

»Freilich hab' ich von ihm gehört«, sagte der Gast, »gesehen habe ich ihn zwar nicht, aber sein Ruhm war auch bis zu uns gedrungen.«

»Nun, und jetzt hat er nichts mehr und lebt als Knecht bei mir, und auch seine Alte ist mit ihm und melkt meine Stuten.«

Da wunderte sich der Gast, schnalzte mit der Zunge, schüttelte den Kopf und sprach: »Ja, so unbeständig ist das Glück. Es dreht sich wie ein Rad, den einen hebt es empor, den andern wirft es hinab. Nun, und er ist wohl sehr traurig, der Alte?«

»Das weiß ich nicht, er lebt still und friedlich und arbeitet gut.«

Der Gast sagte: »Könnte ich wohl mit ihm sprechen? Ich möchte ihn gern über sein Leben ausfragen.«

»Ja, warum nicht?« sagte der Hausherr und rief zur Tür hinaus: »Babai (das heißt auf Baschkirisch »Großvater«), komm herein, trink Kumys mit uns, und bring auch deine Alte mit!« Iljas und seine Frau traten ein. Iljas grüßte die Gäste und den Herrn, sprach sein Gebet und kauerte sich vor der Tür hin; seine Frau trat hinter den Vorhang und setzte sich zu der Wirtin.

Man reichte dem Iljas eine Tasse mit Kumys. Iljas verneigte sich vor den Gästen und dem Wirt, trank einen Schluck und stellte die Tasse hin. »Sag mal, Großvater«, sprach der Gast zu ihm, »es tut dir wohl weh, wenn du uns siehst, an dein früheres Leben zu denken – wie du glücklich warst und nun in Not geraten bist?«

Da lachte Iljas und sprach: »Wollte ich dir von Glück und Not reden, so würdest du mir nicht glauben. Frage lieber meine Alte; sie ist ein Weib – was sie auf dem Herzen hat, das tritt ihr auch auf die Zunge. Sie wird dir die ganze Wahrheit über diese Dinge sagen.« Und der Gast sprach hinter den Vorhang: »Nun, Mütterchen, sag uns, wie denkst du über dein früheres Glück und dein jetziges Unglück?« Und Scham-Schemagi sprach hinter dem Vorhang: »Ich denke so: Mein Alter und ich haben fünfzig Jahre gelebt, das Glück gesucht und nicht gefunden. Nun sind es bald zwei Jahre, daß wir alles verloren haben und Knechtsdienste leisten müssen, und da haben wir das wahre Glück gefunden und brauchen kein anderes.«

Die Gäste waren erstaunt, auch der Hausherr war es; er stand sogar auf und lüftete den Vorhang, um die Alte zu sehen. Und die Alte stand da mit gefalteten Händen und lächelte; sie sah ihren Alten an, und er lächelte auch. Die Alte sagte noch einmal: »Ich rede die Wahrheit und scherze nicht: Fünfzig Jahre haben wir das Glück gesucht und es nicht gefunden, solange wir reich waren; jetzt haben wir nichts mehr und müssen bei fremden Leuten wohnen, aber wir haben ein

Glück gefunden, wie man es sich nicht besser wünschen kann.«

»Worin besteht denn euer Glück?«

»Dieses ist unser Glück: Als wir reich waren, hatten wir nicht eine Stunde Ruhe, hatten keine Zeit, miteinander zu reden, an unser Seelenheil zu denken, zu Gott zu beten. So viel Sorgen hatten wir! Bald hatten wir Gäste, da mußten wir denken, was wir ihnen vorsetzen, was wir ihnen schenken, damit sie nicht schlecht von uns sprechen. Wenn die Gäste fort waren, mußten wir nach den Arbeitern sehen: Die wollen immer nur ruhen und gut essen, wir aber waren besorgt um unser Eigentum, und das war Sünde.

Dann wieder sorgten wir, daß der Wolf uns ein Füllen oder ein Kalb wegschleppen könnte, daß Diebe unsere Pferde forttreiben. Hatte man sich zu Bett gelegt, dann fand man keinen Schlaf: Wie leicht konnten die Schafe die Lämmer erdrücken. Und man stand mitten in der Nacht auf und ging durch das Gehöft; kaum hatte man sich wieder beruhigt, da kam die Sorge, wo das Futter für den Winter zu beschaffen wäre. Mehr noch: Es war auch keine Einigkeit zwischen mir und meinem Alten. Er sagte, man sollte es so machen, ich aber meinte, es sollte anders gemacht werden, wir fingen an zu zanken – und das war wieder Sünde. So haben wir gelebt; eine Sorge folgte der andern, eine Sünde der andern, und Glück haben wir keins gesehen.«

»Und jetzt?«

»Jetzt stehen wir frühmorgens auf, reden in Liebe und Eintracht miteinander; wir haben über nichts zu streiten, haben um nichts zu sorgen. Unsere einzige Sorge ist, unserem Herrn zu dienen. Wir arbeiten nach unseren Kräften, arbeiten gern, daß es dem Herrn nicht zum Schaden, sondern zum Vorteil gereiche. Wenn wir von der Arbeit kommen, steht das Mittagessen bereit, Abendbrot gibt's auch und Kumys nicht minder. Ist es kalt, so haben wir getrockneten Mist zum Heizen und auch Pelze. Wir haben Zeit, miteinander zu reden, an unser Seelenheil zu denken, zu beten. Fünfzig Jahre lang haben wir das Glück gesucht und es jetzt erst gefunden.«

Da lachten die Gäste.

Iljas aber sagte: »Lacht nicht, meine Lieben, das ist kein Scherz, sondern so ist das Menschenleben. Meine Alte und ich, wir waren auch dumm und weinten, als wir unsern Reichtum verloren haben; jetzt aber hat Gott uns die Wahrheit offenbart, und wir sagen sie nicht zu eurer Erheiterung, sondern zu eurem Nutzen.«

Und der Mullah sprach: »Das ist eine kluge Rede, und Iljas hat die reinste Wahrheit gesprochen; so steht es auch in den heiligen Schriften.«

Und die Gäste lachten nicht mehr und wurden ganz nachdenklich.

Leo Tolstoi

Was hast du aus ihm gemacht?

Eine Ehefrau erkennt nach einem Theaterbesuch mit ihrem Mann, daß ein Neuanfang nötig und möglich ist. Die Tragödie auf der Bühne muß sich bei ihnen nicht wiederholen. Es ist noch nicht zu spät.
Vorlesezeit ca. 5 Min.

Tief in Gedanken versunken verließ Marianne mit ihrem Mann das Theater. Das Geschaute ging ihr nach. Da saß ein Greis im Rollstuhl, der sein eigenes Leben vor sich abrollen sah. Angstvoll bat er den anderen Mann, der er selber einmal war: »Tu es nicht, ich bitte dich, es hat böse Folgen, ich weiß es!« Aber er konnte den anderen nicht hindern. Noch einmal ereignete es sich vor seinen Augen: In der Gestalt seiner Jünglingsjahre wandte er sich voller Scham ab von sich selbst. Der Jüngling, voller Ideale, konnte es nicht ertragen, mit anzusehen, was für eine »taube Nuß« er wurde. Verzweifelt schaute er die Tragödie seiner Ehe, die, im Überschwang jugendlicher Hoffnungen liebevoll, zärtlich begonnen, in banaler Alltäglichkeit, in Zerwürfnis und Haß endete. »Was hast du aus ihr gemacht!« schrie der Jüngling den Greis an, als er die alte, keifende Frau sah, die einst ein so liebliches Mädchen gewesen war.

Marianne knöpfte den Mantel zu. Sie fröstelte. Sie schaute zu ihrem Mann auf, der mit langen Schritten neben ihr herging. Was hast du aus ihm gemacht? fragte eine Stimme in ihrem Innern. Die Bilder des Bühnenstückes verschwanden, andere Bilder tauchten auf. Zwei junge Menschen rannten lachend durchs hohe Gras einer Wiese. Ein Mädchen öffnete die Haustür und flog in die ausgebreiteten Arme eines jungen Mannes. Ein Ehepaar beugte sich lächelnd über ein Kinderbett. Marianne betrachtete das ernste Gesicht ihres Begleiters. Warum war es nicht mehr wie früher?

Ach, so viele Gründe hatte sie gestern ihrer Freundin dafür genannt, warum ihr Mann verändert sei, warum die Ehe nicht mehr stimmte. Mühelos waren sie ihr eingefallen, nur der eine nicht, daß sie selbst mitverantwortlich sein könnte. Auf den einen Gedanken war sie nicht gekommen, es könne jemand etwa sagen: Das hat du aus ihm gemacht. Aber wer würde das sagen? Ihr eigenes besseres Ich vielleicht? So wie vorhin auf der Bühne der Jüngling verzweifelt sich selbst zugeschrien hatte, als er sein eigenes Wesen und Sein, seinen Egoismus, seine Ungeduld und Verständnislosigkeit, seine Lieblosigkeit erkannte. Er selbst hatte so viel zu der traurigen Verwandlung beigetragen.

Marianne stockte. Plötzlich kam ihr die Geschichte sehr bekannt vor. »Du bist der Mann« – so sagte Nathan zu David. Nein, nicht Nathan, Gott sprach so. Es wurde Marianne plötzlich siedend heiß. Als wenn ein Vorhang vor ihren Augen weggezogen würde, erkannte sie ihre Lage: Nicht die Verhältnisse, nicht Beruf oder Freunde oder welche Gründe sie sonst noch der Freundin gestern genannt hatte, nichts konnte sie selbst entschuldigen, wenn Gott heute zu ihr sagen würde: Was hast du aus ihm gemacht?

Marianne atmete tief. Was sollte sie tun? Was hatte der Greis auf der Bühne getan? Nichts, resigniert hatte er die Scherben seines Lebens betrachtet. Aber sie war noch nicht so alt, fast erlöst stellte Marianne das fest. Es war noch nicht zu spät. Sie konnte noch tun, was David, der Mann in der anderen Geschichte, getan hatte, nämlich sich selbst und Gott ihre Schuld zugeben und neu anfangen. Morgen – nein sofort wollte sie neu anfangen.

Zaghaft, als müsse sie sich dessen schämen, schob Marianne ihren Arm unter den Ellbogen ihres Mannes. Erstaunt blickte er sie an, doch er ließ sie gewähren, dann strich er ebenso zaghaft über ihre Hand.

Christa Schlüter

Februar

Froh zu sein, bedarf es wenig

Ein fröhliches Herz
macht ein fröhliches Angesicht.

Sprüche 15, 13

Freude ist das Rad des Lebens. Ein gescheiter Zeitgenosse hat eine allen bekannte Tatsache in diesen schlüssigen Satz verpackt.

Es stimmt ja: wer ohne Freude ist, lebt am Leben vorbei, beginnt seine Tage mutlos und beendet sie bedrückt.

Wenn sie so wichtig ist, die Freude, woher kommt sie dann oder, anders gefragt: wer oder was bewirkt sie in uns?

Ganz bestimmt hängt sie nicht ab von einem prallen Portemonnaie, von herzeigbarem Besitz oder beruflichen Erfolgen. Schön, wenn man das hat, aber Freude auslösen können diese Dinge nicht – oder nur, wenn die Fähigkeit zur Freude schon in mir verankert ist.

Jeder kennt ja Menschen, die, obgleich reich an Besitz und Erfolg, griesgrämig durchs Leben gehen, unfähig zu der Art Freude, die auch weniger glückliche Tage in geglückte Tage verwandelt. Diese Art Freude, die ich meine, wächst aus Zufriedenheit mit dem, was mir gegeben ist. Und hier genau liegt die Wurzel zu echter Freude: aus dem Wissen, daß die wichtigsten Dinge im Leben Gabe, Geschenk sind – angefangen beim Leben selbst – wächst Dankbarkeit, und diese Dankbarkeit macht froh.

Man wird kaum je einem Menschen begegnen, der, wenn er dankbar ist, nicht auch zugleich fröhlich ist. Fröhlichkeit undch ist. Fröhlichkeit und Dankbarkeit gehören zusammen.

Deshalb ist das Empfinden von Freude auch nicht abhängig davon, daß die Umwelt erst einmal die richtigen Bedingungen für mich schafft, damit ich mich freuen kann. Die Welt kann ich nicht verändern, ich muß Ja sagen zu vielem, was mir nicht paßt. Aber mich selbst kann ich umgestalten, an mir selbst kann ich arbeiten, Freudenpunkte zu sammeln und sie dankbar zu genießen.

»Froh zu sein, bedarf es wenig«, heißt es in dem bekannten Kanon. Das meint: Nur wenige Dinge, scheinbar Alltägliches, Normales, zum Dasein einfach Dazugehörendes sind nötig, um den dankbaren Menschen froh zu stimmen. Der Sonnenstrahl, der unvermutet über den Frühstückstisch streift; der Vogel, der in den Zweigen wippt und ungeachtet eines vielleicht trüben Himmels seine Strophen schmettert; ein unerwarteter Besuch oder das unverbindliche Gespräch am Gartenzaun, das Zugehörigkeit vermittelt, Einsamkeit beendet. Ein froher Mensch wird nie einsam sein, weil Fröhlichkeit ihn anziehend macht für andere. »Und wer froh ist, ist ein König!«

Almuth Hochmüller

Das Schönheitsmittel

Beim Friseur hört die Frau mit der bösen Falte um den Mund ein Gespräch aus der Nachbarkabine. Dabei wird ein Schönheitsmittel empfohlen, das nichts kostet. Es ist auch ein Mittel gegen ihre böse Falte, stellt die Frau fest und lächelt ihrem Spiegelbild zu.
Vorlesezeit ca. 8 Min.

Immer, wenn sie beim Friseur unter der Trockenhaube saß, fiel ihr die Falte um den Mund besonders auf. Vielleicht lag das am Licht, wie es hier in den Spiegel einfiel, oder einfach nur daran, daß sie einmal genügend Zeit hatte, ihr Gesicht zu betrachten.

Es sei eine böse Falte, hatte ihr Mann scherzend gesagt, als sie darüber klagte. Das hatte sie sehr verdrossen. War es denn ein Wunder? Ihr Tagesablauf begann frühzeitig und endete abends spät, er war angefüllt mit Arbeit und mancher Sorge. Sie hatte sich schon oft vorgenommen, einfach etwas liegenzulassen und sich eine Ruhepause zu gönnen, aber immer war die Arbeit so dringend gewesen. Manchmal bereute sie sogar den Spaziergang am Sonntagnachmittag. In dieser »verlorenen Zeit«, wie sie sie nannte, hätte sie viel erledigen können.

Ihrem Mann durfte sie so etwas natürlich nicht sagen. Der verstand das nicht. Der ging morgens zu seiner Arbeitsstelle, und wenn er abends zurückkehrte, so hatte er Feierabend. Dann unterhielt er sich mit den Kindern, fragte nach der Schule, scherzte und spielte mit ihnen. Sie machte unterdessen Abendbrot zurecht. Wenn später die Kinder im Bett waren, konnte er geruhsam seine Zeitung lesen oder Radio hören. Sie aber hatte noch immer zu tun, zu nähen, zu stopfen, zu bügeln.

Sie war so in ihre Gedanken versunken, daß sie aufschreckte, als die Friseuse kam und den Motor der Trockenhaube abstellte. Im Spiegel sah sie, daß jetzt die Falte ganz steil um den Mund stand. Es war wirklich eine böse Falte.

»Noch einen Augenblick Geduld, bitte«, bat die Friseuse.

Sie ging wieder in die Nachbarkabine. Jetzt lief kein Motor mehr, man konnte deutlich hören, was dort gesprochen wurde.

»Wie soll die Frisur werden?« fragte die Friseuse.

»Vorn ein klein wenig in die Stirn«, lautete die Antwort, »damit man die Falten nicht so sieht.«

Beide lachten.

»Das sind ja nur Fältchen«, beschönigte die Friseuse.

»Vielen Dank«, sagte die andere Stimme, »aber wenn man Mitte Sechzig ist, dann sind es schon Falten, und eine ganze Menge.«

»Wie«, sagte die Friseuse erstaunt, »Mitte Sechzig schon? Das hätte ich nicht gedacht.«

»Ich habe auch ein bewährtes Schönheitsmittel«, hörte die Frau wieder die unbekannte Stimme von nebenan. Sie richtete sich unwillkürlich auf, damit ihr nichts entgehen konnte.

»Darf man das erfahren?« fragte die Friseuse.

»Gern. Es kostet nichts, nur ein klein wenig Mühe und guter Wille sind nötig: Man muß allezeit fröhlich sein.«

»Das glaube ich schon«, antwortete die Friseuse nach einer Weile, »aber es gibt doch in jedem Leben auch traurige Tage, wo man nicht fröhlich sein kann.«

»Das ist richtig. Die gibt es genauso wie die glücklichen. Sie sind es auch gar nicht, die einen Menschen alt und faltig, böse oder grillig machen. Das sind die anderen, die gewöhnlichen Alltage, von denen einer so verläuft wie der andere. Wo man in Gefahr kommt, sich zu bedauern und zu bemitleiden, weil man aus dem Einerlei nicht herauskommt. Wo man auf den anderen neidisch blickt und meint, ihm ginge es viel besser, anstatt fröhlich an die Arbeit zu gehen und sich zu freuen. Es gibt so viele bescheidene Dinge, über die man sich freuen kann, wenn man ein fröhliches Herz hat. Das sieht man dem Menschen an, da kann er getrost Falten und Runzeln bekommen.«

Das alles hörte die Frau mit der bösen Falte um den Mund,

und es gab ihr zu denken. Hatten nicht ihre Kinder erst kürzlich zu ihr gesagt: »Mutti, du lachst überhaupt nicht mehr«, und sie hatte darauf geantwortet: »Mir ist auch nicht zum Lachen zumute.«

Da waren die Kinder still aus dem Zimmer gegangen.

Ja, die Stimme von nebenan hatte recht. Sie hatte wahrhaftig allen Grund zum Fröhlichsein. Die Familie war gesund, der Mann verdiente gut, sie konnten sich eine Ferienreise leisten, die Sonne schien auch für sie, und die Vögel sangen. Warum nur immer das böse Gesicht? Jetzt ahnte sie es, die Falte war nicht böse, das Gesicht war es, und das kam von ihrer Unzufriedenheit.

Als die Friseuse wieder in ihre Kabine kam, sah sie, wie die Frau ihrem eigenen Spiegelbild zulächelte. Die Friseuse wunderte sich sehr darüber, denn die Frau war ihr sonst nicht eitel erschienen. Sie konnte ja nicht wissen, daß dieses Lächeln nicht der Eitelkeit entsprungen war, sondern in der Einsicht wurzelte, daß sich mit fröhlichem Herzen alles leichter meistern läßt.

Margot Langner

Oh, möge doch dein Herz so rein ...

Die Autorin findet ein Album aus ihrer Kinderzeit. Sie blättert darin und erinnert sich – oder auch nicht – an manche, die sich darin zur »ewigen Erinnerung« eingetragen haben.
Vorlesezeit ca. 5 Min.

Beim großen Reinemachen fand ich ein Album aus meiner Kinderzeit. Ganz verstaubt lag es in einer alten Bücherkiste. Früher haben sich noch alle Freundinnen zwischen elf und fünfzehn in einem Album verewigt. Es gab kein Album ohne »Rosen, Tulpen, Nelken...«. Auch keines, in dem der Spruch fehlte: »Wenn du glaubst, ich lieb dich nicht und treib mit dir nur Scherz, so zünde ein Laternchen an und sieh mir in das Herz.«

Diese Aufforderung war ungefährlich, denn zwischen elf und fünfzehn ist das Leben viel zu hell, als daß man Laternen anzünden müßte. Die gehen einem erst viel später auf. Dann freilich sicher. So sicher wie die letzte Eintragung in meinem Album: »Wer dich lieber hat als ich, der schreibe hier sich hinter mich.« Ich las die Unterschrift: Else Mertens. Ich zerbrach mir den Kopf, aber ich konnte mich an keine Else Mertens mehr erinnern. Diese Liebe habe ich also nicht verdient.

Ich blättere weiter nach vorn. Ach, da hatte sich meine Lehrerin – ob sie wohl noch lebt? – erweichen lassen, mir den Vers von Flaischlen mit auf den Lebensweg zu geben: »Hab Sonne im Herzen, ob's stürmt oder schneit ...« Ach ja, sie meinte es gut, und der Flaischlen, der hat gut reden.

Und hier schrieb mir die lustige Sophie in dem Alter, in dem man dazumal den Weltschmerz pflegte: »Schmerzt dich in tiefster Brust das herbe Wort ›du mußt‹, so macht dich eins nur still, das stolze Wort ›ich will‹.« Kürzlich traf ich sie wieder, die alte Sophie. Das Leben hatte sie recht mitgenommen. Sicher klappte es auch bei ihr nicht immer mit dem Wollen.

Es waren noch viele Eintragungen in diesem Album, und fast alle schlossen mit: »Zur ewigen Erinnerung an deine Freundin ...« Ohne das »ewig« ging es damals eben nicht. Auch Zeichnungen begleiteten oft den Text, rührend schöne, von Kinderhand gemalte oder durchgepauste Bilder, die zu dem Text paßten wie die Faust aufs Auge. Andere Seiten zierten ausgeschnittene Blumen oder Engelsköpfchen.

Erinnerungen an meine Schulzeit tauchten auf, an die »gute, alte Zeit«, in der man noch Zeit hatte, der Freundin – manchmal war's auch die »Feindin« – ins Album zu schreiben: »Zur ewigen Erinnerung«.

Schon will ich das Album schließen und ihm einen Ehrenplatz auf meinem Bücherregal geben, da klappt noch eine Seite auf, mit ungelenker Hand beschrieben:

»Ein Nilpferd saß am Meeresrand
und putzte sich mit etwas Sand.
Oh, möge doch dein Herz so rein
wie dieses alte Nilpferd sein.«
Darunter lese ich: »Dein Peter.«

Jetzt fällt mir wieder ein: das war doch der kleine freche Nachbarsbub, »mein« Peter, der immer über den Zaun stieg und mich an den Zöpfen zog. Ist es nicht merkwürdig, daß man sich an jemand, der einem weh tat, länger erinnert als an die kleine Else Mertens, die auf der letzten Albumseite fest behauptet, daß mich niemand mehr lieben könne als sie.

Alwine Breuer

Die Überraschung

Ausgerechnet dieser langhaarige Jonny soll ihr Schwiegersohn werden? Die Eltern sind entsetzt, geben aber nach. Als Jonny schließlich zum ersten Besuch bei ihnen erscheint, wird es eine große Überraschung – für beide Seiten.
Vorlesezeit ca. 7 Min.

Mütterchen hob die Hände: »Muß es ausgerechnet der sein?«

Väterchen hob einen Korn: »Es gibt so viele junge Männer auf der Welt.«

Töchterchen schüttelte den Kopf. »Ihr habt wohl noch nie was von der großen Liebe gehört?« fragte sie und blickte ihre Erzeuger verwundert an.

Diese lächelten. Ein Roman stand hinter ihrem Lächeln. Schließlich gaben sie nach. »Wann kommt er denn?« wollten sie wissen. »Wenn er wieder da ist«, versicherte Cordula. »Er trampt nur gerade mal durch Holland.«

Sie hatten ihre Tochter Cordula genannt. Etwas konservativ, aber wohlklingend, und also wurde Cordula erzogen – zu Elternliebe, Wahrheitsliebe, Heimatliebe. Ergebnis 18jähriger Bemühungen war Jonny, ein langhaariges Individuum in Bluejeans und Windjacke, das – kürzlich einmal durch die Gardinen betrachtet – eine Mutter sehr wohl zu obigem Ausruf verleiten konnte: »Muß es ausgerechnet der sein?«

Auch Väterchen beschäftigte die Frage. Da kam ihm – beim Frisör war's – eine seltsame Idee. Kunstvoll schnitt die Hand des Meisters graumelierte Haare. Cordulas Vater, der warten mußte, guckte zu, erhob sich plötzlich, murmelte eine Entschuldigung und verließ ohne Haarschnitt den Salon. Der folgende Tag verstrich, die folgende Woche, ohne daß eine Schere seinem Kopfputz nahe kam. Schließlich sagte seine Frau: »Valentin, du solltest aber wieder mal...« Da grinste Valentin boshaft und vertraute sich der Gattin an.

Der Tag, die Stunde rückte näher. Ein Samstagnachmittag sollte es sein, an welchem sich besagter Jonny, aus Holland glücklich heimgetrampt, zu einem Besuch bequemen wollte.

Cordula schwebte in höheren Regionen und kümmerte sich um nichts. Das war auch gar nicht nötig. Noch immer hatten ihre Eltern, wenn ein Gast erwartet wurde, für eine blanke Wohnung und für duftenden Kaffee gesorgt. Diesmal würde es nicht anders sein.

Es war anders. Cordula bemerkte es zu spät.

Noch trällerte sie im Bad, da klingelte es. Cordula erschrak, und zwar erwartungsselig, was vermuten läßt, daß die heutige Jugend so viel anders auch wieder nicht ist als die frühere, und verschmierte den Lidstrich.

Die Haustür wurde geöffnet. Draußen stand Jonny, drinnen stand Vati. Cordula hörte Schulterklopfen, hüpfte arglos die Treppe hinab – und erstarrte.

»Wie siehst denn du aus?« zischte sie. Cordula sprach nicht zu Jonny. Cordula sprach zu ihrem Vater.

Dieser trug Bluejeans, an den Beinen ausgefranst – er muß sie irgendwo gestohlen haben, dachte Cordula. Sein Pullover war zu weit, um vier Nummern schätzungsweise, und die Haare, nein die Haare... Seit Wochen hatte Cordula bemerkt, mehr unterschwellig zwar, daß Vati einen Haarschnitt nötig hatte. Jetzt sah sie es genau. Arg ungepflegt fiel ihm ein Büschel in die Stirn. Cordula bewahrte Haltung, sie lächelte und küßte ihren Jonny, dann gingen alle zusammen ins Wohnzimmer.

Jedoch – wo war das gute Porzellan, der Kaffeeduft, der Kuchen, das Sträußchen auf dem Tisch, die hübsch gewandete Mama? Im Zimmer sah es aus, wie ein Normalbürger glaubt, daß es bei Kommune I aussähe. Flaschen auf dem Tisch, Kissen auf dem Boden.

Cordula reagierte, wie ein Mädchen reagiert, das halt doch noch nicht erwachsen ist. »Wo ist Mutter?« fragte sie entsetzt.

Die Mutter kam. Sie trug ein ordentliches Kleid, nur um die Stirne hatte sie ein Band gewunden, nach Indianerart, und ihre Locken waren aufgelöst. Cordula weigerte sich, von den verwirrten Haaren ihrer Eltern auf deren Geisteszustand zu schließen. Aber was sollte sie sonst denken? Sie war den Tränen nahe. Auch Jonny kamen die Tränen – vor Lachen. Er lachte, lachte, konnte sich gar nicht mehr beruhigen, steckte den Vater an, die Mutter, endlich auch Cordula. Mit ein paar Handgriffen half er, die Flaschen wegzuräumen, half, immer noch lachend, beim Decken des Kaffeetischs.

Dieser Jonny war eine Überraschung. Nicht für Cordula, die kannte ihn ja. Wohl aber für die besorgten Eltern. An diesem Nachmittag nämlich, der noch recht gemütlich werden sollte, trug er einen dunkelblauen Anzug und hatte auch ein paar Blümchen dabei, welche er Cordulas Mutter mit einer kleinen Verbeugung überreichte.

Jonnys Haare übrigens, fand Väterchen später, waren soo lang auch wieder nicht.

Margarete Zschörnig

Mijnheer Delfts Tulpen

Mijnheer Delft ist sehr besorgt um seine Tulpenfelder. Entsprechend ärgerlich ist er, als die beiden kleinen Mädchen der Witwe van Goot von seinem Feld Tulpen abreißen und wertvolle Zwiebeln zertreten. Verhauen darf er die Kleinen deswegen nicht, denn »Sie sind schließlich nicht der Vater!« sagt ihre Mutter. Nein, der Vater ist er nicht, aber er wird es am Ende.
Vorlesezeit ca. 7 Min.

An der Autostraße nach Egmont, die zugleich Hauptstraße des Städtchens L. ist, liegt hinter einem sauberen Vorgarten die Gemischtwarenhandlung der Witwe van Goot. Alles – einschließlich der Besitzerin – ist appetitlich in dem kleinen Laden, mit dem Mijnfrou van Goot seit dem Tod ihres Mannes sich und ihre beiden Meisjes ernährt.

Solange die Kleinen einander im Holzwagen auf dem Hof herumgeschoben, die Hühner gescheucht und anderen harmlosen Kleinkinderunsinn getrieben hatten, bewältigte ihre Mutter alles spielend. Dann aber kamen die Meisjes in das Alter, in dem ihnen der Hof zu klein wurde, und sie fanden nun immer wieder einen unbewachten Augenblick zum Ausreißen. Während Frau van Goot mit einem Ohr auf die Wünsche ihrer Kundinnen und ihr »Haben Sie schon gehört?« und »Wie finden Sie das?« hörte, lauschte sie mit dem anderen, ob sie ihre Meisjes noch hörte. Und immer häufiger kam es vor, daß sie mit einem »Entschuldigen Sie bitte einen Augenblick« verschwand und die blondgezopften Ausbrecher von der Straße einfing. »Willem darf da auch spielen!« plärrten sie – aber Willem ging auch schon zur Schule und sie noch nicht.

»Werdet der Wildfänge nicht mehr Herr, Mijnfrou, was?« erkundigte sich bei solcher Gelegenheit einmal Mijnheer Delft. »Gebt nur acht, daß sie nicht eines Tages in meine Tulpen gehen. Sind schnittreif in zwei Wochen.« – »Nein, nein, da passe ich schon auf«, beeilte sich die Frau zu versichern. »Noch schlimmer ist ja, daß sie immer auf die Straße wollen«, setzte sie besorgt hinzu. »Na, ob das schlimmer ist«, knurrte der Tulpenzüchter und ließ die Frau in Alarmstimmung zurück.

»Dieser Einspänner kennt nichts als seine Tulpen – und droht auch noch!« Unabsehbar dehnten sich hinter den Häusern seine Felder, und manches Grundstück, an das sie grenzten, gehörte ihm, auch das, welches der Händler van Goot kurz vor seinem Tod gepachtet hatte. Wenn Mijnheer Delft nun eines Tages der Witwe die Pacht kündigte? Eine Kundin betrat das Geschäft und riß Mijnfrou van Goot aus ihren düsteren Gedanken.

Und dann geschah es. Hatte nun die Mutter das Hofgatter aufstehen lassen oder konnten es die Mädchen inzwischen schon selbst öffnen, jedenfalls stapften sie über das Feld, rissen immer eine Tulpe nach der anderen ab und – was bei weitem das Schlimmste war – zertraten achtlos die wertvollen Zwiebeln. Da stand auf einmal, wie aus dem Boden gewachsen, Mijnheer Delft hinter ihnen. »So«, sagte er, weiter nichts. Dann packte er die Meisjes an ihren Zöpfen, damit sie ihm nicht entwischen konnten, und trieb sie vor sich her ihrem Hof zu. Bald stand er mit dem heulenden Gespann vor Frau van Goot, die, nichts Gutes ahnend, hinausgelaufen war.

»Mein Himmel, was haben sie denn nur angestellt?« fragte sie. Und als sie es erfuhr, stammelte sie allerlei von »Schaden wieder gutmachen« und »vielmals entschuldigen«.

»Was wolltet ihr eigentlich mit den Tulpen machen, he?« herrschte Mijnheer Delft die Kinder jetzt an. Sie begannen sicherheitshalber wieder zu schluchzen, und eine bekannte: »Verkaufen – an der Straße – wie der Willem!« – »Hm«, meinte der Herr der Tulpen, »geschäftstüchtig, muß ich schon sagen. Aber jetzt werde ich euch erst einmal verhauen!«

»Nein, bitte«, trat da energisch die Mutter dazwischen, »Sie sind schließlich nicht der Vater!« Den Nachsatz hätte sie gern wieder heruntergeschluckt, aber er war nun einmal heraus. Mijnheer Delft ließ ziemlich plötzlich die Zöpfe los, sah die

Frau seltsam an und sagte: »So, das wäre die Voraussetzung, hm.« Und dann ging er zu seinem Feld zurück. Die Meisjes liefen schnell ins Haus, um weiteren Erörterungen zu entgehen, und Mijnfrou van Goot stolperte mit gemischten Gefühlen in ihren Laden.

Als sie am Abend den Hof fegte, fand sie einen Futtereimer mit Tulpen gefüllt. Bei näherem Hinsehen entdeckte sie einen Zettel darin. »Die Rechnung«, dachte sie. Und richtig, es war ein aus dem Rechnungsblock herausgerissenes Blatt, aber es standen keine Zahlen darauf, sondern: »Werde die Meisjes nicht verhauen, hätte aber gern das Recht dazu. D.«

So begann es. Und wenn man seitdem im Frühjahr durch L. fährt, kann man alljährlich die Meisjes mit Tulpen am Straßenrand sehen. Sie sind inzwischen tüchtig gewachsen, auch der Willem. Doch der sieht jetzt meist etwas trübsinnig drein, denn seit Mijnheer Delfts Meisjes seine Konkurrentinnen sind, gehen seine Geschäfte ziemlich schlecht. Erica Wegener

Kleines Vorspiel mit Schwiegersohn

Mit einem »Briefwechsel« fängt es an und geht bald soweit, daß Christian jeden Tag kommt, um mit der zehnjährigen Veronika und ihren Puppen zu spielen.
Vorlesezeit ca. 9 Min.

Soweit ist es nun – meine Tochter Veronika hat ihren ersten Liebesbrief bekommen.

Ich hörte, wie der Briefkasten klapperte, zu einer Stunde, da kein Briefträger zu erwarten ist, und ging hin und fand den Brief.

»Veronika« stand darauf, in kümmerlicher Schrift, und auch sonst war es kein großartiger Brief. Nur ein kleines Stück Papier, kunstlos gefaltet, mit einem schmalen Streifen ver klebt. Wohl von einer Freundin, dachte ich ohne Arg und brachte das Papier meiner Tochter. »Du hast hier einen Brief bekommen, Veronika.«

Sie machte große Augen und kräuselte ein wenig die Nase, wie immer, wenn sie verwundert ist. »Einen Brief? Von wem?« Sie war gerade dabei, sich zu waschen, und stand mit nassen Händen da, darum fragte ich, ob ich den Brief öffnen solle. Ja, bitte schön, sie hätte nichts dagegen, und ich las vor:

»Liebe Veronika! Wann kann ich Dich mal trefen? Schreibe mir mal wieder. Dein Christian.«

Meine Tochter bekam eine noch krausere Nase. »Nein«, sagte sie ganz schnell, »das hast du geschrieben. Du machst wieder Witze.«

Ach nein, ich machte keine Witze. Mir war nicht danach zumute. Meine Tochter Veronika hatte ihren ersten Liebesbrief bekommen.

Nicht, daß Grund gewesen wäre, ernste Falten zwischen die Augenbrauen zu legen, mit gramvoller Stimme zu reden oder sonstwie väterlichen Zorn und Kummer herauszukehren. Du meine Güte – meine Tochter Veronika ist zehn und spielt noch Hinkekasten und mit Puppen und nimmt abends beim Einschlafen den Teddybären in den Arm. Und dieser Christian – ich kenne ihn vom Sehen, er wohnt ganz in der Nähe, ein paar Häuser weiter, ein Knabe, ein Kindskopf auch er. Ein Junge, der im Räuber- und Banditen-Spiel eine maßgebliche, laute Rolle spielt und einen Schneidezahn zu wenig hat.

Und es war ja auch kein richtiger Liebesbrief mit Geständnissen der Sehnsucht und Verehrung, mit Seufzern und Jubel und Schwüren, in nichts dem vergleichbar, was ich in meinen besseren Jahren auf diesem Gebiete zu leisten imstande war. Aber es war immerhin das erstemal, daß ein fremder Bursche meiner Tochter seine Neigung schriftlich zu verstehen gab – er wünschte, sie zu treffen. »Trefen« schrieb dieser Christian mit der Zahnlücke.

»Das muß ich gleich Mama zeigen«, sagte meine Tochter

Veronika und lief mit dem Brief hin und ich hinterher. Und dann beredeten wir die Sache zu dritt. Zu viert, denn Claudia, unsere Jüngere, redete auch mit und dazwischen. Es war ein großes Palaver hin und her. Dieser Bursche Christian brachte mir die ganze Familie in Unruhe, und ich mag das nicht. Wie kommt so ein Junge eigentlich dazu, so ein Eindringling?

»Was muß ich denn nun tun?« fragte meine Tochter Veronika, ein aufgeregtes, ratloses Kind, das ein neues Spiel lernt und noch nicht weiß, wie es gespielt wird.

Gar nichts, riet ich, sie solle gar nichts, überhaupt nichts dergleichen tun. Was sich dieser Junge denn einbilde? Einfach daherkommen und einen unorthographischen Brief in den Kasten schmeißen. Und den gleich beantworten, gerade, als wenn man auf ihn gewartet hätte – o nein!

Meine Tochter Veronika hielt nichts von meinem Vorschlag, sie maulte. »Dann ist es ja kein richtiges Spiel, wenn ich nicht antworte.« Auch ihre Mutter war gegen mich. Sie tuschelte hinter der vorgehaltenen Hand etwas von »falscher Pädagogik« und »typisch Mann«. Laut sagte sie, Veronika solle, wenn sie möge, dem Christian ruhig schreiben, so, wie sie es für richtig halte.

Das tat Veronika auf der Stelle. Sie nahm eines der Kärtchen aus ihrer Kinderpost und schrieb: »Lieber Christian! Komme doch mal am Mittwochnachmittag zu uns. Wir können dann mit meinen Puppen spielen. Deine Veronika.«

»Ist es richtig so?« fragte sie. »Hah!« sagte ich nur und stellte mir den Räuber und Banditen Christian mit Puppen vor. Aber die Mutter sagte, jawohl, so sei es gut. Veronika klebte eine der winzigen Kinderpost-Briefmarken auf die Karte, drückte den Stempel »Kinderpost« darauf, und dann trug Claudia das Schriftstück in Christians Briefkasten. Sie ließ sich den Weg von ihrer Schwester mit drei Liebesmarken bezahlen, das tüchtige Kind.

Was soll ich lange erzählen – dieser Christian kam wirklich. Mit eigenen Augen sah ich, wie er zart mit Puppen umging und behutsam die Möbel in der Puppenstube arrangierte. Dieser Matador unter Räubern und Banditen!

Doch was soll man dazu sagen? Schließlich bin auch ich ein markanter Könner auf der rauhen Kegelbahn gewesen, ehe ich mich dem besänftigenden Umgang mit Frauen zuwandte. Es war mir ein Trost und eine Genugtuung, zu sehen, daß es etwas gibt, das sich ewig gleich bleibt, was man auch sonst vom bestürzenden Wandel der Dinge und Werte reden mag.

Ach, und meine Tochter Veronika ist begeistert von dem Spielkameraden, meine Tochter Claudia mag ihn gern, und meine Frau nennt ihn einen netten Kerl, aufgeweckt und gut erzogen. »Und überhaupt, es ist schön, einen Jungen im Haus zu haben«, sagt sie, »wir haben ja keinen.«

Nun haben wir also diesen Christian mit den Fehlstellen im Gebiß und in der Rechtschreibung. Er ist nicht nur an jenem Mittwoch, er ist gleich ein paarmal hintereinander gekommen. Kein Tag ohne Christian. Christian hinten, Christian vorn. Und gestern ist er richtig zum Abendessen geblieben.

»Hör mal«, sage ich vorsichtig zu meiner Frau, »findest du nicht, dieser Christian – ich meine, er kommt ein bißchen oft, wie?« Da fängt doch meine Frau an zu lachen. Ich denke, sie lacht sich um den Verstand.

»Entschuldige«, sagt sie schließlich, »aber genau das sagte mein Vater zu meiner Mutter, als du zu uns ins Haus kamst. Damals.«

Ich möchte wissen, was es da zu lachen gibt. Es ist traurig, daß Männer in gewissen Fällen so wenig Verständnis finden.

Hans Joachimi

... in ihrem Alter!

Man darf nicht einfach so durch seine Tage schusseln, stellt Frau Werner bald nach ihrer Pensionierung fest. Sie folgt dem Rat ihres Arztes, beginnt Sport zu treiben und hat eine Menge Spaß dabei. Ihren Kindern erzählt sie vorerst nichts davon, denn die meinen, in ihrem Alter brauche sie nur Ruhe. Vorlesezeit ca. 12 Min.

Frau Franziska Werner stellte die letzte Kaffeetasse in den Schrank zurück, hängte das Geschirrtuch an den Haken und ließ sich mit einem Seufzer der Erleichterung in den neuen Korbsessel fallen. Schön bequem ist er, dachte sie dankbar, die Kollegen hatten ihr damit zum Abschied wirklich eine Freude gemacht.

Die Abendsonne schien hell zu dem Fenster der kleinen Dachwohnung herein, fing sich in den Blüten des bunten Straußes und brachte sie zum Leuchten. Franziska, von den Ihren liebevoll »Mamachen« genannt, sah es mit Vergnügen, so richtig gemütlich war es bei ihr um diese Zeit. Wie nett von den Kindern, daß sie da mit Kuchenpaketen und Blumen angetrabt waren, um ihre Pensionierung zu feiern.

Nicht nur Kuchen, auch einen neuen Fernseher hatten sie gespendet – »wo du doch nun nicht mehr so früh aufstehn mußt!«

Richtig, um fünf brauchte sie nun nicht mehr raus – kein Autobus, keine Stechuhr, kein Fließband warteten mehr auf sie. Wie oft hätte sie in den letzten Jahren abends gern noch einen Film gesehen – und war dann doch lieber ins Bett gegangen. In ihrem Alter vertrug man es einfach nicht mehr, sich die halben Nächte um die Ohren zu schlagen, wenn man so früh aus den Federn mußte.

Na, das war ja nun vorbei. Aber den Wecker würde sie doch stellen – nur um sich dann genüßlich auf die andere Seite drehen zu können. Erst so um acht oder halb neun, da würde sie aufstehen und die Kaffeetasse ans Fenster tragen und mit den Spatzen frühstücken.

»Hoffentlich langweilst du dich nicht zu sehr«, hatte Klaus, ihr Ältester, gesagt, »aber du weißt ja, du kannst immer zu uns kommen.« Mamachen lächelte ein bißchen in der Erinnerung an Ninas erschrockenen Blick und in Erinnerung an die hastige Bewegung, mit der ihre Schwiegertochter den kleinen Heinz an sich gezogen hatte. Nein, nein, das »Kind« brauchte keine Angst zu haben, sie war alt genug, um zu wissen, daß gerade für Schwiegermütter der Rat gilt: »Willst du etwas gelten, komme möglichst selten.« Und was den kleinen Heinz anbelangte, sie liebte ihn natürlich heiß, wie alle Großmütter ihre Enkelkinder, aber sie wußte auch, daß die Nina immer ein bißchen eifersüchtig war, wie alle berufstätigen Mütter, die ihre Kinder nicht genug sehen.

»Warum soll sie sich denn langweilen«, hatte Ingrid, ihre Tochter, gefragt, »in ihrem Alter ist man ja schließlich froh, wenn man endlich seine Ruhe hat.« Mamachen seufzte ein bißchen. Ach ja, die Ingrid! Sehr elegant, sehr selbstbewußt und immer ein wenig kühl war ihre große Tochter. Ob es wohl diese Kühle war, die den Karl davongetrieben hatte? Mamachen trauerte ihm immer noch heimlich nach, sie hatte ihn gern gemocht – ihren Schwiegersohn. Na ja, auf sie kam es dabei ja nicht an, die Ingrid wenigstens schien darüber hinweg zu sein. Sie hatte sich eine selbständige Stellung geschaffen, besaß eine elegante Einzimmerwohnung, verbrachte ihre Ferien im Ausland und war jederzeit bereit, für die Gleichberechtigung der Frau auf die Barrikaden zu klettern und jedem ihre Meinung fix und fertig zu präsentieren – sogar die über das Alter, obgleich sie davon doch eigentlich noch wenig wissen konnte. –

Die Pensionierung fing eigentlich sehr erfreulich an. Für einige Wochen war Mamachen völlig ausgelastet – wer weiß nicht, wieviel Dinge da so liegenbleiben, die eigentlich hätten getan werden müssen und für die man keine Zeit fand, solange man arbeitete. Aber nun blitzte die kleine Wohnung. Langsam fand Mamachen, daß das Fernsehen, das Pulloverstricken für den kleinen Heinz, die Volksbücherei ein paar Häuser weiter, der Blumenkasten vor dem Fenster und der Kanarienvogel eigentlich doch nicht lebensfüllend seien.

Irgendwie fühlte sie sich jeden Tag ein bißchen müder. Das ist deine Schuld, schalt sie sich. Man darf nicht einfach so durch seine Tage schusseln; einmal am Tag um den Block zu latschen, ist einfach nicht genug.

Das fand der alte Doktor Müller, der sie schon seit vielen Jahren kannte, dann auch: Zu wenig Bewegung, zuviel Kaffee, ein zu hoher Blutdruck, und Übergewicht habe sie auch. Kein Wunder, daß sie wie eine Lokomotive schnaufe, wenn sie die vier Treppen zu ihrer Mansardenwohnung hinaufklettere. Ob sie nicht ein bißchen Sport treiben könne, jetzt wo sie nicht mehr arbeite und endlich Zeit hätte. Sie brauche ja nicht gleich für die Olympiade zu trainieren. Doktor Müller war trotz seines Alters ein recht fortschrittlicher Mann.

Ganz benommen kam »Mamachen« nach Hause. Sport treiben – in ihren Jahren? Der machte sich wohl lustig über sie? Sie trat vor den Spiegel und krauste die Nase – na ja, etwas rundlich war sie doch, ein bißchen schlanker könnte sie schon werden, dann würde ihr vielleicht auch das »Graue« wieder passen. Hatte sie nicht in der Volksbücherei einen Anschlag für Gymnastik- und Schwimmstunden gesehen? Na, fragen konnte sie ja mal.

Und dann fing ein ganz neues Leben an. Sie, die schon gequietscht hatte, wenn sie nur den großen Zeh ins Wasser steckte – sie lernte jetzt schwimmen. Und am Gymnastikkurs nahm sie auch teil. Nach ein paar Wochen merkte sie es dann – es war gar nicht mehr so mühsam, die Treppen zu ihrer Wohnung hinaufzuklettern. Leichter bücken konnte sie sich auch – und das gute »Graue« paßte wieder, kniff nur noch ein wenig unter den Armen.

Neue Freunde gewann sie und neue Bekannte. Oft hatte sie das Gefühl, sie hätte seit Jahren nicht soviel gelacht. Sie waren ja schließlich alle nicht mehr die Jüngsten und 'ne komische

Figur machte jeder von ihnen bei den ersten Übungen. Aber das war es eben, man lachte nicht übereinander, man lachte miteinander.

Im geheimen gestand sie sich, daß sie eigentlich seit ihrer Jugend nicht mehr so sorglos und so glücklich gewesen sei. Nur den Kindern, den Kindern verriet sie kein Wort von ihrem bewegten Leben. Irgendwie fürchtete sie sich vor dem kühlen, leicht spöttischen Blick ihrer Tochter. Was hatte Ingrid gesagt: in ihrem Alter?

Wie sie siebenundsechzig war, wagte sie sich an das große Abenteuer, sie fuhr in den Schwarzwald zum Skikurs. Keine Pisten natürlich, aber einen Anfängerkurs auf dem Übungsgelände und Langlauf durch die verschneiten Wälder. War das schön, durch den stillen Wald zu gleiten.

Sie war noch so glücklich bei ihrer Rückkehr, daß ihre Begeisterung überschwappte. Dem Klaus, der wie jeden Mittwoch nach dem Dienst auf eine Tasse Kaffee kam, blieb einfach der Atem weg bei ihrem Bericht.

Er war dann auch noch ganz erschlagen, als er nach Hause kam. Ingrid war da, und Nina schöpfte gerade die Suppe aus. Ingrid würde bei Heinz bleiben, obwohl das ja kaum mehr nötig schien. Aber er war halt nicht gern allein am Abend. Nina und Klaus waren eingeladen beim Kollegen Müller.

»Wir hätten Mamachen bitten können, aber bei dem Schlackenwetter und in ihrem Alter«, sagte Nina gerade.

Klaus prustete los. Nina erstarrte zur Salzsäule, die Schöpfkelle in der Hand. »Was gibt's denn da zu lachen?«

Klaus wedelte sich mit der Serviette Luft zu, die Tränen liefen ihm über das Gesicht. »Mamachen zu alt, um den Bus zu nehmen! Haha, Mamachen treibt Sport.«

»Du bist wohl total verrückt geworden«, erkundigte sich seine Schwester. »Mamachen treibt Sport – in ihrem Alter! Sag doch gleich, sie läuft Ski!«

»Das ist es ja gerade, was ich versuche euch klarzumachen – sie läuft Ski!«

Ingeborg Neubauer

Die Frühlingstante

Im Frühling jeden Jahres kommt Tante Lisette zu Besuch. Sie versucht, die Kinder für Kunst und Poesie zu begeistern.
Vorlesezeit ca. 7 Min.

Tante Lisette pflegte wie ein Flugvogel bei uns aufzutauchen, flatterte von Gut zu Gut in der Verwandtschaft umher und ließ sich dann bei ihrem Bruder, Onkel Gottliebchen, für einige Wochen nieder. Und da wir Kinder die Osterferien immer bei Onkel Gottliebchen und Tante Olli verbrachten, waren Frühling und Tante Lisette für uns zu einem Begriff zusammengewachsen; es gab keinen Frühling ohne Tante Lisette und keine Tante Lisette ohne Frühling. Weswegen diese Tante von uns nur die »Frühlingstante« genannt wurde. Die übrigen Jahreszeiten verbrachte sie, wie man damals bei uns sagte, im »Ausland«, womit die ganze übrige Welt außer dem Zarenreich bezeichnet wurde: in Dresden, Rom, Nizza, München oder Meran.

Es hieß – aber das erfuhren wir natürlich erst viel später –, daß diese Frühlingstante in ihrem eigenen Frühling mit irgendeinem berühmten Pianisten ziemlich geräuschvoll irgendwohin in südliche Gefilde entflogen sei, und dann war sie eben ein Zugvogel geblieben.

Sie brachte etwas von einer anderen, seltsamen Welt in unser abgeschiedenes Dasein, wirbelte abgestandenen Staub auf und gab der ganzen Verwandtschaft für den Rest des Jahres reichlich Stoff zum Sichentrüsten oder Schmunzeln.

Tante Lisette war musikalisch, spielte und sang mit Leidenschaft und Ausdauer »Frühlingserwachen« – »Laßt läuten die Glocken fern und nah, sie sollen frohlocken: der Lenz ist da!«

Dieser Lenz – das Wort war bei uns nicht gebräuchlich – machte uns Kindern viel Kopfzerbrechen. Denn der alte, immer betrunkene Akzisenbeamte hieß Lenz, und wir konnten nicht begreifen, warum die Glocken ausgerechnet für diesen Trunkenbold so frohlocken sollten. Tante Lisette erklärte uns, Lenz sei dasselbe wie Frühling, nur noch poetischer.

Überhaupt schwärmte die Frühlingstante für alles Poetische und Schöne, pflegte den uns Kindern geheimnisvollen Namen »Goethe« bei jeder Gelegenheit mit einer solchen Inbrunst auszusprechen, daß es der nüchternen Tante Olli auf die Nerven ging und sie sich zu dem Stoßseufzer hinreißen ließ: »Erbarmung, dieser alte eklige Joethe.«

Wodurch dieser Name uns Kindern noch rätselhafter und anziehender wurde – besonders, als wir etwas davon aufschnappten, daß dieser »alte eklige Joethe mit so viel Frauenzimmern poussiert« hätte.

Doch Tante Lisettes größte Leidenschaft war, uns in das Reich der Künste, vor allem der Musik und Poesie, einzuführen, und ihr beständiger Traum, uns selbst zu Künstlern zu machen: der eine sollte Maler, der andere Musiker werden, und zu mir sagte sie eines Abends mit glänzenden Augen: »Und du wirst Dichter.«

»Was ist ein Dichter?« erkundigte ich mich betroffen.

»Das ist ein Mann, der Gedichte macht.«

»Und was ist ein Gedicht?«

»Das will ich dir sagen«, mischte sich Onkel Gottliebchen in unsere poetische Unterhaltung. »Paß mal auf. Es ist zwar kein Gedicht von deinem Joethe, aber jedenfalls auch von einem großen Dichter:
Auf dem Felde immer schriller,
läßt die Lerche ihren Triller.«

»Aber, Gottliebchen«, schrie Tante Lisette entsetzt auf, »das ist doch keine Poesie. Man sagt ›trillern‹ oder ›jubilieren‹ – aber doch nicht ›läßt ihren Triller‹.«

»Ich finde das ganz besonders poetisch«, beharrte Onkel Gottliebchen eigensinnig, »Lerchen lassen auch sonst allerlei...«

Dann flog die Frühlingstante wieder davon. Aber am Tage ihrer Abreise schenkte sie mir ein Poesiealbum, auf dem mit goldenen Buchstaben die vielversprechende Inschrift prangte »Poesie«. Dahinein sollte ich dichten.

Ich schlich, die Poesie am Busen verborgen, einsam sinnend über die Felder, lauschte verträumt dem Trillern der Lerchen, aber immer, wenn ich die schönen Reime »jubilieren« und »quinquillieren« zu einem Vers vereinigen wollte, zerstörte das prosaische »läßt ihren Triller« meine poetische Stimmung. So blieb das Poesiealbum leer.

Bis ich, auf Onkel Gottliebchens Rat, meine stolzen Jagderfolge in das Album eintrug: den ersten Birkhahn, den ersten Bock, den ersten Elch. Onkel Gottliebchen meinte, das hätte mehr Sinn als Verse.

Siegfried von Vegesack

Na und?

Die Mutter muß zur Kur. Während dieser Zeit versorgt ihre Schwiegermutter die Familie. Alles klappt vorzüglich. Oma ist durch nichts zu erschüttern. Sogar das blödsinnige »Na und?« gewöhnt sie den Kindern ab.
Vorlesezeit ca. 6 Min.

Das »Na und«-Alter meiner Kinder ist über mich hereingebrochen. Immer habe ich gehofft, daß mir erspart bleiben würde, was ich bis zum Überdruß in allen mir bekannten kindergesegneten Familien mehr oder weniger eindringlich miterlebt habe.

Es fängt schon beim Wecken an: »Aufstehen, Thomas, es wird höchste Zeit!«

»Na und?«

Später: »Beeile dich bitte, du kommst zu spät zur Schule!«

»Na und?«

Ich habe es nie glauben wollen, daß man diesem »Na und« so hilflos gegenübersteht. Da fangen Sie nur an mit Erklärungen, was alles geschehen kann und wird, wenn ...

»Na und?« ist die Antwort.

Das nimmt Ihnen jeden Wind aus den Segeln, haut alle Argumente kaputt und macht mundtot, ob Sie wollen oder nicht.

Gerade jetzt aber muß ich dringend zur Kur, es hilft alles nichts. Wie wird nur meine Schwiegermutter in diesen Wochen mit den unleidlichen »Na und-Kindern« fertig werden? Ich gebe mir alle Mühe, diese, so überzeugend ich nur kann, um ein wenig Dankbarkeit für Omas Hilfsbereitschaft und um Rücksichtnahme auf ihr immerhin schon fortgeschrittenes Alter zu bitten. Sie enthalten sich zu meinem Erstaunen dabei sogar des üblichen »Na und?«. So kann ich nur hoffen.

Die Berichte, die ich im Stil von Zeitungskurzmeldungen während meiner Abwesenheit erhalte, sagen von allen Seiten nur das Beste. Niemand will natürlich meine Ruhe und damit die notwendige Wiederherstellung gefährden. Trotzdem fahre ich mit einigem Herzklopfen nach vier Wochen wieder heim. Am Bahnhof werde ich von allen mit beachtlicher Lautstärke in Empfang genommen. Die Kinder strahlen vor Gesundheit und Lebensfreude. Forschend schaue ich Schwiegermama ins Gesicht. Was würde ich von ihr zu hören bekommen?

Aber nein, auch von ihr aus ist alles in Ordnung. Keinerlei Klagen. Die Kinder behaupten: Oma ist eine Wucht! Das haben sie von mir, soviel ich weiß, noch nie gesagt.

Abends, als alles ruhig ist, frage ich dann aber doch, wie Oma denn klar gekommen sei. »Bestens, meine Liebe, bestens. Sie hatten zwar recht komische Angewohnheiten, das muß ich schon sagen, sowas gab es bei meinen Kindern natürlich nicht, aber das ist schließlich eure Sache.«

»Hast du gar keine Schwierigkeiten gehabt?« Fast bin ich ein bißchen enttäuscht, daß andere mit meinen Kindern offenbar besser fertig werden als ich, und auch ein wenig neidisch.

»Schwierigkeiten? Warum denn? Ich habe gesagt, wie ich es haben wollte, und damit gut. Ist doch ganz einfach!«

Ich kann nur staunen. Was um alles in der Welt mache ich selber denn falsch?

Am nächsten Morgen, es ist Sonntag, sitzen wir zu einem Abschiedsfrühstück gemütlich am Tisch. Oma fährt wieder heim. Zwar habe ich meine hausfraulichen Pflichten sofort wieder übernommen, halte mich sonst aber noch zurück. Die Unterhaltung wird darum von Oma und meinen vier Trabanten bestritten. Es scheint, als wollten sie der Oma zum Schluß alle noch recht imponieren. Sie erzählen abwechselnd die tollsten Geschichten aus Freundeskreis, Schule oder Kindergarten. Aber Oma ist nicht zu erschüttern, regt sich über nichts auf und hat als Antwort nur ab und zu ein kurzes »Na und?«

Erst da fällt es mir auf – dies »Na und« ist bisher nicht einmal bei den Kindern gefallen, nur bei der Oma! Mein getreuer Ehemann klärt mich abends auf.

»Das hat sich Oma genau einen Tag angehört, dies blödsinnige ›Na und?‹ Dann hat sie selber konsequent bei jeder sich bietenden Gelegenheit ein äußerst gekonntes ›Na und?‹ angebracht. Sogar mir gegenüber, ob du es glaubst oder nicht. Zuerst haben die Kinder gelacht. Dann fingen sie an zu fragen, was heißt ›Na und, Oma?‹ Aber Oma hat sich nicht fangen lassen. Ihr unentwegtes ›Na und?‹ hat unsere Kinder einfach zum Verstummen gebracht. Ich habe es erlebt, daß Hans bei einem seiner immer seltener werdenden ›Na und?‹ sich sofort verbesserte: Ach Quatsch, dummer Schnack!«

Und das war es ja wohl auch. Erika Mahlow

Die Straße blüht

In der Nacht hat der Sturm die Dolden des Rotdorn abgerissen. Kinder sammeln die Blüten auf und verschenken sie an Bekannte und Fremde. Die letzten Blüten erhält eine Frau, die gerade mit schwerem Herzen vom Arzt kommt. »Die ganze Straße blüht«, sagt das Kind. Die Frau blickt auf und faßt wieder Mut.
Vorlesezeit ca. 10 Min.

Der Vierjährige stürmte die Treppe hinauf und klingelte aufgeregt.

»Was ist?« fragte die Mutter erschrocken und besorgt, denn sie war zu sehr an aufgeschlagene, blutende Knie gewöhnt.

»Die Straße blüht!« jubelte der Kleine und hielt der Mutter mit beiden Händen rote Blüten entgegen.

»Der Rotdorn«, staunte die Mutter und eilte von der Küche in das Wohnzimmer. »Wahrhaftig, der Rotdorn«, sagte sie noch einmal und schüttelte den Kopf dabei. »Bin ich bis jetzt denn blind gewesen?«

Inzwischen hatte der Kleine ein Wägelchen hervorgeholt. »Jetzt laden wir Blumen auf«, rief er und verschwand wieder.

Auf der Straße warteten bereits zwei Knirpse auf ihn, die nun emsig darangingen, die in der Nacht vom Sturm abgerissenen Dolden zu sammeln. Bald war das Wägelchen von vielen kleinen Buketten überfüllt. Röschen an Röschen, rot, üppig, sehr leuchtend.

»Was machen wir nu?« fragte der eine Knirps und hielt zum besseren Nachdenken seinen Zeigefinger an die Nase.

»Jetzt verschenken wir sie«, schlug der zweite vor, »wenn der Wagen leer ist, geht's von vorn los!«

Sein Vorschlag fand Zustimmung.

Zuerst kam das Fräulein, das im Konsum an der Kasse saß. Das kannten die Knirpse von ihrem täglichen Milcheinkauf her. Sie stürzten der Ahnungslosen entgegen. Jeder streckte ihr ein Rotdornsträußchen hin. »Ach, das ist aber nett von euch«, lobte das Fräulein und lächelte. »Da werde ich gleich ein Sträußchen an meinen weißen Mantel stecken. Bestimmt kaufen die Leute dann noch mal so gern bei mir ein.«

Davon waren die drei ohne weiteres überzeugt.

Gleich darauf kam die Zeitungsfrau mit ihrem gelben Wagen.

»Hier, schöne Blumen«, riefen die drei, »ganz frisch und umsonst.« Sie rannten zu der Frau hin, die ihren Wagen an das Tor gestellt hatte und die Zeitungen abzählte.

»Na, ihr Bengel«, sagte sie, »treibt ihr mal keinen Unsinn?« Die Knirpse überschrien sich und zeigten auf die Straße, wo noch mehr Rotdornbukette lagen. Von jedem nahm die Zeitungsfrau ein Blütenzweiglein an und steckte es vorn an ihren Wagen.

»So«, sagte sie, »heute mit Frühling.«

Ehe sie mit ihren Zeitungen ins Haus ging, strich sie den Kleinen über die Köpfe. Dann wandte sie sich schnell ab. Die Kinder sollten nicht sehen, daß sie ihre Augen wischen mußte. Sie hatte auch zwei solch muntere Kleinen gehabt. Glückliche Zeit! Als sie herangewachsen waren, kam der Krieg und nahm sie ihr.

»Alle freuen sich«, riefen die Knirpse und hopsten dabei herum. Ein Mann in Uniform bog um die Ecke. Auf die drei zu. Die wußten jetzt nicht, was sie tun sollten. Herrn Wagner kannten sie. Sehr gut kannten sie ihn. Er war der Abschnittsbevollmächtigte und erfuhr beinahe alle Dummheiten, wenigstens alle größeren. Zum Beispiel, wenn sie mit Steinen um die Wette warfen oder den Inhalt der Futterkübel auf die Straße schütteten. Da hatte er sehr eindringlich mit ihnen geredet, und sie hatten alles eingesehen und es auch nicht wieder gemacht. Eigentlich war jetzt ihr Gewissen so ziemlich rein. Bis auf den Sandhaufen, der zum Straßenbau gebraucht wurde und in den sie mit beiden Füßen hineingesprungen waren, weil das so schön weich war. Aber es hatte dem Sand ja bestimmt nicht geschadet. So flüsterten sie ein wenig miteinander, dann gingen sie beherzt auf den Polizisten zu.

»Wir möchten Ihnen etwas schenken«, sagten sie respektvoll und hielten verlegen ihre Blüten in der Hand.

»Vielleicht können Sie eine an Ihre Uniform stecken«, ergänzte der Kleinste und dachte dabei an den weißen Mantel der Verkäuferin.

Der Polizist lachte. »An die Uniform? Das geht nicht. Aber einstweilen in meine Aktentasche, und im Revier stelle ich die Blümchen sofort in eine Vase. Weil sie von euch sind.«

Da waren die drei hochauf zufrieden. »Aber trotzdem nicht mehr in den Sand springen!« rief Herr Wagner ihnen noch nach. Die drei wunderten sich sehr, woher er nur immer alles wußte.

Sie beglückten noch etliche, Bekannte und auch Fremde, mit ihren Blumen. Sie hatten gar nicht mehr viel in ihrem Wägelchen, als eine Frau kam.

»Die kriegt die letzten auf einmal«, sagte der eine, »dann spielen wir mal was Neues«. – Die anderen beiden nickten zustimmend.

Die Frau war ganz in Gedanken versunken. Sie sah weder die blühende Straße noch hörte sie die zwitschernden Vögel, vielleicht wußte sie nicht einmal, daß die Sonne schien. Sie wußte nur, daß sie unglücklich war, sehr unglücklich.

Sie kam vom Arzt. Noch ein Kind sollte sie haben. Jetzt, wo die beiden anderen schon groß waren. Jetzt, da sie nicht mehr zu den Jüngsten zählte. Und sie dachte mit Schrecken an die Beschwerden, an die schlaflosen Nachtstunden, an all die Mühe.

»Hallo, Sie!« rief da einer der Knirpse. Die Frau hörte nicht. Die drei wunderten sich. Sie hatten heute immerhin einige Erfahrungen im Schenken gewonnen. So stellten sie sich breitbeinig vor ihr auf und versperrten ihr den Weg.

»Hallo, Sie!« wiederholten sie den Ruf, ihre letzten kleinen Blumenästchen in den Händen. Da merkte die Frau endlich auf und sah die Kinder an.

»Hier, für Sie«, sagten die Kleinen und warfen ihr die Blumen fast in die Arme. Dann rannten sie schnell weg. »Jetzt spielen wir Verstecken«, riefen sie.

Die Frau stand da und sah auf die roten Röschen in ihrem Arm. Fast ärgerte sie sich. Wie dreist doch die Kinder waren! Beinahe hätte sie die Blumen auf die Straße fallen lassen. Da kam noch einmal ein Kind auf sie zugerannt.

»Hier, das gehört dazu«, sagte es und reichte ihr noch ein Zweiglein hin. »Die ganze Straße blüht nämlich!«

Dann rannte es wieder davon.

Die Frau hob die Augen. Wahrhaftig, über ihr ein Blütendach neben dem anderen. Rot, üppig, sehr leuchtend. Und die Vögel sangen, und die Sonne schien. Jetzt sah es die Frau, daß der Tag gar nicht grau und trübe war. Sorgsam steckte sie die kleinen Ästchen zu einem Strauß zusammen.

Margot Langner

März

Sich einsetzen für andere

Einer trage des andern Last,
so werdet ihr das Gesetz Christi erfüllen.

Galater 6, 2

Passionszeit – ich erinnere mich an harte Bänke in der sogenannten »Alten Schule«, wo wöchentliche Andachten stattfanden vor einem kleinen Häufchen Unentwegter; nur wenige Gläubige versammelten sich, meist weiblichen Geschlechts, die inbrünstig und laut »Einer ist's, an dem wir hangen« sangen und uns Halbwüchsige vor den Kopf stießen mit der befremdlichen Lust an trüb-traurigen Passionsliedern, in denen Jesu Leid und Schmerzen am Kreuz in schrecklicher Deutlichkeit ausgemalt werden. »Der für uns in den Tod gegangen und uns erkauft mit seinem Blut.« Schlimm die Vorstellung für das Kind: Jesu Blut eine Ware, die geopfert wird zum Wohle aller, also auch für mich.

Es dauert Jahre von angefangenen, unterbrochenen, wieder aufgenommenen Denkanstrengungen, um dem Geheimnis dieses Opfers näherzukommen; näherzukommen, ohne es je ganz begreifen zu können. Ich bin erlöst, befreit, angenommen. Einer ist da, der mit seiner Zusage zu mir meinem Leben eine Wendung gegeben hat. Ohne Vorleistung, einfach durch das Vertrauen in diese Zusage – und wie schwer fällt dieses Vertrauen immer wieder! – bin ich geborgen, für alle Zeiten bewahrt.

Nur so wenig – besser: so viel! – wird von mir verlangt, daß ich Ja dazu sage.

»Größere Liebe kann niemand aufbringen, als daß er sein Leben für seine Freunde hingibt«, so lesen wir im Johannesevangelium. Jesus hat es für uns getan. Unter Einsatz seines eigenen Lebens Unmögliches zu wagen, wie es uns aus allen Jahrhunderten durch beispielhafte Taten einzelner übermittelt wird, das gelingt wohl nur dem, der sein Leben in dieser Weise geborgen weiß, der erfahren hat, daß Leid und Tod durch Christus überwunden sind.

Überwunden, nicht abgeschafft. Leid trifft jeden von uns, aber die Frage ist, wie es uns antrifft. Kummer und Schwierigkeiten sind ja nicht eine feste Größe, sie werden erst zu etwas in meinem Leben durch meine Reaktion. Und die ist abhängig davon, daß der Glaubende seine Lebensschwierigkeiten im Blick auf Gott anders erfährt.

Sein Leben einsetzen – das geschieht oft unauffällig. Da etwa, wo einer seine Existenz drangibt für eine Sache, die es ihm wert ist, einen Menschen, der ihn braucht: die Erforschung eines neuen Medikaments; die lebenslange Pflege eines Gebrechlichen; das Ausharren bei dem zum Trunkenbold gewordenen Ehemann; der Dienst an unheilbar Kranken.

Von einem Opfer sprechen wir, wenn zugunsten dieser Aufgabe eigene Bequemlichkeit, eigener Nutzen zurückgestellt werden. Was aber erfährt der, dem dieses Opfer gelingt? Neben der tiefen Befriedigung über ein tapfer in Angriff genommenes, vielleicht auch erfülltes Vorhaben die Befreiung von dem lastenden, krank machenden Kreisen um das eigene Ich: genug, um den Einsatz wagen zu wollen.

Almuth Hochmüller

Wer sein Leben hingibt

Luise, die früh ihre Eltern verloren hat, findet in der Familie des Dr. Salomon ein neues Zuhause. In der Zeit des Dritten Reiches bringt sie heimlich die drei Jungen der Doktorsleute über die Grenze. Als das herauskommt, wird sie deswegen in einem Lager halb zu Tode geschunden.
Vorlesezeit ca. 12 Min.

Es war ein trockener Nachmittag im Spätjahr, als ich den kleinen Bergfriedhof wieder einmal besuchte. Das Laub der Ahornallee raschelte scharf unter meinen Schritten, ein Rotkehlchen flötete irgendwo. Nahe bei der Kapelle deckte der weißhaarige Gärtner einen Hügel mit Tannenreisig zu. Ich war schon grüßend weitergegangen, als mein Blick auf das Granitkreuz mit der knappen Inschrift fiel: Luise Weingart. Joh. 15,13.

In meiner Erinnerung regte sich etwas, blieb aber unscharf, so wandte ich mich an den Gärtner: »Mir ist, als hätte ich den Namen im Städtchen schon gehört?«

»Mag sein. Die Leute reden viel, vergessen aber auch schnell, auch für gute Taten haben sie manchmal ein schlechtes Gedächtnis.«

»Luise Weingart starb nach dem Krieg?« so tastete ich weiter. Unter den buschigen Brauen des Alten hervor traf mich ein prüfender Blick, dann wies er mit einer Kopfbewegung wieder auf das Kreuz. »Johannes 15, Vers 13. Wissen Sie die Stelle?«

Nein, ich wußte sie nicht, doch überging er meine Verlegenheit und griff wieder nach seinem Reisig. »Ich muß da noch zudecken, aber wenn Sie Zeit haben, kann ich es Ihnen ja erzählen.«

Ich hatte Zeit. Ich sah zu, wie er die Zweige über das Erdreich breitete und lauschte seinen Worten. Er hatte Luise Weingart gut gekannt. Als sie früh beide Eltern verlor, pflegte er das Doppelgrab und sprach manchmal mit dem kleinen Mädchen, wenn es zum Friedhof kam. Sie war so tapfer in ihrer Verlassenheit, später fand sie dann bei Dr. Salomon in der Mohrenstraße wieder ein Zuhause. Zuerst betreute sie nur die drei kleinen Jungen, später nahm sie der kränkelnden Frau immer mehr von ihren Lasten ab. Im Arzthaus gab es viel zu tun, aber Luise war jung und gesund. Ihr ganzes Herz hing bald an den Salomons, zumal an den Kindern, und so wuchs sie immer mehr in die Familie hinein.

Mit der Zeit wurde Luise ein schönes Mädchen. Der Förster Kilian, später der Lehrer Wagner baten sie um ihre Hand, aber sie sagte jedesmal nein. Dergleichen blieb nicht geheim in einer kleinen Stadt. Man schüttelte den Kopf über die arme Waise, der kein Bewerber gut genug war. Er selber, der Gärtner, versuchte einmal, sie väterlich zu ermahnen. Die Liebe eines rechten Mannes dürfe ein Mädchen nicht geringachten, so etwa fing er an, aber viel weiter kam er auch nicht.

»Ich achte die Liebe nicht gering, aber ich glaube, daß es noch etwas anderes gibt, eine andere Liebe, und außerdem werde ich bei den Salomons sehr gebraucht.« Sie sagte es ernst und entschieden, doch worauf sie hinauswollte, erfuhr er erst später, als Luise zum letztenmal auf den Friedhof kam, um Abschied von dem Grab zu nehmen. Die Salomonkinder waren jetzt außerhalb auf der Schule, es ging im Doktorhaus nicht mehr so unruhig zu, und die Frau fühlte sich kräftiger. Nun ging Luise fort zu den Schwestern; sie wollte wieder pflegen, kranke Leute oder Kinder vielleicht. Pflegen war ihr zum liebsten Beruf geworden.

Wieder gab es Verwunderung und Gerede, das aber bald verstummte, da man von Luise nicht mehr viel hörte und sie über mancher neuen Beunruhigung schließlich ganz vergaß. Es kam nun die Zeit heran, in der es nicht mehr leicht war, den Namen Salomon zu tragen. In der kleinen Stadt blieben sie zwar lange vernünftig genug, den tüchtigen alten Arzt in Frieden zu lassen, aber das Gift breitete sich ja aus wie die Pest. Eines Nachts wurden im Doktorhaus die Scheiben eingeworfen und bald darauf die Salomonschen Kinder aus dem Internat gewiesen. Sie kehrten in die Mohrenstraße zurück und lebten mit den Eltern hinter verschlossenen Türen und Läden. Nur selten sah man einen der Salomons zum Kaufmann gehen. Einmal traf jemand den Doktor spätabends in der Apotheke, wo er Medizin für seine Frau holte, der es wieder schlechter ging.

Eines Tages hieß es dann, Luise sei wieder in der Stadt. Eine Frau sah sie ins Doktorhaus gehen, und am Sonntag in der Kirche sahen sie viele. Sie sah wie früher aus und benahm sich auch so; freundlich und zurückhaltend zugleich. Auch dem alten Gärtner, der sie am Grab ihrer Eltern traf, sagte sie nur, sie sei gekommen, weil die Salomons sie brauchten.

Von der Arztfamilie sah man nun keinen mehr auf der Straße. Die Läden blieben immer geschlossen, nur zum Garten hinaus, wohl an dem Zimmer der kranken Frau, stand manchmal das Fenster offen. Was taten sie nur alle in dem stillen Haus? Würde das Unheil an ihnen vorübergehen? So viel wie in dieser Zeit war wohl in der Stadt noch niemals gefragt und geflüstert worden, doch niemand konnte Antwort geben, niemand voraussehen, was dann geschah.

Sie hatten das Haus am späten Abend erst umstellt, doch den Nachbarn in der Mohrenstraße blieb es natürlich nicht verborgen. Ein hüftlahmer Junge, den der Doktor lange behandelt hatte, schlich sich ins Haus gegenüber auf den Speicher und beobachtete durch eine Luke, was unten vor sich ging. Die Uniformierten durchsuchten alles von oben bis unten, selbst im Garten leuchteten sie herum. Nachher verließen sie mit den beiden alten Salomons und Luise das Haus, stiegen in die Autos und fuhren davon. Von den drei Kindern wollte der Junge keines gesehen haben.

Lange Zeit hörte man nichts. Dann wollte jemand erfahren haben, der Doktor und seine Frau seien mit einem Transport in den Osten gebracht worden; Luise aber werde der Prozeß gemacht, weil sie den drei Jungen zur Flucht ins Ausland verholfen habe. Viele hielten das für ein phantastisches Gerücht, denn die Grenze war weit. Man fragte aber auch in dieser Zeit schon nicht mehr viel nach dem einzelnen. Jeder hatte genug an seiner eigenen Not, und selbst als nach Kriegsende erzählt wurde, im Kreiskrankenhaus liege eine Sterbende mit dem Namen Luise Weingart, die auf dem Bergfriedhof begraben werden möchte, bewegte das die Gemüter nicht mehr. Nur der alte Gärtner machte sich auf den Weg, um nach Luise zu sehen. Er fand eine Frau mit grauem, verfallenem Gesicht, die ihm mühsam entgegenlächelte: »Ich wollte gern zu den Schwestern zurück, aber ich schaffe es nicht; und wenn es sich machen läßt, möchte ich hier bei den Eltern liegen.« –

Der alte Mann war jetzt fertig mit seiner Reisigdecke und richtete sich langsam auf. »Neben den Weingarts war nichts mehr frei. Die Reihengräber füllen sich immer schnell; aber hier neben der Kapelle ist es ja auch ganz schön. Dem jungen Doktor Salomon gefiel der Platz.«

»Dem jungen Doktor Salomon?«

»Ja. Der Älteste ist wieder Arzt geworden, drüben überm Wasser. Vor ein paar Jahren war er hier. Er hat nach seinem Haus gesehen, dann den Stein hier setzen lassen und mir auch das Ende der Geschichte erzählt.«

Die Salomons hatten Verwandte im Ausland, die sie damals hier herausholen wollten. Für den Doktor und seine kranke Frau gab es keine Rettung, aber die Jungen sollten es wenigstens versuchen. Ohne Luise würden sie freilich alle nicht mehr leben. Sie lief mit ihnen nächtelang durch vereiste Wälder und Schluchten und riß sie immer wieder hoch, wenn sie nicht weiter wollten. Den Jüngsten mußte sie zuletzt kilometerweit auf dem Rücken tragen. Wie sie es schließlich schaffte, das konnte der Doktor selber nicht mehr sagen. Nur, daß Luise viel gebetet hatte, darauf besann er sich noch, und daß sie dann irgendwie unerkannt durch die Postenkette kamen. Und während seine Eltern im Osten zugrunde gingen, wurde Luise in einem Lager halb zu Tode geschunden.

So erzählte es der junge Salomon, und er bestimmte noch,

daß auf dem Granitkreuz Luises Name stehen sollte, darunter Joh. 15, Vers 13. Weiter nichts. Der Pfarrer und der Bürgermeister meinten, man hätte die Stelle aus Johannes vielleicht richtig hinschreiben sollen, weil doch die Leute heute nicht mehr so bewandert sind in der Schrift.

»Aber ich denke, das wäre nicht in Luises Sinn gewesen. Nicht wahr?«

»Ja«, sagte ich und räusperte mich nach dem langen Zuhören, »ich glaube, jetzt weiß ich, welche Stelle es ist.«

»Diese ist es.« Der alte Mann blickte auf den Efeu am Kreuz, und seine Stimme klang spröde: »Größere Liebe kann niemand aufbringen, als daß er sein Leben für seine Freunde hingibt.«

Auf dem Friedhof dunkelte es rasch. Die Inschrift war nicht mehr zu erkennen, nur das Kreuz hob sich schwarz vom Abendhimmel ab.

Herta Grandt

Mutter Christine

Aus dem Zug nach Treblinka springt ein achtjähriger jüdischer Junge. Er verbirgt sich monatelang im Wald. Als der Winter kommt, findet er Zuflucht und Rettung im Stall von Mutter Christine, einer polnischen Bäuerin.
Vorlesezeit ca. 11 Min.

Hätte mir eine Wahrsagerin in meinem neunten Lebensjahr prophezeit, daß ich einmal erwachsen, glücklich und Vater sein würde, so hätte ich noch nicht einmal ungläubig lächeln können. Meinen neunten Geburtstag »feierte« ich mit meinen Eltern und mit meiner jüngeren Schwester auf dem Wege zum Umschlagplatz im Warschauer Ghetto und dann in dem mit Menschen vollgestopften Viehwaggon, einem von vielen, die an jenem Tage ihre regelmäßige Fahrt nach Treblinka machten. Ich war Haut und Knochen, verhungert und angsterfüllt, als ich auf dem dreckigen Boden des Waggons zu Füßen meiner asthmakranken Mutter lag. Wir konnten nur schwer atmen in der verseuchten Luft des überfüllten Raums, in dem beinahe hundert Männer, Frauen und Kinder die Fahrt angetreten hatten. In ein »Arbeitslager«, so hieß es, und viele haben in ihrer letzten Hoffnung daran geglaubt.

Meine Mutter hustete und keuchte fürchterlich, dann verlor sie das Bewußtsein, und ich fühlte, wie ihre Füße kalt und steif wurden. Sie war tot, und niemand hat geweint, nur mein Vater schrie auf und schlug mit aller Gewalt gegen eine locker gewordene Planke an der vergitterten Waggonluke. Eine Eisenstange gab nach, und durch das Loch blies mir der böige Wind ins Gesicht. »Spring' raus«, befahl mein Vater mit zitternder Stimme, »versuche dich zu retten, und wenn du überlebst, vergiß niemals, was man uns angetan hat!«

Ich fürchtete den Weg nach Treblinka und hatte nicht weniger Angst vor der fremden Dunkelheit, in die ich springen sollte. Mit sanfter Gewalt stieß mich mein Vater durch die Öffnung ins Nichts. Der Wind fing mich auf und schleuderte mich die Böschung hinab in eine schlammige Pfütze; ich hörte noch andere abspringen und das Schreien und Schießen der ukrainischen Posten auf den Dächern der Waggons, doch der Zug fuhr ohne Aufenthalt weiter. Ich blieb allein in dieser sternklaren Nacht mit dem Zirpen der Grillen, dem fernen Gebell der Hunde und dem Zwitschern der Vögel im ersten Schein der sommerlichen Morgendämmerung.

Wochen und Monate wanderte ich halbnackt durch die Felder und Wälder, und ich hatte längst vergessen, welcher Monat und welcher Tag der Woche es war. Die Erde ernährte mich mit ihren Pflanzen und mit Kartoffeln und Rüben, die nach der Ernte auf den Feldern geblieben waren. Wasser trank ich aus dem Fluß, und im Walde schlief ich, zugedeckt mit Ästen und Blättern. Dann kam der Winter mit lähmender Kälte und Schnee; er trieb mich in die Nähe eines Dorfes, dem ich in der vergangenen warmen Zeit ausgewichen war in meiner Angst vor den Menschen und ihren Hunden. Jetzt blieb mir aber keine Wahl, mein fast tierisch gewordener Selbsterhaltungstrieb befahl mir, Wärme zu suchen, um am nächsten Tag noch am Leben zu sein.

Der eisige Wind peitschte mein Gesicht, er täuschte aber auch die Hunde im Dorf. Ich verkroch mich in einem Stall, das instinktive, nichts verstehende Muhen der Kühe und Kälber versprach Sicherheit, die mir von den Menschen versagt wurde. Ich streckte mich auf dem Heu aus, drängte mich an den warmen Bauch einer ruhenden Kuh und schlief ein. In diesem Stall fand mich Mutter Christine, als sie am nächsten Morgen mit dem Eimer in der Hand zum Melken kam.

Zwei Jahre lebte ich in diesem Stall versteckt, wo mich Mutter Christine, einer der wenigen Menschen in jener unmenschlichen Zeit, wie einen Menschen und ein Kind behandelte, obwohl sie wußte, daß ich ein jüdisches Kind war. Mutter Christine war Witwe. Sie erzählte mir, daß ihre Tochter zur Zwangsarbeit nach Deutschland verschickt worden war, nachdem im Dorf gemunkelt wurde, daß ihr älterer Sohn zu den Partisanen gehöre. Keiner der Bauern war mutig genug, Mutter Christine bei ihrer Arbeit zu helfen. Sie verrichtete nur das Notwendigste, um zu überleben. Weizen und Roggen säte sie nicht mehr, nur einen Hektar Kartoffeln, einige Apfel- und Pflaumenbäume und die Milch der beiden Kühe haben sie und mich damals ernährt.

Im Herbst 1944 kamen die Russen. Das Dorf ging in Flammen auf, als Vergeltung für die Kollaboration seiner Bewohner mit den Deutschen und für das in den Hütten gefundene geraubte und erpreßte Hab und Gut der jüdischen Bürger, die früher einmal in dem nahen Städtchen gelebt hatten, bevor sie in Treblinka ermordet wurden.

Nur das Häuschen von Mutter Christine blieb unversehrt. Ein russischer Offizier, der meinen Bericht mit Tränen in den Augen angehört hatte, befahl den Soldaten, diese schlichte, treue Frau mit Mehl, Salz und Petroleum zu versorgen. Ich nahm von ihr Abschied, von Mutter Christine mit den verarbeiteten Händen und dem Gesicht voller Runzeln und Falten, und versprach ihr, sie niemals zu vergessen.

Aus dem Waisenhaus in Lublin schrieb ich ihr noch Briefe, auch nach dem Krieg aus Westdeutschland, wo ich in einem jüdischen Kinderheim auf die Ausreise nach Israel wartete. Erst 1950, nach Beendigung des Befreiungskrieges in Israel, kam ich als Sechzehnjähriger mit einem Jugendtransport in Haifa an.

Zwanzig Jahre sind seither vergangen, in denen ich bis 1967 mit Mutter Christine ständig in Verbindung blieb. Sie konnte weder lesen noch schreiben, meine Briefe las ihr der Dorfälteste vor, der auch die Antworten nach ihrem Diktat niederschrieb. Außer den Briefen sandte ich an Mutter Christine Pakete mit Kleidung und Kisten mit Zitrusfrüchten, um ihr wenigstens damit meine grenzenlose Dankbarkeit zu beweisen. Im Frühling 1967 schickte ich ihr eine Einladung und deponierte bei der polnischen Staatsbank in Warschau das Geld für die Reise ins Heilige Land. Der Dankesbrief von Mutter Christine hat mich aufs tiefste gerührt. Mit einfachen Worten drückte sie ihre Freude und ihr Glück aus, am Ende ihres Lebens das Heilige Land, in dem Jesus Christus geboren war und gelebt und gewirkt hatte, mit eigenen Augen sehen zu können.

Sie ist aber nicht gekommen. Im Juni brach der Sechstagekrieg aus, und kurz danach haben die polnischen Machthaber die diplomatischen Beziehungen zu meinem Land abgebrochen. Ich versuchte, bei den polnischen Behörden zu intervenieren, doch ich erhielt keine Antwort auf meine vielen Briefe. Dann bat ich die holländische Botschaft in Warschau um Hilfe und Vermittlung. Sie hat es versucht ...

Vor einigen Wochen wurde ich schriftlich zur holländischen Botschaft in Israel gebeten. Dort erwarteten mich zwei Nachrichten: Mutter Christine war gestorben und hatte mir testamentarisch ihren kleinen Hof vermacht. Die kommunistischen Herrscher Polens hatten es Mutter Christine nicht gegönnt, ins Heilige Land zu reisen, zu den »israelischen Imperialisten«, die jetzt, nach Treblinka, Maidanek und Auschwitz, auf dem eigenen Boden sich gegen arabische Vernichtungspläne wehren.

Vielleicht wird einmal eine andere Zeit kommen, die Zeit der Vernunft, des Verstehens, der menschlichen Beziehungen, in der ich mit Frau und Kindern in das Dorf bei Treblinka reisen kann, um ihnen den Ort zu zeigen, wo ich in den Jahren des Menschenhasses wie ein Tier im Stall leben mußte. Und auch um Mutter Christines Grab zu besuchen und mit Blumen zu schmücken.

Vielleicht wird einmal die Zeit kommen, in der ich meinen Plan verwirklichen kann, nämlich den jetzt mir gehörenden Hof von Mutter Christine zu einer Stätte der Begegnung für Jugendliche guten Willens auszubauen. Das wäre eine würdige Ehrung für Mutter Christine, eine einfache Bäuerin, die in den Jahren der Entmenschung ohne Pathos und unter Einsatz des eigenen Lebens ein Mensch geblieben ist.

Alexander Czerski

Das Geheimnis der alten Dame

Nach außen hin erweckt die kleine, zierliche Dame den Eindruck, als sei sie leicht gestört. Das glaubt auch die Gestapo, nachdem 1940 die deutschen Truppen Frankreich besetzt haben. Niemand ahnt etwas von der UKW-Empfangsanlage in ihrem Hühnerstall. Keiner weiß, daß sie nachts draußen vor der Stadt abgeschossene Piloten trifft und ihnen zur Flucht verhilft.
Vorlesezeit ca. 6 Min.

Wenn man durch die Rue Camille Lenoir in Reims geht, kommt man an einem einfachen, bereits etwas baufällig gewordenen Haus vorbei, an dem die Bürger der Stadt jetzt eine Gedenktafel anbringen wollen. Vor kurzem wurde aus diesem Haus die Besitzerin zu Grabe getragen, Madame Maria Andrée. Sie starb im Alter von fast 81 Jahren an den Folgen eines Verkehrsunfalls. Nach ihrem Tode lüftete sich das Geheimnis, das diese kleine, zierliche, offenbar etwas exzentrische Dame viele Jahre lang umgeben, das zu lüften sie aber niemandem vor ihrem Tode gestattet hatte.

Sie hatte vor dreißig Jahren ihren Mann verloren und sich nach diesem schweren Verlust völlig von der Welt zurückgezogen. Die Nachbarn sahen sie nur einmal in der Woche, wenn sie einkaufen ging. Dann schloß sie das Haus sorgfältig hinter sich ab und ging auf den Markt, mit kleinen, schnellen Schritten und mit einem abwesenden Ausdruck im Gesicht, der den umwohnenden Leuten ausreichenden Grund zu der Feststellung gab, daß bei der Alten im »Oberstübchen« nicht alles in Ordnung war.

Das glaubte dann auch, von Spitzeln und Helfershelfern beraten, die Gestapo, nachdem 1940 die deutschen Truppen Frankreich und auch Reims besetzt hatten. Sie ließen es mit einer flüchtigen Durchsuchung der Wohnung bewenden, und als sie außer zahlreichen Hühnern nichts Bemerkenswertes fanden, registrierten sie die alte Dame unter den leicht gestörten, aber als ungefährlich anzusehenden Bürgerinnen.

Wie hätten sie sich gewundert, wenn es ihnen möglich gewesen wäre, nachts einen Blick in den kleinen Garten zu werfen, der hinter dem Haus lag! Da hätten sie zur Geisterstunde die alte Dame sehen können, wie sie das Haus verließ, sehr couragiert und ohne den geistesabwesenden Ausdruck im Gesicht, den sie tagsüber zur Schau trug. Sie hätten dann weiterhin sehen können, wie sie den Hühnerstall aufschloß und dort unter schmutzigem Gerümpel eine komplette UKW-Empfangsanlage hervorzog. Stundenlang saß sie dort, nahm chiffrierte Meldungen entgegen und entschlüsselte sie nachher bei verschlossenen Fensterläden in ihrem Zimmer.

Und dann hätte man sie sehen können, eine schwere Maschinenpistole in der Hand, irgendwo an einer Ecke im

Dunkeln stehen, draußen vor der Stadt, wohin kaum ein Mann nachts zu gehen wagte. Dort traf sie sich mit verwundeten, abgerissenen, manchmal völlig erschöpften Soldaten, die im Hellen an der Uniform sehr bald als englische, amerikanische oder französische Piloten zu erkennen gewesen wären. Niemand hätte der zierlichen Frau die Kraft zugetraut, dort zu warten und dann die Verwundeten in ihr Haus zu bringen, wobei sie manchmal mehr als Trägerin denn als Wegweiserin zu fungieren hatte.

Nach ihrem Tode wurde festgestellt, daß sie auf diese Weise einer ganzen Reihe von abgeschossenen Piloten das Leben gerettet hatte. Von dreißig wissen wir es genau. Wahrscheinlich aber war die Zahl um ein erhebliches größer. Ihnen half sie nacheinander, daß sie Unterkunft fanden, daß sie genesen und sich dann den Weg durch das Hinterland nach Spanien oder Portugal suchen konnten.

Man wollte ihr Orden und Ehrenzeichen geben, als der Krieg vorüber war. Sie lehnte es ab. Sie bestand sogar darauf, daß von diesen Dingen nicht gesprochen und nichts in den Zeitungen geschrieben wurde. Wieder hielt sie, geradeso wie vor dem Krieg, ihr Haus und die Fensterläden verschlossen, und die Nachbarn sahen sie nur einmal in der Woche, wenn sie einkaufen ging.

Ihr Name aber verdient mit goldenen Lettern im Buch der Geschichte verzeichnet zu werden. Dreißig junge Männer hat sie dem Tode entrissen. Dreißig Söhne hat sie den Eltern erhalten. Dreißig Familien verdanken ihr ihren Bestand.

Aus diesen Familien werden Kinder und Kindeskinder hervorgehen. Gott allein weiß, wieviel, aber bei allen wird die Erzählung von der geheimnisvollen alten Dame von Mund zu Mund gehen, und dann wird die Mutter oder die Großmutter sagen: »Wir alle und ihr alle wäret nicht, wenn diese alte Dame nicht gewesen wäre, und wenn sie nicht den Mut gehabt hätte, den Verwundeten unter Einsatz ihres Lebens zu dienen.«

Gert Groß

Die Mutter der Wölfe

Mara, eine alte Diebin und Stromerin mit dem Beinamen ›Mutter der Wölfe‹, begleitet den Wirt, der seinen kleinen kranken Sohn in die Stadt zum Arzt bringen will. Es ist Winter in Bosnien, hungrige Wölfe lauern im Wald. Als die den Schlitten angreifen, springt Mara ab und opfert sich für das Kind.
Vorlesezeit ca. 10 Min.

Um die Jahrhundertwende war Mara Vukassin an der ganzen bosnischen Ostgrenze bekannt, von der Save bis zu den montenegrinischen Bergen, über die im Winter die ausgehungerten Wölfe nach Bosnien kamen. Mit dem ersten Nordsturm und dem ersten Schnee erschienen sie. In den langen Nächten hörte man ihr jaulendes Bellen, und die Menschen verkrochen sich ängstlich in den Häusern, denn ein hungriger Wolf ist schlimmer als hundert Teufel.

Mara Vukassin war damals alt und führte den seltsamen Beinamen Mutter der Wölfe. Die einen, es waren die älteren Leute, behaupteten, sie hätte den Beinamen erhalten, als sie einmal zwei junge Wölfe im Walde fand und aufzog – die jüngeren aber umgaben die Frau mit einem Legendenkranz und erzählten den ängstlich zusammenrückenden Mädchen Schauermärchen.

Bei den Gendarmen war Mara Vukassin nicht gut angeschrieben. Sie war eine Diebin und Stromerin und wahrsagte abergläubischen Leuten. Ihren Beinamen kannte sie und trug durch ihr Aussehen – sie war groß, hager und wild – und ihre phantastischen Erzählungen über ihre Kinder, die Wölfe, nicht wenig dazu bei, daß man sie fürchtete und froh war, wenn sie weiterzog.

Einmal gab es einen glühend heißen, trockenen Sommer, dem ein strenger, früher Winter folgte. Ende Oktober brauste der erste Nordsturm durchs Drinatal südwärts, mit ihm kam der erste Schnee – mit ihm kamen auch die Wölfe. Dieser Winter überraschte Mara Vukassin in einem kleinen Ort am

Volujak-Paß. Sie konnte nicht weiter, und um nicht zu verhungern – da ihr die Bauern grundsätzlich nichts schenkten –, verdingte sie sich als Magd beim einzigen Wirt des Ortes.

Eines Tages erkrankte der sechsjährige Sohn dieses Wirts, und da sich der Zustand des Kleinen von Stunde zu Stunde verschlimmerte, mußte sich der Vater entschließen, mit ihm in die Stadt zu fahren. Es war bitter kalt, und Wölfe trieben sich in der Umgebung umher. Darum erboten sich drei junge Burschen, den Wirt zu begleiten, er schlug aber das Angebot aus. »Ich vertraue auf die Schnelligkeit meines Pferdes«, meinte er, während er den langen, tiefgebauten Schlitten aus dem Schuppen zog und das Pferd, ein starkes Tier mit tapferen Augen, davorspannte. »Treffe ich auf ein kleines Rudel, halte ich mir die Bestien vom Leibe.« Er lachte und reckte sich. »Habe ich das Pech, auf ein großes Rudel zu stoßen«, setzte er leise hinzu, »sind auch vier Männer zu wenig.«

Er bettete den kranken Kleinen zwischen Stroh und warme Decken, nahm die Zügel und sprang auf den Schlitten, als ihn der Ortsvorsteher aufhielt.

»Nimm doch Mara mit«, sagte er.

»Wozu?« fragte der Wirt erstaunt.

Der Ortsvorsteher lächelte verlegen. »Je nun – ich glaube – hm – solange Mara bei dir und dem Kleinen ist, werden dich die Wölfe in Ruhe lassen. Sie werden doch ihre – Mutter nicht fressen?«

Der Wirt starrte nachdenklich in die Ferne. Er war, das konnte man ihm ansehen, über den Vorschlag nicht begeistert. Eine Person mehr belastete den Schlitten, und alles kam auf die Schnelligkeit an. Aber nach einer Weile schrie er nach Mara Vukassin und befahl ihr in barschem Ton, sich neben den Knaben zu setzen. Wortlos stieg Mara auf und der Gaul zog an. In einer Wolke von aufstiebendem Pulverschnee verschwand das Gefährt.

Ein Tag verging nach dem anderen. In dem kleinen Ort auf

der Paßhöhe, inmitten der schweigenden, verschneiten Wälder, schien die Zeit stillzustehen. Bis eines Tages ein Junge den rückkehrenden Schlitten im Tal sah und durch sein Geschrei die Bauern auf die Straße rief. So kam es, daß alle Ortsinsassen den Wirt erwarteten, als er endlich eintraf. Neben ihm saß, frisch und gesund, sein Junge und hinter ihm im Schlitten kauerten vier Gendarmen, schußbereite Gewehre in ihren Händen. »Wo ist Mara?« fragte der Vorsteher nach der ersten Begrüßung.

Der Wirt, stark und hart wie die Berge, die auf die kleine Ortschaft herabsahen, wandte sich ab und seine Augen wurden trüb. »Sie ist tot«, murmelte er. »Die Wölfe haben sie gefressen.«

»Die Wölfe?« Der Vorsteher schüttelte den Kopf. »Wann ist es geschehen?«

»Auf der Hinfahrt«, entgegnete der Wirt. »Wir kamen gut bis zum großen Wald. Kaum waren wir eingefahren, erschienen auch schon die ersten Grauen. Ihr wißt ja, wie sie Menschen jagen – die starken Tiere vorne und die anderen im Halbkreis dahinter, bereit von allen Seiten anzustürmen. Ich trieb den Gaul an, und er rannte wie der Wind, aber der Hunger hatte die Wölfe wild gemacht. Sie ließen sich nicht abschütteln. Immer näher kamen sie, und plötzlich sprang der größte gegen die Flanken des Pferdes, das wütend nach ihm biß. Es ist ein Pferd aus den Volujak-Bergen und kennt die Wölfe von Jugend auf.«

»Du mußt ja schon in der Nähe der Stadt gewesen sein?« meinte der Vorsteher.

»Ja.« Der Wirt nickte. »Ich sah schon in der Ferne das Minarett und das rote Dach des Gemeindehauses, aber auch die Wölfe wußten, daß es höchste Zeit war. Sie begannen auf den Schlitten zu springen. Zwei erschoß ich, aber dann mußte ich einsehen, daß es kein Entrinnen mehr gab.

Da stand Mara auf. ›Treib die Pferde an, was du kannst‹, sagte sie und ihre Stimme war hell und klar, ›ich springe ab.‹

›Mara‹, schrie ich, ›Mara – du kannst doch nicht ...‹ Sie lachte. ›Ich bin doch die Mutter der Wölfe! Grüß alle! Gott segne dich und den Kleinen!‹

Ich fühlte, wie der Schlitten plötzlich leichter wurde, und hörte schreckliches Geheul. Als ich zurücksah, balgten sich die Wölfe auf der Straße.«

»Arme Mara«, murmelte der Vorsteher. »Sicher glaubte sie an ihre Macht über die Wölfe.«

»Macht?« Der Wirt ballte die Fäuste. Er war ein großer und starker Mann. Unvermittelt begann er zu weinen. »Sie hat nie daran geglaubt. Sie wußte genau, was ihr bevorstand, aber sie opferte sich für den Kleinen. Verstehst du?«

»Ich verstehe«, flüsterte der Vorsteher. »Ich verstehe.« Tiefe Stille senkte sich nieder.

Wie auf Kommando zogen alle Männer die Kappen und die Frauen sanken in die Knie. In diesem einen Augenblick wurde die alte Diebin und Stromerin, die verachtete, ruhelose Mara Vukassin, groß durch die Trauer der Bauern. A. Keller

Die afrikanische Mama

Still und zurückhaltend wirkt die Afrikanerin, die in Dodoma (Tansania) in den großen Überlandbus steigt. Doch als die beiden Deutschen im Bus angegriffen werden, reagiert sie energisch und entschlossen, verhindert, daß etwas Schreckliches geschieht.
Vorlesezeit ca. 12 Min.

Der Abstecher nach Dodoma hätte schrecklich enden können – wenn die afrikanische Mama nicht gewesen wäre. Wir Europäer neigen dazu, afrikanische Frauen nicht ganz voll zu nehmen. Sie sind meist still und zurückhaltend, wenn die Männer palavern, oder sie hocken bescheiden im Winkel, wenn Besuch da ist. Die Frau, die in Dodoma kurz vor der Abfahrt in den Bus nach Iringa kletterte, war auf den ersten und auch auf den zweiten Blick eine von den stillen, zurückhaltenden Frauen Afrikas. Sie eroberte sich mit Hilfe des Schaffners – o Wunder – noch einen Sitzplatz unmittelbar hinter den Glasfenstern, die den Fahrer vom Fahrgast des großen, alten Überlandbusses trennten.

Auch Marga und ich saßen unmittelbar hinter der Fahrerkabine. Allerdings auf der rechten Seite des Busses, während die Afrikanerin den Fensterplatz links von uns, jenseits des Mittelganges, einnahm. Obwohl es reichlich eng zuging, waren wir glücklich, noch Fahrscheine und Plätze nach Iringa erhalten zu haben.

Offensichtlich ist es in Tansania, möglicherweise in ganz Ostafrika immer dasselbe: Die Autobusse sind überfüllt, und wer sich nicht auskennt, zieht unter Umständen den kürzeren.

Der Bus sollte um 9 Uhr morgens starten, und der Fahrkartenschalter, so versicherte ein Anschlag, öffnete zwei Stunden zuvor. Aber weder um 7 Uhr noch um 7.30 Uhr zeigte sich jemand hinter dem Schalter im kleinen Bus-Bahnhofsgebäude.

Wir wurden mißtrauisch. Marga, die Nürnberger Katechetin, und ich, der Fotojournalist, mußten um jeden Preis mit diesem einzigen Bus des Tages ins 260 Kilometer entfernte Iringa in Südtansania gelangen. Sie, um zur landwirtschaftlichen Lehrfarm Mafinga weiterzureisen, ich, um mein Flugzeug nach Dar es Salaam, der Hauptstadt der sozialistischen Republik Tansania am Indischen Ozean, zu erwischen.

An der Bushaltestelle hatte sich eine dichte Menschenmenge versammelt. Vor dem Fahrkartenschalter warteten außer uns nur noch wenige Leute. Dann kam der große Überlandbus zur Haltestelle – und war in wenigen Minuten überfüllt. Greise, Mütter, Krieger und Omas hatten den Bus gestürmt. Die ersten, die sich durch die schmale Einstiegstür im vorderen Drittel des Fahrzeuges gezwängt hatten, öffneten von innen die Fenster, durch die dann Kinder und Gepäck nachgereicht und hineingezogen wurden. Die Menge stemmte Körbe und riesige Reisebündel auf das Dach des Busses. Dreißig bis vierzig Menschen fanden keinen Platz im Bus und umlagerten den Einstieg. Wir verloren jede Hoffnung. Um 8 Uhr öffnete ein müder Mann den Fahrkartenschalter und verkaufte uns mißgelaunt zwei Platzkarten nach Iringa. Der Vorstoß ins Innere des Busses war wie ein Alptraum, aber irgendwie gelangte sogar ich mit meinen zwei Kamerakoffern, einem Filmkoffer, zwei Stativen und einer Handtasche am Jackenzipfel der Katechetin in die Nähe der von uns gebuchten Plätze, die von ihren Belagerern nur zögernd und schimpfend geräumt wurden. Die Stimmung im Bus wandte sich gegen uns. Wir konnten uns nicht ordentlich verständlich machen. Niemand konnte oder wollte Englisch sprechen, und wir verstanden kein Kisuaheli.

Als der Fahrer den Motor anließ, beging ich den zweiten Fehler: Ich fotografierte den Andrang an einem mittlerweile neben uns stehenden zweiten Autobus zum Fenster hinaus. Fotografieren ist im Tansania der Gegenwart problematisch und gefährlich. Auch wenn man, wie ich, eine Sondererlaubnis des Informationsministers hat, sollte man es nur im Schutze guter Freunde oder einflußreicher Personen tun. Die Angst vor Spionen und der verständliche Ärger darüber, daß westliche Fotografen und Touristen meist nur ihre Armut und die häßlichen Seiten ihres Lebens fotografieren, schafft besonders bei den Bewohnern Tansanias Widerwillen gegen fotografierende Zeitgenossen.

Die Fahrt verlief zunächst ohne Zwischenfälle. Stunde um Stunde ratterte der Bus auf der staubigen und steinigen Straße durch die verdorrte Landschaft. Da und dort tauchten manchmal leuchtendblaue Berge aus dem Dunst auf, dann wieder schmerzte das Rot und Gelb der Steppe unsere Augen. Das Unglück begann beim Zwischenaufenthalt in Kipagura.

Während sich die Fahrgäste auf dem freien Platz zwischen

den Lehmhütten die Füße vertraten und Fruchtsaft, Maiskuchen oder gebratenes Fleisch aus dem Angebot der Straßenhändler zu sich nahmen, wehrte ich zunächst einen Massai-Krieger ab, der unbedingt fotografiert werden wollte (um dann horrende Geldforderungen zu stellen), und machte einige Aufnahmen vom haltenden Bus. Sofort war ein junger Afrikaner an meiner Seite: »Es ist nicht gut, zu fotografieren, ohne zu bezahlen«, radebrechte er in englischer Sprache. Ich verwies auf meine Sondergenehmigung. Er verlangte sie zu sehen, und ich versprach, sie gegebenenfalls einem Polizisten zu zeigen. Der etwa Sechzehnjährige verdrückte sich ärgerlich und besprach sich im Inneren des Busses mit anderen Passagieren.

Wenige Minuten, nachdem der Bus Kipagura verlassen hatte, neigte sich jemand schimpfend zu uns herunter. Es war ein junger Polizist, den ich zuvor im Bus nicht bemerkt hatte. Der Mann sprach nur Kisuaheli, aber seine Faust drohte vielsagend. Hinter ihm staute sich die Menge der übrigen Passagiere wie eine erdrückende Lawine. Sie schrien und schimpften. Der Polizist ließ sich von einem zehnjährigen Jungen meine Sondergenehmigung übersetzen und wurde etwas stiller. Aber gleich darauf drängte sich der Schaffner vor und holte zum Schlag mit erhobener Hand aus.

In diesem Augenblick durchbrach ein scharfes Kommando das Geschrei. Die afrikanische Mama hatte sich emporgestemmt und teilte mit dürren Armen eine Gasse in die Menge. Eine Flut von Worten ergoß sich über den Polizisten und den Schaffner. Wir konnten nicht verstehen, was die Mama sagte, aber die Leute wichen zurück und nahmen ihre Plätze wieder ein. Der Spuk war vorüber, doch die gespannte Atmosphäre blieb für den Rest der Fahrt.

Nach insgesamt siebenstündiger Reise hielt der Autobus um 16 Uhr in Iringa. Der Fahrer stellte den Motor ab und verließ fluchtartig die Kabine. Er rannte auf das Stationsgebäude zu und verschwand darin. Im Autobus herrschte Totenstille.

Hinter unserem Rücken hatten sich der Schaffner und zwei andere Männer vor die Ausgangstür gestellt. Andere standen im Mittelgang, der vom Ende des Busses zum Einstieg führte. Nur unser Weg zum blockierten Ausgang war frei. In der Umgebung des haltenden Busses war kein Mensch zu sehen. Die Erstarrung dauerte einige Minuten, bis sich Marga über den Mittelgang beugte und die afrikanische Mama um Auskunft bat, ob dies wirklich die Endstation sei.

Da fuhr die tapfere Frau zum zweiten Male in die Höhe. Aber diesmal war es gefährlicher. Niemand im Bus bewegte sich, als die Frau zu reden begann. Sie ging auf die Männer zu, die den Ausstieg besetzt hielten. Sie schüttelte die Fäuste und hob die Hände gegen das Dach des Busses.

Endlich verließ einer der drei Männer am Ausstieg zögernd seinen Posten, dann der zweite und schließlich öffnete der Schaffner widerstrebend die Tür. Hinten im Bus entstand Unruhe, die schnell zum Grölen anschwoll. Die Menschen drängten durch den Mittelgang auf uns zu. Sie wollten den Ausstieg erneut besetzen. Da faßte die afrikanische Mama die Rückensitzgriffe zu beiden Seiten des Ganges, stemmte sich mit ihrem schwachen Rücken gegen den Wall aus zornigen Männern, der uns zu überrollen drohte, und keuchte drei Worte: »You can go« – » Sie können gehen.«

Wir verließen den Bus durch die Gasse, die uns ihr Mut geschlagen hatte.

»Asante, mama, asante sana« – »Danke, vielen Dank.« Es klang rauh und häßlich, was ich da beim Aussteigen unter der Last des eilig zusammengerafften Gepäckes murmelte, aber es kam von Herzen: »Asante, mama, asante sana.«

Manfred Perlitz

Der Maiglöckchenstrauß

Siebenunddreißig Jahre lang arbeitet Fräulein Schneider als Lehrerin, dann geht sie in den Ruhestand. Einer ihrer kleinen Schüler weint. Keine wird sein wie sie, so gerecht und geduldig.
Vorlesezeit ca. 8 Min.

Als Fräulein Schneider in den Ruhestand trat, berichtete keine Zeitung darüber.

Alles an ihr war unauffällig: Gesicht, Stimme, Figur – sogar der Name. Aber für den konnte sie nichts.

Ihr Unterricht hatte keine Schlagzeilen gemacht, aber auch nie zu Tadel Anlaß gegeben. In ihrem Klassenzimmer ging es meistens leise zu, nicht so mucksmäuschenstill, daß man die berühmte Stecknadel hätte fallen hören können; aber auch zu Begeisterungsstürmen riß sie selten die Kinder hin.

In Konferenzen tat sie den Mund nicht auf, außer wenn sie direkt gefragt wurde. Pädagogische Streitereien berührten sie kaum. Sie hatte ihren eigenen Stil, mit dem sie zurechtkam; ihre Prüfungskommission waren die Reaktionen der Kinder. Schwierigkeiten blieben auch ihr nicht erspart. Sie ertrug sie still, siebenunddreißig Jahre lang. Nun war sie verbraucht.

Siebenunddreißig Jahre – was heißt das schon? Wenn es vierzig gewesen wären, eine runde Summe – ja dann ...

Aber eben die drei Jahre fehlten ihr. Sie hätte sie voll machen können, wenn sie unbedingt gewollt hätte. Keiner hatte sie gedrängt, weder zu bleiben noch zu gehen. Das Alter erlaubte ihr beides. Sie spürte es: es ging nicht mehr. Also hörte sie auf.

Am letzten Schultag vor den Osterferien verabschiedete sie der Rektor in einer schlichten Feierstunde. Eine große Sache wäre sicher nicht nach ihrem Sinn gewesen, fanden auch die Kollegen; sie mochte kein Aufhebens. Zeitlebens war sie gleichsam die Bescheidenheit in Person gewesen.

Die Ansprache des Rektors war kurz und herzlich. Was

hätte er auch sagen sollen? Ein freundliches Dankeschön, viel mehr nicht.

Eine Urkunde, ein paar Blumen von einzelnen Kindern, vom Elternvertreter ein Foto-Album mit Bildern aus ihrer letzten Klasse, Händeschütteln und gute Wünsche von den Kollegen; es ging alles rasch vorbei.

Ein kleiner Junge weinte auf dem Heimweg.

Seine Mutter tröstete ihn: »Wirst eine andere bekommen. Die frißt dich auch nicht auf. Lernen kann man bei allen etwas, wenn man nicht faul ist.«

Das saß. Faul oder dumm – es kam auf das gleiche hinaus. Die Großen denken das immer von einem, wenn man nicht gleich der Beste ist. Nur Fräulein Schneider nicht. Die hatte Geduld. Immer noch einmal. Der kleine Junge schluckte die Tränen hinunter und verschwand zu Hause auf der Toilette. Dort weinte er weiter.

Als Fräulein Schneider nach einigen Wochen erkrankte, nahm kaum jemand Notiz davon. Der Arzt wies sie ins Krankenhaus ein.

»Sie brauchen Pflege«, sagte er. Da nickte sie verwundert und ließ es geschehen. Es war nichts Gefährliches. Nur eine Grippe. Aber eben die Pflege, die fehlte ihr.

Vier Tage später starb sie. Ohne großen Kampf, ohne viel Aufregung. Sie verlöschte einfach. Die Pfingstferien hatten soeben begonnen. Die Kollegen und Kolleginnen waren abgereist. Nur der Rektor war am Ort geblieben und legte einen Kranz am Grab nieder.

»Ach«, sagten die anderen, als sie wiederkamen und er das Geld dafür nachträglich einsammelte, und einer meinte: »Ich hätte ihr noch einen längeren Ruhestand gegönnt. Verdient hätte sie ihn wahrhaftig.«

Die anderen nickten und gingen in die Klassen. Als Fräulein Schneiders Nachfolgerin die Nachricht an ihre Klasse weitergab, bekamen ein paar Mädchen Tränen in die Augen. Ein kleiner Junge mußte zur Toilette.

»Fehlt dir was?« fragte die Lehrerin.

»Ach nichts – nur so ...« Als er allein war, weinte er wie damals zu Hause.

Am Nachmittag lag ein dicker Maiglöckchenstrauß auf dem frischen Grabhügel.

Vor zwei Jahren, als sie über Maiglöckchen sprachen, hatte Fräulein Schneider so nebenher erwähnt, daß dies ihre Lieblingsblumen seien. Und im letzten Jahr hatte er den Platz entdeckt: ganz hinten in einem verwilderten Park, von einem Dickicht aus Dornen und Ilex verborgen. Niemand beachtete sie.

Er hatte sich nicht gemeldet, als sie fragte, wer die Blumen auf den Tisch gestellt habe. Die andern hätten ihn sicher ausgelacht. Da hatte sie alle in der Klasse angestrahlt und leise, wie es ihre Art war, sich bedankt. Ganz fröhlich sah sie dabei aus; viel jünger schien sie ihm plötzlich. Und schön!

Aber diesen Gedanken hatte er nicht verraten. Fräulein Schneider und schön! Alle hätten ihn ausgelacht, bestimmt.

Sie hätten ihn auch heute ausgelacht, wenn sie ihn gesehen hätten. Ob ich den Mut fände, ihr die Blumen ins Haus zu bringen, wenn sie noch lebte, dachte er auf dem Heimweg, als er an ihrer früheren Wohnung vorbeikam, – ich weiß es nicht. Vielleicht würde ich sie nur vor die Tür stellen, klingeln und davonflitzen. Von da drüben aus könnte ich vielleicht sehen, wie sie sich freut.

Wilma Klevinghaus

Bereitschaft zum Glück

»Ich bin glücklich. Ich habe ein sehr reiches Leben.« Das sagt eine Frau, die nach einem Jahr Ehe ihren Mann durch einen Unglücksfall verloren hat. Ihr Kind, das danach zur Welt kommt, ist geistig behindert. Sie pflegt es selbst in einer Anstalt. Nach 18 Jahren stirbt das Kind. Die Frau aber bleibt bei den anderen hilflosen Kindern in der Anstalt.
Vorlesezeit ca. 15 Min.

Es gibt eine Fülle von Wörtern, die wir heute ganz anders verstehen als zu der Zeit, wo wir noch Kinder waren. Und das liegt nicht nur daran, daß unsere Sprache sich wandelt, sondern oft auch daran, daß unsere Erfahrungen sich wandeln. Denn es gibt viele Worte, mit denen wir die Mannigfaltigkeit unserer Lebenserfahrungen ausdrücken, dazu gehören Worte wie Liebe, Treue, Freude, Glück, Angst, Leid, Einsamkeit oder Not. Wir haben, seit wir Kinder waren, erst ganz allmählich gelernt, was Liebe, Treue, Glück oder Leid ist. Und vielleicht lernen wir immer noch daran. Im Wörterbuch der Schule klingt das Wort Glück zum Beispiel ganz anders als im Wörterbuch des Lebens. Aber wie es im Wörterbuch des Lebens wirklich ist, das weiß man erst am Ende seines Lebens, nachdem man viele Erfahrungen gemacht, viel Glück gehabt und viel Glück verscherzt hat. Vielleicht weiß man es nicht einmal dann.

Vor vielen Jahren, als ich ein sehr junger Pastor war und noch meinte, ich wüßte sehr viel von der Welt, kam ich plötzlich in die Lage, eine ganze Zeit lang regelmäßige Besuche in einer Heil- und Pflegeanstalt zu machen. Ich war – wie gesagt – noch sehr jung, und deshalb fielen mir die Besuche auch sehr schwer. Mein unerfahrenes Gemüt entsetzte sich vor dem Anblick des Irrsinns immer wieder von neuem, und ich mußte mich zu diesen Besuchen geradezu zwingen. Nun geschah es, daß ich einmal auf den Gängen einer kleinen, sehr zart gebauten Dame mit grauen Haaren und einem gütigen, klugen Gesicht begegnete. Sie redete mich an, da sie mich vor kurzem in einem Gottesdienst hatte predigen hören, und so lernten wir uns kennen. Ich habe hernach einmal in ihrem Stübchen, das sie in der Anstalt hatte, bei ihr gesessen und habe mit ihr geplaudert. Auf diese Weise habe ich auch die Lebensgeschichte dieser Frau gehört, die sie mir einmal erzählte. Und dabei habe ich erfahren, daß sie ein glücklicher Mensch war.

»Ich bin die Tochter aus einem alten und reichen Hause dieses Landes«, so erzählte sie mir einmal, »und ich habe eine ungetrübte und sehr glückliche Kindheit und Jugend gehabt. Als ich kaum achtzehn Jahre alt war, verlobte ich mich mit einem Juristen, der ebenfalls aus einem guten Hause stammte. Er war sehr begabt, und man sagte von ihm, daß er es einmal weit bringen würde. Wir liebten uns von ganzem Herzen, und da äußerlich alles zum besten stand, heirateten wir bald und waren unendlich glücklich. Ich werde es bis heute nicht vergessen, wie glücklich wir waren, obwohl es schon so lange her ist. Aber schon nach einem Jahr verlor ich ihn durch einen Unglücksfall und blieb allein. Das heißt – ich blieb nicht allein; denn ich trug ein Kind von ihm unter meinem Herzen. Einige Monate nach seinem Tode wurde mir eine Tochter geboren. Nun war ich wieder glücklich und dachte, ich würde wenigstens an diesem Zipfelchen mein Glück behalten. Als das Kind heranwuchs, merkte ich, daß es schwachsinnig war. Ich habe mich verzweifelt gegen diese Einsicht gewehrt, aber es half nichts. Ich ging von Arzt zu Arzt, alle waren sehr freundlich, einige machten mir sogar Hoffnungen, aber ich spürte sehr wohl, daß keine Hoffnung bestand. So fand ich mich schließlich damit ab, und mein einziger Gedanke war, wie ich bei meinem Kinde bleiben könnte. Es stellte sich heraus, daß ich es nicht zu Hause behalten konnte. Denn sein Schwachsinn war in Wirklichkeit Wahnsinn, und zwar von der bösartigen Art. So machte ich mich denn auf und reiste von Anstalt zu Anstalt, damit ich mein Kind und mich selbst dort unterbrächte. Denn ich war fest entschlossen, mich nicht von meinem Kind zu trennen.

Meine Verwandten rieten mir dringend ab. Sie stellten mir vor, daß ich lebendig begraben sein würde. Und da ich reich und unabhängig war, hätte ich mein Leben auch alleine führen können. Man sagte mir auch, daß ich noch jung sei und vielleicht ein neues Lebensglück an der Seite eines Mannes finden könne. Es war auch ein Mann da, der mich liebgewonnen hatte. Aber da war das Kind, und ich konnte nicht anders denken, als daß mein Leben nun einmal an dies Kind gebunden sei.

Endlich fand ich diese Anstalt. Man nahm mein Kind hier auf und erlaubte es mir, daß ich als seine Pflegerin bei ihm blieb. So habe ich manches Jahr meinen Dienst hier getan. Mit der Zeit war ich mit allen Pflichten so vertraut, daß man mir die Station anvertrauen konnte, in der mein Kind untergebracht war. So ging es, bis das Kind achtzehn Jahre alt war, da starb es, und ich war frei. Ich hätte wieder in die Welt gehen können zu meinen Verwandten und Bekannten, ich hätte Reisen machen können und viel Schönes in der Welt sehen, denn ich hatte ein ansehnliches Vermögen und brauchte keine Sorgen zu haben.

Ich bin aber nicht in die Welt gegangen, sondern bin in diesem Hause und in meinem Dienst an den Kranken geblieben. Denn ich hatte inzwischen erkannt, daß ich glücklich bin. Es ist oft bitter schwer, und Sie können sich nicht denken, wieviel körperliche Kraft dieser Dienst oft erfordert. Wie man immer wieder in sich das Grausen überwinden muß. Aber Sie können sich auch nicht denken, was das heißt, wenn mich manchmal aus den stumpfen Augen ein Strahl des Vertrauens trifft, und was es ausmacht, wenn man abends zu Bett geht und denkt über jeden seiner Schutzbefohlenen nach und hat bei jedem seine eigenen Gedanken. Ich habe ein sehr reiches Leben!

Ich bin gewiß, wenn mein Mann nicht gestorben wäre, so wäre ich sehr glücklich mit ihm geworden. Wir hätten viel Schönes miteinander erlebt, hätten fremde Länder bereist und viele Menschen kennengelernt. Vielleicht hätte ich ihm auch gesunde Kinder geboren. Gewiß wäre ich auch so glücklich geworden. Aber nun hat Gott es anders gemeint. Ich habe erst gedacht, es sei schrecklich, was er mit mir im Sinn habe. Jetzt aber hat dies neue Leben hier in dieser Anstalt und mitten unter Menschen, die hoffnungslos und hilflos krank sind, Kräfte in mir frei gemacht, von denen ich nichts wußte, als ich noch in den Augen der Menschen im Glück lebte. Die Menschen meinen, das Glück habe mich verlassen, ich sei einsam und unglücklich geworden. Vielleicht schütteln sie auch den Kopf und denken, daß ich das nicht nötig gehabt hätte. Sie ahnen nicht, daß mir das Herz brechen würde, wenn ich meine hilflosen Kinder in dieser Anstalt verlassen wollte. Denn so ist es gekommen. Nun liebe ich sie, und diese Liebe ist eine Kraft, die mich trägt und mich glücklich macht. Ich bin anders glücklich geworden, als die anderen es dachten und als ich selbst es mir dachte. Aber ich bin sehr glücklich geworden.«

Als Frau Elisabeth mir dies alles einmal in ihrem Stübchen erzählte, habe ich lange geschwiegen. Denn was kann man auch sagen, wenn das Herz so erfüllt ist von Ehrfurcht vor soviel menschlicher Güte und Größe? Und ich habe damals zum erstenmal geahnt, daß Glück ein sehr schweres und ernstes Wort ist, dessen Bedeutung man nicht einfach in einem Lexikon nachschlagen kann. Was Glück ist, steht in keinem Buch, sondern es findet sich im Leben. Und es findet sich oft hinter Tränen und Schmerzen verborgen. Dieser Frau ist ein bitteres Lebensleid zum Glück geworden. Und wenn sie von der Kraft sprach, die in ihr frei geworden war – ja, wie soll man diese Kraft nennen? Sie hat wahrscheinlich viele Namen, aber ein Name ist ganz gewiß darunter, und der heißt Geduld.

Ich weiß nicht, wie es kommt, aber früher dachte ich bei dem Wort Geduld immer an etwas Passives, an die bloße Fähigkeit, vieles auszuhalten und hinzunehmen. Aber mir scheint, daß Geduld eine höchst aktive Kraft ist, und daß ihr innerster Kern eine große Freudigkeit und Freiheit ist. Und wenn ich an die Frau Elisabeth in der Heil- und Pflegeanstalt denke, so meine ich, sie sei ein ähnlicher Mensch wie die Frau Claudine in Wilhelm Raabes Roman »Abu Telfan«. Frau Claudine wird in diesem Roman »Unsere liebe Frau von der Geduld« genannt. Es wird von ihr auch gesagt, daß sie nicht einen duldenden, sondern einen sieghaften Eindruck gemacht habe. Ihr Sieg aber war Geduld!

So wird es sein mit dem Glück. Das Glück sucht die Glücklichen, das heiß solche, die des Glückes fähig sind. Des Glükkes fähig aber sind die Geduldigen und die Demütigen. Denn Geduld und Demut sind die Kräfte der Bereitschaft. Ich denke mir Bereitschaft so wie eine offene Schale, in die hineinströmt, was Gott uns zugedacht hat. Die Schale der Geduld und Demut füllt sich mit dem Willen Gottes, und dies ist das Glück.

So habe ich es von der Frau Elisabeth gehört. Und wenn ich in ihr stilles, gütiges Gesicht sah mit den klugen, strahlenden Augen, so wußte ich, daß sie in der Tat das Glück erfüllte, obwohl die äußeren Lebensumstände, in denen sie ihren Tag verbringen mußte, gar nicht glücklich erschienen. Aber sie hat erfahren, daß in ihr Kräfte frei geworden waren, die sie glücklich machten. Sie waren aber auf dem Wege ihres Unglücks frei geworden. Und so wird es wohl überhaupt im Leben sein. Was wir Glück und Unglück nennen, sind oft nur Wege, die man geht, um das Glück zu finden oder es zu verfehlen. Auch die Krankheit ist oft nur ein Weg. Warum sollten wir nicht auf dem Wege über die Krankheit zu unserem Glück kommen? Denn es könnte ja sein, daß es eine Krankheit sein muß, die Kräfte in uns weckt, von denen wir nichts wußten. Und gerade diese Kräfte bedeuten unser Glück. Denn Glück besteht nicht in den äußeren Lebensumständen, sondern in der Freiheit und Freude unseres Herzens. Diese aber werden nur da wirklich frei in unserem Herzen, wo die Geduld sie frei macht.

Hans Schomerus

Engelsgesicht

Es ist fast zuviel für die verwitwete Frau Nelson: die drei Kinder, der alte Schwiegervater und die Heimarbeit, mit der sie ihren Lebensunterhalt verdient. Sie plant, den alten Herrn in einem Altersheim unterzubringen. Als sie jedoch erfährt, wie glücklich er bei ihr ist, läßt sie den Plan fallen.
Vorlesezeit ca. 12 Min.

Der Arzt kam die Treppe herunter und nahm seinen Hut von der Garderobe.

»Kein Grund zur Sorge, Frau Nelson. Ihr Schwiegervater hat lediglich eine fieberhafte Erkältung. Halten Sie ihn einige Tage im Bett, und geben Sie ihm viel Heißes zu trinken.« – »Ja, Herr Doktor.« Gertrud Nelson sprach leise und strich mit der Hand ihre Haare zurück. Ihr Gesicht schien grau, und der Arzt sah die dunklen Schatten unter ihren Augen.

»Sie sehen übermüdet aus, Frau Nelson«, sagte er herzlich. Er wußte, daß sie Witwe war und eine Tochter im Backfischalter und zwei Jungen, die noch zur Schule gingen, hatte. Sie führte kein leichtes Leben. Mit Schneidern und Bemalen von Spielzeug verdiente sie ihren Lebensunterhalt.

»Vielen Dank, daß Sie so schnell gekommen sind, Herr Doktor. Wenn Vater sich erkältet, ist es immer schlimm. Er ist schwach auf der Brust und – 76 Jahre alt.«

Der Dokter schien es nicht eilig zu haben. Er fingerte an seiner Hutkrempe herum. »Frau Nelson, überanstrengen Sie sich auch nicht? Ich finde, Sie sehen müde aus, und Sie haben heranwachsende Kinder. Wird Ihnen die Pflege Ihres Schwiegervaters zuviel?« Gertrud starrte ihn an. Hatte er ihre Gedanken erraten? Der alte Mann lebte nun seit sechs Jahren bei ihnen. Er stand allein in der Welt, und Tom hatte gewünscht, daß er bei ihnen lebte.

Als Tom starb, mußte sie allein fertig werden. Manchmal konnte sie kaum weiter. Die Jungen lärmten, der Großvater drehte am Radio von einem Sender auf den anderen, und weil er schlecht hören konnte, mußte es auch noch auf voller Lautstärke laufen.

Und dann war da noch die kaum siebzehnjährige Inge, die in einem Büro arbeitete und dauernd hübsche Kleider genäht haben wollte. »Sie haben recht, Herr Doktor. Ich fühle, daß mir die Dinge über den Kopf wachsen. Aber ich muß fertig werden, so gut ich kann.« Der Doktor räusperte sich. »Haben Sie schon einmal an ein Altersheim für den alten Herrn gedacht? Er wäre mit Altersgenossen zusammen, und ausgebildetes Personal würde für ihn sorgen.«

Gertrud schwieg. Die Wohnung war überfüllt. Sie mußte ihr kleines Zimmer mit Inge teilen. Bei schlechtem Wetter war es besonders schlimm, denn der alte Mann ging niemals aus. »Glauben Sie, daß das möglich wäre?« fragte sie leise. »Ich meine, würden sie ihn nehmen?«

»Sicher. Aber er wird natürlich nicht wollen. Sie wollen alle nicht zuerst, aber wenn sie sich erst einmal eingerichtet haben und Gefährten finden in ihrem Alter und mit gleichen Interessen, ist es in Ordnung. Warum gehen Sie nicht morgen mal zu der Hausmutter und besprechen alles mit ihr? Inzwischen werde ich sie anrufen und Sie anmelden.«

Getrud wollte ihrer Familie noch nichts von ihrem Plan erzählen. Die Jungen könnten dem Großvater etwas verraten, und sie wollte ihm die Neuigkeit selbst beibringen und ihm erklären, daß er in dem Heim gut aufgehoben sei und nichts zu entbehren hätte.

Als sie ihm am nächsten Morgen sein Frühstück brachte, saß er lächelnd im Bett. »Ich fühle mich heute viel besser, Gertrud«, sagte er. »Ich denke, ich kann aufstehen.« – »Lieber nicht, Vater. Der Doktor sagt, es ist besser, du bleibst ein paar Tage im Bett. Du holst dir sonst eine zweite Erkältung dazu.« –»Aber ich mache dir soviel Arbeit.« Er blickte sie entschuldigend an, und ihr war plötzlich die Kehle wie zugeschnürt. Sollte sie ihm etwas von ihrem Plan erzählen? Nein, sie wollte lieber warten, bis alles abgemacht wäre.

Gertrud setzte ihren Hut auf und zog ihren Mantel an. Es wehte ein scharfer Wind, und sie schlug ihren Mantelkragen hoch. Einen Augenblick später kam ein Auto um die Ecke, eine große blaue Limousine mit einem Chauffeur am Steuer. Der Wagen hielt, und die hintere Tür öffnete sich. »Kann ich Sie irgendwohin mitnehmen?« Gertrud erkannte beim Nähertreten Frau Nordorff, die in einer herrschaftlichen Villa wohnte.

»Ich will nach Osterkamp. Würde das ein Umweg für Sie sein?« – »Ja, das macht aber nichts.« Frau Nordorff lächelte. »Steigen Sie ein, Frau Nelson. Wie geht es Ihrem Schwiegervater?« fragte sie.

Gertrud war verblüfft. Sie hatte keine Ahnung, daß Frau Nordorff den alten Mann kannte. »Leider nicht so sehr gut!« – »Das tut mir leid. Dies schlechte Wetter schadet den alten Leuten. Im Frühling habe ich ihn oft getroffen. Ich ging mit meinen zwei Hunden im Park spazieren. Wir haben oft lange miteinander geschwatzt. Daher kenne ich Sie auch, Frau Nelson. Ihr Schwiegervater zeigte Sie mir einmal. Sie gingen mit Einkaufstaschen beladen durch den Park. Er ist wirklich ein Original«, fuhr die Dame fort. »Er erzählte mir von einem Schiff, auf dem er früher gefahren ist. Es hieß ›Engelsgesicht‹.«

»Ja, ich weiß. Er hat Bilder von dem Schiff, er liebte es sehr.« – »Wissen Sie, daß er Sie ›Engelsgesicht‹ nennt?«

Gertrud krampfte ihre Hände um ihre Handtasche. »Tut er das?« – »Und er erzählte mir, daß Sie ein Engel seien. Wie gut Sie immer zu ihm wären, und daß Sie sich für Ihre Familie aufopferten. Er meinte, eine richtige Tochter könne nicht besser zu ihm sein. O ja«, sie lachte leise. »Ich hörte so viel von Ihnen, daß ich Sie gern kennenlernen wollte.«

»Ich verstehe«, murmelte Gertrud.

»Er erzählte mir, wie glücklich er sei, bei Ihnen und den Kindern zu leben – mitten in einer großen Familie – und zu wissen, daß er geliebt wird und nicht nur geduldet.«

Gertrud wagte nicht zu sprechen. Was für ein Glück, daß Frau Nordorff den Grund zu ihrer Fahrt nach Osterkamp nicht ahnte.

»Es ist so beruhigend, einen glücklichen Menschen zu treffen«, fuhr Frau Nordorff fort. »Er erzählte mir, daß er spart, um für Sie ein Fernsehgerät zu kaufen.« Gertruds Augen wurden feucht. Sie hatte keine Ahnung davon und wußte nur, daß er eine Spardose hatte und oft den Inhalt nachzählte.

Der Wagen hielt in Osterkamp. Gertrud bedankte sich und stieg aus. Sie mußte sich beeilen, wenn sie die Vorsteherin noch antreffen wollte. Schließlich fand sie das Altersheim. Sie stieg die Eingangsstufen hinauf und klingelte.

Eine junge Schwester in gestärkter Tracht brachte sie in das Büro der Vorsteherin, in dem eine grauhaarige Dame mit einem freundlichen Gesichtsausdruck hinter ihrem Schreibtisch saß. Sie erhob sich und grüßte Gertrud freundlich. »Guten Morgen, Frau Nelson. Ja, ich erwarte Sie. Ihr Arzt rief mich an. Bitte, nehmen Sie Platz.«

Gertrud setzte sich nicht. Sie blieb vor dem Schreibtisch stehen, noch ganz atemlos, und zerrte nervös an ihrer Handtasche. »Ich kam hierher, Frau Oberin, weil der Doktor diese Verabredung für mich traf ...« – »Ja, ich weiß. Sie wollen Ihren Schwiegervater hier unterbringen, nicht wahr? Wollen Sie bitte ein paar Angaben machen – sein Alter, sein Gesundheitszustand – seine Liebhabereien ...«

Sie brach ab, denn Gertrud schüttelte den Kopf. »Nein, das ist nicht nötig. Wissen Sie, er wird nicht hierher kommen.«

Die Vorsteherin hob überrascht ihre Augenbrauen. »Aber ich dachte ...«

»Ja, ich dachte ja auch, aber es war falsch.« Gertruds Stimme zitterte. »Großvater ist glücklich bei uns – sehr glücklich. Sehen Sie, er hat ja ein Zuhause, er braucht kein anderes.«

Leoni Traut

Ein Ballen Flanell

Die Kundin weiß, daß es im Jahr 1938 nicht ungefährlich ist, im Laden des Herrn Julius N. (= Nathan) Bayer zu kaufen. Und doch bestellt sie dort Flanellhemden für das ganze Dorf; ihr Beitrag zum Winterhilfswerk, zu dem sie verpflichtet wurde.
Vorlesezeit ca. 20 Min.

Die Gassen und die Läden, die sie randeten, lagen im Schutze und Schatten der Kirche Sankt Dorotheen, die der schmalen Häuserzeile den Namen gegeben hatte. Julius N. Bayer bekam täglich sein Teil am Geläut, im Frieden, im Krieg, wieder im Frieden, der zum Greulichen zerbrach. Was schlug die Glocke, heute, morgen, im nächsten Monat? Furcht ...

Herr Bayer fürchtete jetzt den Ton des Dorotheengeläutes, er fühlte sich ihm ausgeliefert. Der Ladenglocke jedoch war vermittels eines Wattebausches die laute, schrille Verkündigung genommen. Niemand brauchte zu hören, wann und wie oft Käufer kamen.

Die Ladenglocke schnurrte vorsichtig. Herr Bayer gab sich einen Ruck, er erschrak, wenn jemand kam, auch jetzt, obwohl er die Eintretende erkannte.

Man erschrickt also auch vor etwas Gutem in unserer Lage, dachte er. Schlimm genug ...

»Guten Tag, Herr Bayer«, sagte die Kundin und streckte die Hand über den Ladentisch.

Herr Bayer nahm sie nicht, er flüsterte nur: »Sie hätten nicht kommen sollen ...«

Dann trat seine Frau durch die Tür im Hintergrund und stellte sich neben ihn.

»Frau Bayer, guten Tag«, rief die Kundin erfreut, und auch Frau Bayer murmelte nur: »Sie hätten nicht kommen sollen!«

Sie preßte sich an ihren Mann, kein Zwischenraum blieb. Sie sahen aus, gleich groß, oder richtiger, gleich klein, wie zwei aneinandergebackene Lebkuchenleute, wie die Mehlweißenfiguren, die beim Pfefferküchler Böse, drei Häuser weiter, zentnerweis verkauft wurden zur Winterzeit. Denn hier war das Weihnachtsgelände für die Kundin, der riesige, niedriggewölbte Laden von Böse für den Baumbehang und das Zubehör des bunten Tellers und bei Julius N. Bayer die soliden, reinleinenen aussteuergründenden Geschenke, Laken, Bettbezüge, Gerstenkornhandtücher für die jeweiligen Hausmädchen, später damastene Ware für den Hamsterkasten der eigenen Tochter.

Die Kundin pflegte das zu kaufen, ein Menschenleben lang, wozu der Kaufmann ihr riet. Das N. hinter Julius hieß übrigens Nathan.

Die Kundin wunderte sich nicht, daß er heute Zeit brauchte, um sich die Formel »Womit kann ich Ihnen dienen« abzuringen. Sie bemühte sich zu übersehen, daß er, wie unwillig, einen Stuhl um den Ladentisch herumschleppte und fast unhörbar: »Nehmen Sie doch Platz«, sagte.

Sie setzte sich. Aufatmend schickte sie sich an, von dem Geschäft zu sprechen, das sie mit Julius N. Bayer machen wollte.

Aber nicht davon sprach sie am Anfang. Ein mächtiges »Wissen Sie noch« drängte sich, magisch, freundlich, traurig, rührend, vor die geplante Nützlichkeit.

»Wann bin ich das erste Mal zu Ihnen gekommen, Herr Bayer?«

»Mit der Frau Mutter«, kam prompt die Antwort, »da waren Sie neun oder zehn, die Frau Mutter war eine sehr gute Kundin.«

»Meine Aussteuer«, half die jetzige Kundin lächelnd nach.

»Das gibt es heute nicht mehr«, sagte Herr Bayer kopfschüttelnd, »drei Dutzend von jedem, handgezeichnet.«

»Ich habe noch ungebrauchte Laken liegen«, bestätigte die Kundin, und dann fragte sie nach dem Sohn.

Jetzt vermochte der Kaufmann Bayer lauter zu reden.

»Mein Walter?« sagte er. »Der läßt uns nachkommen, das Affidavit ist unterwegs.«

»Es wird auch höchste Zeit«, fügte ängstlich die kleine Frau Bayer hinzu.

»Höchste Zeit«, wiederholte die Kundin, und dann fragte Herr Bayer, wieder flüsternd, wie es der Frau Tochter gehe.

»Sie hat ihre Sorgen«, seufzte die Kundin, »genau die gleichen, und mich haben sie jetzt auch am Wickel wegen meines Schwiegersohnes. Ich muß mich am Winterhilfswerk beteiligen. Sie haben mir, pfenniggenau, die Summe auf den Kopf zugesagt, zu der ich nach meinem Einkommen verpflichtet bin. Ich mußte mich schriftlich bereit erklären, sie drohten, sie wiesen versteckt und bösartig auf meine ›Versipptheit‹ hin. Aber sie gingen dann auf meine Bedingungen ein.«

Herr Bayer fragte nicht, er wartete.

»Ich habe mir ausbedungen«, erklärte die Kundin, »nicht Geld, sondern Sachwerte zu spenden, und alles selbst im Dorf zu verteilen.«

»Was denn?« fragte Herr Bayer, und Frau Bayer hielt den Atem an.

»Flanellhemden«, trumpfte die Kundin auf, »fürs ganze Dorf, für groß und klein, für die Kinder, für die Alten, für alle.«

»Aber doch nicht ...«, stöhnte Herr Bayer.

»Freilich das«, sagte die Kundin heiter, »ich bestelle bei Ihnen, mein erstes Winterhilfswerk kommt aus Ihrem Laden! Wir schlagen denen ein Schnippchen, wir drei zusammen, was, Frau Bayer?«

Die kleine Frau sah noch verängstigter aus.

»Wenns herauskommt«, hauchte sie.

»Also Herr Bayer, zeigen Sie mir guten, besten, farbechten Flanell, der nicht einläuft.«

Dickleibige Stoffballen wuchteten sich vom Regal auf die altersblanke Ladentischplatte. Neu rochen sie, sauber, solide, und schwach nach Spiritus. Blau mit grau und rosa mit grün gestreift, ein weiteres Stück fiel dumpf aus Frau Bayers kurzen Ärmchen auf den Ladentisch.

»Laß doch, ich mach schon«, wehrte ihr Mann ab. Die Furcht, die Furcht – auch ihre Geschäftigkeit war Furcht.

»Es ist ziemlich dunkel hier«, sagte die Kundin und sah sich nach dem steilen gotischen Schatten draußen um.

»Ja, der Laden ist dunkel«, sagte Herr Bayer, »aber ich möchte kein Licht machen.«

Er schleppte das letzte Stück Flanell zum Schaufenster, wo es genügend Helligkeit empfing.

»Das«, sagte die Kundin, »das ist hübsch, das ist sehr hübsch mit dem feinen roten Streifen.«

»Sie haben wahrhaftig einen Blick«, sagte Herr Bayer bewundernd, »das beste natürlich, ohne jede Appretur, Indanthren.«

»Natürlich das beste, wie immer«, sagte die Kundin, »das nehme ich.«

»Machen Sie aber erst eine Probe«, schlug der Kaufmann vor, »für alle Fälle, man steckt auch nicht drin, in diesen Zeiten.«

»Kochen«, überlegte die Kundin, »bleichen, im Freien trocknen. Bei uns im Gebirge trocknen sie alles auf den Wiesen, ob bunt, ob weiß.«

»Wieviel dachten Sie?« fragte Herr Bayer.

Die Kundin zählte auf: soundsoviel Hemden für Sechsjährige, für Zehnjährige, für Halbwüchsige. Soundsoviel Männerhemden, mindestens zehn Nachtjacken für die guten Alten, und Nachtröckchen für die ganz Kleinen.

Frau Bayer notierte, Herr Bayer schnitt einen Viertelmeterstreifen ab.

»Ich fahre heute zurück«, sagte die Kundin, »koche und bleiche die Probe, schreibe sofort eine Postkarte und hole dann alles ab.«

»Ein Ballen wird nicht reichen«, sagte Herr Bayer und schnitt in Gedanken Hemden und Jacken zu.

»Wir haben noch zwei ganze Stücke von dieser Ware«, erinnerte ihn seine Frau.

Jetzt klebte sie nicht mehr wie angebacken neben ihm, ein Zwischenraum war entstanden, freie Luft, Bestätigung, Hoffnung, wer weiß es.

An der Leine im großen Gebirgsgarten der Kundin flatterte die Stoffprobe. Sie war beim Kochen nicht eingelaufen, sie hatte nicht einen Hauch der zarten Farben eingebüßt, bläuliches Grau neben mattem Grün mit einem fadenschmalen roten Streifen dazwischen. Die Sonne tat dem Flanell auch keinen Schaden an, die Postkarte wurde geschrieben, und die Gedanken der Kundin gingen oft sorgenvoll und mitfühlend in den Laden auf der Dorotheengasse, der ebenso ein Weihnachtsladen war ihr Leben lang wie der Pfefferkuchen-Böse. Die Gedanken bemächtigten sich der Erinnerung. Einmal, als sie 1917 Bezugsscheineinkäufe machte: »Mein Walter ist Leutnant geworden.« Herr Bayer strahlte, er war ein Preuße, was sonst, und hatte seine drei Jahre abgedient. Ihr eigener Sohn fiel kurz danach, es war gelungen, das Gemüt frei zu halten vom ärgsten Neid, der zwischen Leben und Tod angesiedelt ist und beide gegeneinander abwägt.

Später, in den zwanziger Jahren: »Mein Walter hat seinen Doktor gemacht ...« Der kleine Mann schien gewachsen. Seit 1933 lebte der Sohn als Arzt in New Jersey, und das Affidavit ist unterwegs. »Wenn sie nur schon draußen wären«, dachte die Kundin, der hellsichtige Angst manchmal die Kehle zusammenschnürte.

Vielleicht war es diese Hellsicht, die sie veranlaßte, dem Herrn Bayer ein Schlüsselbund zu übergeben, als sie Ende Oktober 1933 mit zwei Handkoffern erschien, um das »Winterhilfswerk« abzuholen.

»Man kann nie wissen«, – diesmal war sie es, die flüsterte – »es sind die Schlüssel zu meiner hiesigen Wohnung, es wird so viel gemunkelt, Herr Bayer.«

»Das Affidavit ist da«, sagte Frau Bayer, »wir packen schon.«

»Und wissen Sie, was vom zweiten Stück Flanell abgefallen ist?« fragte Herr Bayer die Kundin. »Zwei gleiche Schlafanzüge, für uns zur Überfahrt.«

Sie würden von Portugal abfahren, alles wäre schon bezahlt.

Er wies die Schlüssel zurück.

Die Kundin sagte wieder, man kann nie wissen, sie ließe das Bund da, nur ihre alte Aufwartefrau beträte die Wohnung, die wäre goldsicher, sie könnten auch unbesorgt Wasser spülen und Wasser zapfen.

»Es wird ja nicht nötig sein«, sagte Herr Bayer, aber seine Frau griff nach dem Schlüsselbund und hielt sich förmlich an ihm fest.

Um den 9. November herum hockten zwei kleine ältliche Leute wie aneinandergebacken auf einem Sofa in einer leeren Stadtwohnung. Sie wagten kaum aufzutreten, außer auf Strümpfen, denn die Teppiche waren zusammengerollt. Sie wagten kein Feuer zu machen und froren. Sie aßen Zwieback und Äpfel und Dauerwurst und tranken gelegentlich einen Schluck Kognak, aus der Flasche, denn sie wollten keine Gläser schmutzig machen. Am dritten Tag kam die alte Aufwartefrau, brachte Milch und sagte, daß jetzt wohl das Schlimmste vorbei wäre. Am vierten Tag traute der Mann sich hinunter und schlich im Dunkeln nach der Dorotheengasse, wo er sein Schaufenster eingeschlagen, der Ware ledig, und notdürftig mit Brettern vernagelt fand. Die Dorotheenglocke dröhnte, die Kirche war nicht mehr Schutz, nur noch unausweichlicher Schatten.

Ein wenig später kam an die Kundin im Gebirge ein eingeschriebenes Päckchen, das ein Schlüsselbund enthielt. Und Wochen später kam eine Karte aus Lissabon.

Die Kundin lebte nicht mehr, als sieben oder acht Jahre später alte Dorfweiber eine warme Flanellnachtjacke unter die Taille zogen. Die Züge, flüsterten sie, wären ungeheizt, das wüßte man ja – als Mütter ein Nachtröckchen hochhoben, überlegten, es einpackten – als die Hemden der Halbwüchsigen, die inzwischen in zerfetzten Uniformen Gott weiß wo moderten, an die Zwölfjährigen vererbt wurden zur traurigen Ausreise. Die gute Kundin erlebte es nicht, daß all diese Hemden aus Herrn Bayers solidem Flanell die Zeit und ihre Schrecken überdauerten und schließlich in Osnabrück oder Eßlingen noch zu brauchbaren Staubtüchern zerschnitten wurden. Herrn Bayer würde das nicht gewundert haben, er kannte seine Ware. Er lag in diesen friedevollen Nächten, die ihm jetzt zugebilligt waren, mit seiner Frau in einem Doppelbett. Er lebte in New Jersey, im Haus seines Sohnes. Er trug den gleichen Schlafanzug wie sie, zwei kleine Pfefferkuchenleute mit runden, freundlichen, ja heiteren Gesichtern, die schrumpfende Prägung von Angst und Not hatte sich gänzlich verloren, und unverblaßt lief der rote Faden durch das Blaugrau und Grün des Flanells, dem Seife, Sonne, Luft und die Grausamkeit des Geschehens nichts angehabt hatten.

Wenn ein Blizzard draußen tobte und die Heizung unmächtig wurde, schmiegten Mann und Frau sich in die weiche Wärme des Stoffes und rückten so zusammen wie damals im Laden, als das absonderliche, nicht ungefährliche Geschäft abgeschlossen wurde, das den Machthabern ein Schnippchen schlug und sich segensreich erwiesen hatte, ein wahrhaftes Hilfswerk, beständig in Zeit und Ländern. Ruth Hoffmann

April

Frei werden, frei geben

Denn alle Kreatur wird frei werden
von der Knechtschaft des vergänglichen Wesens
zu der herrlichen Freiheit der Kinder Gottes.

Römer 8, 21

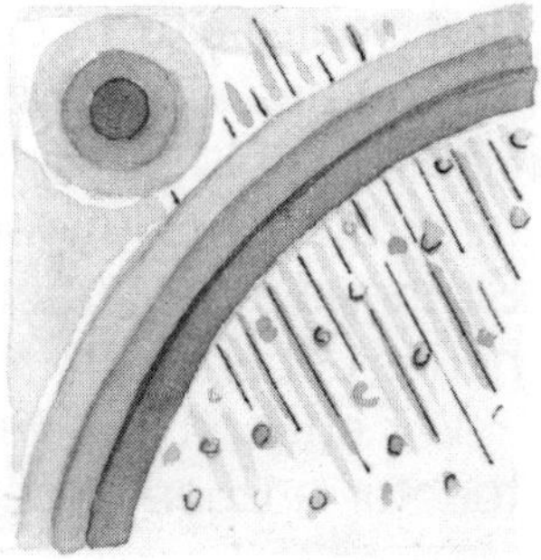

Eine Welt ohne Licht – kann man sich so etwas vorstellen? Leben im Schatten, in immerwährender Finsternis. Nacht, immer nur Nacht, die nicht erhellt wird durch Sterne oder Mond. Schwärze und Kälte rundum. Eine Vorstellung, die grauenhaft ist.

Alles, was lebt auf der Erde, braucht das Licht, sucht das Licht. Licht schenkt Geborgenheit, Wärme, Freude, Leben. Licht macht sehend, sehend im Sinn auch von wissend.

Wenn Jesus sich als das »Licht der Welt« bezeichnet hat, dann hat er diesen Zusammenhang bedacht. Und mehr noch: er hat damit ausgedrückt, daß er es ist, der alle Finsternis der Welt dauerhaft besiegt, die Schatten in unserem Leben zurückdrängt. Mit seiner Auferstehung an Ostern feiern wir ihn als das Licht, das die Schatten, auch die Schatten des Todes, bezwungen hat.

Ostern – das ist neues Leben, Leben für alle. Ostern – ein frohes Wort. Die Wortgefährten, die einem dazu einfallen, zum Beispiel Osterspaziergang, Ostereier, Osterferien, haben alle etwas mit Freude zu tun, mit Aufbruch auch. Sie signalisieren das Ende der winterlichen Erstarrung in der sich neu belebenden Natur, machen Mut zu neuen Erfahrungen, befreien zu neuem Tun.

Es ist auffallend, daß der Mensch zu Veränderungen in seinem Leben gerade im Frühling besonders bereit und fähig ist. Es muß wohl so sein, daß eine Jahreszeit, in der sich die Außenwelt so strahlend verändert, den Menschen einfach mitreißt. Sonne und Helligkeit beflügeln uns eher zu Tatendrang als ein trüber, lastender Novemberhimmel. Vom Umräumen der Wohnung über den die Familie nervenden Hausputz bis hin zur beruflichen Umstellung fallen uns spontane Entscheidungen im Frühling leichter als sonst. Die Sonne, die das Wachsen neuen Lebens ermöglicht, schafft neues Leben auch in uns.

Wir erleben es, wenn es uns leichter fällt, die Schwiegertochter anzuerkennen, mit deren Eigenarten wir das ganze

Jahr so schwer fertigwerden; oder wenn es uns auf einmal gelingt, festgefahrene Gewohnheiten zu lockern, sogar befreit zu lachen über den eigenen Starrsinn, mit dem wir unsere Umwelt so oft vor den Kopf stoßen. Versöhnung – fällt nicht sogar die leichter, weil es uns auf einmal nicht mehr so wichtig ist, Recht zu haben und Recht zu behalten?

Ostern – ein Fest der Befreiung. Frei werden von etwas heißt immer auch, frei werden zu etwas. Nicht mehr fixiert auf mich selbst, gelingt es, den Menschen neben mir wachsen zu lassen nach seinen Bedingungen. Das heißt nichts anderes als zur Liebe freizuwerden. Wer von diesem »Schimmer der Ostersonne« getroffen wurde, der erlebt das Ende von Selbstmitleid und Mutlosigkeit, dem gelingt die Überwindung von Vorurteilen, der Abbau von Gegensätzen, der versöhnlich bejahende Aufbruch zum Du.

Ostern ruft auf diesen Weg. Osterfreude findet, wer ihn geht. »Niemand ist so arm, daß er nicht für einen noch Ärmeren ein Sonnenstrahl, ein Lebenslicht werden könnte, niemand so reich, daß er nicht beides brauchte.«

Almuth Hochmüller

Fräulein Berta

Erst als Fräulein Berta, die herbe altgewordene Dienerin der Familie, krank zu Bett liegt, wird ihr die Erkenntnis geschenkt: Nicht nur die Kinder des Hauses hätte ich lieben sollen, sondern auch ihre Mütter.
Vorlesezeit ca. 6 Min.

Auch früher schon hatte Fräulein Berta keinen guten Schlaf gehabt, aber seit sie die Siebzig überschritten hatte, hörte sie in der Nacht jede Stunde schlagen. Die Gedanken wollten nicht zur Ruhe kommen. Dabei glitten ihre Blicke unruhig über die Schatten ihrer Möbel.

Zwei Generationen hatte sie gedient. Die alten Herrschaften deckte schon lange die Erde, nun füllte das Lachen der Enkel das Haus. Sie hing an diesen Enkeln, so wie sie einst an dem Sohn gehangen hatte, um dessentwillen sie in seinem Haus geblieben war. Mit den Männern der Familie war sie immer gut ausgekommen.

Aber mit den Frauen gab es häufig Meinungsverschiedenheiten; denn Fräulein Berta war von Natur aus eine herrschsüchtige Person. Sie hatte schon unter der alten Dame den Haushalt eigenmächtig geführt.

Die nächtlichen Gedanken von Fräulein Berta waren also keineswegs immer erfreulich, vor allem, seit mit zunehmendem Alter die Zügel des Haushalts ihren Händen mehr und mehr entglitten waren. Sie spürte schmerzhaft deutlich, daß letzten Endes nicht sie die Herrin des Hauses war, nie gewesen war. Wenn Fräulein Bertas Gedanken an diesem Punkt ankamen, regte sich der Neid in ihr, und sie begann mit Gott zu hadern. Du bist ungerecht, sagte sie, ohne Verdienst gibst du dem einen alles, was du dem anderen ein Leben lang versagst. Berta fühlte einen Ring um ihr Herz, sie atmete schwer; denn auch die Kinder, die sie liebte, gehörten ja nicht ihr, obwohl sie ihre Windeln gewaschen, den Brei gekocht, die Kittel genäht hatte. Ihre erste Frage, wenn sie aus der Schule kamen, galt stets der Mutter. Bitter vermerkte sie es täglich.

Darum also haderte Fräulein Berta in ihren schlaflosen Nächten mit Gott. Und es ging ihr dabei wie allen Menschen, es fiel ihr nicht schwer, so manchen Mangel in Gottes Schöpfung zu entdecken, eigene Fehler dagegen kaum.

Das sollte sich jedoch ändern, als sie – seit Jahren zum ersten Mal – krank mit Fieber und Husten zu Bett lag. So ein Tag ist lang, wenn man im Hause überall Schritte und Klappern hört, selbst aber abgeschieden von allem Treiben in seiner Stube liegt.

Es war schon gegen Abend, als die »Schwiegertochter«, wie Fräulein Berta sie nannte, in ihrem Zimmer erschien, sich an Fräulein Bertas Bett setzte, und nicht nur den verordneten Hustensaft reichte, sondern heiter von den Kindern plauderte, von Manfreds schlechter Lateinarbeit, von Ingrids neuem Cocktailkleid. Sie wollte Fräulein Berta die Zeit vertreiben, ganz offensichtlich, das wollte sie. Die »Schwiegertochter« erhob sich erst, als die Hausglocke schellte.

Doch so sehr dieses Klingeln sie rief, ließ sie sich dennoch Zeit für jene kleine Geste, die Fräulein Bertas Herz treffen sollte.

Scheu, durch kühle Abwehr oft zurückgestoßen, strich die »Schwiegertochter« über Bertas Haar. Das geschah so vorsichtig, daß sie nicht sicher sein konnte, ob Fräulein Berta es überhaupt spürte.

Fräulein Berta aber spürte es sehr deutlich, trotzdem, zu ihrem eigenen Erstaunen, zog sie nicht wie sonst den Kopf zurück. Im Gegenteil, sie hielt still, als warte sie im geheimen darauf, daß sich diese zarte Berührung wiederhole.

Die Abendsonne schien durchs Fenster. Sie traf Fräulein Bertas Hände, die nach einem Foto griffen, das eingerahmt auf ihrem Nachttisch stand. Es zeigte die ganze Familie dieses Hauses. Heute aber suchten Bertas Augen einzig die »Schwiegertochter« darauf. »Dumm bin ich gewesen«, sagte sie vor sich hin. Und sie fügte nachdenklich hinzu: »Mitlieben hätte ich sie sollen, einfach mitlieben!«

Christa Schlüter

Eine Maus für Fräulein Morland

Am letzten Schultag vor den Osterferien liegt auf dem Platz der ängstlichen jungen Lehrerin ein großes Osterei. Eine kleine Feldmaus ist darin. Die Jungen wollen der Lehrerin damit einen Schrecken einjagen. Aber vor Mäusen hat Fräulein Morland keine Angst. Das imponiert den Jungen. Von da an schließen die Lehrerin und die Klasse Freundschaft.
Vorlesezeit ca. 14 Min.

Im Frühling traurig und allein zu sein, während ringsum alles grünt und blüht und man lauter fröhliche oder doch wenigstens zufriedene Gesichter zu sehen bekommt, das ist schon schlimm genug. Gleichzeitig aber auch den ersten Frühling fern von daheim verbringen zu müssen, mit Heimweh aufzuwachen und mit Heimweh den Tag zu beschließen, das ist wohl noch schlimmer.

In dieser Lage befand sich Fräulein Morland, die neue Klassenlehrerin der 2b. Erst im Herbst, zu Schulbeginn, war sie aus ihrem kleinen Dorf – »im finstersten Kartoffelland«, wie die Kollegen sagten – in die Stadt gekommen: klein, schmal und furchtsam und so schüchtern, daß ein harmloser Scherz genügte, um sie aus der Fassung zu bringen. Sie hatte Angst vor allem: vor dem Straßenverkehr, dem Lärm, den vielen fremden Gesichtern, vor dem strengen Herrn Direktor, den selbstsicheren Kollegen und – nicht zuletzt – vor den fünfundzwanzig Buben in ihrer Klasse.

Fünfundzwanzig wilde Buben, deren erbarmungslos scharfen Augen keine kleine Unsicherheit, keine Schwäche entging, die es geradezu darauf abgesehen hatten, der neuen Lehrerin das Leben sauer zu machen. Vor einem Käfig voller wilder Raubtiere hätte Fräulein Morland sich nicht mehr fürchten können als vor diesen Kindern.

An jedem Morgen mußte sie vor der Klassentüre, hinter der es schrie und tobte, ein wenig stehenbleiben und tief Atem holen, ehe sie überhaupt wagte, die Klinke herunterzudrükken. Ihr Herz hämmerte, und ihre Hände waren ganz kalt.

Und an jedem Morgen nahm sie sich fest vor, sich diesmal nicht einschüchtern zu lassen. Aber wenn sie dann die Klasse betrat und das Kichern hörte, das sie jedesmal empfing, war sie mit ihrem bißchen Mut auch schon wieder am Ende.

»Sie müssen mehr Disziplin halten, Fräulein Morland!« mahnte der Direktor, der es trotz aller Strenge gut mit der kleinen Lehrerin meinte.

Und Fräulein Morland schluckte und erwiderte zaghaft: »Ja, Herr Direktor!« Aber ihre Hoffnung, dieses Versprechen einlösen zu können, wurde von Tag zu Tag kleiner. Voll Sehnsucht dachte sie an ihre Dorfschule zurück. Auch dort war ihre Klasse nicht gerade von Engeln bevölkert gewesen, ach nein. Aber man hatte sie respektiert und – was Fräulein Morland noch mehr galt – geliebt. Die kleinen Mädchen hatten ihr Blumensträußchen auf das Katheder gelegt, und die Buben miteinander gewetteifert, wer ihr die Tasche nach Hause tragen durfte.

»Meine Kinder«, hatte sie stolz gesagt und damit alle gemeint: die braven und die schlimmen, die klugen und die weniger klugen, den Seppl des reichen Bachhofer geradeso wie die Hinteregger-Sophie, die immer nur ein Stück trockenes Brot in die Schule mitbekam. Sie hatte sich mit Peter Sorgen um dessen kranke Mutter gemacht und der kleinen Gertrud, die auf vier jüngere Geschwister aufzupassen hatte, heimlich bei den Aufgaben geholfen.

Ach, das liebe kleine Dorf! Der Vater, der stolz auf seine »studierte« Älteste war, die gute Mutter, die immer Trost wußte und manchmal auch Rat. Nein, den Eltern durfte Fräulein Morland nichts von ihren Sorgen schreiben, die hatten selbst genug davon – mit dem kleinen Hof, der nie genug einbrachte, und der großen Kinderschar. Nicht zuletzt um der Eltern willen hatte Fräulein Morland ihre Versetzung in die Stadt widerspruchslos hingenommen.

Und nun, nach einem knappen halben Jahr erst, schlich sie verängstigt und mutlos herum und rechnete täglich damit, daß man sie mit Schimpf und Schande davonjagte, weil es ihr nicht gelang, mit zwei Dutzend sieben- bis achtjährigen Buben fertig zu werden.

Dabei wären diese Kinder, die Fräulein Morland so in Angst und Schrecken versetzten, sehr erstaunt gewesen, wenn man sie gefragt hätte, was sie eigentlich gegen ihre neue Lehrerin hatten. Sie dachten sich nichts Böses bei ihren Lausbübereien. Es machte ihnen einfach Spaß, Fräulein Morland hilflos und blutübergossen neben der Tafel stehen zu sehen, ein Stück Kreide in der Hand, das trotz aller Anstrengung keine Spur auf der schwarzen Fläche hinterließ. Es machte Spaß, das Klassenbuch zu verstecken, beim Singen die schrecklichsten Töne zu produzieren, eine Weckeruhr unter dem Pult läuten zu lassen – und was fünfundzwanzig Bubenköpfen sonst noch alles einfällt. Für den letzten Schultag vor den Osterferien hatten sie sich etwas ganz besonders Lustiges ausgedacht.

Von diesen Vorbereitungen wußte Fräulein Morland nichts. Der Frühlingswind lief übermütig durch die grauen Straßen der Stadt, die Kastanienbäume entzündeten ihre Blütenkerzen und in den Parkanlagen blühten die Forsythiensträucher, gelb wie die Sonne. Aber Fräulein Morland sah das alles nicht. Sie dachte: Jetzt beginnen sie daheim mit der Feldarbeit, und auf der Auwiese blühen die Himmelschlüssel, und: ach, diese Kinder, diese schrecklichen Kinder.

Als sie am letzten Schultag vor Ostern die Klasse betrat, spürte sie sofort, daß sie etwas erwartete, etwas ganz Schreckliches. Keines der Kinder kicherte oder schwätzte, mäuschenstill, mit gespannten Gesichtern und glitzernden Augen saßen sie auf ihren Plätzen, ohne den Blick von Fräulein Morland zu wenden, die mit klopfendem Herzen und zitternden Knien zum Katheder ging.

Auf dem Tisch lag ein großes, grünes, glänzendes Osterei. Fräulein Morland schluckte ein paarmal hintereinander. Sie war ganz sicher, daß dieses Ei mit der unnatürlichen Stille in der Klasse in Zusammenhang stand. Bestimmt verbarg sich etwas darin. Am liebsten wäre Fräulein Morland hinausgelaufen, um den Direktor zu Hilfe zu holen. Aber sie begriff, daß sie sich damit nicht nur vor ihrem strengen Vorgesetzten, sondern auch vor den Kindern eine nicht wiedergutzumachende Blöße gegeben hätte. Es half nichts: sie mußte dieses furchtbare Ei öffnen, was immer sich auch darin befinden mochte.

Zwei Blondschöpfe in der letzten Reihe stießen einander an. Fräulein Morland merkte es ganz deutlich. Ihren ganzen Mut zusammennehmend, streckte sie die Hand nach dem Ei aus. Die Kinder hielten den Atem an. Und Fräulein Morland öffnete mit steifen, kalten Fingern das Ei, jeden Augenblick gewärtig, einen lauten Knall zu vernehmen oder etwas dergleichen.

Aber nichts geschah. In der Höhlung der unteren Eihälfte saß eine Maus. Eine kleine, graue, zu Tode erschrockene Maus, ganz regungslos zusammengeduckt. Eine Maus, nicht minder ängstlich und verschüchtert als Fräulein Morland selbst. Eine Maus, nichts weiter.

Fräulein Morland sah die Maus an, und die Maus sah Fräulein Morland an. Durch das samtgraue Fellchen war der Herzschlag des kleinen Tieres sichtbar, ein hastiges, rhythmisches Klopfen. Fräulein Morland lächelte plötzlich, so ganz von innen heraus. Solche Mäuse gab es daheim auf dem Schüttboden, sehr zum Verdruß der Mutter. »Eine Maus!« sagte sie. »Lieber Gott, wo habt ihr die denn gefangen?« Es kam ihr gar nicht zum Bewußtsein, daß sie zum ersten Mal ganz natürlich, ohne Scheu und ohne Angst, zu den Kindern sprach.

Diese waren so verdutzt, daß es dem Urheber der Maus-Idee, dem kleinen Martin, unversehens entfuhr: »Am Sonntag – draußen –«

Fräulein Morland sah auf, geradewegs in das purpurrote Gesicht des kleinen Martin. Sie lächelte noch immer. »So«, sagte sie, »draußen. Ja, das ist eine Feldmaus, die kenn' ich, die haben wir daheim auch. Man muß sie wieder hinaustragen, aufs Feld, dort gehört sie hin. Was meint ihr, wenn wir das gemeinsam machen, am Nachmittag?«

In der Klasse herrschte Stille. »Ja«, antwortete endlich eine zögernde kleine Stimme, und die anderen fielen eifrig ein: »Ja! Ja!«

»Also gut!« sagte Fräulein Morland. »Wer Lust hat, ist um drei Uhr vor der Schule. Und nun holt eure Lesebücher heraus, Kinder.«

Noch nie hatte Fräulein Morland eine so musterhafte Klasse vor sich gehabt wie an diesem Tag. Die Kinder waren wie verwandelt – kein Schwätzen, kein Kichern, keine Lausbübereien. Als die Glocke schrillte, nahm Fräulein Morland das grüne Pappei mit der Maus behutsam, beinahe zärtlich, in beide Hände, nickte den Kindern noch einmal zu und verließ das Klassenzimmer. Auf dem Gang blieb sie stehen, lächelte und betrachtete das kleine Tier. Ihr war plötzlich so leicht und frei ums Herz wie schon lange, lange nicht mehr.

»Sie hat sich nicht gefürchtet!« sagte ein kleiner Bub drinnen in der Klasse zu einem anderen.

»Und geschimpft hat sie auch nicht!«

»Das war eine ganz dumme Idee, das mit der Maus!« Gemeinsam fielen sie nun über Martin, der noch vor kurzem der Held des Tages gewesen war, her. Der zog den Kopf ein und machte ein halb trotziges, halb verlegenes Gesicht – ein abgesetzter Feldherr, eine entthronte Majestät.

Sie waren um drei Uhr alle vor der Schule, sogar Martin war gekommen. Gemeinsam fuhren sie vor die Stadt hinaus, mitten hinein in das Wachsen und Grünen: Fräulein Morland, fünfundzwanzig kleine Buben – und eine Maus. Später, auf dem Heimweg, die Maus hatte längst ihre Freiheit zurückerhalten, sangen sie miteinander, alle Lieder, die ihnen einfielen. Und der kleine Martin trug Fräulein Morlands Tasche, in der das leere Pappei lag.

Das heb' ich mir auf! dachte Fräulein Morland und lächelte still in sich hinein.

Ebba Schwimann-Pichler

Meine ungehorsame Mutter

Siebzehn Jahre ist Charlotte alt – das neue Jahrhundert hat eben begonnen –, als sie in einer Nacht heimlich ihren strengen Vater verläßt. Sie möchte gegen den Willen ihres Vaters einen Beruf erlernen, Lehrerin werden. Aus der behüteten Unfreiheit flieht sie in die unbekannte Freiheit, um ein selbständiger Mensch zu werden.
Vorlesezeit ca. 11 Min.

Wenn meine Mutter ihrem Vater gehorcht hätte, könnte ich jetzt nicht stolz auf sie sein. Ohne ihren Ungehorsam gäbe es mich wahrscheinlich nicht.

Meine Mutter war siebzehn Jahre alt, und das neue Jahrhundert hatte eben erst begonnen. Da verließ sie in einer kalten Aprilnacht mit einem späten Schneegestöber ihr Elternhaus. Sie hatte vorher einen Brief geschrieben, der durch Tränenspuren ganz verwischt war und in dem sie ihren Vater um Verzeihung bat. Dann ging sie leise und tapfer fort, um nie wieder in dieses dunkle, ganz von Efeu umrankte Haus zurückzukehren.

Es war kein Mann im Spiel, und es war keine romantische Flucht. Die Siebzehnjährige wollte einen Beruf ergreifen. Sie war bis dahin nie zur Schule gegangen. Ihr Vater hatte sie selbst unterrichtet. Als sie ihm ihren Berufswunsch vorgetragen hatte, war seine Antwort nur ein dröhnendes Lachen gewesen. Er bekam keinen dieser Zornanfälle, die sich immer wieder wie Gewitterwolken über der Kindheit meiner Mutter entluden, nein, er lachte nur. Und dieses Lachen war schlimmer als ein Schlag. Die Entscheidung war endgültig, da halfen keine Bitten.

Mein Großvater regierte sein Haus mit unbeschränkter Macht. Er war der Herr, und sein Wille war Gesetz. Und das Gesetz mußte erfüllt werden. Wie konnte ein zu Gehorsam, Gottesfurcht und Demut erzogenes Mädchen sich dagegen auflehnen? Mein Großvater war Pfarrer, und er muß gewaltig gepredigt haben. Er war ein kluger Mann und hatte ein großes

Wissen. Aber er wußte wohl nicht viel von der Seele eines Kindes.

Wenn er mit seiner lauten herrischen Stimme »Charlotte!« durch das große, dunkle und auch an warmen Sommertagen kalte Haus rief, dann zuckte seine älteste Tochter jedesmal ängstlich zusammen, ergriff ihre Hefte und Schulbücher und rannte die Treppe hinauf. Dort stand der Vater, der zugleich ihr Lehrer war, sehr aufrecht und streng in seinem schwarzen, hochgeknöpften Rock vor der Tür seines Studierzimmers.

Der Anblick dieses Kindes muß immer wieder eine Wunde in ihm aufgerissen haben. Meine Großmutter war bei der Geburt meiner Mutter gestorben. Sie war damals neunzehn Jahre alt. Ihr Bild zeigt ein zartes und sanftes Geschöpf von ergreifender Schönheit. Meine Mutter war ihr Ebenbild. Das war ihr Unglück. Denn sie erinnerte ihren Vater und Lehrer ständig an die Frau, deren Tod er nicht überwinden konnte.

Vielleicht war sie der einzige Mensch, den er wirklich geliebt hat. Und vielleicht hätte der ernste, dunkle Mann dem Kind, das da eifrig über seine Schulaufgaben gebeugt saß, gern einmal zärtlich über das helle Haar gestrichen, dessen Glanz seinen vom vielen Lesen ein wenig geröteten Augen weh tat. Aber er wandte sich immer wieder ab, verschränkte die Hände und ging ruhelos hin und her.

Er hatte wieder geheiratet, und seine zweite Frau diente ihm und seinen Kindern still und selbstlos und ohne dem Mann, der ihr Gebieter war, je zu widersprechen. Sie stellte immer frische Blumen an das Bild der Neunzehnjährigen und wußte doch, daß sie, die Lebende, nie den Platz einnehmen würde, den die Tote in seinem Herzen hatte. Meine Mutter liebte sie und sah sie oft weinen, und sie muß wohl schon als Kind geahnt haben, daß die Ehe auch ein Kreuz sein kann, das Gott aus unbegreiflichen Gründen den Menschen auferlegt.

Es war eine mutige Tat für eine Pfarrerstochter, die nie vorher aus ihrem Dorf herausgekommen war, die nie zur Schule gehen und auch nicht mit anderenKindern spielen durfte, dem

Willen ihres Vaters ihren eigenen Willen entgegenzusetzen. Sie glaubte lange, daß Gott sie für ihren Ungehorsam strafen würde. Denn sie war überzeugt davon, sich nicht nur gegen ihren Vater versündigt zu haben, sondern gegen das vierte Gebot.

Und während sie in jener Aprilnacht fortfuhr, in einem geschlossenen, schwarzen Wagen mit einer Luft, die zum Ersticken war, zitternd vor Kälte und vor dem Zorn meines Großvaters, kamen ihr die Worte in den Sinn, die sie als Kind oft vor ihm aufsagen mußte: »... auf daß es dir wohl gehe und du lange lebest auf Erden.« Es ist ihr nie besonders wohl gegangen, und sie ist auch nicht alt geworden. Aber sie hat wohl schon damals gewußt, daß es nicht genügt, nur ein folgsames und frommes Mädchen zu sein, und daß sie aufbegehren mußte, um ein ganzer Mensch zu werden.

Sie hatte keine Ahnung davon, daß es schon irgendwo Frauen gab, die für ihre Rechte kämpften, und sie hatte wohl auch das Wort Emanzipation noch nie gehört. Eine Zeitung hatte sie nie gelesen. Auch das war verboten in ihrem Elternhaus, jedenfalls für ein Mädchen. So brach sie aus der behüteten Unfreiheit auf, um sich in der unbekannten und gefährlichen Freiheit draußen zu behaupten. Wenn sie noch lebte, hätte sie wohl viel Verständnis für die Jugend unserer Zeit, die sich auflehnt gegen die Welt ihrer Väter.

Mein Großvater verstieß die ungehorsame Tochter aus seinem Herzen und verbot seiner ganzen Familie, je wieder ein Wort mit ihr zu wechseln. Sie wurde Lehrerin und heiratete später. Ihr Vater nahm keine Notiz davon. Er nahm auch lange keine Notiz von seinen Enkeln. Als ich etwa neun Jahre alt war, sah ich ihn zum erstenmal. Eine beherzte Tante hatte meinen Bruder und mich eines Tages in das Pfarrhaus geholt, in dem der Großvater nun ganz allein war. Sie schob uns einfach, ohne anzuklopfen, in sein Studierzimmer und schloß die Tür so leise, daß der alte Mann am Schreibtisch uns nicht hörte.

Er saß da und wendete uns den Rücken zu. Seine Feder kratzte gleichmäßig über das Papier, und ab und zu stieß er sie heftig und mit einem kleinen Seufzer ins Tintenfaß. Vielleicht schrieb er seine Predigt. Und während er das tat, standen wir in unserem Sonntagsstaat in seinem Reich, das sonst niemand ohne sein Einverständnis betreten durfte. Wir faßten uns an den Händen und warteten und wagten kaum zu atmen, um nicht den Unwillen des Mannes zu erregen, der so vertieft in seine Arbeit war. Wir sahen seinen gebeugten weißen Kopf und die Bilder von zwei Frauen, die vor ihm standen. Und als wir lange genug schweigend dagestanden hatten, machten wir uns durch ein leises Husten bemerkbar.

Da wandte der Mann am Schreibtisch sich erschrocken um und fragte: »Wie kommt ihr hier herein? Und wer seid ihr?« Wir hörten zum erstenmal seine herrische, etwas heisere Stimme, und wir sahen sein blasses, vom Denken zerfurchtes Gesicht. Wir nannten unsere Namen. Aber die Namen sagten ihm nichts, und wir mußten ihm helfen, sich an uns zu erinnern. Wir sagten, daß wir die Kinder seiner ältesten Tochter seien, und wir sagten wohl auch: »Guten Tag, Großvater!«

Er stand auf und stieß seinen schweren Stuhl zur Seite. Dann kam er ganz langsam auf uns zu, wie ein Mensch, dem jeder Schritt schwerfällt. Seine Augen, die später blind werden sollten, sahen uns grenzenlos erstaunt an. »Guten Tag«, sagte er, und seine Stimme klang auf einmal ganz anders als vorhin. Dann gab er uns die Hand, eine kühle und harte Hand, die ein wenig zitterte. Wir waren immer im Respekt vor diesem Großvater, der so fern und fremd für uns war, erzogen worden, und wir verneigten uns vor ihm. Erst viel später wußten wir, daß er in diesem Augenblick seiner ungehorsamen Tochter vergeben hatte.

Anna Maria Schmitz

Verspielte Freiheit

Ein Christ trägt keine Knöpfe am Kleid, nimmt vor einer Frau nicht den Hut ab, redet alle Leute mit Du an. Diese und andere kleinliche Vorschriften wollen sich Wilhelms Eltern von ihren Glaubensbrüdern in Amerika nicht machen lassen. Sie sind nicht aus ihrer Heimat weggegangen, um hier in der gleichen Unfreiheit leben zu müssen. So ziehen sie weiter, um einen Ort zu suchen, an dem sie in Freiheit leben dürfen.
Vorlesezeit ca. 11 Min.

Dem Adler, der hoch über den riesigen Wäldern kreiste, kam die kleine Wagenkolonne tief unten vor wie eine Raupe. Zäh und beständig kroch sie Hänge hinauf und wieder ins Tal hinunter, unbeirrbar nach Westen auf den Höhenzug zu, von wo aus man weit nach Kentucky hineinschauen konnte, Kentucky, jenes geheimnisvolle, riesige Land, wo es unzählige Büffel und Hirsche und freies Land gab.

Land, das war es vor allem, was die Leute in den Pferdewagen wollten. Aber es war noch etwas anderes, was sie in Kentucky suchten, und was das war, erfuhr der zehnjährige Wilhelm bei einer Rast an einem schmalen Fluß.

Das war am 23. August 1770.

Als die dünn gewordenen Frauen mit den großen Augen in den bleichen Gesichtern von den Wagen herunterstiegen und sich die vom langen Sitzen auf den rumpeligen Wagen steif gewordenen Knie rieben, war noch nicht die Zeit zum Fragen. Erst nach dem Abendessen konnten die Kinder endlich mit ihren Fragen kommen.

Wilhelm setzte sich neben seine Mutter, eine große, schlanke Frau mit breiter Stirn und einem kleinen, entschlossenen Mund.

»Mama?« sagte Wilhelm.

»Was ist?« fragte die Mutter.

»Ob Daniel Boone wohl da ist?«

»Ich weiß es nicht«, antwortete sie.

Wilhelm wollte ihn unter allen Umständen sehen: den weltberühmten, baumlangen Pfadfinder und Fallensteller Daniel Boone, der monatelang ganz allein durch die Wälder streifte und es mit den Indianern genausogut konnte wie mit den Weißen.

Wilhelm merkte, daß seine Mutter an anderes dachte als an den berühmten Daniel Boone.

»Mama?« fing er von neuem an.

»Ja?« fragte seine Mutter.

»Worauf freust du dich am meisten?«

»Darauf, daß wir endlich wieder in einem Haus wohnen können.«

»Sonst nichts?«

»Doch«, antwortete seine Mutter, »daß wir frei sind, wirklich frei. Darauf freue ich mich am meisten.«

»Was meinst du damit, daß wir frei sind, Mama?«

»Weißt du, wo wir herkommen, da waren sie hinter uns her und sagten: Ihr müßt mit uns beim Gottesdienst bestimmte Gebete sprechen und bestimmte Lieder singen. Ihr müßt dies tun und das tun, sonst seid ihr keine richtigen Christen. Ich habe darauf gesagt: Ich denke an Gott bei der Arbeit, und ich bete öfters am Tag, wo ich gerade bin. Und ich helfe überall, wo Not ist. Ist das nicht christlich? Nein, haben sie gesagt, das ist es nicht.«

Wilhelm erinnerte sich, daß die Leute mit seinem Vater auch nicht einverstanden waren. Er hatte sich geweigert, in den Dienst des Herzogs zu treten und niemand brachte ihn dazu, einen Eid zu schwören. »Ich kenne nur einen Herrn, nämlich Gott«, hatte er gesagt, »und wer einen Eid schwört, der nimmt den Namen Gottes leichtfertig in den Mund.«

Schließlich hatten die Leute gesagt: »Wenn ihr nicht sein wollt wie wir, dann macht, daß ihr fortkommt.« Und weil es damals hieß, in Amerika gebe es viel Land und viel Freiheit, waren sie jetzt nach Kentucky unterwegs. Die Seereise von Hamburg zur Küste von Nordamerika und die Wagenfahrt bis hierher waren lang und beschwerlich gewesen. Doch sie hatten ausgehalten, denn bald würden sie Land haben und tun und lassen können, was sie wollten.

Nach acht Tagen erreichten sie die Siedlung, die Daniel Boone gegründet hatte. Boone selber war nicht da, aber Wilhelm hatte einen Trost: Er konnte mit Boones Kindern spielen. Sie streiften durch den Wald und bauten Dämme am Fluß. Einmal, als die Jungen unter einem Baum eingeschlafen waren, schütteten ein paar Mädchen einen Eimer mit Fischabfällen über ihnen aus. Die Jungen gaben den Mädchen ein paar kräftige Ohrfeigen. Da sagten ein paar Leute: »Die Eltern lassen ihre Jungen aufwachsen wie die Wilden.«

»Das ist doch Unsinn!« sagte Wilhelms Mutter. »Sollen sie sich von den Mädchen jeden Dreck über die Köpfe schütten lassen?«

Darauf sagte eine Frau: »Kein Wunder, daß sie solche Auffassungen vertritt, sie hat ja auch Knöpfe am Kleid.«

»Und was ist dabei?« fragte Wilhelms Mutter.

»Knöpfe sind Luxus«, bekam sie zu hören. »Ein Christ trägt keine Knöpfe.«

Wilhelms Mutter wußte nicht, was sie sagen sollte. Abends erzählte sie es ihrem Mann. Der hatte sich auch schon geärgert.

»Stell dir vor«, sagte er, »sie wollen über Hildes Bräutigam erst Erkundigungen einziehen, ehe sie die Hochzeit gestatten.«

»Das ist doch nicht möglich«, sagte seine Frau. Ihre Tochter Hilde wollte nämlich sobald wie möglich heiraten.

Ihr Mann fuhr fort: »Und sie haben mir übelgenommen, daß ich den Hut vor Frau Boone abgenommen habe, wie es sich gegenüber einer Frau gehört. Und sie wollen auch nicht, daß ich die alte Frau Herkenrath mit Sie anrede.«

»Und warum nicht?« fragte seine Frau.

»Sie sagen, ein Christ nehme vor niemandem den Hut ab und rede alle Leute mit Du an, weil alle Menschen Brüder seien.«

»Schöne Brüder sind das!« sagte Wilhelms Mutter. »Sind sie nicht aus ihrer Heimat hierher gekommen, weil sie sich dort unfrei fühlten, genauso wie wir selbst? Doch kaum sind sie hier, wollen sie andere herumkommandieren. Und dabei hatte ich gehofft, wir wären hier endlich frei. Es ist hier ja beinahe noch schlimmer als in unserer alten Heimat.«

Es dauerte nicht lange, da packte Wilhelms Mutter alle Sachen zusammen, und sie luden sie auf den Wagen. Frau Boone hatte ihnen einen Platz weiter im Hinterland genannt, wo man ein Haus bauen und Felder anlegen konnte.

»Ihr wollt uns schon verlassen?« fragten die Leute.

»Jawohl, das wollen wir«, antwortete Wilhelms Vater. »Aber bevor wir fahren, will ich euch noch eine Stelle aus der Bibel vorlesen, die ihr anscheinend übersehen habt.«

Er schlug die alte, abgegriffene Bibel auf, die er aus Deutschland mitgebracht hatte, und las: »Der Apostel Paulus schreibt: Jesus Christus hat uns für die Freiheit freigemacht. Nun macht euch nicht selbst wieder unfrei!«

»Willst du uns erklären, was das heißen soll?« fragten sie.

Wilhelms Vater sagte mit lauter Stimme: »Ihr habt eure Heimat verlassen, weil sie euch vorschreiben wollten, was ihr glauben und wie ihr beten sollt. Ihr seid hierhergekommen, weil ihr frei sein wolltet. Und was macht ihr jetzt? Ihr legt euch und uns neue Ketten an. Ihr gebt eure Freiheit wieder auf und tut dabei noch so, als tätet ihr Christi Willen. Ich sage euch, das hat Jesus Christus nicht gewollt, daß Christen ihren Glaubensbrüdern kleinliche, ja lächerliche Vorschriften machen und ihnen alle Freude nehmen. Und weil ihr uns nicht unsere Freiheit lassen wollt, ziehen wir weiter, bis wir einen Ort gefunden haben, wo wir frei leben und atmen dürfen. Gehabt euch wohl!«

Seine Frau drückte seinen Arm und sagte leise: »Das hast du schön gesagt.« Von den Leuten sagte niemand ein Wort. Schweigend sahen sie dem Wagen nach, der allmählich zwischen den Bäumen verschwand.

Hans Hoffmann

Die Ostergnade

Antonia bekennt sich schuldig des Ehebruchs. Ihre Schuld erscheint ihr so groß, daß sie die Flamme der Gnadenkerze auslöscht. Ihr Mann zündet die Kerze wieder an und vergibt ihr.
Vorlesezeit ca. 18 Min.

Mit der Ostergnade verhielt es sich so, daß in der Osternacht zu Rom eine große Kerze von bestimmten Ausmaßen entzündet wurde, und solange sie brannte, solange wandte der Kaiser jedem Gnade zu, der eine todeswürdige Übertretung aus freien Stücken gestand; auch war es bei Lebensstrafe jedem verboten, jemanden, der die Ostergnade anrufen wollte, an der Reise nach Rom zu hindern. Doch durfte niemand zur Kerze treten, dessen Tat bereits vor Gericht stand oder erwiesen war, so daß zur Gewinnung der Ostergnade ein Bekenntnis von vollkommener Freiwilligkeit gefordert wurde.

Antonia hatte nach der Stunde des ehelichen Gerichts mit ihren Eltern das Haus des Cäsarius, ihres Gatten, verlassen. Cäsarius ging durch mehrere Tage mit sich zu Rate, und dann verfaßte er eine Anklageschrift, die er mit seinem Namen und Siegel unterfertigte. Darin waren die Handlungen der Frau beschrieben, und dann war hinzugesetzt, Cäsarius habe sie aus Ehrfurcht vor dem kaiserlichen Namen an der Reise nach Rom nicht gehindert, obgleich es ihm offenbar sei, daß sie die Ostergnade mißbräuchlich anzurufen gedenke. Denn sie habe diese Absicht auf Einreden ihrer Mutter erst gefaßt, nachdem er sie ihrer Vergehungen überwiesen, die sie gleichwohl immer noch leugne.

»Ich wage nicht«, so schrieb er, »den unziemlichen Versuch, der kaiserlichen Entscheidung zuvorzukommen; allein, ich bin des Glaubens, diese Dinge seien der Majestät zu wissen nötig, damit sie entscheide, ob hier jene Bedingnisse statthaben, von welchen die Majestät die Gewährung der Ostergnade in Abhängigkeit setze.«

Mit dieser Schrift reiste Cäsarius nach Rom und begab sich zur Ostervigil in die Kirche des Täufers Johannes im Lateran, welche aller Kirchen der Stadt und des Erdkreises Haupt und Mutter genannt wird. Er kam aber sehr früh und hielt sich auch nicht in der Vorhalle auf, in welcher das neue Feuer geschlagen und mitsamt den fünf Weihrauchkörnern für die Osterkerze geweiht wird, sondern er suchte sich gleich seinen Platz im Innern der Kirche, unweit jener Stelle, wo vor dem kaiserlichen Thron die noch unangezündete Gnadenkerze stand; denn er befürchtete, er werde später sich durch die große Volksmenge keinen Weg mehr schaffen können; in der Nähe war auch der Tisch aufgestellt für den kaiserlichen Schreiber, welcher die Gnadenbriefe ausgab und die Namen der Übertreter in ein Buch einzutragen hatte, damit nachher in ihre Heimatorte geschrieben werden konnte, daß sie unverfolgt zur Wiedergutmachung anzuhalten seien.

Die riesige Kirche, in welcher sich allmählich das Volk sammelte, war nur wenig erleuchtet, und diese Halbfinsternis, durch welche wie Schattenwesen sich die Ankommenden bewegten, mehrte noch des Cäsarius düstere Traurigkeit. So stand er da in Erwartung und Befürchtung und sehr heftiger Erregung.

Endlich wurden die letzten Kerzen in der Kirche gelöscht, die eherne Tür öffnete sich, und langsam trat aus der Vorhalle der singende Zug mit dem neuen und geweihten Feuer, und auch der Kaiser und seine obersten Paladine gingen in dem Zug mit. In der grabgleichen Schwärze war nichts zu sehen als das winzige flackernde Licht in der Hand des voranschreitenden Diakons. Und so geschah alles nach den Gebräuchen, bis die große, aufrechtstehende Osterkerze entzündet war, um derentwillen die mütterliche Biene das schmelzbare Wachs hervorbringt. Laut erscholl die Osterverkündigung, und gleich, wie sich unter den Gläubigen die Kunde der Auferstehung vom einen zum anderen verbreitet hatte, so lief jetzt das Feuer der Osterkerze weiter, von einem Licht zum andern, bis die ganze Kirche aufblühte in Helligkeit, Glanz und Osterlob. Nur die Gnadenkerze stand noch ohne Flamme.

Nach geendigter Messe erhob sich der Kaiser von seinem Thron und schritt langbärtig in seinem goldenen Mantel auf die Osterkerze zu. Von dieser nahm er Feuer mit einem kleinen Span wohlriechenden Holzes, ging, den brennenden Span hoch über sein Haupt gehoben, bis zur Gnadenkerze und entzündete sie als ein Zeichen, daß er seine Gnade üben wollte aus dem Gnadenreichtum des Auferstandenen. Danach kehrte er an seinen Platz zurück.

In diesem Augenblick wurde die Seitentür geöffnet, und aus dem dunklen Palasthofe kam der lange Zug der Übertreter. Sie gingen paarweise und unbeschuht, viele in Bußgewändern, andere aber in Pilgerkleidung. Männer und Frauen, und es war auch ein siebenjähriger elternloser Knabe dabei, welcher nichts zu sagen wußte, als daß er einem Bäcker ein halbes Pfund Honigkuchen entwendet hatte. Da lächelten die Geistlichen, und es lächelten selbst einige der Übertreter, und es lächelte der Kaiser und befahl dem Schreiber, den Namen des Knaben in seinem Buch anzumerken, damit für ihn gesorgt und ihm später eine Stelle in der kaiserlichen Schatzverwaltung gegeben werde.

Der Reihe nach legten die Gnadenbegehrenden ihre rechte Hand an die Kerze und sagten das Ihrige, einige laut, andere mit Furcht und Scheu, so daß manche gemahnt werden mußten, ihre Stimmen zu erheben. Danach traten sie an den Tisch des Schreibers, und von hier verließen sie durch einen anderen Ausgang die Kirche. Da waren Eidbrüchige und Totschläger, Giftmischer und Kindsmörderinnen, Notzüchter, Kirchenräuber und Wegelagerer und Städteanzünder und auch solche, die falsches Geld gemünzt hatten. Die Leute in der Kirche stießen einander an und hoben ihre Kinder auf die Schultern, damit sie die Untäter sehen und später wiederum ihren Kindern davon erzählen konnten.

Es waren manche unter den Übertretern, die sich vorschoben und die andern beiseite stießen, angetrieben von der Furcht, die Kerze könnte niedergebrannt und also der gemessene Gnadenvorrat erschöpft sein, ehe die Reihe an sie gekommen war; und doch war die Kerze von der Dicke eines Trinkbechers und von der Höhe eines Maultierrückens, und sie stand in einem sehr hohen Leuchter von weißem Marmor, in den allerlei bunte Steinchen zu verschiedenen Schmuckbildern gefügt waren. Es war aber die Kerze blutrot, und sie hatte die Eigentümlichkeit, daß die Wärme der Flamme das Rot abschmelzen ließ und das inwendige Weiß zum Vorschein brachte, auf diese Art den kaiserlichen Gnadenerweis versinnbildend.

Die Kerze war erst zu einem Teil heruntergebrannt, und das Gedränge der Gnadenbegehrenden wurde gelinder, so daß der Kaiser bereits daran dachte, in seinen Palast heimzukehren und nur jene Würdenträger zurückzulassen, die abwechselnd seine Stelle zu vertreten hatten, bis die Kerze erloschen war.

Cäsarius hatte die gerollte Klageschrift in der Hand und hielt den Blick auf jenen Grenzbereich geheftet, wo der langsam sich weiterschiebende Zug aus dem Säulenschatten in die Helligkeit rückte. Und noch immer konnte er keinen anderen Gedanken fassen als an jene Kerze, in deren Flamme das Wachs zum Kneten gewärmt worden war, und an den roten Schein der Wachsfackel in den unterirdischen Felsengängen und an die Rolle, die er nach dem Bekenntnis der Antonia dem Kaiser überreichen wollte. Noch aber hatte er die Antonia nicht wahrgenommen.

Diese trat als die letzte aus dem Dunkel der Säulen und so, als habe sie ein kleines Zögern überwinden müssen, und es war auf diese Weise ein Stückchen leeren Raumes und leerer Zeit zwischen ihr und den letzten Bekennern vor ihr gewesen.

Unter den Menschen in der Kirche war bereits eine Müdigkeit und eine Gewöhnung an den häufig wiederholten Vorgang aufgekommen; nun aber reckten sich die Köpfe wieder vor, und ein Gemurmel entstand, denn es war nicht möglich, unbetroffen zu bleiben von dem goldenen Weizenschimmer dieses Haares, auf welches sich der große Glanz, der in der Kirche war, von den Kerzen und Goldverzierungen, fortsetzte. Auch der Kaiser und die ihn umgaben, die Bischöfe und Erzpriester, schauten auf, und so stand Antonia in ihrem dunklen Büßergewande und im Licht ihres Haares vor Hunderten von Blicken.

Die Augen zum Kaiser erhoben, legte sie langsam die Hände auf den Kerzenschaft, und es war nichts zu hören durch die ganze Ausdehnung der Kirche als die Atemzüge der Menschen. Darum wurde auch jedes ihrer Worte verstanden, obwohl sie mit einer Senkung der Stimme sprach, dazu stokkend.

Cäsarius stand abseits, so daß er von Antonia nicht erblickt werden konnte. Er erzitterte, und seine Hände schlossen sich um die Schriftrollen wie um ein Geländer. Sein Kopf neigte sich schulterwärts, die Augenlider sanken, und durch den schmalen Spalt traf ihn seitlich das Licht der beiden großen Kerzen. Er empfand ein Stechen, und unter dem Bilde der zwei Kerzenflammen rührte ihn der schräg einfallende Blick zweier Augen an, so daß er sich auf eine fremdartige Weise durchleuchtet fühlte.

Antonia beschuldigte sich des Ehebruchs mit jenen Männern, die ihr gefallen hatten, bevor Cäsarius seine Reise begann. Darüber entstand eine flackrige Brunst in den Augen der Horchenden und eine witternde Unruhe in ihren Gesichtern, ja selbst des Kaisers Miene dünkte sie verwandelt, so daß sie bestürzt und in Verwirrung von ihm fortsah und starr auf den roten Kerzenstamm schaute. Da sah sie das abtropfende Rot der äußeren Wachsschicht, und sie erinnerte sich der kerzenerhellten Stunden, in denen sie ihren Gemahl verraten hatte. Das Wachs von der Gnadenkerze gerann zu allerlei Gebilden, und sie sah die Figur des Cäsarius hängen in drahtenen Schlingen, in frevelndem Übermut aus Wachs geform-

t. Höhnend und spottend hatten sie und der andere mit Pfeilen danach geschossen, und es liefen Tränen aus Antonias Augen, langsam wie wächserne Tropfen.

Sie hielt inne in ihrem Geständnis, sie schwankte in den Knien, und es war ein Augenblick der Stille. Dann schrie sie: »Ich habe in Wachs gesündigt, es steht mir nicht zu, beim Wachs Gnade zu erbitten.« Und ohne die Hand von der Kerze zu lassen, bog sie das Haupt vor und blies die Flamme aus. Die Menge erschrak. Antonia wurde es nicht gewahr. Bleich, mit geschlossenen Augen, fuhr sie in ihrem Bekenntnis fort, nun aber mit sehr lauter Stimme, und die Leute in der Kirche entsetzten sich, obwohl sie des Glaubens gewesen waren, sie seien bereits gehärtet durch alles, was sie von den anderen Übertretern gehört hatten.

Mit einem Male entstanden in der Kirche eine Bewegung und ein Drängen und rasche Schritte, auch wurden Ausrufe laut, solche des Erstaunens und solche der Bestürzung. Antonia hörte es nicht, sie sprach von dem Kinde, das sie empfangen hatte, und von dem Studenten und der wächsernen Kunst.

»Mit diesem allem habe ich meine Seele befleckt«, sagte Antonia, als sie ihr Schuldbekenntnis geendet hatte. »Darum habe ich die Kerze gelöscht, denn ich weiß wohl, daß die österliche Gnade nur gegeben werden kann, solange die Kerze brennt.«

Hiermit verstummte sie und öffnete die Augen. Die Kerze brannte. Vor ihr am Boden verglomm etwas, davon ein dünner Rauch aufging. Cäsarius stand neben ihr.

Jetzt wurde die strenge Stimme des Kaisers gehört, welcher fragte: »Wer bist du und wie wagtest du es, dir mein kaiserliches Recht anzumaßen und meine Gnadenkerze von neuem zu entzünden?«

Cäsarius antwortete: »Ich bin der Ritter Cäsarius von Syrakus und der Gatte dieser Frau Antonia. Die Rolle aber, mit welcher ich den Brand von der Osterkerze holte und die Gnadenkerze von neuem entzündete, das war die Anklageschrift, die ich gegen sie geschrieben hab[illegible]

Der Kaiser sagte: »Du hast rich[illegible] wollen ja die befleckten Seelen liebh[illegible] dem Vorgang Gottes.« [illegible]

Der Osterkuß

Der erste Mensch, dem Tatjana am Ostermorgen be[illegible] Schulkameradin und Widersacherin. Mit ihr muß si[illegible] chem Brauch, Ostergruß und -kuß tauschen. Tatjana tut es, [illegible] beiden versöhnen sich.
Vorlesezeit ca. 8 Min.

Tatjana war seit Weihnachten in der Obersekunda. Sie war mit ihrem Vater aus Rußland geflüchtet, und nun sollte sie hier in der kleinen Stadt, wo sich der weißhaarige Gregor Michailowitsch Rodionow verzweifelt bemühte Fuß zu fassen, ihre Ausbildung abschließen. Das war gar nicht leicht. Tatjana, die bisher das Deutsche nur als Fremdsprache auf der Schule betrieben hatte, hatte große Mühe, sich richtig verständlich zu machen. Wenn sie auf eine Frage des Lehrers mit leiser Stimme und in abgehackten, seltsam betonten Worten antwortete, erhob sich zumeist um sie herum ein schlecht unterdrücktes Kichern.

Sie litt darunter, denn es war ein Ausdruck all dessen, was die andern für sie fühlten: Ablehnung, Belustigung, Neugier. Sie hatte schon alles versucht, in die Gemeinschaft der Kameradinnen aufgenommen zu werden. Sie hatte sich freundliche Worte abgerungen, sie hatte mitzulachen versucht, wenn sie einen Fehler machte, sie hatte ihre besseren Französischkenntnisse den anderen zur Verfügung gestellt – aber sie blieb eine Fremde.

Sie wußte auch was, oder besser, wer schuld daran war, daß alle ihre Bemühungen zum Scheitern verdammt waren. Es war Inge, die lachlustige, gewandte Klassenerste, die schon seit Jahren die Führung der Mädchenschar mit ihrer überlegenen Intelligenz an sich gerissen hatte. Tatjana hatte Inge ebenfalls vom ersten Augenblick an bewundert. Ihre helle, selbstsichere Stimme, die Art, wie sie den Kopf zurückwarf, wenn ihr etwas nicht paßte, die geschmackvolle, mit lässiger Selbstverständlichkeit getragene Kleidung. Um so mehr schmerzte sie Inges Zurückhaltung, die ihr mehr versagte, als nur eine Mädchenfreundschaft, nämlich den Zugang zur Gemeinschaft, aus der sie ausgeschlossen war. Dabei wohnten Inge und Tatjana im gleichen Mietshaus, aber sie gingen nie den Schulweg gemeinsam.

Tatjana hätte ihrem Vater etwas von ihren Sorgen mitteilen können. Schließlich war er der einzige Mensch, der ihr nahestand, und der ein offenes Ohr für ihre Nöte gehabt hätte. Aber sie wußte, daß er von Existenzsorgen gequält und von hundert fehlgeschlagenen Plänen zermürbt war, und daß er in der Nacht heimgesucht wurde von den quälenden und verworrenen Bildern der Irrfahrt, die für ihn noch lange nicht zu Ende war, darum sagte sie ihm nichts.

Und nun war es Ostern geworden. Ganz allmählich hatte sich auf den Wiesen und Feldern ein erstes helles Grün gezeigt, an den Bächen und Flüssen blühten die Weidenkätzchen, die hierzulande als Ersatz für die österlichen Palmwedel gebraucht wurden. Die Stare waren aus dem Süden zurückgekommen und sangen allmorgendlich ihr helles, lockendes Lied.

Für Tatjana bedeutete Ostern sehr viel. Zu Hause in Rußland war es das Fest der Verbrüderung gewesen, an dem angesichts des triumphierenden Gekreuzigten und der wiedererwachenden Natur alle Freundschaften erneuert und entstandene Feindschaften begraben wurden. Schon früh am Morgen ging ein jeder, in sein bestes Gewand gekleidet, zur Kirche, in der Hand eine große, weiße Kerze. Und mit dem ersten Menschen, dem man an diesem Festtage begegnete, war man verpflichtet, Ostergruß und Bruderkuß auf beide Wangen zu tauschen. Das gab einem das Gefühl von Harmonie und Einklang mit Gott und der Welt, eine Empfindung, die Tatjana seit langem nicht gekostet hatte.

Der Vater schlief noch, als sie sich zum Kirchgang fertig machte. Erst gegen Morgen war er in einen unruhigen Schlummer gesunken, der ihn noch immer gefangen hielt. Sie wartete auf ihn, um den heimatlichen Brauch mit ihm zu vollziehen, als es plötzlich an der Wohnungstür klingelte.

Tatjana öffnete. Draußen stand Inge, die Schulkameradin, einen Brief in der Hand, den der Bote wohl versehentlich in den falschen Kasten geworfen hatte.

Eine Blutwelle schoß Tatjana zum Herzen und färbte ihr Gesicht dunkel bis zu den Haarwurzeln. Der Osterkuß! Nun war sie dazu verurteilt, mit ihrer Widersacherin Kuß und Begrüßung zu tauschen! Einen Augenblick zögerte sie, dann zog sie Inge herein, küßte sie feierlich auf beide Wangen und sagte: »Christ ist erstanden.«

In Inges Gesicht kämpften Verlegenheit, Erstaunen und Bewunderung einen kurzen Kampf.

»Du mußt antworten: Er ist in Wahrheit auferstanden!« sagte Tatjana leise. »Es ist ein russischer Brauch.«

»Er ist in Wahrheit auferstanden«, wiederholte Inge gehorsam, und, als hätte sie nun erst den Sinn ihrer Worte erfaßt, begann das Eis zu schmelzen, das die beiden bisher voneinander getrennt hatte. Als Inge schließlich ging, war der Ostertag über eine Stunde älter geworden.

Margarete Kubelka

Das machen wir immer so

Ist es für die Familie deiner Tochter wirklich eine reine Freude, wenn du immer dabei bist und mitbestimmst? Diese Frage bringt Frau Wegener zum Nachdenken und zur Änderung ihres Urlaubsplanes.
Vorlesezeit ca. 8 Min.

Vierzig Jahre sind seit der Schulentlassung vergangen. Frau Anna Wegener ist ja so gespannt, wer diesmal noch alles zum Klassentreffen kommen wird. Ein neues Kleid hat sie sich auch gekauft. Sie steckt ein paar hübsche Bilder von ihren beiden Enkelkindern in die Handtasche, noch ein prüfender Blick in den Spiegel.

»Carola, ich gehe jetzt. Wartet bitte nicht mit dem Abendessen auf mich!«

»Gut, Mutter. Ich wünsche dir viel Spaß!«

Fünfzehn Damen sitzen um einen großen runden Tisch. Es ist ein bißchen eng, aber sehr gemütlich. Vor fünf Jahren trafen sie sich hier das letzte Mal. Nun sprechen immer mehrere gleichzeitig. Anna Wegener spitzt die Ohren, damit ihr nichts entgeht. Einige leben für sich allein, doch die meisten haben Kinder und Enkel. Bilder werden herumgereicht und bewundert. Und der Kaffee schmeckt vorzüglich.

Endlich kann sich Anna Wegener mit ihrer etwas belegten Stimme Gehör verschaffen: »Ich habe es wirklich gut. Ich wohne bei der Familie meiner Tochter und habe mein eigenes Zimmer. Da drin bin ich aber nur zum Schlafen. Und heute in vierzehn Tagen fahren wir in Urlaub.«

»Wer wir?« fragt es von rechts und links.

»Natürlich meine Tochter, ihr Mann, die Kinder und ich.«

»Nehmen sie dich auch noch in den Urlaub mit?«

»Ja, warum denn nicht?« Anna Wegener blickt verständnislos in die Runde. »Das machen wir schon immer so. Und weil ich die höheren Lagen in den Bergen nicht mehr so gut vertrage, fahren wir jetzt nur noch ins Mittelgebirge.«

Verwunderung von allen Seiten. »Meinst du wirklich, daß es für deine Familie eine reine Freude ist, wenn du immer dabei bist?«

»Und nun verzichten sie auch noch auf die Berge, deinetwegen!«

»Mittelgebirge ist doch auch schön. Oder etwa nicht?«

Doch nun überstürzen sich Fragen und Vorwürfe: »Müssen sich deine Leute immer nach dir richten?« – »Bestimmst du vielleicht auch, was gekocht wird und das Fernsehprogramm?«

Anna Wegener kommt gar nicht dazu, etwas zu antworten.

»Hättest du dir das von deiner Mutter gefallen lassen?« – »... ein unmöglicher Zustand!« – »... egoistisch!« – »So darf man seine Kinder doch nicht belasten!« – Jawohl, belasten hat hier jemand gesagt.

Anna Wegener ist aufgestanden. Mit einer ausladenden Handbewegung verschafft sie sich endlich Ruhe: »Aufhören! Mir reicht es jetzt. Schließlich tue ich auch genug im Haushalt. Die würden gar nicht fertig ohne mich.«

Sie wird von belustigten Stimmen unterbrochen: »Glaubst du das wirklich?« – »Die müssen sich ja gut verstellen können!«

Anna Wegener setzt sich wieder. Sie läßt die anderen weiterreden und tut keinen Piepser mehr.

»Bitte Ruhe!« Alle Augen sind auf Inge B. gerichtet. »Unsere Klassensprecherin hat das Wort!« Ein allgemeines Schmunzeln glättet die Wogen. Inge ist recht ernst: »Jetzt haben wir lange genug ›Alle gegen einen‹ gespielt. Nun wollen wir uns mal wieder vernünftig unterhalten. Es ist schon richtig, wir dürfen uns nicht an die Kinder hängen, als gäbe es nichts anderes. Ich jedenfalls bin ganz schön egoistisch nach der anderen Richtung: Ich möchte auch meine Freiheit und meine Zeit für mich haben. Ich lasse mich bei meinen Kindern nur blicken, wenn man mich ruft; und das tut man schon immer, wenn man mich wirklich braucht.«

Allgemeine Zustimmung. An guten Ratschlägen fehlt es nicht. Auch werden einige Tricks besprochen, wie man die Jungen unbemerkt doch etwas lenken kann. So endet dieser Nachmittag in freundlich-aufgeschlossener Atmosphäre.

Nachdenklich kommt Anna Wegener nach Hause. Auf Carolas Fragen, ob es beim Klassentreffen schön gewesen sei, gibt sie diesmal etwas ausweichende Antworten.

Eine Woche später erinnert Carola beim gemeinsamen Frühstück ans Kofferpacken. Anna Wegener sieht ihre Tochter groß an: »Ich fahre nicht mit.«

»Ja, wieso das?« Erstaunt fragt es der Schwiegersohn. »Was ist nun wieder los?« – »Du hast dir doch den Harz gewünscht, Mutti!« ergänzt Carola verwirrt.

Da erklärt Anna Wegener ruhig und heiter, daß sie mit einer Schulkameradin in den Bayerischen Wald fahren wird. »Entschuldigt die späte Mitteilung, aber gestern erst haben wir das endlich miteinander festmachen können.« Und nach einer kleinen Pause fügt sie hinzu: »Ihr müßt mal für euch sein, im Urlaub. Und vielleicht auch sonst.« Ruth Nikolay

Suleiman und der Osterhase

Frau Kreitz verliert ein Päckchen Schinken. Dem kleinen türkischen Nachbarsjungen, der das Päckchen findet und ihr wiederbringt, schenkt sie zwei bunt gefärbte Eier. Sie kann nicht umhin, ihm auch die Sache mit dem Osterhasen zu erklären. Das und ein Osternest für Suleiman, ist der Beginn einer guten Nachbarschaft.
Vorlesezeit ca. 9 Min.

Frau Kreitz wußte im Grunde gar nicht, warum sie die bunt gefärbten Eier im Supermarkt gekauft hatte. Sie hatte noch genügend Eier zu Hause und auch kein Kind zu beschenken.

Vielleicht waren es einfach die leuchtenden Farben, die ihr Freude machten, vielleicht auch die Erinnerung an ihre Kindheit, wo sie mit ihrer jüngeren Schwester im Garten nach Eiern und Süßigkeiten gesucht hatte. Wie dem auch sei, Frau Kreitz nahm die Eier mit und bereute ihren spontanen Kauf bereits an der Kasse, als sich herausstellte, daß ihre Tasche nun überfüllt und allzu schwer sein würde.

Zu Hause angekommen, packte sie ihre Tasche aus und stellte verärgert fest, daß sie das kleine Päckchen mit dem Schinken im Geschäft vergessen oder unterwegs verloren hatte. Bevor sie noch einen Entschluß fassen konnte, ob sie zurückgehen sollte, läutete es an der Wohnungstür. Sie ging hinaus und erblickte zu ihrem Erstaunen den etwa vierjährigen Sohn der benachbarten türkischen Familie. Frau Kreitz schätzte die Türken nicht. Sie hielt sie für laut, schmutzig und gefährlich, obwohl sie ihr bis jetzt keinen Grund für solch eine Beurteilung gegeben hatten. Sie zürnte ihrem Hauswirt, daß er ihr zumutete, »mit solchen Leuten« Tür an Tür zu wohnen.

Der Junge hielt ihr ein kleines Päckchen entgegen und sagte: »Das haben Sie auf der Treppe verloren.«

Es war das vermißte Schinkenpäckchen. Frau Kreitz war froh, daß sie es wiederbekommen hatte. Sie wunderte sich, daß der Junge so gut deutsch sprach, erinnerte sich dann aber daran, daß er hier geboren und mit den deutschen Nachbarskindern zusammen aufgewachsen war.

»Komm herein«, sagte sie widerwillig, denn sie wollte sich von »denen da« nichts schenken lassen. Der Junge sollte eine kleine Belohnung bekommen. Sie kramte schon in ihrem Portemonnaie nach einer Münze, als der Junge die bunten Eier auf dem Tisch erblickte.

»Oh, das sind aber schöne Eier«, sagte er bewundernd.

»Der Osterhase hat sie gelegt«, entfuhr es Frau Kreitz.

»Der Osterhase?« wiederholte der Kleine fragend und wandte seinen Blick nicht von den Eiern.

Frau Kreitz konnte nicht umhin, dem Kind die Sache mit

dem Osterhasen zu erklären. Sie erzählte, daß dieses Tier zu Ostern bunte Eier lege und den braven Kindern kleine Geschenke bringe.

»Ich bin auch brav«, erklärte der Junge, und ein Blick auf den sauberen, netten Jungen, der ihr das verlorene Päckchen nachgetragen hatte, schien seine Behauptung ohne jeden Zweifel zu bestätigen.

Frau Kreitz steckte das Fünfzigpfennigstück wieder in ihr Geldtäschchen zurück und gab dem Jungen zwei von den bunten Eiern in die Hand, ein rotes und ein blaues.

»Danke«, sagte er artig und setzte nach ein paar Sekunden nachdenklich hinzu: »Am Sonntag wird mir der Osterhase auch noch etwas bringen.«

Frau Kreitz sah ihn irritiert an und fragte in ihrer Verwirrung: »Wie heißt du denn, mein Kleiner?«

»Suleiman.«

Als sich die Tür hinter dem kleinen Gast geschlossen hatte, vergaß ihn Frau Kreitz sehr bald. Sie mußte noch die frischgewaschenen Gardinen aufhängen, einen Festtagskuchen backen und zwei dringende Briefe schreiben.

Aber am Abend wollte sich bei ihr trotz des ausgefüllten Arbeitstages, der hinter ihr lag, der Schlaf nicht einstellen. Da war irgend etwas in ihrem Unterbewußtsein, das ihr nicht in Ordnung schien. Der Einkauf? Die Einladung bei Fräulein Wagner? Schließlich fiel ihr der kleine Türke ein. Sie hatte ihm vom Osterhasen erzählt, der den braven Kindern Eier und Süßigkeiten bringen würde. Es war unwahrscheinlich, daß die Mutter des Jungen diesen deutschen Brauch mitmachen würde. Aber es war ebenso unwahrscheinlich, daß er die Sache vergessen würde. Suleiman, dachte Frau Kreitz und wußte nicht, ob sie weinen oder lachen sollte. Suleiman und der Osterhase! Es war schon eine merkwürdige Sache.

Am nächsten Morgen suchte sie ein Schokoladengeschäft auf und kaufte ein paar Nougat- und Fondant-Eier sowie ein kleines Küken aus Schokolade, das ein Glöckchen um den

Hals trug. In einem Papiergeschäft erstand sie dazu ein Nestchen aus Papierwolle. Sie setzte zu Hause das Küken in das Nest und umgab es mit den Zuckereien. Zum Schluß legte sie noch zwei von den gefärbten Hühnereiern dazu. Dann schrieb sie auf einen Zettel: »Für Suleiman vom Osterhasen.« Als es Nacht geworden war, schlich sie im Morgenrock an die Tür der Türken und legte das Osternest davor auf den Boden.

Sie sah den Jungen erst zwei Tage später wieder, als er ihr auf der Treppe begegnete.

»Der Osterhase hat mir ein Nest gebracht«, erzählte er ernsthaft. »Es waren Eier darin und Schokolade.«

Er faßte zutraulich nach ihrer Hand und zog sie mit sich. »Sie müssen es sich ansehen.«

In einer Mischung aus Einverständnis und Widerstreben betrat Frau Kreitz die Wohnung ihrer türkischen Nachbarn. Die Wohnküche war sauber und aufgeräumt. Am Herd stand Suleimans Mutter und rührte in einem Topf. Das Osternest stand sichtbar auf dem Tisch, die Attraktion der Familie. Es fehlte nur eins von den Eiern.

»Warum hast du die Sachen nicht aufgegessen?« fragte Frau Kreitz.

»Morgen«, antwortete Suleiman, »sie sind zu schön.«

Seine Mutter kam verlegen näher und sagte: »Osterhase gutt – serr gutt.«

Und sie sah Frau Kreitz dabei an, als habe sie von ihr gesprochen. Sie hatte große, dunkle Augen, die voll Wärme und Vertrauen waren, und die ältere Frau dachte plötzlich: Nachbarn müssen zusammenhalten. Und dazu bedurfte es in Zukunft nicht mehr eines Osterhasen.

Margarete Kubelka

Das geheimnisvolle Ostergeschenk

»Schluß mit den Kindereien«, sagt der Vater und spielt nicht mehr den Osterhasen, der Eier versteckt. Anneliese, die Jüngste der Geschwister, weint bitterlich. Jedoch ein anderer unbekannter Osterhase stellt ihr hinfort jedes Jahr ein Körbchen mit Eiern vor die Tür.
Vorlesezeit ca. 9 Min.

»Sie sind doch eine moderne, aufgeschlossene Frau, wie können Sie da Ihre Kinder in dieser wirklichkeitsnahen Gegenwart mit solchen lächerlichen, überalteten Vorstellungen wie dem Osterhasen, der die Ostereier bringt, anfüllen. So etwas macht untauglich für diese Welt.«

»Meinen Sie?« fragte Frau Anneliese lächelnd. »Es hat jeder seine besonderen Erfahrungen mit solchen Dingen, und schließlich bin ich der Auffassung, man sollte solche Kinderträume nicht zerstören, wenn man nichts Besseres an ihre Stelle zu setzen hat.«

»Es gibt doch wahrhaft Besseres und Gedeihlicheres als solch ungesunde Phantasien«, hielt ihr der Doktor entgegen.

»Für mich, lieber Doktor, ist der Osterhase ein Erlebnis, das ich nicht missen möchte. Lassen Sie es sich erzählen, und dann dürfen Sie urteilen. Wir haben als Kinder im Elternhaus am Ostermorgen immer nach den Eiern gesucht und den kleinen Geschenken, die der Osterhase im Garten für uns versteckt hatte. Wir freuten uns immer unbändig darüber und sehnten den Ostermorgen herbei wie etwa den Nikolaustag oder Weihnachten, auch als wir längst wußten, daß der Osterhase niemand anderes war als unser Vater.

Dann aber kam an einem Ostertage der Osterhase nicht mehr, und Vater sagte, wir seien jetzt ja so groß geworden, daß die Kindereien aufhören müßten. Ich war das Jüngste unter uns Geschwistern, und habe bei der Erklärung des Vaters bitterlich geweint. Die bunten Eier, die morgens auf den Tisch kamen, haben keinem von uns soviel Freude gemacht und so gut geschmeckt, als wenn wir sie hätten im

Garten suchen müssen. Im nächsten Jahr gab es auch keine bunten Eier mehr, und das machte mich erst recht traurig. Aber als wir aus dem Hause traten, um zur Kirche zu gehen, stand auf der Schwelle ein aus Weidenzweigen geflochtenes Körbchen, und darin lagen vier rote Eier mit der Aufschrift: ›Für Anneliese!‹

Da war ich überglücklich und sagte zu meinem Vater: ›Siehst du, es gibt also doch einen Osterhasen, und er hat an mich gedacht.‹

Vater war offensichtlich verärgert, daß ihm da irgend jemand in seine Erziehungsmethoden hineingepfuscht hatte. Mutter lächelte überlegen, als er zu ihr sagte: ›Wer, meinst du, daß es gewesen ist?‹

Sie entgegnete: ›Na, der Osterhas. Wer denn sonst?‹

Jedenfalls hat Vater eifrig nach dem Osterhasen geforscht, und ich glaube, wenn er ein Gewehr gehabt hätte, er hätte ihn abgeschossen und gebraten auf den Tisch bringen lassen. Ich forschte ebenso eifrig nach dem Osterhasen und zog meinen Freund Arnold, den Sohn des Nachbarn, der immer mit mir spielte, obwohl er ein paar Jahre älter war als ich, ins Vertrauen. Er erzählte mir, der Osterhase käme jedes Jahr Ostern noch zu ihnen, und da werde er wohl auf dem Wege zu ihnen mir die kleine Gabe vors Haus gestellt haben, damit ich sie auch nur ja fände und nicht mehr traurig sei, daß er zu uns nicht kommen dürfe.

Dabei blieb es. Jedes Jahr, am Ostermorgen, stand ein Weidenkörbchen mit vier roten Ostereiern und der Aufschrift ›Für Anneliese!‹ auf unserer Schwelle. Den Osterhasen bekam keiner zu sehen, so sehr wir mit List und Tücke versuchten, ihm auf die Spur zu kommen. Mein Freund Arnold meinte, er werde sich schon melden, bevor er zum letztenmal käme. An der Zahl der sorglich aufgehobenen Weidenkörbchen maß ich die Dauer meiner Jungmädchenzeit.

Und dann trat eines Tages, wie ein Schatten, in meine sorglosen Tage eine schwerwiegende Entscheidung. Ich sollte heiraten. Die Frage trat schon nach den Weihnachtstagen an mich heran. Ein jüngerer Geschäftsfreund meines Vaters hielt um meine Hand an. Ich kannte ihn nur oberflächlich, und es regten sich keinerlei tiefere Gefühle für ihn in meinem Herzen. Ich zögerte meinen Entschluß immer wieder hinaus, aber Vater drängte darauf, daß ich endlich meine Entscheidung treffen solle. Am Ostersonntag erwarteten wir den offiziellen Besuch des Geschäftsfreundes, und keiner zweifelte, daß ich ihm mein Jawort geben werde. An diesem Ostertage hatte ich den Osterhasen völlig vergessen. Auch keiner meiner Familienangehörigen dachte in Anbetracht der bevorstehenden Entscheidung über meine Zukunft an die jährliche Osterüberraschung und den treuen unbekannten Spender.

Erst als ich den Kleiderschrank öffnete, und mein Blick auf die sorglich gehüteten Weidenkörbchen fiel, dachte ich daran, daß ich doch nachschauen müsse, ob wiederum mein Osterhase dagewesen sei.

Ich stürmte die Treppe hinab zur Haustür, öffnete – aber nur die leere Schwelle blickte mich höhnisch an. Die Leere an der Stelle, wo sonst das Körbchen mit den vier roten Eiern stand, von denen die Aufschrift grüßte: ›Für Anneliese!‹, wirkte auf mich, als wenn mir jemand die Kehle zuhalte. Ich mußte schlucken und Tränen stiegen mir in die Augen. So wunderlich sind wir Menschen. Ich nestelte mein Taschentuch hervor, um die Tränen wegzuwischen, und war fest entschlossen, das zu tun, was alle als selbstverständlich von mir erwarteten, dem Geschäftsfreund des Vaters mein Jawort zu geben.

Ich wandte mich von der Schwelle ins Haus zurück. Da hörte ich, wie hinter mir ein Schritt auf dem Kies des Gartenweges knirschte. Mit einem Ruck wandte ich mich um, und vor mir stand, ein Weidenkörbchen mit vier roten Eiern in der Hand, mein Freund Arnold.

›Heut kommt der Osterhase persönlich und vielleicht zum letztenmal‹, sagte er lächelnd und überreichte mir das Körbchen. Der jähe Wechsel vom Leid zur Freude warf mich beinahe um und ihm in die Arme. Ja, und dann habe ich meinen Osterhasen geheiratet.

Sehen Sie, lieber Doktor, ist es also so abwegig, wenn ich auch heute noch Freude am Osterhasen habe, obwohl ich längst aus den Kinderschuhen heraus bin?« Paul Bourfeind

Frühling in der Gerberstraße

Noch immer ist Frau Dornbusch sehr besorgt um ihr Kind, obwohl die Tochter inzwischen 28 Jahre alt ist. Das ändert sich an dem Tag, an dem statt der erwarteten Tochter die kleine Mitsch mit verheulten Augen vor ihrer Tür steht.
Vorlesezeit ca. 7 Min.

Frau Dornbusch erwartete ihr Kind. Dies Kind hieß Fräulein Dornbusch, Annette, und war achtundzwanzig Jahre alt.

Es war Frühling. Frau Dornbusch trat ans Fenster. Einige parkende Autos säumten die Straße und eine lange bräunlichrote Häuserzeile – in der Gerberstraße gab es keinen Frühling. Denn da war kein Gras und kein Baum und keine Blume, was doch unbedingt dem Frühling zugehört. Nur ganz am Ende der Straße gab's die verstaubte kleine Anlage. Aber die zählte wohl kaum.

Frau Dornbusch horchte. Ihre Augen tasteten die Straße ab. Doch keine Spur von Annettes kleinem Wagen. Halb zwei schon. Wo das Kind nur blieb. Halb zwei an einem Sonnabendnachmittag im Frühling. Jetzt – jetzt war die rechte Zeit und auch das rechte Wetter, um hinauszufahren in die Natur. Annette hatte so fest zugesagt.

Frau und Fräulein Dornbusch hatten lange Zeit zusammengewohnt, bis die Tochter aus Berufsgründen eine andere Wohnung nahm. Im Nachbarort. Gar nicht weit weg, hatte Annette gesagt. Ein Katzensprung. Frau Dornbusch war das nicht recht. Nicht ihretwegen etwa! Nein, nur wegen Annette. Das Kind war doch so unselbständig.

Zwei Uhr. Frau Dornbusch ging zum Telefon. Annette war nicht unpünktlich sonst. Auch den »Katzensprung« zur Mutter machte sie oft. Manchmal sogar noch am Abend nach dem Geschäft. Aber die Mutter tat ja auch alles für sie. Hast du Wäsche mit, Kind? Ich wasche sie dir! Wann holst du sie wieder? Morgen?

Halb drei. Frau Dornbusch hatte nicht angerufen. Ein kleiner Stolz hielt sie zurück. Aber sie würde wieder ans Fenster gehen. Schauen – schauen konnte man ja.

Da klingelte es. Kein Wort werde ich sagen, dachte Frau Dornbusch, kein Wort. Leider kam Frau Dornbusch nicht dazu, »kein Wort« zu sagen, denn wer vor der Tür stand, das war nicht Annette, sondern das kleine Mädchen Marianne, Mitsch genannt, unten vom Parterre.

Mitsch hatte verheulte Augen sowie ein Schulheft in der Hand und einen Tintenfleck im Gesicht.

»Nanu, Mitsch«, sagte Frau Dornbusch, »habe ich deine Eltern nicht fortfahren sehen?«

»Ich habe nicht mitgedurft«, sagte Mitsch mit einer kleinen Verzweiflung in der Stimme, »weil ich meine Aufgabe nicht gekonnt habe. Aber das«, – Mitsch faßte sich und wurde objektiv – »nützt auch nichts.«

»Ob es nützt, wenn ich dir helfe?«, fragte Frau Dornbusch.

In Mitschens Augen kam ein Hoffnungsschimmer, doch ihre Skepsis überwog. »Es ist was Mathematisches«, warnte sie.

»Her damit«, sagte Frau Dornbusch.

Vor fünfzehn Jahren hatte sie mit Annette über Gleichungen mit Unbekannten gebrütet. Recht viel unverständlicher als damals wird die Mathe heute auch nicht sein, dachte Frau Dornbusch.

Sie nahm das Heft von Mitsch und richtete einen Arbeitsplatz für sie beide.

Nach einer dreiviertel Stunde spürte die ehemalige Lehrerin Wiltrud Dornbusch ein echtes Gefühl der Befriedigung. Sie konnte es noch.

Sie konnte es sogar verständlich machen. Zumindest schien es so, als habe die kleine Mitsch die ganze heute anfallende Mathematik kapiert.

Nachdem sich Mitsch die Tintenspuren vom Gesicht gewaschen und Frau Dornbusch gar einen Lippenstift benutzt hatte, gingen die beiden Damen, die ganz junge und die ältere, spazieren.

Sie traten hinaus auf die Gerberstraße, wo es angeblich keinen Frühling gab. Auf dem Gehsteig stoben Kinder auf Rollschuhen vorbei. Die Luft war lau und durchsonnt. In dem Textilgeschäft an der Ecke träumten zwei lichtfarbene Kostüme vor sich hin. Ein weißes und ein himmelblaues. Frühling war überall.

In der Anlage gab es einen Brunnen, einen Kinderspielplatz und ein Eis. Mitsch turnte auf dem Kletterelefanten, schleckte ihr Eis und erwähnte beiläufig, daß in vierzehn Tagen eine Mathe-Klassenarbeit anstehe, und ob …

Als beide in der Dämmerung nach Hause kamen, Mitsch und Frau Dornbusch, erwartete sie eine besorgte Annette.

»Mutter, ich frage dich, wo bist du gewesen?«

Frau Dornbusch lächelte: »Meinst du nicht, Liebes«, sagte sie, »es wird Zeit, daß ich mich langsam emanzipiere?« Und wie um dies unter Beweis zu stellen, fügte sie auf Annettes Waschkorb deutend schelmisch hinzu: »Ich bin auch nicht böse, wenn du dir in Zukunft deine Wäsche selber wäschst.«

Annette lachte. Frühlingsluft strömte durchs offene Fenster. Frühling ist Neubeginn. Und nicht an Lebensjahre gebunden.

Margarete Zschörnig

Mai

Von Müttern und Kindern

Siehe, Kinder sind eine Gabe des Herrn!

Psalm 127, 3

Maienzeit, eine helle Zeit. In den grünenden Wiesen leuchtet fröhlich gelber Löwenzahn, die Obstbäume baden in verschwenderisch üppigem Blütenmeer, die länger werdenden Tage locken die Menschen sonnenhungrig aus ihren Häusern. »Drum komme, wem der Mai gefällt und freue sich der schönen Welt und Gottes Vatergüte, der diese Pracht hervorgebracht, den Baum und seine Blüte.« In allen Jahrhunderten haben Dichter gerade diese Zeit in freudigen Versen besungen.

Der Muttertag als Loblied für die nie endende, nie versagende Mutterliebe, paßt in diese frohe Zeit. Wer denkt bei dem Wort »Muttertag« nicht an Blumen und Frühlingsluft, an selbst gebastelte Pappherzen, in deren aufklappbarer Tür eine noch schreibungewohnte Hand in krummen Buchstaben »Ich liebe dich« geschrieben hat, an den zur Überraschung der Mutter besonders sorgfältig gedeckten Kaffeetisch, an gerührte Blicke und ein verlegen gestammeltes Gedicht.

Hebbel war es, der Mutterliebe als »des Lebens Höchstes« bezeichnet hat. Dabei ist Mutterliebe nicht selbstverständlich, nicht angeboren, sie ist nicht plötzlich da im Augenblick der Geburt eines neuen Menschenwesens, sie wächst erst durch die Zuwendung, die die Mutter dem hilflosen Neugeborenen zuteil werden läßt. Und sie ist oft da am größten, wo sich ein Mensch nicht richtig entwickelt auf Grund einer bestimmten Schwäche, die Fürsorge deshalb am intensivsten braucht.

Mutterliebe erweist sich aber nicht nur im Hegen und Pflegen, Windeln und Wärmen des Säuglings, auch nicht darin, daß die Mutter das aufgeschlagene Knie des Kleinkinds verbindet, dem Größeren bei schwierigen Hausaufgaben hilft oder ihn beim ersten Liebeskummer tröstet. Wichtiger als diese notwendigen Hilfsgriffe, ohne die der kleine Mensch, ein Nesthocker von Anfang an, umkommen würde, ist es, daß die Mutter seinen Willen zur Selbständigkeit stärkt, ihn lehrt, die eigenen Füße zu gebrauchen, auf denen er von ihr weg in ein eigenes Leben läuft. Das Kind, zu dem die Mutter in jahrelanger Fürsorge ein festes Band geknüpft hat, loszulassen, wenn auch mit zusammengebissenen Zähnen – das fällt schwer. Aber es muß sein, wenn der junge Mensch nicht ersticken soll.

Jeder weiß es: Mutterliebe ist nicht immer eine Wohltat für das Kind. Sie kann auch zerstören, die Lebensentfaltung hindern, statt sie zu fördern. Es ist schwer zu erlernen: das Kind ist kein Besitz, der festgehalten werden darf.

Schlimm, wenn eine Mutter meint, Dankbarkeit fordern zu können für erbrachte »Opfer«. Liebe und alles, was in Liebe geschieht, ist kein Opfer. Liebe ist ein freiwilliges, ganz ohne Gegenleistung dem anderen gemachtes Geschenk.

Die Mutter, die ihr Kind nie im Stich läßt, solange es sie braucht, die gleiche Mutter muß den richtigen Zeitpunkt erkennen, zu dem das Kind über den Nestrand gestoßen werden muß, um selbst die Flügel zu benutzen. »Kinder und Uhren«, so sagt der Erzähler Jean Paul treffend, »dürfen nicht ständig aufgezogen werden, man muß sie auch gehen lassen.« Das fertigzubringen – im Nichtstun aktiv zu sein – ist eine Leistung, auf die eine Mutter ein Leben lang stolz sein darf.

Almuth Hochmüller

Die Idee

Für die drei Kinder, die mit einer Stunde Verspätung zum Abendessen erscheinen, ist nichts mehr übrig. Die Mutter hat alles den Nachbarsbuben gegeben. Seitdem kommen die Kinder pünktlich nach Hause.
Vorlesezeit ca. 4 Min.

Ich nenne drei Kinder mein eigen, und ein großer Haushalt lastet auf meinen Schultern. So kommt es, daß ich oft nicht die nötige Zeit habe, mich genügend um sie zu kümmern. Dies nützen die drei Kadetten weidlich aus und stellen sich oft recht schwerhörig, besonders wenn sie abends vom Spielen heimkommen sollen.

Es war wieder mal sechs Uhr abends, und ich rief schon das dritte Mal aus voller Kehle: »Thomas, Stephan, Christa, bitte raufkommen!« Doch, wie üblich, keinerlei Reaktion. Sie spielten wieder irgendwo auf der nahegelegenen Wiese und gaben keinen Laut von sich. Ich hatte für sie leckere Bratwürstchen und war außer mir, als ich zusehen mußte, wie sie so allmählich in der Pfanne verbrotzelten.

Da kam mir plötzlich eine Idee!

Ich holte die ewig hungrigen und nicht zimperlichen beiden Buben der verwitweten Nachbarin Müller. Und in dem Moment, als die Kinder mit einer Stunde Verspätung die Wohnung betraten, waren die beiden Müllerbuben gerade beim letzten Happen des leckeren Mahles.

Was taten nun meine Spätheimkehrer? Sie tobten und schrien: »Mami, Mami, das war doch für uns, warum essen die beiden großen Buben unsere Bratwürstchen, die wir so gerne mögen?«

»Ja, ich dachte, daß ihr heute überhaupt nicht heimkommen werdet.«

»Aber Mami, Mami, und wir? Was bekommen wir jetzt?«

»Ihr – ihr werdet überhaupt nichts bekommen, weil ich nichts mehr habe. Ihr seht ja, es hat dem Rudi und dem Fritz gut geschmeckt. Sie haben alles aufgegessen!«

Die beiden ließen die Zungen um die fettglänzenden Münder spielen und zogen dankend ab. Meine Kadetten aber weinten und schrien: »Mami, Mami, wir haben Hunger!«

Ich aber blieb eisern, steckte sie ins Bett und erklärte ihnen: »So mache ich es nun jeden Tag. Wenn ihr nicht pünktlich nach Hause kommt, hole ich den Rudi und den Fritz und gebe ihnen euer Essen!«

Sie jammerten noch lange in ihren Betten, bevor sie einschliefen. Doch fortan hatte ich überhaupt keine Schwierigkeiten mehr. Sie kommen sogar schon eine Viertelstunde vor der Zeit nach Hause.

Erika Fedke

Die Mutter

Nimm das allerteuerste Billett, hat der Sohn geschrieben und ihr das Geld geschickt. So geht die alte Mutter 13 Werst (ca. 14 km) zum nächsten Bahnhof und fährt zum ersten Mal in ihrem Leben mit der Eisenbahn. Sie fährt nach Moskau, um ihren Sohn zu besuchen und ihre Schwiegertochter und Enkel anzusehen, die sie noch nicht kennt.
Vorlesezeit ca. 16 Min.

Der Zug hielt an irgendeiner gottverlassenen Station. Ich trat auf den Gang hinaus.

Der mitfahrende Schaffner stand neben dem Wagen, das trübe Licht seiner Laterne beleuchtete eine Pfütze, auf der sich große Blasen bildeten, die gleich wieder zersprangen, alles andere lag in dichtem Septembernebel.

»Wie heißt diese Station?«

»Schwarzer Schmutz«, antwortete der Schaffner und spuckte aus.

Namen gibt es! Es läutete zum zweiten Mal. Eine Frau im Pelz, mit einem großen Korb über der Schulter, rannte auf den

Wagen zu und streckte zögernd ihre Hand mit der Fahrkarte aus.

»Die harte Klasse ist nebenan«, brummte der Schaffner mürrisch, ohne das Billett anzusehen.

Den Korb, der ihr von der Schulter geglitten war, stützend, eilte die Frau zum nächsten Waggon. Man hörte sie vorwurfsvoll und bestürzt vor sich hin murmeln.:

»Dabei habe ich ihm die Fahrkarte gezeigt … und er schickt mich hierher. Ach, es schon ein Kreuz!« Die Lokomotive zischte häufiger und lauter. Die Frau erschien wieder vor unserem Wagen, faßte nach dem Seitengriff und versuchte, auf die hoch über dem Boden hängenden Stufen zu steigen.

»Hier ist Polsterklasse!« rief der Schaffner ärgerlich.

»Ach du lieber Gott. Was ist denn nur los. Ich werde noch den Zug verpassen. Mein Billett ist doch in Ordnung. Ich bin kein Betrüger!« versicherte die Frau.

Der Zug setzte sich langsam in Bewegung.

Der Schaffner richtete seine Laterne auf das weiße Stück Papier mit blauen Streifen, das die Frau in der Hand hielt, und sagte verlegen:

»Also, steig schon ein, Mütterchen.«

»Gott sei Dank«, seufzte die Alte und drängte sich in den Wagen.

Sie blinzelte in dem hellen elektrischen Licht, nahm den Weidenkorb und wischte sich mit der Ecke ihres gewürfelten Taschentuchs übers Gesicht. Die alten Wangen mit den vielen Fältchen um die gutmütigen Augen waren von der Landluft verbrannt.

»Ich dachte schon, ich komme überhaupt nicht mehr mit«, sagte sie glücklich.

Die Reisenden betrachteten sie neugierig und erstaunt und rümpften die Nasen wegen des beizenden Geruchs des gegerbten Leders. Die Alte trug einen neuen, haarlosen Pelz von zitronengelber Farbe.

»Ich muß sie zu euch setzen«, erklärte der Schaffner mit

einem schuldbewußten Lächeln beim Betreten unseres Abteils.

»Verzeihung, aber warum gerade zu uns?« protestierte die Filmschauspielerin mit den übermäßig geschminkten Lippen.

»Es ist sonst kein Platz. Was kann ich schließlich dafür«, murmelte der Schaffner. »Komm herein, Mütterchen.«

Die Frau trat in das Abteil, warf einen schüchternen Blick auf uns und stellte ihren Korb ab.

»Guten Tag, meine Lieben, seid nicht böse, ich finde schon irgendein Plätzchen. Ich bin müde, 13 Werst sind es von unserem Dorf zum Bahnhof. Pawel Iwanowitsch hat mir noch gesagt: ›Nimm das Pferd, Spiridonowna‹. Aber wie kann ich das Pferd nehmen, als sei ich eine Delegierte in irgendeiner wichtigen Sache, dabei fahre ich doch nur wegen meiner eigenen Angelegenheiten.«

»Und wohin fahren Sie?« fragte der Ingenieur des großen Werks im Süden, der auf Urlaub fuhr.

»Zu meinem Sohn, Lieber, nach Moskau. Er hat mir geschrieben, ich soll ihn unbedingt besuchen kommen. Drei Jahre habe ich ihn nicht mehr gesehen. Sogar Hochzeit hat er ohne mich gefeiert, und seine Frau habe ich noch nicht einmal zu Gesicht bekommen. So ist das heutzutage! Und auch Kinderchen hat Wanitschka - zwei. Ich fahre, meine Enkel anzusehen.«

Die Frau nahm Platz auf der äußersten Kante der Polsterbank und starrte unverwandt auf die leuchtend roten Lippen der Filmschauspielerin.

»Du siehst wie dreißig aus, aber deine Lippen sind so jung, als ob du gerade Kirschen gegessen hättest«, bemerkte sie.

»Spielen wir weiter«, sagte die Schauspielerin, die Bemerkung überhörend und mischte die Karten mit geübten, raschen Bewegungen.

Faul und gelangweilt fingen wir an, die zehnte Partie Schwarzer Peter zu spielen. Als die Reihe an mich kam, spielte ich Pik-Dame aus.

»Ach, du«, flüsterte die Alte ärgerlich, »nimm sie zurück. Deck mit der Kreuz Zehn, Kreuz ist doch Trumpf!«

Ich nahm die Pik-Dame zurück und spielte Treff-Zehn.

»Und jetzt den Karo-Buben! Spiel den Buben!« befahl sie, nahm mir die Karte aus der Hand und warf sie schwungvoll auf den Koffer, der uns als Tisch diente.

Eigentlich hielt ich nur noch die Karten, spielen aber tat die Alte. Ihre Wangen glühten, ihre Augen glänzten vor Eifer.

»Warum haben Sie nicht harte Klasse genommen, das kostet doch weniger als die Hälfte?« fragte die Filmschauspielerin und drückte das parfümierte Taschentuch an die Nase; offenbar war ihr der scharfe Geruch des gegerbten Leders überaus unangenehm.

»Liebe, ich fahre zum ersten Mal in meinem Leben Eisenbahn, woher sollte ich das wissen? Wanitschka hat geschrieben, ich soll das teuerste Billett nehmen. Jawohl, er hat geschrieben: Mammascha, kauf das aller-allerteuerste Billett und mach dir wegen dem Geld keine Sorgen! Auf dem Bahnhof wollten sie mir diese Fahrkarte nicht verkaufen.

Ein Schnurrbärtiger hat aus dem Fensterchen auf mich heruntergeguckt und gesagt: ›Mütterchen, du hast doch bestimmt nicht so viel Geld.‹

›Wanitschka‹, habe ich gesagt, ›weiß besser als du, in welcher Klasse ich fahren soll. Und wegen dem Geld, mach dir keine Sorgen: Er hat mir zweihundert für die Reise geschickt.‹«

»Und was tut Ihr Sohn in Moskau?« fragte der Ingenieur und betrachtete die Alte.

»Er heilt Menschen. Menschen. Auf einem ganz hohen Posten. Fünf Jahre hat er Bücher studiert. Ich habe ihm oft gesagt: Wanitschka, was verdirbst du dir die Augen mit den Büchern? Aber er hat mir geantwortet: ›Ich war blind, Mammascha, und jetzt erst sehen meine Augen.‹ Er ist ein gescheiter Junge, sogar seinen Vater hat er überflügelt. Sein Vater, mein Mann also, war Hirte und konnte jede Krankheit des

Viehes erkennen. Er kocht irgendein Gras, macht einen heißen Umschlag – und schon geht's der Kuh besser. Und Wanitschka, der unter ihm hütete, hat auf alles aufgepaßt und ihm alles abgesehen. Einmal ist unserem Nachbarn Nikifor ein Schwein verendet. Nun, natürlich hat man es im Graben hinter dem Dorf verscharrt. Aber Wanitschka hat dieses Schwein wieder ausgegraben, alle Knöchelchen ausgekocht, sie mit Draht zusammengebunden und das Skelett in der Hütte aufgestellt. Als ich ihn ausgescholten habe, ist er in Tränen ausgebrochen. – Ach, du hättest den Pik- und nicht den Karobuben nehmen sollen«, sagte die Alte vorwurfsvoll zu der Filmschauspielerin, die »Dummer Peter« geworden war.

Das Spiel wurde abgebrochen. Die Filmschauspielerin sah zum Fenster hinaus.

»Wie heiß es hier ist«, sagte sie und fächelte sich mit dem Taschentuch. »Wie können Sie es nur im Pelz aushalten?«

»Wärme kann niemand schaden«, antwortete die Alte bestimmt. »Ich bringe Wanitschka auch ein Gastgeschenk, ich habe Beeren am Koloboschkiner Sumpf gepflückt. Dort gibt es sehr große. Einen ganzen Korb voll. Wanitschka hat ihn doch selbst aus Birkenrinde geflochten, als er das Vieh hüten ging. Er konnte das sehr gut.«

Die Alte hob den Deckel von dem bis an den Rand gefüllten Korb und ließ zärtlich die großen, rubinrot schimmernden Beeren von einer Hand in die andere gleiten.

»Kostet einmal, meine Lieben, solche Beeren gibt es in der ganzen Umgebung nicht.« Sie hielt der Schauspielerin ihre kräftige Hand mit den gekrümmten Fingern hin.

»Danke, nein. Ich möchte jetzt schlafen.« Die Schauspielerin stand auf und gab uns Männern zu verstehen, wir möchten hinausgehen.

Wir stellten uns im Gang ans Fenster und aßen schweigend die frischen, nach Moos duftenden Beeren.

»Meine ist gestorben – vor zehn Jahren«, sagte plötzlich der Ingenieur leise und ließ die letzte Beere über den Handteller rollen. Ich verstand, daß er an seine Mutter dachte, der es nicht vergönnt gewesen war, zu erleben, wie ihr Sohn Ingenieur wurde.

Ich sah auf die Beeren in meiner Hand und dachte zurück an eine ferne Vergangenheit, da sich morgens ein gutes, runzliges Gesicht über mich beugte und eine warme Hand mir übers Haar strich.

Als wir wieder ins Abteil traten, lag die Schaupielerin in das Federbett gewickelt. Sie sah wie eine Puppe aus. Die Alte saß noch immer in ihrem haarlosen Pelz und blickte, ohne zu blinzeln, auf den rosa Schirm der Deckenlampe.

Ich warf mich auf das obere Bett, aber konnte nicht einschlafen. Auch der Ingenieur bewegte sich und seufzte. Dann griff er nach einer Schachtel Zigaretten und ging hinaus. Er kam lange nicht zurück.

An dem Rascheln des Bettes merkte ich, daß auch die Schauspielerin nicht schlief.

Am Morgen, als der Zug unter der gläsernen Kuppel des Bahnsteigs hielt, betrat ein junger Mensch mit kindlich roten Backen und den gleichen guten grauen Augen wie die Alte unser Abteil.

»Wanitschka!« rief sie, schlang die Arme um seinen Hals und küßte ihn laut, erst auf die rechte, dann auf die linke und dann wieder auf die rechte Wange.

Der junge Mann blickte seine Mutter voller Rührung an, und diese Rührung war ansteckend. Wir vergaßen ganz, daß es Zeit zum Aussteigen war.

Wanitschka hob mit einer geschickten, altgewohnten Bewegung den Korb auf die Schulter und faßte seine Mutter unter.

»Aus dem Koloboschkiner Sumpf – die schönsten Beeren –«

Der Lärm der Menge übertönte die Stimme der alten Frau. Der zitronengelbe Pelz leuchtete zum letzten Mal auf und verschwand in dem geschäftigen Menschenstrom.

W. Iljenkow, deutsch von Monique Humbert

Das belauschte Gespräch

Betroffen überdenkt die Mutter das Telefongespräch, das sie eben belauscht hat: Ihre Tochter fühlt sich von ihr umklammert. Sie erkennt: Ich muß das »Kind«, es ist 35 Jahre alt, endlich loslassen, mir eine neue Aufgabe suchen.
Vorlesezeit ca. 6 Min.

»Ich hatte für meine Tochter zu ihrem 35. Geburtstag ein wunderhübsches Geschenk gekauft«, erzählte Frau Anni, mit der ich einen Kursus für ehrenamtliche Mitarbeiter besuchte.

Als ich sie erwartungsvoll anschaute, fuhr sie fort: »Nun versuchte ich mich in unserer Wohnung unbemerkt in mein Zimmer zu schleichen. Dort wollte ich das Erstandene bis zu Christines Wiegenfest verbergen.

Im Flur hörte ich voller Erleichterung, daß die Tochter im Wohnzimmer telefonierte. Wenn sie das tat, hörte und sah sie nicht, was um sie herum geschah.

Plötzlich stutzte ich. War da nicht das Wort Mutti gefallen? Sprach sie über mich? Mein Geschenk vergessend lauschte ich.

›Das ist es ja eben, Tante Marianne‹, sagte Christine. ›Ich kann mit Mutti nicht darüber reden. Sie ist fabelhaft, aber so auf mich fixiert, daß ich mich manchmal von ihr direkt umklammert fühle. Würde ich versuchen, ihr klarzumachen, daß ich auch mal allein verreisen möchte, würde sie tief beleidigt sein. Ich höre sie schon sagen: Ach so ist das, ich bin dir im Wege! – Na, du kennst sie ja, wenn sie ihr Lied anstimmt, welche Opfer sie mir nach Vatis Tod gebracht hat. Anschließend bekomme ich immer Schuldgefühle, und jeder Ansatz, mich durchzusetzen, wird im Keim erstickt. Ich bringe es einfach nicht übers Herz, sie einmal ein paar Wochen allein zu lassen. Schon deshalb wäre ich dir dankbar, Tante Marianne, wenn du sie zu einer gemeinsamen Reise überreden könntest.‹

Ich hatte genug gehört. Tief betroffen betrat ich mein Zimmer, legte achtlos das Geschenk beiseite und ließ mich in den

Sessel fallen. So ist das also, dachte ich. Meine eigene Tochter schmiedet mit meiner Schwägerin ein Komplott. Sie wollen mich hinters Licht führen. Bin ich wirklich so verletzlich? Bisher war ich der Meinung gewesen, sie ließe sich ganz gern von mir verwöhnen, sich häusliche Schwierigkeiten aus dem Weg räumen. War ich nicht immer für sie da, wenn sie verärgert und mißgestimmt vom Dienst heimkam? Ich tat doch wirklich alles, daß sie sich nach getaner Arbeit zu Hause wohlfühlen konnte.

Und unsere gemeinsamen Reisen? Sicher, ich war immer stolz gewesen, eine so vorzeigbare Tochter zu haben. Und zugegeben, ich hatte mich in ihrem Glanz ein wenig gesonnt. Aber stand mir das nicht zu? Ziemlich in Zorn geraten, erhob ich mich, ging im Zimmer auf und ab und blieb schließlich vor dem Fenster stehen. Der Blick in den Garten lenkte mich ab. Nachbars Katze schlich über den Rasen und hockte sich anscheinend vor ein Mauseloch. Langsam näherte sich ihr nun herangewachsenes Junges. Ich hatte ihre Aufzucht beobachtet, sie bewundert, wie sie ihr Junges hegte und pflegte und kaum aus den Augen ließ. Um so verwunderter war ich jetzt, sie fauchte es an und jagte es schließlich davon.

Zuerst empörte mich dieses Verhalten. Dann wurde ich nachdenklich. Taten vielleicht Tiere instinktiv das Richtige? Kannten sie den Zeitpunkt, wo sich ihr Nachwuchs selbst bewähren mußte?

Hatte ich mich vielleicht als Mutter doch falsch verhalten? Hatte ich etwa im Grunde mehr an mich gedacht als an Christine? Wie sagte sie zu Marianne? Sie fühle sich von mir umklammert.

Davon, daß ich das Gespräch belauscht hatte, verriet ich nichts. Aber das Gehörte ließ mich nicht mehr los.

Und was bei all dem Nachdenken herauskam, sehen Sie jetzt. Mit der Vorbereitung auf eine neue Aufgabe will ich versuchen, mein ›Kind‹ endlich loszulassen.« Ilse Schweizer

Betriebsausflug bei Bortschiaks

In den Garten eines Ausflugslokals kommt eine Mutter mit einer Schar offensichtlich vergnügter Kinder. Drinnen in der Gaststube erzählen die Kellnerinnen den Gästen einiges über das Schicksal dieser Familie, das vor fünf Jahren Aufsehen erregte, weil die Mutter wegen Vernachlässigung der Aufsichtspflicht ein Jahr ins Gefängnis mußte.
Vorlesezeit ca. 16 Min.

Nach dem Mittagessen bezahlten die Gäste und gingen, einer nach dem anderen, weg; am Ende waren wir beiden die einzigen, die noch dasaßen in der schläfrigen Stille der kleinen Gaststube und sich nicht aufraffen konnten.

Meine kleine Tochter blätterte in einer Illustrierten, die sie an der Theke entdeckt hatte, und ich schaute faul aus dem Fenster in den Wirtsgarten, wo die Tische und Bänke sauber geschrubbt in langen Reihen auf die sonntäglichen Ausflugsgäste warteten. An schönen Sommertagen war hier zur Kaffeezeit kein Plätzchen mehr zu haben. Dann balancierten die Kellnerinnen riesige Tabletts mit Limonade, Kaffee und Kuchen durch die Reihen, und hatten zwischendurch kaum Zeit, ihre aufgelösten Frisuren zu richten.

Aber heute würden sie einen ruhigen Nachmittag haben. Nach ein paar sommerlich warmen Tagen hatte sich das Wetter ausgerechnet zum Wochenende verschlechtert. Der Himmel war trüb und verhangen; es sah aus, als wolle es jeden Augenblick zu regnen anfangen. Es war ein Wetter zum Schlafen.

In der Tat wäre ich bald eingeschlafen, wenn mich nicht ein plötzlicher Lärm draußen vor dem Fenster aufgeschreckt hätte. Eine Schar Kinder stürmte mit viel Geschrei in den Wirtsgarten. Sie rannten um die Tische, rutschten die Bänke entlang und konnten sich nicht einig werden, wo sie sich hinsetzen sollten.

Zuletzt kam noch eine Frau. Sie schleppte eine große Einkaufstasche in der einen und zwei Plastiktüten in der anderen

Hand. Die Kinder liefen ihr entgegen, umringten sie, halfen ihr tragen, wobei sie sie mehr behinderten als entlasteten, und zogen sie an einen der mittleren Tische, der meinem Fenster genau gegenüber lag.

Man konnte sofort erkennen, daß sie zusammengehörten, nicht nur an der Ähnlichkeit ihrer blassen, mageren Gesichter und an ihren blonden, strähnigen Haaren, sondern auch an der Art, wie sie gekleidet waren: sauber, aber ohne Sorgfalt. Die Röcke der Mädchen waren zu lang, die Pullover der Buben zu weit, und nirgends paßten die Farben richtig zusammen. Waisenkinder sind so angezogen.

Die beiden Kellnerinnen, die die ganze Zeit in einer Ecke gesessen und sich leise unterhalten hatten, waren aufgestanden und reckten die Hälse. »Sieh mal an, da sind sie ja wieder«, rief die eine. »Betriebsausflug bei Bortschiaks!«

»Wahrhaftig«, sagte die andere. »Und alle acht hat sie dabei!«

»Und er? Ist er nicht mitgekommen?« fragte die erste Kellnerin vielsagend.

»Nein, anscheinend nicht. Ich sehe nur Lilli und die Kinder. Wahrscheinlich haben sie den Bus genommen.«

Die Kellnerinnen hatten sich langsam unserem Tisch genähert. Von hier aus hatte man die beste Sicht auf die kleine Szene.

Mein Töchterchen sah neugierig zwischen der Gesellschaft draußen und den Kellnerinnen hin und her und ließ sich kein Wort entgehen.

Jetzt wandte sich die Blonde, die uns vorhin bedient hatte, zu mir: »Kennen Sie die?«

Ich schüttelte den Kopf.

»Das ist die Lilli Bortschiak!«

Sie sah mich abwartend an, aber ich konnte nichts anfangen mit dem Namen.

»Gehört haben Sie sicher schon von ihr. Vor etwa fünf Jahren stand ihre Geschichte ganz groß in der Zeitung.«

»Was für eine Geschichte denn?«

»Sie ist eines Tages auf und davon gegangen, und ihre Kinder hat sie einfach in der Wohnung eingesperrt. Nach zwei Tagen ist den Nachbarn etwas aufgefallen, und am dritten Tag hat dann die Polizei die Türe aufgebrochen. Das muß ein Anblick gewesen sein! Die Zimmer kalt und schmutzig, kein Krümel Brot mehr im Schrank, und das Kleinste lag auf einer verfaulten Matratze, total verdreckt und halb verhungert! Es war ein Bild in der Zeitung – können Sie sich nicht erinnern?«

Doch, jetzt fiel es mir dunkel wieder ein. Der Fall hatte damals in unserer Gegend großes Aufsehen erregt und war für ein paar Tage Hauptgesprächsthema beim Kaufmann um die Ecke gewesen.

Man hatte die bedauernswerten Kinder auf verschiedene Kinderheime in der Umgebung verteilt, wo sie erst einmal sauber gewaschen und aufgefüttert wurden. Die Lilli Bortschiak wurde bald darauf gefaßt. Wie die Polizei gleich angenommen hatte, war sie nicht weit gekommen; man griff sie in einer Bar auf. Sie war betrunken und ließ sich widerstandslos abführen. Irgendein Mann spielte eine Rolle in dieser unrühmlichen Geschichte; sie war ihm nachgereist, soweit ich mich erinnern konnte, und hatte sich mit ihm herumgetrieben.

»Sie bekam ein Jahr Gefängnis«, sagte die eine Kellnerin, »wegen grober Vernachlässigung der Sorgepflicht.«

»Und der Vater?« fragte ich. »Den hat man nicht belangt?«

Die Kellnerinnen schauten sich an und lachten. »Welchen meinen Sie denn? Den von den ersten drei Kindern oder den von den beiden nächsten oder den von ...?«

»Wenn das so ist«, unterbrach ich sie, »dann meine ich alle; denn es wird ja jeder das Seine dazu beigetragen haben, daß es soweit kam mit ihr.«

»Aber sie war nie richtig mit einem verheiratet«, sagten die Kellnerinnen. »Das waren alles liederliche Tagediebe, die eine Weile mit ihr zusammenlebten und sich um nichts kümmerten. Rechtlich gesehen sind sie nicht verantwortlich.«

Rechtlich gesehen! So ungerecht konnte nur das Recht sein!
Wir schwiegen eine Weile.

Draußen saß die Frau und wußte nicht, daß wir sie beobachteten. Sie war auch viel zu sehr beschäftigt. Immer wieder bückte sie sich hinunter und kramte in ihren Tüten und Taschen. Acht Augenpaare verfolgten gespannt, was da alles zum Vorschein kam: Ein Ring Fleischwurst, ein großer Laib Brot, eine Tube Senf und ein langes Messer, mit dem sie dicke Scheiben vom Brot absäbelte und gleichmäßige Stücke von der Wurst. Reihum teilte sie jedem seine Portion zu, wobei sie hierhin und dorthin redete.

Die Größeren waren ausgeschwirrt und hatten vorne am Ausschank Limonade besorgt, vier Flaschen, die sie herumreichten. Die Frau tauchte wieder hinunter und förderte ein paar Joghurtbecher zutage, aus denen sie den Kleinen zu trinken gab.

Schließlich zauberte sie aus den unergründlichen Tiefen ihrer Tasche einen Karton mit hartgekochten Eiern. Jeder bekam eines zugeteilt. Die Großen schlugen sie sich gegenseitig an den Köpfen auf, worüber es fast zu Streit und Schlägerei kam. Die Frau beschwichtigte, wehrte ab, wies zurecht und pellte dabei unentwegt Eier auf für die Kleinen, die ihre Hände ausstreckten, ehe sie fertig war.

»Wenn man's recht bedenkt«, fing die eine Kellnerin wieder an, »so hat sie's ja nicht leicht mit den vielen Kindern. Das muß man sich erst einmal vorstellen: acht Gören! Da würde manch andere verzweifeln!«

»Und sie hat sie alle wieder zu sich genommen, als sie aus dem Gefängnis kam«, sagte die andere.

»Und gleich noch eins dazugekriegt«, ergänzte die erste kopfschüttelnd.

»Natürlich stehen alle unter Fürsorge. Die Fürsorgerin kommt jede Woche und schaut nach dem Rechten. Und sie sorgt auch dafür, daß alle immer etwas zum Anziehen haben, und daß sie regelmäßig in die Schule gehen. Ich glaube, die gucken der Lilli sogar in die Kochtöpfe. Aber immerhin, es ist nichts mehr vorgekommen seither.«

Draußen war es unterdessen noch unfreundlicher geworden; es regnete ganz fein. Vom Wald her näherten sich ein paar Spaziergänger; sie durchquerten den Wirtsgarten, ohne die Bortschiaks zu beachten, und betraten gleich darauf die Gaststube durch den hinteren Eingang. Die Kellnerinnen strichen ihre Schürzen glatt; sie bekamen Arbeit.

Jetzt erst bemerkte ich, daß meine Tochter verschwunden war. Sicher war es ihr zu langweilig geworden. Ich beschloß zu zahlen, sobald die blonde Kellnerin wieder in meine Nähe kam.

Im Wirtsgarten saß Lilli Bortschiak jetzt ganz allein. Der Wind zauste ihr die blonden Strähnen, und es regnete ihr ins Gesicht. Sie kümmerte sich nicht darum; sie machte sich Brot zurecht. Jetzt, da die Kinder alle zum Spielen weggelaufen waren, hatte sie endlich Zeit für sich selber.

Als sie fertig war mit dem Essen, packte sie zusammen. Sie sammelte die Abfälle in die Plastiktüten und trug sie zum Papierkorb. Dann rief sie die beiden größten Mädchen herbei und ließ sie die leeren Flaschen zurückbringen.

Die kleinen Bortschiaks vergnügten sich auf dem Spielplätzchen, das der Wirt in einer Gartenecke angelegt hatte. Sie hingen an den Turnstangen und rutschten bäuchlings die Rutschbahn hinunter.

Die Frau nahm ihre Tasche und ging hinüber. Sie stand herum und schaute zu, und manchmal gab sie dem Jüngsten auf der Schaukel einen Stoß, daß er hoch hinaufflog und jauchzte.

»Kommt sie öfter her?« fragte ich die Kellnerin, als sie endlich zu mir kam.

Sie nickte: »Aber nur im Sommer, wenn man draußen sitzen kann. Und immer um diese Zeit, wenn die Mittagsgäste schon weg und die Kaffeegäste noch nicht da sind.«

Ich bezahlte und ging hinaus in den Garten, um meine

Tochter zu suchen. Sie lehnte an der Hauswand und starrte abwechselnd auf die Kinder und auf die Frau. Ich sah ihr an, daß die Geschichte sie sehr beschäftigte.

»Hast du gehört, was die Kellnerinnen erzählt haben?« fragte ich sie.

»Ja«, sagte sie und konnte nicht aufhören hinüberzusehen.

Ich wollte weggehen, aber sie hielt mich am Ärmel fest.

»Aber schau doch«, sagte sie, wie etwas, was sie nicht begreifen konnte. »Schau doch, sie sind fröhlich und lachen!«

Wir gingen sehr nachdenklich um das kleine Gasthaus herum zum Parkplatz.

Wahrhaftig – acht Kindern ein paar fröhliche, unbeschwerte Stunden bereitet zu haben, das war nichts Geringes. Das war mehr, als die meisten unter uns von sich behaupten können.

Renate Schupp

Haushälterin bei Frau Hadler

»Warum kauft Frau Hadlers Haushälterin nicht mehr bei uns?« fragt der Chef. Auch seine Angestellten vermissen die alte Frau, die allerdings – wie sich herausstellt, nie Haushälterin bei Frau Hadler war, sondern die Mutter der Frau Hadler und die Großmutter ihrer vier kleinen Kinder. Jetzt ist sie sehr krank und liegt im Krankenhaus.
Vorlesezeit ca. 10 Min.

Wir erinnern uns alle an sie; es wäre auch gar nicht so einfach, sich ihrer nicht zu erinnern. Sie war eine kleine alte Frau mit schlohweißen Haaren, immer adrett gekleidet, und in ihrem faltenreichen Gesicht stand stets ein kleines lebensbejahendes Lächeln, das Sonnenstrahlen glich.

Eines Tages sagte mein Chef, der Fleischermeister Körner: »Die alte Frau Neugebauer war lange nicht hier. Kauft sie nicht mehr bei uns?«

Wir vermißten die gute alte Frau wirklich. Nicht als Kundin schlechthin, aber es ging immer so etwas Frohes von ihr aus, eine Art Heiterkeit, die sich sofort auch auf uns, die Verkäufer und Verkäuferinnen, übertrug. Wir dachten dann nicht mehr an unsere Überstunden, an die Abzüge oder an andere lebensnotwendige Unannehmlichkeiten, sondern nahmen alles viel leichter. Und wenn sie mit ihrer vollen, gewiß nicht immer leichten Einkaufstasche den Laden verließ, lächelnd und guter Dinge, dann schämten wir uns oft im stillen, daß wir, die wir noch jung waren, manches allzu schwer nahmen.

Soweit uns bekannt, war Frau Neugebauer bei Frau Hadler in der Hubertusstraße beschäftigt gewesen, hatte dort den Haushalt besorgt, sich um die Kinder, die Einkäufe und dergleichen mehr gekümmert. Haushälterinnen waren ja gefragt, auch die älteren, möglicherweise die besonders; sicher hatte sie ihre Stellung gewechselt und kam deshalb nicht mehr zu uns.

Dann wollte es der Zufall, daß ich Fleisch- und Wurstwaren in die Hubertusstraße zu bringen hatte, zu Frau Hadler. Sie hatte ihre Bestellung telefonisch aufgegeben und darum gebeten, ihr die Waren in die Wohnung zu schicken.

Frau Hadler, sie mochte Mitte dreißig sein, öffnete mir selbst die Tür. Ein Kind trug sie auf dem Arm, ein anderes hing an ihrem Schürzenzipfel. »Ach, das ist nett«, sagte sie. In diesem Augenblick fing im Innern der Wohnung ein drittes Kind zu schreien an, und in der Küche pfiff ein Wasserkessel. »Ja, ja«, rief Frau Hadler, »ich komme ja schon! Entschuldigen Sie, aber bei mir ist mal wieder was los, sage ich Ihnen! Stellen Sie die Sachen doch bitte ...« Damit war sie schon in die Küche geeilt, um den Kessel vom Herd zu nehmen.

Ich trat ein und wollte eben die Waren auf dem Sessel neben der Garderobe abstellen, als mir ein etwa fünfjähriger Junge sein kleines Aufziehauto entgegenstreckte: »Kaputt, Onkel! Kannst du's heile machen?«

»Zeig mal her«, sagte ich. Ich nahm das Auto und betrachtete es. In der Küche erstarb das Pfeifen des Kessels. Das Kind in einem der anderen Räume schrie noch immer. An dem kleinen Aufziehauto war die Feder überdreht. Frau Hadler kam aus der Küche. »Was fällt dir denn ein, Achim!« Sie nahm mir das Auto aus der Hand und gab es dem Jungen zurück. Der fing sofort zu weinen an. »Ab mit dir ins Kinderzimmer!« Sie schüttelte den Kopf. »So geht das den ganzen Tag! Was bekommen Sie?«

»Vierzehn achtzig«, sagte ich.

»Einen Moment, bitte!« Frau Hadler eilte ins Wohnzimmer hinüber, als in der Küche das Klirren von Scherben ertönte. »Um Himmels willen!« Mit diesen Worten kam Frau Hadler wieder aus dem Wohnzimmer gestürzt und rannte in die Küche. »Gitta!« rief sie. »Bärbel! Was habt ihr denn nun schon wieder angestellt? Die schöne Kaffeekanne!« Es klatschte ein paarmal, und dann weinten auch in der Küche zwei Kinder.

Als Frau Hadler wieder auf den Korridor kam, sah sie verstört und erschöpft aus. Aber das war ja auch kein Wunder. »Wieviel bekommen Sie?« fragte sie.

»Vierzehn achtzig«, sagte ich.

»Wo habe ich denn nur ... Ach so, ja. Augenblick, bitte!« Sie lief wieder ins Wohnzimmer und kam mit einem Zwanzigmarkschein zurück.

Während ich das Wechselgeld herausgab, sagte Frau Hadler: »Manchmal weiß ich wirklich nicht, wo mir der Kopf steht!« Sie lächelte müde. »Vier Kinder«, sagte sie, »mal das eine krank, mal das andere. Essen kochen. Abwasch, die Wohnung, die Treppe, große Wäsche, kleine Wäsche – das reißt überhaupt nicht ab!« Sie fuhr sich mit der Hand über die Stirn. »Hin und wieder wünscht man sich wirklich, man wäre zwanzig oder dreißig Jahre älter«, sagte sie, mehr zu sich selbst. »Die Kinder wären erwachsen und außer Haus, und man könnte dann endlich mal die Beine hochlegen und sich ein bißchen ausruhen.«

»Jaja«, sagte ich. Was sollte ich dazu sagen?

»Verzeihen Sie«, meinte Frau Hadler, »ich langweile Sie hier mit meinen Sorgen.«

»Kommt denn Ihre Haushälterin nicht mehr?« fragte ich.

»Wer?«

»Ihre Haushaltshilfe – oder wie sagt man? Diese nette alte und immer so lebensfrohe Frau Neugebauer.«

»Ach so«, sagte Frau Hadler. »Nein, sie ist krank. Sehr krank. Sie liegt im Krankenhaus.« Dann traten Tränen in ihre Augen, und als sie mir die Tür öffnete, fragte sie: »Hat man sie für meine Haushälterin gehalten?«

»Ja«, sagte ich. »Nicht nur bei uns, auch in den anderen Geschäften. War sie es denn nicht?«

»Nein«, sagte Frau Hadler, schluchzte und wischte sich die Tränen weg. »Sie ist meine Mutter!« –

Jaja! Zwanzig oder dreißig Jahre älter, die Kinder erwachsen, die Beine hochlegen, ausruhen.

Gibt es das denn? Gibt es das wirklich für unsere in jahrzehntelanger Arbeit und Aufopferung ergrauten Mütter, deren Kinder eines Tages die Stube selbst voller Kinder und alle Hände voll zu tun haben werden, daß sie manchmal nicht wissen, wo ihnen der Kopf steht? Gibt es das?

Nein! Sie werden auch dann noch da sein und helfen, wo immer sie können. Auch Frau Hadler wird, wenn es soweit ist, nicht anders handeln. Selbst auf die Gefahr hin, daß man sie für die Haushälterin ihrer Tochter hält.

Ich habe meinen Kollegen und Kolleginnen bei Fleischermeister Körner von der Begegnung mit Frau Hadler erzählt.

Seitdem ertappen wir einander immer wieder dabei, daß wir, sobald eine kleine alte Frau mit schlohweißen Haaren den Laden betritt, den Kopf heben, um genauer hinzuschauen, ob es nicht Frau Neugebauer ist. Niemand spricht ein Wort darüber, aber wir alle wünschen, daß sie wieder gesund wird.

Und ganz sicher wird sie auch eines Tages hereinkommen, lächelnd und guter Dinge, wie früher.

Willi Wegner

Eine ganz alltägliche Frau

Was ist schon dabei, vierzig Jahre in einem Kiosk seine Arbeit zu tun! Die alte Frau lächelt und erzählt dem Reporter ihre Lebensgeschichte. Dabei wird ihr bewußt, daß nicht nur ihre Zeitungen, sondern auch sie, ihre Anteilnahme und Hilfe, gebraucht werden.
Vorlesezeit ca. 10 Min.

Da saß sie nun, eine alte Frau zwischen den vielen Zeitungen. Wie immer, Tag für Tag, Jahr um Jahr. Und doch war es heute anders. Auf den Tag genau waren es heute vierzig Jahre. Sie selber hatte gar nicht daran gedacht. Wie im Flug war die Zeit an ihr vorbeigezogen. Aber die anderen, die hatten daran gedacht. Ein paar verrückte Kerle hatten ihr sogar einen grünen Kranz mit einer goldenen »Vierzig« an die Tür gehängt. Eine ganze Weile hatte sie davorgestanden, bevor sie in der Frühe den Kiosk aufschloß, und dann hatte sie nur lächelnd den Kopf geschüttelt. Vierzig Jahre. Na, wenn schon! Sie hatte ihre Arbeit getan, tat sie heute noch wie alle anderen auch. Was war denn schon dabei?

Das hatte sie auch dem jungen Mann von der Zeitung gesagt, der da heute morgen bei ihr auftauchte und dann eine ganze Zeit bei ihr in der engen Bude gehockt hatte. Eine Geschichte solle er schreiben, hatte er gesagt, eine Geschichte über sie und die vierzig Jahre, die hinter ihr lagen, hier in ihrem Zeitungskiosk.

Eine Geschichte – über sie? Fast konnte er ihr leidtun, der Junge. Was gab es schon über sie zu berichten? Das bißchen, was ihr Leben ausmachte, das konnte man in zwei, drei Sätzen zusammenfassen. Wen interessierte es schon, daß ihr Mann so früh gestorben war, daß sie auf einmal ganz allein dagestanden hatte und selber für den Lebensunterhalt sorgen mußte. »Irgendwie mußte es doch weitergehen«, sagte sie, »ich hatte doch den Jungen.«

Und dann erzählte sie, und eigentlich waren es mehr ihre Erinnerungen, die jetzt an ihr vorüberzogen, von all den vielen Menschen, die zu ihr kamen und hier ihre Zeitung oder Zeitschrift kauften. Er saß da und nickte nur mit dem Kopf, und sie dachte, daß ihn das alles wohl gar nicht interessierte, weil er sie nie so richtig ansah und immer nur mit dem Bleistift spielte. Und als sie stockte, sah er plötzlich auf: »Aber was ist denn? Erzählen sie doch weiter.« Sie zuckte die Achseln. »Aber das alles ist doch nichts Besonderes.«

Was sollte sie denn noch erzählen? Von dem kleinen blassen Ding, das da drüben in der Fabrik arbeitete? Jeden Freitag kam es hier vorbei, um das neueste Romanheftchen zu kaufen, und das sie jedesmal mit ein paar wohlgemeinten Worten aufmunterte, weil es sich so einsam fühlte in dieser fremden Stadt. Und von Robert, dem langen Schustergesellen, der gleichfalls jeden Freitag seinen Lottoschein abgab? Bei beiden hatte sie dann ein bißchen Schicksal gespielt, und sie waren glücklich miteinander. Hin und wieder kamen sie Arm in Arm mit einem fröhlichen »Wie geht's, Mutter Mathildchen –« vorbei.

»Aber interessiert Sie das alles denn überhaupt?« fragte sie, während sie den frischgerösteten Kaffee eingoß und ihm ein Stückchen von ihrem Selbstgebackenen zuschob. »Doch«, sagte er nur, »doch.« Und sie sah, daß er doch nicht nur mit dem Bleistift gespielt, sondern schon ein ganzes Blatt vollgeschrieben hatte.

Und während sie weitersprach, wurde ihr erst wirklich bewußt, was sich alles hier um ihren Kiosk zugetragen hatte, und daß das alles weit mehr gewesen war, als ein schneller Gruß, ein kurzes Wort von hüben und drüben, weit mehr, als daß Zeitung und Geldstück ihren Besitzer wechselten.

»Ja, und dann war da noch die Sache mit Max. Ach, das ist schon lange her. Eine Dummheit hatte er gemacht, wissen Sie, und seine Stellung verloren. Eines Abends stand er auf einmal hier vor mir. Er sagte nichts. Aber ich sah ihm an, daß er nicht mehr weiterwußte. Oh, man sieht es einem Menschen an, wenn er wirklich verzweifelt ist. Ich wußte sofort, daß er es auf meine Kasse abgesehen hatte. Als ein Polizist näherkam, wollte Max weglaufen. Ich schob ihm nur ein Päckchen Zigaretten zu, als hätte er es bei mir bestellt. Der Polizist ging vorbei. Mit einer kleinen Summe ersparten Geldes habe ich Max dann ausgeholfen. Er hat es längst zurückgezahlt und ist inzwischen ein anständiger, fleißiger Familienvater geworden.

Der junge Mann sah auf. »Und was soll das werden?« Er zeigte auf das grüne Wollknäuel, von dem sie zwischendurch schon ein ganzes Ende verstrickt hatte.

»Für meinen Buben.« Sie lachte auf und war im gleichen Augenblick aufgesprungen wie ein junges Mädchen, hatte sich an ihm vorbeigezwängt und war hinaus zur Tür. Schon hielt sie einen hellblonden Schopf in den Händen. »Hiergeblieben!« befahl sie und hielt dem kleinen Schmutzkerlchen das grüne Strickstück vor den schmächtigen Leib. »Paßt«, stellte sie befriedigt fest. Dann langte sie unter den Hocker, holte etwas Eingewickeltes aus dem Blechkasten hervor und drückte es dem Jungen in die Hand, der schnell wieder verschwand. Sie seufzte auf. »Er hat sonst niemanden, der für ihn sorgt.« Und schon lächelte sie wieder, als dasselbe schmutzige Jungengesicht und eine atemlose Stimme »Vielen Dank, Oma Mathilde!« durch das kleine Viereck kamen.

»Das hier ist nun mein Leben«, sagte sie, »Tag für Tag geht das so.« Etwas hilflos sah sie ihn auf einmal an, und gleichzeitig ging es wie ein Aufleuchten über ihr Gesicht. »Gestern bekam ich einen Brief von drüben, von meinem Jungen.« Sie machte eine umfassende Handbewegung. »Er hat es geschafft, drüben in Kanada. Es geht ihnen gut, ihm und seiner Familie. Und nun will er mich holen. Ich soll zu ihnen kommen, für immer, und mich da ausruhen.«

Der junge Mann von der Zeitung hob den Kopf. »Nach drüben? Das ist ja eine richtige Story, sogar mit einem glücklichen Ende. Der Lohn eines langen, entbehrungsreichen Lebens.«

Ihre Augen funkelten hinter der Brille. »Glückliches Ende? Unsinn, ich kann hier nicht weg. Sie, junger Mann, haben-

mich erst so richtig darauf gebracht: Die alle hier brauchen mich und nicht nur meine Zeitungen.«

Ein Gesicht tauchte im Verkaufsviereck auf. »Guten Tag. Und auch alles Gute weiterhin!« Und schon war es wieder verschwunden. Wortlos sah die Frau ihm nach, eine ganze Weile. Dann lachte sie. »Der mürrische Kerl hat noch nie ein Wort zu mir gesagt, all die Jahre nicht. Heute ist wirklich ein Festtag.« Und dann wurde sie wieder nachdenklich. »Die brauchen mich wirklich hier.«

Der junge Mann klappte sein Notizbuch zu und stand auf. »Ja«, sagte er, »ich glaube, Sie haben recht.« Irene Pätz

Sorgen um Hubert

Verena, Mutter in einem SOS-Kinderdorf, sind zehn elternlose Kinder im Alter von drei bis vierzehn Jahren anvertraut. Hubert, der erst vor einem halben Jahr in ihre Familie gekommen ist, macht ihr Sorgen. Sie überlegt, wie sie ihm helfen, seine Zuneigung gewinnen kann.
Vorlesezeit ca. 7 Min.

Verena hatte wieder einmal eine schlaflose Nacht. Sie warf sich unruhig in ihrem Bett hin und her und überdachte ihr Leben.

Sie war jetzt 42 Jahre alt. Vor fünf Jahren hatte sie ihren Mann und ihre beiden Kinder im Alter von fünf und sieben Jahren durch einen Autounfall verloren. Am Anfang hatte sie geglaubt, es nicht überleben zu können. Aber die Zeit lindert alle Wunden. Sie hätte zweimal wieder heiraten können, aber sie brachte es nicht fertig. Stattdessen hatte sie sich vor einem Jahr hier in dieses SOS-Kinderdorf als »Mutter« verpflichtet.

Zehn elternlose Kinder verschiedenen Alters, zu einer Familie zusammengefaßt, waren ihr zur Pflege und Erziehung anvertraut worden. In solchen Kinderdorf-Familien kann eben die Atmosphäre einer natürlichen Familie am besten erreicht und die schädliche Heimsituation vermieden werden.

Verena dachte an »ihre« Kinder. Sie waren im Alter von drei bis 14 Jahren. Die Kinder, die zum Teil schon länger hier waren, hatten sich zur allgemeinen Zufriedenheit eingelebt und, je jünger sie hergekommen waren, desto mehr ihr oft trauriges Vorleben vergessen.

Verena hatte guten Kontakt zu den Kindern gewinnen können. Einige liebten sie bereits wie eine richtige Mutter. Die kleine Karin mit dem verkürzten Bein hing rührend an ihr. Verena hatte ihr gesagt: »Weißt du, Karin, du mußt nicht denken, warum muß gerade ich ein kürzeres Bein haben. Du mußt dir sagen, gut, der liebe Gott hat mir ein kürzeres Bein gegeben, er wird schon wissen warum. Wenn ich nun vieles auch kann, was andere Kinder können, dann kann ich mehr als sie, und darauf darf ich stolz sein.«

Auch die dunkelhäutige Susette hing zärtlich an Verena. Sie war südamerikanischer Abstammung, ein uneheliches Kind, dessen Mutter Selbstmord verübt hatte.

Verena sagte zu den anderen Kindern: »Seht mal, wie hübsch Susette ist, was sie für schöne glatte, braune Haut und dunkle Locken hat. Viele Leute legen sich in die Sonne, um auch so schön braun zu werden. Susette ist immer so schön dunkelhäutig.«

Es gehörte viel selbstlose Liebe dazu, diesen Kindern eine richtige Mutter zu sein. Man konnte es wohl am besten, wenn man einmal eigene Kinder geliebt hatte. Es war schwer, aber wunderschön. Und Verena fand, daß ihr Leben jetzt wieder Sinn hatte.

Nur mit einem ihrer Kinder, dem zehnjährigen Hubert, konnte sie zunächst absolut nicht zurande kommen. Er war erst ein halbes Jahr hier und hatte wohl seine Eltern noch zu sehr in Erinnerung. Der Vater war Alkoholiker, und die Mutter hatte in einem Anfall von Verzweiflung ihn und sich umgebracht.

Hubert war völlig verstockt, er sprach nicht, spielte nie mit und wehrte sich mit allen Kräften gegen sie und ihre vorsichtige Zuneigung. Er nannte sie auch nicht Mutter wie die anderen Kinder. Dabei war er von Natur aus gutartig und körperlich in einem so schlechten Zustand, daß ihm wirklich ihre ganze erbarmende Fürsorge gehörte. Immer wieder dachte sie darüber nach, wie sie auch seine Liebe gewinnen könnte. Wenn es ihr nicht gelang, dann war er ernstlich in Gefahr. Die körperliche Pflege allein konnte ihm nicht helfen.

Wenn Hubert stumm und verschlossen beiseite stand, holte sie ihn in den Kreis der fröhlichsten Kindern. Sie stellte sein Bett neben das des elfjährigen Lutz, eines Sonnenscheins, dem alle ungünstigen Lebenssituationen nichts hatten anhaben können, der sich alle Herzen eroberte. Der bekam denn auch schnell Kontakt mit ihm.

Als sie ihn einmal im Bett bitterlich weinen hörte, setzte sie sich zu ihm und bat ihn, ihr doch einmal von seinen Eltern zu erzählen.

Nach anfänglichem Widerstreben erzählte er – lange. Trotz aller Fehler hatte er sie geliebt, und es befreite ihn sichtlich, endlich von ihnen berichten zu können, und vor allem zu hören, daß hier niemand schlecht von ihnen sprechen würde. Im Gegenteil, Verena versprach ihm, bei seinen entfernten Verwandten nach Bildern der Eltern zu fragen: die dürfe er dann in seiner Ecke aufstellen, und sie alle würden Blumen suchen gehen zum Schmuck.

Das Eis war gebrochen. Trotzdem brauchte es noch lange Zeit, bis der scheue Junge sich ihrem Kreis ganz zugehörig fühlte.

Verena spürte, daß er durch das unfaßbare Leid des letzten Jahres über sein Alter hinaus gereift war und begegnete ihm behutsamer als den anderen Kindern. Allmählich merkte sie, daß ihr liebendes Werben auch um dieses Kind Erfolg hatte. Und der schönste Tag für sie war der, als sie auch von ihm das Wort »Mutter« hörte.

Eva Hönick

Für zwei Wochen einen Sohn

Wie ein amtliches Formular auszufüllen ist, das weiß Frau Mattes. Sie war früher Prokuristin. So hilft sie Herrn Özhan, hört dabei von einem anderen Problem und löst auch dieses. Das heißt, sie paßt tagsüber auf Ercument auf, während Frau Özhan zwei Wochen in der Türkei bei ihrer erkrankten Mutter ist.
Vorlesezeit ca. 11 Min.

Eigentlich wollte ich es selbst tun. Aber ich mußte dringend nach München. Deshalb bat ich Frau Mattes, für mich einzuspringen. Frau Mattes, 62 Jahre alt, Witwe (die Kinder sind längst verheiratet und aus dem Haus), war früher Prokuristin bei Walter & Co., Textiliengroßhandlung. Sie weiß noch heute, wie man einen amtlichen Antrag ausfüllt und wie man mit einer Behörde verhandeln muß. Es ging dabei gar nicht um mich, sondern um den sechsjährigen Sohn der Familie Özhan.

Wir leben in einer Industrievorstadt und als Nachbarn haben wir viele Ausländer. Die Özhans wohnen direkt gegenüber. Sie stammen aus Alanya, an der türkischen Mittelmeerküste. Der Sohn war aus der Kinderklinik entlassen worden mit einer Menge von Papieren, die es auszufüllen galt. Mit dem Behördendeutsch waren die Özhans natürlich restlos überfordert. Frau Mattes zögerte erst, aber ich konnte sie überreden. Ich sagte schnell noch Özhans Bescheid und verreiste. Frau Mattes hat mir später alles erzählt.

Frau Mattes geht also eines Abends zu den Özhans. Ein bißchen komisch ist es ihr schon. Würde sie sich mit den Leuten verständigen können? Sie klingelt. Herr Özhan öffnet. Sie kennt ihn vom Sehen, weil er nach Arbeitsschluß mit dem Rad an ihrer Wohnung vorbeifährt. Sie tritt ein. Ihr fällt die bescheidene Einrichtung auf. Die Leute müssen sparen. Im Wohnzimmer gibt ihr Herr Özhan nochmals die Hand und heißt sie willkommen. Frau Özhan kommt aus der Küche, ziemlich schüchtern, die dreijährige Ayfer mit den großen braunen Augen auf dem Arm. Auf dem Sofa sitzt, wie eine Puppe, der einjährige Fechmi. Er verzieht das Gesicht und setzt zum Schreien an. Die Mutter kann ihn beruhigen. Frau Mattes kommt gleich zur Sache.

Man bittet sie an den Tisch, zeigt ihr das Formular. So einfach geht es aber nicht. Sie muß schon öfters einmal rückfragen und dazwischen alles noch einmal mit anderen Worten erklären. Die fremdartigen Namen und Orte schreibt Herr Özhan selbst. Währenddessen hat Frau Özhan starken schwarzen Tee gebracht in schlanken kleinen Gläsern. Zucker? Ja, danke. Schmeckt nicht schlecht, der Tee. Und um wen geht es bei dem Formular? Um den Bengel dort. Er hat die dunklen Haare der Mutter, die großen fragenden Augen des Vaters und seltsam weiße Haut. Er heißt Ercument, das spricht man wie Erdschument. Er gibt sich ziemlich schüchtern, mustert aber verstohlen die fremde Frau und wagt endlich sogar ein Lächeln. Am Ende trinkt Frau Mattes noch zwei Gläser Tee und fragt nach manchem in der Heimat der Özhans, denn sie ist eine am Leben interessierte Frau.

Damit hat sie, ohne daß sie es weiß, das Herz der Özhans gewonnen, denn sich gegenseitig besuchen und gemeinsam Tee trinken ist nun einmal eine große Leidenschaft der Türken.

Herr Özhan erzählt ihr, daß seine Frau für zwei Wochen in die Türkei muß, weil die Schwiegermutter erkrankt ist. Was wird aus den Kindern, will Frau Mattes wissen. Der Femi fliegt mit, die Ayfer kommt zu Bekannten, aber mit dem Ercument, das sei noch ein Problem, ein Kindergartenplatz ließe sich überhaupt nicht finden. Wenn der Kleine wenigstens tagsüber aufgehoben sei, abends hole ihn dann der Vater ab.

Später als beabsichtigt geht Frau Mattes nach Hause. Die Özhans haben sich tausendmal bedankt und gesagt: Kommen Sie doch einmal wieder! Und drei Tage danach kommt sie wieder. Sie sagt, daß sie für zwei Wochen tagsüber auf den Ercument aufpassen will.

Sie hatte lange darüber nachgedacht. Ihre Freundin hatte ihr abgeraten. Sie solle froh sein, ihre Ruhe zu haben in ihrem Alter (die letzte Bemerkung hatte sie sehr geärgert), und außerdem die Ausländer, da sei alles doch ganz anders (und diese Bemerkung ärgerte sie ebenfalls). Der kleine Kerl war so nett, und sie hat nun einmal eine Schwäche für Kinder mit großen Augen. Wenn der Mensch etwas will, dann findet er auch Argumente, die alle Widerstände überwinden.

So kommt es, daß Frau Mattes für zwei Wochen einen türkischen Pflegesohn erhält. Sie nennt ihn nicht Ercument, das ist so schwierig auszusprechen, sondern mit dem lachenden Einverständnis des Vaters schlicht und einfach Hans. Ercument-Hans, von Haus aus streng erzogen, älteren Menschen gegenüber Ehrfurcht zu zeigen, taut nur langsam auf. Es gibt dieses und jenes Problem, Aufregungen, Freude, Tolpatschigkeit, auch mal einen Streich und viel Lachen. Kinder sind Kinder, sagt Frau Mattes, ob sie unten von der Landkarte kommen oder von weiter oben.

Als nach zwei Wochen und mit drei Tagen Verspätung Frau Özhan wieder in Deutschland eintrifft, fällt es Frau Mattes fast schwer, den Hans fortzulassen. So kann man sich an einen solchen Lausbuben gewöhnen! Wie seltsam ruhig und leer ist jetzt die Wohnung. Am Sonntag darauf kommt Herr Özhan mit den Kindern und holt Frau Mattes zum Mittagessen. Frau Özhan kocht Kalbfleisch mit Reis und ein Gemüse aus grünen, leicht säuerlichen Früchten. Frau Mattes erkundigt sich nach dem Rezept. Zum Schluß gibt es Pudding mit sieben ausgewählten Früchten. Frau Özhan entschuldigt sich, es fehlen die frischen Feigen, die sind in Deutschland so schwer zu bekommen.

Nach dem Tee will Herr Özhan Frau Mattes Geld geben, mit vielem Dank für das Aufpassen, aber sie lehnt ab. Da entsteht ein Hin und Her, denn schenken lassen wollen sich die Özhans nichts. »Aber was kann ich denn für Sie tun«, sagt Herr Özhan, er sei weder Elektriker noch Installateur noch

Fußbodenverleger. Frau Mattes lacht. Aber sie nimmt gern die zwei Packungen Tee, die Frau Özhan für sie aus der Türkei mitgebracht hat, und den Kupferteller mit den ziselierten Ornamenten, den ihr Herr Özhan schenkt.

Das alles ereignete sich vor zwei Jahren. Frau Mattes und die Özhans sind immer noch befreundet, und Herr Özhan hat inzwischen Frau Mattes auch noch helfen können, als sie vom ersten in den zweiten Stock umgezogen ist, weil dort eine sonnigere Wohnung frei wurde.

Frau Mattes genießt den besten Ruf in unserer türkischen Nachbarschaft, nicht nur was das Ausfüllen von Formularen betrifft; man rühmt sie, weil sie Besuche macht. Der Ercument-Hans kommt jetzt manchmal allein zu ihr. Er besucht schon die zweite Klasse der deutschen Schule und spricht akzentfrei deutsch. Dafür hat Frau Mattes gesorgt.

Als ich den Ercument das letztemal traf, riet ich ihm, doch später Dolmetscher zu werden. Das lehnte er ab. Er habe im Rechnen die grüne Eins und beabsichtige, ein berühmter Professor für Mathematik zu werden, sagte er. Die Neigung zum Unterrichten hat er wirklich schon: Er lehrt in seiner Freizeit Frau Mattes türkisch.

Ich wage kaum, diese Episode zu erzählen. Sie klingt so nach heiler Welt, nach bestem Einverständnis zwischen Deutschen und ihren ausländischen Nachbarn. Leider ist das nicht immer so. Aber irgendwo setzen einzelne Menschen Bausteine des Verstehens. Wird es auch kein prachtvoller Palast, so doch vielleicht ein Haus, das uns allen Geborgenheit gibt. Deshalb will auch ich Frau Mattes rühmen. Peter Wolf

Die Knopfsitzung

Wo, an welcher Stelle muß sie, die Mutter, anfangen, die Welt zu verbessern? Bei ihrem Kind, erkennt sie, dem sie endlich das lange versprochene Puppenkleid näht und so dessen Vertrauen wiedergewinnt. Das Rätsel jedoch, wer den Knopf an den Rock ihres Mannes genäht hat, findet eine verblüffend einfache Lösung.
Vorlesezeit ca. 15 Min.

Daß die wichtigsten Knöpfe immer dann abreißen, wenn man es eilig hat, ist nichts Neues. Daß sie von selbst wieder anwachsen, kommt seltener vor. Mir ist dieses Wunder gerade passiert. Das hat mich richtig ernüchtert.

Der Tag begann überhaupt grau in grau: Nieselregen, Nebel wie nasse Watte über der Stadt. Wozu aufstehen? Aber Wolfgang mußte zur Schule, Dorle in den Kindergarten und Thomas verlangte sein Müsli. Mein Mann, der erst um neun aus dem Haus geht, schlief noch fest. Wie ich ihn um diesen Morgenschlaf beneidete! Ich bin keine Frühaufsteherin, die Arbeit beginnt bei mir daher mit lauter kleinen Ärgernissen. Diesmal war es die Brotmaschine, die mir fast in die Hand geschnitten hätte. Und der Reißverschluß von Wolfis Schulranzen blieb wieder mal mitten auf der Strecke stecken, ließ sich weder auf- noch zumachen. Der kleine Mann mußte über die große Straßenkreuzung hinüberbegleitet werden, wir durften nicht zu spät aufbrechen.

Als ich nacher mit Dorle zum Kindergarten wanderte, hüpfte sie fröhlich an meiner Hand und fragte: »Machst du es heute?«

Ich begriff nicht gleich. Was sollte ich machen?

»Das Puppenkleid«, antwortete sie zögernd. Ach ja, wievielmal hatte ich ihr das schon versprochen! Und nie Wort gehalten. Ich hatte doch keine Zeit, ich konnte nicht! Ich war überfordert.

»Ja, ja«, sagte ich, »ich will's versuchen.«

»Du machst es ja doch nicht«, murmelte sie und guckte weg.

Wie klein und verloren sah das Kind aus vor der großen Hausfassade. Langsam und traurig schlenderte sie durch den Vorgarten zur Haustür, wie mit großem Kummer beladen. Warum hat sie so eine Mutter, die nie Zeit hat? Dabei bin ich die berühmte »Nur-Hausfrau«, also nur für die Kinder da, wie man meinen könnte. Leider tauge ich nicht dazu. Ich versuche mich weiterzubilden, will in allem Bescheid wissen und mitsprechen, in verschiedenen Diskussionskreisen aktiv mitwirken, Vorträge halten und entschieden dazu beitragen, daß die Menschheit nicht im sozialen Elend und moralischen Chaos endet.

Ich verabscheute – bis heute – die jungen Frauen, die vollkommen in ihrer Familie aufgehen. Sie können nur über Babyhöschen sprechen und über Kochrezepte, oder gehen täglich zum Friseur, um ihren Mann am Bändelchen zu halten, so dachte ich. Ich kam mir neben diesen hoch erhaben vor. So wie diese wollte ich nicht sein.

Ich mußte mich beeilen, um noch am Vormittag die letzten Seiten meines Vortrags abzutippen. Ein paar statistische Anhaltspunkte brauchte ich auch, müßte also möglichst noch in die Bibliothek.

Als ich hastig die Straße hinunterlief, fiel mir ein, daß ich vergessen hatte, die Leiterin des Frauenvereins anzurufen. Mit nassen Schuhen und feuchtem Haar betrat ich die Wohnung. Mein Mann hatte schon seinen Kaffee getrunken, saß in Hemdsärmeln am Tisch und überflog die Morgenzeitung.

Der Knopf an seinem Rock! schoß es mir durch den Kopf. Wie konnte ich das wieder vergessen! War es gestern oder noch früher, als ich merkte, daß er nur an einigen Fäden hing. Jetzt wird er verloren sein.

Ich eilte ins Schlafzimmer und wollte den Rock vom Bügel nehmen. Gott sei Dank, der Knopf war noch da! Und sogar angenäht! Hatte er etwa selbst? – Aber das kann mein Mann ja gar nicht.

Ich untersuchte das Wunder näher. Es war geschickt

gemacht, sehr sauber und fest, mit genau dazu passendem Faden. Ich ließ die Hände fallen und spürte, wie mich plötzlich ein Schwindel überfiel. Im selben Augenblick kam mein Mann herein, nahm den Rock, zog ihn an und betrachtete sich sehr wohlgefällig – wie mir schien – im Spiegel. Ich zitterte und bückte mich, um einen Läufer geradezuziehen. Er sah mich nicht an, sagte im Gehen:

»Es wird heute recht spät werden, du brauchst nicht mit dem Essen zu warten. Wir haben eine Sitzung.«

Wie ein Traumwandler wankte ich in die Küche. Was war das? Der Knopf war angenäht. Und wie ist mein Mann hinausgegangen? Fast ohne Gruß. Seit wann geht er schon so? Habe ich es denn gar nicht gemerkt? Und wie oft kommt er sehr spät nach Hause?

Wie war es früher mit den Knöpfen? Er war außer sich, wenn einer etwas locker war und ich im letzten Augenblick mit hastigen Stichen zu verhindern suchte, daß er wenigstens nicht verlorenging.

»Schau doch meine Anzüge auch mal nach, dann passiert sowas nicht! Wie oft muß ich es dir sagen!«

Auch in der offenen Wut kann noch das feste, unerschütterliche Zusammengehörigkeitsgefühl stecken. Aber jetzt? Der Knopf ist einfach angenäht. Und wie er sich im Spiegel betrachtet hat. So tut man es nicht vor einer langweiligen Sitzung.

Der Knopf. Die Sitzung. Knopfsitzung.

Tom erweckte mich aus der Starre. Mechanisch zog ich den Kleinen an und ging mit ihm einkaufen. Im Vorbeigehen sah ich mich im Spiegel eines Blumenladens: blaß, verstört, übernächtigt, mit fettigem Haar. Der Regenmantel schäbig, die Schuhe ungeputzt. Nein, ich war bestimmt keine bezaubernde Erscheinung.

Ich kaufte duftende Wicke, bunt durcheinander, und begann zu Hause entschlossen, »mich zu ändern«: Haarwaschen, Musterung des Kleiderschrankes, Auffrischung der

Wohnung. Als Wolfgang aus der Schule kam, schien er erstaunt.

»Mutti, wohin gehst du? Du siehst ja so schön aus«, war sein Gruß. Als er seine Aufgaben gemacht hatte, ging ich Dorle aus dem Kindergarten holen. Sie lief mir jauchzend in die Arme:

»Muttilein! –« Dann verstummte sie plötzlich. Sie ist zu sensibel. Was hatte sie nun schon wieder?

Als alle drei Kinder für eine Weile im Hof des großen Wohnblocks spielten, versuchte ich es, mit meinem Vortrag fertig zu werden. Es ging mühsamer als die Lateinaufgabe in der Schule. In die Bibliothek war ich auch nicht gekommen. Und der Knopf – wie er mich drückte! Er wuchs zu einem Mühlrad und siegte über alle gescheiten Gedanken. Er ließ überhaupt keine guten Einfälle zu, versperrte mir jegliche Konzentration. Ich war froh, als es Zeit wurde, mich wieder um die Kinder zu kümmern. Pünktlich um sieben pflegte ich sie immer ins Bett zu bringen. Heute ließ ich mich erweichen, sie durften toben und schreien, soviel sie Lust hatten. Nur Dorle war still. War sie etwa krank? Kein Wunder bei diesem Grippewetter.

Als sie endlich alle unter ihren Decken lagen, wollte ich noch einmal an den Vortrag herangehen. Es mußte doch gelingen. Dann rief Wolfgang:

»Mutti, ich kann nicht schlafen, die Dorle heult!«

Ich wurde ungeduldig. Was hatte sie nur?

»Was fehlt dir? Tut dir was weh?«

Nein, Fieber hatte sie nicht. Als ich die Decke zurückschlug, hielt sie ihre alte Stoffpuppe fest an die Brust gedrückt und weinte herzzerbrechend.

»Morgen ist Sonntag, und sie hat überhaupt kein Kleid«, kam es schluchzend und stoßweise aus ihr heraus.

Ich war erschüttert. Zwei Puppenwagen mit großen Puppen in den schönsten gekauften Kleidern hatte sie in der Ecke stehen. Aber dieses alte, schmierige Etwas, in ein Taschentuch und eine alte Schürze gewickelt, nahm sie immer mit ins Bett. Und ich hatte ihr heute wieder versprochen, das Kleid zu nähen.

»Du tust es ja doch nicht!«

Jetzt werde ich's tun. Und was für ein Kleid wird das werden! Ich suchte die schönsten Flicken zusammen, brachte meinen Nähkorb und setzte mich vor Dorles Bett.

»Du darfst wach bleiben, bis das Kleid fertig ist.«

Sie sah mich mit ungläubigen nassen Augen an, ein kleiner, leidender Mensch, der nicht mehr mit Wundern rechnet. Sollte die erste und größte Enttäuschung ihres Lebens die eigene Mutter sein?

Ich nähte und erzählte ihr dabei ein Märchen: Es war einmal ein Müller, der war arm, aber er hatte eine schöne Tochter. Und es traf sich, daß er mit dem König zu sprechen kam und ihm sagte: Ich habe eine Tochter, die weiß die Kunst, Stroh in Gold zu verwandeln ...

Als das Märchen zu Ende war, hatte ich auch das Kleid fertig. Nur ein Knopf fehlte. Ich suchte lange, bis ich den richtigen fand. Er war klein und schillernd und paßte gut zu den Spitzen der Halskrause. Vorne am Kragen wurde er angebracht.

»Ist das ein echter Edelstein?« fragte Dorle. »Kann man ihn richtig auf- und zumachen?« Etwas vom Wunderglauben schimmerte jetzt wieder in ihren Augen, ein wiedergefundenes Vertrauen: wie gut du das alles machen kannst, sowas kann keiner!

Als ich sie schließlich zudeckte, mit ihrer Puppe im Arm, sah ich in ein Gesichtchen, das das Glück des Paradieses widerspiegelte.

Und ich wollte mit meinen Vorträgen die Welt verbessern. –

Mein Mann kam sehr spät. Ich saß noch mit meinem Nähkorb im Wohnzimmer.

»Was hast du denn noch genäht, so spät?« fragte er erstaunt.

»Einen Knopf an Dorles Puppenkleid«, antwortete ich und lächelte zaghaft.

»Ich dachte, du arbeitest an deinem Vortrag«, meinte er. Und dann wie nebenbei: »Bald hätte ich's vergessen – deine Mutter läßt dich grüßen. Ich war gestern kurz bei ihr drin. Übrigens hat sie mir auch einen Knopf angenäht.«

Salme Raatma

Frage oder Antwort

Die Frage einer Freundin »Liebt dein Sohn seine Frau?« zeigt einer alten Frau den Weg zu einem besseren Zusammenleben mit ihrer Schwiegertochter: Ja sagen zu ihr und versuchen, sie mit den Augen des Sohnes zu sehen.
Vorlesezeit ca. 7 Min.

Der Besuch war soeben fortgegangen. Die alte Dame saß wieder allein in ihrem Lehnstuhl. Etwas verärgert stieß sie mit ihrem Krückstock auf den Boden.

Liebt dein Sohn seine Frau? Diese Frage war doch keine Antwort auf ihren Kummer, den sie der alten Schulfreundin geklagt hatte. Bei ihr hatte sie auf Verständnis, auf einen Ratschlag, vielleicht auch auf ein wenig Mitleid gehofft. Stattdessen hatte Mathilde nur diese Frage gestellt: Liebt dein Sohn seine Frau?

Die Leidende stützte sich schwerfällig auf ihren Stock und versuchte, ans Fenster zu gehen. Wenn dieses Bein nicht wäre, dann könnte sie noch in ihrer eigenen Wohnung wirtschaften. Wie schwer war es ihr gefallen, nach der Operation im vorigen Jahr, ihre Selbständigkeit aufzugeben. Jung und alt gehören nicht zusammen, diese Meinung hatte sie immer vertreten.

»Und recht habe ich damit gehabt«, sagte sie laut vor sich

hin. Renate und sie waren zu verschieden. Schwiegertochter und Schwiegermutter rieben sich täglich aneinander. Meist waren es Kleinigkeiten, doch machten sie das Zusammenleben auf die Dauer unerträglich. Renate liebte zum Beispiel Gelb. Gelbe Vorhänge, gelbe Tapeten. Die Schwiegermutter fand Gelb scheußlich. Von Kindheit an hatte sie eine Abneigung gegen diese Farbe. Renate kochte neuzeitliche Küche, alles gedämpft, das Fleisch gegrillt, viel Rohkost. Die alte Dame sehnte sich nach einem Braten mit Sahnesoße nach ihrem Geschmack. Und schließlich die Erziehung der Kinder! Nun, sie hatte inzwischen Schweigen gelernt, nach den heftigen Debatten der ersten Wochen. Aber auch das schien Renate nicht zu gefallen. Neulich sagte sie sogar:

»Entschuldige, Mutter, aber ich muß es einmal aussprechen. Es ist unerträglich, wenn du so still, als lebendiger Vorwurf, am Tisch sitzt.«

Kein Wunder, daß sich Groll und Bitterkeit im Herzen der alten Frau breitmachen wollten. All ihren Kummer und ihre Ratlosigkeit hatte sie nun heute der Freundin anvertraut. Aber Mathilde hatte als Antwort nur die Frage: Liebt dein Sohn seine Frau? – Was half ihr das? Die Kranke humpelte zu ihrem Stuhl zurück.

In diesem Augenblick klopfte es, und Renate steckte den Kopf zur Tür herein. »Ist dein Besuch schon weg?« fragte sie. »Ich wollte euch gerade eine Tasse Kaffee machen. Allerdings«, sie blickte auf die Uhr, »ich hätte eher daran denken sollen.«

Ehe die Schwiegermutter etwas erwidern konnte, war Renate wieder verschwunden. Nachdenklich blickte die alte Frau ihr nach.

»Ja, mein Sohn liebt seine Frau!« Laut gab sie sich selbst die Antwort, die sie vorhin der Freundin nicht geben wollte. Und noch einmal sagte sie: »Ja.« Merkwürdig ist das im Leben. Wenn es einem Menschen gelingt, zu dem andern ja zu sagen, dann ist damit schon ein erster Schritt getan. Renates Schwiegermutter wußte plötzlich, warum Mathilde ihr vorhin gerade diese Frage gestellt hatte. Ja sagen zum anderen, darum ging es wohl.

Die alte Frau schloß die Augen. – Ihre Freundin Mathilde hatte ein schweres Leben hinter sich. Häufig hatte sie auf engem Raum mit schwierigen Menschen zusammenleben und auskommen müssen. »Du darfst nicht darauf warten, daß dir die anderen entgegenkommen«, so hatte sie früher einmal gesagt. »Wenn du den ersten Schritt nicht tun willst, wie kannst du es von anderen erwarten? Oft sind es sogar viele Schritte, die du tun mußt, und nur die Liebe gibt die Kraft dazu.«

Mühsam, in durchwachten und durchweinten Nächten, hatte Mathilde gelernt, an den Menschen, die sie ärgerten, wenigstens eine liebenswerte Eigenschaft herauszufinden, an der sie, wie an einem Haken, ihre Liebe aufhängen konnte. Der Liebe aber und Güte kann auf die Dauer niemand widerstehen. Mathilde hatte herausgefunden, daß im engen Miteinanderleben jeder irgendwann einmal – und sei es nur durch einen Handgriff – dem anderen die Gelegenheit gab, ihm zu danken. Die Besinnung auf diese Möglichkeit machte ihr den Weg zur Liebe leichter.

Liebt dein Sohn seine Frau? Die einsame Frau hatte die Frage der Freundin noch im Ohr. Versuche deine Schwiegertochter mit den Augen deines Sohnes zu sehen, so hatte Mathilde ihr vermutlich damit sagen wollen. Vielleicht entdeckst du dann Eigenschaften an ihr, die auch du lieben könntest. Und gibt es nicht jeden Tag etwas, wofür du ihr im stillen danken kannst? Danken löscht allen Groll und schlägt unsichtbare Brücken.

Die alte Frau lächelte still vor sich hin, während sie jetzt dachte: vor allem muß ich dir danken, alte, liebe Mathilde, weil du mir mit deiner Frage solch kluge Antwort gegeben hast. Du hast mir einen Weg gezeigt, den ich auch mit meinen Krücken gehen kann.

Christa Schlüter

Juni

Wir gehören zusammen

Sehet, welch eine Liebe
hat der Vater uns erzeiget,
daß wir Gottes Kinder sollen
heißen und es auch sind!

1. Johannes 3, 1

Daß gutes Leben nur in Gemeinsamkeit gelingt, die Menschen zusammengehören und bindungsloses Nebeneinanderherlaufen verarmt, ja erstickt, das ist eine Erkenntnis, die das Pfingstfest deutlich macht.

Pfingsten, Goethes »liebliches Fest«, ist ein allseits beliebter Feiertag. Blütenpracht und Sommersonne locken zu fröhlichen Ausflügen ins Grüne, alles freut sich an der hell gewordenen, vergnügt stimmenden Welt.

Pfingsten – eine Freudenzeit also, auch der Kirche, die feiert, daß Gottes Heiliger Geist den Menschen verändert. Was er bewirken kann, sind Tugenden, die Paulus im Galaterbrief aufgezählt hat: Liebe und Freude, Friede und Langmut, Milde und Güte, Treue und Sanftmütigkeit.

Klingt das nicht reichlich unzeitgemäß? Gibt es sie noch, diese fremd klingenden Tugenden? Ja, sie erweisen sich da, wo lebenslang selbstloser Dienst an Kranken geschieht; auch in der stillen Pflichterfüllung am jeweiligen Arbeitsplatz; oder im hilfsbereiten Einstehen für Familie und Nachbarn und im geduldigen Hinnehmen von Leid und Krankheit.

Pfingstlicher Geist, das bedeutet aber auch Lebendigkeit, Aufbruch zu Unbekanntem, Bewegung statt Erstarrung, das Schaffen von Gemeinsamkeit und Einheit, die wachsen kann, auch wenn vorher Fremdheit, Unverständnis herrschte. Die Frau, die sich nach dem Tod des Mannes nicht in ihrem Schmerz verkriecht, sondern eine Aufgabe sucht, einen Neuanfang wagt – die ist von pfingstlichem Geist erfüllt. Der Mensch, der nicht steckenbleibt in Schuldgefühlen, die ihn lähmen, sondern eine Wendung sucht, neu beginnt, – der hat Pfingsten als das Wunder der Erneuerung erfahren. Es ist Gottes Geist, der zur Versöhnlichkeit ruft, wo ich Böses glaube nicht vergessen zu können. »Wir können nicht aus uns heraus«, schreibt Guardini, »der befreiende Geist muß die Starre lösen, die Wirrnis klären, bis wieder Ziel und Straße vor uns ist.«

Ziel und Straße: Pfingsten zeigt uns, daß wir, miteinander

unterwegs, ein Ziel nur dann erreichen können, wenn wir gemeinsam in eine Richtung gehen. Wir gehören zusammen. Wenn jemand fragt, wer ich bin, nenne ich nicht nur den Vor-, sondern auch den Familiennamen. Ein einfacher Umstand, der deutlich macht, wie verflochten ich bin mit anderen, mit Verwandten, Vorfahren. Mein Äußeres, mein Charakter, ja mein Leben, kommt von anderen, nicht von mir selbst. Mensch sein heißt, gewoben sein aus den Fäden und auf dem Webstuhl anderer Leben, wie es einmal bildhaft und einprägsam umschrieben wurde.

An Pfingsten darf ich mir dessen dankbar bewußt werden: ich bin ich, aber zugleich auch Teil einer großen, mich tragenden Gemeinschaft. Ich erlebe Befreiung und Erfüllung, indem ich mich dem Herrn dieser Gemeinschaft, Christus, vertrauend hingebe. Wo das geschieht, da ist Kirche, da ist »Gemeinschaft der Heiligen«, da ereignet sich Pfingsten.

Almuth Hochmüller

Die Frau des Petrus

»Warum gerade meinen Mann?« hat die Frau des Simon gedacht und ist Jesus gram gewesen. Er hat ihre junge Ehe leer gemacht. Nun, es ist Pfingsten, steht sie in der Menge auf dem Tempelplatz. Sie hört Petrus reden und begreift plötzlich alles, auch die Auserwählung dieses Mannes, der ihr Mann ist.
Vorlesezeit ca. 9 Min.

Die Frau stand unbeachtet in der begierig lauschenden Menge. Sie freute sich ein wenig über den Hauch der Frische, der über die hochgebaute Stadt strich und auch den Sonnenglast über dem Vorhof des Tempels linderte. Überdies hatte sie sich nach einiger Drängelei einen Platz im Schatten der herrlichen Säulenhalle erobert. Der äußeren Plage, der stechenden Einstrahlung der Sonne, war sie also entronnen. Um so mehr plagte sie inneres Ungemach.

Niemand ahnte, daß sie die Ehefrau des Mannes war, der auf der dritten Stufe der Freitreppe stand, und, umgeben von den anderen elf Jüngern, zu der tausendköpfigen Versammlung redete.

Sie blickte zu ihm empor: seine Erscheinung hatte sich kaum verändert, seit er vor drei Jahren sie und die Familie, das Haus in Kapernaum und seine Fischerei am See Genezareth verließ, um dem Ruf dieses Jesus zu folgen. Er hätte sofort wieder sein Boot besteigen und die Netze auswerfen können, groß und kräftig, wie er war, mit dem bärtigen Haupt auf breiten Schultern. Und alles wäre gewesen wie früher!

Als Jesus vor ein paar Wochen auf so grausame Weise am Kreuz auf Golgatha hingerichtet wurde, hatte sie zu ihm gesagt: »Komm jetzt nach Hause, Simon!« Denn sie hatte den Namen, den Jesus ihm verliehen, nämlich Petrus, das heißt Felsen, nie gebraucht. Sie kannte ihren Mann zu gut. Er war kein Felsen.

Er hatte sie nur angesehen aus seinen traurigen Augen, in denen dennoch eine unversiegbare Hoffnung glimmte, und den Kopf geschüttelt. Erst nach langem Schweigen hatte er gesagt: »Du hast es schwer, ich weiß. Aber nun währt es nur noch kurze Zeit, dann wirst du alles begreifen.«

Und gestern? Sie war mit ihren Leuten aus Kapernaum zum Pfingstfest nach Jerusalem gekommen. Gestern hatten seine Augen nicht mehr traurig geblickt. Eine ruhige Gewißheit strahlten sie aus.

Er und sie, sie schritten miteinander durch die Gassen der Stadt. Er hatte sie liebevoll angesehen und gesagt: »Jetzt wird es bald geschehen. Man muß nur warten können. Von Gott kann man nichts erzwingen.«

Sie blickte verwundert zu ihm auf. Hatte das wirklich er, ihr Simon, gesagt: Warten können und nichts erzwingen? Sie wußte doch, wie er war. Das Schwert aus der Scheide, als man Jesus verhaftete, und dreingehauen, weil er eben dies nicht konnte: warten! Und der in der Nacht vor der Kreuzigung im Hof des Hohenpriesters verzweifelt schrie, im Angesicht seines Herrn schrie: Ich kenne den Menschen nicht! Nur weil er nicht hatte erzwingen können, daß Jesus sich sichtbar für jeden als König offenbarte.

So war er doch von Natur aus, hingebungsvoll und überschäumend, aber auch ungeduldig und wankelmütig. Und so liebte sie ihn – mit seinen liebenswerten Unvollkommenheiten. Jetzt jedoch wollte er abwarten und nichts erzwingen. Was war mit ihm geschehen? Was der lebende Jesus an ihm nicht geschafft, hatte der tote es vollbracht und ihn verwandelt? Oder war Jesus wirklich nicht tot, wie sie sagten?

Sie lauschte auf ihres Mannes Stimme, die ruhig und kräftig ins Ohr der Menge – und wie es schien, auch in ihr Herz – drang: »Diesen Jesus hat Gott auferweckt und erhöht. Und er hat den verheißenen Heiligen Geist vom Vater empfangen und nun ausgegossen, wie ihr hier seht und hört. Denn Gott hat diesen Jesus, den ihr gekreuzigt habt, zum Herrn und Christus gemacht.«

Lag darin das Geheimnis seiner Wandlung verborgen? Sie

wußte, daß er zum ersten Male vor einer großen Öffentlichkeit sprach. Wie er dastand und eine Gewißheit ausstrahlte, die sich in seiner ganzen Haltung ausdrückte, und derart überzeugend das unfaßbare Geheimnis verkündigte, spürte sie, daß er jetzt tatsächlich ein anderer war. Und plötzlich ahnte sie, daß dieser neue Geist über ihm war, den er den heiligen genannt hatte.

Sie wurde unruhig. War ihre Beurteilung der turbulenten Ereignisse dieses Morgens doch falsch gewesen? Der vermeintliche Überschwang der Jünger, der wie Funkenflug auf die Menge übergesprungen war? Das Reden mit Zungen, das kein Mensch verstand und das dennoch viele zu verstehen schienen? War das bereits Wirkung jenes neuen Geistes, den Jesus den Jüngern zugesagt und mit dessen Verheißung er ihrem Simon befohlen hatte: Weide meine Herde?

Damals, am Anfang, als ihre Mutter so schwer am Fieber darniederlag, war Jesus in ihr Haus gekommen und hatte die Kranke geheilt. Seitdem hatte sie ihn als einen großen Magier bewundert. Und war ihm dennoch immer gram gewesen. Er hatte ihr den geliebten Mann geraubt, hatte ihn ohne Zugeständnis in seine Nachfolge gerufen, hatte ihre junge Ehe leer gemacht. Gewiß, ein Wundertäter brauchte Jünger! Aber sie hatte gedacht: Warum gerade meinen Mann?

Und wieder seine Stimme in jener Vollmacht, die ihr neu war: »Kehret um und laßt euch taufen auf den Namen Jesu Christi zur Vergebung eurer Sünden, so werdet ihr empfangen die Gabe des Heiligen Geistes! Lasset euch erretten aus diesem verkehrten Geschlecht!«

Verwirrt stand sie in der Menge, die nun in Bewegung geriet. Sie sah, daß viele auf Petrus und die Jünger zudrängten, um die Taufe zu empfangen. Sie erschrak. Zum erstenmal hatte sie selbst diesen Namen gedacht: Petrus! Weil sie endlich die Sache mit Christus begriff, in der man Liebe empfing und Glauben gab. Und weil sie zugleich begriff die wundersame Auserwählung dieses Mannes, der ihr Mann war.

Er hatte sie gestern gefragt, ob sie ihn wohl begleiten würde, wenn er über Land ziehen müsse, um die Botschaft weiterzusagen. Sie war ihm die Antwort schuldig geblieben. Jetzt aber sagte sie unhörbar zu sich selbst: »Ich werde mit dir gehen, Simon Petrus.«

Max Wedemeyer

Der Heidenpriester

Pfarrer Jespersen predigt unchristliche Lehre, duldet Aberglaube und finsteres Heidentum und wird in der ganzen Gegend »Heidenpriester« gescholten. Der Propst liest es und fährt am Sonnabend vor Pfingsten in das abgelegene Fischerdorf, um mit eigenen Augen und Ohren den Zustand der Dinge zu prüfen.
Vorlesezeit ca. 20 Min.

An einem Maiabend des Jahres 1834 ging der Propst Jakobus Jansenius langsam in dem weiten, niedrigen Raum seines Amtszimmers in Fredericia auf und ab. Auf seinem Schreibpult, an dem er gearbeitet hatte, lagen zwei Briefe, ein großer und ein kleiner. Jedesmal, wenn der Propst entlang den hohen Aktenschränken an sein Schreibpult herantrat und sein Blick auf die beiden Briefe fiel, ging ein grimmiges Lächeln um seinen scharfgeschnittenen Mund. Die beiden Blätter, die dort lagen, noch in der Kniffung, wie er sie aus dem Umschlag herausgezogen hatte, erschienen in der Dämmerung des weiten Raumes wie zwei Kampfhähne, die sich gegeneinander aufrichteten. Und also geartet war auch ihr Inhalt. Der eine, der unterzeichnet war mit »Ein Freund der Kirche und des christlichen Glaubens«, enthielt eine grimmige Anklage gegen den Pfarrer von Heidwiek, Andreas Jespersen, wegen unchristlicher Lehre, die Aberglauben und allerhand finsteres Heidentum in seinem abgelegenen Fischerdorf an der jütischen Küste dulde und großziehe, also, daß man ihn in der ganzen Gegend den »Heidenpriester« schelte. Der andere, unterschrieben mit Christine Hansen, Diakonissin zu Kopenhagen, pries ebendenselben Prediger als einen von Gottes Geist erfüllten Seelsorger, in dem Geist und Wort des Herrn über die Maßen stark und eindringlich seien, und wünschte seine Berufung an eine Kirche der Hauptstadt.

Der Propst war zornig. Das hing aber eigentlich nicht zusammen mit der Anklage, die gegen den Pfarrherrn seines Sprengels erhoben war, sondern das hatte seinen Grund darin, daß er selber ein leise schlechtes Gewissen hatte. Er erinnerte sich des hochgeschossenen, blassen Kandidaten Jespersen sehr gut. Fünfzehn Jahre war es her, da hatte er vor ihm gestanden mit einem besonders guten Zeugnis der theologischen Fakultät Kopenhagen und mit einer warmen Empfehlung der alten Gräfin Hall, die dem ihr befreundeten Propst nahelegte, den vielversprechenden jungen Prediger an einer der Kirchen in Kopenhagen unterzubringen. Irgendeine seltsame Laune aber hatte Jakobus Jansenius veranlaßt, den schüchternen jungen Theologen in das abgelegene jütische Fischerdorf zu verbannen. Vielleicht nur, weil er seine alte Freundin ein wenig hatte ärgern wollen, denn sie galt als Pietistin, wohingegen er es liebte, den vernünftigen, aufgeklärten Theologen zu spielen. Vielleicht auch, weil er in dem jungen Kandidaten etwas wie geistlichen Hochmut zu wittern glaubte. Es hatte nur auf ganz kurze Zeit sein sollen. Dann aber war es ihm passiert, daß er ihn einfach vergessen hatte. Er hatte auch nie wieder etwas Besonderes von dem Pfarrer in Heidwiek gehört, bis ihm vor einer Woche fast gleichzeitig die beiden vorliegenden Schreiben auf den Tisch geflattert kamen. Der Propst haßte jegliche überflüssige Aktenschreiberei. Auch war er mißtrauisch, und da er nun doch einmal auf einer Visitationsreise in die Nähe des einsamen Heidedorfes gekommen war, so beschloß er, ohne Anmeldung kurzerhand den beschuldigten Pfarrer in seiner Gemeinde zu visitieren. Froh dieses Entschlusses, steckte er beide Schreiben in die weite Tasche seines Rockes und bestellte für den nächsten Tag, den Sonnabend vor Pfingsten, seinen Reisewagen, um sich mit eigenen Augen und Ohren von dem Zustand der Dinge in Heidwiek zu überzeugen.

Nun stand es aber so, daß er sich ein falsches Bild gemacht hatte von der Entfernung des Dorfes und von dem Zustand der Wege in jener einsamen Moor- und Dünenlandschaft. Er fuhr den ganzen Tag auf sandigen Wegen und holprigen Pfaden durch Heide und Moor. Es war ein heller, warmer Frühlingstag. Der Propst, der selber eines Bauern Sohn war, wenn er auch nicht gern von seiner Herkunft sprach, freute sich an dem hohen, klaren Himmelsgewölbe, das über dem flachen, maiengrünen Lande stand. Gegen Mittag aber begannen ihn seine Knochen zu schmerzen von dem Holpern und Stuckern auf den schlechten Wegen. Als die Sonne sank, trieb von der Küste her ein dichter Nebel herüber. Es wurde empfindlich kalt. Die Sterne im Osten hinter ihm flackerten eine Zeitlang hoch im Blau. Dann loschen sie aus. Es begann zu regnen. Die Dunkelheit kam. Der Kutscher hatte sich verfahren. Und als der Propst endlich in dem Dorf ankam, lag alles in Schweigen, und erst nach längerer Zeit gelang es, den Wirt herauszuklopfen, und ein Nachtquartier wurde in aller Eile für den geistlichen Herrn hergerichtet. Jakobus Jansenius schlief wenig in dieser Nacht, obgleich er müde und erschöpft war, und erwachte am nächsten Morgen lange vor Sonnenaufgang. Im Hause schien noch alles ruhig. So kleidete er sich an und ging hinüber in die Gaststube. Mit großer Verwunderung aber bemerkte er, daß das Dorf selber bereits sehr lebendig war. Ein wunderliches Treiben spielte sich vor der Herberge ab.

An dem Bauernhause, das gegenüber lag, hatte man in einen der starken Eichenständer ein Loch gebohrt. Ihm gegenüber einen ebensolchen Pfosten eingerammt und in beide ein mächtiges Holzrad auf einer hölzernen Achse eingehängt, die an den Enden mit Stroh und Werg umwunden war. Schweigend standen ringsum die gesamten Männer des Dorfes. Schweigend, aber mit Anstrengung aller Kräfte, waren ein paar junge Burschen dabei, das Rad zu drehen, schnell und immer schneller, bis das Ende in dem einen Pfostenloch zu schwelen und zu rauchen begann und rote Funken aufsprühten, die nach einiger Zeit Stroh und Werg in Brand setzten. Dann trug man weiteres Stroh herbei, schichtete es quer über die Straße, setzte es in Brand und trieb das gesamte Vieh des Dorfes durch die züngelnden Flammen. Der Propst rieb sich die Augen: Ei, da sollte doch! Das war ja ein Notfeuer, ein abscheulicher heidnischer Brauch, mit dem man das Vieh gegen Krankheit und Seuche zu schützen pflegte. Als das gesamte Vieh durchgetrieben war, traten die Männer hinzu, und jeder nahm von der Glut eine Schaufel voll in einem Topfscherben mit nach Hause, an der, das wußte der Propst sehr gut, nunmehr das Hausfeuer selber entzündet wurde. Und jetzt! Jakobus Jansenius wollte seinen Augen nicht trauen – der hochgewachsene, hellblonde Mann, der sich jetzt bückte und bedachtsam die Glut in einer irdischen Schüssel davontrug, das war doch – das war doch wahrhaftig der Prediger Andreas Jespersen selber! Am liebsten wäre ihm der Propst nachgegangen und hätte ihn gleich ob solchen unchristlichen Tuns zur Rede gestellt. Aber nicht doch! Er würde jetzt, sobald die Glocken klangen, zu ihm in die Kirche gehen und sich seinen Gottesdienst anhören. Indes er schon in seinem Innern in Gedanken die Strafpredigt hielt, mit der er ihn verweisen wollte, trat die Haustochter in die Tür. Sie stutzte ein wenig, als sie sah, daß der Gast bereits auf war. Dann aber grüßte sie ihn freundlich, steckte rings an die Wände der Krugstube die taufrischen Maienbüsche, lief hurtig in die Küche und bereitete die Frühkost. Es dauerte nicht lange, da saß der Propst an dem weißgescheuerten Tannentisch vor der dampfenden Schüssel mit Hafergrütze, den hartgekochten Eiern mit Salz und der Schüssel mit den siebenerlei Kräutern, wie man sie in jedem jütischen Bauernhause am Pfingstmorgen zu speisen pflegt, um gegen alle Seuchen und Süchte des Jahres gefeit zu sein. Eigentlich wollte der Propst die Schüssel zurückschieben, erschien doch auch sie ihm als ein halbwegs abergläubischer Brauch. Aber die Kräuter dufteten so lieblich, daß er zugriff, sie auf das schwarze Landbrot mit Butter und Quark streute und zu verspeisen begann. Dabei wanderten seine Gedanken weit zurück auf den heimischen Hof in der Gegend von Tondern. Er sah sich als halbwüchsigen Jungen früh am Pfingstmorgen die Kräuter sammeln und sie seiner Großmutter in die Küche bringen. Und plötzlich wurde seine mächtige, kluge Stirn kraus von einem verhaltenen Lächeln. Er rieb sich die Nase, denn ihm fiel ein, daß er selber als Junge das Rad des Notfeuers in heiligem Eifer mitgedreht hatte. »Immerhin, immerhin!« murmelte er vor sich her. »Aber du warst damals doch kein Pfarrer!« Nein, Pfarrer war er nicht gewesen, wohl aber Student der Theologie! Das Notfeuer zu zünden hatte er, der Kandidat der Gottesgelehrsamkeit, mitgeholfen aus Liebe zu seiner Mutter, die als schlichte Bäuerin fest an diesen alten Brauch glaubte.

Der Propst sah durch die Fensterscheiben auf die Dorfstraße, wo die kleine Fischergemeinde sich zum Kirchgang fertigmachte, Frauen und Mädchen in Tracht, die Männer in ihren Friesenröcken. Der Himmel war hell, die Schwalben schossen im lichten Blau. Und horch! Jetzt begannen die Kirchenglocken zu gehen. Jakobus Jansenius stand vom Tisch auf, sein Groll und sein Ärger waren verflogen. »Einerlei«, sagte er zu sich, »es ist doch einmal lustig, Pfingsten auf dem Dorfe zu verleben, anstatt in dem langweiligen Oddensee.« Dann aber straffte sich sein Mund. Freilich, mit dem Pfarrer Andreas Jespersen würde er ein gar ernstes Wörtlein zu reden haben.

Und nun saß der Propst in der kleinen Dorfkirche, ein wenig abseits, hinter einem der dicken Pfeiler. Der Gesang hatte aufgehört. Der Prediger stand auf der Kanzel. Er verlas die Pfingstgeschichte, und dann begann er zu sprechen, ganz schlicht, ganz einfach, mit Worten und Redewendungen, die seiner Gemeinde geläufig waren. Und doch ging ein seltsamer Zauber von ihm aus, wie er breitschultrig und in gesammelter Kraft dort auf der Kanzel stand, die großen, dunkelblauen Augen ein wenig emporgerichtet, als ob er über den Chor der Orgel weg das schaute, von dem er sprach. Und aus den Heiligen des Evangeliums, der Schar der Jünger, wurde eine Gemeinde, wie sie das kleine Gotteshaus erfüllte. Die Landschaft des fernen Palästina verwandelte sich in die jütländische Heide, und alles wurde wie hier und heute. Petrus erschien wie ein alter, ehrwürdiger Fischerältester, und dem Propsten war zumute, als ob er einen Friesrock trüge und Krempstiefel wie die ernsten, hochgewachsenen Männer, die die eine Hälfte des Schiffes füllten. »Von einem Feuer, meine Lieben, erzählt uns das Evangelium. Von einem Feuer, das Gott, der Herr, anzündete in den Herzen der Menschen und das seit jenem Tage nicht aufhört zu brennen in vielen Flammen, soweit Christenvolk lebt. Auch ihr habt heute morgen ein Feuer angezündet von sonderlicher Art, nach altem Brauch, der hineinreicht in die graue Heidenzeit. Es mag wohl sein, daß uns der eine oder andere ob dieses Tuns schilt, dieweil er meint, daß es ein Aberglaube und Heidentum sei. Dem ist aber nicht so. Freilich, für unsere Altvorderen war dies Feuer ein Zauber. Für uns indessen, denen Gott das liebe Evangelium geschenkt hat, ist dieses Pfingstfeuer nur ein Symbolum, das ist ein Gleichnis, in dem wir unseres Schöpfers Wirken und Walten in der ganzen Natur erkennen und verehren, indem wir spüren, daß das Element wie alles Kreatürliche von Gott durchglüht ist, ihm dient und ihn preist, wie denn das Bibelwort sagt: ›Er machet seine Boten zu Winden und seine Diener zu Feuerflammen.‹ In der hellodernden Flamme erblicken wir ein Abbild des lebendigen Wirkens des ewigen Gottes. Wie das irdische Feuer die dumpfe und tote Materie verzehrt, alle Krankheitskeime vernichtet, Licht und Wärme spendet, so ergreift der Feuergeist des Allmächtigen die trägen Menschenherzen, daß sie aufflammen, seine Werke tun und Zeugnis davon geben, daß Gottes Wirken nicht unser Denken ergreift, sondern unsere Herzen, sie verzehrt und umschafft, daß wir Taten tun, die unsern Gott preisen. Nicht *heilig* ist uns das Element, aber *ehrwürdig*, weil es Gottes Kleid ist, weil Licht und Wärme ein Abglanz sind, der ewig wirkenden Schöpfermacht des Allmächtigen. Von einem tapferen Menschen sagen wir, daß er einen feurigen Mut habe, und unser Heiland selber spricht: ›Ich bin gekommen, ein Feuer anzuzünden auf Erden.‹

Wie an jenem Tage der Pfingsten der Heilige Geist Gottes sichtbar wurde in den Flammen, die über den Häuptern seiner bis dahin verzagten Apostel aufleuchteten und ihre Herzen mit Kraft und Freudigkeit füllte, so lasset auch eure Herzen durchglüht werden, auf daß sie geschickt werden zum Kampf gegen alles, was träge und sündig ist, daß sie entbrennen in der rechten brüderlichen Liebe zueinander, die wir eine Gemeinde sind, einmütig beieinander.«

Dem Propst Jakobus Jansenius erging es gar wunderlich bei dieser Predigt. Als Richter war er gekommen, gesonnen, zu ermahnen und zu strafen. Als törichten Aberglauben hatte er etwas verdammt, dem der Pfarrer eine tiefe und fromme Deutung gegeben hatte auf Gott hin. Fürwahr, Andreas Jespersen war für seine jütländischen Fischer und Moorbauern der rechte Prediger nach dem Wort des Apostels: »Ich bin den Griechen ein Grieche und den Juden ein Jude geworden.« In leiser Beschämung befragte sich der Propst, was wohl er mit all seiner theologischen Gelehrsamkeit diesen Menschen hätte bieten können, daß er so an ihre Herzen rührte wie der Prediger, der nun am Altar stand und die Gemeinde segnete.

Die Orgel verklang, die Kirche wurde langsam leer, der alte Propst saß noch immer in seinem Stuhl. Irgend etwas aus der Erinnerung an seine Jugend, da er als Bauernjunge in seinem heimatlichen Dorfe aufwuchs, war in ihm lebendig geworden, und sein Herz brannte. Da schrak er auf. Vor ihm stand der Pfarrer. Auf seinem Gesicht stand ein helles Leuchten. »Fröhliche Pfingsten, Herr Propst«, sagte er mit klarer Stimme. Der Alte erhob sich langsam und streckte ihm beide Hände hin. »Der Geist der Pfingsten war stark in Euch, Andreas Jespersen. Die Predigt, die Ihr hieltet, hat Eurem alten Propst wohlgetan.« Sie gingen hinaus in den sonnenhellen Pfingsttag. Die Schwalben schossen durchs Blau des Himmels, heller Lerchensang lag über den Feldern. »Möchtet Ihr fort von hier an eine größere Gemeinde?« fragte der Propst, als sie eine Weile schweigend gegangen waren. Über des Pfarrers Antlitz glitt ein tiefes Erschrecken. »Nie«, sagte er. »Lasset mich hier bei den Meinen.« Der Propst nickte gedankenvoll. »Es wäre auch wohl schade. – Einst, Andreas Jespersen, wart Ihr ein großer Theologe. Heute seid Ihr mehr: ein rechter Hirt Eurer Gemeinde. So bleibt denn, was Ihr seid – der Heidenpriester.«

Gerhard Ringeling

Dollys Taufe

Peinlich berührt sind einige Kinder, als der Pfarrer in der Konfirmandenstunde sagt, vor der Konfirmation müsse er sie erst noch taufen. Meistens geschieht das dann in aller Heimlichkeit. Dolly aber wünscht, während des Gottesdienstes, mitten in der Gemeinde, getauft zu werden. Und so geschieht es.
Vorlesezeit ca. 24 Min.

Kurz vor Schluß der Konfirmandenstunde sagte der Pfarrer eines Tages: »Eine ganze Reihe von euch, meine lieben Kinder, ist noch nicht getauft.«

Er blickte sich um und schaute auf die Schar der Jungen und Mädchen, die auf den Bänken des Gemeindesaales saß. Die Sitze waren in vielen Jahrzehnten von den Wildlederhosen und den Lodenkleidern der Bauernkinder blankpoliert.

Der Pfarrer bemerkte sofort, daß ihn die Überprüfung der Kirchenbücher nicht getäuscht hatte. Hier und da erröteten einige Mädchen, und manche der Buben wirkten äußerst peinlich berührt.

Es war immer eine delikate Angelegenheit, wenn die Zeit der Konfirmation nahte und die Ungetauften getauft werden sollten. Denn die Konfirmation bedeutet ja eine Bekräftigung der Taufe, und es ist sinnlos, einen Menschen zu konfirmieren, der nicht getauft ist.

Der Pfarrer dachte: Es ist wieder einmal das alte Lied. An irgendeinem nebligen Abend würde der eine oder andere der Buben in tiefster Heimlichkeit zu ihm kommen, zur Nachtzeit, wie weiland der junge Nikodemus, um sich im Studierzimmer des Pfarrers vor ängstlich heruntergelassenen Vorhängen taufen zu lassen. Denn es wäre dem Betreffenden mehr als peinlich, wenn es Zeugen dafür gäbe, wenn womöglich gar ein Mitkonfirmand zuschaute!

Und erst die Mädchen! Vielleicht könnte der Pfarrer sie an einem Abend um sich versammeln. Aber da durfte außer den Täuflingen niemand dabei sein!

»Es kommt doch ganz gewiß niemand?« war die übliche Frage.

»Kommt denn niemand von euch daheim?« pflegte der Pfarrer zu fragen.

»Nein! Nein!« riefen sie alle im Chor.

Und der Pfarrer, der eine mitleidige Seele war, mußte noch dankbar dafür sein, daß überhaupt eine Taufe zustande kam, gleichgültig unter welchen Umständen.

Aber eines Tages packte ihn doch die Lust, es einmal auf andere Weise zu versuchen.

»Ich werde euch jetzt von meiner letzten Reise nach Norwegen erzählen«, sagte er.

Man weiß ja, was folgt, wenn man das Wort »erzählen« in einer Schulklasse oder in einer Gruppe von Konfirmanden ausspricht. Alles reckt sich sofort und setzt sich ordentlich hin.

Die Augen beginnen zu leuchten, die Köpfe nicken einander zu: Nun wird's endlich interessant!

»Es war noch vor Ausbruch des letzten Krieges«, begann der Pfarrer. »Ein benachbarter Amtsbruder hatte meine Frau und mich eingeladen, ihn und seine Frau auf einer Autoreise nach Norwegen zu begleiten. Unser Ziel war das schöne Gudbrandsdal, das liegt am Nordende eines großen Sees, des Mjössa. Diesen See sollte man in Norwegen ruhig ›Silbersee‹ nennen. Dort liegt eine Stadt Hamar, und weiter nördlich das schöne Lillehammer. In Hamar gibt es eine Domruine. Wenn man sich dort unter die gewaltigen Kalksteinbögen stellt, denkt man mit Wehmut daran, daß dieser Dom von schwedischen Soldaten unter Erik XIV. in der Zeit des siebenjährigen norwegischen Krieges zerstört wurde. Es heißt, daß die schwedischen Landsknechte eine Eisentür von Hamar oder Vang, wie es damals genannt wurde, bis Malung transportiert hätten. Dieses Portal kann man heute noch an der Südseite der Kirche von Malung sehen.

Zwischen Hamar und Lillehammer aber steht eine der schönsten norwegischen Kirchen, die Kirche von Ringsaker. Ihre Mauern stammen noch aus der Zeit des Heiligen Olaf. Er fiel im Kampf für die Christianisierung von Norwegen bei Stiklastad im Jahre 1030. Weiß einer von euch, in welchem Monat das war?«

Natürlich wußte es niemand.

»Wann ist denn dein Namenstag, Olle Hjelm?«

»Am 29. Juli«, antwortete Olle prompt.

»Na, seht ihr, das war der Tag, an dem der Heilige Olaf fiel«, sagte der Pfarrer. »Aber ihr wißt nicht, was in den letzten Lebenstagen des Heiligen geschah.«

Nein, das wußte niemand.

»Da waren sämtliche Priester, die Olaf folgten, damit beschäftigt, alle die Männer zu taufen, welche sich zu ihm hielten. Er zog damals von Jämtland gegen Norwegen, um das Land wiederzugewinnen, das er verloren hatte, weil er dort das Christentum einführen wollte. Aber er nahm keinen Ungetauften in sein Heer auf. Seht mal, damals war es so, daß die Menschen glaubten, Jesus würde im Jahre 1000 wiederkommen, oder wenigstens tausend Jahre nach seiner Kreuzigung. Und Olaf, der Norwegen liebte, wollte, daß auch sein Volk in den Himmel käme. Deswegen brannte er vor Eifer, wie viele fromme Könige und Fürsten seiner Zeit, so vielen Menschen wie nur irgend möglich dazu zu verhelfen, daß sie sich am Tage des Jüngsten Gerichts auf die rechte Seite des Kreuzes stellen könnten. Und wenn er selbst fiel, so wollte er, daß alle seine Männer mit ihm die himmlische Seligkeit teilten. Deswegen nahm er Ungetaufte nicht an. Und deswegen gingen er und seine Leute während der letzten Tage vor dem Kampf eifrig zum Gottesdienst. Sie bekannten ihre Sünden vor dem Priester und erhielten Vergebung.

Ich sehe sie direkt vor mir«, sagte der Pfarrer nachdenklich und schaute zum Fenster hinaus, wo riesige weiße Wolken über den blauen Märzhimmel zogen. »Ich stelle mir vor, wie die stolzen und starken Krieger in jenen strahlenden Julitagen ihre Knie vor dem Taufbecken in der Bergwildnis beugten. Sie weihten sich dem Kampf für die Christianisierung Norwegens und zogen unter dem Kriegsruf: ›Vorwärts, voran, ihr Christen! Kreuzesmänner – Königsmänner!‹

Es war merkwürdig«, fuhr der Pfarrer fort, »Olaf fiel, und sein Heer wurde geschlagen, und dennoch siegte er – vielleicht gerade durch den Tod – und gewann. Ganz Norwegen begriff, daß man einen Heiligen totgeschlagen hatte. Von nun an nannte man Stiklastad das ›norwegische Golgatha‹. Wie Christus am Kreuz siegte, so besiegte Olaf durch seinen Märtyrertod ganz Norwegen. Man bestattete seinen Leichnam in Nidaros und begann dort mit dem Bau eines Domes, so gewaltig, daß er noch nicht einmal heute fertig ist. Es ist der Dom von Trondheim, Norwegens größte Kirche.

»Ich weiß nicht«, sagte der Pfarrer, »worauf man das alles zurückführen kann. Aber manchmal glaube ich, daß es der

Eifer war, mit dem Olaf seine Krieger taufen ließ und daß deswegen die Taufe soviel höher in Norwegen gehalten wird als bei uns in Schweden. Das begriff ich in Ringsaker. Dort gibt es einen merkwürdigen alten Pfarrhof, einen so eigenartigen, wie ich noch keinen sah. Ein alter Pfarrer lebte dort, der Pharo hieß, natürlich nicht Pharao«, fügte der Pfarrer hinzu.

»Er zeigte uns die Kirche von Ringsaker. Sie hat hohe weiße Mauern und einen hohen spitzen Turm. Die Fenster sitzen ganz oben in der Wand, und das Eichenportal ist mächtig und mit Eisen beschlagen. Man schließt es mit einem Riegel ab, der die Länge einer Elle hat. In alten Zeiten war die Kirche Zufluchtsstätte für die Christen vor heidnischen Überfällen.

Als wir neben dem Taufbecken standen, erzählte uns Herr Pharo von der norwegischen Art zu taufen.

›Hier bei uns‹, sagte er, ›taufen wir die Kinder niemals zu Haus, wie das in Schweden üblich ist, auch nicht im Krankenhaus, wie Sie es manchmal tun. Die Taufe findet bei uns hier im Gottesdienst statt, nicht nur in der Kirche, sondern auch im Beisein der Gemeinde. Ein Mensch wird doch durch die Taufe in die Gemeinschaft der Christen aufgenommen, das ist die eigentliche Bedeutung der Taufe. Dabei muß die Gemeinde anwesend sein. Meistens werden uns die Täuflinge in Scharen gebracht. Ich bin bei Taufen von zwanzig bis dreißig Kindern gewesen, die während des Gottesdienstes stattfanden, so daß die Leute sehen und erkennen konnten, wie Christi Gemeinschaft hier auf Erden sich festigt und wächst. Und sollte es vorkommen‹, sagte Herr Pharo, ›daß jemand als Kind nicht die Taufe erhalten hat, so läßt er sich immer öffentlich während des Gottesdienstes in Anwesenheit der Gemeinde taufen.‹

›Ich möchte wirklich meine schwedischen Konfirmanden sehen‹, sagte ich, ›und was für Gesichter sie machen würden, wenn ich ihnen etwa vorschlüge, die Taufe in Anwesenheit der Gemeinde zu vollziehen.‹

›Habt ihr denn in Schweden keine mutigen Menschen?‹ fragte mich Pharo.

›Ach, ich weiß nicht‹, antwortete ich. ›In diesem Punkt ist unsere Jugend nicht so besonders mutig.‹

›Aber es ist doch keine Schande, sich zu Jesus Christus zu bekennen‹, sagte Pharo.

›Meinen schwedischen Buben kommt es wenigstens so vor‹, gab ich darauf zur Antwort.«

Der Pfarrer schwieg und blickte dabei seine junge Schar an. Die Kinder saßen still und wagten nicht einmal, einander anzusehen. Besonders die Buben machten ängstliche Gesichter, als dächten sie: Nun will uns der Pfarrer etwas Gefährliches vorschlagen!

Aber das tat er nicht. Er ließ das Thema fallen und begann, von den Baptisten zu sprechen.

»Ihr wißt«, sagte er, »daß es Christen gibt, die sich Baptisten nennen. Weiß einer von euch, was der Name bedeutet?

Merkwürdig«, fuhr der Pfarrer fort, als niemand sich meldete, »und doch werden einige von euren Kindern oder Enkelkindern vielleicht Baptisten sein. Ich glaube, viele von ihnen wissen selbst nicht einmal, was es bedeutet, Baptist zu sein. Das heißt ›Täufer‹. Ein Baptist wird immer öffentlich getauft, dabei muß er – oder sie – im Freien in ein öffentliches Bassin steigen. Das geschieht vor der ganzen Gemeinde, die durch Gebet und Andacht daran teilnimmt und weiß: hier wird nun ein neues Mitglied in unsere Gemeinde aufgenommen.

Eine Schwäche unserer Kirche ist«, so fuhr der Pfarrer fort, »daß bei uns die Taufe im geheimen stattfindet. Wir taufen in irgendeinem Winkel in der Wohnung oder im Krankenhaus oder vielleicht dann in der Kirche, wenn möglichst die Gemeinde bereits fort ist. Wie kann da ein Kind durch die Taufe ›in die Gemeinschaft der Christen‹ aufgenommen werden!

Nein, ich wünschte es mir so: Entweder sollte der Täufling ein kleines Kind sein oder ein junger Konfirmand oder ein erwachsener Mensch, auf jeden Fall sollte die Taufe während des Gottesdienstes vorgenommen werden, oder wenigstens dann, wenn die Mitglieder der Gemeinde anwesend sind. Und ich habe vor, am nächsten Sonntag von der Kanzel die Namen derjenigen bekanntzugeben, die während der Woche getauft wurden. Das ist neuerdings gestattet, damit die Gemeinde wenigstens einen gewissen Kontakt zu ihren neugetauften Mitgliedern bekommt.

Es ist nämlich etwas Großes«, so schloß der Pfarrer, »wenn man hier auf Erden in die christliche Kirche aufgenommen wird. Durch die Taufe wird der Mensch Gottes Eigentum. Und nun sage ich heute nichts mehr darüber, aber ihr könnt über all das einmal in Ruhe nachdenken.«

Noch am Abend des gleichen Tages, als der Pfarrer diese Lektion gehalten hatte, kam Dolly zu ihm. Er saß in seinem Büro und schrieb lange Zahlenreihen für die Statistik auf.

Dolly sah so aus wie die meisten jungen Mädchen heutzutage. Aber in ihren Augen war ein besonderer Ausdruck, den nicht jede hat. Ein Weilchen blieb sie stumm stehen, dann sagte sie:

»Ich möchte Sie bitten, mich zu taufen.«

So, dachte der Pfarrer, wieder eine, die das so schnell wie möglich hinter sich bringen will.

»Soll es gleich sein?« fragte er.

»Nein«, antwortete Dolly.

»Wann denn?«

»Am Sonntag, bitte.«

»Und wo?«

»In der Kirche.«

»Allein?«

»Nein!«

»Kommen deine Eltern mit?«

»Nein, sie wollen nicht. Meine Eltern waren Baptisten. Aber sie sind es nicht mehr. Sie glauben an gar nichts. Eigentlich wollten sie nicht, daß ich zur Konfirmandenstunde ging. Aber als ich es selbst wünschte, haben sie es mir nicht verboten.«

»Möchtest du, daß irgend jemand sonst dabei sein soll?«

Dolly schwieg lange. Der Pfarrer bemühte sich vergeblich, die Gedanken zu lesen, die sich unter ihrer kleinen, höckerigen Stirn bewegten. Dolly schaute ihn so an, wie das nur ein junger Mensch vermag, einer, der reine, gute Gedanken hat.

Endlich sagte Dolly: »Ich möchte gern so getauft werden, wie Sie es uns geschildert haben, Herr Pfarrer. Während des Gottesdienstes, mitten in der Gemeinde.«

Nun war der Pfarrer an der Reihe zu schweigen. Eine ganze Weile sagte er nichts. Was gab es da auch zu sagen! Lange saß er da und genoß das stille Glück, das über ihn kam: endlich war einer seiner Konfirmanden zu ihm gekommen! Ein einziges dieser Kinder verspürte in seinem Herzen die Sehnsucht, trotz allem, in zitternder Schüchternheit ein Bekenntnis zu Jesus Christus abzulegen.

Er stand auf und ergriff Dollys Hand.

»Übermorgen taufe ich dich in der Kirche«, sagte er. »Es ist Mariä Verkündigung, ein schöner Tag. Du brauchst niemandem etwas davon zu sagen, wenn du nicht willst. Du kommst einfach nach vorn und gehst zum Taufbecken im Chor, wenn die Gemeinde singt: Liebster Jesu, wir sind hier ... Wirst du dich daran erinnern, daß dies der Augenblick ist?«

Dolly nickte. Es fiel ihr wohl schwer, noch mehr zu sagen. Der Pfarrer kannte dieses merkwürdige Zittern der Stimme, das einen jungen Menschen befallen kann. Dolly knickste nur und ging.

Mariä Verkündigung fiel auf einen nebligen Märztag mit treibenden Wolken. Das trübe Wetter hatte viele Menschen veranlaßt, in die Kirche zu gehen. Alle Konfirmanden waren anwesend. Der Pfarrer predigte, und manch einer wunderte sich darüber, daß auf der Nummerntafel drei Choräle angezeigt waren. Sollte es denn Abendmahl geben? Aber dann hätten es doch vier Lieder sein müssen! Als das Kirchengebet verlesen war, folgte nicht, wie sonst, das Vaterunser. Der Organist begann mit einem Präludium. Die Gemeinde schaute auf die Nummern und begann, in den Gesangbüchern zu blättern. Dieses Vorspiel kam allen bekannt vor, es gehörte zu: Liebster Jesu, wir sind hier!

Aber kaum hatte man zu singen begonnen, da geschah etwas Unerwartetes. Eine der Konfirmandinnen erhob sich. Sie zog mit einem energischen Ruck ihren Mantel aus, setzte die Mütze ab und ging nach vorn zum Altar. War das nicht Plattenleger Bolunds Dolly? Ja, tatsächlich!

Das Mädchen stellte sich vor das alte Taufbecken, ein gewaltiges Ding aus dem Jahre 1531, das auf einem bemalten Sockel steht, auf welchem drei rote Pferde im Kampf gegen einen Drachen zu sehen sind. Und nun ging der Pfarrer zu ihr und trug das Kirchenbuch in der Hand. Der Goldschnitt leuchtete zwischen den riesigen roten Buchdeckeln.

Dann wurde sie getauft.

Gerade in dem Augenblick, als Dolly ihren lockigen Mädchenkopf über das alte Taufbecken beugte, jagte eine Sturmbö die trüben Wolken auseinander, und die Sonne strahlte in all ihrer frühlingshaften Schönheit in den Kirchenraum. Nur für einige Sekunden. Aber das genügte, um dem, was dort vor sich ging, einen verklärenden Glanz zu verleihen, dem alten Pfarrer, dem jungen Mädchen, dem silbernen Kruzifix am Altar, dem Chorbild mit Christi Himmelfahrt. Viele verspürten einen heiligen Schauder im Herzen: Dies ist das Zeichen! Und als der Pfarrer wieder am Altar stand und die Danksagung sang, jubelte es in seinem Innern.

Sie war die Erste.

Axel Hambraeus

Tante Lu und der Kirchentag

Die ist geradezu mit dem lieben Gott verheiratet, heißt es von Tante Lu. Sie ist Küsterin, trägt auch das Kirchenblatt aus. Wen wundert's, daß sie einmal beim Kirchentag dabeisein möchte? Aber die Besucher treffen sie zu Hause an, wo sie die Kinder des Diakons hütet, der so gern zum Kirchentag fahren wollte.
Vorlesezeit ca. 8 Min.

Wir hatten vor, Tante Lu zu besuchen. Eigentlich hieß sie Luise, aber sie war stets für Abkürzungen gewesen, auch wenn es um anderes als Namen ging. Früher wohnte sie ein paar Straßen von uns entfernt, und wenn sie mal rasch zu uns hereingucken wollte, dann ging sie hinten herum durch die Gärten, wobei ein baufälliger Zaun zu überklettern und der Bach, in dem die Wäsche gespült wurde, zu überspringen war. Das machte ihr nichts aus, der Weg war auf diese Art zwei Minuten kürzer, und darauf schien es ihr anzukommen; so beteuerte sie jedenfalls.

Da sie jedoch sonst nicht mit ihrer Zeit geizte, habe ich sie im Verdacht, daß es ihr einfach Spaß machte, nicht den Weg der vielen braven Leute zu gehen, auch wenn mancher sie solch lausbubenhafter Unternehmungen wegen über die Schulter ansah.

Um das Gerede der Nachbarn kümmerte sie sich wenig. Dazu war ihr die Zeit zu schade, und wenn man ihren Kalender ansah, auf dem sie gewissenhaft sämtliche Verrichtungen des Tages eintrug, so mochte man ihr ohne weiteres glauben, daß sie oft in Eile war. Einen Beruf hatte sie nicht, der Lebensunterhalt wurde von einer kleinen Rente bestritten. Doch niemandem wäre es in den Kopf gekommen, die Tante Lu, die vor zwei Jahren ihren siebzigsten Geburtstag gefeiert hatte, eine Ruheständlerin zu heißen.

Wäsche gewaschen, Kinder gehütet, geholfen in der Gärtnerei, Kirchenblatt ausgetragen, die kranke Lehnerten besucht, Brief an Paul geschrieben – so oder ähnlich lauteten die Eintragungen auf dem Kalender, wobei zu erläutern ist, daß Paul ein Adoptivsohn war, das uneheliche Kind ihrer Schwester, die bei der Geburt starb, so daß Tante Lu nichts anderes übrigblieb, als den Kleinen zu sich zu nehmen. Inzwischen war er irgendwo im Land als Vertreter tätig, immer auf Achse, wie Tante Lu sagte: Daß er des öfteren um Geld schrieb, erwähnte sie nicht, auch nicht, daß sie manchen anderen Kummer mit ihm hatte.

Und was das Kirchenblatt angeht, so gehörte es seit langem zu Tante Lus Obliegenheiten, an den Samstagabenden von Haus zu Haus die Nachrichten der Gemeinde unter den Türschlitz zu schieben, wobei sie nicht unbedingt fromme Gespräche führte: Sie erkundigte sich nach den Schweinepreisen, oder sie wollte wissen, wie man die Hühner füttert, damit sie mehr Eier legen. Oder es war von Gründüngung die Rede, manchmal auch von den Masern oder von Ziegenpeter. Tante Lu hatte einige Jahre im Krankenhaus gearbeitet; sie wußte, wie man Leibwickel oder Klistiere macht und war resolut genug, den Ratschlag in die Tat umzusetzen, auch wenn Übelmeinende behaupteten, sie pfusche dem Doktor ins Handwerk.

Solche losen Münder hatten noch mehr an ihr zu bemängeln, wie denn überhaupt der Hilfsbereite sich der Kritik jener, die nur ihren eigenen Nutzen sehen, auszusetzen pflegt. So hieß es, Tante Lu sei geradezu mit dem lieben Gott verheiratet. Und daran mochte etwas Wahres sein, denn sie trug nicht bloß das Sonntagsblättchen aus, nein, sie war auch seit Jahren zur Küsterin bestellt. Das bedeutete nichts weniger als: die Kirche reinigen, das Läutewerk in Gang setzen, frische Kerzen aufstecken, die Paramente wechseln und was derartige Dienste mehr sind.

Vor allem aber mußte sie Wind machen, das heißt: dem Organisten den nötigen Zustrom an Luft für Präludien und Choräle zuteilen, was auf altmodische Art noch mittels eines Tretbalkens geschah, auf dem, wie Tante Lu sagte, sie während des Gottesdienstes einige hundertmal gleich einem Engel vom Gesims herniederschwebte. Offensichtlich eine Übertreibung, denn so großartig ging es beim Windmachen nicht zu, wie ich aus eigener Erfahrung weiß.

Wie dem auch sei, wir waren mit dem Auto unterwegs und wollten Tante Lu besuchen. Da der Weg ohnehin an ihrem jetzigen Wohnort vorüberführte, blieben wir bei unserem Vorsatz, auch wenn man zu wissen meinte, sie sei nicht zu Hause anzutreffen.

»Nanu«, verwunderten wir uns, »Tante Lu auf Reisen?« – »Nein«, hieß es, »sie ist auf dem Kirchentag. Zeit ihres Lebens hat sie den Wunsch gehabt, dabeizusein. Nun ist es soweit. Und was glaubt ihr, wie die Tante sich gefreut hat.« O ja, das glaubten wir gern. Wir gönnten ihr die Reise von Herzen.

Dann aber trafen wir sie doch zu Hause. Das heißt, sie hatte sich bei einem Nachbarn verdingt, die Kinder zu hüten. Wir fanden sie mit aufgekrempelten Ärmeln vor einem Waschzuber im Hof, wie sie die Kleinen badete, sie abfütterte und ins Bett brachte.

»Schön, daß ihr kommt!« rief sie. »Setzt euch eine Weile dazu, bald habe ich Zeit für euch!« Wir fragten, wo die Eltern der Kinder seien, die sie betreute.

»Na, wo schon«, antwortete Tante Lu, »sie wollten doch gar zu gern auf den Kirchentag! Der Mann ist unser Diakon, ich bitte euch!«

»Und du?«

»Ich?« sagte die Tante, während sie eins der Kinder durch die Luft schwenkte, »ich – wie meint ihr das?«

»Du wolltest doch auch –« erwiderten wir versucherisch. Die Tante nickte. Sie wurde einen Augenblick ernst. Sie sagte: »Das hier, das ist halt mein Kirchentag!« Dann lachte sie wieder und ging mit den Kindern ins Haus.

Rudolf Otto Wiemer

Die Stunden nach dem Kirchgang

Die kleine Tochter des Pfarrers spürt den Gegensatz zwischen der Sonntagspredigt des Vaters und der unfrohen, gereizten Stimmung im Pfarrhaus nach dem Kirchgang. In einem Gespräch mit dem Onkel bekommt sie eine befriedigende Antwort.
Vorlesezeit ca. 6 Min.

Eine alte Pfarrfrau erzählte uns kürzlich aus ihrer Jugend. Sie ist jetzt siebenundsiebzig Jahre alt, und wenn sie spricht, wird ihr Elternhaus in Ostpreußen gegenwärtig und lebendig, als könnte man noch heute hinfahren und alles so vorfinden, wie es einst war.

»Eine meiner frühesten Anfechtungen«, so erzählte sie, »ja, es waren wirklich ›Anfechtungen‹, scharf und schmerzhaft wie Lanzen im Gefecht – das waren die Sonntage nach dem Kirchgang!«

Ganz ungläubig sahen wir die Erzählerin an: »Gerade die Sonntage? Und ausgerechnet nach dem Kirchgang?«

»Ja! Ausgerechnet die Stunden nach dem Kirchgang! Mutter war meistens vor dem Vater zu Hause und eilte in die Küche. Aber so gut die Hausmädchen das Sonntagsessen auch vorbereitet hatten, es war der Mutter niemals recht. Irgend etwas ging immer schief, und meistens gab es sogar Tränen. Wenn nun wenigstens die Stimmung des heimkehrenden Pastors, unseres Vaters, harmonisch gewesen wäre! Aber nein: Entweder hatte unser Gottfried in der Konfirmandenbank gegähnt oder Johanna hatte neben der Mutter während der Predigt hörbar getuschelt oder das Beffchen hatte nicht richtig gesessen, weil man's zu sehr gestärkt hatte, oder die Küstersfrau hatte ausgerechnet auf der obersten Stufe der Kanzeltreppe ein Staubtuch liegenlassen. Kurz: Der ganze Jammer dieser unvollkommenen Welt wurde so richtig deutlich.«

Die alte Frau schwieg und lächelte vor sich hin. »Wenn ich so denke, über welche Irrgärten von Spielzeug mancher

Pastor heute steigen muß, bevor er durch den Spielflur seiner Kinder in sein Amtszimmer gelangt; und wie selbstverständlich mancher Seelenhirt beim Tischdecken hilft, wenn seine Frau noch in der Küche steht – o Kinder, was haben sich die Zeiten geändert!«

»Aber was hat das denn mit ›Anfechtungen‹ zu tun?« fragten wir.

»Das ist für euch tatsächlich kaum noch zu verstehen«, gab sie zu. »Stellt euch vor: Eines Tages kam unser Onkel, ein Bruder meiner Mutter. Der war Lehrer, und wir wußten, daß er auch fromm war. Ihn bat ich, ob ich einmal mit ihm sprechen dürfe. Und er war sehr freundlich und fragte bereitwillig: ›Na, kleine Nichte, was hast du denn zu beichten?‹ Und ich brachte es tatsächlich fertig, ihm zu sagen, wie schrecklich und wie unfromm jeden Sonntag die Stunden nach dem Kirchgang seien und daß ich mich immer so sehr davor fürchtete. ›Ich wundere mich richtig, daß Gott den Vater noch predigen läßt! Er muß doch sehen, wie das bei uns nach der Predigt aussieht!‹

Mein Onkel war aber gar nicht erschüttert. Überhaupt nicht. Er legte seine große warme Hand auf meine Schulter, sah mir ernst in die Augen und sagte dabei mit ganz freundlicher Stimme: ›Ja, denk dir, Lydia, da hast du etwas ganz Wichtiges entdeckt: Es ist tatsächlich so, daß das Frommsein in der Kirche sehr viel leichter ist als draußen. Und der Teufel lacht sich eins ins Fäustchen, wenn er sich den Kirchgängern gleich an der Kirchtüre, wenn sie den Heimweg antreten, in den Kragen setzen kann!‹

Ich verstand damals meinen Onkel nicht so ganz. Dann aber fragte ich vorsichtig: ›Meinst du, damit sie nicht eitel werden?‹

Der Onkel lachte. Aber seine Augen waren, wie ich es schon ein paarmal beobachtet hatte, beim Lachen still und ernst.«

Waltraud Soeder

Gisberts gelöste Zunge

Der vierjährige Gisbert kann immer noch nicht sprechen. Die Folge eines Schocks, sagt der Arzt. Am Pfingstsonntag kommt Roswitha mit ihrem Brüderchen aus dem Kindergottesdienst und ruft »Gisbert singt! Richtige Worte singt er.« Beim Klang der neuen Orgel hat er sprechen gelernt. Vorlesezeit ca. 13 Min.

»Kalendermäßig hätte sie nur alle vier Jahre Geburtstag«, sagte Werner Hellriegel zu seiner Frau, »aber sind wir deshalb vielleicht weniger glücklich?« Frau Hellriegel hatte eben, an einem 29. Februar, ihr erstes Kind, ein Mädchen, geboren. Sie lächelte ihrem Mann und der kleinen Roswitha in ihrem Arm zu und schüttelte den Kopf. Nein, es wäre pure Undankbarkeit, nicht zuzugeben, daß man glücklich war miteinander.

Zwei Jahre später, Roswitha konnte schon laufen und Tischdecken herunterziehen, siedelte Familie Hellriegel aus dem Wohnblock in ein Eigenheim über. »Gewiß, es ist nur klein«, sagte Werner Hellriegel zu seiner Frau, »und die Abtragung der Schulden wird uns wohl fünfzehn Jahre lang knapp bei Kasse halten. Aber sind wir nun deshalb weniger glücklich, Hanna?« – »Nein«, antwortete seine Frau, »ganz bestimmt nicht. Ich freue mich schon auf die Arbeit im Garten und darauf, daß ich jetzt Roswitha im Grünen vor der eigenen Tür spielen lassen kann.«

Wieder zwei Jahre später wurde der Familie Hellriegel ein Sohn geboren. »Wir wollen ihn Gisbert nennen«, sagte Hanna. »Ich finde den Namen schön. Und außerdem paßt er.« – »Wieso«, wollte Werner wissen, »was bedeutet er denn?« – »Gis heißt von edler Abkunft und bert so viel wie glänzend, erlaucht.« – »Also insgesamt, wenn ich mich nicht irre«, sagte Werner lächelnd, »heißt Gisbert: Der von edler Abkunft Glänzende. Ich wußte gar nicht, daß wir so viel Adel unter den Vorfahren haben, liebe Hanna!« – »Einen Grafen immerhin, meinerseits! Und einer deiner Urgroßväter war schließlich Landrat und besaß den Schwarzen Adlerorden, was ich auch erst kürzlich von Tante Mariechen erfahren habe. Du erzählst einem so etwas ja nicht!« – »Soso, hat er ihn besessen?« wunderte sich Werner. »Ich vergesse solche Familienphänomene aber auch zu leicht. Doch was den Namen Gisbert betrifft, den finde ich schön. Geben wir ihn also unserem Stammhalter!«

Der kleine Gisbert wuchs heran, ließ sich aber Zeit dabei. Seine Zähnchen kamen erst eine ganze Weile nach Ablauf des ersten Jahres. An Gisberts zweitem Geburtstag sagte Werner Hellriegel zu seiner Frau: »Haben wir nicht immer noch allen Grund, glücklich zu sein, Hanna, nach sieben Ehejahren? Unser Töchterchen macht uns eitel Freude, und der kleine Sohn eigentlich auch. Nur eins gibt mir zu denken. Gisbert ist jetzt zwei Jahre alt und kann immer noch nicht richtig laufen. Und ein vernünftiges Wort bringt er nicht über die Lippen, weder Papa noch Mama!« – »Bumm hat er immerhin schon gesagt«, entgegnete Hanna, »neulich, als seine Bauklötzchen umstürzten.« – »Aber Roswitha hat in dem Alter schon ganze Sätze zustande gebracht, wenn du dich erinnerst«, sagte Werner. »Ich war doch auch ein frühentwickeltes Kind«, antwortete Hanna. »Aber bei euch Männern geht das nicht so schnell. Du wirst sehen, im nächsten Jahr plappert er schon mehr, als dir lieb ist!«

An Gisberts viertem Geburtstag sagte Werner Hellriegel nichts mehr vom Glücklichsein. Es hatte sich herausgestellt, daß der Junge nicht sprechen konnte. Er bewegte zwar die Lippen und brachte mit viel Anstrengung ein paar Laute heraus, aber verständlich machen konnte er sich nicht. Er getraute sich auch nicht, mit den anderen Kindern zu spielen, weil sie ihn seines Fehlers wegen hänselten.

Wenn Hanna ihrem Jungen Geschichten erzählte, lauschte er aufmerksam. Sein Gehör war gut entwickelt. Sprach sie ihm dann aber einzelne Wörter vor, so preßte er die Lippen zusammen und starrte seine Mutter ängstlich an. Auf Rat des Arztes unterließ Hanna das Vorsprechen bald wieder. Stattdessen zeigte sie Gisbert Bilder und nannte, indem sie auf das Abgebildete zeigte, leise und wie für sich selbst die Namen. Der Junge versuchte dann zwar, es seiner Mutter gleichzutun, doch es kam nichts Verständliches dabei heraus. Eine Hilfe gaben Gisbert erst die Lieder, die Hanna ihm vorsang. Es gelang ihm bald, das eine oder andere nachzusummen. Ja, schließlich benutzte er sogar diese Liedchen, um einen Wunsch auszudrücken. Wollte er zum Beispiel in den Garten hinaus, so summte er »Hänschen klein ging allein«. Seine Freude gab er durch »Froh zu sein, bedarf es wenig«, seinem Ärger durch »Hab' mein Wagen vollgeladen« Ausdruck.

Der Arzt führte Gisberts Hemmung einmal auf die angeborene Anlage – Werner Hellriegel hatte auch schwer sprechen gelernt – zurück und außerdem auf einen Schock, den das Kind im ersten Lebensjahr erlitten hatte. An einer Kreuzung hatte Werner Hellriegel, um einen Zusammenstoß zu vermeiden, den Wagen hart bremsen müssen. Dabei war seine Frau, mit dem Kind im Arm, gegen die Frontscheibe gedrückt worden. Dennoch gab der Arzt die Hoffnung nicht auf, daß Gisberts Hemmung sich eines Tages lösen würde.

»Kaiser Maximilian I.«, sagte Hanna nach dem Arztbesuch zu ihrem Mann, »war bis zu seinem neunten Lebensjahr stockstumm. Und dann hat er es doch noch zum Sprechen gebracht, zum Kommandieren sogar – und noch zu vielem anderen!« Werner murmelte etwas von einem schwachen Trost.

In einer Großstadt, leider weit entfernt von Hellriegels Haus, war inzwischen, nach Schweizer Vorbild, für Kinder mit Sprechstörungen ein Kindergarten eingerichtet worden. Der Arzt riet dringend, Gisbert in diesen Kindergarten zu schicken. Doch Werner Hellriegel schüttelte dazu den Kopf. »Du wirst sehen«, sagte er zu seiner Frau, »wenn wir unseren scheuen und empfindlichen Jungen in solch fremde Umgebung stecken, holt er sich einen anderen Schaden, mag es auch mit dem Sprechen womöglich besser werden.« Seine Frau teilte diese Meinung nicht. Sie zog noch einen Facharzt zu

Rate, und auch dieser sagte, es wäre gut für Gisbert, mit Kindern zusammenzukommen, die das gleiche Gebrechen hätten. »Außerdem könnte der Junge bei Tante Mariechen wohnen«, sagte Frau Hellriegel. »Schreib ihr doch einmal deswegen!«

Schweren Herzens schrieb Werner Hellriegel endlich an seine Schwester. Kurz vor Pfingsten kam die Antwort. Tante Mariechen war bereit, Gisbert für die Zeit, in der er den Kindergarten besuchte, bei sich aufzunehmen. Gleich nach dem Fest sollte der Junge zu ihr gebracht werden.

An den hohen Feiertagen betonte Werner Hellriegel sonst gern, wieviel Grund man doch hätte zum Glücklichsein. Diesmal aber war er davon weit entfernt. Am Morgen des Pfingstsonntags saß er am Fenster und starrte in den Garten hinaus. Seine Frau bereitete in der Küche das Essen. Roswitha war mit Gisbert im Kindergottesdienst. Noch rechtzeitig vor dem Fest war die neue Orgel eingebaut worden, und heute sollte sie eingeweiht werden. Bislang hatte die Gemeinde sich mit einem alten, heiseren Harmonium behelfen müssen.

Werner Hellriegel saß noch, in Gedanken an den Abschied verloren, im Sessel, als die Gartentür aufgestoßen wurde und Roswitha, ihr Brüderchen hinter sich herziehend, aufgeregt herangesprungen kam.

»Er singt«, rief sie schon von weitem, »er singt richtig! Richtige Worte singt er, Gisbert singt!«

Werner Hellriegel schnellte aus dem Sessel. Seine Frau eilte aus der Küche herbei. Und dann standen sie auf der Terrasse still um ihren Jungen. Sie vermieden, ihn anzusehen, weil ihn das irritieren konnte.

Roswitha holte Luft und begann: »Nun bitten wir den Heiligen Geist«.

Die Eltern hielten den Atem an und rührten sich nicht. Doch Roswitha mußte alleine singen. Ganz zum Schluß erst konnte man Gisberts zaghaftes »Kyrieleis« vernehmen. Als Roswitha die erste Strophe noch einmal begann, setzte der

Junge schon beim »rechten Glauben allermeist« ein. Und dann endlich, beim dritten Versuch, da sang er die ganze erste Strophe mit, leise zwar und nicht ohne Anstrengung, aber Wort für Wort.

»Es ist ein richtiges Pfingstwunder«, sagte Roswitha danach altklug. »Gerade nämlich, als die neue Orgel mit dem Lied einsetzte, hat Gisbert sprechen gelernt. Ich hab' es deutlich gehört, ich stand ja neben ihm. Aber – muß er jetzt noch weg von uns, in den Kindergarten?«

Die Mutter zögerte mit der Antwort. »Wahrscheinlich nicht«, sagte sie schließlich, »wir müssen erst den Arzt fragen.«

Der Vater sagte gar nichts, nicht einmal etwas über das Glücklichsein. Vielmehr setzte er sich seinen Jungen auf die Achseln und trabte mit ihm zwischen den Blumenbeeten herum, wobei er, der Vater, ein ziemlich unartikuliertes Wiehern von sich gab.

Günther Blau

Errettung

Eine Gruppe Flüchtlinge wird entdeckt, flieht weiter und verbirgt sich in einer Kapelle. Ein Milizsoldat findet sie, zeigt ihnen Falltür und Verlies vor dem Altar. Als später seine Kameraden kommen, ist die Kapelle leer. Die Falltür sehen sie nicht, der Teppich liegt wieder darüber.
Vorlesezeit ca. 7 Min.

Am Pfingstsonntag des Jahres 1945 befand sich eine Gruppe Männer, Frauen und Kinder auf der Flucht in den böhmischen Wäldern. Seit Wochen hatte man sich verborgen gehalten, war unablässig der Grenze zu nach Westen gezogen und hoffte nun, in wenigen Stunden bayerisches Gebiet zu erreichen. Man war auf der Flucht vor dem Tod oder der Mißhandlung. Der Krieg war, wie man erfahren hatte, zu Ende, das Waffenstillstandsabkommen unterzeichnet. Dennoch hatte die Jagd auf Menschen nicht aufgehört.

An diesem Tag schien die Sonne strahlend vom Himmel, und vielleicht war es dieser strahlende Tag, der die Gruppe herauslockte, sie unvorsichtig machte. Man lagerte sich am Waldrand auf einer Wiese, und als der Jeep die schmale Straße herangebraust kam, war es zu spät. Man hatte sie entdeckt. Es blieb nur Flucht, wiederum die Flucht, aber diesmal waren die Verfolger dicht auf den Fersen. Die Chance, ihnen zu entkommen, war gering, ja, es erschien um so hoffnungsloser, als sich Hundegebell in die Rufe der Verfolger mischte. Man hastete durch ein Waldstück und erblickte plötzlich auf einer leichten Anhöhe eine Kapelle. Auf dieses Ziel konzentrierten sich die Flüchtlinge. Weshalb sie ausgerechnet von diesem freistehenden Gebäude ihre Errettung erwarteten – später wußte es niemand zu sagen. Wie magisch zog sie die Kapelle an, und selbst die Kinder, eigentlich schon am Ende ihrer Kräfte, faßten neuen Mut. Es war ein schweres, zermürbendes Stück Weg, das auch die letzte Kraftreserve in ihnen aufzehrte. Die Tür war offen. Als sie in der Kapelle standen, sanken sie nieder. Ruhe überkam sie.

Was nun geschah, läßt sich in den Einzelheiten und in den Beweggründen wohl nie ganz erklären. Die Verfolger verloren wohl in dem Waldstück, das zwischen der Straße und dem Kapellenhügel lag, die Spur der Fliehenden. Wahrscheinlich erschwerte auch der Tau das Aufspüren der Spur für den Schäferhund oder das Unvermögen des nicht gründlich ausgebildeten Tieres. Auch waren es die Milizsoldaten nicht gewöhnt, man kann es sich jedenfalls vorstellen, hügelan, durch ein Waldstück und dann weiter, Fliehende zu verfolgen. Der Sergeant schickte einen seiner Leute zur Inspektion hinauf in die Kapelle und kehrte mit dem Rest seiner Mannschaft zum Jeep zurück.

Wer dieser Milizsoldat war, der an diesem Pfingstsonntagmorgen über das Wiesenstück zur Kapelle hinging, wird wohl für immer ein Geheimnis bleiben. Er wird übereinstimmend als ein schmaler, ziemlich kleiner Tscheche mit strohblondem Haar und hellblauen Augen geschildert. Bewaffnet war er mit einer russischen Maschinenpistole. Ob er der deutschen Sprache mächtig war, wußte niemand der Flüchtlinge zu sagen. Er öffnete die Tür, trat ein und blieb mit der Maschinenpistole im Anschlag an der Tür stehen. Er blickte auf die Rücken der Knienden, blickte dann zurück durch die offene Tür der Kapelle den Hügel hinunter auf die schmale Straße, auf der jetzt der Motor des Jeeps hörbar wurde.

Plötzlich zog er die Tür hinter sich zu, ging nach vorn zum Altar, zog den vor den beiden Altarstufen liegenden Teppich zur Seite, winkte die Knienden heran und deutete auf die Falltür, die sich ohne Mühe öffnen ließ. Er nickte hinunter in das Verlies, und als die zehn Menschen darin verschwunden waren, schloß er die Falltür und schob den Teppich wieder auf seinen Platz zurück. Die Eingeschlossenen hörten, wie er die Kapelle verließ.

Der kleine, ausgemauerte Raum zog sich bis unter den Altar hin und bot ausreichend Platz für die Flüchtlinge. Weshalb er angelegt worden war und zu welchem Zweck er diente, war in der Dunkelheit nicht erkennbar. Vielleicht stammte er aus früheren Zeiten. Man saß auf dem Boden und lauschte nach oben. Plötzlich wurden dumpfe Stimmen, Schritte, wurde Klopfen hörbar. Die Milizsoldaten hatten wohl den Angaben ihres Kameraden keinen Glauben geschenkt. Aber die Kapelle war leer, davon mußte sich selbst der Sergeant überzeugen. Die Falltür entdeckte er nicht.

Die Fliehenden blieben bis zur Nacht in ihrem Versteck. Dann setzten sie ihren Weg nach dem Westen fort. Es dauerte noch Tage, ehe sie die Grenze erreichten, und immer wieder gerieten sie auf ihrem Weg in gefährliche Situationen. Die Hoffnung jedoch verließ sie nie wie in jenen Minuten, als sie voller Hoffnungslosigkeit auf die Kapelle zuhasteten.

Wolfgang Altendorf

Flügel abzugeben

Durch den plötzlichen Tod ihres Mannes hat Frau Heckenreuter jeden Lebensmut verloren, alles ist ihr gleichgültig. Erst als auf die Anzeige ihres Sohnes, von der sie nichts weiß, ein Bewerber für ihren Flügel erscheint, erwacht sie wie aus einem schweren Traum. Nein, so nicht, denkt sie und nimmt ihre Angelegenheiten energisch selbst in die Hand.
Vorlesezeit ca. 15 Min.

Frau Heckenreuter hatte durch den Tod ihres Mannes jeden Lebensmut verloren.

Ihr Mann brauchte nicht viel zu leiden – Herzinfarkt –, am Schreibtisch sitzend war er still verschieden. Ein schöner Tod, sagten die Nachbarn. Kann ein plötzlicher Tod schön sein? Das Leid blieb zurück und überwältigte die gänzlich unvorbereitete Frau. Sie brach darunter zusammen und lag den ganzen Winter im Krankenhaus, stündlich bereit, ihrem geliebten Eberhard nachzufolgen.

Aber Gott schien mit ihr andere Pläne zu haben, ihr Wunsch wurde nicht erfüllt. Zu Ostern holten die Kinder sie nach Hause und brachten ihr vorsichtig bei, daß sie umziehen müsse, die Wohnung sei ihr gekündigt worden. Wider Erwarten regte sie sich darüber nicht auf, sondern fiel in eine völlige Gleichgültigkeit. Körperlich noch schwach und matt, überließ sie die Regelung ihrer Angelegenheiten den Kindern, die alle drei verheiratet und selbständig, nicht allzu weit von ihr wohnten.

Als es jedoch eines Morgens klingelte, und ein junger Mann fragte, ob er den Flügel anschauen dürfe, der abzugeben sei, erwachte Frau Heckenreuter wie aus einem bösen Traum. Nein, hier sei kein Flügel abzugeben, sagte sie. Aber der Fremde zog eine Zeitung aus der Tasche und wies auf die Anzeige. Es stimmte alles: Straße, Hausnummer, Wohnung. Wer erlaubte sich diesen geschmacklosen Scherz mit ihr? Doch nicht die eigenen Kinder? Verwirrt ließ sie den jungen Mann ins Wohnzimmer eintreten und schlug die bestickte, langfransige Seidendecke vom Flügel zurück. Ihre Hände zitterten, das Herz fing an zu hämmern. Sie begriff in diesem Augenblick ihre wirkliche Lage: Umzug, eine kleinere Wohnung, der Flügel mußte als erstes geopfert werden. Aber gerade an ihrem Flügel hing Frau Heckenreuter ganz besonders.

»Oh, ein Bechstein«, sagte der junge Mann, und seine Finger flogen prüfend über die Tasten. Ein wenig verstimmt, aber der Klang weich und voll, stellte er fest. Dann setzte er sich, und »Die Wut über den verlorenen Groschen« sprudelte unter seinen Händen in die stille Stube.

Frau Heckenreuter ließ sich in die Sofaecke fallen. Wie benommen hörte sie zu. Daß der junge Mann gerade dieses Stück spielte, das ihre eigenen Kinder bis zum Überdruß geübt hatten! Beide Mädchen lernten auf dem Flügel spielen. Es gab Zeiten, wo die Nachbarn sich aufregten über das stundenlange Geklimper. Beide Mädchen, aber nicht Josef, der ließ sich nicht zum Klavierspielen bewegen. Ja, dieser praktische Junge! Wie ein Blitz schlug es bei Frau Heckenreuter ein: Josef war es! Nur er konnte die Anzeige in die Zeitung gesetzt haben. Er hatte ja auch von der Einzimmerwohnung in der Breitstraße gesprochen, die Anneli doch zu klein fand.

Wie gut der junge Mann spielen konnte! Wahrscheinlich ein Musikstudent. So weit hatten es ihre Mädchen nicht gebracht. Es tat so wohl, ihm zuzuhören. Aber das Stück ging zu Ende, er stand auf und blieb unschlüssig stehen. Da klingelte es wieder an der Tür, und ein Ehepaar fragte nach dem Flügel.

»Leider schon vergeben«, bedauerte Frau Heckenreuter.

Als sie ins Wohnzimmer zurückkam, sah der junge Mann sie bestürzt an und stotterte:

»Ich kann das Instrument gar nicht nehmen, schon wegen des Raummangels, und auch finanziell …«

Er brauche sich nicht zu entschuldigen, der Flügel sei unverkäuflich, es sei ein Versehen gewesen mit der Anzeige, erklärte sie und verabschiedete ihn freundlich.

Es war Leben in die kleine schwarzgekleidete Frau gekommen. Wieder allein, heftete sie einen Zettel an die Tür: »Flügel schon vergeben«, und wanderte mit nüchternen Augen aus einem Zimmer in das andere.

Nein, so durfte es nicht mehr weitergehen. Sich als eine völlig gebrochene Alte in eine winzige Stube abschieben zu lassen und auf den Tod zu warten, vielleicht zwanzig – dreißig Jahre, nein, das nun doch nicht. Die Kinder meinten es gut mit ihr, auch der praktische Josef. Gerade er, der es verstanden hatte, sie aus ihrer Lethargie aufzurütteln. Das war schon gut, sehr gut sogar.

Frau Heckenreuter holte ihre Papiere hervor und begann zu rechnen, sehr aufgeregt, denn eben kam ihr ein Gedanke, den sie kaum wagte, zu Ende zu denken. Ganz allein wollte sie ihre Sachen ordnen. Vom Geld verstand sie nicht viel, ihr lieber Mann hatte derlei Sorgen von ihr ferngehalten. In der Familie galt sie als unpraktisch. Nun wollte sie das Gegenteil von sich beweisen. Ihr Anwalt, ein alter Freund von Eberhard, kam als einziger Ratgeber in Frage.

Das Glück der Einfältigen blieb nicht aus – Frau Heckenreuter fand eine Wohnung am Stadtpark, in einem grauen Haus im Jugendstil. Drei hohe Räume, mit hohen, schmalen Fenstern, im Erdgeschoß. Das große Zimmer mit einer runden Fensternische schien wie geschaffen für den Flügel. Alles andere fiel nicht ins Gewicht.

Von dem neuen Tätigkeitsdrang ergriffen, dachte sie es sich besonders schön aus. Sie wollte die Kinder überraschen, ein gemütliches Heim einrichten, die Wärme des Elternhauses bewahren und zu Pfingsten alle drei mit ihren Familien einladen.

Aber es kam auch diesmal ganz anders. Josef fand, die große Wohnung für eine alleinstehende Person sei kompletter Unsinn, völlig über die Verhältnisse, und ließ durch Rita sagen, er wisse nicht, ob er zu Pfingsten frei sei. Anneli war beleidigt, daß die Mutter ohne ihre Hilfe und quasi hinter ihrem Rücken gehandelt hatte. Sie gab vor, zu den Feiertagen bei Freunden eingeladen zu sein, und Rita habe Betriebsausflug.

So war Frau Heckenreuter nun selbst die Überraschte. Ihr wiedererwachter Lebensmut hatte die Kinder von ihr weggescheucht. Irgend etwas schien sie verkehrt gemacht zu haben, sie wußte nur nicht was.

Pfingsten kam trotzdem, wie eben alle großen Feiertage kommen, ohne Rücksicht auf die Leute, die mit ihnen nichts anzufangen wissen. Frau Heckenreuter wußte wirklich nicht, wozu sie diesmal kamen. Sie hatte ein Festessen vorbereitet, sogar eine große Torte bestellt, und saß nun allein in ihrer neuen Wohnung. Alle kleinen Ärgernisse beim Umzug hatte sie mit einer stillen Freude überwunden, indem sie sich die erstaunten Gesichter ihrer Kinder vorstellte, auf denen man deutlich würde lesen können: Was ist die Mutter doch für eine Zauberin! Seht nur, was sie zustande gebracht hat.

Und jetzt? Müde fiel sie ins Bett, mit der festen Absicht, die Feiertage zu verschlafen.

Aber am Pfingstmorgen weckte sie die Sonne schon sehr früh und lockte zum Fensteröffnen. Vogelgezwitscher von den großen Bäumen im Park schlug ihr mit der frischen Luft entgegen, und Düfte wie aus dem Wald. Kein Mensch zu sehen, kein Auto zu hören, als sei sie allein in der Stadt. Allein mit dem herrlichen Morgen und den Vögeln.

Heute ist Pfingsten, dachte Frau Heckenreuter und zog sich festlich an. Das erste Mal befestigte sie einen schmalen weißen Kragen an ihr schwarzes Trauerkleid. Das steht dir gut, würde ihr lieber Eberhard sagen, wenn er sie sehen könnte. Und das erste Mal dachte sie an ihn ohne den brennenden Schmerz, beinahe fröhlich, als könne er jeden Augenblick wieder hereintreten. Wird es ihm recht sein, daß sie so vieles weggab und den Flügel rettete? Ganz gewiß. Er würde es selbstverständlich finden, daß sie nun wieder spielen wird. Die Kinder können es nicht wissen, daß sie einmal Pianistin werden wollte.

Frau Heckenreuter weiß es selber kaum noch, so weit liegt die Zeit zurück, vor dem Kriege war es. Und wie anders ist dann alles gekommen. Josef hat recht: Wann hat sie sonst gespielt, als nur am Heiligen Abend die Weihnachtslieder? Heute wird sie Pfingstlieder spielen. Zaghaft, wie stotternd klang es am Anfang.

O Heilger Geist, kehr bei uns ein
und laß uns deine Wohnung sein,
o komm, du Herzenssonne.

Aber je länger sie spielte, um so sicherer wurden die Hände und um so froher ihr Herz. Einen Pfingstchoral nach dem anderen spielte sie, oft sang sie leise dazu.

Die Fenster standen offen, und auf einmal meinte sie zu spüren, es höre ihr jemand zu. Sie schlug den Vorhang zurück und beugte sich hinaus. Da saß tatsächlich jemand im Park auf der Bank, sprang auf und grüßte. Es war derselbe junge Mann, der nach dem Flügel gefragt hatte. Wie einen alten Bekannten rief sie ihn herein und fragte, ob er nicht wieder spielen wolle. Er war sichtlich erfreut. Ja, er wohne hier in der Nähe und habe schon fragen wollen, ob er manchmal bei ihr üben dürfe.

»So oft sie wollen«, sagte Frau Heckenreuter. Dann ist die Mühe mit dem Flügel doch nicht umsonst gewesen, dachte sie bei sich.

Nun klang Musik von Bach in den stillen Park hinaus: erst die Inventionen, dann Präludien und Fugen. Feierlich und fröhlich wie die Rede der Apostel in die Sprache der Musik übertragen.

Es war aber noch ein Zuhörer da, der unentschlossen vor dem Haus auf und ab ging. Erst als das Spiel verhallte, drückte er auf den Klingelknopf. Es war Josef. Hatte ihn etwa der Pfingstgeist hergeführt? Frau Heckenreuter jedenfalls war fest überzeugt davon, als sie die Tür öffnete und ihren Sohn vor sich dah.

Salme Raatma

Ein seltsames Bild

Von großer Ausdruckskraft ist das Bild, das der Gefangene gemalt hat. Pfingsten nennt er es. Aber warum müssen die Männer auf dem Bild die Gesichter der schlimmsten Verbrecher haben? Der Gefangene erklärt es dem Journalisten und überzeugt ihn.
Vorlesezeit ca. 9 Min.

Lange, für die Ungeduld eines Journalisten viel zu lange, habe ich warten müssen, bis ich die Erlaubnis erhielt, das Gefängnis in Tellers zu besichtigen. Doch nun, da sich die kleine Pforte in dem riesigen Eisentor endlich hinter mir schließt, trete ich nur zögernd ein. Menschen hinter Gittern, für Monate und Jahre mit sich allein, abgeschieden von der Welt, eingesperrt in enge Zellen. Schon der bloße Gedanke legt sich mir wie ein Bleigewicht auf die Seele. Wieviel Leid fügten sie ihrer eigenen und fremden Familien zu? Und was mögen sie jetzt wohl denken und fühlen?

Der Beamte, der mich führt, bleibt stehen, als wir durch einen langen Korridor kommen. Er öffnet mit einem Steckschlüssel ein vergittertes Fenster und läßt mich hinausschauen auf einen Innenhof. Dort dreht sich ein unheimliches Karussell. Paarweise gehen die Gefangenen im Kreise. Rotgestreifte Hosen, blaue Jacken, zehn Schritte Abstand. Viele sind »in den besten Jahren«. Wie grausam hört sich das Wort hier an! Einige haben einen schleppenden Gang und müde, ausdruckslose Gesichter. Andere schwatzen munter und unbeschwert mit ihrem Nachbarn, als ob die Strafe sie nicht berühre, die Mauer, an der sie entlangtraben, nicht bedrücke.

»Es sind eine ganze Menge begabter Burschen darunter, die es im Leben hätten zu etwas bringen können«, sagt der Wachtmeister. »Der Kleine dort zum Beispiel. Da werden Sie Augen machen, was der für Bilder malt!«

Der Wachtmeister hat nicht übertrieben. Das Bild, das er in seinem Dienstzimmer hinter einem Schrank hervorzieht, schlägt mich sofort in seinen Bann. In einer ganz eigenwilligen

Manier, mit betörenden Farben gemalt, stehen zwölf Männer im Kreis und blicken bestürzt nach oben. Ihr Haar ist zerzaust, die Gesichter sind eingetaucht in strahlendes, buntes Licht, das in den Farben des Regenbogens von oben einfällt, die Augen der Männer weit aufgerissen und von überdimensionaler Größe. Das Erregendste an dem Bild aber ist die besondere Optik. Man hat den Eindruck, daß man von oben her, wie von einem Turm, in die Gesichter blickt.

»Pfingsten nennt er das Bild«, sagt der Beamte. »Er hat es für unsere Anstaltskirche gemalt, aber er darf es nicht aufhängen.«

»Natürlich hängen Sie das auf! Um dieses Bild wird Sie jede Kirchengemeinde beneiden. Das ist von einer unerhörten Ausdruckskraft.«

»Das schon«, sagt der Wachtmeister, »aber das sind ja alles Mitgefangene, die er da gemalt hat.« Er zeigt auf die einzelnen Köpfe. »Das ist ein Automatendieb, das ein Wechselfälscher und der da ein regelrechter Asozialer.«

Ich merke dem Wachtmeister an, daß er jetzt erwartet, daß ich meinen Abscheu über dies frevelhafte Tun zum Audruck bringe. Er ist sichtlich schockiert, als ich einwende: »Gewiß hat er hier keine anderen Leute gehabt, die ihm Modell sitzen konnten.«

»Nein, nein, so ist das nicht«, hält mir der Beamte entgegen. »Es gibt hier auch kleine Missetäter, Gestrauchelte, die das erste Mal hier sind. Aber er hat sich gerade die Allerschlimmsten herausgesucht, richtige Verbrecher. Das ist das Empörende!«

Nach ein paar Telefongesprächen mit höheren Gefängnisbeamten darf ich mit dem Maler sprechen. »Keine Angst!« sage ich. »Ich werde Ihren Namen nicht nennen. Aber ich hätte gern ein paar Fragen an Sie gerichtet. Denn Ihr Bild ist das Tollste, was ich bei dieser Besichtigung zu sehen bekam.« Er beantwortet meine Fragen willig und ohne Scheu.

»Was ich mir dabei gedacht habe? Genau das, was die Bibel

von Pfingsten berichtet. Daß Gottes Heiliger Geist Herzen und Sinne vollständig erneuert und Menschen radikal umwandelt. Daß durch diese Macht Sünder selig werden.« Er sieht mich fragend an. »Kennen Sie nicht den Pfingstchoral: ›Zeuch ein zu deinen Toren‹?«

»Natürlich kenne ich ihn.«

»Na also«, fährt er fort. »Dann kennen Sie doch auch den herrlichen Vers ›Ich war ein wilder Reben. Du hast mich gut gemacht. Der Tod durchdrang mein Leben. Du hast ihn umgebracht‹.«

Ich bin überrascht, daß sich ein Sträfling so in Bibel und Gesangbuch auskennt, aber ich bin nicht ganz davon überzeugt, daß das, was er sagt, auch echt ist. Es geht ihm ein bißchen zu flüssig über die Zunge. Deshalb attackiere ich ihn jetzt schärfer! »Die Männer, die beim ersten Pfingstfest versammelt waren, waren bekehrte Männer. Das kann man aber doch wohl beim besten Willen nicht von denen sagen, die Sie gemalt haben.«

Da habe ich ihn aber getroffen! »Wissen Sie, was Pfingsten ist?« legt er los. »Pfingsten ist eine Zusage, daß alles anders wird. Den Frommen, die schon alles haben, braucht man diese Zusage nicht zu machen. Aber denen, die an sich verzweifeln, denen muß man zeigen, daß es auch für sie einen neuen Anfang gibt.«

Aber auch ich lasse nicht locker. »Schön und gut«, sage ich. »Doch man erzählte mir, Sie hätten sich für dieses Bild gerade die Schlimmsten unter Ihren Mitgefangenen ausgesucht. Können Sie nicht verstehen, daß die Anstalt darin eine besondere Bosheit und die Kirche darin sicher auch einen Frevel erblickt?«

Doch ich komme nicht gegen ihn an. »Pfingsten ist ein Wunder«, erwidert er. »Und wenn ich das zum Ausdruck bringen will, dann muß ich solche Männer malen, die nur noch durch ein Wunder geändert werden können. Die kleinen Sünder kann auch die eigene Frau ändern. Die ändert mitunter sogar schon das Gefängnis. Aber die ganz großen, die ändert nur noch Gott.« Ich merke, daß er mit sich kämpft. Dann klopft er wortlos auf eine Stelle des Bildes, und da fällt mir erst auf, daß er sich selbst mitgemalt hat. »Die ganz großen«, wiederholt er noch einmal, »die ändert nur Gott.«

Da kann ich ihn nichts mehr fragen. Da kann ich im Weggehen nur noch zu mir sagen: »Solchen Glauben habe ich in Israel nicht gefunden.« Rudolf Hempel

Neunzehn überzählige Rosen

Eine verschwenderische Liebe brauchen wir, um endlich warm zu werden. Das behauptet der Autor und erzählt von einer Mutter, die ihrer ungeratenen Tochter zum 19. Geburtstag neunzehn wunderschöne Rosen schenkt.
Vorlesezeit ca. 6 Min.

Wenn Sie eine halbwüchsige Tochter haben, dann ist es bestimmt ein ordentliches, guterzogenes Mädchen. Ein bißchen aufpassen muß man freilich schon, denn sie ist jetzt bereits in der Lehre, und die Jungen pfeifen durch die Zähne, wenn sie vorübergeht, so gut ist sie gewachsen. Aber alles in allem ist sie recht brav und Gott sei Dank – auch daheim geblieben.

Sie haben Glück, denn nicht alle Töchter bleiben, so wie Ihre, bis zum vollen Ausreifen unter dem häuslichen Dach. Manche laufen vorzeitig davon, treiben sich in Kneipen herum, in jeder Art liederlicher Gesellschaft; bis sie schließlich so zweifelhafte Töchter geworden sind, daß das Jugendamt eingreifen muß.

Was sollen Vater und Mutter tun, wenn sie ein solches Kind haben, bei dem alles gute Zureden umsonst ist?

Ich kenne eine Mutter, die in bescheidenen Verhältnissen lebt, die hat ihrer ungeratenen Tochter, bei der sie als altmodische, dumme Mutter abgeschrieben ist, zum 19. Geburtstag neunzehn Rosen geschenkt – neunzehn wunderschöne, langstielige Rosen teuerster Qualität. Was der Blumenladen des Dorfes, in dem sie wohnte, anzubieten hatte, war ihr zu billig für die Tochter, sie wollte die allerbeste, die Luxusblumenqualität.

Dann hat sie sich die Zeit genommen, das bessere Kleid angelegt, hat sich herausgeputzt, dann das Geld abgezählt und ist eine halbe Tagesreise weit zur nächsten Stadt gefahren. Sechsunzwanzig Kilometer Hinfahrt ins bessere, richtige Blumengeschäft, mit Gedanken an hübsche Rosen und ihr armes Kind. Sechsundzwanzig Kilometer dann wieder zurück mit dem Luxusgeschenk, das sie mit einem halben Wochenlohn bezahlen mußte: ein sehr vornehmes, üppiges, rubinrot strahlendes Rosenbukett zum 19. Geburtstag ihrer Tochter, die ein undankbares, liederliches Mädchen ist.

Für ein leichtes Mädchen, das seine Mutter nicht ehrt, einen solchen Aufwand zu machen, sei unvernünftig, wird jeder sagen, und das stimmt.

Und trotzdem, war dieses so Unvernünftige, was diese Mutter getan hat, wirklich falsch? Wenn man umsonst befohlen, umsonst geschwiegen, gewartet und zuletzt gebettelt hat, wenn mit Vernunft einfach nichts mehr auszurichten ist, muß man dann aufgeben, was man vernünftigerweise doch nicht mehr gewinnen kann, einfach abschreiben? Oder darf die Liebe über alle Vernunft hinaus doch noch eine zähe, schon etwas unvernünftige, überschwengliche Liebe sein? Eine überschwengliche Liebe, die einfach nicht mehr rechnen, bloß noch anbieten will – ins Ungewisse, ins Hoffnungslose hinein?

Christus hat nicht gesagt: Haltet eure Liebe in vernünftigen Grenzen. Im Gegenteil, er befiehlt: Haushaltet mit eurer Liebe so verschwenderisch wie euer himmlischer Vater, der über Gerechte und Ungerechte seine Sonne aufgehen läßt und nicht bloß den guten, sondern auch den bösen Menschen seinen Regen in die Furche legt.

Würde Gott so verschwenderisch lieben, wenn er nicht wüßte, daß der Mensch nicht eine maßvolle, sondern eine übermäßige Liebe braucht, um endlich warm zu werden? Eine Liebe, die auch gegen Boshaftigkeit und Unvernunft immer noch den ganzen Sonnenaufgang anbietet. Oder doch wenigstens einen kleinen Überschuß, einen Arme-Leute-Liebe-Überschuß, von neunzehn roten Rosen.

Wir erleben mit unseren Mitmenschen so selten ein gutes Wunder, weil unsere Liebe diese überzähligen neunzehn Rosen nicht hat.

Ernst Schnydrig

Juli

Ferien machen – Zu Hause und anderswo

Lobet den Herrn, alle seine Werke,
an allen Orten seiner Herrschaft!

Psalm 103, 22

Ferienzeit weckt Fernweh. Dahinter steckt mehr als die Lust, fremde Länder kennenzulernen und andere Menschen, die sich anders kleiden, anders sprechen, anders fühlen. Der Aufbruch zu Neuem ist immer auch ein Ausbruch aus dem Einerlei eines geregelten Alltags, in dem angesichts der Vielzahl von kleinen und großen Pflichten und Verpflichtungen die Kräfte unserer Phantasie erlahmen. Daß wir mehr sein wollen als funktionierende Rädchen an der jeweiligen Schaltstelle, das empfinden wir besonders intensiv, wenn die Urlaubszeit naht.

Freiheit, Abenteuer, spontane Entschlüsse mit der Möglichkeit, ganz Neues, Ungewohntes, nicht in den vorgesteckten Lebensrahmen Passendes, Verrücktes zu tun – das lockt den Urlauber, wenn er, befreit vom Krawattenzwang des Büroalltags und befreit von Haushaltssorgen in Freizeitkleidung steile Berge hinaufkraxelt, mit einem Boot durch glitzernde Wellen bricht oder mit dem schußbereiten Fotoapparat originelle Aufnahmen für das Album sammelt. Gespannt wird die Herausforderung angenommen: was kann ich, was bin ich außerhalb des Rahmens, in dem ich üblicherweise lebe? Beschwingt erfährt man möglicherweise ganz neue Seiten des eigenen Ichs, stößt vielleicht an Grenzen, von denen man nichts wußte.

Reisen bildet, heißt es – womit sicher mehr gemeint ist als Kenntnisse zu erwerben über die griechische Götterwelt, die Hintergründe der englischen Geschichte oder die Pracht holländischer Tulpenfelder. Zu einer Reiseerfahrung besonderer Art könnte das Erlebnis werden, daß für den Urlauber die Heimkehr beglückender wird als der Start, weil ihm bewußt wird, wie fest er verankert ist in der vertrauten Welt, die ihn bergend wieder auffängt. In der Fremde hat er sich anpassen müssen, er hat eine neue Küche kennengelernt, exotische Speisen genossen oder mit heimlichem Naserümpfen abgelehnt; er hat beim Flanieren durch schmale Gassen erlebt, daß er angestarrt wird, daß einer wispernd mit dem Finger nach dem Fremden zeigt, erstaunt im besten Fall, feindselig im schlechteren.

Er ist, wenn er das eigene Land für die Dauer des Urlaubs verlassen hat, für einige Wochen ein Ausländer in der Fremde gewesen; er hat auf schwankendem Boden gestanden, mußte Unsicherheit ertragen, Kompromisse suchen, gesprächsbereit sein. Er hat vielleicht dabei erlebt, daß Barrieren fallen, ein Lachen Fremdheit überwindet, eine Geste Verstehen schafft. Eine Erfahrung, die das alte Ehepaar macht, dem der Hof in Polen in den Kriegswirren verlorengegangen ist; es hadert nicht länger mit seinem Schicksal, als es bei einem Besuch erlebt, daß die neuen Besitzer sorgsam mit dem Erworbenen umgehen.

Reisen – das heißt wachsein für neue Eindrücke, bereit, vorgefaßte Meinungen zu ändern, in dem fremden Menschen mir selbst zu begegnen. Sind aber Ferien nur denkbar mit einer aufwendigen weiten Reise? Vielleicht kann ich auch, freiwillig daheimgeblieben, die Erfahrung machen, daß die buntesten echten Reiseeindrücke nichts sind im Vergleich zu dem, was meine Vorstellung mir aufbaut. Reisen in der Phantasie – oder in der Erinnerung – können ebenso beglückend sein und unabhängig zudem von den Möglichkeiten, die mir die eigene Beweglichkeit einräumt.

Glanz für mein Leben, der kann ja nicht von außen kommen, ist unabhängig von der fernen Welt, die ich unruhig – neugierig ansteuere. Glanz schaffe ich mir selbst durch das Einverständnis mit den Bedingungen, unter denen ich lebe. Dazu gehört die Erfahrung, gebraucht zu werden, tröstendes Glücksgefühl, nicht nur für die Daheimgebliebenen.

Almuth Hochmüller

Ines – Eine Geschichte aus Mittelamerika

Die Besucherin aus Österreich und ihre Freundin, Entwicklungshelferin in Honduras, treffen sich mit einigen Frauen. Sie reden über ihre Probleme, lesen gemeinsam die Heilige Schrift. Aber als Ines, das Kind der Hausfrau, sich neben die Besucherin setzt, rückt diese von ihr ab: Ines hat Läuse. Vorlesezeit ca. 11 Min.

Die Stadt heißt Marcala. Mar-ca-la, ein Name, so schön wie die roten Gladiolen, die hier wild auf den Wiesen wachsen.

Aber das Haus, in dem ich sitze, ist außen grau und innen grau, weil es aus Lehmziegeln gebaut ist. Die Ziegel sind nicht verputzt. Das Haus hat eine Brettertür und hölzerne Fensterläden. Wenn man sie zumacht, wird es ganz finster. Ich lege den Kopf zurück und sehe den Himmel in hellblauen Fäden durch das Dach leuchten. »Da wird es durchtropfen, wenn es regnet!« denke ich. »Dann wird der Lehmboden glitschig sein und die ganze Einrichtung naß.« Die Einrichtung: ein Bett für die ganze Familie, ein Stuhl, zwei Schemel, eine Bank, ein paar Nägel an der Wand, an denen Kleider hängen.

Heute scheint die Sonne. Es ist Mitte August, da macht die Regenzeit in Honduras eine Pause. »Das ist der kleine Sommer!« sagen die Leute. Weil es zwei Wochen nicht mehr geregnet hat, gibt es schon wieder viel Staub, aber auch noch Blumen zwischen den Grasbüscheln. Zusammen mit dem blauen Himmel und den weißen Hühnern ein fröhliches Bild. Ich kann es durch die Türöffnung sehen.

Das graue Haus aber bedrückt mich, denn grau ist keine Farbe, grau ist wie Traurigsein. Es kommt mir vor, als sehe mich hier alles vorwurfsvoll an, weil ich selber so reich bin und mir gar nichts dabei denke. Ich habe in Österreich ein Haus ohne Löcher im Dach, eine Badewanne, eine Waschmaschine, Kopfwehtabletten in der Hausapotheke, jedes Jahr einen Urlaub ...

Rund um mich sitzen ein Dutzend Frauen und Mädchen, die haben das alles nicht. Die haben Sorgen mit kranken Kindern, kein Geld für Medikamente, kein Geld für Kleider und Schuhe. Viele von ihnen haben schon lange nichts mehr von ihren Männern gehört, die in anderen Städten leben, weil es in Marcala zu wenig Arbeit gibt.

An diesem Nachmittag sind sie zusammengekommen, um über ihre Probleme zu reden und gemeinsam die Heilige Schrift zu lesen. Ich darf zuhören. Eine Freundin, die als Entwicklungshelferin arbeitet, hat mich mitgenommen.

Was die Frauen erzählen, kommt mir fast unglaublich vor. Jeden Tag um 4 Uhr früh aufstehen. Immer nur Maisfladen essen. Den Mais dafür selbst mit der Hand mahlen. Das Holz für den Ofen sammeln und kleinhacken. Auf dem Feld hart arbeiten. Zwischendurch die Wäsche im Fluß waschen. Wasser schleppen für die ganze Familie. Am Abend die Kleider beim Herdfeuer flicken, weil es sonst kein Licht gibt. Dann ins Bett fallen vor Müdigkeit – oder auf eine Kuhhaut, denn nicht jeder hat ein Bett.

»Meine Kinder können nicht alle in die Schule gehen«, sagt eine Frau. »Sie haben nicht alle gleichzeitig etwas zum Anziehen.«

»Meine Tochter ist zwölf. Sie arbeitet schon auf einer Plantage, sonst könnten wir nicht leben«, sagt eine andere, die nur noch einen Zahn im Mund hat.

Ein Mädchen, das aussieht, als gehe es noch in die Schule, erzählt: »Ich sitze von 6 Uhr früh bis 6 Uhr abends an der Nähmaschine. Ich mache Heimarbeit. Täglich acht Kleider. Die muß ich immer pünktlich abliefern. Ich esse sogar an der Maschine.«

Mir gegenüber sitzt die Tochter der Hausfrau. Ich denke, sie ist acht Jahre alt. »Ines!« sagt die Mutter und hebt das Kinn in Richtung der Hühner, die durch den Raum laufen. Ines klatscht hinter den Hühnern her und scheucht sie zur Tür hinaus. Den kleinen Bruder, der sich an ihrem Kleid festhält, hat sie zuvor gegen die Bank gelehnt wie einen Regenschirm. Er scheint von der langsamen Art zu sein, bleibt bewegungslos, hat eine Hand in den Mund geschoben.

Ines setzt sich wieder. Sie legt ihren Arm um den Bruder und drückt mit der großen Zehe einen Hühnerdreck breit.

Ich lächle ihr zu. Ines lächelt zurück. Sie steht auf und setzt sich neben mich. Der Schemel ist gerade breit genug für zwei. Den Bruder nimmt sie auf den Schoß. Ich fühle mich geehrt, weil Ines so zutraulich ist. Ich kann auf sie hinabsehen, ihr Kopf ist gerade auf meiner Schulterhöhe. Ich sehe die Läuse auf ihrem Kopf, sie marschieren neben- und hintereinander. Mit dem Geehrtsein ist's vorbei. Ich überlege mir, wie ich von Ines wegkomme.

Ein paar Meter weiter steht ein freier Stuhl. Auf den setze ich mich und bin froh, daß mir nun niemand mehr nahekommen kann. Gleichzeitig aber schäme ich mich. So ist das also: ich rede von Nächstenliebe und habe Angst vor Läusen. Wahrscheinlich habe ich Ines gekränkt. Neben ihr sitzt jetzt der kleine Bruder. Er hat noch immer die Hand im Mund.

Eine der Frauen liest eine Stelle aus der Bibel vor. Die Bergpredigt: »Selig, die arm sind vor Gott ...« Ich habe mir oft Gedanken gemacht über diesen Satz und wie ich ihn auslegen könnte, damit er auch mir Seligkeit verspricht. Wenn ich die Bergpredigt höre, möchte ich auch arm sein, aber auf eine Art, die nicht wehtut. Jetzt kommt mir vor, daß Jesus den Satz genauso gemeint hat, wie er hier steht ... die arm sind vor Gott. So wie diese Frauen arm sind und doch nicht auf Gott vergessen. Sie glauben daran, daß sein Reich kommen wird und daß sie dabei mitarbeiten können. Sie sprechen darüber.

»Auch wenn ich müde bin, stehe ich in der Nacht auf, wenn mich jemand braucht«, sagt eine. »Wir sollen keine Gewalt anwenden, vor allem weil wir selber wissen, wie weh das tut.«

»Wir sollen für unsere Rechte mit friedlichen Mitteln kämpfen, auch wenn das gefährlich ist. So wie die Bauernführer von Orlanjo.«

»Ich soll nicht wegschauen, wenn jemand ungerecht behandelt wird, aber ich tu es trotzdem, weil ich mich fürchte.«

Den Frauen fallen viele Beispiele aus ihrem Leben ein. Sie klingen gar nicht fromm. »Unser gemeinsames Gemüsebeet, das gehört auch zum Reich Gottes. Und daß wir die Kinder mitversorgen, wenn eine von uns krank ist.«

Ines hat in der Zwischenzeit dem Bruder drei Zöpfchen geflochten. Sie rutscht auf dem Schemel hin und her und sagt schließlich auch etwas: »Daß ich auf Antonio aufpasse, obwohl ich lieber spielen will ...«

Auf dem Tisch steht eine Gladiole in einer Blechdose, ein fröhlicher Farbtupfen, trotzdem bemerke ich sie erst jetzt. Ob Ines sie hingestellt hat? Die Frauen singen zum Abschluß ein Lied. »Jo tengo fé...« (Ich habe Vertrauen ...) Ines wirft einen erstaunten Blick auf ihre Mutter. Wahrscheinlich hört sie die Mutter nur selten singen. Dann singt auch Ines mit. Sie kräht. Es klingt nicht schön, aber begeistert.

Die Frauen verabschieden sich. »Komm«, sagt Ines, »ich zeig dir unseren Mangobaum!«

Hinter dem Haus ist eine steile Böschung. Die Erde ist rissig und bröckelt unter den Füßen. Oben steht der Baum. Er hängt voller Früchte. Ines schüttelt einen Ast. Sie beult meinen Pullover aus wie einen Sack und legt die Mangos hinein. »Da, für dich!«

Verzeih, Ines, daß ich Angst gehabt habe vor deinen Läusen. Und daß ich die Gladiole so lange nicht gesehen habe!

Hannelore Bürstmayr

Die Gondel

Schön ist Venedig, doch die unverheiratete Ärztin kann ihren Urlaub nicht genießen, sie wird von düsteren Gedanken gepeinigt. Als ein Arzt gebraucht wird, springt sie ein, hilft einem Kind zum Leben, kann auch die Mutter retten. Sie ist glücklich darüber und von ihren selbstmörderischen Gedanken befreit.
Vorlesezeit ca. 11 Min.

Auf dem Schreibtisch der alten Ärztin steht eine jener nicht gerade geschmackvollen Messinggondeln, wie sie in Venedig zu Tausenden für Touristen hergestellt werden. »Sie paßt hier nicht her, meinen Sie?« fragte mich Frau Dr. Peters, die wohl meinen kritischen Blick aufgefangen haben mußte. »Das glauben Sie nur, weil Sie ihre Geschichte nicht kennen.« Und dann erzählte sie:

Es gab eine Zeit, zurückblickend nenne ich sie »meine Krise«, in der ich am liebsten aus meinem Beruf, ja aus meinem ganzen damaligen Leben herausgeschlüpft wäre wie aus einem Kleid, das einem verleidet ist. Ich konnte nicht mehr richtig schlafen, wurde reizbar und stellte mir schließlich die Diagnose »total überarbeitet«. Und weil es dagegen eigentlich nur ein Mittel gibt, verschrieb ich mir Urlaub – meinen ersten richtigen Urlaub, zehn Jahre nachdem ich zu praktizieren begonnen hatte.

Manchmal hatte ich davon geträumt, nach Venedig zu reisen. Jetzt löste ich eine Karte dorthin und mietete mich in einem Hotel am Lido ein. Doch wie es mit Träumen so geht, meist sind sie schöner als ihre Erfüllung. Je strahlender der Himmel, je blauer das Meer war, desto stärker senkte sich auf mich eine Traurigkeit, deren ich nicht Herr werden konnte.

An einem Morgen lag unweit von mir eine Familie am Strand. Als sich die Mutter beim Schwimmen einmal zu weit hinauswagte, schrie ihr kleiner Sohn laut und ängstlich: »Mammi! Komm zurück!« Das ging mir nicht mehr aus den

Ohren und verstärkte mein Gemütstief. Zugleich wurde mir klar, woran ich litt.

Wen kümmerte es, wenn ich in Gefahr geriet? Wer vermißte mich, wenn ich einmal nicht zurückkehrte? Kaum hatte mich dieser Gedanke gepackt, begann er auch schon, mich zu vergiften. Zu Hause bestürmten mich täglich andere Menschen mit ihren Ängsten und Schmerzen und lenkten mich so von mir ab. Hier hatte ich Zeit, um mich selbst zu kreisen. Kein Wunder also, daß ich mich immer unglücklicher fühlte.

Was würde sein, wenn ich von dieser Reise nicht zurückkehrte? Sie würden das Schild »Verreist« wegnehmen, die Tafel »Dr. E. Peters – praktische Ärztin« abmontieren und durch ein anderes ersetzen. Mit solchen Überlegungen peinigte ich mich und suchte mir zu beweisen, daß ich gänzlich überflüssig war. Hatte ich mich getäuscht, als ich mich ganz meinem Beruf verschrieb? Hätte ich heiraten sollen, nur, um nicht allein zu sein?

An den Abenden war es am schlimmsten. Die Luft in Venedig ist geradezu erfüllt vom Glück der Menschen, die dort wohnen – ständig oder vorübergehend. Jedenfalls erschien es mir so, und ich fühlte mich ausgeschlossen.

Eines Abends schloß ich mich mutig einer Gesellschaft an, die zum Markusplatz hinüberfuhr. Der Eindruck dieses architektonischen Meisterwerks beeindruckte auch mich, denn ich hatte den Platz noch nicht bei Nacht gesehen, wenn sich der Sternenhimmel über ihn spannt und ihn zu einem Saal macht, wie er im Märchen geschildert wird. Doch wo spürt man die Einsamkeit mehr als inmitten fröhlicher Menschen? Beim Bummel unter den Arkaden sonderte ich mich deshalb von meiner Gruppe ab, ohne daß sie es bemerkten. Wer merkt schon, wenn ich fehle, nahmen meine Gedanken wieder ihr mörderisches Spiel auf. Wozu bin ich in Venedig? Die letzte Frage: Wozu bin ich überhaupt auf der Welt? lag nahe.

Gerade wollte ich, in die Nähe des Markusdoms zurückgekommen, zum Canale Grande gehen, um zum Lido zurückzufahren, als ich in einer Seitengasse einen Menschenauflauf sah. Im Mittelpunkt stand eine Frau, die mit großem Wortschwall und wilden Gesten auf einen Mann einredete, der immer wieder den Kopf schüttelte, auf seine verbundene Hand zeigte und sich vergeblich in sein Haus zurückzuziehen versuchte. Schließlich verstand ich aus den beschwörenden Reden immer wieder ein Wort »dottore«. Ich begriff, hier sollte ein Arzt geholt werden, der aber wegen seiner kranken Hand nicht helfen konnte.

Ich schob mich zwischen den Gaffern durch, deutete auf mich und sagte: »Dottore.« Augenblicklich stürzte der Mann ins Haus und kehrte kurz darauf mit einer Tasche zurück, in der ich mit Recht alle Utensilien vermutete, die ich für diesen Hausbesuch brauchen würde. Schon riß mich die Frau mit sich.

Wir hasteten die Stufen einer kleinen Brücke hinauf, auf der anderen Seite wieder hinab und weiter, als würden wir verfolgt. Wie ein dunkler Riesenvogel huschte die Venezianerin mit wehendem Umhang vor mir her. Es war so dunkel in den engen Gassen, daß ich bei jedem Schritt zu fallen fürchtete. Endlich sah ich einen Lichtschein. Vor einem Haus erwartete uns ein Mann mit einer Laterne. Als ich gebückt durch die niedrige Tür eintrat, vernahm ich monotone Stimmen. Sie kamen aus einem Zimmer, in dem ein paar Frauen zusammensaßen und beteten. Der Mann packte mich jetzt bei den Armen, daß es schmerzte, und sagte mir – mit Tränen in den Augen – etwas, das ich leider nicht verstand. Dann schob er mich fast grob in das angrenzende Zimmer. Mit blutleerem Gesicht lag dort eine junge Frau in Wehen. Auf dem Bettrand hockte eine Alte, die Hebamme, wie ich später feststellte.

Es war nicht die erste Entbindung, die ich vornahm, auch nicht die erste, bei der es um Leben und Tod ging. Aber etwas war hier anders: Es konnten keine Kapazitäten hinzugezogen werden, wie daheim bei komplizierten Fällen, die Frau konnte auch nicht in ein Krankenhaus überführt werden. Ich war die einzige, die ihr helfen konnte, auf mich kam es an. Ich arbeitete wie im Fieber und begriff später selbst kaum, wie ich es geschafft hatte, daß die Mutter die Geburt überlebte und das Kind keinen Schaden nahm.

Der erste klägliche Schrei des kleinen Jungen fand vor der Tür ein lärmendes Echo. »Il bambino!« schrie der Vater und stürzte herein. In diesem Augenblick erwachte auch die Wöchnerin aus der leichten Narkose, die ich ihr gegeben hatte. Ich versorgte sie, öffnete dann eine Tür, die zu einem Gärtchen führte, um frische Luft hereinzulassen, und erst, als alles getan war und ich Mutter und Kind ohne Gefahr bis zum nächsten Morgen der Familie überlassen konnte, wankte ich in den Flur hinaus.

Ich wurde in einen kleinen Raum geführt, in dem auf einem säuberlich gedeckten Tisch Weißbrot und Wein für mich bereitgestellt waren. Ich hätte nichts essen können, ich war zu erschöpft. Aber dem Wein sprach ich zu und fühlte meine Kraft zurückkehren. Zurückkehren? Ich fühlte eine Kraft, die ich vorher gar nicht besessen hatte. Nicht nur der kleine Junge war in dieser Stunde geboren worden.

Als ich gehen wollte, überreichte mir der Vater diese kleine Gondel. Sie war der einzige Schmuck der ärmlichen Kammer, in der ich mich beim Wein erholt und begriffen hatte, daß es kein größeres Glück für eine Frau gibt, als helfen zu können. Der Mann führte mich dann zu einer Hintertür über eine Treppe zum Kanal, wo sein Boot lag. Fast feierlich zündete er das Windlicht an und fuhr mich zum Lido – eine glückliche Frau, die auf ihre törichten Fragen eine ungewöhnliche Antwort erhalten hatte.

Erica Wegener

Fahr mit Gott, Lutka

Eine polnische Grenzstation Anfang unseres Jahrhunderts. Die siebzehnjährige Lutka wird von zwei jungen Offizieren in eine Falle gelockt. Als sie das merkt, denkt sie nach, handelt überlegt und findet den rettenden Ausweg.
Vorlesezeit ca. 12 Min.

Die nachstehende Geschichte spielte sich vor vielen Jahren auf dem Bahnsteig der polnischen Grenzstation Mlawa ab.

Der D-Zug nach Danzig verließ soeben den Bahnhof. In dem Warschauer Zug, der abfahrtbereit auf der anderen Seite des Bahnsteiges stand, öffnete ein etwa siebzehnjähriges Mädchen hastig das Fenster des Damenabteils, beugte ihre schmale Gestalt weit hinaus und winkte mit dem Taschentuch einem alten Herrn zu, der im Danziger Zug davonfuhr. Auch er beugte sich weit aus dem Fenster und rief mit einer Stimme, die gegen das Weinen ankämpfte: »Fahr mit Gott, Lutka!« Das Mädchen fand in der Aufregung des Abschieds kein Wort, sie schrie ein paarmal »Vater«, vogelhaft und ekstatisch, und warf dem fortfahrenden Zug Kußhände nach, verstummte aber plötzlich, zog sich mit einem Ruck vom Fenster zurück und riß die Gardinen vor.

Zwei junge russische Offiziere, die unter den schwarzen Schnurrbärten ein zähneglitzerndes Lachen zeigten, blickten zu ihr hinüber. Durch den Schlitz der Gardine sah sie, wie die beiden die Köpfe zusammensteckten, den Bahnhofsvorsteher heranwinkten und auf ihn einsprachen. Einer der Offiziere zeigte mit dem Daumen verstohlen zu ihr hinüber. Der Bahnhofsvorsteher nickte und ging davon. Auch die Offiziere entfernten sich. Lutka zog ihre kleine, an einer goldenen Kette im Gürtel steckende Uhr heraus: noch fünf Minuten, und der Zug mußte abfahren.

Sie war in ihren Träumen schon in Warschau, in der Wohnung ihrer Tante, als der Bahnhofsvorsteher in das Abteil trat und ihr mit devotem Lächeln andeutete, daß sie auszusteigen habe, ihr Gepäck müsse noch einmal kontrolliert werden. Aber der Zug fahre doch in einigen Minuten ab, erklärte sie dem Mann voller Angst. Doch der griff einfach nach ihrem Koffer und trug ihn fort. Während der Zöllner noch einmal mit wichtiger Miene und zugleich mit einem heimlichen Grinsen ihre Sachen durchwühlte, fuhr der Warschauer Zug aus der Station.

Traurig kehrte Lutka auf den Bahnsteig zurück und ließ sich auf ihrem Koffer nieder. Sie dachte an den Vater, und gleich wurde sie ruhiger. Er hatte ihr vier Rubel beim Abschied gegeben. Vielleicht, daß sie damit irgendwo übernachten könnte. Aber kaum hatte ihr Blick die Gebäude der Station und die Dächer von Mlawa zögernd berührt, als ihr klar wurde, daß sie hier auf der Station den nächsten Zug, der gegen Morgen fuhr, abwarten müsse. Denn in diesen Lehmhütten konnten nur die Leute aus Mlawa wohnen und Hühner und Schweine und Schmutz und Elend und Wanzen. Lutka schüttelte sich. In diesem Augenblick sah sie in glänzenden Stiefelchen die Offiziere über den zerlöcherten Bahnsteig kommen. Ja, es waren dieselben, sie erkannte sie auf den ersten Blick. Sie waren zum Fürchten schön, bewegten sich wie Katzen und hatten einen glühenden Teufel in den dunklen Augen. Lutka hörte, wie die beiden abwechselnd ihr Mißgeschick bedauerten und ihr jede Art von Hilfe anboten. Sie wußte nichts zu entgegnen, sie nickte nur und lächelte.

Die Offiziere führten sie in den Wartesaal. Mit einer Handbewegung fegten sie alle Leute zur Tür hinaus und riefen den Wirt heran. Bald lag über dem schmutzigen Tisch ein fast weißes Tuch gebreitet, und der Wirt brachte eine Flasche mit drei Gläsern. Lutka wußte, daß dies Sekt war; aber da der Vater ihr geistige Getränke nie angeboten hatte, war ihr der Geschmack des Sektes neu und vor allem seine Wirkung. Sie merkte gar nicht, wie ihre Traurigkeit und ihre Angst sie verlassen hatten. Sie war auch nicht mehr so ungelenk im Antworten, und statt immer die Augen niederzuschlagen, schaute sie die Offiziere an. Sie trugen rote Pekeschen, die goldene Verschnürungen hatten. Lutka erzählte von zu Hause und ihrem Vater, dem die Polen ihren Weizen verkauften. Und sie erzählte von den polnischen Fährknechten, die immer einen Hering im rechten Hosensack stecken hätten und im linken die Schnapsflasche und am Hals die Geige.

»Ach ja, Geigen!« riefen die Offiziere und ließen Musik machen. Und der Wirt brachte eine neue Flasche. Lutka fühlte sich von der Erde angehoben. Es war ihr, als tanzte sie, ohne die Beine zu rühren. Ihre Worte tanzten, ihre Gedanken. Aber da blickte sie schnell herab, die Hand des einen Offiziers, der zu ihrer Linken saß, kam unter ihrem rechten Arm hervor. Sie dachte nur: Was ist denn das? Ich schwebte doch, ich war doch glücklich? Warum tun sie das? Sie spürte, wie ihr das Blut, das so fröhlich pulste, schwerflüssig und kalt durch die Adern rann, ja, sie hatte Angst und wußte plötzlich, daß man sie in eine Falle gelockt hatte. Sie neigte den Kopf und floh in Gedanken zu ihrem Vater, setzte sich, wie sie es gewohnt war, in seinem Privatkontor an den großen Schreibtisch ihm gegenüber. Und sie stellte sich vor, wie sie für ihn Adressen auf die Briefumschläge schrieb, sie hörte die Feder kratzen. Sie hörte aber auch die Offiziere lachen, jedoch von ferne. Sie blickte zum Vater auf: innig, flehend, stumm. Da sah sie ganz deutlich einen Briefumschlag vor sich, und darauf stand in ihrer eigenen Schrift: »An Herrn Schmul Feigenblatt, Makler in Mlawa.«

Und schon erhob sie sich, sagte zu ihren vergnügten Peinigern »einen Augenblick« und ging hinaus.

Es war längst Nacht geworden. Nach einigem Umherspähen erblickte sie einen Arbeiter, der eine Ölkanne trug. Sie zeigte ihm heimlich ihre vier Rubel, gab ihm zwei und versicherte ihm, daß er die übrigen zwei erhalte, wenn er ihr eine kleine Bitte erfülle. Und sie beschwor ihn bei der Matka Boska Czetochowa, daß er so schnell wie möglich den Kornmakler Schmul Feigenblatt zu ihr herbringe.

Er sollte nur sagen, Lutka, die Tochter seines Geschäftsfreundes aus Danzig, warte auf ihn hier am Bahnhof.

Der Arbeiter steckte die Rubel ein und war in der Nacht verschwunden. Lutka aber ging zurück in den Wartesaal, setzte sich zwischen die roten Pekeschen. In Gedanken saß sie wieder vor ihrem Vater, doch sie hörte die Geigen, das Gläserklirren und das Gelächter der Russen.

Schließlich hörte sie die Tür aufgehen und hörte eine Stimme: »Nu, mein Teibchen, nein – die Freide!«

Da stand er, den sie wie einen Engel erwartet hatte und nun auch nicht anders wie eine Himmelserscheinung anstarrte: krummbeinig, in einen schmutzigen Kaftan gehüllt, die Nase über den grauen Bart herabgebogen und die Arme weit ausgebreitet. Schmuls Äugelchen hatten sich, als er eintrat, aufgerissen, waren aber dann ebenso schnell wieder klein, listig und demütig ahnungslos geworden. Und er hielt Lutka im Arm, küßte sie, griff nach ihrem Koffer und zog sie in die Nacht hinaus, noch ehe die vollständig verblüfften und vom Sekt berauschten Russen wußten, was eigentlich geschehen war.

Draußen wartete der Arbeiter. Lutka wollte ihm den Rest seines Lohnes geben, aber er hatte schon ihren Koffer gepackt, faßte sie hastig bei der Hand, während Schmul Feigenblatt, der das sah, ebenso schnell sie bei der anderen ergriff. So liefen die drei durch die dunklen Gassen von Mlawa, sie sprachen kein Wort.

Lutka hörte ihren Atem und das Keuchen der Männer. Die Pfützen zischten und zwatschten wie aufgeweckte, aus Wasser gemachte Nachtmahre. Der Kot zog an ihren Knöpfschuhen. Und es war kein Stern zu sehen. Aber sie fühlte ihre Hände in den großen kräftigen, warmen Männerhänden. Auf beiden Seiten wurde sie gehalten, gezogen; auf beiden Seiten schritt neben ihr der Vater. Wäre es nicht Nacht gewesen, sie hätte gesungen. Im Getratsch ihrer Schritte, im Geschwätz der Pfützen, ja, noch im Gebell der Hunde hörte sie die Worte des Vaters: »Fahr mit Gott, Lutka!«

Stefan Andres

Das größere Glück

Die Heimat wiedersehen will das alte Ehepaar und fährt nach Oberschlesien. Sie kommen auf ihren Hof. »Willkommen daheim!« begrüßt sie dort der alte Bauer. Ein Mensch wie sie, der voll Wehmut an seinen Hof zurückdenkt, der jetzt in der Sowjetunion liegt. Sie verstehen nicht mehr, weshalb sie ihn all die Jahre hindurch gehaßt haben.
Vorlesezeit ca. 24 Min.

Die Heimat auf ihre alten Tage wiederzusehen, dünkte Christian Radeck und seiner Frau Anna das größte Glück dieser Welt. Es hatte lange gedauert, bis sie den Paß in Händen hielten, und die Reise endlich losgehen konnte. Die Reise nach Oberschlesien, nach Hartmannsdorf, das jetzt Pyskowice hieß. Für Christian Radeck war es Hartmannsdorf geblieben, der Ort, in dem er geboren und aufgewachsen war auf einem Hof mit dreihundertjähriger Familientradition. Da saß jetzt der Pole drauf, der Polack, der ihm ein Würgen in der Kehle verursachte, sooft er daran dachte. Die Radecks waren in ihrem Herzen Bauern geblieben, landlose Bauern ohne Hof. Ein Haus hatten sie sich inzwischen mit Hilfe des Lastenausgleichs gebaut und sich äußerlich in der kleinen württembergischen Industriestadt eingelebt. Christian Radeck hatte in einer der Fabriken eine gute Arbeitsstelle gefunden. Später traten die Söhne als Lehrlinge in den Betrieb ein, arbeiteten sich zu Vorarbeitern hoch und heirateten schwäbische Mädchen.

Auch das war etwas, worüber sich die beiden Radecks insgeheim grämten. Nicht, daß sie etwas an den Schwiegertöchtern auszusetzen gehabt hätten, sie waren fleißig und ordentlich und hatten ihnen fünf Enkelkinder geboren. Nur eben Schlesierinnen hätten es sein sollen. Man wollte doch schließlich eines Tages wieder zurück. Doch davon wollten die Söhne nichts wissen. Sie waren acht und neun Jahre alt gewesen, als sie die Heimat verließen. Sie bedeutete ihnen nichts mehr. Nur die beiden Alten konnten das Dorf und den Hof nicht vergessen. Beides erschien ihnen in der Erinnerung groß und schön, und das um so mehr, je weiter der Tag der Trennung zurücklag.

All ihr Denken, Reden und Sinnen drehte sich fortan nur um dies eine Wort: Heimat. Als es soweit mit ihnen gekommen war, hatten die Kinder sie beschworen, doch einmal besuchsweise hinüberzufahren und waren ihnen bei der Erledigung der Formalitäten behilflich. Sie würden beim Nachbarn wohnen. Der Florian war drüben geblieben und hatte für Polen optiert, deshalb hatte er auch seinen Hof behalten dürfen.

Und dann saßen sie im Zug, und ihre Gedanken eilten dem Ziel ihrer Sehnsucht entgegen. In Görlitz fuhren sie über die Neiße. Der Zug war sauber und warm, der polnische Zollbeamte freundlich. Nur mit dem polnischen Bier war nichts los, weil es, wie der Mitropakellner erklärte, ohne Hopfen aus Lupinen gebraut wird. Der Zug fuhr über Hirschberg, das jetzt Jelena Gora heißt, am Riesengebirge entlang. Als die ersten rundkuppigen Berge auftauchten, füllten sich ihre Augen mit Tränen, doch die Ergriffenheit währte nicht lange, die am Fenster vorbeifliegende Landschaft drängte sie zurück. Ihre Augen brannten vom vielen Hinschauen. Die Felder waren ordentlich bestellt, Häuser und Straßen in gutem Zustand, die Bahnhöfe sauber, die Anlagen gepflegt, die Kinder fröhlich, die Erwachsenen freundlich und höflich.

»Die Felder, die Straßen, wie zu deutscher Zeit«, murmelte Christian Radeck beklommen, und Anna Radeck zog das Kopftuch unterm Kinn fest und antwortete bedrückt, verwirrt von all den unerwarteten Eindrücken: »Wie kann das sein, Vater, das ist doch wohl nicht möglich!«

»Sie werden das längs den Bahnschienen gemacht haben«, versetzte Christian Radeck nach einer Weile, sichtlich beruhigt, daß ihm das noch rechtzeitig eingefallen war. »Wegen der Touristen, die die Devisen reinbringen. Darauf sind sie nämlich angewiesen.«

Doch bald schon mußten sie erfahren, daß das »längs den Bahnschienen« nicht stimmte. Als Christian Radeck es gewahr wurde, sprach er kopfschüttelnd, mehr zu sich selbst: »Der Großvater, der lange im Polnischen drüben war, hat immer gesagt, ›Peronnje‹, hat er gesagt, ›die da drüben, das sind Menschen wie wir!‹ Aber es hat ja keiner hören wollen, damals.«

In Gleiwic stiegen sie in den Bus um. Die letzten zwei Kilometer gingen sie zu Fuß, schweigend, mit klopfenden Herzen und unruhig spähenden Augen. Als sie um die Waldecke bogen, lag es vor ihnen, eingebettet in eine leichte Senke. »Das Dorf«, sagte Christian Radeck still, mit zitternden Lippen, »unser Dorf, Mutter! Daß wir es noch einmal sehen dürfen!« Er wischte mit dem Handrücken über die Augen und stand wie geblendet. »Es ist alles so, wie es früher war«, sagte die alte Frau, »es hat sich nichts geändert.«

Die auf der Dorfstraße spielenden Kinder blieben beim Vorübergehen der beiden Fremden neugierig stehen, faßten sich an den Händen und folgten ihnen in angemessener Entfernung.

Zwei kleine Blondköpfe schienen dem Florian wie aus dem Gesicht geschnitten, so daß die Frau stehenblieb und sie ansprach. Sie blickten treuherzig, kicherten verlegen und sagten irgend etwas auf polnisch.

Beim Spritzenhaus verhielten sie den Schritt. »Da ist er – der Hof«, sagte Christian Radeck mit einer Stimme, in der sich Freude, Erregung, Trauer und Bitterkeit mischten. »Unser Hof.« – »Das Kuhstalldach ist neu gedeckt und in den Hühnerstall haben sie ein größeres Fenster reingemacht«, entgegnete Anna verhalten. Lange Zeit standen sie nebeneinander, die Blicke unverwandt auf den Hof gerichtet, und feierten schweigend Wiedersehen mit jedem Stein der Gebäude.

Erst als sie das Kichern der Kinder hinter ihrem Rücken vernahmen, rissen sie sich seufzend los und gingen schweren Schrittes zum Nachbarn hinüber, der sie, in der Tür stehend, seit geraumer Zeit erwartet hatte. Er umarmte sie unter Tränen und führte sie ins Haus. Im Handumdrehen war fast das halbe Dorf zusammengeströmt. Die Kinder hatten die Botschaft von der Ankunft der beiden Fremden in die Häuser getragen. Die zurückgebliebenen deutschen Einwohner und einige Zugezogene schlossen die Angekommenen in die Arme und streichelten und küßten sie mit lachenden Gesichtern und Augen, in denen eine unbeschreibliche Freude lag. Alle schienen sich auf diesen Tag vorbereitet zu haben, jeder hatte irgend etwas zur Bestreitung des Festmahles mitgebracht. Nach dem Essen ging es ans Erzählen.

Es sei schlimm gewesen, damals, nach 1945, aber davon wolle man nicht mehr reden. Das sei überstanden und das Leben sei weitergegangen. Die Polen seien ins Dorf auf die leeren Höfe gekommen und man habe miteinander leben müssen, anfangs mehr schlecht als recht, aber die Jahre hätten manches abgeschliffen und man habe sich schließlich zusammengerauft. Vieles sei seither anders geworden. Man habe einige polnische Sitten übernommen, und die Polen ein paar deutsche Gewohnheiten. Man käme gut miteinander aus. Einige der jungen Leute hätten untereinander geheiratet und von den Enkelkindern, auch von denen aus rein deutschen Familien, spräche keines mehr deutsch – höchstens ein paar aufgeschnappte Brocken. Sonst sei kein Unterschied mehr zwischen Deutschen und Polen. Alle seien sie katholisch und jeder bekäme eine seinen Fähigkeiten entsprechende Arbeit. Der Älteste vom Pillard Anton sei im Gleiwicer Walzwerk beschäftigt und mit dem Silbernen Verdienstkreuz als Belohnung für gute Arbeit ausgezeichnet worden. Es gäbe alles zu kaufen; jeder könne ungehindert seine Meinung äußern, könne frei kaufen und verkaufen, müsse nur, auf Nachfrage, dem Finanzamt nachweisen, woher das Geld stamme. Nur eine deutsche Schule gäbe es nicht, schlossen sie seufzend und fügten kummervoll hinzu, daß die Kinder dies nicht als Mangel empfänden.

All dies drang schmerzhaft in Anna und Christian Radecks Bewußtsein, und sie spürten verwirrt, daß sich das Bild der Heimat in ihren Herzen aufzulösen begann in lauter kleine, einzelne Mosaiksteinchen, die nicht mehr zueinander passen wollten. Vollends durcheinander jedoch kamen sie, als sie den sehnlichsten Wunsch aller Anwesenden vernahmen, in die Bundesrepublik überzusiedeln, von der sie Wunderdinge zu berichten wußten, die der Wirklichkeit nur entfernt entsprachen. Ihre zwanzigjährige Sehnsucht nach Deutschland malte ihnen ihre »Heimkehr ins Reich« in den leuchtendsten Farben. – Das konnte doch wohl nicht möglich sein! Sie wollten die Heimat verlassen, alles aufgeben, für die Aussicht, ein winziges Rädchen in einem gutfunktionierenden Wirtschaftsgefüge zu werden, denn mehr erwartete sie nicht.

Christian Radeck begann zu sprechen, versuchte, ihnen ihren Irrtum klarzumachen. Doch sie lächelten nur in der Art, wie Leute lächeln, die es besser wissen. Da ließ er es sein, aber das Herz wurde ihm schwer.

Am nächsten Morgen brachen die Radecks zu einem Rundgang durchs Dorf auf. Alle Gäste vom Vortage hatten sie beschworen, bei ihnen vorzusprechen, und sie mußten sich sputen, um allen Einladungen in den vierzehn Tagen Folge zu leisten. Aber das war nur eine Ausrede, um unbehelligt fortzukommen. In Wahrheit beseelte sie nur ein Gedanke: Der Hof. Sie mußten den Hof wiedersehen, die Stuben, die Ställe, den Schuppen und den Keller. Es war ihr Hof. Sie hatten ein Recht darauf. Mit steifen, hölzernen Schritten gingen sie nebeneinander her, ein Stück die Straße hinunter und durch das offenstehende Radecksche Hoftor. Drei kleine Kinder spielten auf einem Sandhaufen neben der Gartentür, und von den Ställen her kam eine junge Frau quer über den Hof, lächelte und sagte freundlich: »Dzien Dobry Panie, Dzien Dobry Panu.« Sie bedeutete ihnen, ihr ins Haus zu folgen.

Ein alter, weißhaariger Bauer erhob sich von der Ofenbank und kam ihnen mit ausgestreckten Händen entgegen: »Ich habe euch erwartet«, sagte er in gebrochenem Deutsch. »Willkommen daheim!« Den Radecks verschlug es für ein paar Atemzüge lang die Sprache. Der Mann hatte gute Augen, breite, verarbeitete Hände und einen krummgearbeiteten Rücken. Sie begriffen plötzlich nicht mehr, weshalb sie ihn all die Jahre hindurch gehaßt hatten. Wenn er ein Gauner gewesen wäre, ein Lump, aber er war ein Mensch wie sie, ein alter, müder, kaputtgeschufteter Bauer. In Christian Radeck regte sich, ihm selbst unbewußt, eine Art Solidaritätsgefühl.

»Wladislaw Kowalski«, stellte sich der Pole vor und bat die beiden, Platz zu nehmen. Die junge Frau brachte Brot, Schinken und einen Krug Milch und deckte den Tisch. Der Pole bekreuzigte sich, neigte den Kopf, sagte: »Segne uns, Herr Jesus Christus, König in Ewigkeit, diese Speise«, und forderte seine Gäste zum Zulangen auf. Dabei erzählte er, daß seine Familie aus einem Ort in Ostgalizien käme, wo bis Mitte des Krieges Juden gewohnt hätten. Er habe das Jiddisch schon als Kind auf der Straße gelernt, deshalb sei ihm nun die Erlernung der deutschen Sprache leicht gefallen. Dem Nachbarn zuliebe habe er sie gelernt. Denn der Florian sei ein guter Nachbar, mit dem er sich ab und zu ein wenig unterhalten wolle.

Als das Mahl beendet war, sagte der Pole, nachdem er sich bekreuzigt hatte, mit zögernder Stimme: »Ich weiß, wie euch zumute sein mag, wieviel Bitterkeit in euren Herzen liegt, wieviel Groll und Unbehagen. Ich weiß es, weil es mir ähnlich ergangen ist. Gebe Gott, daß ich euch darüber hinweghelfen kann, und wo nicht, so möge er euch seinen Frieden geben, wie er ihn auch mir gegeben hat. – Seht das Bild dort«, er deutete mit dem Kopf zur Wand zwischen den beiden Fenstern, »der Hof gehörte seit Generationen den Kowalskis. Dann kam der Krieg, den wir nicht verschuldet haben, und nach dem Krieg die Annektion unserer Heimat durch die Sowjetunion. Wir wurden ausgewiesen mit einem Rucksack auf dem Rücken und einem Koffer in der Hand. Alles andere mußten wir zurücklassen. Man sagte uns, daß wir Möbel, Hausrat und

Vieh in der neuen Heimat vorfinden würden. So ist es gewesen. Trotzdem hat es meine Frau nie verwinden können. Sie ist im fünften Jahr unseres Hierseins gestorben – an gebrochenem Herzen, wenn so etwas möglich ist. Sie hatte Sehnsucht nach der Heimat und nach den Gräbern ihrer Eltern und unseren zwei Erstgeborenen. – Die Kinder sind herangewachsen, haben hier geheiratet und ihre Kinder sind hier geboren. – Ich weiß, daß ihr in Westdeutschland eure alte Heimat wiederhaben wollt. Aber, sagt selbst, haben wir, die wir schuldlos vertrieben wurden, nicht das gleiche Recht? Wer gibt uns die unserige zurück? Die Sowjetunion niemals! Und wenn ein Wunder geschähe, und sie es tun würde, für wen würde sie dann noch Heimat sein? Für eine Handvoll Greise. Die Kinder würden sich ebenso zeit ihres Lebens hierher zurücksehnen wie eure Kinder nach Westdeutschland. – Unsere Kraft ist verbraucht, wir stehen an der Schwelle des Todes. Wir Alten sollten aufhören, nur an uns selbst zu denken.«

»Lieben Sie den Hof?« fragte Christian Radeck mit spröder, ratloser Stimme. Der Pole wiegte den Kopf. Dann erwiderte er: »Meine Kinder lieben ihn und meine Enkel werden ihn lieben. Mein Herz und meine Seele sind in Podbielskow zurückgeblieben. Das liegt wohl am Alter.« Sie schwiegen lange und hingen ihren Gedanken nach.

Dann sagte der Pole: »Wir glauben alle an einen Gott, und wir haben einen Herrn, Jesus Christus. Dieser Herr gehört keiner Nationalität an. Wenn wir ihm nachfolgen, sind wir Brüder über alle Ländergrenzen hinweg, was immer auch geschehen ist und noch geschehen mag. In den Augen der Welt freilich sind wir arme Seelen, Schachfiguren, die mal hierhin, mal dorthin geschoben werden. – Wir können nichts anderes tun, um unser Los erträglicher zu machen, als zu versuchen, einander zu verstehen und in Christo zu lieben. Dazu möge uns Gott helfen.« – »Amen«, sagte Anna Radeck leise und lächelte zur Verwunderung ihres Mannes still vor sich hin.

Das kam daher, weil ihr plötzlich, bei den Worten des alten Polen, zum Bewußtsein kam, wie reich sie noch immer war. Sie hatte ihren Mann behalten und die Heimat wiedersehen dürfen.

»Eure Gräber haben wir in Ordnung gehalten«, sagte der Pole, »und oben, in der Kammer, liegen noch ein paar Sachen, Photographien, alte Schulbücher und ähnliches. Meine Frau hat sie dort eingeschlossen, gleich nachdem wir angekommen waren. ›Wladislaw‹ hat sie gesagt, ›an sowas hängt das Herz. Vielleicht können wir es eines Tages zurückgeben. Der Haß wird ja nicht ewig dauern. Die Liebe ist stärker.‹ Ich habe ihr auf dem Totenbett versprechen müssen, den Schlüssel wie meinen Augapfel zu hüten.« Er entnahm ihn der Innentasche seines Rockes und reichte ihn Christian Radeck mit den Worten: »Geht hinauf und nehmt euch, was euch des Mitnehmens wert ist. Und wenn ihr etwas findet, woran euer Herz hängt, so will ich Gott danken, daß er meiner toten Frau auftrug, es für euch aufzuheben.«

Als die beiden Radecks wieder in die kleine schwäbische Stadt zurückgekehrt waren, sagten Söhne, Schwiegertöchter und Enkelkinder wie aus einem Munde: »Gott sei Dank, daß ihr wieder da seid!« Und den beiden Alten wurde es dabei ganz warm ums Herz. Als sich die Kinder dann nach dem Ergebnis ihrer Reise erkundigten, sagte der Vater bedächtig: »Die alte Heimat haben wir zwar verloren, dafür aber einen Bruder in Christo gewonnen, den wir besuchen können, so oft wir nur wollen.« Er lächelte, als er die verständnislosen Blicke der Söhne und Töchter gewahr wurde, und auch die Mutter lächelte. Sie wußten nicht recht, wo sie mit dem Erzählen beginnen sollten, weil ihnen die rechten Worte fehlten. Denn im Grunde genommen ging das, was sie erlebt hatten, über alles menschliche Begreifen hinaus.

Renate Sprung

Die geschwänzte Urlaubsreise

In einem kleinen Dörfchen, abseits der großen Autostraßen, verbringt die Familie ihren Urlaub. Braungebrannt und gut erholt kommt sie nach Hause zurück. Italien sehen sie sich auf den Dias ihrer Freunde an.
Vorlesezeit ca. 9 Min.

Ich liebe Italien, das Land mit dem ewig blauen Himmel. Ich liebe die Riviera, den Markt in Verona, die Dome von Mailand und Florenz, den Canale Grande und die Lagunen von Venedig, ich liebe den Gesang der Gondolieri, die singende Sprache der sizilianischen Limonenverkäufer, die Trauben, die Trattoria, Spaghetti, Wein und Brot und den Café nero, der schwarz ist wie die Nacht und heiß wie die Liebe. Über die blaue Weite des Mittelmeeres segeln die Gedanken weiter, denn mein Herz hängt an Spanien, an Sonneninseln, an maurischen Palästen und an glutäugigen Toreros im Rund der tobenden Arena. Und was ist das alles gegen den unentdeckten Zauber der dalmatinischen Küste, gegen die Thunfischjagd zwischen den Inseln, schlanke Minaretts unter Palmen, verschleierte Frauen und türkischen Kaffee?

Jeden Tag viermal, wenn mich mein Weg am Schaufenster des Reisebüros vorbeiführt, verfalle ich der Magie eines Plakats mit azurenem Himmel über der Piazza einer eng gebauten südlichen Stadt, und es zieht mich mit hundert Armen in die Ferne. Am Schreibtisch dann, wenn ich über weiße Blätter voller Buchstaben und Zahlen gebeugt bin, irren meine Gedanken ab wie die Zugvögel, und für Augenblicke sitze ich am Steuer und kurve die Pässe hinauf und hinunter, über grade Straßen, durch Städte im Ameisengewühl, nach Süden, nach Süden, nach Süden. Die Motoren brausen, die Musik dröhnt, die Nächte sind schwül und voller Sterne, Gläserklang, Lachen und Tanzmusik. Und am Tage, wenn die Hitze in den engen Gassen schwebt, füllen die Fremdenführer meine Ohren mit vielen Dingen, die man gehört und gesehen haben muß. Schließlich sind Müllers letztes Jahr und Maiers vorletztes Jahr schon dort gewesen. Mit einem kühlen Hauch durch das geöffnete Bürofenster geht die südliche Vision dahin wie ein Zigarettenkringel. Ich bin müde; von der Straße braust Motorenlärm herauf, und wenn ich ehrlich bin, sehne ich mich nur nach zwei Dingen: nach Grün und nach Stille.

Wir haben also, um es gleich zu sagen, die große Reise diesmal einfach geschwänzt, ganz still und heimlich, versteht sich. Unsere Bekannten warten noch immer vergeblich auf Kartengrüße aus Florenz oder Taormina, denn wir waren – soll man es wirklich verraten? – in den Ferien im Gasthaus zum »Silbernen Fisch«. Wo das ist? Mitten im Paradies, in grünen Wiesen, an einem heiteren Fluß, unter einem Himmel voller Stille. Weit ab von den Linien München–Rom oder Wien–Paris liegt es buchstäblich am Ende der Welt, ein Dörfchen mit nadelspitzem Kirchturm, breiten Bauernhäusern, bunten Vorgärten, Obstwiesen und schattenden Nußbaumkronen. Aus blanken Fenstern mit rot-weiß-karierten Vorhängen schaut der »Silberne Fisch« zu den grünen Hängen der waldigen Berge hinüber und freut sich an einer Welt, in der es viele Dinge nicht gibt, zum Beispiel: keine Autostraßen, keine Lastwagen, kein Kino, keine Lichtreklame, kein Fernsehen, keine Musikautomaten. Es ist einer der wenigen Orte auf der Welt, wo man sich noch mit dem Wichtigsten beschäftigen kann: nichts zu tun, gar nichts; außer zum Beispiel: schlafen, schlafen in herrlichen breiten Betten. Das Schönste am Schlafen ist das Aufwachen, wenn man mit ganz entspannten Sinnen begreift: kein Wecker, kein Autobus, kein Chef, warmes Wasser in der Leitung, geputzte Schuhe vor der Tür; später duftender Kaffee, knusprige Brötchen und gelbe frische Eier zum Frühstück.

Und dann: kein Pensum, kein Programm, keine durcheinanderschwirrende Reisegesellschaft, keine Sorge um den Fensterplatz im Omnibus von wegen Gardasee, Schiefer Turm oder Vesuv; statt dessen nur die besorgte Frage der Wirtin, ob wir die Schnitzel lieber »natur« wollen oder die Forellen lieber blau, oder ob wir spazierengehen wollen, auf die Hangwiese, zum Wasserfall, zur alten Mühle; sonst keine Sorgen.

»Faul sein, nix tun, bloß existier'n, des ist scho' Arbeit g'nug«, so hat es ein Bayer als Quintessenz jeder Urlaubsphilosophie formuliert.

Auf einmal hat man Zeit, einen ganzen Himmel voll Zeit, eingeteilt durch die melodischen Schläge der Turmuhr, die aufgereiht sind an einer Perlenschnur von Kuhglockengeläut, Bachgemurmel, Grillen- und Amselton.

Am Fluß hinter den Erlen und Weiden steht die Zeit so still wie die silbernen Forellen über den braunen Steinen; dünn wie ein Faden Altweibersommer gleitet die Angelschnur flußauf, und die Mücken tanzen. Auf der Wiese am Badeplatz haben wir die Familienmeisterschaft im Federball ausgetragen; Siegerpreis: ein Brathähnchen extra, frisch aus dem Hühnerhof, mit Salat aus dem Garten, mit Öl und Kräutern köstlich angemacht. Das Beste im »Silbernen Fisch«: die Abende, wenn die Wanduhr tickt. Man sitzt gemütlich, tut gar nichts, liest ein bißchen, macht ein Spielchen, schaut der Skatrunde kiebitzend über die Schulter und läßt die Gedanken rund um eine Karaffe mit samtigem Rotwein ihre Kreise ziehen.

Auf einmal ist man müde, müde vom Nichtstun. Der Schlaf kommt herauf, wie der Mond, und man weiß, wenn einem die Augen zufallen: alles ist gut.

Wir sind braun, wie nach drei Wochen Mallorca. Wir sind immer noch zum Trällern aufgelegt, und es kommt uns so vor, als seien die Leute um uns herum in unserer Abwesenheit viel netter geworden, freundlicher, verständnisvoller; und Nerven haben wir mitgebracht, doppelt in Schaumgummi gepolstert! Die geschwänzte Reise in den Süden machen wir in diesem Herbst übrigens doch noch ein paarmal: wenn unsere Freunde ihre Farbdias vorführen, mühsam erworbene, dafür aber unbegrenzt haltbare Konserven von Sonne, Zypressen, Meer und südlichem Himmel! Ich freue mich darauf, denn – ich liebe Italien.

Erika Dillmann

Der Reisekoffer

Einen kleinen Reisekoffer wünscht sich die schon gebrechliche alte Dame und beharrt auf ihrem Wunsch. Kinder und Enkelkinder schenken ihr also einen besonders schönen Koffer. Urenkel Andreas bewundert ihn und erfährt, wie man reisen kann, ohne zu verreisen.
Vorlesezeit ca. 9 Min.

Als die Großmutter sich zum Geburtstag den kleinen Reisekoffer gewünscht hatte, hatten alle gelächelt oder verwundert den Kopf geschüttelt. Wozu brauchte die alte Dame denn einen Koffer? Sie pflegte niemals wegzufahren, denn sie war schon ein wenig gebrechlich und das Laufen fiel ihr schwer. Zumeist saß sie in ihrem bequemen Sessel am Fenster und blickte mit ihren hellen, weitsichtigen Augen in die Landschaft hinaus, ihren Erinnerungen nachhängend oder den Kindern zuschauend, die auf der Straße spielten.

In früheren Jahren, als sie noch jünger gewesen war, hatte sie das Reisen sehr geliebt. Sie war fast in allen Ländern Europas gewesen, und eine Zeitlang hatte sie sogar in einem kleinen Fischerdorf an der dalmatinischen Küste gewohnt und ein wenig zu malen versucht. Aber dies alles war so endgültig vorbei, daß man nicht einmal mehr darüber sprach.

Da sie nun aber mit einem an ihr ungewohnten Eigensinn auf dem seltsamen Wunsche beharrte, kauften die Kinder und Enkel ihr einen besonders schönen Koffer aus schwarzem Lackleder mit zwölf goldfarbenen Schließen, ein Prunkstück, viel zu schade, um in irgendeiner Ecke zu verstauben.

Sie sprachen nachher nicht mehr darüber, weil ihr Taktgefühl es ihnen verbot, sich über die Marotte einer alten Frau lustig zu machen. Sie sahen den Koffer einige Male da liegen, als sie die Großmutter besuchten, aber sie blickten höflich über ihn hinweg.

Eines Tages aber geschah es, daß der Urenkel Andreas, ein munterer Bub von acht Jahren, mit seiner Mutter bei der

Großmutter war und den Koffer halboffen auf der Kommode entdeckte.

»Was für ein schöner Koffer!« rief der Junge. »Willst du verreisen, Großchen?«

Die alte Frau lächelte auf ihre versonnene, hintergründige Art. »Jawohl, mein Kind, ich will verreisen, wenn auch nicht im üblichen Sinne. Ich fahre nach Florenz.«

Der Junge sperrte Mund und Augen auf.

»Nach Florenz? Aber ist das denn nicht zu weit für dich?«

»Es ist sehr weit, aber auch wieder ganz nahe. Ich brauche gar nicht aus dem Hause zu gehen, um hinzugelangen. Ich muß nur einen Augenblick die Augen zumachen, ein wenig nachdenken, und schon bin ich dort. In der Erinnerung, weißt du.«

»Hmm. Aber wozu brauchst du dabei den Koffer, Großchen?«

»Schau doch mal hinein.«

Der Junge klappte den Deckel ganz auf und begann vorsichtig die darin befindlichen Dinge zu betasten. »Ein Stadtplan von Florenz.«

»Siehst du. Den brauche ich, um mich gleich wieder zurechtzufinden.« Sie fuhr mit dem Finger die Linien auf der Karte entlang. »Das da – das ist der Palazzo Vecchio, und von da gehe ich über den Ponte Vecchio, die alte, malerische Brücke, zum Palazzo Pitti, wo die vielen berühmten Bilder an der Wand hängen, einige kannst du hier sehen.« Sie holte ein paar bunte Kunstkarten aus dem Koffer.

Der Junge hielt einen wollenen Schal in der Hand. »Und den Schal hier? Wozu brauchst du den?«

»Ganz früh am Morgen, wenn die Sonne aufgeht, gehe ich hinauf zum Piazzale Michelangelo. Das ist ein kleiner Platz auf einem Hügel, von dem aus man die herrliche Stadt mit ihren Türmen und Brücken liegen sieht. Und weil es am Morgen noch kühl ist, brauche ich den Schal, damit ich mich nicht erkälte.«

»Und diese Geldbörse?«

»Es ist florentinische Handarbeit. Ich habe sie in einem der Stände unter den Uffizien gekauft. Schau ruhig mal hinein!«

Der Junge öffnete die Börse, und einige italienische Münzen fielen ihm entgegen.

»Toll, Großchen. Aber wirst du mir auch etwas mitbringen?« Etwas wie Schelmerei blitzte in seinen Augen auf.

»Natürlich, Junge. Habe ich dich schon einmal vergessen?« Sie griff in den Koffer und holte eine Tüte mit einem talerförmigen Rosinen- und Mandelgebäck heraus. »Es sind Florentiner«, sagte sie. »Die da sind natürlich von unserem Bäcker, aber in Florenz bekommt man sie in jeder Pasticceria. Du kannst sie gleich behalten.«

Der Junge brach ein Stückchen ab und kaute ganz behaglich daran.

»Du bist eine Lebenskünstlerin, Großmutter«, sagte plötzlich seine Mutter, die bisher geschwiegen hatte.

»Na ja, wie man's nimmt. Jeder reist auf seine Weise.«

»Und wohin fährst du das nächste Mal, Großchen?« fragte der Urenkel.

Das steht noch nicht fest. Vielleicht in den Schwarzwald. Da ist es im Sommer am schönsten. Nicht zu heiß und viel Wald und Schatten.«

Am Abend des gleichen Tages klopfte es an der Tür der alten Frau. Draußen stand der Urenkel Andreas und hielt zwei rotbackige Äpfel in der Hand.

»Ich habe sie dir als Reiseproviant mitgebracht, Großchen«, sagte er und legte sie zuoberst auf den Koffer.

»Vielen Dank, mein Junge«, sagte die alte Frau lächelnd. »Ich werde sie essen, wenn mich das Heimweh überkommt. Dann denke ich an dich, und alles ist wieder gut.«

Sie schloß behutsam den Koffer und dachte: Es ist merkwürdig. Aber ich bin noch immer eine glückliche Frau.

Margarete Kubelka

Fräulein Bomses Feriengäste

Im Hinterhaus wohnt das alte freundliche Fräulein Bomse. Die Ferienzeit ist ihre schönste Zeit im Jahr, da bekommt sie Gesellschaft. Hunde, Katzen, Vögel, Goldhamster, die Schildkröte Irma und auch Pflanzen werden ihrer Pflege anvertraut.
Vorlesezeit ca. 8 Min.

Es ist ein großes, ein wenig ramponiertes Haus im Stil der Jahrhundertwende. Immer noch strahlt die Vorderfassade einen Schimmer vergangener Pracht und Vornehmheit aus: hohe Fenster, breite Veranden und Gipshuldinnen mit Kränzen im Haar und wehenden Gewändern, obgleich ihnen hier und da ein halber Arm oder gar der Kopf fehlt, Blumen- und Früchtebündel überall malerisch angebracht. Auch das Baujahr achtzehnhundertsechsundachtzig ist reich und verschwenderisch mit gipsernen Ornamenten bedacht. Vielleicht haben einmal dicke, betuliche Medizinalräte, ordensgeschmückte alte Offiziere, große Künstler oder Regierungsräte in ihm gewohnt. Sehr wahrscheinlich hat es teppichbedeckte Treppenstufen in ihm gegeben, Samtportieren, ausgestopfte Vögel, Perlenvorhänge und künstliche Palmen. Heute ist es ein Haus für jedermann. Im Vorderhaus kostet es natürlich mehr Miete als in dem noch immer vorhandenen, sich weit nach hinten auf die Höfe hinaus ausdehnenden Hinterhaus. Es sind düstere kleine Stuben, vom Sonnenlicht gemieden und mit einem Blick auf Backsteinhinterwände, Mülleimer und Teppichstangen.

In zweien dieser Hinterhauszimmer wohnt seit vielen Jahren das alte Fräulein Bomse. Eine muntere, stets hilfsbereite Frau von siebzig Jahren etwa, die ihre Tage zufrieden mit ihrer bescheidenen Rente verbringt. Da sie niemandem im Wege ist, und da ihre Freundlichkeit von Herzen kommt, ist sie überall beliebt. Ihr Leben hat aus Arbeit, Einschränkung und Not bestanden. Sie hat in Fabrikhallen gestanden, an Nähmaschinen gesessen, geputzt, genäht, geflickt. Meist um geringen

Lohn. Nie wurde ihr das Glück der Zweisamkeit beschert. Dennoch hat sie bewiesen, daß auch ein solches Leben mit Mut und Bescheidung gemeistert und sogar liebgewonnen werden kann. Daß auch bei solchem Lebenslauf Blumen blühen können. Kleine, bescheidene zwar, aber sie blühen und erfreuen. – An ihrer Küchenwand hängt ein gerahmtes Sprüchlein: Wenn du meinst, es geht nicht mehr, kommt von irgendwo ein Lichtlein her. Diesem Lichtlein hat sie stets vertraut und es ist, wie sie sagt, auch nie ausgeblieben.

Im Sommer, zu Beginn der großen Reisezeit, die sich weit in den Herbst hineinstreckt, hat sie ihre große Zeit. Eine Zeit, auf die sie sich jedes Jahr schon lange vorher freut. Dann läutet es bei ihr des öfteren und etwas befangen lächelnde Hausbewohner erscheinen. Manchmal haben sie Blumen und Süßigkeiten im Arm, und Fräulein Bomse, die schon etwas ahnt, bittet sie freundlich in die kleine, altmodische Küche, wo auf der Rückwand eines eingesunkenen Sofas gestickte Schondeckchen liegen. Und die Nachbarn bringen ihre Wünsche vor. Der letzte Satz lautet meist: »Es soll natürlich ihr Schaden nicht sein, liebes Fräulein Bomse.«

Fräulein Bomse nickt freundlich und zustimmend, denn alle, von denen hier die Rede ist, kennt sie ja zumeist seit Jahren. Da ist der Dackel Lumpi, der dicke Kater Utz mit seiner Katerfrau Minimaus, da ist die Dohle Max und da sind die drei Wellensittiche und die beiden Kanarienvögel. Einige davon aus dem Unterhaus und die anderen von der dritten und vierten Etage. Da ist aber auch die Schildkröte Irma, Fritzchen Meyers Goldhamster und noch die Geranien, Begonien, Gummibäume und Kakteen. Und all diese kleinen Lebewesen erhoffen Wartung und Liebe von Fräulein Bomse.

Immer wieder zittert jeder einzelne der Hausbewohner, daß Fräulein Bomse einmal nein sagen könnte. Aber sie sagt nicht nein. Sie wartet diesen Sommer- und Herbsttagen fröhlich entgegen. Sie freut sich auf die ihr Anvertrauten, die ihrem so still gewordenen Leben neuen Glanz verleihen. Abgesehen davon, daß es auch den bescheidensten Menschen freut, wenn er einmal in den Mittelpunkt des Interesses gerückt und sehr benötigt wird. Die Verantwortung für all die kleinen Lebewesen, seien es Tiere oder Pflanzen, erfüllt sie wohlig und belebend. – Man schüttelt Fräulein Bomse gerührt und dankbar die Hand, verschwindet und kommt bald zurück mit dem, was man ihr anvertrauen will.

Manchmal hat sie Vögel, Hund und Katzen zu gleicher Zeit in ihrem kleinen Ferienheim, und es bleibt ihr Geheimnis, wie sich alle vertragen. Man läßt ihr, weil sie eine grundehrliche Haut ist, zuweilen auch die Wohnungsschlüssel da, damit sie die Blumen gießen und hin und wieder lüften kann. Sie ist ein wahrer Segen für die feriensüchtigen Bewohner des großen, etwas ramponierten Hauses Nummer fünfundzwanzig. Sie versprechen »bald« zu schreiben. Aber Fräulein Bomse interessiert das nicht. Glückselig streichelt, füttert, tadelt sie, bürstet, macht Käfige sauber, geht »Sträßchen« und begießt in den verschiedenen Wohnungen die Blumen. Es ist ihre schönste Zeit. Jetzt hat auch sie ihre Ferien. Tiny Fierz-Herzberg

Eine immer offene Tür

Jedem steht sie offen, die Tür der Bahnhofsmission. Der Spanierin, für die sich doch noch eine Dolmetscherin findet, der jungen Frau, die ihr Kind wickeln möchte. Dem alten Ehepaar wird ein Zimmer in einer Pension vermittelt, den drei Arbeitern die Übernachtung im Kolpinghaus. Keiner, der durch diese Tür kommt, bleibt ohne Hilfe.
Vorlesezeit ca. 18 Min.

Die Glastür mit der Aufschrift »Bahnhofsmission« steht offen. Sie steht jedem offen, Tag und Nacht.

Hier treten sie ein, die Gestrandeten der Bahnhöfe, die

Hilflosen, die Unbehausten, treten aus dem Schlagschatten des anonymen Bahnsteigs in das warme Licht, das den Türrahmen füllt.

Die Frau in der hellblauen Schwesterntracht schaut von ihrem Schreibtisch auf, legt den Kopf ein wenig zur Seite und sagt sehr sanft: »Und was kann ich für Sie tun?«

Das Mädchen geht mit kurzen, schüchternen Schritten auf sie zu, streckt einen Zettel über den Schreibtisch und spricht mehr mit den Augen als mit dem Mund.

»Ich verstehe sie nicht ganz«, sagt die Fürsorgerin. »Was kann ich für Sie tun?«

Das Mädchen antwortet kaum hörbar. Die Fürsorgerin fragt zurück. Das Mädchen spricht jetzt lauter und lebhafter, spricht mit Händen und Augen, mit dem ganzen grazilen Körper. Soviel ist jetzt zu verstehen: Spanisch.

»Können Sie denn nicht Deutsch?« fragt die Frau hinter dem Schreibtisch und erhebt sich ein wenig von ihrem Sitz, um besser zu hören. Ein Hagel spanischer Worte trommelt auf sie herab.

»Sie wollen zurück nach Spanien? Nein? Ja? Aber heute geht kein Transport! Erst übermorgen. Erst übermorgen, verstehen Sie?«

Hoffnungslos. Das Mädchen zeigt wieder den Zettel vor, tippt mit den Fingern darauf, nur auf diese zwei Worte: Bahnhofsmission, Bahnsteig 1.

»Setzen Sie sich erst einmal«, sagt die Fürsorgerin und zeigt auf eine der grünen Holzbänke neben den blankgescheuerten Tischen. Das Mädchen setzt sich scheu auf die äußerste Kante.

Die Frau hinter dem Schreibtisch macht eine Notiz und wendet sich dann an die neben ihr sitzende jüngere Helferin: »Es soll doch hier einen Spanier geben, der in der Bahnpost arbeitet, vielleicht können Sie ihn finden?« Die Helferin nickt, nimmt das spanische Mädchen behutsam am Ellbogen und zieht sie hinaus.

Ganz hinten in der Ecke räuspert sich die Rundliche.

»Ja, Sie kommen gleich dran. Ich will nur schnell diesen drei Herren noch helfen.« Die Rundliche sackt resigniert in sich zusammen, faltet die Hände im Schoß, seufzt.

Inzwischen sind die drei Arbeiter, die am Mitteltisch saßen, aufgestanden, zögernd, vorgebeugt. Der Älteste, schon grauhaarig, mit verwittertem Gesicht, tritt einen Schritt näher. Er hat seine Mütze abgenommen und dreht sie in den knochigen Händen.

»Sie drei gehören zusammen?« – »Ja, wir gehören zusammen.«

»Dann wollen Sie vielleicht für alle drei sprechen?«

Der Mann wendet sich um, seine beiden Kumpels nicken, dann nickt auch er. »Ja. Wir kommen aus Gelsenkirchen. Wir haben Arbeit hier. Aber erst ab morgen. Morgen früh fangen wir an. Und da kriegen wir auch Quartier. Aber für heute nacht –.«

»Wo werden Sie arbeiten? Haben Sie eine Bescheinigung?«

»Ja, hier.« Er reicht einen Brief über den Schreibtisch.

Die Fürsorgerin liest, blickt auf und sagt: »Ich werde sehen, daß Sie im Kolpinghaus schlafen können.«

»Aber – kostet das was?« fragt der kleine Schmalschultrige aus dem Hintergrund.

»Nein, das kostet nichts. Knapp bei Kasse? Na, schon gut. Und Hunger werden Sie vermutlich auch haben? Oder haben Sie etwas bei sich? Macht nichts. Wir werden Ihnen ein paar Brote schmieren. Wenn meine Kollegin zurückkommt ...«

Sie kommt. Hinter ihr das spanische Mädchen mit großen, ratlosen Augen.

»Der Spanier war nirgends zu finden. Wahrscheinlich hat er heute keinen Dienst. Es ist sonst niemand aufzutreiben, der sie versteht.«

Das Mädchen setzt sich wieder und blickt auf den knittrigen Zettel.

»Haben wir noch Brote für diese drei Herren?«

»Keine fertigen«, sagt die Helferin, »aber ich kann welche machen.« Sie geht in den Nebenraum. Es ist ein schmaler Raum, durch Preßholzwände geteilt in Küche, Waschraum und eine Spielecke für Kinder. Auch eine Wickelkommode steht da, mit einem flauschigen Tuch bedeckt.

Wenig später kommt eine junge Frau herein, hebt aus dem wildschaukelnden Kinderwagen ein Baby. Die Helferin lächelt ihr zu. Die junge Frau weiß Bescheid, sie weiß, wo sie Hilfe findet, wenn sie auf einer langen Reise zwischen zwei Zügen Hilfe braucht. Sie weiß, daß sie in der halben Stunde, die ihr zum Umsteigen bleibt, einen Raum hat, wo sie ihr Kind wickeln kann, während die Helferin ihr ganz selbstverständlich die Milchflasche aus der Hand nimmt und auf dem kleinen Gaskocher wärmt. Hier brauchen keine Worte gewechselt zu werden. Nur das Baby hält Zwiesprache mit dem Teddybären auf dem Wandregal.

»Ich muß Sie um Ihre Kennkarte bitten«, sagt die Frau hinter dem Schreibtisch. »Wir müssen hier jeden notieren, aus statistischen Gründen.«

Die drei Männer reichen ihre Ausweise herüber. Dann bringt die Helferin einen Teller Brote und jedem eine Tasse Kaffee. Dafür brauchen sie nichts zu bezahlen. Auch für die Trambahnscheine nicht, die ihnen, mit einem Stempel von der Mission versehen, mit den Ausweisen zurückgegeben werden.

Inzwischen hat die Helferin mit dem Kolpinghaus telefoniert. Ja, dort sind noch drei Betten frei. Aber für das alte Ehepaar, das schon seit einiger Zeit unglücklich neben seinen Koffern sitzt, ist nirgends ein Bett frei.

»Wir haben doch Messe jetzt, verstehen Sie? Da ist einfach kein Hotelzimmer mehr zu bekommen.«

»Ach so. Das wußten wir nicht. Aber vielleicht in einer Pension?« – »Ich werde es noch einmal versuchen.«

Die Helferin dreht zum achtenmal an der Telefonscheibe. Diesmal hat sie Glück. »Nur noch eine Mansarde«, sagt sie mit fragendem Blick.

»Das macht nichts, das macht nichts«, rufen die beiden Alten wie aus einem Munde und zwängen sich aus der Bank hervor. Strahlend nehmen sie den kleinen Stadtplan mit der Anschrift entgegen und ihre Koffer in die Hand. Die Helferin begleitet sie bis zur Tür, kehrt dann zurück und bleibt neben einer Frau stehen, der schon wieder die Tränen über das rotgeweinte Gesicht rinnen.

»Was machen wir nun mit Ihnen? Mußten Sie denn ausgerechnet Ihr Portemonnaie und ihre Fahrkarte verlieren? Wie haben Sie das nur angestellt?«

»Ich weiß nicht«, ist die schluchzende Antwort. »Das ist mir noch nie passiert, aber Sie sehen ja: Es ist weg.« Tränen tropfen in die aufgerissene Handtasche. »Jetzt ist meine Kleine schon aus der Schule gekommen und steht vor der Haustür und kann nicht rein. Und sie weiß doch auch nicht, wo ich bin, und gleich ist es dunkel, und sie hat doch nur das dünne Kleid an.«

»Kann man sie denn nicht verständigen lassen? Haben Ihre Nachbarn kein Telefon?«

»Nein, nein. Ich muß nach Hause. Können Sie mir das Geld für die Fahrkarte nicht borgen? Sie kriegen es doch bestimmt, ganz bestimmt wieder. Gleich, wenn ich zu Hause bin, schicke ich es Ihnen zurück.«

Die Helferin schaut auf. Die Frau hinter dem Schreibtisch wechselt mit ihr einen Blick, und dieser Blick meint: nein.

»Wir haben leider zu viele schlechte Erfahrungen gemacht«, sagt die Fürsorgerin ernst. »Wie oft haben wir Geld aus der eigenen Tasche vorgestreckt – wiederbekommen haben wir es trotz aller Versprechungen fast nie. Sie sind heute vielleicht die neunte oder zehnte, die ihr Geld und die Fahrkarte verloren hat. So leid es uns tut, wir können Ihnen kein Geld borgen – ganz abgesehen davon, daß die Mission uns kein Geld zur Verfügung stellt. Wir können gern für Sie an jemanden telefonieren, der das Geld für die Fahrkarte an der Sperre ihres Heimatbahnhofes hinterlegt. Haben Sie denn niemanden, der die Summe für Sie dort hinterlegen würde? Sie müssen doch einen Bäcker oder Fleischer haben, den wir anrufen könnten?«

»Nein, nein«, schüttelt die Frau widerstrebend den Kopf und wischt sich die Tränen aus dem Gesicht. Für eine Weile herrscht bedrückendes Schweigen. Dann kommt ein Mädchen herein, vielleicht eine Studentin, setzt sich auf eine Seitenbank, zieht ein Kollegheft aus der Mappe, schreibt. Sie kommt jeden Tag hier herein, um die halbe Stunde vor Abgang ihres Zuges nicht nutzlos auf dem Bahnsteig verbringen zu müssen. Hier ist es warm, hell und freundlich, und sie kann noch ein wenig lesen oder schreiben.

»Zuerst müssen wir unserer Spanierin helfen. Gibt es denn niemanden, der ein bißchen Spanisch versteht?« Die Frage war an keinen gerichtet, aber die Studentin blickt von ihrem Kollegheft auf und fragt: »Spanisch?«

»Ja, können Sie etwa Spanisch?«

Die Studentin erhebt sich, zuckt mit den Achseln: »Nur ein wenig. Aber vielleicht?«

Jetzt ist die Spanierin aufgesprungen: »Si? Si? Habla Usted español?« Und schon prasselt sie los. Die Studentin schaut ihr gebannt auf den Mund und wendet sich dann lachend an die Fürsorgerin: »Ganz einfach. Sie will bloß wissen, ob sie hier richtig auf der Bahnhofsmission ist. Sie ist hierher geschickt worden, um auf eine spanische Kollegin zu warten, die mit ihr in derselben Fabrik arbeitet, aber gestern einen Unfall hatte und nun von ihr in den Zug nach Madrid gesetzt werden soll. Der Zug fährt aber erst in zwei Stunden, und sie fragt, ob sie solange hier sitzenbleiben darf.« – »Natürlich darf sie!«

In der Ecke räuspert sich wieder die Rundliche. »Wir haben Sie nicht vergessen!« ruft die Helferin ihr zu. »Wir haben noch ein Privatzimmer für Sie bekommen!« Die Rundliche legt den Kopf schief und lächelt verständnislos.

»Warten Sie, ich schreibe es Ihnen auf.« Die Helferin beschreibt einen weißen Zettel und legt ihn der Rundlichen in die Hände. Die wirft einen Blick darauf, schüttelt den Kopf, kramt einen Bleistift aus ihrer Tasche und schreibt auf den untersten Rand des Papiers: »Kann das nicht lesen. Bitte schreiben Sie Sütterlin. Haben Sie auch schon mit der Schneiderwerkstatt telefoniert?«

Die Helferin blickt sich um: »Kann vielleicht zufällig einer von den Anwesenden noch Sütterlinschrift?«

Die Frau, die ihre Fahrkarte verloren hat, meldet sich. Dann schreibt sie nach Diktat der Helferin, während die Fürsorgerin noch einmal telefoniert: »Na endlich habe ich Sie doch noch erreicht! Sie hatten wegen einer Schneiderin annonciert, nicht wahr? Ja. Wann darf sie sich bei Ihnen vorstellen? Nein, ich spreche nur in ihrem Auftrag. Die Dame ist taubstumm.«

Neues Diktat in Sütterlinschrift: Morgen früh neun Uhr. Die Taubstumme bedankt sich mit eifrigem Kopfnicken. Dann verschwindet ihr Schatten hinter der Glastür.

Fauchend donnern die Züge aus der Halle. Die Reisenden, die ihr Ziel wissen, strömen den Ausgängen zu. Die Ziellosen bleiben zurück.

Meist sind es junge Menschen, Unglückliche und Abenteuerlustige, Hoffnungslose, Vagabundierende und Verlassene. Zu ihnen gehört auch das blonde Mädchen, das draußen auf dem Bahnsteig von einer Fürsorgerin angesprochen und hereingebracht wird. Widerwillig beantwortet sie die Frage: »Nein, ich habe noch kein Quartier.«

Kein Quartier, kein Beruf, kein Ziel. Alter sechzehn Jahre. Die Fürsorgerin weiß, daß an der Sperre genügend zwielichtige Gestalten stehen, die diesem Mädchen für diese Nacht ein fragwürdiges Quartier, für die nächste Nacht eine ebenso fragwürdige Beschäftigung bieten würden. Nein, heute wird sie in einem Heim der Mission übernachten, und morgen wird man ihr eine Stellung vermitteln, falls sie nicht nach Hause zurück will. Hier wird sie nicht verlassen sein. Diese Tür steht immer offen.

Kommen und Gehen. Fragen. Ratlosigkeit. Fragen. Keiner wird ohne Antwort, keiner ohne Hilfe fortgelassen. Auch die weinende Frau bekommt schließlich die verlorene Fahrkarte ersetzt – die Kosten bestreitet die Bahnhofsmission aus den gesammelten Spenden.

Hier helfen sie alle gemeinsam: die Innere Mission, die Caritas und die zahllosen Helferinnen, die sich – jede sechs Stunden täglich – für diesen Dienst freiwillig und unentgeltlich zur Verfügung stellen.

Dagmar Nick

Meine Bahnhofsbekanntschaft

Der Mutter und ihren kleinen Töchtern fährt der Bus vor der Nase weg. Fahren wir doch mit dem Zug, sagen die Töchter. So kommen sie zu der Bekanntschaft mit einem richtigen Bahnhofsvorsteher.
Vorlesezeit ca. 16 Min.

»Und laß dich nicht von fremden Männern ansprechen«, pflegte meine Mutter zu sagen, wenn ich als junges Mädchen allein mit dem Zug verreiste. »Man kann nie wissen, an wen man da gerät!« Ich versprach es ihr geduldig stets von neuem, obwohl ich insgeheim darüber lächelte. Aber so ganz unrecht hatte sie doch nicht. Ich erinnere mich, daß mich auf einem Großstadtbahnhof einmal ein Mann ansprach, der aussah wie ein Herr. Er schwadronierte das Blaue vom Himmel herunter, überhäufte mich mit Komplimenten und bot mir schließlich eine Rolle in einem Film an, den er zu drehen beabsichtigte. Noch heute bin ich fest davon überzeugt, daß er ein Mädchenhändler war, der mich – wäre ich nur gutgläubig genug gewesen – ohne Mitleid an irgendeinen Ölscheich in den Vorderen Orient verkauft hätte.

Inzwischen bin ich aus dem Alter heraus, wo einem derlei

Gefahren drohen. Ja, allmählich komme ich schon in die Jahre, wo man anfängt, die einst belächelten Ratschläge seiner Mutter an seine eigenen Töchter weiterzugeben.

Jedenfalls finde ich es gar nicht mehr so abwegig, sie zuweilen vor fremden Männern zu warnen.

Mit Bahnhöfen haben wir allerdings nur noch sehr selten zu tun. Für weite Reisen benützen wir – wie die meisten Leute – das eigene Auto. Und wenn ich mit den Kindern von unserem Dorf in die Stadt fahre, nehmen wir den Omnibus. Nur gelegentlich sehen wir den neuen Bahnhof in der Stadt von innen, wie damals zum Beispiel, als uns unversehens der Bus vor der Nase weggefahren war und uns mit fast einer Stunde Wartezeit auf dem Bahnhofsvorplatz stehen ließ.

»Vielleicht fährt ein Zug?« fragte meine Älteste. »O ja! Fahren wir doch mal mit dem Zug, bitte, bitte!« schrien alle drei.

Wir betraten die Bahnhofsvorhalle, um den Fahrplan zu studieren. Der Personenzug in Richtung Mainz war angezeigt, allerdings mit der kleingedruckten Einschränkung: Hält nicht an allen Stationen. Die Kinder, denen die Bedeutungsschwere von kleingedruckten Anmerkungen auf amtlichen Fahrplänen noch nicht klar ist, waren schon auf den Bahnsteig hinausgestürmt und hüpften ausgelassen herum, was – wie man weiß – beim Bahnhofspersonal gar nicht gerne gesehen wird. Ich verschob also vorerst meine Entscheidung und beeilte mich, meiner Aufsichtspflicht nachzukommen.

Wir belegten eine Bank auf der Rückseite des Bahnhofsgebäudes, von wo aus wir alle Gleise übersehen konnten, ohne irgend jemandem im Weg zu stehen. Wir hatten Glück: Die Bundesbahn zeigte, was sie zu bieten hat. Ein Schnellzug donnerte vorüber, und sein Luftzug zerfetzte den Redefluß, der aus den nimmermüden Plappermäulchen zu meiner Linken quoll. Vergebens versuchten wir, die Aufschriften auf den Wagen zu entziffern; der Zug riß die Buchstaben mit sich fort. Auf den weiter entfernt liegenden Gleisen wurde unter

Schreien und Pfeifen rangiert. Eine Lokomotive fuhr rückwärts auf eine Wagenreihe, und der Anprall ließ die Wagen wieder auseinanderspringen. Die Kinder warteten gespannt auf den Ausgang des geräuschvollen Manövers, bis ein endlos langer Güterzug uns die Sicht versperrte. Er schien überhaupt nicht mehr aufhören zu wollen. Bei 50 gaben's die Kinder auf, die Wagen zu zählen, und staunten nur noch darüber, daß ein Zug so lang sein konnte.

Als endlich der letzte Wagen in der Kurve verschwunden war, knackte über uns der Lautsprecher, und nach kurzem Räuspern verkündete eine Männerstimme: »Vorsicht an Gleis 1. Der Personenzug Grünstadt hat Einfahrt. Bitte von der Bahnsteigkante zurücktreten!« Endlich ein Zug, der anhielt! Im Nu war der Bahnsteig voller Leute. Wir hatten mehr als genug zu schauen.

Mitten in dem Trubel stand ein alter Mann und starrte den Zug an. Als sich die meisten Leute schon verlaufen hatten und der Schaffner am Zug entlangging, um die Türen zuzuschlagen, stand er noch immer da. Wahrscheinlich fiel er mir deshalb auf.

Plötzlich drehte er sich um und ging geradenwegs auf uns zu. Er blieb vor mir stehen, zog den Hut, machte eine kleine altmodische Verbeugung und fragte aufgeregt: »Entschuldigung, wissen Sie, woher dieser Zug kommt?«

»Von Grünstadt«, gab ich ihm freundlich Auskunft.

»Aber der hätte doch schon 16.17 Uhr kommen sollen, und jetzt ist es fast halb fünf«, sagte der alte Mann heftig. Er zog seine Taschenuhr, die er tatsächlich noch an einer Kette über der Weste trug, und verglich sie mit der großen Bahnhofsuhr. »Sehen Sie, sehen Sie – 16.29 Uhr!«

Er war so empört, daß ich ihn gerne besänftigen wollte. »Vielleicht ist es der neue Fahrplan? Seit letzter Woche haben wir den Sommerfahrplan und ...«

»Nein, nein«, fiel er mir ins Wort. »Das weiß ich. Ich kenne den neuen Fahrplan. 16.17 Uhr im neuen Fahrplan.«

Weiter vorne hob der Fahrdienstleiter die Kelle, und der Zug rollte langsam an uns vorbei. Der alte Mann sah ihm nach und schüttelte unzufrieden den Kopf.

»Zehn Minuten Verspätung!« brummelte er unversöhnt. »Und es kam nicht durch den Lautsprecher, nicht wahr? Zehn Minuten! Man kann sich überhaupt nicht mehr verlassen.«

»Wohin wollen Sie denn fahren?« fragte ich. Ich wollte ihm gerne behilflich sein.

Er schaute mich erstaunt an. »Ich? Fahren? Ich will nirgendwohin fahren. Wohin sollte ich denn fahren wollen?«

»Ja, aber«, wandte ich schüchtern ein, »warum ...?«

Er hörte mir gar nicht zu. Er redete einfach weiter. »In meinem Alter verreist man nicht mehr. Früher bin ich viel gereist, aber jetzt – ach nein. Ich werde 83 im Herbst, da ist man nicht mehr neugierig auf die Welt.«

Auf einmal war er nicht mehr aufgeregt, sondern ein netter, alter Herr, dem man seine 83 Jahre gar nicht ansah.

»Darf ich?« fragte er und deutete auf das freie Endchen Bank zu meiner Rechten. Wer hätte es ihm verwehren wollen? Die Kinder steckten neugierig die Köpfe vor, um an mir vorbei auf den Alten zu sehen. Unwillkürlich rückten sie zusammen, und ihre Gesichter zeigten deutlich, daß sie keineswegs einverstanden waren. Er aber beachtete sie gar nicht.

»Wissen Sie«, begann er von neuem, »ich war bei der Eisenbahn. Fünfzig Jahre hab ich Dienst gemacht und zwanzig davon war ich Bahnhofsvorsteher in Klein-Betschkerek. Als der Krieg zu Ende war, mußten wir weg, und für hier war ich dann zu alt.«

Er machte eine Pause, hing seinen Gedanken nach. Sicher dachte er an früher; alte Leute denken meistens an früher.

»Vor fünf Jahren ist meine Frau gestorben«, fuhr er fort. »Da bin ich viel allein, wissen Sie. Am liebsten bin ich am Bahnhof. Nicht nur, weil ich es von früher her gewöhnt bin, sondern auch sonst. Man trifft immer jemanden. So wie Sie jetzt. Und dann redet man ein wenig miteinander – einfach nur so.« Er machte eine unbestimmte Handbewegung und sah an mir vorbei.

»Ich falle Ihnen doch nicht lästig?«

Ich spürte, wie zu meiner Linken die Kinder mich mit Blikken durchbohrten. Die Kleinste, die neben mir saß, zerrte mich ungeduldig am Ärmel. Ich ärgerte mich, daß sie eifersüchtig waren auf einen alten Mann, und sagte: »Aber nein, gar nicht. Bestimmt nicht!«

Er nickte erleichtert. Ich fand ihn nett. Und auf einmal fiel mir ein, daß er mich an meinen Großvater erinnerte.

»Mein Großvater war auch bei der Bahn«, erzählte ich ihm. »Er war Lokomotivführer. Sein halbes Leben lang fuhr er die Strecke Kaiserslautern–Ludwigshafen. Er kannte jedes Haus, jeden Baum an der Strecke – ja, fast möchte ich sagen: jeden Schotterstein zwischen den Schienen. Er hat seine Lokomotive geliebt. Und es war sein Ehrgeiz, sie immer an akkurat der gleichen Stelle zum Halten zu bringen, auf den Zentimeter genau. Die Leute, die regelmäßig mit ihm fuhren, wußten genau, wo sie sich hinstellen mußten, damit sie bloß die Hand nach der Wagentür auszustrecken brauchten. Da mußte niemand hinter dem Zug herrennen.«

Der alte Mann hatte mehrmals zustimmend mit dem Kopf genickt. »Ja, das ist es, was ich meine. Damals waren die Züge noch pünktlich. Man konnte sich verlassen. Aber heute nimmt es keiner mehr genau!«

Die Unruhe zu meiner Linken nahm zu. Das zog und zerrte und knuffte mich.

»Fahren wir jetzt mit dem Zug oder nicht?« zischelte die Große über die Köpfe ihrer Schwestern hinweg.

Das hatte ich beinahe vergessen! Aber nun hatte ich ja einen Fachmann neben mir sitzen, einen, der Bescheid wußte.

»Können Sie mir vielleicht sagen«, fragte ich ihn, »ob der 16.58-Uhr-Zug, Richtung Mainz, in Bobenheim hält?«

Es war ihm gar nicht recht, daß er es nicht wußte. »Aber warten Sie, warten Sie, das werden wir gleich wissen«, rief er.

Jetzt war er ganz in seinem Element. Er führte uns zum Informationsbüro, wo er uns höflich die Türe aufhielt. Drinnen überholte er uns wieder, zog den Hut und fragte den Beamten um Auskunft.

Der lächelte; er schien ihn zu kennen. Bereitwillig fuhr er mit dem Finger die Zahlenkolonnen auf dem Fahrplan entlang.

»Nein, sagte er dann, »der Zug 16.58 Uhr hält nur in Worms und Oppenheim.«

Die Kinder machten hörbar ihrer Enttäuschung Luft. Zum ersten Mal schien der alte Mann sie zu bemerken. »Fahrt ihr gerne mit der Eisenbahn?« fragte er.

Sie nickten. »Alle Kinder fahren gerne Eisenbahn«, lächelte er. Dann zog er wieder umständlich seine Taschenuhr. »Sie könnten mit dem Bus fahren«, schlug er vor. »Jetzt müßte gleich einer gehen.«

Ich wollte sagen, daß wir das ohnehin vorgehabt hätten, aber ich unterdrückte es und ließ mir von ihm die Haltestelle zeigen. Der Bus stand schon da. Der alte Mann brachte uns quer über den Bahnhofsvorplatz, wobei er fürsorglich nach Autos Ausschau hielt. Er hielt meine Tasche und fühlte sich für die Kinder verantwortlich, bis ich die Karten gelöst hatte. Dann schüttelte er mir zum Abschied lange die Hand. »Vielen Dank«, sagte er. »Vielen Dank! Und gute Fahrt!«

»Kennst du den Mann?« fragten die Kinder leise, als wir glücklich auf unseren Plätzen saßen.

»Nein«, sagte ich, »erst seit vorhin.«

»Aber uns sagst du immer, man darf nicht mit fremden Männern ...«, maulte die Große.

»Aber er ist ein Bahnhofsvorsteher«, fiel ich ihr ins Wort.

Der Bus fuhr an und rollte langsam an dem alten Mann vorbei, der auf dem Gehsteig stand und uns zuwinkte.

»Ein richtiger Bahnhofsvorsteher?« fragten die Kinder.

»Ein richtiger!«

»Aber er hat doch gar keine Mütze auf«, sagte die Kleinste.

»Trotzdem!«

Da drehten sie sich mit großen Augen nach ihm um und winkten ihm schüchtern zurück.

Jetzt begegne ich ihm zuweilen in der Stadt. Wir begrüßen uns freundlich wie alte Bekannte. Und wenn die Kinder nicht dabei sind, bleibe ich bei ihm stehen. Wir erzählen von Klein-Betschkerek, dem Dorf, wo er Bahnhofsvorsteher war, und von meinem Großvater, dem Lokomotivführer. Wir wissen schon ganz gut Bescheid über uns. Aber er hat nie viel Zeit. Er zieht seine Taschenuhr und entschuldigt sich: er muß zum Bahnhof und die Züge kontrollieren. Renate Schupp

Frau Becht hat recht – Oder: Warum eigentlich nicht?

Anfangs sieht es so aus, als ob die Reise der Lachmanns an den Scharmützelsee in der DDR ein Reinfall werden würde. Ein Stück Papier und die gemeinsame Sprache bewirken, daß sich die Lage gründlich ändert. Was für ein Urlaub! Nächstes Jahr fahren sie wieder hin zu den Kramers, Albels und Kasupkes.
Vorlesezeit ca. 25 Min.

Für die Urlaubsreisen der Familie Lachmann darf jeder mal das Ziel-Land bestimmen, immer reihum: Mutter, Vater, Thomas, Ina. Anfangs, als Thomas und Ina noch klein waren, wechselten Vater und Mutter sich ab. Der Vater wollte nur nach Spanien, die Mutter nach Norwegen. Also fuhren sie immer abwechselnd nach Spanien und Norwegen.

Das wurde anders, sobald Thomas acht Jahre alt war. Mit einem richtigen Fest wurde er in den »Wunschklub« aufgenommen. Der Vater erklärte ihm noch einmal ganz genau die Spielregeln: Jede Reise durfte nur so weit gehen, wie's der Camping-Bus schaffen konnte. Und die Bundesrepublik sollte es nicht sein, denn die hatte man ja sowieso das ganze Jahr über und in den Oster-, Herbst- und Weihnachtsferien.

Thomas brachte Abwechslung in Lachmanns Norwegen-Spanien-Einerlei. Beim ersten Mal wünschte er sich Irland. Dort war's wunderschön, aber sie brauchten vier Tage, bis sie endlich ankamen. Mit elf Jahren war er das nächste Mal dran. Da wünschte er sich die Schweiz, wegen des Matterhorns. Über diesen Berg hatte er nämlich eine Bergsteigergeschichte gelesen. Das gab tolle Wandertouren durch die Berge, wenn auch nicht aufs Matterhorn, und der Vater wünschte sich kein einziges Mal nach Spanien und die Mutter nicht nach Norwegen. Nur ab und zu stöhnten sie über die Schweizer Preise. »Ein Land für reiche Leute«, meinte der Vater.

Beim dritten Mal wünschte sich Thomas eine Insel. Eine Insel in Griechenland. Eine richtige Paradiesinsel mit herrlichstem Wetter. Und so war sie auch. Nur gab es an ihrem Strand kein einziges Kind, das Deutsch sprach. Nichts als Engländer, Franzosen, Holländer und natürlich jede Menge Griechen. Aber so nach und nach konnte man mit denen auch ganz gut spielen. Man mußte eben aus ihren Gesichtern und Bewegungen herauslesen, was sie meinten.

Im nächsten Jahr war endlich auch Ina so weit, daß sie wünschen durfte. Sie hatte sich dafür einen ganz neuen Trick ausgedacht: Sie breitete die große Europakarte auf dem Küchentisch aus, dann ließ sie sich die Augen verbinden und tippte mit einem Bleistift irgendwohin. Alle beugten sich gespannt über Inas Hand.

»Du hast auf die DDR getippt«, sagte der Vater. »Das geht nicht. Tipp noch einmal!«

»Warum geht das nicht?« fragte Ina und zog sich das Tuch von den Augen. »Ist die DDR kein Land?«

»Doch«, sagte der Vater, »aber man kommt nur schwer hinein, und man will auch gar nicht hinein, und schon gar nicht im Urlaub.«

»Ist das Land nicht schön?« fragte Ina.

»Doch«, sagte der Vater, »zum Beispiel das Erzgebirge oder der Spreewald oder die mecklenburgischen Seen. Aber –« er zögerte einen Augenblick, dann sagte er: »Das verstehst du nicht. Überleg dir bis morgen ein anderes Land.«

Am nächsten Tag kam Ina schneller als sonst aus der Schule heim und verkündete noch an der Haustür: »Frau Becht war zu Ostern dort, und sie fand's ganz toll!«

Frau Becht ist Inas Lehrerin. Was Frau Becht sagt, das gilt. Das ist so, als ob's der liebe Gott gesagt hätte.

»So?« sagte der Vater. »Wenn Frau Becht dort hinein kommt, warum sollte es dann nicht auch bei uns klappen?«

»Du hast das doch nicht im Ernst vor?« rief die Mutter.

»Ich wäre nie auf die Idee gekommen, einen Urlaub in der DDR zu verbringen«, sagte der Vater. »Aber jetzt, wo Ina sich das wünscht – warum eigentlich nicht?«

»Was Frau Becht toll findet, brauchen wir noch lange nicht toll zu finden«, sagte die Mutter. »Außerdem ist die DDR eigentlich ein Teil von Deutschland. Also ist das ein Verstoß gegen die Spielregeln.«

»Na, na«, meinte der Vater, »so einfach geht das nicht. Die DDR hat zwar früher zu Deutschland gehört, aber jetzt ist sie schon lange ein eigener Staat. Das ist schade, aber es ist nun mal so. Wir können uns nur wünschen, daß unsere Bundesrepublik und die DDR eines Tages wieder zusammengehören. Die DDR ist also nicht dasselbe Land wie die Bundesrepublik. Und noch etwas: Wir verbringen unseren Urlaub nicht in der BRD, weil wir wissen, wie man hier lebt. Aber wissen wir etwa, wie die Leute in der DDR leben?«

»Und dann die hohen Tages-Tauschsätze!« rief die Mutter.

Der Vater rechnete nach und fand, daß der Urlaub in der DDR sogar billiger als ein Norwegen- oder Spanienurlaub käme: Thomas und Ina brauchten nur den halben Tagessatz zu zahlen, und die ganze teure Anreise quer durch Europa fiel weg. Jedenfalls wurde die Mutter überstimmt. »Inas Wunsch ist erfüllbar und verstößt nicht gegen die Spielregeln«, sagte der Vater. »Also fahren wir in die DDR.«

Es gab zwar noch ein langes Hin und Her: Der Vater fluchte über Formularen, die er ausfüllen mußte, die Kinder brauchten Paßfotos, und ein paar Wochen lang hörten Thomas und Ina kein Wort so oft wie das Wort VISUM. Aber dann fuhren sie doch.

Sie hatten sich als Ziel und Standort den Campingplatz Bad Saarow-Pieskow am Scharmützelsee ausgesucht. Thomas nahm sein Schlauchboot mit, Vater seinen neuen Fotoapparat, Mutter ihre Gitarre. Nur Ina fand, daß sie nichts mitzunehmen brauche. »Dort habe ich sicher gleich viele Freunde, weil sie da ja deutsch reden«, sagte sie.

Anfangs sah es so aus, als sollte die Reise ein richtiger Reinfall werden. Gleich an der Grenze ging's los: Erst mußten die Lachmanns eine halbe Stunde in der Schlange warten, dann durchsuchten die DDR-Beamten das ganze Auto. Sie blätterten in Vaters Büchern, die er als Urlaubslektüre mitgenommen hatte, und in Mutters Illustrierten. Sie schnüffelten sogar in Thomas' Comics herum. Als die Mutter zu ihnen sagte: »Wenn Sie was Politisches suchen, können Sie sich bei uns die Mühe ersparen«, bekam sie zur Antwort: »Wir brauchen keine Hinweise. Wir überzeugen uns selbst.« Und als die Lachmanns endlich weiterfahren durften, vergaß die Mutter sich anzuschnallen und wurde prompt erwischt. Vierzig Mark Strafe. Westmark!

»Da habt ihr nun eure wundervolle DDR!« sagte die Mutter wütend. »Am liebsten würde ich gleich wieder umkehren!«

»Das sind ja nur die Funktionäre«, sagte der Vater. »Mit den eigentlichen DDR-Leuten sind wir bisher noch gar nicht zusammengekommen.«

Ina stellte sich das wie eine Kruste vor, durch die man erst irgendwie durchmußte, wenn man an das Innere herankommen wollte. Aber Funktionäre – was waren Funktionäre? Sie fragte den Vater.

»Das sind die Bestimmer«, erklärte er.

Ina dachte an Manuela. Die wohnt im Nachbarhaus. Wenn sie zusammen spielen, will Manuela immer alles bestimmen.

»In jedem Land, in jedem Verein, in jeder Menschengruppe gibt's Bestimmer«, sagte der Vater. »Das ist kaum zu ändern. Man darf sie nur nicht *zu* viel bestimmen lassen.«

»Haben wir bei uns auch Bestimmer?« fragte Ina.

»Natürlich«, sagte die Mutter. »Aber *wir* bestimmen, was sie bestimmen dürfen. Und wenn sie zu viel bestimmen wollen und sich in alles einmischen – oder wenn sie was Falsches bestimmen, wählen wir sie ab und lassen andere Leute Bestimmer sein.«

Das konnte Ina verstehen. Und nun war sie gespannt auf die Menschen in der DDR, die *keine* Funktionäre waren.

Es war Kaffeezeit. Als sie durch eine kleine Stadt fuhren, kamen sie an einem Café vorbei.

»Jetzt einen Kaffee«, sagte die Mutter, »sonst fall ich um.«

»Und ein paar Stückchen«, sagte der Vater, der so gern Süßes aß.

»Außerdem muß ich dringend«, sagte die Mutter.

»Ich auch«, sagte Ina.

Aber das Café war voll besetzt. Die Lachmanns blieben an der Tür stehen und sahen sich um. Eine Kellnerin kam zu ihnen. »An diesem Tisch ist noch ein Platz frei«, sagte sie, »und dort drüben ist auch noch einer, und ganz hinten in der Nische, dort am Ecktisch, paßt sicher noch ein Kind hin. Der vierte von Ihnen muß eben ein Weilchen warten, bis irgendwo was frei wird.«

»Wir möchten aber alle vier zusammensitzen«, sagte die Mutter. »Wir sind doch eine Familie.«

»Dann müssen Sie später wiederkommen«, sagte die Kellnerin, »oder umkehren in Ihren goldenen Westen.« Damit ließ sie sie stehen.

»Unerhört«, sagte die Mutter, als sie wieder im Wagen saßen.

»Woher hat die denn gewußt, daß wir aus dem Westen sind?« fragte Ina. »Wir haben doch nicht darüber gesprochen, als sie dabei war.«

»Man sieht's uns irgendwie an«, meinte Thomas.

»Und man hört's uns an«, sagte der Vater.

»Laß uns umkehren«, sagte die Mutter. »Ich hab die Nase voll von der DDR. Wir könnten nach Holland oder Dänemark fahren, oder nach Frankreich. Ein Tag verloren und ein bißchen Geld, aber immer noch besser, als sich den ganzen schönen Urlaub halb totzuärgern.«

Der Vater nickte, und sie fuhren wieder in Richtung Westen.

»Ich muß schon ganz dringend«, sagte Ina.

Sobald sie aus dem Städtchen heraus waren, hielt der Vater auf dem nächsten passenden Parkplatz. Er hielt neben einem DDR-Wagen, aus dem gerade ein Mann, eine Frau und drei Kinder ausstiegen. Die Frau und die Kinder mußten offensichtlich auch, denn sie liefen in den Wald hinter dem Parkplatz. Ina und die Mutter hatten es ebenso eilig – und schon waren sie raus aus dem Auto und hinter den Bäumen verschwunden. Der Vater und Thomas blieben im Wagen sitzen. Thomas lehnte sich zum offenen Fenster hinaus und betrachtete den uralten Wartburg der DDR-Familie.

»Ist das so einer von dieser miesen DDR-Automarke?« fragte er.

»Still!« flüsterte der Vater ärgerlich. Dann stieg er aus und ging zu dem Mann hinüber, der am Wartburg lehnte.

»Hallo«, sagte er. »Auch auf der Urlaubsreise?«

Der Mann warf einen finsteren Blick auf Lachmanns Passat, dann sagte er: »Nur übers Wochenende in die Nähe. Denn mit unserer miesen DDR-Automarke kommen wir ja nicht weit.«

Er ließ den Vater stehen, setzte sich in seinen Wagen und kurbelte die Scheiben hoch.

»Das war aber kein Funktionär«, sagte Thomas, als der Vater wieder in den Wagen zurückkam.

»Du Dummkopf«, schimpfte der Vater, »*mußt* du so gedankenlosen Blödsinn daherreden? An seiner Stelle wäre ich jetzt wahrscheinlich auch vergrätzt!«

»Also wenn man hier jedes Wort erst auf die Goldwaage legen muß, bevor man es ausspricht«, sagte Thomas, »dann hat die Mutti recht, wenn sie wieder raus will. Das ist zu anstrengend. Nichts für den Urlaub. In anderen Ländern verstehen sie einen nicht, wenn man solche Bemerkungen wie eben macht. Fahren wir also in ein Land, wo man kein Deutsch spricht. Denn man muß sich doch über das, was man sieht und erlebt, unterhalten können!«

»Mir scheint, es ist schon zu spät«, sagte der Vater düster, »für eine Freundschaft zwischen uns aus der Bundesrepublik und den Leuten aus der DDR. Über vierzig Jahre sind wir jetzt auseinander, wir zwei Deutschlandhälften.«

In diesem Augenblick kamen die drei DDR-Kinder aus dem Wald getollt, Ina mitten zwischen ihnen. Und da tauchten auch die beiden Mütter zwischen den Stämmen auf. Sie unterhielten sich und lachten miteinander über irgend etwas, dann kamen sie zu Lachmanns Wagen. Der Vater stieg aus. Die Mutter stellte ihn der Frau vor.

»Das ist Karin Kramer«, sagte sie zu ihm. »Stell dir vor, Kramers wohnen in Storkow, nicht weit vom Scharmützelsee! Wo wir doch auch hinwollten –!« Sie stutzte einen Augenblick, dann sagte sie: »– hinwollen. Frau Kramer hat uns eingeladen, mal bei ihnen vorbeizukommen, wenn wir auf dem Campingplatz Bad Saarow-Pieskow sind!«

Der Vater und Karin Kramer gaben sich die Hand und lachten sich an. Frau Kramer winkte zum Wartburg hinüber. »Walter«, rief sie, »komm doch mal her!«

Aber ihr Mann stieg nicht aus.

»Ich fürchte, daran sind *wir* schuld«, sagte der Vater. »Mein Sohn Thomas hat vorhin so eine dumme Bemerkung über

Ihren Wagen gemacht. Das tut uns sehr leid, und wir bitten um Entschuldigung.«

»Keine Sorge«, sagte Frau Kramer, »das bringe ich schon in Ordnung. Im ersten Augenblick ist er bei so was immer furchtbar wütend. Die Leute aus der Bundesrepublik führen sich nämlich uns gegenüber oft so hochnäsig auf und bemäkeln alles, was sie hier sehen. Mich ärgert das auch. Aber Sie haben sich ja entschuldigt. Und bis wir zu Hause in Storkow und Sie auf dem Campingplatz am See sind, ist alles vergessen. Hier ist die Adresse. Also – lassen Sie von sich hören, ja?«

»Abgemacht«, sagte die Mutter. Sie winkte dem Wartburg nach, als er in einer Staubwolke davonfuhr, und Ina winkte auch.

»Mit denen spiel ich dort«, sagte sie zu Thomas.

»Jetzt versteh ich überhaupt nichts mehr«, sagte der Vater zur Mutter. »Sind wir nicht auf dem Rückweg?«

»Was geb ich auf mein dummes Geschwätz von vorhin«, rief die Mutter lachend. »Natürlich fahren wir an den Scharmützelsee!«

Thomas murrte und knurrte zwar, aber für Ina gab's jetzt gar nichts anderes mehr auf der Welt als den Scharmützelsee. Und schließlich war sie's, die sich in diesem Jahr den Urlaubsort wünschen durfte.

»Wie bist du denn mit der Frau ins Gespräch gekommen, als ihr dort im Wald gehockt habt?« fragte der Vater die Mutter.

»Ganz einfach«, antwortete die Mutter. »Ina brauchte plötzlich Papier, aber ich hatte keins bei mir. Ich sagte zu ihr, sie solle hocken bleiben, bis ich Papier aus dem Wagen geholt habe. Karin Kramer hörte dieses Gespräch und gab von ihrem Papier ab. Das war alles.«

»Siehst du«, sagte der Vater zu Thomas, »manchmal ist es doch ganz nützlich, wenn man die gleiche Sprache spricht.«

Nach zwei Wochen erhielt Frau Becht, Inas Lehrerin, einen Brief aus Bad Saarow-Pieskow. Er war fünf Tage unterwegs gewesen. Absender INA LACHMANN.

Liebe Frau Becht,
ich habe hier elf Freundinnen und Freunde. Die guten, das sind Evi, Klaus, Sascha und Annegret. Die sehr guten sind Herbert, Marietta, Lotti und Markus. Die allerbesten, so wie Geschwister, das sind Annette, Rudi und Bärbel. Und alle sprechen Deutsch!

Hier ist ein großer See mit vielen Kaulquappen. Thomas hat eine Freundin aus Pieskow und rudert im Schlauchboot drauf rum.

Gestern haben wir mit Kramers in Storkow geangelt. Heute nachmittag grillen wir bei Kasupkes in Pieskow. Morgen fahren wir mit Albels in den Spreewald.

Wir sagen jetzt immerzu: Frau Becht hat recht. Auch als sich mein Vater in den Ameisenhaufen gesetzt hat, sagte er das. Er hat die Hosen ausziehen und ausschütteln müssen, und dann hat er viele Fotos von Störchen und Fröschen und einer Parade gemacht. Meine Mutter hat heute aus Versehen eine von den Kaulquappen verschluckt, und dann hat sie mit den anderen am Zeltplatz gesungen. Dazu hat sie auf der Gitarre gespielt.

Wenn die Schule wieder anfängt, erzähle ich Dir mehr von der DDR.

Deine Ina

Frau Becht staunte. Was für ein langer Brief! So schrieb Ina nur, wenn sie so voll von Erlebnissen war, daß sie fast platzte.

Dann waren die dreieinhalb Wochen um, und die Lachmanns kehrten heim. Gleich am nächsten Tag schickte Ina allen elfen Freundinnen und Freunden eine Ansichtspostkarte – jedem Kind eine andere.

Thomas schrieb auch, sogar einen langen Brief. Aber nur einen einzigen: an seine Freundin Jenni Kasupke in Pieskow. Er hat ihr Bild in seiner Schreibpult-Schublade. Er spricht mit niemandem über sie, nur mit Ina. Die hält dicht. Auf die kann er sich verlassen. Und zu Weihnachten will er sich einen

Zweier-Kajak wünschen. Ina hat inzwischen schon von Klaus, Lotti, Annette, Markus, Evi, Sascha und Bärbel Post bekommen.

»Im nächsten Sommer müssen wir wieder dorthin fahren«, sagte sie kürzlich zu Thomas.

»Aber im nächsten Jahr ist doch die Mutti dran zu wünschen«, sagte Thomas und starrte finster ins Leere.

»Wenn sie nicht an den Scharmützelsee will«, sagte Ina, »fahre ich allein hin.«

»Ich auch«, sagte Thomas.

Ina entschloß sich, die Mutter sofort zu fragen.

»Natürlich in die DDR«, sagte die Mutter, die gerade in der Badewanne saß. »Was würden denn die Kramers und die Albels und die Kasupkes sagen, wenn wir nicht kämen? Oder wollt ihr etwa woanders hin?«

Nein, niemand wollte woanders hin, auch nicht der Vater.

»Was so ein Stück Klopapier im richtigen Augenblick doch bewirken kann«, meinte er.

Gudrun Pausewang

August

Miteinander reden – übereinander reden

Ein Wort, geredet zu rechter Zeit,
ist wie goldene Äpfel auf silbernen Schalen.

Sprüche 25, 11

Das sollte doch das Einfachste sein: zusammenzutreffen und miteinander zu reden. Was geschieht denn dabei? Es werden Informationen ausgetauscht, Neuigkeiten erzählt. Der Erzählende will etwas bieten und erwartet von seinem Gegenüber, daß er willig zuhört. Und da beginnt es schon, das Problem des Miteinander-Sprechens. Denn allzu oft geschieht es, daß der Zuhörer den Redefluß, der über ihn hereinbricht, unterbricht. Daß er nicht zuhören will, selbst auf dem Sprung, eigene Erfahrungen loszuwerden, die eigene Meinung einzubringen. Es führt dazu, daß die beiden Redenden laut werden im Bestreben, sich gegenseitig das Wort abzuschneiden. Oder daß sie gänzlich verstummen, gekränkt, weil der jeweils andere sich selbst offenbar wichtiger nimmt als den Gesprächspartner.

Partner sollten sie sein, so sagt es die Wortverbindung, sie sollten geben und nehmen, reden und zuhören. Offenbar ist dieser wichtigere Teil eines guten Gesprächs, das bereitwillige, zuhörende Eingehen auf den anderen so schwer, daß ein Gespräch oft mißlingt. Es muß damit zusammenhängen, daß jeder Mensch – auch wenn er es bestreitet – an sich selbst am interessiertesten ist. Das eigene Zahnweh, der Kratzer im Lack des neuen Autos beschäftigt mehr als die Hungersnot in Indien, als eine Massenkarambolage im dichten Herbstnebel oder der familiäre Kummer des Gesprächspartners.

Hörend dasein für den anderen – das bedeutet abzurücken von mir selbst, mich zurückzusetzen, den anderen wichtiger zu nehmen als mich. Wer ein Gespräch sucht, indem er sich vertrauend und ehrlich einem Gegenüber öffnet, braucht Hilfe und die Hoffnung, nicht alleingelassen zu werden. Lebt das Gespräch mit Gott, das Gebet, nicht von der gleichen Erwartung? Wenn wir hier dank der Zusage Gottes glauben, gehört zu werden – sollten wir uns nicht Gleiches gegenseitig geben?

Miteinander reden – es ist im gegenseitigen Verständnis möglich. Wir reden aber nicht nur miteinander, wir reden auch übereinander. Jeder kennt eine solche Situation: da gerät jemand als letzter in einen Kreis von Menschen, deren Sprechen plötzlich verstummt. Blicke, peinliches Schweigen, Verlegenheit. Der später Gekommene argwöhnt, daß da gerade ein falsches Wort über ihn gefallen ist. Es ist so leicht, hinterrücks jemanden zu verletzen. Eine Andeutung genügt, der Tonfall, in dem ich etwas scheinbar Harmloses sage, ein bedeutungsvolles Schweigen, wenn eine negative Bemerkung über einen Dritten fällt.

Viel schwerer ist es zu widersprechen, wenn sich Böses im Raum breitmacht, viel schwerer ist es, mutig die Position des Angegriffenen zu vertreten und nicht leichtfertig zu verurteilen, wo meine Kenntnisse über die Zusammenhänge unzureichend sind oder gar gänzlich fehlen. Vorschnelles Urteilen, das meist ein Ver-urteilen ist, vergiftet das Miteinander, zum Beispiel in dem großen Mietshaus, wo eine Frau mit drei kleinen Kindern geächtet wird, bis sich durch Zufall herausstellt, wie tapfer sie ein schweres Schicksal angeht.

Über Dritte in Güte sprechen, was uns so schwer gelingt, ist wie ein wärmender Wind, in dem sich Verkrustungen lösen, Leben einen neuen Anfang nimmt. Treffend umschrieben in dem mongolischen Sprichwort: »In einem guten Wort ist für drei Winter Wärme, ein böses Wort verletzt wie sechs Monate Frost.«

Almuth Hochmüller

Über das Reden

Eine Anleitung, wie es uns gelingen kann, ein nützliches Gespräch zu führen. Und wie notwendig es ist, auch ein guter Zuhörer zu sein.
Vorlesezeit ca. 5 Min.

Nicht vom Reden ist hier die Rede, sondern vom Gespräch. Wann sind uns Gespräche am förderlichsten? Doch offenbar, wenn wir dabei etwas Gutes zu hören bekommen. Aber wer sich nach einer Gesellschaft prüft, was er eigentlich alles erfahren hat, der muß feststellen, daß es so oft der Rede nicht wert war. Man gibt dann der Gesellschaft schuld und ist doch häufig nur selber der Schuldige. Denn um ein nützliches Gespräch führen zu können, ist vor allem notwendig, ein guter Zuhörer zu sein. Viele Gespräche sind aber nichts anderes als eine Summe von Selbstgesprächen, weil jeder mehr trachtet sich mitzuteilen, als sich etwas mitteilen zu lassen. Sich auszusprechen ist sicherlich ein Bedürfnis jeder Natur; wie aber wenn jeder nur sich auszusprechen drängt? Und es nur Zungen gibt, nicht Ohren? Das hieße an die Wände reden, und dazu muß man nicht unter Leute gehen. Der Unmut mancher Philosophen über die Gesellschaft, ihr murrendes Sichverkriechen in die Bücher, die freilich nur sprechen, wenn man sie befragt, rührt nur daher, daß sie Teilnahme zwar zu erregen, nicht aber zu spenden bereit sind. Von solchen Philosophen haben wir alle etwas an uns.

Sich nun in einen Sessel zu werfen und jedem Schwätzer geduldig das Ohr zu leihen, macht aber auch den Hörer nicht aus. Ein guter Hörer ist auch ein guter Frager; er vermag damit das Gespräch aus der Niederung der Allgemeinheiten herauszuführen dorthin, wo der, der spricht, auch etwas zu sagen hat. Goethe übte diese Kunst meisterhaft; er wußte aus jedem Gespräch Nutzen zu ziehen und wäre es eine Mitteilung über die Brandversicherungen im Ansbacher Bezirke gewesen. Er unterlag nicht dem gesellschaftlichen Vorurteil, daß niemand von seinem Fach sollte sprechen dürfen; ihm war es wertvoller zu hören, was der Verwaltungsbeamte Lang über die Feuerspritzen seines Bezirkes zu sagen hätte, als über den Faust.

Und wie es eine Kunst ist zu fragen, so nicht minder, gefragt zu werden, also alles, was man sagt, als eine Antwort erscheinen zu lassen. Erst hier setzt das Vermögen ein, sich auszudrücken. Es ist aber himmelweit verschieden von dem, was man Beredsamkeit nennt, jene im Gespräch ganz unleidliche Kunst, mit vielen Worten wenig zu sagen. Claudius machte sich in diesem Sinn einmal über Klopstock lustig, indem er erklärte: Wenn Klopstock ausruft: »Du, der du weniger bist als ich und dennoch mir gleich, nahe dich mir und befreie mich, dich beugend, von der Last des staubatmenden Kalbfells«, ja, dann sagt unsereins nur: »Johann, zieh mir die Stiefel aus.« Überhaupt ist die rechte Art zu reden die ohne Redensarten. Fantastisch, ungelogen, sozusagen, irgendwie, unter uns, nebenbei gesagt, bis zu einem gewissen Grade – solche Flickwörter bewirken das gerade Gegenteil von dem, was sie ausdrücken sollen. Wer von einem Buch sagt, es sei gut, wird mehr Zutrauen erwecken als der, der es als phänomenal gut anpreist.

In einem Parlament bekräftigte ein geschwätziges Mitglied seine Ausführungen fortwährend mit dem Satz: »Ich gebe Ihnen meinen Kopf dafür.« – »Ich nehme ihn an«, erwiderte ein gegnerischer Redner, »kleine Geschenke erhalten die Freundschaft.«

Ernst Heimeran

Die Leute von Zimmer 17

Unbeabsichtigt hört der Gast im Nebenzimmer das Gespräch eines älteren Ehepaares und ist erstaunt, mit welcher Güte sie über ein anderes, ihnen bekanntes Paar sprechen.
Vorlesezeit ca. 6 Min.

Es war ein kleines Gasthaus, die Zimmer im dritten Stock hatten schräge Wände. Sie waren alle besetzt, als ich ankam, und da es spät war und auch die anderen Gaststätten des Ortes besetzt sein würden, wie der Wirt vermutete, wurde mir im dritten Stock neben Zimmer siebzehn eine Kammer eingeräumt, die sonst als Lagerraum diente, und dort auf einem Feldbett ein Lager bereitet.

Ich legte mich gleich nieder und gedachte einen guten Schlaf zu tun. Aber kaum lag ich, da kamen die Leute von Zimmer siebzehn nach Hause. Sie hatten keine Ahnung, daß die Kammer neben ihnen mit einem Gast belegt war, und setzten ihre lebhafte Unterhaltung von unterwegs unbekümmert fort. Übrigens lagen Zimmer vierzehn bis sechzehn jenseits des Ganges, und die Leute von Zimmer siebzehn konnten mit Recht der Meinung sein, daß ihr Gespräch niemandes Nachtruhe störe. Ich war in meiner Müdigkeit und Schlafbereitschaft erst zu träge, um durch ein Räuspern oder Geräusche auf meine Anwesenheit aufmerksam zu machen, und nachdem ich ein paar Minuten dem Gespräch zugehört hatte, schien es mir ganz unmöglich, die guten Leute nebenan in Verlegenheit zu bringen.

Es war ein älteres Ehepaar, das hörte man an den Stimmen, und es ging auch aus dem Inhalt des Gesprächs hervor. Einmal war von einem Schwiegersohn die Rede, und dann von Kindern, die ihre Enkel sein mochten. Das war aber nur nebenbei. Der Hauptteil ihres erstaunlichen Gespräches galt einer Familie Müller oder Miller. Der Name war nicht genau zu verstehen. Er fiel auch nur ein- oder zweimal. Sie hatten diese

Müllers oder Millers anscheinend sehr genau beobachtet, als sie am Abend mit ihnen zusammen waren. Sie wußten auch aus früheren Jahren sehr viel von ihnen. Nun waren diese Bekannten meiner Zimmernachbarn weder reich noch arm, vom Schicksal unserer Tage weder verschont noch in besonderem Maße schwer betroffen, einfach ein älteres Ehepaar unserer Zeit, zwei alternde Menschen mit Sorgen und verborgener Trauer, mit kleinen Resten früherer Habe und einem Sohn irgendwo in der Ferne, der ihnen diese erste richtige Ferienreise seit vielen Jahren ermöglicht hatte. Und doch war das Gespräch, das meine Zimmernachbarn über sie führten, ein erstaunliches Gespräch.

»Hast du gesehen, Käthe«, sagte die Stimme des Mannes, »was für klare Augen er noch hat? So war er schon damals!« – »Das kommt, weil er gute Gedanken denkt«, sagte die Frau. »Er freut sich ja über die Sommerreise so sehr.« – »Vor allem seiner Frau zuliebe«, sprach die Stimme des Mannes. »Er hat mir gesagt, wie gern sie gerade hierher wollte.« – »Und obwohl sie soviel Schweres durchgemacht haben, sind sie beide unverbittert. Mit wieviel Tapferkeit hat sie ihn in seiner langwierigen Krankheit gepflegt. Ja, sie hat eigentlich alles wieder zum Guten gelenkt.« – »Du hast recht, er ist auch sehr stolz auf sie, genau wie vor dreißig Jahren!« – »Kann er auch, Peter!« sagte seine Frau. »Sie hat so etwas Liebes an sich. Es ist doch schön, daß sie den Urlaub haben.«

Da drehte ich mich um, und mein Feldbett krachte gewaltig.

»Du«, sagte die Frauenstimme, »wir wollen still sein! Da nebenan schläft vielleicht ein armer Knecht, der braucht seinen Schlaf!« Dann war es ruhig. Bald schlief ich ein. Als ich erwachte, ich armer Knecht, waren die Gäste von nebenan schon abgereist.

Vielleicht wundert sich jemand, daß ich es ein erstaunliches Gespräch genannt habe. Aber ist es nicht erstaunlich, wenn Leute über ihre Mitmenschen mit solcher Güte sprechen? Leider ist es erstaunlich.

Wolfgang Zenker

Schluß mit dem Gejammer!

Er jammert über seine verstopfte Stirnhöhle. Sie klagt über ihr Rheuma. Jeder möchte vom anderen bemitleidet werden. Eine ungute Atmosphäre. Hören wir auf mit dem Gejammer, beschließen sie. Nach einiger Zeit sagt ihr Ältester: »Es ist in letzter Zeit so richtig nett und gemütlich bei uns.«
Vorlesezeit ca. 7 Min.

Meine Frau richtete das Abendbrot. Der Tag war mir mit drei Predigten und einer Beerdigung wieder lang und mühsam vorgekommen. Sie war bei allem dabeigewesen und hatte Harmonium gespielt. Schließlich war alles vorüber, und jetzt rührte sie in Pfannen und Töpfen. Ich hatte mich zu ihr in die Küche gesetzt und starrte, gedankenlos vor mich hinbrütend, auf die Sterne, die über den waldigen Hügeln zu funkeln begannen, »hinbrütend« ist das richtige Wort. Ich wandte mich von den Sternen ab und sagte trübselig zu meiner Frau: »Heute war meine Stirnhöhle mal wieder scheußlich verstopft. Da fällt einem das Predigen wirklich schwer.«

Sie fuhr eine Weile fort zu rühren, als hätte sie nicht gehört. »Man fühlt sich so elend«, sagte ich mit Nachdruck. »Sicherlich«, sagte sie zerstreut. »Du Armer!«

Sie langte nach einem Sieb und goß etwas hindurch. Ich schaute eine Weile hin und wandte mich dann wieder den Sternen zu. Sie zwinkerten vergnügt, als wäre meine Stirnhöhle ein köstlicher Spaß. Aus einem anderen Zimmer hörte ich das Lachen unserer drei Kinder. Es kam mir wie Hohn vor, daß sie so fröhlich lachten und die Sterne so lustig zwinkerten und mein Eheweib weiterrührte, während ich hier saß und meinen Kummer abzuladen suchte.

Indes ich mich bemitleidete, sagte meine Frau: »Dieses Wetter fehlt mir gerade noch bei meinem Rheuma.«

Ich sah sie fast beleidigt an. Wie kam sie dazu, das Thema zu wechseln und von meiner Stirnhöhle auf ihr Rheuma umzuschalten? In meinem Ingrimm fiel mir ein, was ein mir bekannter Professor den Studenten vorzuhalten pflegte: »Meine Herren, die Welt will nicht sehen, wo Sie der Schuh drückt, sondern Ihnen zeigen, wo sie selbst der Schuh drückt. Es ist wichtig, das im Sinn zu behalten.«

Jetzt bekam ich die bittere Wahrheit zu schmecken. Der Mann muß einfach allein leiden. Er kann nicht mal mit seiner Stirnhöhle zu seiner Frau kommen, ohne daß sie ihm zugleich ihr Rheuma vorhält.

Unser Ältester schaute in die Küche herein. »Ich muß euch was Komisches erzählen, was in der Schule passiert ist«, fing er an. Aber bei einem Blick auf unsre verdüsterten Mienen blieb ihm das Wort in der Kehle stecken. Er zog sich schweigend zurück.

Plötzlich legte meine Frau den Quirl beiseite und sah mich an. »Du hast heute Dutzenden von Menschen die Hand geschüttelt«, sagte sie. »Viele haben dich gefragt, wie es dir geht. ›Danke, ausgezeichnet!‹, hast du immer nur gesagt. kein einziges Wort von deiner Stirnhöhle. Im Gegenteil, du warst die ganze Zeit so munter und vergnügt, daß niemand auf die Idee gekommen wäre, daß dir irgend etwas fehlt. Warum verbreitest du bei andern Leuten eitel Sonnenschein, und wenn du heimkommst, hüllst du dich in dunkle Wolken?«

Ich starrte sie erst verdutzt, dann entrüstet an. Aber als ich den Mund auftat, hob sie die Hand. »Sag's nicht«, rief sie. »Du willst jetzt sagen: ›Du bist mir die Rechte. Wer im Glashaus sitzt, soll nicht mit Steinen werfen!‹ Ich habe ja auch erst daheim von meinem Rheuma gesprochen. Warum tun wir das?«

Ihr bereitwilliges Schuldbekenntnis besänftigte meinen Zorn, und ich sann über ihre Frage nach.

»Ich weiß nicht«, sagte ich endlich. »Vielleicht ist es so, daß wir uns selber leid tun und von andern Mitleid erwarten, wenn wir heimkommen?«

»Mag sein«, erwiderte sie nachdenklich. »Aber es ist doch eine Schande für zwei angeblich erwachsene Menschen, über ihre Wehwehchen zu lamentieren und um die Wette nach des andern Mitleid zu trachten. Es ist auch unrecht gegen die Kinder. So schaffen wir nicht die richtige Lebenslust für sie.

Machen wir Schluß damit«, schlug sie vor. »Schluß mit dem Gejammer, mal einen ganzen Monat lang, und dann wollen wir sehen, wie's geht.«

Abgemacht! Anfangs war es nicht leicht. Mehrmals war ich nahe daran, wieder in das alte Wehklagen zu verfallen. Aber wir kamen ohne Rückfall durch den Monat, und die Vereinbarung ist heute noch in Kraft.

Eine erste Genugtuung wurde uns eines Abends bei Tisch durch unseren Ältesten zuteil. »Ich weiß nicht, woran es liegt«, sagte er, »aber es ist in letzter Zeit so richtig nett und gemütlich bei uns.« Meine Frau und ich tauschten einen Blick. Wir wußten, woran es lag.

Das ist nun sechs Jahre her, und manchmal frage ich mich, ob meine Frau überhaupt noch Rheuma hat. Nächstens will ich sie mal fragen. Vielleicht wird sie sich dann nach meiner Stirnhöhle erkundigen.

Ewart Autry

Auf der Sonnenbank

Die Sprache des Herzens zu finden, das gelingt den so unterschiedlichen Menschen, die an einem sonnigen Frühlingstag auf einer Bank im Park zusammentreffen.
Vorlesezeit ca. 9 Min.

Die halbrunde Bank unter den alten Platanen stand ganz von der warmen Frühlingssonne überschüttet, und es war, als ziehe dieser Lichtkreis die Menschen magisch an. Die ersten, die sich dort niederließen, waren zwei frischgebackene Liebesleute. Natürlich wünschten sie nichts sehnlicher, als allein zu bleiben. Aber nicht lange, so schob sich ein Kinderwagen mit einem schlafenden Zwillingspärchen in ihren Gesichtskreis. Die Mutter fühlte sich kalt angeweht von dem betont knappen »Bitte!« des jungen Mädchens auf ihre höfliche Frage: »Ist's erlaubt?« Und sie übersah auch nicht die Falte auf der Stirn des Mannes.

Während sie ein wenig verlegen die bunten Vorhänge sorglicher um die lieblichen Schläfer ordnete, kam ein kleines Mädchen um die Biegung. Es sprang nicht ausgelassen daher, wie Kinder seines Alters häufig zu tun pflegen; ernst, ein bescheidenes Püppchen fest an sich drückend, trippelte es seines Wegs und setzte sich zögernd ans äußerste Ende der Bank, leise auf die Puppe einsprechend, die offenbar einen Trost nötig hatte. Die Erwachsenen warfen sich Blicke des Einverständnisses zu. Es waren keine guten Blicke. Das Kind sah ja wirklich ein wenig fremd aus in dieser Umgebung. Es hatte eine bronzefarbene Haut und schwarzes Kraushaar, und vielleicht war auch sein Sonntagskleidchen um einen Ton zu bunt. Die rundliche Dame in Schwarz, die sich gleich darauf zwischen dem Kind und dem jungen Paar niederließ, beachtete jedoch ihre Nachbarschaft offensichtlich gar nicht. Wie blind starrte sie auf den frühlingsbunten Garten, und hin und wieder strich sie mit einer hilflosen Gebärde über die Falten ihres Kleides.

Die Bank war nun schon beinahe besetzt; der hagere Greis, der sich mit einem freundlichen Lächeln zwischen die Dame und das junge Paar schob, fand gerade noch Platz. Er nahm seinen Hut ab, faltete die Hände über dem Stock zusammen und atmete ein paarmal tief. »Ah!« sagte er halblaut. »Das tut gut! Man möchte das Licht mit allen Poren einsaugen.« Sein Blick fiel auf die schlafenden Kinder. Er nickte der Mutter ermunternd zu, als sei er selbst der stolze Großvater. »Doppelte Sorge – aber auch doppeltes Glück.«

»Wie gut, daß sie gerade die wärmste Zeit vor sich haben; sieht man es ihnen nicht ordentlich an, daß es Frühlingskinder sind? Und wie ähnlich sie einander sind! Sie werden ihnen später verschiedene Haarschleifen anstecken müssen, damit man sie unterscheiden kann«, sagte das Mädchen, das sich zu gleicher Freundlichkeit gedrängt fühlte.

Der junge Mann lachte. »Wirklich, das gibt es! Wir hatten auch Zwillinge in unserer Schulklasse. Sie brachten unseren guten Lehrer schier zur Verzweiflung. Er rief immer den Falschen auf.« Der junge Mann schmunzelte noch in Gedanken daran.

»So etwas kann bei der da nicht passieren«, bemerkte die Dame in Schwarz geringschätzig, und wies mit einer Kopfbewegung nach dem kleinen Mädchen.

»Nein, ganz gewiß nicht!« ergänzte der alte Mann rasch. »Keine in der Klasse wird je so dichtgelocktes Haar haben wie sie und eine so schöne sonnenbraune Haut. Schimmert es nicht wie altes Gold, wenn das Licht durch die Zweige auf ihr Gesichtchen fällt?«

Das Kind sah ihn beglückt an, seine dunklen Augen glänzten feucht, es bewegte die Hand ein wenig, als wollte es sich davon überzeugen, daß sie wirklich golden schimmerte. Ja, der alte Mann hatte die Wahrheit gesprochen! Oh, es würde dieses gute Wort sein Leben lang treulich bewahren, es war wie ein Schild gegen alle scheelen Blicke. Es vergaß fast, ihm zu antworten, als er nun fragte: »Wie heißt denn dein Puppenkind?«

»Jacqueline, wie ich! Aber Großmutti nennt sie einfach Lina.«

»Und dich ruft sie auch Lina?«

»Mhm. Nur wenn sie sehr böse ist auf mich, dann sagt sie Jacqueline.«

»Das ist sie aber doch wohl nicht oft. Sicherlich bist du ein sehr folgsames Kind. Man sieht es schon daran, wie ordentlich du dein Kleidchen hältst«, sagte die Dame in Schwarz ein wenig verlegen. Offenbar schämte sie sich ihrer unfreundlichen Bemerkung von vorhin. Sie seufzte abgrundtief. »Glückliche Zeit, in der man denkt, das ganze Leben liege noch vor einem! In unserem Alter weiß man, daß das Leben immer hinter einem liegt.«

Der alte Mann hob beide Hände wie abwehrend. »Sagen Sie das nicht! Man darf auch mit weißen Haaren nicht aufhören, an das Wunder zu glauben, dann begegnet es einem alle Tage. Vor einem Jahr sagte man mir, daß ich allmählich ganz erblinden würde. Zuerst erschrak ich natürlich sehr. Aber – Sie mögen es glauben oder nicht – dieses Jahr ist das beste meines Lebens geworden. Es ist, als begreife man die Schönheit der Dinge erst ganz in dem Augenblick, da sie einem zu entgleiten drohen. Gewiß, es ist ein beschwerteres Leben, aber auch ein tieferes Auskosten. Das einzige, was mich ein wenig bekümmert, ist, daß ich vielleicht eines Tages meinen Weg hierher nicht mehr allein finden werde.«

»Oh, wenn es nur das ist – ich würde Sie sehr gern begleiten! Ich wohne ganz in der Nähe. Wirklich, es würde mir nichts ausmachen! Seit meine ältere Schwester gestorben ist – Sie müssen wissen, ich habe sie zwölf Jahre lang gepflegt –, komme ich mir zuweilen so entsetzlich überflüssig vor«, sagte die Dame in Schwarz hastig.

»Sie sind sehr gütig!« erwiderte der alte Mann. »Ach, die Menschen sind überhaupt viel, viel besser als man gemeinhin denkt – sie vergessen es nur zuweilen in der Hast des Tages. Ich habe gerade in diesen Monaten soviel Freundlichkeit erfahren dürfen.«

»Sie haben ganz recht!« bestätigte der junge Mann lebhaft. »Da hatten wir zum Beispiel in unserem Betrieb ...« Er begann zu erzählen, und die anderen lauschten ihm aufmerksam, während Jacqueline zärtlich ihre Puppe in den Schlaf wiegte. Und sie alle, auch die, welche einander noch vor einer knappen Stunde kaum das Sonnenlicht auf dieser Bank gegönnt hatten, fühlten sich plötzlich verbunden wie eine kleine Familie, nun, da sie die gemeinsame Sprache des Herzens gefunden hatten.

Friedl Marggraf

Rufmord

Betroffen hören die Hausbewohnerinnen, was ihnen Irene Zobel über die junge Frau mit den drei kleinen Kindern erzählt, die im Parterre wohnt und die sie voreilig verurteilt haben.
Vorlesezeit ca. 8 Min.

Sie hatte am Ersten eine kleine Wohnung in diesem Hochhaus-Neubau bezogen. Es war recht bequem für sie, denn die Firma Hollinger & Co., bei der Irene Zobel als Sekretärin arbeitete, lag nur ein paar Straßen entfernt. Die leidige Fahrerei morgens und abends konnte nun aufhören.

Das Haus bestand aus lauter kleinen und kleinsten Appartements, die ebenfalls meist von alleinstehenden, berufstätigen jungen Frauen bewohnt waren. Nur in einer verwinkelten Parterre-Wohnung nach hinten hinaus mit Aussicht auf eine kiesbestreute Schräge, so daß sie fast einer Kellerwohnung gleichkam – gewiß billigste Unterkunft im Haus – lebte eine junge Frau mit drei kleinen Kindern.

Man sagt allgemein, daß in diesen modernen Hochhäusern das Leben anonym ist, daß keiner den anderen kennt. Hier war es merkwürdigerweise anders. Vielleicht, weil jüngere Frauen kontaktfreudiger sind. Jedenfalls standen morgens und am späten Nachmittag überall zwei oder drei der Bewohnerinnen beieinander und hielten ein Schwätzchen.

Nur eine wurde nie einbezogen. Man redete nicht mit ihr, sondern über sie. Die Frau mit den drei kleinen Kindern.

Auch bei Irene Zobel wurde sehr bald dieser Klatsch abgeladen, den sie gar nicht hören wollte. Sie war eher allergisch gegen alles, was nur im entferntesten mit leichtfertiger Nachrede zu tun hat.

Frau Werner, auch Fräulein Werner genannt, hatte ihre drei Kinder von drei verschiedenen Männern, das hatte man inzwischen schon herausbekommen. Es konnte sich also nur um eine »Schlampe«, ein »verkommenes Frauenzimmer«

handeln. Noch dazu, da sie auch jetzt fast jede Nacht unterwegs war. Man sah auch öfter die Fürsorgerin vor der Tür.

Irene Zobel hatte gemeint, daß ihre Generation großzügiger und vorurteilsfreier über solche »Vergehen« dächte, wenigstens nach den Hintergründen fragen würde. Sie sah, daß sie sich geirrt hatte, daß die Kleinlichkeit und die Vorurteile auch hier noch lange nicht ausgestorben waren.

Aber nun wollte sie sehen, was an dem Klatsch dran war. Sie suchte Frau Werner ab und zu auf, um eine Zitrone zu borgen oder ihr eine Zeitschrift zu bringen. Was sie da allmählich erfuhr, ließ sie den Entschluß fassen, etwas Entscheidendes zu unternehmen.

Sie lud all die Nachbarinnen, die ihr den Klatsch über Frau Werner aufgedrängt hatten, am Sonntagnachmittag zum Kaffee ein und erzählte ihnen deren Lebensgeschichte.

»Frau Werner hat eine schwere Kindheit ohne Mutter erlebt. Auf der Suche nach ein bißchen Liebe und Geborgenheit ist sie schon mit 17 an einen Mann geraten, der sie bald mit einer Schwangerschaft alleingelassen hat. Von ihm stammt die achtjährige Rosel. Er zahlt zwar Alimente, meinte aber damals, zu jung für eine feste Bindung zu sein. Um ihr Kind nicht vaterlos aufwachsen zu lassen, gab Heidi Werner eine Heiratsanzeige auf. Der Mann, den sie dann fand, hatte, wie sich später herausstellte, gar nicht die Absicht zu heiraten. Er zögerte das Geständnis hinaus, bis wieder ein Kind unterwegs war. Dann verschwand er, weil er keine Alimente zahlen wollte. Das Jugendamt sucht ihn heute noch im Ausland, bald hier, bald da. Heidi bekam einen Jungen, der jetzt fünf Jahre alt ist. Zufällig lernte sie dann einen ›reichen‹ Mann kennen. Als die kleine, jetzt zweijährige Toni sich anmeldete, stellte sich heraus, daß dieser Mann verheiratet, völlig mittellos und von Schulden und Pfändungen bedroht war. Von ihm sind also auch keine Zahlungen zu erwarten.

So ist Heidi Werner mit ihrem gutmütigen weichen Herzen, die ein bißchen Sicherheit für ihre Kinder und Geborgenheit für sich selbst gesucht hat, nun in bittere Not geraten und auf das Sozialamt angewiesen. Um etwas dazu zu verdienen, geht sie fast jeden Abend als Toilettenfrau arbeiten, weil sie am Tage wegen der Kinder nicht fort kann. Daher das nächtliche ›Herumtreiben‹.«

Als Irene Zobel den Bericht beendet hatte, saßen die Frauen recht betreten da. Aber sie waren ja nicht schlecht, sondern hatten nur, selber oft abgehetzt, voreilig geurteilt und gedankenlos gehandelt. Und so überlegten sie nun gemeinsam, was hier verbessert werden könnte.

Irene Zobel schlug vor – unter allgemeiner Zustimmung –, am nächsten Sonntag den Kaffeenachmittag bei ihr mit Heidi Werner zu wiederholen und so reihum eine Weile jeden zweiten Sonntag, bis Heidi Werner sich im Hause wohlfühlen und dazugehören würde. Einige erboten sich sogar, ihr die Kinder stundenweise abzunehmen. Auch wollte man Frau Heidi um allerlei Hilfeleistungen bitten, die sie zu Hause ausführen konnte – dann würden entsprechende Zuwendungen nicht wie Almosen aussehen. Das Gefühl des Gebrauchtwerdens war sicherlich heilsam für die bisher gar so kühl Abgelehnte.

Wie leicht ein Mensch doch verurteilt wird, dachte Irene. Der Trieb des Menschen, andere abzuwerten, stirbt einfach nicht aus. Aber wenn man nur den Mut hat und sich ein bißchen Mühe gibt, ist solchen von der Gesellschaft Abgeschriebenen doch immer wieder zu helfen. Und vor allem: den leichtfertig Urteilenden auch.

Eva Hönick

Das Altenheim auf dem Land

Aller Widerstand der Dorfbewohner nützt nichts. In ihrem Dorf wird ein Altenheim gebaut für alte Leute aus der Stadt. Aus dem anfänglichen Widerwillen gegen die Städter wird allmählich ein gegenseitiges Geben und Nehmen, ja ein freundliches Miteinander.
Vorlesezeit ca. 25 Min.

»Hast du schon gehört, wir sollen ein Altenheim ins Dorf bekommen!« Die Regner Erna ruft es über die Straße ihrer Nachbarin zu, die gerade aus dem Stall kommt.

»Was, ein Altenheim? Wer sagt das?«

»Der Wüllner Schorsch war gestern abend in der Stadtverordnetensitzung. Er ist doch Ortsvorsteher. Da ist es besprochen worden.«

»Und wir haben nichts dazu zu sagen?«

»Nein. Wir gehören jetzt zur Stadt, auch wenn wir acht Kilometer von ihr entfernt sind. Wir sind keine eigene Gemeinde mehr, die selbst über ihre Angelegenheiten entscheiden kann.«

Das Gespräch geht quer über die Straße lautstark hin und her. Von der Hauptstraße her kommen zwei Bäuerinnen, die Berger Traud und die Schäfer Kath. Sie bleiben stehen und hören interessiert zu.

»Ein Altenheim?« fragt die Schäfer Kath. »Wo soll das denn hin?«

»Am Hirtenfeld soll es gebaut werden, mit dem Blick auf die Waldburg. Da ist ja noch der große freie Bauplatz.«

»Und warum baut die Stadt es nicht auf einen ihrer eigenen Bauplätze?« will die Schäfer Kath wissen.

»Sie hat keine großen freien Bauplätze mehr, nur noch kleine Zwischenstücke. Da paßt kein Altenheim hin. Außerdem soll es ja ein Versuch sein, die alten Leute aus der Großstadt hinaus aufs Land zu bringen.«

»Wer baut es denn?«

»Die Stadt Frankfurt hat bei uns angefragt. Unser Bürgermeister will es natürlich machen.«

»Danke vielmals«, sagt die Berger Traud, »wir haben selber genug alte Leute. Wir müssen uns dagegen wehren.«

Inzwischen sind auch zwei Bauern stehengeblieben, als sie die aufgeregten Frauen sehen. Ein Traktor, der vorüberfährt, hält ebenfalls still, und sein Fahrer beteiligt sich an der lebhaften Diskussion: Ein Altenheim ins Dorf! Zum Lachen. Unsere Alten leben noch in den Großfamilien und sind gut aufgehoben. Und noch mehr Alte? Dazu Städter? Nie und nimmer!

. Es dauert nicht lange, da ist das ganze Dorf unterrichtet: Es soll ein Altenheim gebaut werden, oben im Hirtenfeld, für alte Leute aus Frankfurt!

Kaum jemand, der sich für diese Sache erwärmen kann. Soviel alte Leute sind nur eine Last. Bleibt uns mit ihnen vom Leibe! Wir haben unsere eigenen Probleme. Aber so ist es eben, wenn man zu einer Großgemeinde gehört. Wir wollten ja nichts davon wissen, aber wir wurden gezwungen!

Es nutzt alles nichts. Das Altenheim wird gebaut.

Mißtrauisch verfolgt die Dorfbevölkerung die Bauarbeiten. Sonntags steigen die Männer in den Rohbau hinein und begutachten den Fortschritt der Arbeiten. Es wird recht groß, das Haus. Aber es wird in ihrem Stil gebaut: Fachwerk. Es paßt in die Landschaft, auch wenn es modern mit sonnigen Balkons ausgestattet ist. Das müssen sie zugeben.

Dann kommt der Innenausbau. Die Leute werden es gut haben, soviel steht fest: Das sind ja kleine Wohnungen mit Bad und Balkon. Ein großer Gemeinschaftsraum, fast so groß wie das Dorfgemeinschaftshaus. Und der Blick nach Süden über Heidberg und Waldburg. Dazu der große Park, der ringsum angelegt wird, nicht schlecht!

Das Haus wird fertig, und die ersten Bewohner ziehen ein. Man merkt nicht viel davon, aber im Lauf der Zeit nehmen die Heiminsassen zu, und das Dorfbild wird mehr und mehr von alten Leuten geprägt, die spazierengehen und hier und da versuchen, mit den Dorfbewohnern ins Gespräch zu kommen. Freundlich sind sie, die Heimleute. Das muß man zugeben. Vielleicht können umgekehrt die Heimleute das nicht gerade von den Dorfbewohnern sagen, die oft nur widerwillig grüßen oder antworten, wenn sie gefragt werden.

Eines Tages bekommt die Fischer Hanne, die am Anfang des Dorfes wohnt, Besuch. Eine fremde Frau, nicht mehr jung, bittet, mit ihr sprechen zu dürfen. Die Hanne komplimentiert sie ins Wohnzimmer und bietet ihr auf dem Sofa Platz an.

Die Frau kommt aus Frankfurt. Sie hätte gern eine Auskunft. Hier im Ort ist doch das neue Altenheim. »Ja«, sagt die Hanne, »da gehen Sie die Hauptstraße weiter bis zur Schänke, dann links hinauf bis zum Hirtenfeld.«

»Das will ich dann noch machen«, sagt der Besuch, »aber zuerst möchte ich von Ihnen einiges wissen. Ich habe nämlich daran gedacht, in dieses Altenheim zu ziehen. Meine Schwester hat mir aber dringend abgeraten. Sie meint, in einem solchen Dorf hielte man es nicht lange aus, wenn man aus der Stadt kommt. Da wollte ich mir das Dorf einmal ansehen und hören, wie sich die Dorfbewohner mit den Leuten aus dem Heim verstehen.«

»Wir mit den Heimleuten?« fragt Hanne. »Nun, wir merken nicht viel von ihnen. Wir grüßen, das ist alles. Wir haben selber genug alte Leute. Wir waren nicht so erfreut über das Altenheim.«

Das ist keine freundliche Auskunft. Aber die Frau aus Frankfurt möchte gern auf dem Land leben und läßt sich nicht so leicht entmutigen. Sie bedankt sich bei Hanne und geht weiter durchs Dorf. Sie sieht einige alte Leute, die offensichtlich keine Dorfbewohner sind, denn sie tragen keine Tracht, während die alten Frauen noch in der Tracht gehen. Die Leute sehen zufrieden aus. Das Heim ist schön, seine Lage über dem kleinen Dorf wunderbar.

Die Frankfurterin fährt mit dem nächsten Bus wieder ab. Die Fischer Hanne meint, sie werde wohl nicht wiederkommen.

Aber ein paar Wochen später begegnet sie ihr doch, als sie mit dem Traktor aufs Feld fährt. Da geht die Frankfurterin mit einer anderen alten Frau auf den Wald zu.

Hanne hält den Traktor an: »Also sind Sie doch gekommen?« fragt sie laut hinüber.

»Ach, sie sind's«, sagt die Frankfurterin, »ja, ich hab's gewagt.«

»Und wie gefällt es Ihnen?«

»Bis jetzt ganz gut. Etwas mehr zu tun würde nicht schaden.«

Etwas mehr zu tun! denkt die Fischer Hanne im Weiterfahren. Unsere alten Leute haben genug zu tun. Die arbeiten bis an ihr Lebensende und sind zufrieden dabei.

Dann vergißt sie die Begegnung wieder.

An einem der nächsten Tage bekommt sie Besuch. Es ist die alte Frankfurterin.

»Ich dachte, jetzt kenne ich Sie doch schon etwas, da darf ich Sie wohl einmal besuchen«, sagt sie.

»Das dürfen Sie, aber Sie dürfen mich nicht aufhalten. Ich hab nämlich viel zu tun.«

»Das will ich ganz gewiß nicht. Was haben Sie denn zu tun?«

»Wir sind am Runkeln hacken«, sagt die Bäuerin. »Das ist eine von den wenigen Arbeiten, die wir noch immer mit der Hand verrichten müssen. Wenn die Zeit dazu gekommen ist, muß das schnell gehen.«

»Das verstehe ich«, sagt die fremde Frau, »ist das schwer zu lernen?«

»Aber nein, unsere Kinder müssen schon helfen.«

»Kann ich da nicht mitkommen aufs Feld? Ich bin nämlich hergekommen, um Sie um etwas Arbeit zu bitten. Immer nur spazierengehen befriedigt mich nicht. Ich bin noch rüstig.«

Die Fischer Hanne sieht die Frau erstaunt von oben bis

unten an: Mit aufs Feld kommen und Runkeln hacken? Freilich, unsere Oma hilft ja auch noch, aber sie kann nur noch kurze Zeit durchhalten. Sie geht dann heim und versorgt das Vieh.

Das Gespräch geht hin und her. Schließlich ist Hanne damit einverstanden, daß die fremde Frau mit aufs Feld geht und Runkeln hackt.

Sie lernt es schnell, aber nach zwei Zeilen sagt sie: »Jetzt kann ich nicht mehr. Ich muß mich erst langsam an solche Arbeit gewöhnen.« Sie legt die Hacke hin und geht. Die Bäuerin lacht. »Das dachte ich mir!« sagt sie. Aber immerhin, die zwei Reihen sind nicht schlecht gemacht.

Am nächsten Tag kommt die Frau wieder. Nun schafft sie drei Reihen. Am Tag darauf kommt eine andere Frau mit und will auch helfen. Hanne schickt sie aufs Nachbarfeld, wo die Berger Traud mit ihren Kindern hackt. Und als das Rübenhacken zu Ende geht, sind es fünf Frauen, die auf verschiedenen Äckern geholfen haben. Es war keine überwältigende Hilfe, aber es hat Bauern wie Helfern Spaß gemacht. »Nächstes Jahr kommen wir wieder, oder wenn Sie dieses Jahr wieder eine Arbeit haben, die nicht zu schwer für uns ist.«

»Ja, gern!« rufen die Bäuerinnen.

An einem Abend, als die Regner Bäuerin mit ihren Kindern vom Rübenhacken heimgekommen ist, müssen sie noch ihre Aufgaben machen. Bei Gerhard dauert es diesmal sehr lange. Er ist ein guter Schüler. Auch Englisch fällt ihm nicht schwer. Aber an diesem Abend ist er wohl von der Arbeit zu müde. Es will und will nicht klappen. »Ist denn niemand im Dorf, der dir helfen kann?« fragt seine Mutter. »Lauf doch mal zum Lothar. Er wird die Aufgaben wohl können.«

Gerhard läuft, aber auch sein Mitschüler weiß die Regel nicht, nach der man dieses Verb konjungiert. Gerhard fängt beinahe an zu weinen. Er ist ein gewissenhafter Schüler, der nicht ohne Aufgaben in die Schule gehen mag.

Seiner Mutter kommt plötzlich ein guter Gedanke: »Lauf

doch mal ins Altenheim. Die Frau, die bei uns auf dem Feld geholfen hat, hat mir erzählt, daß im Heim ein alter Mann ist, der früher Lehrer war. Der kann dir sicher helfen.«

Aber Gerhard will nicht. Am Abend ins Altenheim? Nie und nimmer!

Da bindet sie kurzerhand die nicht mehr saubere Schürze ab und holt eine frische aus dem Schrank: »Komm, ich geh mit.«

Dazu ist Gerhard bereit. Er nimmt sein Englischheft und den Kugelschreiber und geht mit.

Die Heimleiterin ist etwas erstaunt, als nach dem Abendessen eine Frau aus dem Dorf kommt. Im allgemeinen distanzieren sich die Dorfleute sehr. Desto erfreuter ist sie über die Bitte der Regner Bäuerin: »O ja«, sagt sie, »wir haben sogar zwei Lehrer.« Sie geht voraus und klopft an eine Tür. »Da wohnt Herr Schröder«, sagt sie, »er wird Ihnen sicher helfen.«

Herr Schröder ist freundlich und gar nicht ärgerlich über die abendliche Störung. »Ich wollte nur zum Fernsehen hinuntergehen«, sagt er, »das ist nicht so wichtig.«

Und er hilft. Und nicht nur das. Er ermuntert Gerhard, doch öfter zu kommen, wenn er Schwierigkeiten mit den Aufgaben habe. Gerhard bedankt sich, seine Mutter auch.

Natürlich muß Gerhard das am nächsten Morgen in der Schule seinen Mitschülern aus dem Dorf wortgetreu erzählen. Und siehe da, Lothar und Erika und Uschi nehmen sich vor, wenn es einmal nötig wird, auch ins Altenheim zu gehen.

Herr Schröder ist nicht böse, als an einem der nächsten Tage wieder ein Kind mit seinen Englischaufgaben kommt und um Hilfe bittet. Er meint, die Dorfkinder, die jetzt die Mittelpunktschule in der Stadt besuchen, hätten ja keine andere Möglichkeit einer Hilfe in ihrer näheren Umgebung. Vielleicht könne er da etwas nachhelfen. Und von jetzt ab gibt es so etwas wie Nachhilfeunterricht von dem alten Herrn Schröder. Dreimal in der Woche im Dorfgemeinschaftshaus. Und als sich herausstellt, daß Kinder eines anderen Jahrgangs in Mathematik nicht mitkommen, versteht es Herr Schröder, seinen Kollegen Riemann im Altenheim, der früher Mathematik unterrichtet hat, dafür zu interessieren. »Verdiene ich dabei etwas?« hat Herr Riemann zwar gefragt. Aber Herr Schröder meint, das sei doch nicht nötig, sie hätten beide ihre Pension und wären gut versorgt. Damit gibt sich auch Herr Riemann zufrieden.

Aber die Mütter der Kinder, die von den Lehrern gefördert werden, wollen sich doch erkenntlich zeigen: Sie schicken die schönsten Blumen ihres Gartens mit den Kindern ins Heim, oder ein Körbchen Erdbeeren oder ein Glas Honig von ihren Bienen, und als es Winter wird, herrliche Äpfel, eine Wurst und ein Stück Schinken vom Schlachtfest. Und immer freundlicher wird der gegenseitige Gruß.

Wenn die Bauern am Altenheim vorbeigehen oder -fahren, sehen sie auf den Balkons die Alten liegen, die schon nicht mehr gut zu Fuß sind. Sie haben es schön hier. Sie liegen im Grünen, haben gute saubere Luft und einen weiten Blick über die Berge. Vielleicht ist das Altenheim hier im Dorf doch eine gute Einrichtung, meinen sie. Vielleicht sogar nicht nur für die Alten selber, sondern auch für das Dorf. Und sie haben recht: Im Lauf der Zeit ergibt sich manche Gelegenheit zu gegenseitiger Hilfe.

Wenn man nur an den Schulbus denkt. Wie haben die jüngeren Kinder immer geweint, wenn sie nach Hause kamen. Im Schulbus ging es turbulent zu. Der Fahrer muß auf Straße und Verkehr aufpassen. Er kann sich nicht um die Kinder kümmern. Der Rektor konnte keinen Lehrer abstellen, der die Kinder in den verschiedenen Bussen auf die Dörfer begleitet. Er brauchte sie dringend für den Unterricht. Da war eine Mutter auf die Idee gekommen, vielleicht wäre im Altenheim jemand, dem man eine solche Aufgabe noch zumuten könnte. Und siehe da: Eine energische alte Dame und ein alter Herr hatten sich gefunden, die nun entweder jeden Morgen mit dem Schulbus in die Stadt und mit dem Linienbus zurückkamen, oder mittags mit dem Linienbus in die Stadt und mit den

Schulkindern zurückfuhren. Nun herrschte Ordnung im Schulbus. Der Fahrer atmete auf, und die Eltern mußten nicht mehr fürchten, daß eines Tages aus Unverstand der Kinder ein Unglück geschehen könne.

Und noch etwas wurde vom Dorf herzlich begrüßt: Uschi hatte einmal, als sie am Altenheim vorbeiging, Blockflötenmusik gehört. Sie war stehengeblieben und hatte eine Weile gehorcht. Sie hätte so gerne Blockflöte gelernt, aber im Dorf spielte niemand.

»Frag doch mal die Heimleiterin«, sagte ihre Mutter. Und Uschi faßte sich ein Herz und klingelte im Altenheim.

Die Heimleiterin führte sie zu den Heimbewohnern, die regelmäßig zusammen spielten. Es wurde viel musiziert im Heim. Unterricht? Natürlich würden sie gern Blockflötenstunden geben. Uschi solle fragen, ob noch mehr Kinder Interesse daran hätten. Sie sollten sich eine Blockflöte besorgen. Und wer nicht sofort eine hätte, dem könnte man auch bis Weihnachten eine borgen.

Schon in der nächsten Woche waren in vielen Häusern des Dorfes die ersten noch schrillen Versuche der Blockflötenspieler zu hören. Es blieb nicht bei der Blockflöte. Orff-Instrumente kamen dazu. Es entstand ein ganzes Kinderorchester, und selbst die Kleinsten gingen gerne in die Musikstunden im Dorfgemeinschaftshaus. Ein Junge lernte auch Geige, und Bauer Regners Kinder, die zu Hause ein Klavier hatten, bekamen Klavierstunden von einer Heimbewohnerin.

Es ergaben sich noch viele Gelegenheiten gegenseitiger Hilfe. Beim Viehaustreiben im Frühjahr, das oft so schwierig war, weil das Jungvieh immer wieder auf die saftigen Wiesen oder die jungen Kornfelder strebte, fanden sich ein paar Alte mit langen Weidenruten ein und hielten das Vieh genau auf dem Weg. Das war keine leichte Arbeit, denn man mußte noch springen können, aber es machte großen Spaß, und es gab viel zu lachen.

War eine Hochzeit oder Taufe, so erbot sich ganz bestimmt

eine Heimbewohnerin, im Dorfgemeinschaftshaus zu helfen, und wenn es nur zum Geschirrwaschen war. Als der Seniorenklub, den es mittlerweile, von der Stadt gegründet, auch im Dorf gab, einen Ausflug in den Frankfurter Zoo machte, erbat man sich im Altenheim einen alten Frankfurter Bürger, der dort doch sicher gut Bescheid wußte, als Führer. Wenn der Seniorenklub im Dorfgemeinschaftshaus eine Veranstaltung hatte, einen Filmabend oder ein geselliges Beisammensein, lud man dazu auch das Altenheim ein. So ergab es sich von selbst, daß die alten Leute aus dem Dorf mit den alten Städtern bekannt wurden. Schließlich fand man, daß der Unterschied in ihrem Leben zwar groß sei, sie sich aber doch recht gut verstünden.

Als der erste Heiminsasse, dreiundachtzigjährig starb, erhob sich die Frage, wo er begraben werden sollte. »Natürlich auf unserem Friedhof«, entschied der Wüllner Schorch als Ortsvorsteher, und alle stimmten zu. »Das Heim gehört doch jetzt zu uns.«

Die Männer des Dorfes zogen ihre schwarzen Anzüge an und gingen zum Begräbnis, und die Frauen sangen am Grab wie für jeden verstorbenen Dorfbewohner.

Und am Ende kam es soweit, daß Dorf und Heim fröhliche Feste feierten, oft verschönt durch gemeinsame Musik der Gruppen alter und junger Musikanten. Dorfbewohner und Städter, Große und Kleine, Junge und Alte feierten zusammen zu Weihnachten, zu Fastnacht, im Frühling oder im Sommer. Und keiner bedauerte es mehr, daß das Altenheim ins Dorf gekommen war oder daß er in diesem Heim leben mußte.

Elfriede Pausewang

Guter Trick im Geschäft

Gutes von ihm oder ihr zu reden und damit alles zum Besten zu kehren, das ist der »Trick«. Die Sekretärin wendet ihn immer wieder mit Erfolg an, bei ihrem Chef, wie bei den jungen und alten Mitarbeitern der Firma.
Vorlesezeit ca. 6 Min.

»Also den Alten kann ich schon nicht mehr sehen! Ständig setzt er was an meiner Arbeit aus!« machte sich Lilo bei der Sekretärin Luft, als sie durch das Vorzimmer kam. »Jetzt kann ich den Brief zum dritten Mal abtippen!«

»Das würde ich ihm an Ihrer Stelle gar nicht so übelnehmen«, versuchte Fräulein Seidel sie zu besänftigen. »Bei einer anderen würde er über kleine Fehler hinwegsehen. Aber von Ihnen erwartet er eben mehr.«

»Was wollen Sie denn damit sagen«, fragte Lilo unsicher.

»Daß er viel von Ihnen hält. Wahrscheinlich meint er, daß in Ihnen eine tüchtige Sekretärin steckt. Und damit Sie es auch wirklich eines Tages werden, läßt er nichts durchgehen.«

»Ach so«, sagte gedehnt das Mädchen und lief mit einem »nun muß ich mich aber beeilen« hinaus.

Als Fräulein Seidel dem Chef die Post hereingab, sagte sie ganz beiläufig: »Die Lilo macht sich eigentlich ganz gut heraus bei uns, nicht wahr?«

»So?« Der Chef sah von einem Brief auf. »Den Eindruck habe ich allerdings gar nicht. Sie macht reichlich oft Fehler. Ich sage ihr das auch ständig, aber es wird immer schlimmer.«

»Vielleicht sollten Sie ihr auch einmal ein anerkennendes Wort sagen. Das wirkt oft Wunder. Vielleicht ist die Lilo schon so verbiestert über ihre ständigen Mißerfolge, daß sie alles falsch macht – gerade aus Angst, es zu tun. Das gibt es.«

»Hm«, brummte der Chef – nicht gerade sehr zustimmend. Aber als Lilo das nächste Mal aus seinem Zimmer kam, strahlte sie: »Ich glaube, Fräulein Seidel, Sie haben recht. Er hat sich richtig gefreut, daß mein Brief diesmal völlig fehlerlos war – und er hat mir das sogar gesagt! Na – die Freude soll er öfter haben«, setzte sie gönnerhaft hinzu.

Die Sekretärin schmunzelte, als Lilo das Zimmer verlassen hatte. Ihr Trick half doch immer wieder. So hatte sie auch die beiden Buchhalterinnen miteinander ausgesöhnt. Beide hatten ihr Herz ausgeschüttet – und allerhand Gift war darin gewesen. Eingebildet und unfähig hatten sie sich gegenseitig hinter dem Rücken genannt. Und beiden hatte Anna Seidel kopfschüttelnd versichert: »Wie schade, daß Sie sie so wenig mögen. Ich habe ganz den Eindruck, daß sie aneinander vorbeireden. Vielleicht leidet Ihre Kollegin sogar darunter – oder sucht, ohne daß Sie es merken, Ihre Freundschaft. Eingebildet ist sie nämlich wirklich nicht. Das hätte ich auch merken müssen.«

Solche und ähnliche Reden von Fräulein Seidel hatten schließlich bewirkt, daß die beiden Buchhalterinnen ein wenig aus ihren Schneckenhäusern herauskamen und die Fühler ausstreckten. Und so ganz allmählich waren sie gute Freunde geworden, so gute, daß sie hin und wieder ihre Freizeit, ja und manchmal sogar ein Wochenende miteinander verbrachten.

Am folgenschwersten hatte sich jedoch der gute Trick für die Packerin im Lager ausgewirkt. Eines Tages hatte sich Herr Heimer, der Fahrer, bei der Sekretärin beklagt, daß »die Schulze« ihm die Pakete manchmal fast an den Kopf würfe. »Ein launisches Frauenzimmer«, schloß er seinen Bericht.

Da hatte die Seidel ihm ein wenig von »der Schulze« erzählt, daß sie Witwe sei, einen kranken Sohn und einen alten Vater zu Hause habe.

»Was kann ich denn dafür?« hatte Heimer aufbegehrt.

»Nichts«, mußte die Sekretärin zugeben. »Aber wissen Sie, daß so einer Frau manchmal ein bißchen eng in ihrer Haut wird, wenn ihr Leben nur noch aus Plackerei und Sorgen besteht – also, ich versteh' das. Sie sollten ihr ruhig hin und wieder ein gutes Wort gönnen. Schließlich sind Sie der einzige, mit dem sie mal sprechen kann. Der alte Meister, der ihr hilft, ist taub, und sonst verirrt sich den ganzen Tag niemand ins Lager.«

Heimer nahm sich ihre Worte mehr zu Herzen, als die Sekretärin erwarten konnte. Er heiratete nämlich eines Tages Frau Schulze und befreite sie damit nicht nur aus dem tristen Lagerraum.

Fräulein Seidel wendet ihren Trick auch weiterhin an – selbst auf solche »Gefahr« hin.

Erica Wegener

Die Klatschbase

Frau Beigel ist Mitte der Fünfzig, verwitwet und ohne Kinder. Sie ist sehr hilfsbereit, wartet aber mitunter nicht ab, bis ihre Hilfe erbeten wird. Dadurch gerät sie in den Verdacht, in den Verhältnissen anderer herumzuschnüffeln. Diesem Vorurteil erliegen auch die neuen Mieter, die jedoch bald eines Besseren belehrt werden.
Vorlesezeit ca. 10 Min.

Von Frau Beigel hieß es, sie stecke ihre Nase in alles, vornehmlich in Dinge, die sie nichts angingen. Als wir unsere neue Wohnung bezogen, wurden wir sogleich vor ihr gewarnt, von einer eifrigen Nachbarin, die sich verpflichtet fühlte, uns aufzuklären. Solche Warnungen mögen gelegentlich gewiß angebracht sein, sie sind jedoch auch dazu geeignet, Vorurteile zu säen. Vorurteile aber stecken einem oft wie ein Stachel im Fleisch; man bemüht sich, ihn herauszuziehen, aber meist bleibt doch ein Rest zurück.

Ich bin im allgemeinen nicht geneigt, die Urteile anderer unbesehen als meine eigenen zu übernehmen, dennoch konnte ich nicht verhindern, daß ich – auf Grund jener Warnung – Frau Beigel mit besonders kritischen Augen betrachtete. Ich entsann mich zwar meines Vorhabens, allen neuen Nachbarn vorurteilsfrei gegenüberzutreten, und brachte es dennoch nicht fertig. Das Mißtrauen, das in mich gesät worden war, trübte meinen Blick – oder schärfte ihn; ich beobachtete Frau Beigel sozusagen wie durch ein Teleobjektiv, das zwar die Einzelheiten heranholt, nicht aber den Blick auf das große Ganze zuläßt.

So stellte ich zunächst fest, daß Frau Beigel in der Tat ihre Augen überall zu haben schien, daß sie mit lebhaften Gesten auf andere einredete und ihr Gesicht jene verdächtige Röte hatte, die Frauen bei der Weitergabe oder beim Empfang von Klatschnachrichten zu haben pflegen. Auch war Frau Beigel bemüht, alsbald die Bekanntschaft meiner Familie zu machen, sie sprach meine Frau auf der Treppe an, um sich ihr vorzustellen, und eines Abends läutete sie an unserer Tür.

»Ich wollte nur fragen, ob ich Ihnen irgendwie behilflich sein kann«, sagte sie. »Bei einem Umzug kommt einem meist etwas abhanden oder man findet nicht sogleich, was man ...«

Ich ließ sie nicht ausreden. »Vielen Dank, Frau Beigel«, fiel ich ihr ins Wort, »aber wir kommen ganz gut allein zurecht.« Ich zögerte, es ist nicht meine Art, jemandem die Tür vor der Nase zuzuschlagen, aber es erwies sich nicht als notwendig.

Frau Beigel war durch meine nicht gerade brüske, aber entschiedene Ablehnung betroffen, sie sagte: »Ich wollte ja nur mal fragen. Nichts für ungut. Guten Abend.» Dann stieg sie die Treppe zu ihrer Wohnung hinauf.

Sie will ja nur mal fragen, dachte ich und lächelte abfällig. Für Menschen wie diese Frau Beigel heißt helfen, in den Verhältnissen anderer herumzuschnüffeln, um sich mit Gesprächsstoff zu versorgen. Das Vorurteil, das sich in mich gesenkt hatte, ging nun auf, und ich schärfte meiner Frau und den Kindern ein, nur ja zurückhaltend gegen diese Frau Beigel zu sein und ihr keinerlei Anlaß für Klatsch zu liefern.

An dieser Stelle ist es wohl notwendig, ein paar Worte über die Person der – wie wir sie nannten – Klatschbase zu sagen.

Sie war etwa Mitte der Fünfzig, ein wenig füllig, verwitwet und ohne Kinder. Hätte ich nicht geglaubt, daß sie, wie mir versichert worden war, »ihre Nase in alles steckte«, so hätte ich gemeint, daß ihr Gesicht Güte ausdrückte. So aber schien mir die Güte nur eine Maske zu sein, die sie ihrer Neugier vorgebunden hatte.

Es stellte sich heraus, daß ich mich irrte, und zwar gründlich. Frau Beigel war keineswegs eine Klatschbase (wir haben uns später recht oft unterhalten und dabei festgestellt, daß sie niemals schlecht über andere Personen sprach), sie war vielmehr ein hilfsbereiter, mitfühlender Mensch, aber sie fing es mitunter falsch an, ihre Hilfsbereitschaft zu bekunden. Sie wartete nicht, bis diese erbeten wurde, sondern drängte sie anderen förmlich auf.

So entstand der Verdacht, daß sie unter dem Vorwand der Hilfsbereitschaft nur die Leute ausfragen wollte, um ihre Neugier zu befriedigen und um den Klatsch herumzutragen. In Wirklichkeit stellte diese ihre Hilfsbereitschaft ein Mittel dar, mit dessen Hilfe sie ihr leeres Leben auszufüllen und ihm einen Sinn zu geben versuchte.

Leider ging sie in ihrem Eifer nicht immer geschickt vor. Die Meinung, daß sie eine Klatschbase sei, war übrigens nicht einhellig, aber das erfuhren wir erst später. Wir hörten zum Beispiel, daß sie sich um das Schlüsselkind Petra kümmerte, dessen Mutter in einem Laboratorium arbeitete, daß sie die alte Frau Lohmeyer betreute, indem sie für diese einkaufte und deren Fenster putzte, daß sie dem alten Rentner Zacharias gelegentlich Zigarren zusteckte, die er sich nicht leisten konnte. Sie wußte, wo Hilfe angebracht war; da aber viele Menschen ihre Notlage nicht ausposaunen, mußte Frau Beigel sich erst danach erkundigen, wie die Verhältnisse lagen und wo und wie Hilfe zu leisten sei. So entstand der Eindruck, daß sie »herumschnüffelte«, zumal sie ihre Hilfe nicht an die große Glocke hängte.

Es war Frau Beigel nicht gegeben, zu denken: Was ich nicht

weiß, macht mich nicht heiß. Sie lag vielmehr sozusagen auf der Lauer, um ihre Hilfsbereitschaft anzubringen. Es gibt ja Leute, die anderen nichts Gutes zutrauen, die hinter Hilfsbereitschaft, Mitgefühl, Wohltätigkeit und Uneigennützigkeit irgendwelche dunkle Motive vermuten, und seien es auch nur Wichtigtuerei, Neugier oder ein schlechtes Gewissen. Zu Leuten dieser Art gehörte offenbar auch jene Frau, die uns vor Frau Beigel gewarnt hatte. Möglicherweise war sie auch nicht imstande, die Handlungsweise der Frau Beigel richtig einzuschätzen, weil sie nur die äußeren Umstände wertete und am Kern der Dinge vorbeisah.

Wir machten jedenfalls ein paar Wochen später eine Erfahrung, die unser Vorurteil gründlich über den Haufen warf. Während ich auf Reisen war, mußte meine Frau unsere Tochter ins Krankenhaus bringen, aber da war noch Berni, unser Jüngster, zwei Jahre alt.

Wo sollte sie ihn lassen, während sie im Krankenwagen mitfuhr? Ehe meine Frau noch einen Entschluß zu fassen vermochte, kam Frau Beigel hinter den Trägern mit der Krankenbahre die Treppe heraufgekeucht, betrat unsere Diele und fragte: »Kann ich Ihnen behilflich sein? Soll ich Ihnen den Kleinen abnehmen?« Meine Frau nahm das Anerbieten gern an, und in der Folgezeit versorgte Frau Beigel unseren Buben, wenn meine Frau ins Krankenhaus fuhr, um unsere Tochter zu besuchen.

Frau Beigel half, ohne große Worte zu machen, und als meine Frau sich durch ein Geschenk erkenntlich zeigen wollte, wehrte Frau Beigel ab und sagte:

»Lassen Sie das, was Sie mir zugedacht haben, lieber der alten Frau Lohmeyer zukommen, sie hat es nötig.«

Wir haben dafür gesorgt, daß das Bild der Frau Beigel in unserem Hause und unserer Nachbarschaft geradegerückt wurde, vor allem bei jenen Leuten, die sich nicht vorstellen können, daß es noch echte Selbstlosigkeit gibt.

Heinz Rein

Das Lächeln der Madonna

Wieviel Gutes man doch aneinander finden kann, wenn man nicht auf die bösen Worte achtet, die von schlimmen Zungen verbreitet werden. Lächelnd schaut die einst so ernste Madonna auf die Leute von Persevario herab.
Vorlesezeit ca. 6 Min.

Das Dorf Persevario, in den italienschen Abruzzen gelegen, ist in der jüngsten Zeit das Ziel vieler Pilger.

Persevario war kein glückliches Dorf. Mehr als die Armut plagte die Bergbauern ein böser Geist in Gestalt einer alten Vettel namens Teresina Ulivelli. Sie sagte Böses über jedermann und verstand es, das Gute so zu drehen, daß jedesmal ein Schatten darauf fiel. Mit diesem üblen Verfahren brachte sie das ganze Dorf durcheinander, so daß die meisten Familien miteinander im Streit lagen und jeder dem anderen spinnefeind wurde.

Eines Tages drohte Teresina der bildhübschen Eleonora Rigoni, die mit einem jungen Bauern aus dem Nachbardorf einig war, sie würde die Verlobung durch Aufdeckung eines gewissen Geheimnisses, daß sie Eleonora andeutete, hintertreiben.

Dieses Geheimnis war eine schandbare Lüge, aber Eleonora wußte, daß ein aufgeputzter Schwindel den Leuten oft besser gefällt als eine schlichte Wahrheit. So nahm Eleonora Zuflucht zu dem Muttergottesbild, das an einem Kreuzweg in der Nähe von Persevario in einer kleinen Kapelle stand und ihr schon manchen Trost gewährt hatte.

Vor dem Bilde warf sich Eleonora in die Knie: »Hilf mir, daß die Giftzähnige mir nicht die Liebe des Liebsten entwendet. Ach, du solltest überhaupt etwas tun, du Mächtige, daß die Ulivelli keinen Unfrieden mehr stiftet.«

Die heilige Jungfrau hatte ein strenges Antlitz, und ernst schaute sie auf das Mädchen nieder. Ach, sie hörte nicht die erste Klage über das Unwesen der Teresina.

Diese Eleonora war aber ein braves reines Geschöpf mit einem unverfälschten Herzen, und sie verdiente eine himmlische Hilfe auf Erden.

Als sie tränenden Auges zur Madonna emporschaute, gewahrte Eleonora, daß diese die bisher streng geschlossenen Lippen öffnete. Die Muttergottes lächelte!

Ein heiliger Schreck durchfuhr Eleonora. »Ein Wunder!« stammelte sie. Aber sie konnte die Augen nicht von dem Bilde lassen, denn jetzt öffnete die Madonna die Lippen, und sie lächelte, daß man alle Zähne sah.

Es war ein himmlisches, befreiendes, wenn auch stummes Lachen, aber zugleich war es so tröstlich, daß Eleonora sich erhob, ein Dankgebet sprach und voll Zuversicht heimging.

Als Eleonora am Hause der Ulivelli vorüberging, hörte sie ein wildes Klagegeschrei. Auch hier war ein Wunder geschehen. Ein seltsames, medizinisches Wunder! Mit einem Schlage und unter furchtbaren Schmerzen hatte die Teresina alle Zähne verloren.

Eleonora fand bald heraus, daß dies in dem Augenblick geschehen war, als ihr das Lächeln der Madonna die erbetene Hilfe versprochen hatte.

Nachdem die Ulivelli ohne Zähne war, konnte kein Mensch mehr verstehen, was sie sagte, und schließlich hörte niemand mehr auf ihr Kauderwelsch. Dabei blieb es, denn es fand sich kein Zahnarzt in ganz Italien, der es gewagt hätte, angesichts eines so sichtbaren Wunders der Teresina neue Zähne einzusetzen.

So kehrte in Persevario allmählich der Friede ein, denn die Leute entdeckten, wieviel Gutes man aneinander findet, wenn man nicht auf die bösen Worte achtet, die von schlimmen Zungen verbreitet werden.

Die Madonna am Kreuzweg aber hatte ihren Ernst und ihre Strenge aufgegeben und ihr schönes Lächeln wurde Ziel vieler Wallfahrer. Es heißt, daß ihre Fürbitte gegen Klatsch und böse Nachrede wirksam ist.

Der Strom der Besucher reißt nicht ab, nachdem eine Schar Politiker nach Persevario gepilgert ist. Mit wenig Erfolg freilich, was aber daran gelegen haben soll, daß einige der Politiker darum gebeten haben, die Madonna möge ihren Gegnern die Zähne ausfallen lassen wie der Teresina.

Die Bauern von Persevario gehen einem guten Wohlstand entgegen, denn die Fremden lassen viel Geld dort. Und so großzügig ist die himmlische Gerechtigkeit: sogar die Teresina hat sich manche Lire zurücklegen können. Kurt Heynicke

Überraschender Besuch

Perfekte Hausfrauen mögen es nicht, wenn sich überraschend Besuch einstellt. So ist Frau K. trotz aller Wiedersehensfreude ein wenig ärgerlich, als plötzlich ihre Freundin vor der Tür steht. Ihr Ärger verfliegt rasch über dem, was ihr die Freundin von ihrem Aufenthalt in Amerika berichtet.
Vorlesezeit ca. 11 Min.

Während Frau K. die Gartenerde von ihren Schuhen abstreifte, plante sie für den nächsten Tag auch einen Großputz in der Wohnung, um alles wieder recht schön zu haben. Es war nicht unbedingt nötig, so aufwendig zu putzen, aber in Frau K. war ein Gedanke gekeimt, als würde eine auf Hochglanz gebrachte Wohnung eher einen lieben Besuch herbeilocken. Und sie spann diesen Gedanken aus zu einem Wunschtraum, der sie die Anstrengung beim Fensterputzen kaum spüren ließ. Eine regelrechte Vorfreude hatte sie ergriffen.

Da läutete die Hausglocke. Erschrocken strich sich Frau K. eine Haarsträhne aus dem erhitzten Gesicht. Es wird doch nicht jetzt der Besuch kommen, ausgerechnet jetzt, durchfuhr es sie. Und ziemlich verwirrt eilte sie zur Wohnungstür.

Welch eine Überraschung! Die Freundin, die sie noch in Amerika glaubte, stand im Türrahmen mit einem verschmitzten Gesicht, in dem sich der ganze Spaß an dieser geplanten Überraschung spiegelte. Frau K. war überwältigt von der unverhofften Wiedersehensfreude.

Doch als sie ihren Gast ins Zimmer führte und dort die noch vom Putzen herrschende Unordnung sah, empfand sie diesen Besuch, zu einer von der Freundin so unglücklich gewählten Stunde, wie ein persönliches Mißgeschick. Und ohne es eigentlich zu wollen, entfuhr ihr, leicht verärgert, der Satz: »Hättest du nicht anrufen können!«

Erstaunt blickte die Freundin auf. Der Vorwurf in der Stimme von Frau K. war nicht zu überhören gewesen. Doch dann entdeckte sie die in dieser Wohnung ungewohnte Unordnung und ihr fiel ein, was sie während ihrer langen Abwesenheit vergessen hatte, wie schwer es für ihre Freundin schon immer war, sich auf Überraschungen, selbst die erfreulichsten, einzustellen. Und nun mitten in der Putzerei aufgeschreckt zu werden, war für diese perfekte Hausfrau mehr als nur eine Panne.

So nahm sie Frau K. liebevoll in die Arme und zog sie zu sich auf das Sofa, welches zwar durch die Putzerei nicht an seinem angestammten Platz stand, aber trotzdem die altgewohnte Bequemlichkeit bot.

»Verzeih bitte meinen Überfall. Aber nach dem langen Aufenthalt bei den Kindern und Enkeln in Amerika verspürte ich auf einmal keine allzu große Lust, gleich in die Stille meiner kleinen Wohnung zurückzukehren. So hab ich die letzte Etappe meiner Heimreise in dieser Stadt unterbrochen. Es war ein ganz spontaner Entschluß, der mir keine Zeit mehr ließ, mich anzumelden. Ich habe dir so vieles zu berichten und möchte mir auch manches von der Seele reden, was sich inzwischen angestaut hat. Ich hoffe auf dein Verständnis und deine Fürsorge, die mir den Übergang in meinen Alltag etwas erleichtern werden.«

Ein wenig beschämt saß Frau K. da, die von der Putzerei noch gezeichneten Hände in der Schürze verbergend, und versuchte ihrer Freundin zu erklären, wieviel Zeit sie braucht, um sich auf eine neue Situation einzustellen, wie sehr sie die Freude auf eine in Aussicht stehende Freude braucht, daß auch die Vorbereitungen wie Putzen, Kochen und Backen für sie dazugehören. Und daß sie gerade heute damit begonnen hatte, jedoch noch nicht bereit war.

»Ich ahnte ja nicht, daß du schon auf der Rückreise bist«, entschuldigte sie sich. »Doch nun sollte ich etwas aufräumen, damit es gemütlicher wird.«

»Und ich will, wenn der Bäcker um die Ecke noch seinen Laden dort hat, etwas Gutes kaufen«, erklärte die Freundin. »Einen deiner ausgezeichneten Kuchen kannst du dann immer noch für mich backen. Denn wenn es dir recht ist, bleibe ich gern ein paar Tage.«

Bald saßen die beiden Frauen am hübsch gedeckten Kaffeetisch. »Und du behauptest, nicht improvisieren zu können«, sagte die Freundin. »Noch vor einer Stunde mitten im Hausputz und jetzt dieses behagliche Zusammensein bei deinem duftenden Kaffee, von dem ich in den langen Monaten oft geträumt habe.«

Es gab viel zu erzählen und Frau K. hatte das nur halb geputzte Wohnzimmerfenster schließlich vollkommen vergessen. Ja, sie erklärte sogar, wie sehr sie sich jetzt an dem geglückten Überfall der Freundin freue, denn so wie sie sich kenne, hätte sie bei einem telefonischen Anruf sicher gebeten, den Besuch noch um ein paar Tage zu verschieben. Nun aber konnte sie ganz unmittelbar an den noch so frischen Reiseerinnerungen teilnehmen.

»Und das, was mich besonders in Amerika beeindruckt hat«, erzählte die Freundin weiter, »ist die Gastfreundschaft. Ich wurde von den Kindern geradezu herumgereicht bei allen Bekannten.

Wir machten Besuche, für meine Begriffe zu den unmöglichsten Tageszeiten. Doch hatte ich nie das Gefühl, ungelegen zu kommen. Auch geriet die so überfallene Hausfrau nie in Verlegenheit, selbst wenn der Eisschrank oder die Gefriertruhe mal nur spärlich gefüllt waren. Es wurde mit Herzlichkeit das angeboten, was da war, ohne viel Entschuldigungen.

War Unaufschiebbares zu erledigen, so wurde es in Ruhe zum Abschluß gebracht und wir wurden mit Freundlichkeit aufgefordert, es uns inzwischen bequem zu machen wie zu Hause. Bibliothek, Fernseher, alles stand zur Verfügung. Aber wir konnten auch der Hausfrau in der Küche helfen, dem Hausherrn beim Basteln, im Garten oder mit den Kindern spielen. Überall war sofort mit der größten Selbstverständlichkeit ein freundschaftlicher Kontakt hergestellt.

Und kamen wir gerade, wenn die Familie sich zu einem Ausflug rüstete oder zu einer Party wollte, so gab dies keine peinliche Situation, in der man überlegt, wie die unerwarteten Gäste mit Anstand wieder verabschiedet werden können, sondern man erklärte unbefangen die Lage und lud uns ein, doch mitzumachen, sofern wir Lust hätten. Und auf solchen Partys bei wildfremden Menschen waren wir ebenso willkommen. Reichten die gegrillten Steaks nicht aus, so wurden sie eben geteilt. Ja, die Amerikaner können wundervoll improvisieren. Zudem ist bei ihnen das Zusammensein das Wichtigste, die Schmauserei mehr zusätzliche Würze.«

»Ich muß sagen, es wäre schön, diese Art der Geselligkeit würde sich hier mehr einbürgern«, meinte Frau K., die mit großem Interesse zugehört hatte. »Noch ist in den meisten Fällen bei uns das, was an Eßbarem angeboten wird, wichtiger als das Gespräch oder das fröhliche Zusammensein.

Wie viele Einladungen werden nur gemacht, um sich zu revanchieren, und sind mit viel Arbeit für die Hausfrau verbunden. Manche fürchten sich doch geradezu, jemanden einzuladen, und vermeiden es auch, uneingeladen jemanden zu besuchen, obwohl man sich nach menschlichem Kontakt sehnt. Diese selbstverständliche Gastlichkeit könnte meiner

Meinung nach vieles im menschlichen Zusammenleben erleichtern und vielleicht sogar manches Problem der Einsamen zu einem Teil lösen. Dein Überfall nach amerikanischer Art ist auf jeden Fall für mich recht heilsam, auch wenn mein ganzes Programm dadurch über den Haufen geworfen wurde.

Und da du mir mit viel Verständnis für mich über den ersten Schock hinweggeholfen hast, wurden diese nicht eingeplanten Stunden des Beisammenseins durch nichts getrübt.«

»Nun, ich denke, du wirst auch bald allein die Kunst des Improvisierens beherrschen. Du bist auf dem besten Weg dazu«, sagte die Freundin, und Frau K. lachte glücklich, denn ihr war der erste Schritt über den eigenen Schatten gelungen.

Miken Sautter

September

Denken und Danken

Danket dem Herrn, denn er ist freundlich,
und seine Güte währet ewiglich.

Psalm 106, 1

Ein russisches Märchen erzählt davon, daß eines Tages ein Rabbi zu Gott kommt, um die Hölle und den Himmel zu sehen. Der Prophet Elia führt den Rabbi in einen großen Raum, in dem ringsum Menschen sitzen mit langen Löffeln. In der Mitte, auf einem Feuer kochend, steht ein Topf mit einem köstlich duftenden Gericht. Alle schöpfen mit ihren langen Löffeln aus dem Topf. Aber die Menschen sehen mager aus, blaß, elend. Kein Wunder, denn ihre Löffel sind zu lang. Sie können sie nicht zum Mund führen. Das herrliche Essen ist nicht zu genießen.

Der Rabbi will wissen, was das für ein seltsamer Raum sei. Es sei die Hölle, lautet die Antwort.

Später führt Elia den Rabbi in einen zweiten Raum, in dem ebenfalls ringsum Menschen mit langen Löffeln sitzen. Wieder steht in der Mitte ein Topf mit einem köstlichen Gericht. Alle schöpfen mit ihren langen Löffeln aus dem Topf, aber im Unterschied zum ersten Raum sehen alle gesund aus, gut genährt, glücklich. Wie kommt das nur, fragt sich der Rabbi und beobachtet alles noch einmal ganz genau. Da entdeckt er den Grund: diese Menschen schieben sich die Löffel gegenseitig in den Mund. Sie geben einander zu essen. Der Rabbi muß nicht mehr fragen, wo er ist.

Dieses russische Märchen macht deutlich, worauf es ankommt, damit das Leben uns nicht zu einer gemeinsamen Hölle wird: auf das Geben und Teilen. »Wir haben genug zu essen, wir werden täglich satt. Hilf, daß wir den nicht vergessen, der nichts zu essen hat,« so drückt es mit einfachsten Worten ein Kindergebet aus.

Ernten heißt, eine unverdiente Gabe entgegenzunehmen. Wenn ich dafür danke, dann bedeutet es, daß ich nachgedacht habe über dieses unverdiente Geschenk. Denken und danken gehören eng zusammen. Ich kann den Regen nicht herbeischaffen, der die Felder berieselt, der Sonne nicht befehlen, daß sie die Tomaten rötet, meinem Herz nicht gebieten, daß es schlägt.

Ich erlebe dankbar, daß dies alles geschieht, und die Dankbarkeit für ein erfülltes, gelingendes Leben will zum Du, will mitgeteilt werden. Was ich mitteile, das teile ich zugleich. Das Erntedankfest will uns bewußt machen, daß nicht im Haben und Halten, sondern im Teilen Leben gelingt, Leben erst ermöglicht wird. Diesen Zusammenhang erzählt das russische Märchen in dem einprägsamen Bild von den Menschen mit den langen Löffeln, die ohne Mithilfe ihres Gegenübers zum Verhungern bestimmt sind.

Erntedankfest erinnert uns an die Bitte um unser tägliches Brot. Es ist die Bitte, daß wir selbst satt werden. Es ist auch die Bitte, daß Gott uns bereit mache, abzugeben von dem, was er uns täglich gibt. Und es ist letztlich die Bitte, daß uns zu dem Brot die Kraft für den vor uns liegenden Tag gegeben wird, Kraft, die wir brauchen für den Weg zu Gott.

Almuth Hochmüller

Der alte Häuptling – Eine Geschichte aus Afrika

Fünf Uhr morgens bei den Ashanti in Ghana. Immer wieder klopft jemand an die Tür von P. Resch. Der Gast aus Europa fragt, was denn passiert sei. Antwort: Die Leute haben sich für gestern bedankt. Die Ashanti vergessen niemals zu danken. Dieses Dankenkönnen spiegelt sich auch im Gebet des alten Häuptlings wider.
Vorlesezeit ca. 5 Min.

Die letzten Stunden fliegen noch einmal vorbei: Landung in Accra, Ghana. Tropische Hitze. Fahrt durch die Nacht. Die Tropenbrände. Der gleichmäßige Takt der Tamtam läßt mich in tiefen Schlaf sinken... Plötzlich Lärm auf der Veranda. Ich knipse die Taschenlampe an. Fünf Uhr morgens. Jemand klopft. Zum Glück ist es die Tür von P. Resch. Ich höre ihn leise sprechen.

Wieder Schritte auf der Veranda. Klopfen. Flüstern.

Als ich wieder aufwache, ist schon heller Tag. Ich frage meinen Mitbruder, was denn in stockfinsterer Nacht passiert sei.

»Nichts«, sagt er.

»Aber ich habe doch Schritte und Klopfen gehört –«

Er schmunzelt. »Es ist hier Sitte, daß sich die Leute möglichst früh am Morgen für gestern bedanken. Fast ein ganzer Klan hat sich heute für die Taufe bedankt, die ich gestern gehalten habe. Eine Frau hat sich bedankt, weil ich dem Mann die Krankenkommunion gebracht habe. Einer alten Frau habe ich ihre wenigen Ersparnisse umgetauscht, sie hat mir fünf Bananen gebracht...«

Auf der Veranda sehe ich den »Dank« aufgehäuft: Hühner, Bananen, Maniok, Ananas, Reis.

»Wird dieser Brauch jeden Morgen geübt?« frage ich.

»Selbstverständlich«, sagt er. »Die Leute hier, die Ashanti, vergessen niemals zu danken. Sie haben so feine Umgangsformen, daß wir Europäer wie Elefanten wirken. Seit ich hier bin, müssen die Leute mit mir ungeschlachtem Ausländer viel Geduld haben. Ich habe viel von ihnen gelernt.«

Ich selbst bekomme noch am selben Morgen eine Lektion in feinen Umgangsformen verabreicht: Beim Hochamt, als der alte Häuptling als erster seine Fürbitte spricht.

Der Häuptling schaut nicht so aus, wie ich mir Häuptlinge vorgestellt habe: Seine nackten Füße stecken in Sandalen, sein Hemd hängt ihm über den Bauch. Aber seine Stimme füllt die Kirche.

»Gott, ich danke dir für den neuen Tag«, so beginnt er seine Fürbitte. »Für diesen Sonnenaufgang, wie herrlich und schön war er! Und ich danke dir für ein so langes, glückliches Leben!«

Ich warte. Er wird schon noch seine Fürbitte vorbringen.

»Ich danke dir für meine Familie«, sagt der alte Häuptling. »Und für meine Freunde. Wie glücklich bin ich über meine Familie und meine Freunde.Und ich danke dir für unseren Pater John Resch und seinen Freund aus dem fernen Europa.«

Gut, denke ich, aber jetzt kommen endlich die Fürbitten –

»Ich danke dir«, sagt der Häuptling, »für den Frieden in unserem Land. Friede im Land – das ist ein kostbares Geschenk.« Er macht eine Pause. In der Kirche ist es ganz still. »Wer darf vor dir eine Bitte aussprechen, Gott? Ich bin ein unwürdiger Mensch. Wenn ich trotzdem eine Bitte aussprechen darf, dann möchte ich um Frieden mit dir bitten, Gott. Denn wenn ich aus deinem Frieden herausfalle, wer bin ich dann? Ein armer, elender Mensch. Nur wenn ich mit dir Frieden habe, kann ich zufrieden sein und ruhig und glücklich.«

Ich staune, wie gut es der alte Häuptling versteht, seine feine Höflichkeit, die Höflichkeit der Ashanti, das Dankenkönnen, in die christliche Liturgie einfließen zu lassen. Und wie frei er das ausspricht, was für ihn das Wesentliche ist.

Ich verstehe, daß mein Mitbruder hier viel gelernt hat. Ich beginne auch zu lernen.

Jakob Mitterhöfer

Danken

Eine Betrachtung über das Danken.
Vorlesezeit ca. 4 Min.

Blicke ich auf meine Jugend zurück, so plagt mich der Gedanke, wie vielen Menschen ich Dank schulde. Viele waren mir wichtig, hatten mir entscheidende Erlebnisse vermittelt und viel bedeutet. Aber mich bedrückt die Erkenntnis, wie wenig Dankbarkeit ich diesen Menschen während meiner Jugendzeit gezeigt hatte. Nicht wenige sind inzwischen ins ewige Leben heimgegangen, bevor ich ihnen die Hand drükken und für ihre Güte und Fürsorge danken konnte. Wie oft habe ich mit einem tiefen Gefühl der Beschämung über Gräbern jene Worte ausgesprochen, die ich früher, viel früher hätte sagen müssen.

Ich glaube, ich kann von mir sagen, daß ich immer wieder aus der jugendlichen Selbstverständlichkeit erwacht bin, mit der man als junger Mensch die Fürsorge und Güte anderer hinnimmt, als müsse das so sein. Und ich glaube, ich habe ein Gespür für meine Pflicht erlangt, zu danken. Genauso früh wie ich mich der Pflicht stellte, mit meinen bescheidenen Kräften dem Leiden in der Welt entgegenzutreten. Aber bis zu meinem 20. Lebensjahr und vielleicht auch noch später, fiel es mir sehr schwer, das auszudrücken, was ich wirklich in meinem Herzen fühlte.

Weil ich an mir selbst erfuhr, wie unfähig wir oft sind, das auszudrücken, was unser Herz bewegt, weigere ich mich, zu glauben, daß es in der Welt soviel Undankbarkeit, Kälte und Gleichgültigkeit gäbe, wie gemeinhin behauptet wird. Ich habe niemals das Gleichnis von den zehn Aussätzigen so ausgelegt, daß nur ein einziger dankbar gewesen wäre. Ganz gewiß waren alle zehn dankbar, aber neun eilten zuerst nach Hause, um ihre Freunde zu grüßen, sobald wie möglich ihre Geschäfte wiederaufzunehmen und hatten gewiß die Absicht, später Jesus Christus aufzusuchen und ihm zu danken. Was aber geschah? Länger als erwartet, wurden sie von Freunden und Geschäften aufgehalten, und inzwischen wurde Jesus Christus vergessen. Einer jedoch suchte den Helfer auf und stärkte seine Seele, indem er seinen Dank abstattete.

Sollen wir nicht alle unsere Kräfte zusammenraffen, unsere unmittelbaren ersten und besten Gedanken, ohne der Versuchung zu erliegen, mit fliegenden Fahnen uns von Freunden, Geschäften und allesverzehrenden Pflichten verbrauchen zu lassen. Sollten wir nicht besser unsere im Herzen schlummernde, unausgesprochene Dankbarkeit aussprechen? Dann werden in der Welt mehr Kräfte frei, gute Kräfte für gute Dinge. Was uns selbst anlangt, sollten wir uns hüten, uns über die Undankbarkeit, Kälte und Gleichgültigkeit in der Welt zu beklagen. Wieviel Wasser fließt unterirdisch und dringt nie als Quelle zur Erdkruste durch. Wie viele Gedanken und Absichten schlummern in uns und können doch nie die Schale unseres Herzens aufbrechen. Versuchen wir jenes Wasser zu sein, das als Quelle seinen Weg findet. Werden wir eine Quelle, an der unsere Mitbrüder ihren Durst nach Dankbarkeit stillen können.

Albert Schweitzer

Wegen der Freude

»Warum muß man eigentlich bitte sagen? – Ich weiß, damit es dem anderen Freude macht. Und Dankeschön, das sagt man auch wegen der Freude.« Diese Worte der kleinen Enkelin machen die Großmutter nachdenklich. Sie ist eine sehr selbständige Frau und sagt nicht gerne bitte und danke.
Vorlesezeit ca. 6 Min.

»Ja, ich weiß, es ist schwierig mit Mutter!« Barbaras Mann gab seiner Frau recht, die ihm soeben ihr Herz ausgeschüttet hatte. Er kannte seine Mutter, eine von jenen überaus tüchtigen Frauen, denen das Altwerden besonders schwerfällt. Darüber war sie oft launisch und ungerecht geworden. Achselzukkend, denn er sah keinen rechten Ausweg, strich er seiner Frau leicht über die Schulter und sagte: »Mutter wird sich nicht ändern, fürchte ich.«

Aber Barbaras Schwiegermutter änderte sich doch, und es war Cornelia, die vierjährige Enkelin, die das zuwege brachte. In Großmutters Zimmer spielend, belehrte sie eines Tages ihre Puppe, so wie sie selbst es zu hören bekam: »Du mußt immer hübsch bitte sagen!« Plötzlich unterbrach sie das Spiel und fragte die Großmutter: »Warum muß man eigentlich bitte sagen?«

Ein wenig verwirrt meinte die alte Frau: »Es ist so Sitte, ein Gebot der Höflichkeit«, und während sie noch nach Worten suchte– wie sollte sie dem Kind den Sinn des Bittens erklären? –, fand Cornelia selbst eine verblüffende Antwort: »Ich weiß schon«, sagte sie, »damit es dem anderen Freude macht!« Und nach kurzem Überlegen fügte sie hinzu: »Nicht wahr, und Dankeschön, das sagt man auch wegen der Freude.«

Als Cornelia bald darauf, von der Mutter gerufen, aus dem Zimmer verschwand, ließ sie eine sehr nachdenkliche Großmutter zurück. Barbaras Schwiegermutter hatte nie gern gebeten. »Ehe ich bitte, mache ich lieber alles selber!« – wie oft hatte sie so gesprochen. Und immer war sie stolz gewesen auf ihre Tüchtigkeit, die fremde Hilfe entbehren konnte. Noch mehr aber bedrückte sie jedes Dankeschön. Nur niemandem verpflichtet sein, so lautete ihre Devise.

Deshalb fiel ihr das Leben im Hause ihrer Kinder besonders schwer. Sie war immer selbständig gewesen, auf niemanden angewiesen– aber, so schienen sie Cornelias Worte jetzt zu fragen, wie war es mit der Freude in ihrem Leben? Bitten und Danken als Gehilfen der Freude, so hatte es das Kind gemeint.

Plötzlich erinnerte sie sich an eine Kranke, die sie vor langer

Zeit besucht hatte. »Am schlimmsten für mich«, so hatte sie selbst geäußert, »wäre das: für jeden Handgriff danken zu müssen.« Und unverständlich war ihr die Antwort der Kranken gewesen, die lächelnd sagte: »Gott müssen Sie doch auch beständig danken. Warum fällt Ihnen der Dank an die Menschen so schwer?«

Heute mußte sie an diese Worte denken. Steckte hier vielleicht der Schlüssel zur Freude? Sie hatte das Gefühl, sie hätte bisher viel verkehrt gemacht.

»Du sitzt ja im Dunkeln«, wunderte sich Barbara, als sie eine Stunde später bei der alten Dame hereinschaute. Etwas verlegen lautete die Antwort: »Ich habe es gar nicht bemerkt!« Dann aber wurde Barbara von ihrer Schwiegermutter gebeten: »Bitte, setz dich doch einen Augenblick zu mir, wenn du Zeit hast!« Eigentlich hatte Barbara keine Zeit, aber diese seltene Bitte mochte sie nicht abschlagen.

An jenem Abend mußte die Familie lange aufs Abendbrot warten. Was noch nie vorgekommen war: die beiden Frauen hatten die Zeit verschwatzt.

Ein paar Wochen später fragte Barbaras Mann seine Frau: »Wie kommt es eigentlich, daß ihr jetzt so gut miteinander auskommt?«

»Cornelia wußte eine Antwort für uns alle beide!« sagte Barbara. »Aber das ist eine zu lange Geschichte, um sie dir jetzt zu erzählen. Weißt du, Mutter und ich, wir sind uns im Grunde sehr ähnlich. Sie mochte sich nicht helfen lassen, und ich auch nicht – aus Hemmungen und falschem Stolz vielleicht. Jetzt wissen wir beide, wieviel Freude im Bitten und Danken versteckt ist, und das hilft uns im Zusammenleben.«

Barbaras Mann nickte, als habe er alles verstanden, vor allem war ihm ganz offensichtlich ein Stein vom Herzen gefallen.

Christa Schlüter

Dankbarkeit für die Ernten unseres Lebens

Vieles trifft zusammen: Der Tod des Lebensgefährten, körperliche Schmerzen und finanzielle Sorgen. Die alte Frau verzweifelt fast. Erst als sie in Dankbarkeit begreift, wieviel ihr trotz allem geblieben ist, wendet sie sich wieder dem Leben zu.
Vorlesezeit ca. 8 Min.

Manche Leute sind nicht so besonders gern dankbar. Sie sähen ihre Angelegenheiten lieber so geregelt, daß der Grund für jegliche Dankbarkeit, eben die empfangene Wohltat oder Hilfe, entfiele. Das »Ich habe alles aus eigener Kraft geschafft«, fänden sie für ihr Ansehen viel kleidsamer; und so versuchen sie erst einmal, das ihnen Zugefallene, das Geschenk im weitesten Sinn, als etwas zu betrachten, das ihnen eigentlich zusteht. Können sie sich das auch mit dem besten Willen nicht einreden, so bemühen sie sich um Abzahlung, die oft schon einen Hauch von »Heimzahlen« hat. Läßt auch das sich nicht machen, dann fühlen sie sich ungemütlich, und am liebsten gingen sie dem Wohltäter aus dem Weg.

Andersherum hat schon mancher manchen in die Flucht geschlagen, indem er ihn allzu deutlich fühlen ließ, jener schulde ihm Dank!

An all dem ist sicher nicht zuletzt dieses Wortpaar schuld, das wir miteinander verkuppelten: eben die Dankbarkeit und die Schulden. Eine solch wunderbare Sache wie die Dankbarkeit hätte doch wohl einen fröhlicheren Wortpartner verdient. Zum Beispiel den Trost!

Dankbarkeit und Trost? Ja doch, das geht! Das geht sogar sehr gut. Was zu beweisen ist:

Einer Freundin ging es nicht gut. Genau gesagt, es ging ihr sehr schlecht! Die sonst so lebhafte und leichtfüßige Frau konnte sich nur mühsam auf Krücken durchs Zimmer schleppen, und der Arzt hatte gesagt, diese sehr schmerzhafte Erkrankung sei hartnäckig, die Patientin müsse viel Geduld aufbringen. Und gerade jetzt nahm ihr der Tod den Lebensgefährten. Aber es blieb nicht bei dem großen Schmerz des Abschiednehmens und den körperlichen Schmerzen, es tauchten auch noch andere Schwierigkeiten auf, nicht zuletzt finanzieller Art. Es wurde fraglich, ob sie ihr geliebtes Häuschen mit dem schönen Garten behalten durfte.

Besonders schlimm waren für sie die frühen Tagesstunden und das einsame Frühstück, schließlich starrte sie nur noch in die eine Ecke, in der die Verzweiflung hockte, und die kroch näher und näher. Der befreundete Hausarzt sprach da gegen die Wand; schließlich meinte er, hier könne wohl nur noch der Psychiater helfen.

Eines Tages war der Spuk vorbei. Sie sah wieder in die Welt, nicht gerade fröhlich, aber doch gefaßt, aufmerksam und mit Anteilnahme, wie früher. Die Wandlung war so deutlich, daß die Freundin, die sich das herausnehmen durfte, fragte: »Sag mal, warst du ...«

Nein, sie sei nicht beim Psychiater gewesen, sie habe einen anderen Helfer gefunden: die Dankbarkeit! Und sie gab gern Auskunft. An einem ganz besonders schwarzen Morgen fiel ihr plötzlich eine Stelle aus dem Tagebuch ihres Vaters aus dem ersten Weltkrieg ein: »Der Unterstand ist miserabel, aber wir können dankbar sein, daß es nicht regnet!«

Dankbar sein, daß es nicht regnet! Der Satz ging ihr nicht aus dem Kopf, und ganz vorsichtig begann sie zusammenzuzählen, was ihr noch geblieben war, wofür sie selbst dankbar sein könnte: Die Freunde, die die Hand ausstreckten, die anriefen, sie besuchten, Blumen und Bücher schickten. Die getreue alte Bekannte, die gerade jetzt dabei war, ihr die Wohnung zu putzen. Der ehemalige Mitarbeiter und jetzige Chef des Unternehmens, der ihr bereits eine Schreibtischstelle angeboten hatte, bei der sie ihr krankes Bein nicht belasten mußte. Der Hund, der so gerne geduldig bei ihr ausharrte. Das Nachbarkätzchen, das sie immer mal wieder besuchte. Der Sonnenstrahl, der gerade jetzt auf die frischen

Brötchen fiel, so daß sie in einem wunderschönen sanften Gelb zum Verzehr lockten. Gesunde Hände und ein Kopf, der auch noch für etwas anderes gut sein könnte als für dunkle Gedanken.

Und in diesem Kopf fertigte sie von all diesen Gaben eine Liste an, die sie von nun an jeden Morgen zur selben Stunde aufsagte, und die immer länger wurde von Tag zu Tag. Eine Litanei der Dankbarkeit.

Und wenn auch immer einmal wieder schlimme Stunden kamen, sie ließ nicht nach, diese Liste herzubeten. Ja, herzubeten, denn sie begriff, daß das ja in der Tat ein Gebet war; daß echte Dankbarkeit immer zuerst an die Adresse über den Wolken geht und von da aus um so herzlicher auch die menschlichen Helfer einschließt.

Was ihr zuerst erschienen war wie ein verzweifelter Ablenkungsversuch, dann wie eine harte Pflichtübung, wurde – schneller, als sie gedacht hatte – zur lieben Gewohnheit, zum Bedürfnis. »Und dann«, sagte sie lebhaft, »freute ich mich eines Tages, daß ich überhaupt dankbar sein durfte!«

Ja, sie hat sich an der Dankbarkeitsleiter übend emporgehangelt. Heute kann sie schon wieder ohne Krücken durchs Zimmer gehen. Und da sie sich kurzentschlossen auf den bereitgehaltenen Schreibtischstuhl setzte, darf sie nun auch ihr Häuschen behalten. Das »Rezept« gibt sie gern weiter – ihre Erfahrung nämlich, Dankbarkeit selbst, unabhängig von dem Wofür, sei ein Wert, der froh machen kann und der bereichert!

Dankbarkeit als lästige Schuld, als Muß gesehen – oder Dankbarkeit als Trost, als Freude, als Kommunion erlebt, was bekommt uns wohl besser?

Lotte Schabacker

Das häßliche Bild

Auch Farben wirken auf uns ein, stimmen uns heiter oder traurig, wecken Erinnerungen. So ergeht es der alten Frau. Zuerst gefiel ihr das abstrakte Bild aus Farben und Linien nicht, bis sie auf das Spiel der Farben bei wechselnder Beleuchtung zu achten beginnt und schöne Erinnerungen in ihr aufsteigen.
Vorlesezeit ca. 11 Min.

Die alte Frau Behr war nicht sehr erfreut, als ihr Sohn ihr zu ihrem Geburtstag das Bild schenkte. Sie sagte freilich, es gefalle ihr gut, weil sie ihren Sohn nicht kränken wollte, der sicher viel Geld für das Geschenk ausgegeben hatte, denn es war ein Original-Ölgemälde, aber sie hätte es am liebsten auf dem Dachboden in eine dunkle Ecke gestellt, um es nicht sehen zu müssen. Doch ihr Sohn hatte es bei seinem Besuch gleich aufgehängt, und nun hing es im Wohnzimmer über der Kommode, und sie konnte nicht umhin, es anzusehen, wenn sie nicht gerade die Augen schloß.

Es war ein modernes Bild, eine abstrakte Konstruktion aus Farben und Linien und ohne den Versuch, etwas Gegenständliches und der alten Frau Bekanntes darzustellen. Der Maler hatte, wie sie meinte, seinen Pinsel einfach willkürlich in den Farbtopf getaucht und Flächen und Farbtupfer auf die Leinwand gekleckst, wie es ihm gerade gefiel.

»Es ist modern«, sagte sie zu den wenigen Besuchern, die zu ihr kamen, »es hat viel Geld gekostet.« Und das klang mehr wie eine Entschuldigung als wie ein Lob.

Einmal war sie beim Zeitunglesen in ihrem Sessel eingeschlafen, und als sie erwachte, noch ein wenig benommen vom Schlaf, fiel ihr Blick auf einen roten Streifen, einen Teil des Bildes. Wo nur hatte sie dieses Rot schon gesehen? Sie kramte in ihrer Erinnerung, und dann wußte sie es. Es war jener Sonnenuntergang gewesen in dem kleinen Alpendörfchen, wo sie vor vielen Jahren mit ihrem Mann und den Kindern die Ferien verlebt hatte. Sie hatten am Abend nach einem durchwanderten Tag müde auf dem Balkon gestanden und die Sonne war vor ihren Augen, fast senkrecht, wie es ihnen schien, hinter dem Berge verschwunden, die ganze Landschaft in dieses himbeerfarbene Licht tauchend, das alles auf eine märchenhafte Weise verwandelte.

Es war eine schöne Zeit, sinnierte die alte Frau, warum nur hatte ich sie ganz vergessen. Und sie nickte dem Bild fast freundschaftlich zu, dankbar dafür, daß es sie an damals erinnert hatte.

Das zweite Mal geschah es, als sie von einem Spaziergang wieder nach Hause kam. Das leuchtende Blau sprang ihr geradezu in die Augen. Delfter Blau, dachte sie, es ist das berühmte Delfter Blau. Sie hatte einmal ein Speiseservice in dieser Farbe besessen, damals als sie noch ganz jung gewesen war. Eine Tante hatte es ihr zur Hochzeit geschenkt, ein Service für zwölf Personen, und sie war sehr stolz darauf gewesen. Wie viele liebe Gäste hatten von diesen Tellern gegessen, und wie viele fröhliche Feste hatte es mitgemacht, bevor es nach und nach zu Bruch gegangen war. Eine Soßenschüssel muß eigentlich noch vorhanden sein, dachte die alte Frau. Und sie begann im Schrank zu kramen, bis sie sie tatsächlich gefunden hatte.

Von da an hatte sie mit dem Bild ihren Frieden geschlossen. Ja, sie begann bewußt auf das Spiel der Farben und Linien zu achten, die im Wechsel der Beleuchtung immer neue Eindrücke vermittelten.

Wenn die Sonne schien, herrschten die Gelbtöne vor. Alles Gelb ihres langen Lebens wurde ihr zurückgeschenkt: das gelbe Kleid, in dem sie auf der Hochzeit ihrer besten Freundin getanzt hatte, die goldfarbene Decke, die sie ihrer Tochter für die Aussteuer gehäkelt hatte, der gelbe Schulranzen, mit dem ihr Sohn so viele Jahre zur Schule gegangen war.

In der Abenddämmerung leuchtete das Bild in einem satten Braun. Dem Braun ihrer ersten Möbel, dem Braun jener unvergleichlich aparten Wildledertasche, die sie von ihrer zweiten Italienreise mitgebracht hatte, dem Braun jenes zahmen Eichhörnchens, das manchmal auf ihrem Fensterbrett herumgeturnt hatte.

Eine ganze Palette von Farben, ein verschlungenes Muster von Flächen und Linien, die ihr langes und reiches Leben ausgemacht hatten! Es war ein Zauberbild, das nicht einmal jenes beschwörenden Abrakadabra bedurfte, um ihr all das im Innern zurückzugeben, was der Lauf der Jahre ihr genommen hatte.

An einem Sommerabend erschien ihr Sohn bei ihr. Sie hatte das elektrische Licht schon entzündet, und das scheidende Tageslicht zusammen mit der Lampe setzte bunte Tupfer auf das Gemälde.

»Inge meint«, sagte der Sohn, »daß ich mit dem Bild für dich keinen guten Griff getan habe. Es ist zu verwirrend für einen älteren Menschen. Eine Alpenlandschaft wäre besser gewesen, findet sie. Was meinst du, Mutter? Soll ich es wieder mitnehmen? Ich schenke dir ein anderes dafür. Du kannst es dir selber aussuchen.«

»Nein, nein«, wehrte die Mutter erschrocken ab, »es ist mir lieb geworden, ich will es behalten. Siehst du nicht die Balkonblumen darauf?«

»Welche Balkonblumen?« fragte der Sohn und zwinkerte mit seinen etwas kurzsichtigen Augen.

»Nun, die bunten Blumen, die auf dem Balkon deines Kinderzimmers blühten. Rot, blau, gelb – alle Farben.« Sie zeigte mit dem Finger auf das Bild.

»Nun ja«, sagte der Sohn ein wenig verlegen, »man könnte es so auslegen.«

Die alte Frau lachte vergnügt. »Nein, nein, Jochen, ich fange nicht an zu spinnen, und ich mache dir auch nichts vor. Es sind die Farben, weißt du. Sie sind so lebendig, wie du und ich, und sie haben eine eigene Sprache.«

Als Jochen gegangen war, nickte sie dem Bild zu und sagte: »Wir bleiben beisammen, wir beide.«

Margarete Kubelka

Der Mann aus Wladiwostok

Mai 1945, ein verlassener Flüchtlingszug, in dem ein großes Bauernbrot liegt. Der deutsche Soldat greift danach, gleichzeitig tut es von der jenseitigen Tür ein Rotarmist. Zuerst feindselige Blicke, dann verlegenes Lächeln. Schließlich sitzen sie nebeneinander und teilen das Brot, nachdem der Russe das Zeichen des Kreuzes darüber geschlagen hat.
Vorlesezeit ca. 8 Min.

Es war in jenen apokalyptischen Maitagen, als die wahnwitzige Sinfonie des Krieges nach einem letzten, schauerlichen Crescendo verstummte. Die Panzer der Roten Armee hatten die Reste unserer Einheit vor Rostock zersprengt und ihren Machtbereich bis vor die Tore Lübecks getragen.

Hungrig und in ständiger Gefahr, von den Russen entdeckt zu werden, wanderte ich an einem Bahndamm westwärts. Bisher hatte ich mich den herumstreifenden Häschern entziehen können und durfte hoffen, die Scheidelinie zwischen Ost und West in der folgenden Nacht zu erreichen und damit der Bedrohung einer russischen Gefangenschaft zu entrinnen.

Am späten Nachmittag stieß ich auf einen verlassenen Flüchtlingszug und sah durch eine offenstehende Abteiltüre ein großes, braunes Bauernbrot liegen. Als ich mit der Krücke meines Stockes nach dem wertvollen Funde angelte, tauchte in der jenseitigen Türöffnung unvermutet das mongolische Antlitz eines Rotarmisten auf, der ebenfalls nach dem Brote griff.

Ich erschrak heftig über diese Begegnung mit dem siegreichen Feind. Aber auch der andere schien betroffen, denn er war gleichfalls allein und waffenlos. Einen Augenblick prallten unsere Blicke feindselig aufeinander, dann lächelten wir beide verlegen. Mit versöhnlicher Geste schob mir der Russe das Brot zu, ich reichte es wieder zurück; jeder war sichtlich bestrebt, dem anderen den Fund zu überlassen.

Endlich nahm der Russe das Brot an sich, ließ sich zwischen dem blühenden Huflattich der Böschung nieder und bedeutete mir, mich neben ihn zu setzen. Er hatte die schweren Hände eines Bauern, und ich sah mit Verwunderung, wie er das Zeichen des Kreuzes über dem Laib schlug, ehe er ihn mit dem Messer teilte und mir die Hälfte darbot.

Wir saßen schweigend in der warmen Sonne und aßen. Die ausgebleichten Farben unserer Uniformen unterschieden sich kaum voneinander, auch die zerschlissenen Stiefel hatten die gleichen Straßen gesehen, auf die uns der Ungeist des Krieges geführt. Ich hatte seine, er meine Heimat verwüstet, nun saßen wir friedlich nebeneinander und aßen von dem Brot, das vielleicht eine pommerische Bäuerin als letztes am heimischen Herde gebacken hatte.

»Es ist ein gutes Brot«, sagte ich nach einer Weile, hoffend, der andere möge mich verstehen.

»Brot immer gutt – Krieg nix gutt!« antwortete der Russe und deutete auf den verlassenen Zug und die überall verstreute Habe der Geflüchteten. »Krieg jetzt tott – du und ich heim zu Matuschka!«

So ging die karge Rede zwischen uns hin und her. Ich erfuhr, daß der andere ein Bauer und Fischer am Rande der großen Stadt Wladiwostok war, ein Boot, zwei Kühe und zwanzig Schafe besaß und den Krieg haßte, wie alle Gutwilligen diesseits und jenseits der Meere.

Plötzlich verfinsterte sich das Gesicht des fremden Soldaten und er stand hastig auf. Ich folgte seinem Blick und sah eine russische Streife am Bahndamm entlang kommen; sie führte drei Deutsche in ihrer Mitte. Ehe ich mich dessen versah, war ich dem hoffnungslosen Zuge eingereiht.

Der Mann aus Wladiwostok wurde von dem Führer der Eskorte offensichtlich zurechtgewiesen und ließ diese Rüge schweigend über sich ergehen. Dann wurden wir zu einem nahen Gutshof geführt und in einem stallähnlichen Gelaß verwahrt.

Damit war mein Traum von Freiheit und baldiger Heimkehr jäh zerronnen. An Flucht war nicht zu denken, denn vor unserem Arrest stand ein Posten, zu dessen Ablösung auch der Mann mit dem Brote gehörte. Es wurde allmählich dunkel, draußen auf dem Gutshofe brannte ein großes Feuer, um das sich die Russen lagerten. Eine Balalaika klang auf, dann begannen sie zu singen. Leise summend zuerst, dann immer mehr zu brausenden Chören anschwellend, stiegen die schwermütigen Weisen der russischen Steppen zum sternklaren, märkischen Maihimmel empor.

Gegen Morgen weckte mich eine behutsame Hand und im huschenden Schein einer Lampe erkannte ich den Mann aus Wladiwostok. »Chomm«, flüsterte er und schob mich vorsichtig auf den Hof hinaus, wo hinter einem Wall in Decken gerollter Schläfer noch das niedergebrannte Feuer glutete. »Posten jetzt voll Wodka und schlafen!«

Ich folgte ihm bis an eine niedrige Mauer, die den Park des Gutes vom Walde schied. Dort blieb er stehen und deutete nach Westen:

»Ich mit dir Brot gegessen – du nix Sibirske – du heim zu Matuschka.«

Ich tastete im Dunkeln nach seiner Hand, aber er gab mir nur einen leichten Schlag auf die Wange und verschwand in der Schwärze des Gartens. Ich machte mich davon, durchschwamm im Morgengrauen den Ausläufer eines Sees und wurde völlig erschöpft von einem amerikanischen Sergeanten ans Ufer der Freiheit gezogen.

Albert Buck

Ein Dank an Gottvater

Dieses Leben ist nicht wert gelebt zu werden. Zu diesem Schluß kommt der alte Mann in seinem Bett im Pflegeheim. Die Tochter bringt ihm ein Heft mit Zitaten, die seine verstorbene Frau aufgeschrieben hat. Er liest, staunt, erinnert sich an glückliche Augenblicke in seinem Leben und wird dankbar.
Vorlesezeit ca. 13 Min.

Schon seit vielen Wochen liegt der alte Mann im Bett. Er weiß, daß er nicht mehr gesund werden wird. Er hat ein langes Leben hinter sich. Seine Zeit ist gekommen. Hier im Pflegeheim wird er liebevoll versorgt, aber es ist, als merke er das gar nicht. Er ist mürrisch und unzufrieden. Freilich, er hat oft große Schmerzen, aber die Schwestern und Ärzte tun alles, um ihm seine letzte Lebenszeit zu erleichtern.

Oft überdenkt er sein Leben. O ja, er hatte eine Frau, die ihm alles zuliebe tat. Er hatte zwei gesunde Kinder, die nun schon wieder Kinder haben. Er litt keine Not. Und doch: War dieses Leben lebenswert? Wieviel Sorgen und Kummer brachte es, in seinem Beruf stand er in ständigem Streß. Es gab manche Anfeindung, manches Ärgernis, es gab Krankheiten, es gab Zerwürfnisse. Zwei Kriege hat er miterlebt, er war verwundet, sein Haus wurde ausgebombt. Und jetzt das bittere Warten auf den Tod, das Sich-nicht-wehren-können, das Verdammtsein zum Leiden. Immer wieder kommt er zum gleichen Schluß: Dieses Leben ist nicht wert, gelebt zu werden. Wäre es nur schon vorüber!

Er bekommt Besuch. Seine Tochter ist es. Sie bringt ihm einen Strauß roter Rosen mit. »Sind sie nicht schön?« fragt sie. »Sie sind aus unserem Garten!«

Er schaut sie nicht an, nickt nur müde.

Sie sitzt eine Weile neben seinem Bett und erzählt von den Enkelkindern. Er hört ihr kaum zu. Er schläft nicht, aber er hat auch kein Interesse an ihrem Besuch.

»Ich glaube, du willst lieber allein sein«, sagt sie. »Du bist müde. Ich gehe wieder.«

Sie legt ein bunt eingebundenes Heft auf das Bett. »Schau mal, das habe ich kürzlich bei meinen Sachen gefunden. Es ist von der Mutter. Sie hat es mir einmal geschenkt. Darin hat sie Zitate aufgeschrieben, die sie liebte. Vielleicht liest du gern mal darin.«

»Ich kann nicht lesen«, sagt er, »meine Augen sind zu schlecht.«

»Aber sie hat sehr groß geschrieben. Und du kennst doch ihre Schrift!« sagt die Tochter und verabschiedet sich.

Sie geht. Der alte Mann wendet sich zur Wand und schließt die Augen. Ein Heft von der Mutter. Ja, sie hat gern gelesen und sich oft Stellen aus den Büchern herausgeschrieben, die ihr gefielen. Aber was soll er damit?

Als er sich im Bett bewegt, fällt das Heft zur Erde. Es rührt ihn nicht.

Als die Schwester mit dem Abendessen kommt, hebt sie das Heft auf. Sie legt es auf den Nachttisch neben dem Bett.

Nachdem der Alte ein paar Bissen gegessen hat, stellt er den Teller zurück auf den Nachttisch. Da fällt sein Blick wieder auf das bunte Heft. Ach ja, nun kann er sich entsinnen, das Heft früher schon gesehen zu haben. Manchmal hat ihm seine Frau dieses oder jenes Zitat daraus vorgelesen. Er nimmt das Heft und schlägt es auf. O ja, das ist die große und klare Schrift seiner Frau. Er kann sie gut lesen. Oder kommt es daher, daß er noch genau weiß, was seine Frau gerne mochte?

Knut Hamsun. Den liebte sie. Was steht hier: »Seid gesegnet, sage ich zu den Winden, weil sie gegen mein Gesicht wehen, seid gesegnet; mein Blut beugt sich in meinen Adern in Danksagung vor euch!«

Und hier noch einmal Hamsun: »Und so ist es: die bloße Gnade, daß man das Leben erhält, ist die reiche Vorauszahlung für alle Erbärmlichkeit des Lebens, für jede einzelne ...«

Alle Erbärmlichkeiten. Ja, alle Erbärmlichkeiten des

Lebens. Wie er das verstehen kann! Auch sein Leben war erbärmlich. Und dieses Ende ist ebenfalls erbärmlich. Und das soll Gnade sein, daß man dieses Leben erhält?

Und hier noch einmal Hamsun:»... mit einem Dank an Gottvater für das Leben, das ich hier auf Erden leben durfte!«

Das schrieb Hamsun, als er, sehr alt und gebrechlich, aus politischen Gründen in einem Altersheim gefangen gehalten wurde. Es ist aus seinem letzten Buch. Es ist kaum zu glauben.

Was machte Hamsun so dankbar für das Leben? Leicht hatte er es doch nicht.

Der Alte schlägt ein paar Seiten um. Halt, Bergengruen. Dieses Gedicht hat ihm seine Frau einmal vorgelesen. Er kann sich noch genau daran erinnern: »Der die Welt erfuhr ...«

»Was aus Schmerzen kam, war Vorübergang, und mein Ohr vernahm nichts als Lobgesang.«

Wenn das wahr wäre! Ihm scheint die Welt voller Schmerzen, und die Erbärmlichkeiten des Lebens sind für ihn nicht vorübergegangen. Wo soll er Lobgesang vernehmen?

»... sage, was zuletzt dir verblieb.«

Er legt sich müde in die Kissen zurück. Sein Blick fällt auf die Vase mit den Rosen, die seine Tochter auf seinen Schrank gestellt hat, damit er sie vom Bett aus sehen kann. Sie sind schön! denkt er. Sie hat recht.

Er schaut zum offenen Fenster hinaus. Die Birke im Garten bewegt ihre hängenden Zweige im Wind. Hinter der Birke ist der Himmel gerötet, und goldgeränderte Wolken ziehen langsam vorüber.

Was sagt Hamsun? »Seid gesegnet, sage ich zu den Winden.«

Ja, sie sind schön, die Winde, die die Wolken und die Zweige der Birke bewegen und die mir ins Gesicht wehen könnten, wenn ich im Garten stünde.

Er greift wieder zu dem bunten Heft: »... den die Not gehetzt, den der Dämon trieb – sage, was zuletzt dir verblieb.«

Verblieb ihm nicht das Abendrot und die wehenden Zweige der Birke? Verblieben ihm nicht die Rosen im Garten?

Und nun ziehen in schneller Folge hundert Bilder seines Lebens an ihm vorüber: Als er damals, noch ein halbes Kind, die Düne emporkletterte und ganz plötzlich das weite unermeßliche Meer vor sich liegen sah; als er auf Skiern die steilen Hänge seiner Heimatberge hinabfuhr und der Schnee Wolken um ihn aufwirbelte; als er hinter der alten Eiche auf seine spätere Frau wartete; als ihm seine Frau ihr erstes Kind in die Arme legte; als er im Garten mit seinen Kindern einen Marienkäfer beobachtete oder in der Nacht die Sternschnuppen. Lauter kleine unbedeutende Dinge in seinem Leben. Die großen Ereignisse, Krieg und Bomben und Krankheit und Streitigkeiten und Sorgen und Nöte fallen ihm nicht ein. Aber der glückliche Augenblick eines freundlichen Wortes und einer lieben Geste, eines kleinen Geschenkes, einer Naturbeobachtung, einer Anerkennung, das alles fällt ihm ein. Und plötzlich versteht er: »Was aus Schmerzen kam, war Vorübergang, und mein Ohr vernahm nichts als Lobgesang.« Durch das offene Fenster weht ihm der Wind leise bis ans Bett entgegen und trägt ihm Klänge einer fernen Musik zu. Ist das nicht Mozart?

Er setzt sich auf und lauscht: Ja, das ist die kleine Nachtmusik. Und das ist der Wind, von dem Hamsun sagt: »Seid gesegnet, ihr Winde.«

Er legt sich wieder. Sitzen strengt ihn zu sehr an. Aber seine Gedanken gehen weiter. Was aus Schmerzen kam ... Plötzlich fühlt er eine große Dankbarkeit für seine Frau, die diese Zitate gesammelt, und für seine Tochter, die sie ihm gebracht hat. Und nun wird es ihm plötzlich klar, warum Hamsun in seinen letzten Tagen sagen konnte: »... mit einem Dank an Gottvater für das Leben, das ich hier auf Erden leben durfte!«

Er greift noch einmal nach dem Heft, schlägt es auf und findet wieder Bergengruen:

»… führ aus Leib und Sterbehemde
in das ungeheuer Fremde,
in den Ursprung mich hinein.«

Er legt sich mit einem Lächeln auf die Seite, hört auf das leise Rauschen des Windes und die verwehten Klänge der Nachtmusik.

»Mit einem Dank an Gottvater«, flüstert er, drückt einen flüchtigen Kuß auf das kleine bunte Heft, schiebt es vorsichtig unter das Kopfkissen und schläft ein. Elfriede Pausewang

Brot im Müll

Das Ehepaar sitzt am Wegrand, frühstückt und sieht dabei einem Bauern bei seiner Arbeit zu. Der Mann, Werkmeister bei der Müllabfuhr einer großen Stadt, erzählt seiner Frau, wieviel Brot sie an einem einzigen Tag in den Mülltonnen gefunden haben.
Vorlesezeit ca. 6 Min.

Sie waren mit dem Ausflugsdampfer ein Stück flußaufwärts gefahren und dann auf schmalen Wegen zwischen Rebhängen bergan gestiegen. Jetzt lag das Flußtal in ihrem Rücken und vor ihnen tat sich eine weite Hochebene mit Feldern, Wiesen und spielzeugkleinen Gehöften auf.

»Du wirst rasten und frühstücken wollen.« Frau Grete strich sich eine widerspenstige Haarsträhne aus der Stirn. Johannes nickte. »So ein Sonnabend, fern vom Lärm und Getriebe der Großstadt, ist schon eine feine Sache«, sagte er und breitete die mitgebrachte Decke auf einen Rasenflecken neben dem Weg. Frau Grete packte ihre Vorräte aus: Brot, kalten Braten und die Thermosflasche mit dem Kaffee.

Ein Stück weiter zu ihrer Rechten tuckerte ein Schlepper über einen Acker. Er schob eine Sternwalze vor sich her, hinten waren Saategge und Drillmaschine angehängt. Johannes hielt das Brot, das ihm die Frau gereicht hatte, in der Hand. Er betrachtete es sinnend und deutete dann hinüber zu dem Landmann auf seiner Maschine. »Wenn man bedenkt, wieviel Arbeit, wieviel Schweiß und Mühe daran hängt, bis so ein Stück Brot zum Verzehren fertig ist«, meinte er langsam.

»Die Mühe wird auch bezahlt, es kostet gerade genug Geld, das Brot.« Frau Grete war eine praktische Person und in ihrer Ehe mit Johannes, dem Werkmeister bei der Müllabfuhr der großen Stadt, hatte sie zu rechnen und zu sparen gelernt.

Ihr Mann schnitt bedächtig eine Ecke von seiner Brotscheibe ab und meinte: »In der Zeitung stand, daß in den USA von jedem Haushalt durchschnittlich so viele Lebensmittel weggeworfen werden, wie ein Mensch zu seiner Ernährung nötig hat.«

Sie reichte ihm den Trinkbecher. »Mit so einer amerikanischen Hausfrau dürftest du nicht verheiratet sein«, scherzte sie. »Da geht's immer nur aus dem Vollen.« Doch dann wurde sie plötzlich nachdenklich. »Wieviel Haushaltungen gibt es in Amerika eigentlich?« fragte sie.

Er zuckte mit den Achseln. »Ich weiß es nicht. 40 Millionen vielleicht, oder auch mehr.«

»40 Millionen?« Frau Grete schnaufte schwer. »Es ist eine Schande.«

»Was ist eine Schande?«

»Im Radio hat einer berichtet, daß in der Welt jährlich 40 Millionen Menschen an den Folgen von Hunger und Unterernährung sterben.«

»Eine einfache Rechnung«, sagte Johannes kauend. »Man müßte nur das, was die anderen wegwerfen, den anderen geben.« Er machte eine abtuende Gebärde. »Aber so eine Überlegung ist natürlich nur Theorie.«

»Theorie?« Frau Grete war plötzlich bis zum Hals angefüllt mit Empörung. »Ein himmelschreiender Unsinn ist es! Warum kann man das, was die einen übrig haben, denen, die es brauchen, nicht bringen?«

»Es ist wahrscheinlich eine Frage der Verteilung, der Organisation«, meinte Johannes.

»Pah, Organisation! Eine Angelegenheit des Herzens und des guten Willens ist es und eine Sünde von den Amerikanern ...«

Johannes schnitt ihr das Wort mit einer Handbewegung ab. »Laß die Amerikaner aus dem Spiel«, sagte er bestimmt.

»Warum? Soll ich sie vielleicht dafür loben, daß bei ihnen solche Sachen passieren? Denn bei uns ist dergleichen Gott sei Dank nicht möglich.«

Um den Mund ihres Mannes lag Bitterkeit. »Bei uns ist so etwas nicht möglich? Hör zu: Vorige Woche haben wir den Auftrag bekommen, an einem Tag das Brot aus den Mülltonnen unserer Stadt herauszulesen.«

»Und? Was habt ihr zusammenbekommen?«

»300 Zentner! Dreißigtausend Pfund oder fünfzehntausend Laibe Brot. Fünfzehntausend Brotlaibe im Müll einer einzigen Großstadt.«

Sie schwiegen. Sie sahen hinüber zu dem Bauern und seinem Schlepper und sie beobachteten, wie sich hinter den Scharen der Sämaschine Rille um Rille der krümeligen Schwarzerde schloß. Fruchtbares Bett für keimendes Korn.

»Und da beten wir von klein auf: Unser täglich Brot gib uns heute! Es ist wie Gotteslästerung«, sagte Frau Grete und ihre Stimme klang gepreßt von ratlosem Zorn. Helmut Hochrain

Zweimal Anklage

Ich habe das Brot genommen, um meine Familie nicht verhungern zu lassen, sagt der arbeitslose Angeklagte. Der Richter verurteilt ihn – nach dem Gesetz – zu einer Geldstrafe und bezahlt sie selbst. Zu den Zuschauern sagt er: Unser aller Schuld ist es, daß dieser Mann hier steht, versuchen wir, etwas davon gutzumachen. Dann läßt er einen Sammelteller durch die Reihen gehen.
Vorlesezeit ca. 7 Min.

Während meines Urlaubs in London habe ich einmal eine seltsame Gerichtsverhandlung besucht.

Es war ein kalter, regnerischer Tag. Der Sturm kam in heftigen Böen vom Meer herein und trieb die Wolken tief über die Dächer der Stadt. Die Menschen eilten durch die Straßen, bestrebt, bald wieder ein Dach über dem Kopf zu haben.

Der kleine Saal des Polizeigerichts war überfüllt. Am Richtertisch saß ein Mann, den ich auf Mitte Fünfzig schätzte. Er hatte volles, dunkles Haar, das an den Schläfen schon in ein silbriges Grau überging, buschige Augenbrauen und ein Paar wasserblaue Augen, die die Anwesenden belustigt zu mustern schienen. An der Tür zu einem hinter dem Saal gelegenen Raum standen zwei Gerichtsdiener. Auf ein Zeichen des Polizeirichters öffneten sie die Tür und riefen einen Namen.

Ein kleiner schmächtiger Mann mit einem viel zu weiten Jackett betrat den Saal. Seine gutmütigen Augen hinter den dicken Gläsern einer Nickelbrille irrten beunruhigt über die vielen Köpfe der Zuschauer.

»Ihr Name ist William John Tunbright?« fragte ihn nun der Richter.

»Jawohl, Euer Ehren.« Die Antwort des Mannes war fast geflüstert.

»Mr. Tunbright«, fuhr der Richter fort, indem er einen Schluck aus dem Wasserglas nahm, das vor ihm stand, »Sie haben gestern nachmittag aus einer Bäckerei in der City Road einen Laib Brot gestohlen. Können Sie mir sagen, weshalb Sie das getan haben?«

John Tunbright fuhr sich mit der Hand über die mit Schweißperlen bedeckte Stirn. »Euer Ehren«, begann er stokkend, »Euer Ehren, ich habe eine kranke Frau und zwei Kinder. Ihre Pflege kostet viel Geld. Wie soll ich sie auch noch ernähren? Ich kann keine schwere Arbeit tun, aber eine leichte bekomme ich nicht. Also begann ich zu betteln, um meine Familie nicht verhungern zu lassen. Das war im vorigen Sommer. Bisher ging es recht und schlecht. Diese Woche aber hatten wir nichts mehr zu essen. Was sollte ich tun? Da habe ich das Brot genommen.

Ich habe es nicht gestohlen, Euer Ehren, ich habe es mir genommen. Da lagen so viele Brote beieinander, daß ich mich fragen mußte, wie viele wohl werden davon gar nicht verkauft und altbacken und weggetan werden, wo doch ein einziges von den vielen genügt, meine Familie wieder einen Tag satt zu machen.

Ich habe eine alte Bibel zu Hause im Schubkasten des Küchentisches. Darin lese ich manchmal, wenn Frau und Kinder schlafen. Dort steht, daß die, die haben, denen geben sollen, die nichts haben. Wenn das wahr ist, Euer Ehren, warum geben sie es einem nicht? Wie lange, Euer Ehren, muß man warten, bis einem wie mir das gegeben wird?«

Erschöpft brach der Bettler ab. Der Richter, der die ganze Zeit aufmerksam zugehört hatte, schwieg noch immer.

Ich war gespannt auf das Urteil.

»Mr. Tunbright«, sprach der Richter endlich langsam und sichtlich noch mit den Worten des Angeklagten beschäftigt, »wir haben in diesem Lande ein Gesetz, das keine Ausnahmen zuläßt. Ich verurteile Sie zu einer Strafe von fünf Pfund.«

Dann machte er eine Pause, zog seine Geldbörse und entnahm ihr eine Fünfpfundnote, die er in eine Schale legte, die vor ihm stand.

»Das ist», sagte er mit einem unergründlichen Lächeln, das

ich nur einmal in meinem Leben im Louvre in Paris auf dem Bildnis der Mona Lisa gesehen habe, »die Geldstrafe, die ich eben über Sie verhängt habe. Dem Paragraphen ist Genüge getan.«

Jetzt hob der Richter seine hellen blauen Augen und ließ sie eindringlich auf jedem der Zuschauer einen Augenblick verweilen.

»Wir haben«, so fuhr er fort, »neben unserem kleinen, in dicken Büchern aufgezeichneten Gesetz noch ein großes, weltweites Gesetz, das ich das moralische nennen möchte. Vor diesem nun sind wir alle Angeklagte. Unsere Schuld ist es, daß dieser Mann vor solchen Schranken steht. Wollen wir versuchen, an ihm ein weniges von dem gut zu machen, was wir Jahre hindurch an so vielen versäumt haben.«

»Ich lasse«, sprach der Richter, »und es kann sein, daß ich meine Kompetenzen als Staatsdiener erheblich überschreite«, dabei hob er mit der rechten Hand die Schale empor, in der die Fünfpfundnote lag, »diese Schüssel durch die Reihen gehen. Wer Ohren hat, zu hören, der hat gehört.«

Die Schale kam zurück, bis zum Rande gefüllt mit Geldstücken und Scheinen.

Tunbright stand, die Schale in beiden Händen, wie vom Blitz getroffen. Er hatte am eigenen Leibe ein Wunder erfahren.

Kong K. Kopsch

Die Hartherzigen ernährt er nicht

Hungersnot herrscht im Land. Aber der reiche König, dessen Scheunen voll Korn sind, lehnt jede Hilfe ab. Da reitet der alte Abt selbst auf die Königsburg. Er sagt dem König unzweideutig: Wer helfen kann und es nicht tut, der ist ein Mörder.
Vorlesezeit ca. 10 Min.

»Wie siehst du aus?« fragte Odilo.

»Ich komme vom König«, antwortete der Mönch mit belegter Stimme. Und mit einer fast furchtsamen Bewegung hielt er dem Abt einen Brief entgegen.

»Ein Brief vom König?« fragte Odilo.

»Nein«, erwiderte der Mönch. »Es ist dein Brief, Vater Abt.«

»Wieso?« fragte Odilo. »Warst du nicht beim König?«

»Der König hat sich deinen Brief vorlesen lassen und hat – er schickt ihn dir zurück.«

»Und was sagte er?«

»Er hat – er hat – gelacht.«

»Und was sagte er?« wiederholte der Abt.

»Er sagte: Da irrt sich Herr Odilo in der Adresse. Dazu ist der König nicht da, um fremde Mäuler zu stopfen.«

Da begann die Brust des alten Abtes gefährlich laut zu atmen. Er stand vom Sessel auf und ging ein paarmal in der Zelle hin und her. Dann fragte er: »Hast du ihm gesagt, was ich dir befohlen habe?«

»Ich habe es gesagt«, antwortete der Mönch fast zornig.

»Hast du ihm gesagt, daß Väter ihre Kinder schlachten, um die übrige Familie zu ernähren?« rief der Abt.

»Ja«, antwortete der Mönch.

»Hast du ihm gesagt, daß die Menschen Lehm essen, weil sie sonst vor Hunger wahnsinnig werden?«

»Ja«, antwortete der Mönch, »alles habe ich ihm gesagt.«

»Aber?«

»Er hat gelacht«, erwiderte der Mönch.

Der Abt schwieg. Lange. Dann trat er ans Fenster und sah in den Garten. Zwischendurch sagte er: »Es ist gut. Du kannst gehen. Über die Botschaft mußt du schweigen.«

Gerade hatte der Mönch die Abtkammer verlassen, da wußte der alte Abt plötzlich, was er tun mußte. Er griff nach dem Reisemantel und stieg in den Pferdestall hinab.

»Mein Pferd«, sagte er. Er war jetzt wieder ganz ruhig. »Und Hafer für zwei Tage.«

»Reitest du allein, Vater Abt?« fragte der Mönch im Pferdestall.

»Allein«, erwiderte der Abt. Dann ging er noch einmal in seine Kammer und ließ den Prior rufen.

»Prior«, sagte der Abt, »ich reite zum König.«

»Reitest du allein, Vater Abt?« fragte auch der Prior.

»Allein«, antwortete Abt Odilo.

Der Prior wußte, daß es zwecklos war, dem Abt einen Entschluß auszureden. Aber geheuer war ihm der Entschluß nicht; der Abt war achtzig Jahre alt. So hörte er denn fast zerstreut auf das, was ihm der Abt für die Zeit seiner Abwesenheit auftrug. Dann brach Odilo auf.

Zwei Tage später, gegen Abend, schlug die Turmwache der Königsburg Alarm. Zehn Soldaten, unschlagbare Brecher, stürmten über die Zugbrücke auf den freien Weg und warteten angriffslustig, bis der Reiter bei ihnen war.

»Das ist doch ...«, sagte plötzlich der eine.

»Das ist ein Mönch«, sagte der zweite.

»Den kenn ich«, sagte der dritte.

»Du?« fragte der vierte.

»Als ich mit dem König in Cluny war, hab ich ihn gesehen«, sagte der dritte. »Das ist der Abtkönig von Cluny.«

»Und dann reitet er so allein?«

Die Soldaten fragten den Abt Odilo nicht lange nach Woher und Wohin. Sie grüßten ihn kurz, einer nahm das Pferd beim Zügel und führte es über die Zugbrücke in den Burghof. Bald darauf stand der Abt vor dem König.

Natürlich wußte der König, warum Abt Odilo selbst zu ihm kam. Gerade deshalb war er sehr liebenswürdig zu dem Alten. »Ich weiß sehr zu schätzen, daß der König der Äbte zum König von Navarra kommt.«

»Ich will nicht wissen, ob du meinen Besuch zu schätzen weißt, sondern, ob du inzwischen über dein steinernes Herz Gericht gehalten hast?«

»Aber, ehrwürdiger Vater ...«

»Nichts, ehrwürdiger Vater! Willst du dem Volk, das hungert, helfen? Mehr will ich nicht wissen. Schöne Worte gelten vor Gott nichts, gar nichts.«

Da trat der Hofkaplan des Königs ein. Er war dem König ganz ergeben. Abt Odilo wußte sofort, daß der König ihn für diesen Augenblick des Gesprächs bestellt hatte. Er sollte dem König bei seinen Ausreden helfen.

»Friede mit dir, hoher Abt«, grüßte der Kaplan.

Abt Odilo sah den Kaplan einen Augenblick mißtrauisch an. Dann erwiderte er den Gruß.

»Kaplan«, sagte der König, »Abt Odilo ist der Ansicht, daß schöne Worte vor Gott nichts gelten. Aber täglich betest du mir schöne Worte vor.«

»Wir müssen Gott anbeten«, antwortete der Kaplan mit rauher Stimme.

»Wir müssen den Nächsten lieben«, verbesserte der Abt, »dann beten wir Gott an; denn Gott ist die Liebe.«

»Oh, das ist sehr schwer«, beeilte sich der Kaplan zu sagen. »Den Nächsten lieben ist sehr schwer. Aber trotzdem müssen wir Gott anbeten.«

Abt Odilo schaute den Kaplan des Königs ungläubig an. Nach einer Weile sagte er nur: »So, so.«

»Gott liebt auch die Sünder«, fuhr der Kaplan fort. »Den Mitmenschen zu vergessen ist sicherlich Sünde. Aber die größere Sünde wäre es, Gott zu vergessen. Gott kommt sogar im Brot Jesu Christi zu uns, damit wir ihn nicht vergessen. Er ernährt uns mit sich selbst, damit wir ihn nicht vergessen.«

Da sprang der Abt auf: »Was sagst du da, Hofkaplan? Das ist mir ja eine seltsame Lehre, die du da verzapfst. Nun kann ich mir auch erklären, woher das hartgesottene Herz deines Königs kommt.« Und zum König: »Dir aber, König, sage ich: Die Hartherzigen ernährt er nicht! Du kannst dich so oft an den Tisch des Herrn setzen, wie du willst – wenn du nicht barmherzig gegen die Menschen bist, nützt dir das gar nichts, gar nichts!«

Der König kniff die Augen zusammen, aber er schwieg.

Dann kam es wie eine große Ruhe über den Abt: »Wem die Scheunen voll Korn liegen – und wer Geld genug besitzt, um Schiffe mit Getreide ins Land zu holen, wenn das Volk hungert – und er tut es nicht, er will es nicht tun – der ist ein Mörder.«

Der König neigte den Kopf und bedeckte sein Gesicht mit den Händen. Er war sehr reich.

Heinrich A. Mertens

Oktober

Den Frieden bewahren

Und der Friede Gottes,
welcher höher ist als alle Vernunft,
bewahre eure Herzen und Sinne
in Christus Jesus.

Philipper 4, 7

»Über den Frieden sprechen heißt, über etwas sprechen, das es nicht gibt.« Die Kinderbuchautorin Astrid Lindgren war es, die diesen betrüblichen Satz bei der Verleihung des Friedenspreises in der Frankfurter Paulskirche 1978 formulierte.

Es stimmt ja: in Frieden leben wollen wir alle. Aber Frieden machen, das gelingt nur wenigen. Friede, das ist ja mehr als Nicht-Krieg, ist anderes als die Vermeidung von Kampf, zu dem offene Messer gehören, brennende Häuser und zerbombte Städte. Friede ist – oder besser gesagt: er wäre – ein Zustand, in dem strittige Probleme ohne Drohung und Gewalt durch Verhandlungen und Übereinkünfte zu einer von allen annehmbaren Lösung gelangen.

So unmöglich klingt das gar nicht. Und doch zeigt sich schon im Kleinen, im Umfeld jedes einzelnen, wie schwer dieses Ziel des gewaltfreien Miteinanders zu erreichen ist. Eines ist sicher: auf Frieden kann man nicht warten, man muß ihn selbst zu leben beginnen. Der Rabe Richard in einem gescheiten Bilderbuch von Helme Heine ist der stärkste Rabe der Welt, er besiegt alles und jeden und wird gerade deshalb grenzenlos einsam. Erst als er im Kampf gegen sich selbst seine Grenzen erkennt, findet er wieder Freunde, ein schon für kleine Kinder einleuchtender Zusammenhang.

Der Friede läuft einem nicht nach, man muß ihn suchen, so hat Martin Luther formuliert. Wir suchen ihn, wenn wir lebendig bleiben, wach sind, bereit, die Kräfte unserer Phantasie anzustrengen für die Errichtung einer »heilen Welt«, wie Bergengruen das friedliche Miteinander ganz verschiedener menschlicher Willen einmal benannt hat.

Theoretisch ist das einleuchtend. Wie sieht es aber aus, wenn es in die Praxis umgesetzt werden soll? Da steht der Baum des Nachbarn so nah an der Grenze zu meinem Garten, daß er mir das Licht raubt. Grund genug, um aus der Haut zu fahren, mit dem uneinsichtigen Nachbarn wutentbrannt kein Wort mehr zu wechseln? Da erlebe ich im Krankenhaus die Bettnachbarin als eine unruhige, wehleidige, grantige

Person; muß ich mir ihr Stöhnen und Lamentieren klaglos anhören? Da entsteht Streit am Arbeitsplatz. Ist es nicht leichter mitzumischen, die Gemüter aufzuheizen, statt für Ausgleich zu sorgen, Besänftigung zu versuchen?

»Die Versöhnlichkeit ist's, was die Liebe bewahrt und all ihre zarten Blüten«, so hören wir von dem Erzähler Jeremias Gotthelf. Aber Versöhnlichkeit zu üben, wo mir selbst Unrecht widerfährt, ist ein schweres Geschäft. Auch und gerade in der Familie, der kleinsten Zelle menschlichen Miteinanders. Hier aber müssen wir mit dem Frieden beginnen, weil Friedenssicherung und Friedenserhaltung nicht nur eine Aufgabe der Politik ist – und damit eine Aufgabe, die wir glauben, von uns wegschieben zu können – sondern eine Aufgabe, die ganz im Kleinen beginnt.

Frieden, wirklich Frieden zu machen, das gelingt dem, der sich helfen läßt von dem Friedensstifter Jesus, wissend, daß er Hilfe nötig hat. Wer wollte sich davon ausnehmen?

Almuth Hochmüller

Mein Kind hat zwölf Indianer erschossen

Schon will die Mutter ihren Sohn loben, daß er beim Spiel zwölf Indianer besiegt hat, da erinnert sie sich. Als Kind, Tochter eines Pastors, hat sie die Mutter gefragt: Wie viele Russen hat Papi im Krieg schon erschossen? Und ihre Mutter hat fassungslos geweint. Was soll sie tun? Sie wird ihrem Kind von Indianern erzählen, daß es Menschen sind, Väter und Söhne, oft verfolgt und vertrieben.
Vorlesezeit ca. 16 Min.

»Mutti, Mutti, ich habe zwölf Indianer erschossen«, triumphierend rief es die helle Jungenstimme durch das Haus. Verschmutzt und das Gesicht vor Eifer gerötet, stand mein kleiner Sohn dann vor mir. Seine Augen leuchteten vor Stolz und Begeisterung. Unter seinem Arm klemmte ein längliches Holzstück. Das war sein Gewehr.

Den ganzen Morgen über hatten Indianergeheul und Sheriffstimmen durch die kleinen Siedlungsgärten getönt. Es war ein wildes, schönes Spiel gewesen, und gerade wollte ich lächelnd Anerkennung zollen. Da erinnerte ich mich bestürzt an eine Begebenheit aus meiner eigenen Kindheit. »Mutti, Mutti, wie viele Russen hat der Papi im Krieg schon erschossen?« hatte ich einmal ebenso lauthals und unbekümmert durchs Haus gerufen.

Das ist im Herbst 1944 gewesen. Ich war wenige Wochen vorher eingeschult worden und hatte einiges sehr schnell gelernt. Alle Schüler des Dorfes wurden gemeinsam in dem geräumigen Klassenraum der kleinen Landschule unterrichtet. Wenn man einmal erlebt hat, wie lässig ein Lehrer heute von seinen Schülern begrüßt wird, vermag man sich unser damaliges Zeremoniell kaum vorzustellen. Wie ein Mann kamen wir in unseren engen Schulbänken auf die Beine, wie ein Arm schwenkten sich unsere Arme in die Höhe, und wie aus einem Mund erscholl es mächtig: »Heil Hitler«, wenn unser Lehrer in die Klasse trat. »Heil Hitler«, antwortete er so zackig wie wir.

Wir Kleinen waren bald genauso geübt wie die Großen. Auch das Absingen des Horst-Wessel-Liedes gelang uns schnell fehlerfrei. Markig erklang es jeden Morgen.

Als ich auch zu Hause den neuen Gruß und das neue Lied einführte, blieb meine Mutter gelassen. Ihr Mann war im Krieg, und sie hielt als Pastorenfrau die mühselig gewordene Gemeindearbeit tapfer aufrecht. Sie hatte dafür gesorgt, daß mir das Vokabular des Naziregimes bis zu meiner Einschulung fremd geblieben war. Sie lehrte mich andere und bessere Lieder und erklärte mir vorsichtig, weshalb wir zu Hause doch lieber »Guten Morgen« und »Guten Tag« sagen wollten. Mehr unternahm sie nicht. Sie hatte von dem hitlertreuen Schulmeister gar nichts anderes erwartet und wollte mich wohl vor einer noch stärkeren Außenseiterstellung bewahren.

So genoß ich weiter das aufregend Neue und lauschte auch aufgeschlossen der politischen Unterweisung, die wir jeden Morgen erhielten. Anschaulich erzählte uns der Lehrer von unseren tapferen Soldaten. Überall kämpften sie gegen den gefährlichen Feind. Am tapfersten waren die in Rußland, und mein Vater befand sich mitten unter ihnen. Wir ließen uns alle mitreißen. Unsere Vaterlandsliebe wuchs ins Grenzenlose. In den Pausen spielten wir Krieg.

Der ohnehin sinnlose Krieg mußte damals doch schon völlig aussichtslos sein, aber unser Lehrer gab ihn nicht verloren. Und so erfuhren wir eines Tages: Es darf kein Russe übrigbleiben. Jeder Soldat ist ein Held, der einen Russen tötet. Wir sollten zu Hause erfragen, welcher Vater schon einen Russen getötet hätte. Auf dem Heimweg prahlten manche mit den Erfolgen ihrer Väter. Ob es die Wahrheit war? Ich weiß es nicht.

So kam es dazu, daß ich an diesem Tage ins Haus stürmte, meine Mutter in der Küche hörte und gespannt rief: »Mutti, Mutti, wie viele Russen hat der Papi schon erschossen?«

Mit dem letzten Wort stand ich in der Küchentür. Ich sah, wie meine Mutter sich umwandte und mir entsetzt entgegenstarrte. Sie öffnete den Mund und wollte etwas antworten. Stattdessen ließ sie sich aber auf den nächsten Küchenstuhl fallen und weinte fassungslos. Wie behutsam hatte sie das empfindliche Gemüt ihres Kindes zu prägen versucht. Nun hatte ein fremder Mensch in kurzer Zeit alles zerstört.

Erschrocken und ratlos stand ich neben ihr. Instinktiv spürte ich, daß ich ihr durch meine Frage solch großen Kummer bereitet hatte. Diesen Augenblick werde ich nie vergessen. Eben war ich noch Feuer und Flamme gewesen. Und nun – das unterdrückte Schluchzen meiner Mutter, meiner geliebten, fröhlichen Mutter. Ich kannte meine Schuld nicht, aber ich empfand sie deutlich.

Ich wagte mich nicht zu rühren. Endlich richtete sich meine Mutter auf. Sie zog mich zu sich hin und nahm mich auf ihren Schoß.

»Weißt du, was ich unserem Vati versprechen mußte?« fragte sie leise. »Ich mußte ihm versprechen, jeden Abend darum zu beten, daß er im Krieg niemals einen Menschen töten muß, und ich bitte Gott täglich darum.« Sie schwieg wieder, und ich dachte daran, daß die Russen unsere Feinde waren, doch wagte ich das nicht zu sagen.

Ich hatte mich eng an sie gedrückt, da sah ich plötzlich ganz deutlich meinen Vater. Er stand auf dem großen Felde, das oberhalb des Dorfes vor dem Wald lag. Er trug nicht die übliche Soldatenuniform, sondern seine Frontkluft für die harten Rußlandwinter. Einmal hatte ich ihn so gesehen, als er plötzlich zu einem kurzen Heimatbesuch auftauchte, in diesem überlangen, weiten Mantel, der großen, abgetragenen Pelzmütze und mit den schweren Filzstiefeln. So sah ich ihn mit seinem Gewehr auf dem Rücken einsam auf dem weiten Felde stehen. Weit entfernt tauchte jetzt eine zweite Gestalt auf. Mein Vater nahm bedächtig sein Gewehr von der Schulter, legte es an, zielte und schoß. Die Gestalt im Hintergrund verschwand. Allmählich verschwamm auch das Bild meines Vaters.

Ich war wieder in der stillen Küche auf dem Schoß meiner Mutter und fing an zu begreifen. Ich wußte damals noch nicht, wie Russen aussehen, doch die Gestalt auf dem Felde war ein Mensch gewesen. Und mein Vati, von dem ich wußte, daß er jeden und alles liebte, der würde nie auf einen Menschen schießen.

»Vati schießt bestimmt nicht«, begann ich endlich zuversichtlich. »Ach, Kind, wenn das nur so einfach wäre! Wenn er einen Kameraden retten könnte, indem er seinen Gegner tötet? Wenn ein Vorgesetzter ihn zwingt? Ihn selbst zu erschießen droht? Nein, im Krieg ist es sehr schwer, nichts Unrechtes zu tun.« Nun wollte ich mehr wissen, und ich lernte in unserem Gespräch, daß auch Russen Väter, Ehemänner und Söhne wären, daß Frauen und Kinder um sie bangten und auf sie warteten. Behutsam brachte meine Mutter schließlich die Rede auf andere Dinge und wurde wieder fröhlich für mich.

Während seiner Abwesenheit durfte ich immer im Bett meines Vaters neben meiner Mutter schlafen. Mein Nachtgebet hatte mein Vater in Rußland für mich geschrieben und heimgeschickt:

»Lieber Vater im Himmel mein,
schicke deine Engelein,
laß sie an meinem Bette steh'n,
damit ich schlafe sanft und schön.«

Dem folgte wie an jedem Abend: »Und behüte meinen Vati und hilf, daß er bald gesund zu uns nach Hause kommen kann.« Heute zögerte ich eine Weile, um dann mutig eine weitere Bitte anzuschließen: »Und daß er keinen russischen Vater töten muß.« Meine Mutter drückte mich an sich, ehe sie mich allein ließ.

Kurz vor Kriegsende bewahrte eine schwere Verwundung meinen Vater vor Schlimmerem. Wie beinahe alle, die den Krieg in seiner grausamsten Form erleben mußten, sprach er fast nie über seine Kriegserlebnisse. Nur einmal war ich dabei, als er gefragt wurde, wie er als Theologe und gläubiger Christ mit all dem Elend fertig geworden wäre.

»Ich habe viel trösten müssen und trösten dürfen«, sagte er. »Ich habe vielen Sterbenden beigestanden, das war ein schweres Amt. Doch am allerschwersten war, die zu trösten, die getötet hatten und das nicht bewältigten. Diese armen Menschen fühlten sich plötzlich als Mörder. Viele von ihnen waren völlig fertig und gebrochen.« Aber es war Krieg, eine Ausnahmesituation, beschwichtigte der Fragende.

»Sagen Sie das mal einem, dessen Gewissen wach geworden ist. Nein, da kann nur Jesus helfen, der seinen eigenen Mördern vergab. Nur solche, die sich zu ihrer Handlung bekannten und sich Christi Gnade anvertrauten und Christi Vergebung annahmen, sind wieder ganz frei geworden.

Ich war fast erwachsen, als ich meinen Vater so reden hörte. Mir war, als würde hier etwas beendet, das viele Jahre zuvor begonnen hatte. Ich fühlte mich nun recht sicher in dieser Problematik.

Und heute hat mein Sohn zwölf Indianer erschossen. Was soll ich tun? Fast beneide ich meine Mutter, die damals um Russen weinen konnte. Um diese Indianer kann ich nicht weinen. Es handelt sich ja nur um ein Spiel. Und dennoch ähneln sich die Situationen bedenklich. War es doch auch bei mir bloß unüberlegter Eifer gewesen. Soll ich mein Kind weiterspielen lassen?

Wir lassen sie viele solcher Spiele spielen. Überfälle, Autounfälle, Diebereien und Kriege und Morde werden mit Phantasie erdacht oder nachvollzogen. Hübsche naturgetreue Gewehre, Messer und andere Waffen kommen zum Einsatz. Wir lassen sie gewähren. Wir drücken uns vor der Auseinandersetzung und wagen es nicht, einzugreifen oder unsere Kinder gar an die Gebote zu erinnern, die es immerhin noch gibt. Das fünfte Gebot heißt: Du sollst nicht töten.

Dann lesen wir in den Zeitungen von Kindern und Jugendlichen, die alte Menschen zusammenschlagen um ein bißchen

Geld, von Verkehrsrowdies, von jugendlichen Alkoholikern und Rauschgiftsüchtigen, von Terrorbanden. Wir lesen es und sind entsetzt. Wir denken nicht daran, daß diese Kinder unsere sein könnten.

Ich will meinem Kind von den Indianern erzählen. Über die üblichen Klischees hinaus soll es erfahren, daß es Menschen waren und sind, häufig verfolgt und vertrieben. Ich will mein Kind die Gebote lehren und ihm helfen, sie zu befolgen. Ich möchte mein Kind hellhörig machen für die Stimme seines Gewissens. Ich will es belasten, um es belastbar zu machen. Und ich will etwas tun, das auch meine Mutter getan hat: Ich will beten.

Christiane Sielemann

Jüterbog

Im Strom der Flüchtlinge geht eine Mutter mit ihren Kindern. Ein russischer Soldat hält sie an, hat nur Augen für den Vierjährigen, der ihn an seinen eigenen im Krieg umgekommenen Jungen erinnert. Er schüttet dem Kleinen den Inhalt seines Brotbeutels in die Arme und geht.
Vorlesezeit ca. 9 Min.

Gestern bekam ich eine Karte aus der DDR. Eine alte Freundin, die in Leipzig wohnt, schrieb mir: Ich bin zu Besuch bei meiner Tochter in Jüterbog und sende Dir von hier herzliche Grüße!

Ich schaue die Karte an: Jüterbog, die Luftaufnahme einer kleinen Stadt in der DDR.

Jüterbog! Meine Freundin hat in ihren Briefen diese Stadt schon öfter erwähnt. Und jedesmal erinnert mich der Name an ein Erlebnis während unserer Fußwanderung quer durch Deutschland nach der Vertreibung aus dem Sudetenland.

Nun halte ich die Karte von Jüterbog in der Hand. Im Hintergrund ist zwischen Kiefernwäldern eine Straße zu erkennen. Ist das vielleicht die Straße, die wir damals zogen?

Und während ich auf die Karte schaue, wird alles wieder lebendig, was uns damals widerfuhr:

Es war bei Jüterbog. Wir hatten die Stadt durchquert und zogen im Strom der Flüchtlinge und Vertriebenen auf der rechten Seite der breiten Straße, zu beiden Seiten die großen dunklen Kiefernwälder. Links marschierten Kolonnen russischer Soldaten, uns entgegen, an uns vorüber.

Voran gingen meine beiden großen Kinder und zogen den kleinen Handwagen, der unseren letzten geretteten Besitz barg. Auf ihm saß unser jüngstes Kind, mein vierjähriger blonder Sohn. Seine kleine Schwester führte ich an der einen, seine größere an der anderen Hand. Sein Bruder schritt neben dem Wagen, den Schulranzen mit einigen lieben Habseligkeiten auf dem Rücken.

Vor uns, hinter uns, soweit sich die Straße hinzog, ein einziger grauer Menschenstrom, der sich müde dahinschob. Hier und da bog eine Gruppe an den Waldrand ab, um zu rasten, oder glitt ein kleiner Wagen aus der Reihe. Vielleicht war ihm eine Achse gebrochen oder löste sich der Strick, der das Gepäck hielt. Ach, es gab so viele Hindernisse, die zu überwinden waren. Es gab so viele Aufenthalte. Wer weiß, ob nicht an der nächsten Waldecke wieder ein Posten stand und »Stoi!« kommandierte. Dann gab es wieder einen Aufenthalt: eine Arbeit, etwa Kartoffelschälen oder Hindernisse aus dem Weg räumen. Aber das war nicht das Schlimmste: Schlimmer waren die Aufenthalte, wenn es galt, die Mädchen und jungen Frauen vor dem Zugriff der Soldaten zu bewahren. Meine älteste Tochter war siebzehn!

Weiter, weiter. Die Straße nahm kein Ende, der Wald nahm kein Ende, die Kolonnen der Soldaten nahmen kein Ende. Weiter, weiter. Ich war so müde. Meine Kinder waren so müde. Sie schleppten sich nur noch mühsam vorwärts. Aber wir mußten weiter. Wir hatten Hunger und schon lange nichts mehr gegessen. Wie lange würden die Kinder, würde ich das noch ertragen, diesen Hunger, diese Angst und die endlose Straße?

Da... ich erschrecke. Aus der Reihe der russischen Soldaten löst sich einer. Ich zittere schon, denn ich weiß, nun kann es wieder einen Kampf kosten, dem ich vielleicht nicht gewachsen bin. Was will er?

Er ist groß, blond, vielleicht etwas über dreißig Jahre alt. Er kommt geradewegs auf uns zu. »Halt!« kommandiert er.

Die Kinder bleiben stehen.

Er zeigt auf meinen kleinen blonden Jungen: »Ab!« sagt er.

Mir droht das Herz stillzustehen. Was will er von dem Kind? Ich hebe es vom Wagen. »Laufen!« sagt er leise.

Das Kind sieht mich fragend an.

»Laufen!« befiehlt er lauter.

Ich nicke. »Geh ein paar Schritte!« sage ich. Der Junge geht langsam.

Hinter uns stauen sich die kleinen Fahrzeuge. Flüchtlinge überholen uns, froh, diesmal ungeschoren zu bleiben.

Mein Junge wendet sich und kommt zurück. Der Soldat faßt ihn an der Hand. Das Kind sieht den Soldaten an, aber es beginnt nicht zu weinen, wie ich fürchte. Es geht ein paar zögernde Schritte mit. Dann sieht es zurück. Was will er nur? denke ich und bin bereit, mich ihm nachzustürzen, wenn er mit dem Kind weitergehen sollte. Aber er kommt zurück.

»Auf, Kind!« sagt er in gebrochenem Deutsch und zeigt auf den Wagen. Meine Spannung weicht. Aufsetzen! Gott sei Dank.

Ich sehe den Soldaten an, dessen Blicke auf dem Kind ruhen. Da wird mir alles klar.

Langsam, wie entschuldigend, sagt er: »Ich auch kleine Junge zu Hause, Rostow am Don!« Er zeigt auf das Kind: »So klein, so blond!«

In Rostow am Don. Mein Gott! Gerade in Rostow am Don! Dort liegt der Vater meiner Kinder begraben!

In Rostow am Don. Mein Gott! Gerade in Rostow am Don! Dort liegt der Vater meiner Kinder begraben!

»Rostow am Don«, höre ich ihn weiter sagen, »Bomben, alles tot! Frau tot, Kind...tot...«

Er kann fast nicht mehr sprechen. Er nestelt an seinem Brotbeutel und beugt sich zu dem Jungen hinab. »Hier«, sagt er, »Essen!« Und er schüttet ihm den Inhalt seines Brotbeutels in die Arme: Brot, Zwieback, Butter, Eier und Wurst.

Und nun scheint er es eilig zu haben. Er wendet sich und geht. Nicht einmal danken können wir ihm. Noch einmal sieht er sich um und nickt. Dann läuft er, seine Truppe einzuholen.

Mein Junge strahlt: »Mutter, soviel zu essen!« Ich kann nichts erwidern.

»Fahrt weiter!« sage ich nur kurz.

Die Großen ziehen an, und wir ordnen uns wieder in die Reihe ein.

Neben uns ziehen die Kolonnen nach Osten und singen. Wir ziehen in entgegengesetzter Richtung. Wir wollen nach dem Westen.

Nach langer Zeit gelang es uns, in den Westen zu kommen. Mit der Zeit vergaßen wir alle düsteren Erlebnisse unserer Vertreibung und lernten wieder lachen. Aber niemals habe ich den russischen Soldaten vergessen, dessen Frau und Kind in einem Grab in der Nähe von meines Mannes Soldatengrab ruhen: Opfer eines unsinnigen Krieges, beide, sie wie er.

Ich denke oft an Jüterbog.

Elfriede Pausewang

Der wundersame Austausch – Ein Märchen

Eine Mutter legt alles in die Waagschale und gewinnt das Spiel mit dem Krieg. Sie bekommt ihre Söhne zurück, doch gezeichnet vom Krieg. Wieder macht sich die Mutter auf den Weg, begegnet einem Menschen, der sagt: »Schicke mir deine Söhne. Sie sollen ihre Waffen mitbringen.« Die Söhne gehen zu ihm, und der Alte verwandelt ihre Waffen in Pflanzen. Vorlesezeit ca. 12 Min.

In unserer Stadt lebte eine Mutter. Drei Söhne waren in den Krieg gegangen. Keiner war zurückgekehrt. Sie sprach mit ihnen, als seien sie da. Aber so traurig sie auch war, sie konnte doch nicht weinen. Endlich faßte sie einen Entschluß.

Sie legte ihr schwarzes Tuch um die Schultern und verließ Wohnung und Stadt. Auf den langen Wegen traf sie viele Menschen. Aber sie sprach nicht mit ihnen. Am Abend des dritten Tages erreichte sie ein weites, ödes Feld. Nur ein Zelt stand darauf. Wie eine Mauer standen Krieger im Kreis und hielten Wacht.

»Wo willst du hin?« fragte derjenige, der dem Eingang am nächsten stand.

»Ich suche meine Söhne«, sagte sie.

»Deine Söhne? Die sind tot, weißt du das denn nicht?«

»Ich weiß es. Der Krieg hat sie behalten. Doch ich will sie zurückhaben.«

»Zurückhaben? Wer bist du denn, daß du das wagen darfst.«

»Ich bin ihre Mutter«, antwortete sie, und man ließ sie eintreten. Im Zelt war es kalt und dunkel. Auf einem Feldstuhl saß ein Mann, der eine blanke Rüstung trug. Er saß vornübergebeugt und hatte den Kopf in seine Hände gestützt. Als er aufblickte, stockte der Herzschlag der Mutter. Sie wagte kaum zu atmen, so feindlich war sein Blick. »Was willst du von mir?« fragte er. Zögernd trat sie näher und bat mit leiser Stimme um ihre Söhne.

»Deine Söhne sind tot!« sagte auch dieser Mann zu ihr.

»Ja, sie sind umgekommen, doch ich fordere sie zurück, du hast kein Recht, sie zu behalten.«

Da lachte der Mann so furchtbar, daß die Mutter vor Angst zitterte. Sie nahm ihren ganzen Mut zusammen. »Bitte gib mir die Kinder zurück.«

Der Mann erhob sich langsam und trat auf sie zu. Er legte seine gerüsteten Hände schwer auf ihre Schultern und sagte: »Wir wollen spielen, wir wollen wägen, wer deine Söhne haben soll.«

Er winkte seinen Männern, und sie brachten ihm eine Waage mit großen Schalen. Die stellte er auf einen Tisch und ließ die Mutter nähertreten. »Nun wollen wir sehen, wer Sieger wird. Lege du in die eine Schale, was du zu geben hast. Mir gehört die andere. Wessen Seite tiefer sinkt, der trägt den Sieg davon.«

Die Mutter nickte, und der Mann legte das erste Stück in eine der Schalen.

»Es ist der Tod!« sagte er, und die Schale sank tief.

»Ich lege die Tränen hinein, die um die Toten geweint werden.«

»Haß und Gewalt!« sagte der Mann.

»Liebe«, antwortete die Frau.

»Feuer und Vernichtung«, sagte der Mann.

»Leid und Schmerz«, sagte die Frau.

»Totale Zerstörung«, sagte der Mann, und seine Augen triumphierten.

»Frieden«, sagte die Mutter, und ihre Augen folgten den Schalen, die auf- und abstiegen.

Es war so still im Zelt, daß man das Atmen der beiden hören konnte. Der Kampf dauerte so lange, bis der Schein des Morgens durch einen Spalt des Zelteinganges kroch.

Da hatte der Mann nichts mehr, was er in seine Schale legen konnte. Die Waagschalen aber standen auf einer Ebene. Fragend blickte er auf die Mutter.

»Ich lege ein Kinderlachen hinein, das erste Lachen meiner Kinder«, sagte sie, und ganz langsam senkte sich ihre Schale tiefer und tiefer und blieb zitternd stehen.

Da weinte die Frau vor Freude, doch der Mann schreckte sie auf: »Geh zurück«, befahl er, »du hast zwar gesiegt. Doch freue dich nicht zu früh.«

Die Mutter ging schweigend den langen Weg zurück. Drei Tage wartete sie bang. Da klopfte es an die Tür, und als sie öffnete, kamen ihr die Söhne entgegen, ausgehungert, abgerissen, elend.

Sie hielt sie in ihren Armen und weinte vor Glück. Mit dem Jüngsten weinte sie vor Kummer, denn er hatte nur einen Arm. Sie spürte, daß die beiden Ältern mehr verloren hatten. Der Älteste hatte die Zärtlichkeit verloren, war brutal geworden und grausam. Der Zweite war krank an Leib und Seele. Er starrte nur vor sich hin und konnte sich nicht mehr freuen. War es richtig gewesen, die Söhne zurückzufordern? Sieben Jahre lang quälten sich alle. Und sehnten sich doch nach Glück.

»Ich will es suchen«, sagte die Mutter. Und wieder ging sie lange Wege und kam in ein Land, wo es nirgends Spuren von Krieg und Verwüstung gab.

Dort sah sie ein Haus, und vor dem Haus saß ein Mensch. Der sah ihr müdes Gesicht und sagte: »Setz dich zu mir.«

Er wartete lange, bis sie sprechen konnte. Er hörte ihr zu, strich über ihr Haar und sagte:

»Geh nach Hause. Schicke mir deine Söhne. Sie sollen Waffen mitbringen, als zögen sie in den Krieg.«

Die Mutter dankte und ging heim. Zu Hause angekommen teilte sie den Söhnen mit, was der Fremde geraten hatte.

»Wir wollen kein Feldgrau mehr tragen«, sagte der Älteste.

»Wir nehmen keine Waffe mehr in die Hand«, sagte der zweite.

Der Jüngste redete ihnen lange zu, und als der Abend kam, gingen die Brüder fort.

Sie fanden den seltsamen Menschen in dem unzerstörten Land.

»Habt ihr mitgebracht, um was ich eure Mutter bat?« Die Brüder nickten. Der Älteste trat näher und gab dem Alten einen Beutel, der mit Bleikugeln gefüllt war. Der wog ihn in seiner Hand und sagte: »Kugeln bringen den Tod.« Mit den Händen machte er ein Loch in die Erde und legte den Beutel hinein. Als er ihn mit Erde bedeckte, geschah etwas Wundersames. Vor ihren Augen wuchs aus dem Boden ein langer Halm. Und an dem Halm war eine schwere Ähre. Der Mann hielt seine Hand darunter und schüttelte viele viele Körner heraus. Die gab er dem Ältesten mit den Worten: »Es haben viele gehungert im Krieg. Säe und ernte und backe Brot für alle Hungrigen.«

Der zweite gab ihm den Stahlhelm, den er wie eine Schale entgegennahm.

»Wir wollen ihn begraben.« Der kranke Bruder half ihm dabei. Da geschah zum zweitenmal etwas Wundersames: Ein Rebstock wuchs aus dem Boden, und der trug eine schwere Traube.

»Viele litten Durst. Pflanze einen Rebstock an den Berg und sorge, daß alle zu trinken haben.« Dann schnitt er die Traube ab und gab sie dem zweiten Bruder.

Nun war der Jüngste an der Reihe und er gab dem wartenden Menschen sein Schwert. »Wer das Schwert geführt hat, sah Blut fließen«, sagte er und grub wieder ein Loch und bedeckte das Schwert mit Erde. Da wuchs eine Tanne auf, hoch und schlank, und sie trug einen braunen Zapfen. Der Alte brach ihn ab und legte ihn dem dritten Bruder in die Hand. »Eure Wälder sind verwüstet worden. Die Bäume liegen am Boden. Richte sie auf, pflanze neue, damit wir alle atmen können.«

Die Sonne ging auf. Der Himmel glühte. Die Brüder blickten auf, doch als sie dem merkwürdigen Menschen danken wollten, waren er und sein Haus verschwunden. Da machten sie sich verwundert auf den Heimweg, und das erste Mal nach langer Zeit konnten sie miteinander sprechen. Und wenn sie nicht gestorben sind, dann sprechen die Brüder noch heute miteinander und mit der Mutter und mit den Samenkörnern, mit den Trauben und mit allen Bäumen. Sibylle Mews

Das Gericht

Deutsche und Polen leben friedlich zusammen in der kleinen Stadt in Mittelpolen. Doch im Winter 1945 erschlägt der fünfzehnjährige Miron einen Deutschen. Bei der sofort stattfindenden Gerichtsverhandlung fällt der russische Major ein ungewöhnliches Urteil.
Vorlesezeit ca. 19 Min.

Diese Geschichte hat sich in Mittelpolen zugetragen. Ein Augenzeuge, der mich unlängst besuchte, hat sie mir berichtet.

Es war in den letzten Januartagen des Jahres 1945, als die ersten russischen Panzer, von Zgierz kommend, in das kleine, nahe der Gouvernementsgrenze gelegene Landstädtchen rollten. Ihnen folgten in mehreren Schüben breit auseinandergezogene Ketten Infanterie, die den von den Deutschen fluchtartig verlassenen Landstrich systematisch durchkämmten. Dabei stieß ein Trupp von zwanzig Rotarmisten in einem entlegenen Wäldchen auf zwei Dutzend Planwagen, in deren zusammengeschobenem Kreis 24 deutsche Familien, denen der Fluchtweg abgeschnitten worden war, mit angstvollem Herzen der Dinge harrten, die da auf sie zukamen. Es war ihr Glück, daß sich unter der Gruppe ein Politkommissar befand, der durch einen entsprechenden Befehl jede Plünderung und Vergewaltigung untersagte. Der Kommissar brachte die Flüchtlinge mitsamt ihrer Habe, unter Begleitung von vier seiner Soldaten, in das Städtchen zurück.

Auf der im Schulgebäude eingerichteten russischen Kommandantur wurden sie ihres Eigentums bis auf wenige kümmerliche Reste entledigt und für die Nacht in den Feuerwehrsaal der Gemeinde eingewiesen. Nachdem man anderntags alle arbeitsfähigen Männer zu angeblichen Aufräumungsarbeiten abtransportiert hatte, brachte man die Frauen, Kinder und Greise in die drei Kilometer vor der Stadt gelegene Zukkerfabrik, nach Wola Dombrova.

Die im Obergeschoß der schon seit Jahren stillgelegten Zuckerfabrik befindlichen Zimmer hatten zu früherer Zeit Verwaltungszwecken gedient. Kümmerliche Räume ohne Öfen, ohne Kochgelegenheit, ohne Licht. Ein ölgeschwärzter, ausgetretener Holzfußboden und vier kahle Wände von undefinierbarer Farbe – das war alles. Ein Brunnen befand sich auf dem Hof, ebenso eine Abortgrube mit windschiefem Holzhäuschen darüber. Glücklich, wer eine Decke oder einen warmen Mantel gerettet hatte. Und glücklich, wer seine ehemaligen polnischen Arbeitskräfte oder Kollegen gut behandelt hatte, der brauchte sich um einen Ofen oder um fachkundige Hilfe beim Bau eines solchen nicht zu sorgen. Zudem schleppten ihnen die Getreuen heimlich im Schutze der Nacht allerlei brauchbare Dinge aus ihren verlassenen Wohnungen zu. Nicht das Beste – das behielten sie selbst –, aber was hat das schon zu sagen. Wer gezwungen ist, bei minus 30 Grad Außentemperatur im ungeheizten Raum zu leben, ist dankbar für jeden Würfel Torf, für eine Feuerstelle, einen Topf, eine ausgefranste Decke oder ein paar trockene Säcke. Denn es gab nichts, was das Leben hätte erleichtern können. Lediglich Ratten gab es im Überfluß – schlaue Tiere, die des Nachts faustgroße Löcher in den morschen Fußboden nagten und die sich weder durch kochendes Wasser noch durch andere Listen vertreiben ließen.

Unter den in der Zuckerfabrik Einquartierten befand sich der Volksdeutsche Heinrich Keller, ein verwachsenes fünfzigjähriges Männchen, mit seiner Frau und seinen drei Mädchen;

brave, noch unmündige Kinder, die, ebenso wie ihre Eltern, in ihrem Leben keinem Menschen absichtlich ein Leid zugefügt hatten. Da die Mutter kränkelte und die Mädchen sich nicht aus ihren vier Wänden herauswagten – der Krieg war ja noch nicht zu Ende und alles ging drunter und drüber –, verdingte sich der Vater bei einem polnischen Bauern und erarbeitete, so gut er es vermochte, für sich und die Seinen die tägliche Schüssel Suppe und den Kanten Brot.

Eines Abends, etwa vier Wochen nach dem Einzug in die Fabrik, lauerte dem von der Arbeit heimkehrenden Heinrich Keller in der Nähe der inzwischen nach Wola Dombrova verzogenen Kommandantur ein fünfzehnjähriger Bursche auf, der den Ahnungslosen lautlos von hinten ansprang, ihn zu Boden warf und ihm mit einer Axt den Schädel spaltete. Auf Kellers angstvollen Schrei stürzte die polnische Dorfbevölkerung aus ihren Hütten. Allein die grauenvolle Tat konnten sie nicht mehr verhindern. Dazu war es zu spät. Sie konnten nur einmütig bezeugen, daß sie den Mörder gesehen und erkannt hatten. Es war Miron, Jazeks einziges Kind.

Zwei Männer brachten die Leiche in die Kommandantur. Und während die in Aufruhr geratene Bevölkerung sich laut klagend in den engen Hof drängte, trafen, gestützt von den deutschen Einwohnern der Zuckerfabrik, die Angehörigen des Toten ein. Die Mädchen knieten schluchzend neben dem Vater nieder und streichelten und küßten die kalten Hände, während die Mutter mit bleichem, erstarrtem Angesicht ein Vaterunser betete. Die polnischen Frauen, die sich bis zu den Unglücklichen vorgeschoben hatten, stimmten in eintönigem Singsang die Totenklage an. Der Kommandant, ein aus Weißrußland stammender Major, der die polnische Sprache fehlerfrei beherrschte, schickte die Dorfbevölkerung nach Hause mit dem Befehl, nach Verlauf einer Stunde mitsamt dem Jazek und seiner Frau zurückzukehren, damit er Gericht halten könne. Den Toten ließ er auf einer Schütte Stroh in einem leeren Zimmer niederlegen. Alsdann brachte er die Witwe und die drei Mädchen in die Küche, wo er ihnen Tee gab und tröstend auf sie einredete. »Der Krieg ist an allem schuld«, sagte er. »Aus dem Krieg kommt alles Unrecht. Ihr habt ihn nicht gewollt, und ich habe ihn nicht gewollt. Wir wollten alle nur in Frieden leben. Aber es gibt keinen Frieden in dieser Welt. – Sorgt euch nicht, liebe Leute, sorgt euch nicht. Ich werde euch helfen, so gut ich kann.«

Wie, das wußte er freilich in diesem Augenblick noch nicht.

Nach Verlauf einer Stunde kehrte die Dorfbevölkerung zurück, in ihrer Mitte die gramgebeugten, weinenden Jazeks. Das Gericht war bereits versammelt. Am oberen Ende des geräumigen Amtszimmers saßen hinter einem Tisch der russische Kommandant, sein Stellvertreter – ein Oberleutnant jüdischer Abstammung –, der polnische Woid und der Geistliche der Gemeinde, den man hierher gebracht hatte als Zeuge, daß kein ungerechtes Urteil gefällt werde. Die Bevölkerung drängte sich Kopf an Kopf in die niedrige Stube. In einer Ecke kauerten, leise vor sich hinweinend, die Hinterbliebenen. Der Major erhob sich. Das Gemurmel verstummte. »Die Jazeks mögen hervortreten«, sagte er mit ruhiger Stimme. Und zu der Jazeka gewandt, die mit im Umschlagtuch verstecktem Gesicht vor ihm stand: »Fürchte nichts, Frau! Es ist Strafe für dich, mehr als du ertragen kannst, einen Mörder geboren zu haben. Dein Sohn freilich wird sterben müssen, sobald wir ihn erwischen. Es ist besser für dich, einen toten Sohn zu haben, der nur einen Menschen auf dem Gewissen hat, als einen zehnfachen Mörder am Leben zu wissen. Wer einmal mit Vorbedacht tötet, schreckt vor nichts mehr zurück.«

»Und du, Mann, hast du um das Vorhaben deines Sohnes gewußt?«

»Nein, Pan Kommissar!« sagte Jazek mit niedergeschlagenen Augen und zuckenden Lippen, »ich habe nichts gewußt. Ich begreife es nicht. O mein Gott, stehe uns allen bei!« Tränen rollten über das bärtige Gesicht hinab in die schwarzgefärbte Lammfellmütze, die er mit beiden Händen in Brusthöhe an sich gepreßt hielt, so fest, als könne diese Gebärde seiner verstörten Seele den verlorenen Halt wiedergeben.

»Hat dir und deiner Familie der Tote, als er noch unter den Lebenden weilte, irgend etwas zuleide getan?« begann der Major das Verhör fortzusetzen. »Hat er dich bestohlen, betrogen, beleidigt, dein Kind geschlagen?«

»Nichts von alledem hat er getan«, murmelte Jazek, »nichts!«

»Nun, so denke darüber nach. Erinnere dich.«

Jazeks Augen flogen mit dem gehetzten Blick eines geschlagenen Hundes über die in dumpfer Ergebenheit gesenkten Köpfe. Dann sagte er leise mit stockender, kaum vernehmbarer Stimme: »Es ist, Pan Kommissar, was ich sage, ohne Bedeutung für die Tat meines Kindes. Es ebenso sinnlos wie alles, was in den vergangenen Jahren geschehen ist. Das Böse ist übermächtig geworden in der Welt. Die Nacht war zu dunkel und nirgends ein Licht – nur Mord, Angst und Grauen. Der Samen des Bösen, den die Menschen in den vergangenen Jahren ausgestreut haben, ist in der Seele meines Kindes aufgegangen und hat sie vergiftet. Gott sei seiner Seele gnädig.«

»Du wolltest etwas aussagen«, drängte der Major. »Sprich ohne Umschweife!«

»Nun denn«, entgegnete Jazek ergeben, »der Keller hatte außer den drei Mädchen noch einen Sohn. Der war in der SS. Der Alte wollte ihn nicht gehen lassen, er war ein frommer Mensch – und der Junge erst siebzehn. Der Junge wollte es auch nicht. Aber sie kamen und nahmen ihn mit fort. Er weinte, und mit seinen Eltern weinte das ganze Dorf. Wir sind alle hier geboren – auch der Keller. Und obwohl er Deutscher ist, war zwischen uns bis zum Beginn des Krieges kein Unterschied. Auch später nicht. Für die Aussiedlung und alles, was man uns angetan hat, war er nicht verantwortlich. Er hat geholfen, wo er helfen konnte. Das war nicht immer leicht. Wir alle wissen, was die SS getan hat – die Zeit reichte nicht aus, alle Grausamkeiten aufzuzählen. Aber dafür kann der Junge nichts. Sie hatten ihn gegen seinen Willen in ihre Uniformen gesteckt. Er ist unschuldig.«

»Der Ankläger als Verteidiger!« rief der Major kopfschüttelnd. »Welch seltsames Gericht! Wo liegt die Schuld – und wer ist schuldig? Wie dem auch sei, die Schuldigen entziehen sich unserem Gericht. Sie werden ihr Urteil zu ihrer Zeit empfangen. Geht jetzt hinaus, Leute, wir wollen uns beraten!«

Schweigend standen die Menschen draußen im Hof. Der Schnee glitzerte im kalten Schein des Mondes. Die Frauen wickelten sich fester in ihre Tücher und die Männer zogen die Lammfellmützen über die Ohren.

Nach einer halben Stunde rief man sie wieder herein. »Einwohner von Dombrova«, begann der Major feierlich, indem er sich erhob, »das Gericht hat beschlossen, den Mörder zu erschießen, sobald es seiner habhaft wird. Darüber hinaus soll dem Dorf eine Sühne auferlegt werden. Der Täter ist fünfzehn Jahre. Irgend etwas in ihm war nicht in Ordnung. Ihr wohnt Hütte bei Hütte eng miteinander. Euch alle trifft die Schuld der Nachlässigkeit. Der Mensch wird nicht in die Welt gesetzt, daß er sein eigenes Ich anbete, sondern in Gemeinschaft mit seinem Nächsten lebe und sich um ihn kümmere. Der Mörder war euer Nächster. Man kann nicht mit blinden Augen nebeneinanderher leben, wenn man in der Lage ist, zu sehen. So hört nun euer Urteil: Du, Priester, wirst für ein anständiges Begräbnis sorgen, die Gemeinde für einen Sarg und die kostenlose Ausschaufelung des Grabes. Sie ist darüber hinaus verpflichtet, von diesem Augenblick bis zur Beendigung des Winters die Hinterbliebenen mit Nahrungsmitteln und Brennstoff zu versorgen. Im Mai beginnt die Arbeit auf den Feldern, bis dahin werden sie in der Lage sein, ihren Unterhalt selbst zu verdienen. – Du, Jazeka, wirst der Witwe eine Schwester sein. Ihr tragt beide eine schwere Last. Zu zweit werdet ihr sie leichter tragen. Und du, Jazek, hast für deinen verlorenen Sohn drei Töchter bekommen. Du wirst dich um sie kümmern und darüber deinen eigenen Schmerz vergessen.« Er schwieg und ließ seinen Blick über die Gesichter der Leute gleiten, die ihn mit offenen Mündern in törichter Verwunderung anstarrten. Er lächelte und fügte mit ernstem Blick hinzu: »Was dünkt euch, Leute, das höchste Glück auf dieser Erde? Ich will es euch sagen: es ist der Friede. Ihr habt unser Urteil vernommen. Ich gebe zu, ein außergewöhnliches Urteil. Nun ja, gewiß, es ist Krieg, aber irgendwo muß der Friede schließlich beginnen. Möge also jeder bei sich selbst damit anfangen. Und nun geht nach Hause, es ist Schlafenszeit.«

Die Bevölkerung drängte hinaus und zerstreute sich in die einzelnen Hütten. Die Jazeks nahmen die Witwe und die drei Töchter bei der Hand und führten sie in ihre neue Heimat.

Als die übrigen Herren des Gerichts sich verabschiedet hatten, trat der Major ans Fenster und blickte auf das tote Land hinaus. Ihm war, als flösse ein unsichtbarer Lichtstrom mitten durch sein Herz, und er fühlte sich eins werden mit dem Himmel über und mit der Erde unter sich. Er verwunderte sich darüber, denn er hatte noch nie etwas Derartiges erlebt. Und plötzlich wußte er mit untrüglicher Gewißheit, daß das Reich Gottes nahe bei ihm gewesen war. Er schloß für einen Augenblick die Augen und öffnete sie wieder. Es wurde ihm bewußt, daß er an einem Kreuzweg stand. Der Lichtstrom in seinem Herzen zerrann zwischen zwei Atemzügen. Aber er hatte genügt, den Weg, der nun vor ihm lag, zu erhellen. Er lächelte, denn er wußte, daß er ihn gehen würde – als Bote seines neuen Herrn, als Sendbote des Friedens.

Renate Sprung

Janeks Faterland

Die Klassenkameraden machen Janek Schneider das Leben zur Hölle. Er ist Deutscher und kommt aus Polen. Das geht bis zu dem Tag, an dem ihnen der Lehrer den Aufsatz von Janek vorliest.
Vorlesezeit ca. 16 Min.

Es ist ein regnerischer Sonntag. Ich sitze mit meinem Freund, dem Oberlehrer Wibbel, bei unserem traditionellen Frühschoppen in einer schummrigen Ecke des »Silbernen Löwen« und höre seinen philosophischen Betrachtungen zu.

»Im Menschen liegt eine furchtbare Grausamkeit«, zitiert er gerade Jean Paul, »und so wie das Mitleiden bis zum Schmerze, so kann das Leiden-Machen bis zur Süßigkeit anwachsen. Das gilt bereits für die Kinder.«

Das weiß er als alter Lehrer nur zu gut. »Ein schwerer Beruf!« wiederholt er und nimmt einen tiefen Zug aus seinem Glas. »An sich halb so schlimm, den Jungen die Logarithmen beizubringen. Mit etwas Geduld kann man dem Dümmsten Grammatik eintrichtern. Selbst die Irrwege eines Protons in einem Atomreaktor könnte man denen mit etwas Phantasie klarmachen. Nur eines ist schwer, nur eines nahezu unmöglich, nämlich den Jungen die Formel der Nächstenliebe beizubringen. Aber hier gibt es eben keine Formel und keine Tabellen, und weder Lehrbücher noch Predigten sind etwas nütze. So etwas muß aus sich selbst, aus dem Inneren kommen. Sehen Sie, da hatten wir mal einen Fall . . . «

Und so erfuhr ich die Geschichte des kleinen Polen, der sich ein Vaterland wünschte.

Joachim Schneider hieß er, doch gerufen wurde er Janek. Ein schmächtiger, dreizehnjähriger Junge mit blassem Gesicht und traurigen, wasserblauen Augen. Er wirkte nicht älter als zehn.

Als Janek zum ersten Male die Klasse betrat, rief bereits sein Aussehen bei den Mitschülern ein Gemisch von Schadenfreude und Neugierde hervor. Angezogen war er aber auch erbärmlich: Zu einer engen karierten Joppe trug er viel zu breite grünliche Hosen, dazu ein bonbonrosa Hemd, und unter dem Arm hielt er ein Monstrum aus knallrotem Plastik, das ihm als Schulmappe diente.

Den Kopf ängstlich zwischen die Schultern gezogen, schlich er zum Katheder, zögernd, als müßte er auf glühendes Eisen treten. Auf die Frage, wie er heiße, errötete der Junge, schlug die Augen nieder, duckte sich wie vor einem Schlag und murmelte etwas Unverständliches.

»Kannst du nicht lauter sprechen?« fragte ihn Oberlehrer Wibbel sanft. Doch, das konnte er. Er nahm seinen ganzen Mut zusammen und rief voller Verzweiflung mit einem greulich harten slawischen Akzent »Janek Znaidärrr!«

»Ha-ha!« grölte die Klasse entzückt. »Ein Polacke!«

»Ruhe!« befahl der Lehrer, ohne die geringste Hoffnung auf Erfolg.

»Und woher kommst du, mein Junge?«

»Aus Czipczirskowo bei Wroclaw«, ertönte es wie ein Hauch.

Der Ortsname, besonders aber die polnische Bezeichnung für Breslau hatte die Wirkung einer Zündkapsel, welche die Buhrufe aus vierzig Jungenkehlen explodieren ließ.

»Aber ich bitte euch«, versuchte Wibbel vergeblich den Krach zu meistern. »Ruhe, zum Kuckuck nochmal!« Empört sprang er auf und riß sich die Brille ab. Ohne Brille hatte der alte, kurzsichtige Lehrer nicht soviel Angst vor seiner jungen Meute: »Ihr solltet euch wirklich schämen!«

»Wir wollen keine Wasserpolacken bei uns!« brüllten die Burschen.

Der Schorsch Wanninger lauter als die anderen natürlich.

»Wir kriegen bloß Läuse von ihm!« quiekte der dicke Huber.

»Schau, daß d'wieder in deine Polackei z'ruck kommst!« tobte der Chor.

Regungslos, die Augen voller Tränen, stand Janek. Seine bläulichen Lippen zitterten.

Niemand weiß, welches Ausmaß der Aufruhr genommen hätte, wäre nicht der Direktor erschienen. Mit dem war nämlich nicht gut Kirschen essen. Und das wußten die Jungs.

»Du, du und du«, donnerte er los, »jawohl, Wanninger, Huber und Hiss, zwei Stunden nachsitzen und dann ins Direktorzimmer! Und du, mein Lieber«, er drohte dem Janek mit dem Finger, »versuch mir ja nicht, dich mausig zu machen, gell? Hinsetzen! Und daß ich in meinem Zimmer keinen Mucks mehr höre, gell?« Der Herr Direktor bedachte den Lehrer mit einem vernichtenden Blick und schmetterte die Tür hinter sich zu.

Herr Wibbel räusperte sich schuldbewußt, setzte seine Brille wieder auf und wies Janek einen leeren Platz.

»Setz dich dahin«, sagte er mit schwankender Stimme, bemerkte aber nicht, wie dort im gleichen Moment eine Handvoll Reißnägel verteilt wurde. Gleich darauf kam ein schwaches Stöhnen daher, und der Oberlehrer sah die knallrote Plastiktasche, von einem wohlgezielten Fußtritt getroffen, gleich einer fliegenden Untertasse durch das Klassenzimmer segeln.

Mein Freund unterbrach seine Erzählung und blickte mir eindringlich in die Augen.

»Sie sind ein erwachsener Mensch. Versuchen Sie wenigstens, mich recht zu verstehen«, fuhr er mit einem bittenden Lächeln fort. »Ich habe viel darüber nachgedacht, aber meinen Jungen kann ich wirklich nicht alle Schuld zuschieben. Die sind, wie sie eben sind. Und man kann nicht mit einem Schlag alle Vorurteile beseitigen, die systematisch oder unüberlegt in ihre jungen Köpfe gesät worden sind. Solange zwischen den Menschen willkürlich Grenzen, Mauern und Stacheldraht errichtet werden, solange Haß und Zwiespalt herrschen, solange Menschen auf andere Menschen schießen, nur weil diese anders denken oder eine andere Hautfarbe haben, so lange wird man unsere Jungen unmöglich dazu bringen, daß sie einen Fremden, der sich durch Sprache oder gar durch seine Kleidung von ihnen unterscheidet, bedingungslos und vom ersten Blick an achten.

Doch zurück zu dem Janek. Wissen Sie, der Kleine tat mir leid. Doch was ist Mitleid, wenn man nicht sofort und wirksam helfen kann! Hätte ich den Unglückswurm in Schutz genommen, hätte ich ihm damit den allerschlimmsten Dienst erwiesen. Sehen Sie, als ich erfuhr, daß das Bürschchen aus Breslau kam, hat es mich irgendwie seltsam berührt. Wissen Sie, ich bin nie ein besonders tapferer Soldat gewesen, doch ausgerechnet im Frühjahr Fünfundvierzig habe ich bei Breslau den Helden gespielt und dabei dort mein Bein gelassen.«

Mit seinem Stock klopfte mein Freund unter dem Tisch leicht an seine Prothese und seufzte. »Einen Kameraden wollte ich retten. Ich habe es nicht geschafft. Der Kamerad ist trotzdem gestorben, und ich habe das EK 2 erhalten. Sie werden es vielleicht absonderlich finden, aber irgendwie bin ich stolz auf mein Eisernes. Komisch, bei einem überzeugten Pazifisten wie mich, finden Sie nicht? Doch lassen wir das, im Grunde hat dies ja mit der Sache nicht das geringste zu tun. Also, wo waren wir stehengeblieben?«

»Sie bedauerten, dem Janek nicht helfen zu können, während Ihre Rasselbande ihm das Leben zur Hölle machte.«

Der Oberlehrer nickte. »Ja, das ist genau der richtige Ausdruck – zur Hölle! Einmal war Janeks Platz mit Uhu beschmiert, und der Ärmste konnte nur auf Kosten seiner armseligen Hose den Po von der Bank losreißen. Mal war ein Frosch in seiner berühmten roten Mappe drin. Es kam eben dauernd etwas vor, und nicht selten mußte der Kleine mit einem oder sogar zwei blauen Augen herumlaufen. Na, Sie wissen schon! Ja, das alles hat ziemlich lange gedauert. Es wurde womöglich immer schlimmer, genau bis zu dem Tage, da ich der Klasse als Aufsatzthema ›Mein Vaterland‹ aufgab.«

Mein Freund schwieg einen Augenblick und über sein zerfurchtes Gesicht huschte ein Schatten. »Vaterland«, wiederholte er. »Also wie gesagt, abends korrigierte ich die Hefte, und als ich Janeks Heft aufschlug, mußte ich erst einmal den Kopf schütteln. Der Unglücksrabe hatte das Wort natürlich mit ›F‹ geschrieben. Doch dann las ich weiter, dabei vergaß ich, auf jegliche Rechtschreibung zu achten. Und so habe ich seinen Aufsatz dann unkorrigiert meiner Klasse am nächsten Tag vorgelesen.

›Ich weiß nicht, was Faterland ist‹, begann der Aufsatz, ›aber geboren bin ich wirklich in Czipczirskowo, und wie es richtig auf deutsch heißt, weiß ich auch nicht. Dort mußte ich zur Schule. Das war sehr schlimm, weil, ich konnte nicht richtig polnisch sprechen und Joachim Schneider hieß. Sie sagten Sauerkohlfresser zu mir, wobei ich aber Sauerkraut gar nicht gerne esse. Die Kinder haben mich oft und schlimm verprügelt, weil sie behaupteten, daß alle Deutschen schlechte Menschen sind. Ich wußte nicht, ob das wahr ist. Aber mein Vater ist kein schlechter Mensch, obwohl er drei Jahre im Gefängnis saß, weil er bei einer Versammlung etwas nicht Richtiges gesagt hat. Meine Mutter war auch keine schlechte Frau, obwohl sie auch eine Deutsche war. Das sagten sogar unsere Nachbarn, die von Geburt echte Polen waren. Meine Mutter hat mir über Deutschland viel Schönes erzählt und hat mich immer getröstet, daß, wenn wir erst nach Deutschland kommen, werde ich ein richtiges Faterland haben und alle Leute werden nett zu mir sein. Aber sie hat sich geirrt. Und es ist gut, daß sie mit diesem Irrtum ist in Polen gestorben. Weil ich nämlich auch hier in Deutschland kein Faterland gefunden habe. Darum habe ich mich entschlossen, wenn ich groß bin, als Schiffsjunge auf ein großes Segelschiff zu gehen und weit, weit wegzufahren und mir ein Faterland zu suchen, das mich haben will.‹«

Die Stimme des alten Lehrers verstummte.

Gespannt blickte ich ihn an. »Und?«

»Und – Sie werden es kaum für möglich halten, aber als ich Janeks Aufsatz vorlas, wurden meine Jungen immer stiller.

Zuletzt saßen sie ziemlich verdattert da, mucksmäuschenstill. Und dann geschah etwas, das ich selbst nie für möglich gehalten hätte.

Der Wanninger, den ich eigentlich immer für einen unverbesserlichen Rowdy gehalten hatte, also der Schorsch Wanninger stand plötzlich von seinem Platz auf und trat zu dem kleinen Janek.

›Nix für ungut halt!‹ sagte er spontan und ergriff Janeks Hand. ›Verzeih uns, wenn du kannst!‹«

Der alte Oberlehrer schwieg und lächelte versonnen in sich hinein. »Welch schönes, welch ein wunderbares Wort – verzeih!« murmelte er.

Draußen regnete es immer noch. Wir aber hoben unsere Gläser und tranken auf das wunderbare Wort »Verzeih«.

Maximilien de Santerre

Die Wand

»Juda verrecke« steht eines Morgens an der Hauswand. Ruth Goldstein heftet sich den gelben Stern an, den die früher einmal tragen mußte, und stellt sich neben die Worte an die Wand. Jetzt begreifen die Vorübergehenden das Ungeheuerliche, versammeln sich schweigend vor ihr, bis einer die haßvollen Worte auslöscht, ihre Hand nimmt und sie nach Hause führt.
Vorlesezeit ca. 15 Min.

Der Morgen war hell und strahlend. Er versprach der erwachenden Stadt einen sonnigen Sommertag. Das Leben begann wie an jedem anderen Morgen.

Als Ruth Goldstein aus der Haustür trat, um zur Arbeit zu gehen, gab es kein Zeichen dafür, daß ihr Leben heute anders verlaufen würde als in dem seit Jahren gewohnten Gang.

Lächelnd nickte sie ein paar Schulkindern zu, die ihr allmorgendlich an der gleichen Ecke begegneten, überquerte die Straße und hatte kaum noch hundert Meter bis zu ihrem Büro in der Mitte der Stadt zu gehen. Sie war guter Stimmung und summte leise eine kleine Melodie vor sich hin.

Am Marktplatz, der noch letzte Spuren des Krieges zeigte, stand das Haus eines Bäckermeisters. Die Schaufensterfront war einer Nebenstraße, eine glatte, frisch verputzte Giebelwand dem Marktplatz zugekehrt. Die Morgensonne ließ den grauen Putz weiß scheinen, und von seiner Fläche hob sich eine Inschrift ab, die gestern abend noch nicht dort gestanden hatte. In halbmeterhohen, ungelenken Lettern stand da »Juda verrecke!« Die Buchstaben waren grell rot. Die Farbe war ausgelaufen, so daß es aussah, als sei Blut in winzigen Bächen die Wand hinabgeronnen.

Ruth Goldstein erschrak, als sie die Worte sah. Erschrak so sehr, daß ihr Gesicht die Farbe verlor, ihre Hände sich vor der Brust verkrampften und ihre Augen voller Entsetzen waren.

Sie blieb stehen, starrte auf die Schrift. Es wäre ihr unmöglich gewesen, einen Schritt weiter zu gehen. Und sie sah die zwei furchtbaren Worte nicht nur, sie hörte sie auch. Hörte sie ganz deutlich, als würden sie von einem haßerfüllten Sprechchor geschrien, wie damals, vor etwas mehr als zwanzig Jahren, als sie, ein achtjähriges Mädchen noch, sich angstvoll an den Vater schmiegte, der durch einen Gardinenspalt auf die Straße hinabblickte, wo eine Horde von Männern zornig die Fäuste schüttelte und immer wieder höhnisch und drohend die gleichen Worte geiferte: »Juda verrecke!«

Die junge Frau erwachte aus ihrer Erstarrung. Sie sah die Vorübergehenden mit großen, hilfesuchenden Augen an, suchte nach einem Zeichen ähnlichen Erschreckens. Doch die dort vorüberhasteten, achteten nicht auf die Schrift oder maßen ihr keine Bedeutung bei.

»Es muß doch etwas geschehen«, dachte sie und ging entschlossen zur Ladentür.

»Sie wünschen?« fragte dienstbeflissen die Bäckersfrau.
»Haben Sie die Inschrift an Ihrer Giebelwand schon gesehen?«
»Inschrift? Da ist doch gar keine.«
»Doch, da ist eine. Ganz frisch.«
»Da muß ich doch gleich einmal ...«
Die Frau eilte hinaus. Als Ruth ihr nachging, sah sie, wie die Frau vorsichtig mit dem Finger die frische Farbe prüfte.
»Denken Sie nur, Fräulein, ausgerechnet Ölfarbe haben sie genommen. Als ob Wasserfarbe es nicht auch getan hätte! Und dabei haben wir die Wand erst ganz frisch verputzen lassen. Es ist unerhört.«
Die Frau war entrüstet. Aber nicht das, was geschrieben stand, nur daß etwas an die Wand geschmiert worden war, erboste sie. Dann betraten neue Kunden den Laden, und die Bäckersfrau mußte zurück in ihr Haus.
»Es ist unmöglich«, dachte Ruth Goldstein. »Wenn so etwas in unserer Stadt geschieht, dann kann das Leben doch nicht einfach weitergehen! Es mußte doch ein Aufruhr sein, eine große, gewaltige Unruhe.«
Aber die Menschen gingen zur Arbeit in Fabriken, Läden und Büros. Frauen kauften Brötchen und Milch, Morgenzeitungen wurden nach den Totoergebnissen durchforscht. Nirgends war die Unruhe der Empörung, überall nur die Hast des beginnenden Arbeitstages. Vielleicht mußte man die Menschen nur aufmerksam machen?
Ruth hielt einen vorübergehenden, ihr unbekannten Mann am Ärmel fest.
»Sehen Sie, dort!« sagte sie und wies auf die Wand.
Der Mann blickte flüchtig hinüber. »Blödsinn«, sagte er. »Wem das wohl Spaß machen kann? Na, unsere Sache ist das nicht, Fräulein. Darum sollen sich andere kümmern.« Er nickte zerstreut und setzte seinen Weg fort.
Andere?
Andere kümmerten sich nicht, wußte Ruth. Wer hatte sich

damals darum gekümmert, vor achtzehn Jahren, in Auschwitz? Sie war, elfjährig, zwischen Vater und Mutter den Mittelweg des Lagers entlanggegangen, von beiden fürsorglich an den Händen gehalten, als wäre es den Eltern noch möglich, ihr Kind zu hüten. Und dann stand am Ende des Weges ein Mann in schwarzer Uniform. Er trennte die Familie, und das kostete ihn nur eine Handbewegung. Der Vater mußte nach rechts, die Mutter und die Tochter wurden nach links gewiesen. Ruth sah sich noch einmal nach ihrem Vater um, und auch er wandte sich zurück, hob die Hand mit einer Bewegung, die Abschied und Segen war. Er lächelte sogar. Das Lächeln sollte Ermutigung sein. Aber der Mann wußte, daß er nun niemals mehr Frau und Kind zulächeln würde. Wen hatte das gekümmert?

Und zwei Jahre später, in Ravensbrück, blieb auch die Mutter ohne Hoffnung auf ein Wiedersehen zurück. Wen hatte das gekümmert?

Aber dann, als Ruth Goldstein fünfzehn Jahre alt war, kümmerte man sich plötzlich um sie und die anderen, die in Bergen-Belsen übriggeblieben waren. Die Hölle, aus der sie kaum noch ein Entrinnen erträumten, gab sie frei.

Freunde und Bekannte hatten sie in der Folge oft gefragt, ob sie denn wirklich in Deutschland bleiben wolle. »Ich bin doch hier zu Hause«, hatte sie geantwortet. Eine andere Erklärung wußte sie nicht.

Das alles lag nun zurück. Es war nicht vergessen, denn es gibt Erleben, das man nicht vergessen kann. Aber es war verblaßt, fast unwirklich geworden. Doch jetzt, an diesem sonnenhellen Morgen, waren alles Grauen, alles Entsetzen, alle Furcht wieder da, geweckt von den grauenhaften Worten »Juda verrecke!«

Ruth Goldstein dachte nicht mehr daran, daß sie zur Arbeit gehen mußte. Sie stand und wartete, daß etwas geschähe. Irgend etwas...

Und dann verstand sie allmählich, daß nichts geschehen

würde. Kein Aufruhr, keine Unruhe würde die Schrift auslöschen. Waren denn die Menschen so kalt, so stumpf? Oder waren sie nur gedankenarm? Sahen sie hinter den drohenden Worten nicht die bedrohten, beschimpften, bespieenen Menschen?

Plötzlich, nachdem sie lange gestanden hatte, wußte Ruth Goldstein, was sie tun mußte. Sie ging den Weg zurück, den sie gekommen war. Und je näher sie ihrem Hause kam, desto eilender wurde ihr Schritt, als gelte es, keine Minute mehr ungenützt verstreichen zu lassen.

Sie hastete die Treppe hinauf. In ihrem Zimmer legte sie Nadel und Faden bereit, bevor sie aus einem Schubfach ein kleines Kästchen hervorholte. Es barg Erinnerungsstücke an wenige gute und viele schlechte Tage. Unter ihnen auch den gelben Stern mit der Inschrift »Jude«, den sie früher einmal an ihren Kleidern tragen mußte. Mit wenigen Stichen heftete sie ihn an einen schwarzen Pullover, streifte das Kleidungsstück über. Die dunkle Kleidung ließ sie blasser erscheinen. Einen kurzen, prüfenden Blick warf sie in den Spiegel, dann eilte sie wieder auf die Straße und zu jener Giebelwand.

Einen Augenblick zögerte sie noch. Eine Scheu vor den vielen fremden Blicken, die sie im voraus zu fühlen meinte, wollte in ihr aufkommen. Doch dann straffte sie sich und ging mit festen Schritten zur Wand hinüber. Sie stellte sich neben die Worte »Juda verrecke!«, ganz dicht an die Wand, die Arme leicht vom Körper abgestreckt, die Handflächen gegen den grauen Putz gedrückt. Die Sonne schien ihr ins Gesicht. Sie schloß die Augen.

Es war eine belebte Straße. Hunderte kamen vorbei. Aber jetzt gingen sie nicht mehr achtlos vorüber. Sie sahen die junge Frau mit dem gelben Stern. Die jungen Passanten blickten neugierig und ahnungslos. Sie wußten nicht zu deuten, was sie sahen. Aber wer alt genug war, sich des Vergangenen zu erinnern, der begriff, daß da etwas Ungeheuerliches geschehen war.

Ruth Goldstein sah die Vorübergehenden nicht. Die Sonnenwärme trieb ihr Schweißperlen auf die Stirn. Sie sah nicht das Kopfschütteln und nicht die mitleidvollen Blicke. Sie sah auch nicht, daß manche Männer mit ernsten Gesichtern die Mützen oder die Hüte zogen.

Sie stand lange, lange. Ihre Knie zitterten, aber sie dachte nicht daran, ihren selbstgewählten Posten zu verlassen. Sie wollte mahnen oder herausfordern, beschämen oder verlacht werden. Nur eines wollte sie nicht: stillschweigend zur Kenntnis genommen werden.

Die Mittagssonne sengte. Ruth öffnete die Augen, und sie sah. Sah viele Menschen, hundert wohl, die sich scheu und schweigend vor ihr versammelt hatten. Und sie sah, daß ein Mann sich aus der Menge löste. Er trug den Arbeitskittel eines Anstreichers. Er tauchte den Pinsel in den Farbtopf und begann, das Rot der haßvollen Worte zu übermalen. Ganz langsam und sorgfältig, Strich für Strich, bis nichts mehr davon zu lesen war.

Dann ergriff er wie selbstverständlich Ruths Hand. »Kommen Sie«, sagte er. Sonst nichts. Und sie ging an seiner Hand auf die Menschen zu, die ihr eine Gasse boten, und ließ sich an der Hand nach Hause führen.

Und die da stumm gestanden hatten, gingen neben ihr oder schlossen sich an. Noch immer stumm, aber nun in ihrem Schweigen beredt.

Und jetzt merkte Ruth Goldstein, daß sie weinte. Aus Not, aus noch nicht ganz bezwungener Furcht, aber wohl auch aus Erleichterung.

Und weil sie neben und hinter sich Menschen fühlte; Menschen wie sie selbst, die ihr Leben lieben und es leben wollen ohne Drohung und Furcht.

Hans Georg Noack

Die Akazie

Die beiden Gärtchen ähneln sich sehr, bis auf die junge Akazie, die am Zaun des einen steht und ihre Zweige in den Nachbargarten streckt. Der Nachbar sieht es mit scheelen Blicken, und dann bindet er doch das Bäumchen fest, als ein Gewittersturm es umzubrechen droht.
Vorlesezeit ca. 6 Min.

Obersekretär Schwarz hatte hinter seinem Hause ein Gärtchen mit etwas Gemüse, Sträuchern und Buschbäumen. Genau dasselbe galt für Obersekretär Weiß, den Nachbarn zur Rechten. Auch darin ähnelten sich beide Familien, daß sie mit viel Lust und Eifer ihre Blumen und Pflanzen hegten und pflegten.

Aber ein Unterschied war doch vorhanden. Herr Weiß hatte in einer Ecke seines Gartens eine Akazie. Weiß der Himmel, wie er ausgerechnet zu dieser Akazie gekommen war. Nun, wenn man Anfänger ist, dann steckt man in den Boden, was einem gerade in die Hand kommt und wachsen will; nur schnell, schnell etwas Grünes, damit die Wüste nach einem Garten aussieht.

Die ersten drei Jahre war die Akazie kaum zu sehen gewesen, nun aber ragte sie schon ganz stattlich über den Drahtzaun hinweg und fiel Herrn Schwarz ganz unangenehm in die Augen.

Was in aller Welt soll ein solcher Baum in einem Obst- und Gemüsegarten? Zudem stand er viel zu dicht an seiner Grenze, ganz gegen alle Vorschrift. Die Zweige hingen schon weit über den Zaun; das konnte ja heiter werden! Und gerade an dieser schönen, sonnigen Stelle wollte er sein Weinspalier errichten. Die gesamte Familie Schwarz sah das Bäumchen mit scheelen Blicken an. Die Akazie aber grünte und wuchs weiter zur Freude der Familie Weiß.

Dann aber kam ein Tag, da fegte ein Gewittersturm mit Windstärke neun über die Höhe. Die drei Sprößlinge der

Familie Schwarz standen am Fenster und schauten voller Spannung hinaus, wo der Wind das Bäumchen hart genug anfaßte.

Jetzt ein Jubelschrei aus drei Kehlen! Neugierig trat nun auch Vater Schwarz ans Fenster, und da sah er die Ursache des Freudenausbruchs: Die Akazie hatte sich von ihrem Pfahl gelöst und wurde ganz tief zur Erde gebogen. Jeden Augenblick konnte sie durch den wütenden Sturm umgebrochen werden.

Warum soll man es leugnen, daß Herr Obersekretär Schwarz einen kurzen Augenblick so etwas wie Genugtuung empfand, nur nicht ganz so heftig und unmittelbar wie seine Kinder? War das nicht ein günstiger Zufall, der die schwierige Frage einfach und glänzend löste?

Aber wie das hübsche Bäumchen sich bog und krümmte! Nicht zum Ansehen war's. Konnte man den Baum einfach umkommen lassen? Warum kümmerte sich Herr Weiß nicht selbst um seinen Garten? Richtig, die gesamte Familie war ja heute morgen ausgeflogen. Da, wieder ein besonders heftiger Windstoß! Ganz tief am Boden lag die Akazie.

Ja, und nun tat Herr Obersekretär Schwarz etwas, was seine Kinder einfach nicht verstehen konnten. Er lief zum Nachbargarten – die Tür war verschlossen –, kletterte mit erstaunlicher Behendigkeit über den niedrigen Zaun und band mit einem starken Strick das Bäumchen fest.

Ganz seltsam war ihm dabei zumute. Ausgerechnet er mußte in dem fremden Garten die verhaßte Akazie vor dem Umbrechen schützen. Seine Lage kam ihm so komisch vor, daß er lachen mußte. Dieses Lachen brachte er zurück in die Stube, und die ganze Familie Schwarz lachte mit. Nun schauten alle aus dem Fenster und freuten sich, daß der Sturm der Akazie nichts mehr anhaben konnte.

Am andern Tag bedankte sich Herr Weiß bei Herrn Schwarz für die freundliche, nachbarliche Hilfe, denn er hatte bald erfahren, wer sein Bäumchen angebunden hatte.

»Dieses Jahr wollen wir sie noch stehen lassen«, sagte er schließlich, »aber nächstes Jahr soll sie verschwinden, denn, nicht wahr, Herr Nachbar, so langsam wird sie Ihnen und auch mir lästig.«

Dann reichten sie sich über den Zaun die Hände.

Ernst Zacharias

Dies unnütze Leben

Es gibt keinen anderen Ausweg. Frau Germer muß in das Zimmer zu der streitsüchtigen Frau Schmidt gelegt werden. Das zweite Bett ist dort frei, schon seit zwei Monaten. Und das Wunder geschieht. Die Anwesenheit von Frau Germer macht Frau Schmidt glücklich und zufrieden.
Vorlesezeit ca. 14 Min.

Da saß die alte Frau in ihrem Sessel, die von der Arthritis verkrüppelten Finger krampften sich um die Armlehnen und die Tränen liefen ihr übers Gesicht.

»Warum mußte das geschehen! Hätte nicht ich für sie sterben können? Sie waren noch so voller Lebensmut und Pläne! Was ist daneben mein Leben? Sinnlos ist es! Nutzlos, völlig nutzlos! Ach, Frau Doktor! Weshalb muß ich so alt werden und meine Kinder überleben?«

Die Ärztin ließ sie reden. Reden erleichtert. Zuweilen warf sie ein kleines Wort ein, tröstend oder beruhigend gemeint, obgleich sie wußte, daß es wenig helfen konnte. Der Schock war zu groß gewesen.

Frau Germer war die einzige, die den schweren Autounfall überlebt hatte. Gütige Nachbarn hatten sie aufgenommen. Natürlich nur vorübergehend, denn sie lebten mit ihren drei Kindern schon eng genug.

»Sie wird wohl in ein Altersheim gehen müssen«, meinte die Nachbarin; in ihrer Stimme lag Bedauern.

»Ja«, bestätigte die Ärztin, »und zwar möglichst bald. Wenn sie sich erst hier eingewöhnt, fällt es ihr nachher doppelt schwer.«

»Arme Frau. Sie ist so bescheiden. Und sehr, sehr tapfer.«

Sie suchten nach einem freien Platz. Aber das erwies sich als ungemein mühsam. Alle Heime waren überfüllt und alle hatten lange Wartelisten von bereits angemeldeten Interessenten. Woche für Woche rief die Ärztin in all diesen Häusern an, und stets erhielt sie die gleichen Absagen.

Da wurde die Nachbarin krank, und nun mußte ganz schnell eine Lösung gefunden werden. Kurz entschlossen ging die Ärztin zum Direktor eines der Häuser. Der hörte sich die Sache an, sah auf seine Schreibtischplatte und dachte nach.

»Ich hätte da wohl ein Bett frei«, sagte er schließlich zögernd, »aber das hat einen Haken. Was sage ich, natürlich nicht das Bett selbst. Es ist in einem Zweibettzimmer wie alle auf der Pflegestation. Es ist seit mehr als zwei Monaten unbesetzt, und wir haben nicht den Mut, jemanden dort einzuweisen.« Er machte eine Pause, sah wieder auf seinen Schreibtisch und dann zur Ärztin mit fast rührender Hilflosigkeit.

»Es ist wegen der anderen Frau. Wir werden nicht fertig mit ihr. Geben wir ihr eine Nachbarin, führt sie sich spätestens nach drei Tagen auf wie toll, streitet, schreit, tobt und bringt uns die ganze Station durcheinander.«

»Kann man in solchen Fällen nicht Beruhigungsmittel geben oder –«

»Haben wir versucht, selbstverständlich! Unser Doktor hat ihr alles mögliche aufgeschrieben. Aber sie nimmt das nicht! Sie wirft die Tabletten auf den Boden, unters Bett, beschimpft uns als Giftmischer und dergleichen! Geben Sie einem Menschen einmal Medizin, wenn er sie nicht nehmen will!« Die Ärztin nickte verständnisvoll.

»Ja, das ist schwierig. Besonders bei alten Menschen, wenn die Arteriosklerose schon so fortgeschritten ist. Vielleicht sollte man sie in eine psychiatrische Klinik –«

»War sie schon. Nach drei Tagen hatten wir sie wieder! Sie ist ja nicht entmündigt, und so hat sie das Recht, den Aufenthalt in so einer Klinik zu verweigern.«

Wieder nickte die Ärztin: »Richtig. Ein solcher Fall ist ein echtes Problem.« Dann saßen sie sich gegenüber und überlegten beide. Die Ärztin sah die alte Frau Germer vor sich, bescheiden und freundlich, tapfer ihr Schicksal tragend. Ihr einziger Kummer war, daß sie nicht mehr arbeiten konnte, daß sie, wie sie sagte, so unnütz war.

»Wir müssen es versuchen, Herr Direktor. Uns bleibt keine Wahl. Wir müssen!« Wieder schwiegen sie bedrückt. Dann griff der Direktor zum Haustelefon. »Wir müssen wohl«, murmelte er und hob den Hörer ab.

Am folgenden Tag brachte der Krankenwagen Frau Germer ins Heim. Die Bewohnerin von Zimmer Nr. 409 musterte die Neue.

»Guten Tag«, sagte die freundlich.

»Guten Tag.« Es kam erst nach einer gewissen Weile.

»Ich bin Frau Germer.«

Keine Antwort.

»Ich bin Frau Germer. Und wie heißen Sie?«

Keine Antwort.

»Sie sollten mir schon Ihren Namen sagen, sonst kann ich ja gar nicht mit Ihnen reden.«

»Ich bin die Frau Schmidt.«

»Das freut mich, Frau Schmidt. Es freut mich besonders, daß Ihr Name so leicht zu merken ist. Ich bin halt allmählich sehr vergeßlich geworden.«

Frau Schmidt gab keine Antwort. Mißtrauisch schaute sie zu, wie die Schwestern Frau Germers verkrüppelte Füße auf die Stütze des Rollstuhls betteten.

»Haben Sie Schmerzen?« fragte sie.

»Die hatte ich früher, jetzt gottlob nicht mehr. Jetzt kann ich nur nicht mehr gehen – leider«, und sie lächelte ein trauriges Lächeln.

Als die beiden Frauen allein geblieben waren, herrschte eine Weile Stille. »Schön ist der Blick aus dem Fenster«, sagte Frau Germer endlich und lächelte in das Grün der alten Linde vor dem Haus.

»Aber die Straße ist oft laut.«

»Das mag schon sein. Wir sind eben in der Stadt, da gibt es nun einmal Straßenlärm. Um so schöner, daß wir wenigstens ein paar Bäume sehen. Können Sie noch ausgehen?

»Meine Geschwister holen mich manchmal. Allein geht's nicht mehr.«

»Ja, ja, so ist es im Leben. Am Ende ist man ein nutzloses Objekt.« Jetzt war ihr Lächeln wieder traurig geworden. Die andere sah mißtrauisch zu ihr hinüber. Sie hatte wohl nicht verstanden.

Der Tag ging zu Ende. Das Personal wartete mit Spannung auf den ersten Streit. Aber er blieb aus. Am nächsten Tag wurde das Zimmer regelrecht belauert. Es geschah nichts.

Am Ende der ersten Woche sagte Frau Schmidt: »Sie können mich Gretel nennen. So sagen meine Freunde auch.«

»Ach wirklich? Vielen Dank. Dann müssen Sie zu mir aber auch Maria sagen.«

Frau Schmidt zögerte. »Das kann ich doch nicht.«

»Warum nicht?«

»Weil – ich kann's halt nicht.« Da fragte Frau Germer nicht weiter. Aber sie nannte Frau Schmidt auch nicht Gretel.

Nach einem Monat kam die Ärztin zu Besuch. Der Direktor begrüßte sie erfreut. »Was soll ich Ihnen sagen. Es ist ein Wunder geschehen! Unsere Frau Schmidt ist friedfertig wie noch nie. Wir können es alle nicht fassen.«

»Was Sie nicht sagen!«

»Ich übertreibe nicht. Wir stehen vor einem Rätsel. Die beiden Frauen sind das gegensätzlichste Paar, das wir je in einem Zimmer hatten – und sie kommen miteinander aus. Gut sogar. Sie machen sich keine Vorstellung, wie gut.«

»So werden Sie sie beieinander lassen?«

»Ich muß. Neulich hatten wir ein anderes Bett frei bekommen, da fragte ich Frau Germer, ob wir sie umquartieren sollten. Sie lehnte ab, weil sie mit Frau Schmidt so gut auskomme. Und es ist nicht übertrieben. Wir kennen unsere Frau Schmidt nicht wieder.«

»Da bin auch ich sehr erleichtert«, sagte die Ärztin. »Ich muß gestehen, daß mir die Sache wie ein Stein auf der Seele gelegen hat. Und ausgerechnet diese Frau – ich meine Frau Germer – war stets so unglücklich darüber, daß sie so nutzlos geworden sei.«

Der Direktor lachte. »Das ist sie jetzt bestimmt nicht mehr. Es gibt immer wieder erstaunliche Dinge auf der Welt.«

»Wahrhaftig. Vielleicht ist jedes Leben irgendwie von Nutzen, auch wenn wir es nicht gleich erkennen?«

Gemeinsam gingen sie zum Zimmer 409. Frau Schmidt war gerade beim Friseur, und so saß Frau Germer allein in ihrem Stuhl. Ihre Hände zitterten, als sie sie der Ärztin entgegenstreckte.

»Daß Sie zu mir kommen! Ist das eine Freude!«

»Gut sehen Sie aus, Frau Germer! Wie geht es denn? Haben Sie sich eingelebt?«

»O ja, sie sind alle so nett zu mir. Wie's geht? Na ja, wie's eben geht, wenn man nichts mehr tun kann.«

»Sie haben in Ihrem Leben so viel getan, daß Sie jetzt ruhig damit aufhören können. Und ein schönes Buch können Sie immer noch lesen, dazu hatten Sie doch früher kaum Zeit.«

»Schon, Frau Doktor. Ich will ja auch nicht klagen. Aber schade ist es doch, wenn man so unnütz wird.«

Da mischte sich der Direktor ein: »Für uns sind Sie gar nicht unnütz, Frau Germer, im Gegenteil, sie haben sich sogar besonders verdient gemacht.«

»Aber, aber –«

»Doch, Frau Germer, wenn Sie es auch nicht wissen. Sehen Sie, Frau Schmidt war früher gar nicht glücklich bei uns. Wir hatten es oft schwer mit ihr und sie vielleicht auch mit uns.

Und jetzt? Jetzt fühlt sie sich wohl, weil Sie beide gut miteinander auskommen.«

»Hat sie darum gesagt, ich dürfe nicht vor ihr sterben?«

»Hat sie das gesagt? Sehen Sie, da haben wir den Beweis. Mit Ihnen ist sie hier glücklich und zufrieden. Und wir auch, Frau Germer. Darum will ich nie mehr hören, Ihr Leben sei nutzlos. Sie helfen uns allen.«

»Nein, nein!« rief Frau Germer, »jetzt übertreiben Sie aber maßlos!« Doch ihre Augen leuchteten vor Glück.

Natalie Anthes

Der schwarze Christus

Im Laufe der Jahre hat der Leib des Gekreuzigten auf dem Bild eine fast ebenholzfarbige Tönung angenommen. Frau Heinisch bemerkt es erst an dem Tag, an dem sie das möblierte Zimmer an Herrn Bwama, dem dunkelhäutigen Studenten, vermietet.
Vorlesezeit ca. 8 Min.

Als Frau Heinisch eines Tages beim Hausputz das Bild mit dem Gekreuzigten herunternahm, bemerkte sie zum ersten Mal, wie sehr es im Laufe der Jahre nachgedunkelt war. Der Leib des Herrn hatte eine fast ebenholzfarbene Tönung angenommen, und sie wunderte sich darüber, daß sie das nicht früher bemerkt hatte.

Es sieht nicht schön aus, dachte sie, aber was war da zu machen? Mit Wasser und Seife drangehen, kam nicht in Frage, denn das Bild war nur ein Druck, der eine feuchte Behandlung nicht vertragen würde. Es wegwerfen und durch ein anderes ersetzen? Das widerstrebte ihr auch. Das Bild hatte sie durch 30 Jahre ihres Lebens begleitet, durch ihre kurze Ehe, durch die Zeit ihrer Mutterschaft, bis ihr Sohn weggezogen war und eine eigene Familie gegründet hatte, und durch die langen Jahre der Einsamkeit. Nein, sie würde sich nicht davon trennen.

Sie hatte am Tag zuvor eine Annonce in der Ortszeitung aufgegeben, daß bei ihr ein möbliertes Zimmer frei war, denn ihr Untermieter, ein Student, hatte vor ein paar Tagen Examen gemacht und war wieder in sein Heimatstädtchen zurückgegangen.

Als sie gerade dabei war, die Wäsche einzuweichen, klingelte es an der Wohnungstür. Draußen stand ein junger Neger mit dunkler Gesichtsfarbe und krausen Haaren. Er hatte einen unauffälligen, gut geschnittenen Anzug an und eine lederne Mappe unter dem Arm.

»Sie haben Zimmer zu vermieten«, sagte er mit einem schüchternen Lächeln. »Ich brauche Zimmer. Wieviel kostet? Ich bin Student.«

Alles in ihr wehrte sich gegen die Vorstellung, ihre Wohnung fortan mit diesem Schwarzen teilen zu müssen. Er war ein Vertreter einer fremden Welt, die sie nicht kannte und auch nicht kennenlernen wollte.

Sie schloß ihr Gesicht zu wie eine Tür und sagte: »Das Zimmer ist schon vermietet. Es war schon ein anderer vor Ihnen da, dem ich es versprochen habe«.

»Wirklich?« fragte der Fremde, und es lag keinerlei Spott oder Ironie in seinen Worten, nur eine tiefe Ungläubigkeit, die ihren Grund haben mochte. »Bitte überlegen Sie sich! Ich bin ein ruhiger Mensch, nicht trinken, keine Freunde. Sie nachdenken, ich wiederkommen.« Er drückte ihr ein Blatt Papier in die Hand, auf dem sein Name und seine Telefonnummer aufgeschrieben waren.

»Gut«, sagte sie knapp. »Ich werde es mir überlegen.« Aber das war nur eine Floskel, um den Besucher loszuwerden; sie wußte genau, daß es da nichts zu überlegen gab.

Als sie in die Wohnstube zurückkehrte, fiel ihr Blick zum zweiten Mal an diesem Tag auf das Christusbild. Schwärzlich schimmerte der gepeinigte Leib, und sie dachte einen Augenblick irritiert: Unser Herr Jesus hat die Gestalt eines Schwarzen angenommen. Aber dieser Gedanke erschien ihr fast wie eine Lästerung.

Trotzdem ließ er sie nicht los. Vielleicht hatte das alles etwas zu bedeuten, daß sie ausgerechnet heute die Veränderung des Bildes merken mußte, das doch sicher schon lange dunkel gewesen war. Und war Jesus nicht für alle Menschen am Kreuz gestorben, die Schwarzen wie die Weißen?

Eine merkwürdige Unruhe ergriff von ihr Besitz, und es gelang ihr nicht, sich auf die kleinen Handgriffe zu konzentrieren, mit denen sie ihren Haushalt in Ordnung brachte.

Eine halbe Stunde später zog sie ihren Mantel über und ging zur nächsten Telefonzelle. »Ich möchte Herrn Bwama sprechen«, sagte sie und der fremde Namen ging ihr glatt über die Lippen.

Alles andere war schnell gesagt. Frau Heinisch wies die anderen Wohnungssuchenden ab, die im Laufe des Vormittags nach dem Zimmer fragten. Kurz nach dem Mittagessen erschien Herr Bwama. Er hatte ein kleines Köfferchen bei sich und lächelte sie freundlich an.

»Das Zimmer – was kostet?« fragte er.

Ein paar Sekunden lang überlegte Frau Heinisch. Sie wußte, daß es üblich war, den Ausländern große Summen auch für die bescheidenste Schlafgelegenheit abzunehmen, und dachte daran, daß sie ihre Wohnung bald tapezieren lassen mußte, und daß sie dringend einen neuen Mantel brauchte.

Dann fiel ihr Blick auf das Bild und sie schloß einen Augenblick lang die Augen, als habe jemand sie bei etwas Unrechtem ertappt. »Siebzig Mark«, sagte sie und das war genau die Summe, die auch ihr letzter Untermieter für das Zimmer bezahlt hatte.

Der junge Mann holte seine Brieftasche aus dem Jackett und zählte ihr langsam und ein wenig umständlich die Scheine hin. Seine Hände waren dunkel und ein bißchen gerötet, denn draußen war es kalt.

Sie dachte daran, wie warm es in seiner Heimat war, und wie sehr er unter der Kälte in diesem Lande leiden mußte.

»Setzen Sie sich hin, ich koche Ihnen eine Tasse Tee«, sagte sie, und das Zischen des heißen Wasserstrahls aus dem Behälter erfüllte sie plötzlich mit einer ungewohnten Freude, daß sie, ohne es zu merken, eine Melodie zu summen begann.

Margarete Kubelka

Uri auf der Demo

Die Urgroßmutter fährt im Rollstuhl mit bei der Friedensdemonstration. Dem Reporter zählt sie auf, wie viele ihrer Angehörigen in den letzten Kriegen gefallen oder auf der Flucht umgekommen sind. »Ich will, daß meine Urenkel leben bleiben«, sagt sie. Und: »Frieden kommt nicht von allein.«
Vorlesezeit ca. 20 Min.

Die Wallbergs sind eine große Familie: die Kinder Änne, Robert und Frank, die Eltern, eine Großmutter und eine Urgroßmutter, Uri genannt. Sie ist Großmutters Mutter. Sie ist schon zweiundneunzig Jahre alt, winzig klein und verrunzelt wie eine Backpflaume. Den ganzen Tag sitzt sie in einem Ohrensessel, der so mächtig ist, daß man sie kaum darauf sieht. Sie ist fast blind. Aber sie hört noch sehr gut. Meistens schweigt sie und hört den anderen zu. Manchmal schüttelt sie den Kopf über das, was sie hört. Oft vergessen die übrigen Familienmitglieder, daß sie noch da ist. Der Arzt hat gesagt, ihr Herz sei gesund, sie könne hundert Jahre alt werden.

Änne ist eigentlich kein Kind mehr. Sie ist schon achtzehn. Sie geht ins Gymnasium. An einem Mittwoch kam sie nach Hause und sagte: »Am Sonntag geh ich auf die Demo. Wer kommt mit?«

»Ich«, sagte Robert.

»Ich auch«, sagte Frank.

»Misch du dich doch nicht in so politisches Zeugs!« rief die Großmutter Änne zu. »Wer weiß, welchen Strick man dir daraus drehen kann. Am Ende kriegst du deshalb keine Anstellung, wenn du mit dem Studium fertig bist–«

»Ihr werdet euch doch nicht in solche Gefahr begeben«, ängstigte sich die Mutter. »Man sieht's ja im Fernsehen, wie das auf Demos zugeht. Die Polizisten werden auf euch einknüppeln, und am Ende kommt Änne ins Gefängnis, weil man sie für eine Rädelsführerin hält.«

»Wir gehen trotzdem mit«, sagte Robert. »Wir alle drei.«

»Kommt gar nicht in Frage«, sagte der Vater. »Du, Robert, bist fünfzehn, und Frank ist dreizehn. Ihr seid beide noch nicht großjährig. Noch habe *ich* über euch zu bestimmen. Wenn Änne sich in solche zweifelhaften Abenteuer stürzen will, ist das ihre Sache. Robert und Frank aber bleiben weg von der Demo.«

»Was ist das – eine Demo?« fragte da die Urgroßmutter aus ihrem Ohrensessel.

»Eine Demonstration, Uri«, erklärte ihr Änne. »Es wollen über hunderttausend Menschen in unserer Stadt zusammenkommen und in einem langen Zug durch die Straßen wandern. Das ist alles.«

Die Uri schüttelte den Kopf: »Was soll denn daran schlecht oder gefährlich sein?«

»Es ist was Politisches, Mama«, sagte die Großmutter und tätschelte ihr die Hand. »Das verstehst du nicht. Irgendwelche Unruhestifter haben das alles angezettelt. Ich habe mich einmal in Politik eingelassen, damals bei Hitler. Was hat man mir hinterher für Scherereien daraus gemacht! Nein, mir reicht's. Mit Politik will ich nichts mehr zu tun haben, und ich rate allen davon ab, sich in Politik einzulassen.«

»Was hat denn so ein Spaziergang durch die Stadt mit Politik zu tun?« fragte die Uri verwundert.

»Es ist eine Friedensdemo«, erklärte Änne geduldig. »Alle die Leute, die in diesem Zug mitwandern, sind Kriegsgegner. Sie werben für den Frieden. Für den seid ihr doch alle – oder etwa nicht?«

»Na ja«, sagte die Großmutter, »wer ist denn *nicht* für den Frieden. Aber deshalb muß man doch nicht gleich einen solchen Wirbel drum machen.«

»Doch«, sagte Änne. »Wir sind das Volk. Wir gehen drauf, wenn es zu einem Krieg kommt. Wir müssen deutlich zeigen, daß wir für keine Nachrüstung und Aufrüstung und Atomwaffen in unserem Land – oder sonstwo – sind. Wir wollen, daß sich alle Völker vertragen. Also, wer geht mit?«

»*Ich* gehe mit«, sagte da die Uri ganz klar und deutlich.

Alle waren sprachlos.

»Aber Mama«, sagte die Großmutter, »du kannst ja doch gar nicht mehr gehen. Hast du das vergessen? Morgens tragen wir dich aus dem Bett auf den Sessel, und abends tragen wir dich ins Bett zurück.«

»Aber sitzen und denken und hören kann ich noch«, antwortete ihr die Uri lebhaft. »Das genügt, um bei so einer Demo mitzumachen. Wenn ihr mir irgendwoher einen Rollstuhl besorgen könntet–«

»Mach ich«, rief Änne und drückte der Uri einen Kuß auf die Wange. »Du, Uri, das finde ich einfach großartig von dir.«

»Aber Uri«, sagte der Vater ganz verwirrt, »du weißt nicht, was das für eine Strapaze ist. Du bist doch schon seit Jahren nicht aus dem Haus gekommen. Höchstens im Sommer auf den Balkon. Du kannst in dem Getümmel einen Herzschlag bekommen!«

»Auch nicht schlimm«, meinte die Uri trocken. »Einmal muß es ja sein. Warum nicht auf einer solchen Demo?«

Die Großmutter schlug die Hände zusammen und redete auf die Uri ein.

»Hör auf«, sagte die Uri. »Du bist ein Hasenfuß, Else, ich weiß. Bleib daheim. *Du* brauchst ja nicht mitzugehen.«

»Nein, Uri, da wird nichts draus«, sagte der Vater energisch. »Das kann ich nicht verantworten.«

»Aber Hans«, sagte die Uri sehr bestimmt, »ich bin großjährig und weiß, was ich tue. Du kannst mir nichts verbieten.«

»Änne kann sich doch nicht allein mit dem Rollstuhl in diese Menschenmenge wagen!« rief die Mutter verzweifelt.

»*Wir* schieben die Uri!« riefen Robert und Frank gleichzeitig. Die Mutter schrie entsetzt auf, der Vater empörte sich. Und schon redeten alle auf alle ein, versuchten, einander zu überzeugen, gestikulierten, wurden wütend, schüttelten die Köpfe, zeigten auf die Uri. Die saß als einzige ganz ruhig da und hörte dem Lärm heiter zu.

Schließlich, nach einer halben Stunde, hatten sie einen Beschluß gefaßt: Der Vater selber wollte die Uri schieben. Und weil der Vater mitging, hatten auch Frank und Robert durchgesetzt, daß sie mitgehen durften. Die Großmutter kannte sich mit Uris Befinden am besten aus, sie konnte sozusagen an Uris Nasenspitze ablesen, ob sie sich gut oder schlecht fühlte. Deshalb hatte auch sie sich wohl oder übel entschlossen, die Uri zu begleiten.

»Wenn alle gehen, will ich auch mitgehen«, seufzte die Mutter.

»Nein«, sagte der Vater, »einer muß daheimbleiben, am Telefon, damit man das Nötige veranlassen kann, falls was passiert. Wir brauchen dich hier als eine Art Notzentrale.«

Es zeigte sich, daß die Uri nicht einmal mehr einen Mantel besaß, der ihr paßte. Die Großmutter ist zu rundlich, in deren Mäntel geht die Uri zweimal hinein. Auch Mutters Mäntel sind der Uri zu weit.

»Wir müssen einen neuen Mantel für sie kaufen«, stellte die Großmutter fest.

»Unsinn«, sagte die Uri. »Änne, laß mich mal *deinen* Mantel probieren.«

Änne ist sehr schlank, aber fast doppelt so groß wie die Uri. Ännes Strickmantel reichte der Uri bis auf die Füße.

»Damit siehste aus wie eine Heiligenfigur aus der Kirche«, bemerkte Robert. Er und Frank schüttelten sich aus vor Lachen.

»Den zieh ich an«, sagte die Uri. »Ich sitze ja im Rollstuhl, da kann ich mir den Mantel um die Füße wickeln.«

»Du wirst zum Gespött der Leute werden in diesem Teenagermantel«, rief die Großmutter und begann zu weinen. »Und noch dazu mit Kapuze! Und so lebhafte Farben – entsetzlich!«

»Da siehst du, was du für einen Wirbel verursachst mit deinem verrückten Entschluß«, grollte der Vater.

»Ein bißchen Wirbel schadet nichts«, antwortete ihm die Uri.

»So hast du's schon immer gemacht«, rief die Großmutter erbost, »und wir können uns dabei zu Tode ängstigen! Weißt du noch, wie du damals dein Mutterkreuz auf den Misthaufen im Hof geworfen hast – so, daß es alle liegen sehen konnten? Damit hast du uns auch in die größte Verlegenheit gebracht!«

»Ja«, sagte die Uri, »das war an dem Tag, als ich die Nachricht bekam, daß mein Bruno gefallen war. Wo ich doch ein halbes Jahr vorher schon den Herbert verloren hatte. Ich habe sie beide für den Krieg großziehen müssen. Deshalb hab ich das Ding nicht mehr haben wollen. Ich hab's dort hingeworfen, wo es hingehörte.«

»Was ist ein Mutterkreuz?« fragte Robert.

»Das war ein Orden für Mütter, die vier oder mehr Kinder geboren hatten«, erklärte die Großmutter.

»Ich hab jedenfalls Anlaß genug, für den Frieden Wirbel zu machen«, sagte die Uri eigensinnig. »Für den kann man gar nicht genug Wirbel machen.«

Am Sonntag um elf zogen sie los, ein ganzes Rudel rings um den Rollstuhl, die Großmutter bepackt mit Wärmflasche, Herztabletten und Diätproviant. Die Mutter rief ihnen noch eine Unmenge Warnungen und Ratschläge nach.

»Wenn die Polizei kommt, müßt ihr darauf hinweisen, daß ihr nur mitgeht, um die Urgroßmutter zu pflegen und zu beschützen!« empfahl sie ihnen. »Und der Uri werden sie nichts tun–« Frank und Robert grinsten.

»Ja, ja, beruhige dich, meine Liebe«, rief die Uri mit ihrem dünnen Stimmchen, »ich nehme die Verantwortung für alle ganz allein auf mich.«

Den halben Sonntag lief die Mutter unruhig zwischen Balkon und Telefon hin und her. Aber es kam kein Anruf, und sie kehrten und kehrten nicht heim. Endlich, nach fünf Stunden, erschienen sie, allesamt putzmunter.

»Endlich!« rief die Mutter erlöst und umarmte den Frank, als ob er entführt und nun freigelassen worden wäre. »Ich hab mir ja solche Sorge um euch gemacht.«

»Wieso?« fragte die Uri verwundert. »Es war alles wunderbar ruhig, nicht wahr, Else? Nicht halb so laut wie euer Gezeter am vergangenen Mittwoch–«

»–obwohl's statt hunderttausend über zweihunderttausend gewesen sind«, rief Änne begeistert. »Kein Polizist hat sich einzumischen brauchen, stell dir das vor!«

»Die Reden waren gut«, sagte die Uri. »Mir aus dem Herzen gesprochen.«

»Eine Quarkschnitte mit Knoblauch hat sie gegessen!« klagte die Großmutter.

»Unglaublich, wen ich alles dort gesehen habe«, berichtete der Vater. »Nicht nur Gammler und Rocker und Mädchen mit langen Baumwollgewändern. Die meisten Demonstranten waren ganz normale Leute. Sogar mein Chef war dabei.«

»Eine Quarkschnitte!« wiederholte die Großmutter und faßte sich an die Stirn.

»Warum nicht?« fragte die Uri. »Änne hat sich eine gekauft, von einem Stand am Straßenrand. Die roch so appetitlich. Sie erinnerte mich an die Kriegs- und Nachkriegszeiten. Damals haben wir viel Quark gegessen. Deshalb hab ich Änne gebeten, daß sie mir auch so eine Schnitte kauft–«

»Sie wird dir nicht bekommen«, seufzte die Mutter.

»Sie *ist* mir schon bekommen«, meinte die Uri heiter.

»Die Uri ist auch interviewt worden«, sagte Frank. »Vielleicht kriegen wir sie heute abend im Fernsehen zu sehen.«

Als sich die Wallbergs am Abend vor dem Fernseher versammelten, um sich Berichte von der Demo anzusehen, erschien wirklich und wahrhaftig die Uri auf dem Bildschirm. Man sah, wie der Reporter sie fragte, wie alt sie sei, und sie sagte es ihm ohne Scham und Scheu. Dann fragte er sie, warum sie bei der Friedensdemo mitmache. Da sagte sie: »Weil mein Großvater im Deutsch-Französischen Krieg gefallen ist und mein Mann im Ersten Weltkrieg und meine beiden Söhne und mein Schwiegersohn im Zweiten Weltkrieg und weil meine älteste Tochter mit zwei kleinen Kindern in den letzten Kriegstagen auf der Flucht umgekommen ist. Hier sehen Sie meine drei Urenkel. Ich will, daß sie leben bleiben, sie und ihre Kinder und ihre Enkel.«

Nun schwenkte die Kamera um, und man sah für einen Augenblick ganz groß die Gesichter von Änne, Frank und Robert. Auch den Vater und die Großmutter streifte sie.

Die Wallbergs saßen noch immer überwältigt vor der Röhre, als der Sprecher schon längst zu anderen Berichten übergegangen war.

»Nein sowas«, sagte der Vater, »jetzt sind wir alle im Fernsehen zu sehen gewesen–«

»Meine liebe Uri«, sagte die Mutter, »ich glaube, du hast eine Menge Leute in unserer Bundesrepublik eben zum Weinen gebracht«, und wischte sich verstohlen die Augen.

»Wenn du doch nur einen anderen Mantel angehabt hättest«, seufzte die Großmutter. »Was werden die Leute von uns denken?«

»Du hast einen Sinn fürs Unwichtige, Else«, sagte die Uri. »Der Mantel ist dir wichtiger als das Leben. Das ist in Gefahr, wenn ein Krieg kommt – begreif das doch! Frieden kommt nicht von allein.«

»Das nächste Mal gehe ich auch mit«, sagte die Mutter. »Ich bin doch auch ganz energisch für den Frieden. Wenn ich mir vorstellen sollte, ich müßte unsere beiden Buben hergeben–«

Sie zog schon wieder das Taschentuch.

Gudrun Pausewang

November

Trost spenden, Trost empfangen

Gelobt sei Gott,
der uns tröstet in aller unsrer Trübsal,
mit dem Trost, mit dem wir selber
getröstet werden von Gott.

2. Korinther 1, 4

Die Siebzigjährige, deren Mann bei einem Verkehrsunfall getötet wurde, worüber sie in verzweifelte Einsamkeit stürzt – sie braucht Trost. Das Kind, das sich beim Spielen den Kopf an der Tischkante anschlägt und weinend zu mir kommt – es braucht Trost. Die junge Frau, wegen einer noch jüngeren von ihrem Mann verlassen und mit der Sorge für die drei Kinder überfordert – sie braucht Trost.

Wir sind schnell bereit, das, was da fehlt, mit Zuwendung, Anteilnahme zu umschreiben – aber was soll damit bewirkt werden? Trost, dem Wort »Treue« verwandt, ist so etwas wie »innere Festigkeit« – und die ist dem Trostbedürftigen ja wirklich abhanden gekommen. Sie wieder aufzubauen, kann, wenn überhaupt, nur gelingen, wenn ich mein Gegenüber in seinem Schmerz ganz ernst nehme, ihn nicht vertröste mit billigen Redewendungen wie »Kopf hoch!«, »das wird schon wieder«, »so schlimm ist das ja gar nicht« oder ähnlichen leeren Floskeln.

Ihm lange und geduldig zuhören, wenn er mitteilt, wie es in ihm aussieht, sogar offen eingestehen, daß man im Moment keinen Rat weiß, aber ihm die Sicherheit geben, nicht allein zu stehen – das könnte der Anfang sein, daß der in seinem Schmerz versteinerte Mensch den Mut findet, Ja zu sagen zu seiner Situation, die das Schwerste von ihm fordert: einfach nur auszuhalten im Vertrauen, daß aus dem geduldigen Warten neue Kraft wächst.

Schweigen auszuhalten, gemeinsames Schweigen angesichts einer Lebenslage, in der Allerweltsformeln nichts bewirken, das ist schwer. Das »Nur«-Dasein, Ernstnehmen, Mitgehen macht aber den Weg frei, daß der Betroffene aus sich herausfindet, einen neuen Anfang sieht, statt in verzehrende Verbitterung, Erstarrung oder Verzweiflung abzusakken.

Gott verläßt den nicht, der sich auf ihn verläßt.

Wenn sich eine Tür vor uns schließt, öffnet sich dafür eine andere. Man muß nur fähig werden, den Blick von der geschlossenen Tür abzuwenden und die geöffnete wahrzunehmen.

Von den Freunden des leidgeprüften Hiob hören wir: »Sie saßen mit ihm auf der Erde sieben Tage und sieben Nächte und redeten nichts mit ihm; denn sie sahen, daß der Schmerz sehr groß war.«

Einem Trostbedürftigen zuhörend nahe zu sein, heißt, ihm Geborgenheit zu geben: das hoffende Wissen, daß, was auch immer kommen mag, er darauf vertrauen kann, aus einer letzten Geborgenheit nicht herauszufallen. Es klingt einfach. Aber für den Zuhörenden bedeutet es, wie Gerhard Nohl in einer Aufsatzreihe über leidende Menschen notiert, sich selbst und die eigene nie endende Suche nach der Quelle der persönlichen Geborgenheit miteinzubringen und sich damit auf die gleiche Stufe wie der Trostbedürftige zu begeben. Nur da gelingt Trost, Trost als Anfang von neuem Leben.

Almuth Hochmüller

Der lächelnde Engel

Der elternlose Andreas fürchtet sich vor dem Dunkeln und dem Tod. Mutter Barbara steigt mit ihm in die tiefen Kellergewölbe ihres Hauses. Am Ende des dunklen Ganges verlöscht der Kienspan. »Ist das das Letzt?« fragt der Bub. Mutter Barbara stößt eine Tür auf. Vor ihnen liegt die sonnenbeschienene Frühlingslandschaft. Von da an weiß Andreas, daß Tod und Dunkel nicht »das Letzt« sind, und ist von aller Furcht geheilt.
Vorlesezeit ca. 8 Min.

In einem der alten, hochragenden Dome des fränkischen Landes steht an einer Säule ein steinerner Engel, aus dessen Gesicht ein heiteres Schmunzeln leuchtet. Es ist, als müsse alle Furcht vor Dunkel und Tod von einem abfallen, der in dies Gesicht sieht.

Das aber ist die Geschichte, wie der kunstfertige Steinmetz Andreas am Ried vor vielen Jahrhunderten dazu kam, dem heiligen Engel diese Züge einer ganz irdischen Heiterkeit, ja eines fröhlichen Spottens zu geben: Da er ein Knabe war, der elternlos bei einer frommen Tante aufwuchs, suchte sie ihn in seinem Übermut, besorgt um seine künftige Seligkeit, zu seinem Besten zu schrecken, mit der Furcht vor dem Grauen der Hölle und dem Dunkel des Todes, womit sie denn zunächst erreichte, daß der kleine Andreas eine große Scheu bekam vor dunklen Kellergewölben und lichtlosen Torgängen, und daß er nicht gern allein im Dunklen blieb.

Nun lebten außer der alten Tante, die ihn erzog, noch Anverwandte von Mutters Seite in der Stadt, der wackere Küfermeister Hieronymus Dotterweck mit seiner heiteren Frau und den sieben pausbäckigen Buben. Da hätte Andreas wohl lieber gehaust als bei der alten, unfrohen Tante. War aber kein Schragen und keine Bettlade frei im kinderreichen Küferhaus. Doch tagsüber war Andreas, sooft er konnte, im fröhlichen Haus am Berghang, und Barbara Dotterweck hatte ihn ins Herz geschlossen, als habe sie in ihm einen achten Buben zu ihren sieben. Die Küferbuben aber waren jünger als

Andreas, und wie es die Art der Kinder ist – sie ahmten den Andreas gern nach, im Guten wie im Schlechten. Schlechtes war nun freilich nicht an ihm, außer einer gewissen Düsterkeit, die er aus dem Haus der Tante mitbrachte, und der Furcht vor dem Dunkel und Tod. Mutter Barbara sann, wie sie den Andreas davon heilen könne. Sie wußte, wie sehr er sich scheute, die dunkle Kellertreppe hinabzusteigen, und daß er noch nie zu bewegen war, einen Krug mit Wein aus Meister Hieronymus' weitläufigen Kellergewölben zu holen, so gern er sonst zu jedem Weg und jeder Gefälligkeit bereit war. Darauf gründete sie ihren listigen Plan, den sie an einem Frühlingssonntag ins Werk zu setzen gedachte.

Andreas kam nach dem Kirchgang ins Küferhaus, wo er am festlichen Mahle teilnehmen durfte, und war voll froher Erwartung. Lieblich zog der Duft des Bratens schon durch das Haus. Da reichte Mutter Barbara ihm den Zinnkrug: »Geh, Andreas, hol dem Vater den Wein, das hab ich vergessen!« Da fiel die Freude ab von dem Buben – so schrecklich schien ihm das Dunkel des tiefen Kellers. Mutter Barbara lächelte: »Hast Furcht, Andreas? Mußt aber mal ins Dunkle gehen, bis ans Ende! Mußt wissen, wie es da ist.« Und dann setzte sie hinzu: »Aber wart, ich geh mit dir. Ich zeig dir's bis ganz in die Tiefe!« Damit nahm sie einen Kienspan, entzündete ihn am Herdfeuer und ergriff des Buben Hand.

Es ging die Treppe hinab. Schwach nur erhellte das flakkernde Licht die dunklen Gewölbe. Fest hielt Andreas Frau Barbaras Hand. Sie aber blieb vor einer Falltür stehen, ließ ihn los und hob den schweren Deckel. Dann stieg sie eine hölzerne Stiege hinab in ein zweites Gewölbe, das unter dem ersten lag, und Andreas mußte, um nicht im Dunkel zurückzubleiben, der Frau Barbara und dem leuchtenden Kienspan folgen in die unheimliche Tiefe. Als er wieder festen Boden unter sich fühlte, tastete er nach der führenden Hand und flüsterte scheu: »Ist das das Letzt?« – »Wart nur, Bub«, sagte die Frau, »wirst es schon spüren. Mußt ganz bis ans Ende.« Und dann bückte sie sich und zog den Andreas mit sich in einen niedrigen gewölbten Gang. Da verlosch der Kienspan. Tiefe, schwarze Dunkelheit umfing sie. »Ist das das Letzt?« fragte der Bub. »Ja, das ist das Letzt«, sagte Frau Barbara, »und nun gib gut acht, wie das ›Letzt‹ wirklich ist!« Damit ließ sie seine Hand los, und er hörte, wie sie einen Riegel oder Querbalken rückte, dann tat sich auf einmal, wo das Ende des dunklen Ganges gewesen war, eine Tür auf, denn der Gang war der zweite Ausgang des Kellers und mündete an dem Berghang, auf dem das Küferhaus stand.

Vor ihm lag im hellen Sonnenlicht das weite Frühlingsland, die Bäume blühten am Hang, die Vögel sangen und im Tale glitzerte der Fluß. Andreas aber stand geblendet und voll so unfaßbarer Freude, daß selbst der Jubelschrei, der in der Kehle saß, nicht laut werden konnte. Dann sah er auf zu Mutter Barbara. Das Lächeln, das auf ihrem Gesicht lag, wie sie da im gewölbten Tore lehnte und auf ihn niederschaute, hat er im Leben nie vergessen können. »Schau, das ist das Letzt!« sagte sie.

Von da an wußte er für immer, daß Tod und Dunkel nicht das Letzt ist und immer dahinter das wahre lebendige Leben leuchtet – und war von aller Furcht geheilt.

Er ging später zu einem Steinmetz in die Lehre. Und als er sein erstes großes Bildwerk schuf, den Engel, der an der Säule des Domes lehnt, da gab er ihm die Züge der guten Frau Barbara, dieses erdenheitere Lächeln, das um die Nichtigkeit des Todes weiß und das viele hundert Jahre hindurch bis in unsere Zeit leuchtet.

Wolfgang Zenker

Die drei Fragen

Von den gelehrten Männern bekommt der König die verschiedensten Antworten auf seine Fragen. So sucht er schließlich einen weisen Einsiedler auf. Von ihm bekommt er die richtige Antwort.
Vorlesezeit ca. 12 Min.

Es dachte einmal ein König, nichts könnte ihm mißglücken, wenn er nur immer die Zeit wüßte, in der er ein Werk zu beginnen habe, und wenn er immer wüßte, mit welchen Menschen er sich einlassen solle und mit welchen nicht, und wenn er immer wüßte, welches von allen Werken das wichtigste sei.

Es kamen gelehrte Männer zum König und gaben ihm mancherlei Antworten auf seine Fragen. Auf seine erste Frage antworteten die einen, um für jedes Werk die rechte Zeit zu wissen, müsse man vorher eine Einteilung für den Tag, den Monat und das Jahr aufstellen und sich streng an das halten, was für den einzelnen Tag festgesetzt ist. Andere sagten wieder anders.

Ebenso verschieden lautete die Antwort auf die zweite Frage. Die einen sagten, die dem König unentbehrlichsten Männer seien die Staatsmänner, andere, die Priester und Seher. Die dritten erklärten, es seien die Ärzte, und die vierten behaupteten, es seien die Krieger.

Auf die dritte Frage, welches das wichtigste Werk sei, antworteten die einen, das sei die Wissenschaft, die andern sprachen, die Kriegskunst, wieder andere nannten die Gottesverehrung.

Alle Antworten waren verschieden. Daher paßte dem König keine einzige von ihnen, und er belohnte niemand. Um aber ganz genaue Antworten auf seine Fragen zu erhalten, entschloß er sich, einen Einsiedler zu befragen, dessen Weisheit in großem Rufe stand.

Der Einsiedler lebte im Wald, verließ seine Wohnstätte nie und empfing nur einfache Leute. Darum zog der König ein schlichtes Gewand an, stieg vom Pferd weit vor der Klause des Einsiedlers, ließ sein Gefolge zurück und ging allein durch den Wald. Als der König sich dem Einsiedler näherte, grub dieser vor seiner Hütte die Beete um. Er erblickte den König, begrüßte ihn und grub ruhig weiter. Er war mager und schwach und keuchte schwer, indem er den Spaten in die Erde stieß und die kleinen Schollen umwandte.

Der König trat an ihn heran und sprach: »Ich bin zu dir gekommen, weiser Einsiedler, um dich zu bitten, mir drei Fragen zu beantworten:

Welches ist die Zeit, die man einhalten muß und nicht versäumen darf, um hinterher nichts bereuen zu müssen?

Welche Leute sind die unentbehrlichsten? Mit welchen Leuten muß man sich also mehr, mit welchen weniger befassen?

Welche Werke sind die wichtigsten, und welches von allen Werken muß daher zuerst getan werden?«

Der Einsiedler hörte dem König zu, antwortete aber nicht. Er spuckte in die Hände und begann wieder zu arbeiten.

»Du bist erschöpft«, sagte der König, »gib mir den Spaten, und setze dich auf die Erde.«

»Danke«, erwiderte der Einsiedler, reichte dem König den Spaten und setzte sich auf die Erde nieder.

Als der König zwei Beete umgegraben hatte, hielt er inne und wiederholte seine Fragen. Der Einsiedler antwortete nicht, stand auf und streckte die Hände nach dem Spaten aus.

Der König aber gab den Spaten nicht her und fuhr fort zu graben. Es verging eine Stunde, eine zweite, die Sonne begann hinter den Bäumen zu verschwinden, da steckte der König den Spaten in die Erde und sagte: »Ich bin zu dir gekommen, weiser Mann, um auf meine Fragen eine Antwort zu erhalten. Wenn du nicht antworten kannst, so sag es doch, dann will ich nach Hause gehen«.

»Sieh einmal, da kommt jemand gelaufen«, sprach der Einsiedler, »laß sehen, wer das ist.«

Der König sah, daß in der Tat aus dem Walde ein bärtiger Mann gelaufen kam. Der hielt die Hände vor dem Leib, und zwischen den Fingern sickerte Blut hervor. Als er bis zum König gelangt war, fiel er zu Boden, lag unbeweglich da und ächzte leise. Der König und der Einsiedler öffneten die Kleider des Mannes. In seinem Leib war eine tiefe Wunde. Der König wusch sie, so gut er konnte, und verband sie mit seinem Taschentuch und mit einem Handtuch des Einsiedlers. Aber das Blut hörte nicht auf zu strömen, und der König nahm zu wiederholten Malen den mit warmem Blut durchtränkten Verband ab, wusch die Wunde von neuem und verband sie wieder. Als das Blut endlich gestillt war, kam der Verwundete zu sich und bat um Wasser. Der König trug frisches Wasser herbei und gab dem Verwundeten zu trinken.

Inzwischen war die Sonne untergegangen, und es war kühl geworden. Mit Hilfe des Einsiedlers trug der König den Verwundeten in die Klause und legte ihn aufs Bett. Der Verwundete schloß die Augen und wurde still. Der König aber war so ermüdet, daß er, auf der Schwelle zusammengekauert, ebenfalls einschlief. Als er am Morgen erwachte, konnte er lange nicht begreifen, wo er war und wer dieser sonderbare bärtige Mann war, der auf dem Lager ausgestreckt lag und ihn unausgesetzt mit leuchtenden Augen ansah.

»Verzeih mir«, sprach der bärtige Mann, als er bemerkte, daß der König erwacht war und ihn anblickte.

»Ich kenne dich nicht und habe dir nichts zu verzeihen«, erwiderte der König.

»Du kennst mich nicht, aber ich kenne dich. Ich bin dein Feind, jener Feind, der geschworen hat, an dir Rache zu nehmen, weil du meinen Bruder hingerichtet und meine Güter genommen hast. Ich habe dich töten wollen, und du hast mir das Leben gerettet. Von nun an, wenn ich am Leben bleibe, und wenn es dir recht ist, will ich dir als dein treuester Sklave dienen, und auch meinen Söhnen will ich das zu tun befehlen. Verzeihe mir!«

Der König war sehr froh darüber, daß es ihm so leicht gelungen war, sich mit seinem Feind auszusöhnen, und er verzieh ihm nicht nur, sondern versprach auch, ihm seine Güter zurückzugeben und ihm außerdem seine Diener und seinen Arzt zu schicken. Als er sich von dem Verwundeten verabschiedet hatte, trat der König hinaus auf die Vortreppe und suchte mit seinen Augen den Einsiedler. Er war draußen bei den Beeten, die er gestern umgegraben hatte, kniete am Boden und säte Gemüsesamen.

Der König trat an ihn heran und sprach: »Zum letztenmal, du weiser Mann, bitte ich dich, meine Fragen zu beantworten!«

»Aber du hast ja deine Antwort schon bekommen!« erwiderte der Einsiedler. Er richtete sich auf und sah den König an.

»Ich sollte Antwort bekommen haben?« fragte der König.

»Natürlich«, erwiderte der Einsiedler. »Hättest du gestern nicht Mitleid mit meiner Schwachheit gehabt und diese Beete umgegraben, sondern wärst du allein zurückgegangen, so hätte dieser Mann dich überfallen, und du hättest bereut, daß du nicht bei mir geblieben bist. Somit war die richtige Zeit jene, als du die Beete umgrubst, und ich war der wichtigste Mann, und das wichtigste Werk war, mir Gutes zu tun.

Dann, als jener Mann angelaufen kam, war die wichtigste Zeit, seiner zu pflegen, denn sonst hätte er sich verblutet, ohne daß er sich mit dir versöhnt hätte. Er war für dich der wichtigste Mensch, und das, was du ihm getan hast, war das wichtigste Werk.

Merke dir – die wichtigste Zeit ist nur eine: der Augenblick. Nur über ihn haben wir Gewalt. Der unentbehrlichste Mensch ist der, mit dem uns der Augenblick zusammenführt; denn niemand kann wissen, ob er noch je mit einem anderen zu tun haben wird. Das wichtigste Werk ist, ihm Gutes zu erweisen – denn nur dazu ward der Mensch ins Leben gesandt.«

Leo Tolstoi

Das Ständchen des Stadtpfeifers

Die uralte Frage, wie es in jener anderen Welt sein wird, bewegt auch die beiden alten Freunde. Sie versprechen sich, wer zuerst gehen müsse, solle dem anderen ein Zeichen aus jener Welt geben. Bald nach dem Tod des einen hört der Freund aus dessen Kammer die Melodie, die sie so oft zusammen gespielt haben.
Vorlesezeit ca. 9 Min.

Diese Begebenheit trug sich zu, als ich im ersten Sommer dieses Jahrhunderts die Lateinschule der schwäbischen Stadt M. besuchte und bei meinem Onkel lebte. Er war Schreiner seines Zeichens und wohnte am Ulmer Tor. Seine Werkstatt lag im Erdgeschoß eines schmalbrüstigen Hauses und füllte die ganze Wohnung mit ihren Gerüchen.

Unser Haus lehnte sich an die Stadtmauer. Der schmale Obstgarten lief an ihr entlang und stieß an einen düsteren Turm, in dessen Obergeschoß ein alter Mann hauste. Es war der Freund und Nachbar meines Oheims, und man nannte ihn den alten Pfeifer. Vor Zeiten Musikus bei einem hohenlohischen Regiment, war er später eine Art Stadtpfeifer gewesen und ein Meister im Blasen der Klarinette. Schon am frühen Morgen hörte man ihn in seiner Turmstube tirilieren, und am Nachmittag spielte er oft stundenlang.

Ich sah den Pfeifer oft, denn er zählte zu den Stadtarmen und war häufig Gast an unserem Tisch. Angetan mit Kniehosen, Schnallenschuhen und einer abgetragenen Ulanka, machte er in seiner weißen Lockenperücke den Eindruck eines verarmten Edelmannes. An den Abenden musizierte er gerne mit meinem Oheim, der die Kniegeige spielte. Ihr Lieblingsstück war eine feierliche Komposition aus einem Händelschen Oratorium, dessen dritter Satz in ein triumphales Adagio ausklang. Mit diesem Stück schlossen sie jedes Konzert und vertieften sich dann in philosophische Gespräche.

So war es auch an jenem Abend, als sie bei einem Kruge Remstaler saßen und den achtzigsten Geburtstag des Pfeifers begingen. Auch mein Oheim hatte das biblische Alter bereits überschritten. Gleichwohl sahen beide dem nahen Ende ihrer Tage mit heiterer Gelassenheit entgegen. Ja, sie gaben sich in der Laune des Weins ein seltsames Versprechen. Der erste, den man zum Tore hinaustrüge, solle dem anderen ein Zeichen aus jener Welt geben. Ein Zeichen, das dem hinterbliebenen Freunde als sicherer Beweis diene, daß der Abgeschiedene nicht im wesenlosen Schattenreiche versunken, sondern nur auf eine höhere Ebene des Seins entrückt worden sei. Sie meinten es mit diesem Pakte völlig ernst und gaben sich darauf die Hände.

Darüber ging der Sommer hin und ließ dem Herbst das Feld. Eines Samstags pflückten wir unsere Kalvillen am Spalier der Stadtmauer, während drüben der Pfeifer sein Abendstücklein in die Dämmerung blies. Es war jene feierliche Weise, die ich von ihren Duos her kannte. Plötzlich hielt mein Oheim inne und horchte zum Turm hinüber. Die vertraute Tonfolge schwankte seltsam hin und her, unreife Griffe schlichen sich ein – dann endete der Spieler jählings mit einem schrillen Mißton.

Der Oheim stieg von der Leiter, legte das weiße Pflücktuch ab und ging rasch zu seinem Nachbarn hinüber. Ich schlich beklommen ins Haus. Nachher hörte ich, wie drüben leise das Fenster des Pfeifers geschlossen wurde. Dann kam der Oheim zurück und sagte mit belegter Stimme, er müsse am Montag einen Sarg machen, der alte Pfeifer sei tot.

So ward unserem Nachbarn das letzte Haus gezimmert. Die Säge rauschte, der Hobel flog, Späne fielen und Schweißtropfen. Zum Abend trugen wir den fertigen Schrein in den Turm hinüber und betteten den Toten hinein. Mein Oheim strählte ihm den Bart und die Perücke, ich legte ihm seine Klarinette in den Arm; dann schlossen wir den Deckel. Am anderen Tage trug man den toten Stadtpfeifer mit klingendem Spiel zum Tor hinaus, denn er war ein Veteran und dieses sein letzter Wunsch gewesen.

In der folgenden Nacht geschah nun jenes seltsame Mirakel, das viele gehört und niemand zu deuten gewußt. Ich erwachte von einem Ruf, sah die Kammer voll Mondlicht und den Oheim auf meinem Bettrand sitzen.

»Bub!« fragte er leise, »täusch' ich mich – oder hörst du es auch?«

Ich hob den Kopf aus den Kissen – und dann hörte ich es auch. Drüben am offenen Fenster des Turmes blies der Pfeifer. Sorgsam und gemessen spielte er wieder jenen Satz aus dem Oratorium, über dem ihm vor drei Tagen der Odem für immer entflohen war. Mühelos nahm er die Kadenz, die zum letzten Satz hinaufführte, dann strömte die Melodie breit und fließend dahin und mündete in den hymnischen Lobgesang des befreiten Jerusalem.

»Das Zeichen!« flüsterte mein Oheim, und ich sah, daß sein altes Kinn vor Ergriffenheit zitterte. »Es ist das Zeichen, das wir uns versprochen.«

Wir hörten, wie der Spieler endete und den Turm verließ. Am anderen Morgen stiegen wir zu der verlassenen Stube des Pfeifers hinauf und fanden dort nichts Ungewöhnliches. Auf dem Notenpult am Fenster lag aufgeschlagen die Händelsche Komposition, und der Herbstwind blätterte darin wie eine spielende Hand.

Was verschlägt es, wenn man Jahre später erfuhr, daß ein wandernder Musikant aus der nahen Zimmermannsherberge sich damals einen losen Scherz erlaubte und jenes nächtliche Ständchen geblasen hatte? Mein Oheim war dem Pfeifer längst gefolgt. Er hatte diese Welt der Täuschungen in der festen Zuversicht verlassen, drüben seinen Freund wiederzufinden und mit ihm einzustimmen in jene vollendeten Harmonien, die hienieden hervorzubringen ewig Stückwerk bleiben muß.

Albert Buck

Als ich die Ewigkeit entdeckte

Das Kind steht staunend vor dem sonderbaren Schaukasten im Museum. Am linken Rand steigen holzgeschnitzte Figuren auf, setzen sich in Bewegung und verschwinden eine nach der anderen wieder. Ein Sinnbild des Lebens und Sterbens.
Vorlesezeit ca. 9 Min.

Im Hygiene-Museum zu Dresden wurde in einem der großen Säle ein Schaukasten über die Lebenserwartung der Menschen gezeigt.

Ich war damals gerade eingeschult worden und von großer Neugierde erfüllt, meinen Erlebensraum durch immer neue Entdeckungen zu erweitern. So entglitt ich an jenem Museumstage der führenden Hand des Vaters und drängte mich zwischen den Erwachsenen hindurch, bis ich vor dem Kasten stand, der die Menschen angezogen hatte. Ich erblickte ein sonderbares Spiel. Von Ferne hatte der weiß lakkierte Kasten Ähnlichkeit mit dem gläsernen Sarg Schneewittchens gehabt. Als ich aber nähergetreten war, erkannte ich unter der Glasscheibe etwas Merkwürdiges: Wie auf geheime Verabredung erschienen am linken Kastenrand holzgeschnitzte Figuren, ausgerichtet in einer langen Reihe. Ein Mädchen im weißen Kleid mit einem bunten Blumensträußchen in der Hand, ein junger Mann mit einem Zirkel unter dem Arm, ein Arbeiter in blauer Schürze, eine Frau mit einem Einkaufskorb, ein altes Weiblein, das sich auf einen Stock stützte, und schließlich ein Förster in grünem Rock, das Gewehr auf dem Rücken und das Gesicht von einem weißen Bart gerahmt.

Wieder auf ein geheimnisvolles Zeichen setzten sich die Figuren in Bewegung und glitten, leise zitternd, in schmalen, zum jenseitigen Kastenende führenden Schlitzen nebeneinander her.

Plötzlich aber blieb das Mädchen mit dem Blumensträußchen stehen, als wäre es gegen ein Hindernis gestoßen, legte sich dann langsam hintüber und sank, das Sträußlein noch eine Weile sichtbar über den Schlitz haltend, in den Kasten. Kaum war es verschwunden, da begann sich der Mann mit dem Zirkel zu neigen und in seine dunkle Bahn einzutauchen. Einer folgte dem anderen. Die Reihe war lichter geworden. Noch liefen das alte Weiblein und der Oberförster hurtig voran, doch dann versank auch das Weiblein, und nur der Oberförster blieb allein auf der Bahn. Aber noch ehe er die rechte Kante des Schaukastens erreicht hatte, wurde auch er rücklings in die Tiefe gezogen.

Der lange Kasten war leer. Unter der weißlackierten Bodenplatte aber surrte es leise. Doch noch ehe ich das Geschaute begreifen konnte, erschien nach hellem Knacken auf der linken Seite die eben verschwundene Gruppe wieder: das Mädchen mit den Blumen, der Mann mit dem Zirkel, die Hausfrau, der Arbeiter, das alte Weiblein und der Oberförster in schlohweißem Bart. Und als wollten sie erneut versuchen, wer wohl von ihnen jetzt am weitesten vorankäme, traten sie ihre Wanderung wieder an. Das kleine Mädchen schaffte es aber so wenig wie beim ersten Male. Der Mann mit dem Zirkel kam auch keinen Schritt weiter, und der Oberförster sank wieder kurz vor dem rechten Kastenbrett in die Ticfc.

Die Erwachsenen, die sich vor diesem Schaukasten drängten, hatten mich nicht bemerkt. Sie blickten über meinen Schcitel hinweg und besprachen das Geschaute auf ihre Weise.

Da sagte ein Mann zu seiner Frau: »Jeden erwischt's eben«, und ein anderer meinte: »Da sieht man's wieder mal, Förster müßte man sein.« Als das kleine Mädchen hinabgezogen wurde, seufzte eine Frau leise auf und drückte ihr Taschentuch gegen die Augen.

Von Tod und Sterben wußte ich damals wenig. Ich hatte verendete Amseln im Garten begraben, unseren Wellensittich leblos in seinem Käfig liegen sehen. Doch erschreckt hatte mich das nie. Dem Tod war ich erst begegnet, als sechs Männer den dunkelbraunen Sarg aus dem Hause trugen, in dem der Schuster Merlein lag, der mich eine Woche vorher noch auf seine Knie gehoben hatte.

Jetzt stand ich, von den Erwachsenen eingezwängt, vor dem sonderbaren Spielzeug und ahnte, daß sich vor meinen Augen etwas sehr Ernstes ereignete. Ich blickte zu den Köpfen der Erwachsenen auf und wagte doch keine Fragen.

Da nahm mich ein Mann an die Hand; es war nicht Vaters fleischige, weiche Hand. Sie gehörte einem Mann, der eine blaue Uniform trug und eine Schildmütze auf dem Kopf hatte. Es war der Saaldiener. Er hatte mich entdeckt. Vielleicht war er selber Vater gewesen und hielt es darum nicht für ratsam, daß ein Kind gerade vor diesem Kasten stehenblieb. Er nahm mich zur Seite, führte mich um das Schaugestell herum, bückte sich und drückte meinen Kopf gegen einen Schlitz, durch den ich in das Innere des Kasten blicken konnte. Da sah ich Erstaunliches. Das Mädchen mit dem Blumenstrauß wanderte, auf dem Kopf stehend, ganz allein weiter, ihm folgte aber bald der junge Mann mit dem Zirkel, der Arbeiter in blauer Werkschürze, die Hausfrau, das alte Weiblein und schließlich auch der Oberförster. Keine Figur war verlorengegangen. Am Kastenrand versammelte sich die kopfstehende Gesellschaft und stieg mit leisem Ruck durch die Schlitze wieder nach oben ins Licht. Das sah so lustig aus, daß ich lachen mußte.

Der Saaldiener, zwischen dessen Knien ich stand, schob sich die Mütze in den Nacken und sprach mit der Innigkeit, deren die sächsische Sprache fähig sein kann: »Nu gucke mal, so gut hat's der liebe Gott eingerichtet. Bei dem geht kein Mensch verloren.« Kein Wort, das aus der Kindheit her auf mich zugekommen ist, blieb mir so voller Trost bis in meine späten Jahre, und ich habe mich seiner oft erinnern müssen.

Dieter Kaergel

Die Dresdener Nachtigall

Eine Nachtigall singt für die todkranke Waschfrau Christine mitten im Winter. Christine wird wieder gesund und meint später, sie habe es nur geträumt. Daß die Nachtigall der Nachbarsbub war, der auf seiner Tonflöte für sie spielte, hat sie nie erfahren.
Vorlesezeit ca. 8 Min.

Daß mein Vater eine Nachtigall war, hat nichts mit Seelenwanderung zu tun, wohl aber mit Musik. Es ist lange ein großes Geheimnis geblieben, denn mein Vater und die anderen Eingeweihten schwiegen darüber, wie sie es versprochen hatten. Aber nun ist so viel Zeit vergangen und alles so anders geworden, daß niemand mehr Schaden leidet, wenn ich davon erzähle – vielleicht freut sich nun mancher darüber.

Mein Vater war Kruzianer, Schüler der alten berühmten Kreuzschule in Dresden, und die jungen Sänger der Kreuzschule waren einst durch ihre Chöre berühmt wie etwa die Wiener Sängerknaben oder die Bamberger Domspatzen. Schon von den untersten Klassen an wurde auf die Ausbildung der musikalischen Fähigkeiten der dafür geeigneten Schüler besonderer Wert gelegt. Aber dadurch wurde mein Vater natürlich noch nicht zur Nachtigall. Das hängt wieder mit einer anderen Besonderheit der alten Stadt zusammen.

Sie besaß in dem weiten Parkgebiet des Großen Gartens einen wunderschönen See mit Buchten und Inseln und einer Gartenwirtschaft, die am Nachmittag ein beliebtes Ziel der Bürger war. Einige Wochen im Jahr aber war diese Gaststätte am Carolasee schon in den frühen Morgenstunden geöffnet, kaum daß die Dämmerung anbrach. Um diese Zeit wurde sie von jungen Paaren, Verlobten und Liebenden aufgesucht, die dort ihren Morgenkaffee oder ihre Schokolade tranken, ob der Kühle in Mäntel gehüllt, und schweigend und verzückt dem Gesang der Nachtigallen lauschten. Denn die Nachtigallen am Carolasee gehörten zu dem besonderen Zauber dieser so leicht erreichbaren Seewirtschaft. Der Wirt opferte gern seine Nachtruhe und rieb sich die Hände ob des guten Besuches.

Doch wenn der Tag dann heller wurde, verstummten die Nachtigallen, und manches Paar, das noch kam, kehrte enttäuscht wieder um. Dagegen mußte etwas geschehen, und der Wirt, der mit einem Professor der Kreuzschule bekannt war, fand auch den Ausweg. Er bat ihn, ihm einige musikalische Kreuzschüler zu schicken, auf deren Verschwiegenheit Verlaß sei. Es solle ihr Schaden nicht sein, und pünktlich um acht werde er sie zur Schule senden.

Mein Vater war einer der drei oder vier ausgewählten Buben. Sie bekamen vom Wirt Tonflöten, wie sie jetzt noch auf manchen Jahrmärkten zu haben sind und mit denen man, indem man eine Ausbuchtung am Mundstück halb mit Wasser füllt, jauchzende und schluchzende Töne erzeugen kann, die dem Lied der Nachtigall ähneln. Der Wirt ließ die Buben die echten Nachtigallen belauschen, und dann mußten sie den Gesang auf ihren Flöten üben, bis sie ihn täuschend echt nachahmen konnten. Darauf mußten sie zwischen fünf und halb acht, sooft das Wetter gut war und die wirklichen Nachtigallen in der Nacht und der Dämmerung sangen, sich an verborgenen Stellen im Buschwerk niederlassen und das Konzert fortsetzen, wenn die gefiederten Sänger es beendet hatten. Manchmal jubelte und schluchzte auch noch eine echte Nachtigall in das Konzert der zweiten Besetzung hinein – es war nicht zu unterscheiden.

Der Wirt war zufrieden, und die jungen Kreuzschüler bekamen warmen Milchkaffee und Streuselkuchen, wenn sie auf Umwegen nach Beendigung ihrer Musik zur Küche der Wirtschaft kamen, um sich aufzuwärmen, ehe sie sich zur Lateinschule trollten. Sie haben auch das Geheimnis bewahrt und sich nicht anderwärts als Nachtigallen betätigt, mit Ausnahme des Konzerts, das mein Vater der alten Christine gab und von dem er mir Jahrzehnte später erzählte.

Christine war bei diesem Sonderkonzert eigentlich gar nicht so alt, kaum vierzig Jahre. Aber mein Vater war damals elf, da kam sie ihm eben sehr alt vor. Als sie starb, war sie fünfundsiebzig, und da erfuhr ich dann von dem Nachtigallengesang, den mein Vater ihr einst mitten im Winter hatte erklingen lassen.

Christine hatte sich bei ihrer Arbeit als Waschfrau eine Lungenentzündung geholt und war so krank, daß es hieß, sie müsse sterben. Sie wohnte in einem Hinterhaus, das an den Garten meiner Großeltern grenzte. Als nun mein Vater erfuhr, in welcher Gefahr sie sei, ging er im Morgendunkel an den Gartenzaun unter ihrem Fenster und spielte das schöne Nachtigallenlied, bis er zur Schule mußte.

Als er heimkam, erfuhr er, die Gefahr sei vorüber und der Arzt habe gesagt, nun werde Christine wieder gesund. So war es auch, und sie hat noch über dreißig Jahre für uns und andere gewaschen. An jenem Morgen war sie aus ihrem Fieber aufgewacht und hatte als erstes gesagt: »Ich höre die Nachtigall! Nun hab' ich doch nicht im Winter sterben müssen!« Danach war sie wieder eingedämmert, in den Schlaf der Genesung, und später hat sie gemeint, sie habe es nur geträumt. Die Leute sagten, es sei eben die Krise gewesen, und mein Vater hat ihr nie verraten, daß er die Nachtigall mitten im Winter gewesen war. Er mag ja auch am Carolasee schön jubiliert haben, aber ich meine immer, im Winter unter Christines Fenster, das ist sein allerbester Nachtigallengesang gewesen.

Wolfgang Zenker

Der mahnende Traum

Die Vierzigjährige wird im Traum in ihre Kindheit versetzt. Menschen erscheinen ihr, kleine Liebesdienste, die sie ihnen getan hat, steigen auf. Sie erwacht, denkt, ist das alles, was mir einmal gutgeschrieben werden kann? Rasch steht sie auf, denn noch hat sie Zeit.
Vorlesezeit ca. 11 Min.

Neulich träumte ich – merkwürdig, wie man zu solchen Träumen kommt –, ich war wieder ein junges Mädchen, so dreizehn, vierzehn oder höchstens fünfzehn Jahre alt. Meine französische Arbeit hatte ich eben beendet und schlenderte nun mit meinem Ballnetz die Friedrichsallee hinunter, um mit Apothekers Erika ein bißchen zu spielen. Der Himmel war hell und glatt wie Seide. Überall an den Fenstern blühten die Geranienstöcke, und meine langen Beine zeigten über den Halbstrümpfen ein kräftiges Braun. Es war ein herrlicher Tag.

Bei Bennewitz vor dem Zigarrenladen saß das gelähmte Mariechen im Lehnstuhl und hielt, um sich vor der scharfen Sonne zu schützen, ihren mageren Arm schräg vor die Stirn.

Da wurde mir plötzlich bewußt, so beunruhigend und quälend wie Geschehnisse einem im Traum manchmal bewußt werden können, daß ich das lahme Mariechen schon viele Male so hatte dasitzen sehen, ihren kleinen mageren Arm vor die grelle Sonne haltend, und daß ich immer achtlos vorbeigeschlendert war, bis auf ein einziges Mal.

»Tag, Mariechen!« rief ich, und meine Stimme klang verschleiert und gedämpft, wie sie einem im Traume eben klingt. »Soll ich dich vielleicht ein bißchen in den Schatten rücken, Mariechen?« Da leuchtete das gelblich blasse Gesicht des kranken Kindes wie eine Blume auf, tausendmal schöner als die Geranien auf den Fensterbrettern, schöner als der seidig blaue Himmel. Während ich den Lehnstuhl mit wenig Mühe etwas zum Hause hin in den Schatten schob, da wußte ich auf einmal, mitten im Traum, daß das Mariechen aus dem Zigarrenladen ja schon lange, lange gestorben war, daß schon viele Jahre vergangen waren seit meinem kleinen Liebesdienst.

Mein Herz wurde schwer im Traum. Schwer von der Unabänderlichkeit alles Vergangenen. Eine Ahnung von der Last aller versäumten guten Taten legte sich mir hart und bleiern auf die Brust.

Aber der Traum ging weiter. Mariechen lächelte und sagte danke schön, ein ganz wunderhübsches Dankeschön. Wonach ich befreit und aufatmend weiterlief, um Apothekers Erika keinesfalls zu verpassen.

Aber dicht vor dem Töpfertor, wo die Straße zum Spielplatz hin recht steil nach oben biegt, gab es wiederum einen Aufenthalt. Da plagte sich der alte Krause mit seinem schwarzen Hund vor einem schweren Holzwagen über das holprige Kopfpflaster bergauf.

»Los, Karo, los!« ächzte der Alte. Ich sah, wie die Gurte tief in seine mageren Schultern schnitten, und der brave Zottelhund zerrte willig mit hängender Zunge im Geschirr.

Wie viele Male hast du sie so gesehen, raunte es in mir, indes der Traum wieder durchsichtig wie ein Schleier und mein Herz noch um einige Pfunde schwerer wurde. Wie oft bist du vorübergelaufen und hättest ihnen helfen können mit deinen jungen Händen? Nur ein einziges Mal hast du's ja getan.

»Los, Karo, los!« schnaufte der alte Krause, und erst als sie die Höhe hinter sich hatten, oben unter dem Töpfertor, blickte er staunend zurück. Wie leicht es diesmal doch gegangen war, weil ich mich ordentlich von hinten gegen den Wagen gestemmt hatte.

»Ei, Hannele, das war aber mal lieb von dir.«

Was die Leute in diesem Traum nur für strahlende Gesichter hatten! Sogar der schwarze Karo sah mich aus seinen feuchten, goldbraunen Augen so dankbar-zärtlich an, daß es mir auch hier wieder aufging, ich hatte es mit schon Ruhenden zu tun, die keine Mühsal mehr quälte.

Vater Krause nickte mir zu, der Karo wedelte und ich

schlenkerte mein Ballnetz hin und her, wohl begreifend, daß ich ihnen schon öfter als einmal hätte helfen können.

Wiederum aber verging das Wissen, verwehte die Wirklichkeit, verdichteten sich die Bilder des Traumes.

Da wartete auf dem Spielplatz Apothekers Erika mit ihren drei bunten Bällen. Ich selber trug deren sogar vier in meinem Netz, zwei rote, einen gelben, einen blauen. Ach, ich erkannte noch die Risse in dem einen, die verblaßten bunten Streifen in dem anderen. Und ich erkannte auch Franzel Weidemüllers sommersprossiges Jungengesicht, der wie schon so oft sehnsüchtig zum Zaun herübersah, weil er keinen Ball besaß; denn die Weidemüllers waren arme Leute mit vielen Kindern und wenig Geld.

»Spiel doch mit, Franzel«, spottete Erika, »hol doch deine Bälle!« Aber ich – ich weiß wirklich nicht, was in mich fuhr, daß ich dem Buben zwei meiner Bälle hinüberwarf, einen roten und einen gelben.

»Da, darfst sie behalten!«

Ach, wie der ungläubig staunte, dann feuerrot anlief vor Glück und sogleich seine Bälle zu werfen begann, den roten, den gelben. Noch während er spielte, löste mein Traum sich langsam endgültig auf, gleich dem Dunst, der in der Frühe über den Wiesen vergeht. Die Wirklichkeit kehrte zurück: Franzel Weidemüller warf ja keine Bälle mehr. Der guckte auch nicht mehr neidvoll beim Spielplatz über den Zaun, sondern lag weit fort in Polen unter einem kleinen, hölzernen Kreuz. Er schlief sicher besser und leichter als ich, denn er hatte ein größeres Opfer gebracht als zwei kleine rissige Gummibälle, einen roten und einen gelben.

Welche Nacht, welch ein Traum, welch ein Erwachen! Auf einmal sah ich, wie der Morgenwind die Gardinen bauschte, ich hörte im Garten die erste Amsel rufen und war kein kleines Mädchen mehr. Ich war wieder vierzig und wußte, das Leben würde dahingehen, rasch und flüchtig wie ein Traum. Und es würde zuletzt nicht viel anderes übrigbleiben von allen Träumen und allem Erwachen, von allen Frühlingen, Sommern und Wintern, als das Lächeln der kleinen Marie vor dem Zigarrenladen, das knurrende Dankwort des alten Krause, Karos freundliches Wedeln und Franzel Weidemüllers strahlende Freude über die beiden geschenkten Bälle. Dies allein würde übrigbleiben, wenn man einmal endgültig erwachte aus dem langen Traum, den sie das Leben nennen, wenn der Nebel aller Ungewißheiten sich einmal verzog und das ewige Licht über uns aufging. Dies würde übrigbleiben und uns gutgeschrieben werden: die spärlichen Guttaten, zu denen man sich aufgerafft, die kleinen Freuden, die man einander bereitet hatte.

Der lockende, glockenhelle Ruf der Amsel schwang durch den tauigen Garten. »Steh auf!« rief sie, »steh auf, noch hast du Zeit; eine kleine Weile Zeit!« Ich faltete fest die Hände und stand dann eilends auf.

Herta Grandt

Die Witwe

Ihr Mann ist erst kürzlich, nach der Ausweisung, gestorben. Soll ich das, was an Kraft und Liebe noch in mir ist, verkümmern lassen? Das wäre nicht im Sinne des Toten, sagte die Witwe. So hilft sie all denen im Flüchtlingslager, die ihre Fürsorge brauchen.
Vorlesezeit ca. 6 Min.

Immer wenn ich am Totensonntag die Menschen mit Kränzen und Blumen zum Friedhof eilen sehe, fällt mir Frau Schlehbaum ein. Es ist schon lange her, daß ich ihr begegnet bin, und unsere Bekanntschaft dauerte nur zehn Tage. Aber die Wirkung ihrer Persönlichkeit war so stark, daß ich sie bis heute nicht vergessen habe.

Ich lernte sie in einem Flüchtlingslager kennen, zu Ende des Krieges, als alle Menschen scheinbar gleich waren. Gleich arm, gleich traurig, gleich hoffnungslos.

Sie fiel mir auf, weil sie ihren Vater so rührend betreute. Der alte Mann lag teilnahmslos auf seinem Strohlager und ließ alles mit sich geschehen. Dem kindlich wirkenden Blick aus seinen graublauen Augen konnte man entnehmen, daß er die Tragweite des Geschehens kaum begriff. Sie schüttete ihm das Stroh auf, sie schob ihm das karge Essen in den Mund, sie wusch ihm die Hände und das einzige Hemd. »Sie müssen Ihren Vater sehr liebhaben«, sagte ich eines Tages zu ihr. Sie sah mich erstaunt an. »Er ist nicht mein Vater. Ich lernte ihn erst hier kennen.« Ich schwieg verwirrt, aber ich konnte es nicht hindern, daß meine Neugier erwacht war und ich sie nun weiterhin beobachtete.

Dabei merkte ich, daß es nicht der alte Mann allein war, dem ihre Fürsorge galt. Sie wickelte das Baby der jungen Frau, die fast immer weinte, und sie fegte jeden Morgen den großen Schlafsaal, auf dessen Boden jeder achtlos Papiere und Abfälle hinwarf, als sei er es so gewohnt. Es lohnte nicht mehr, auf Ordnung zu achten, wenn man nichts mehr besaß. Nur Frau Schlehbaum kehrte die Abfälle weg und räumte ein bißchen auf. Sie holte Trinkwasser in einem großen Aluminiumkessel, den die Lagerleitung irgendwie »organisiert« hatte, und kämmte die fremden, verwilderten Kinder mit ihrem Kamm.

Daß sie Lotte Schlehbaum hieß, erfuhr ich von einer Frau, die aus dem gleichen Ort stammte wie sie. Weiter erzählte sie: »Ihr Mann war Bahninspektor in Kirchstadt, ein netter Mann. Er starb kurz nach der Ausweisung, er war leberkrank und konnte ohne seine Diät nicht leben. Er liegt hier begraben, es ist erst fünf Tage her.«

Am 10. Tag brach im Lager der Typhus aus. Der alte Mann hatte ihn, die blinde Frau und das junge Mädchen, das seine Eltern auf der Flucht verloren hatte. Es war, als habe sich die

Krankheit die Hilflosesten ausgesucht, die sich nicht wehren konnten. Die Kranken kamen auf die Isolierstation des Spitals, wir anderen mußten noch eine Zeitlang in Quarantäne bleiben, bis die Landstraße uns aufnahm.

»Ich gehe mit«, sagte Frau Schlehbaum. »Sie werden zu wenig Pflegerinnen haben. Es wird nicht bei diesen drei Fällen bleiben, da kommen noch mehr.

Ich konnte nicht länger ruhig sein. »Frau Schlehbaum«, sagte ich, »darf ich Sie etwas fragen?«

»Gewiß, aber es wird nicht nötig sein. Ich weiß, was Sie denken, und Sie können meine Antwort haben: Nein, ich suche nicht den Tod. Und ich will mich auch nicht mit Arbeit betäuben. Die Sache ist viel einfacher, als Sie denken. Als mein Mann starb, ist soviel in mir zurückgeblieben an Liebe, Kraft und Fürsorge. Das alles hatte ich vorher an ihn gewandt; soll ich es nun verkümmern lassen? Das wäre ganz und gar nicht im Sinne des Toten gewesen. Er war ein guter Mensch, mein Herbert, er hätte nicht gewollt, daß so viele leer ausgehen, während ich noch Kraft zum Geben habe. Wenn ich den alten Mann zudecke, decke ich auch meinen Mann zu. Wenn ich ihm Wasser bringe, bringe ich es meinem Mann. Für mich ist mein Mann nicht tot, er lebt weiter in all denen, die mich brauchen. Ich bin nicht allein.«

Ich habe Frau Schlehbaum seit diesem Gespräch nicht wiedergesehen. Sie ging mit den Kranken in das Spital, und ich trat nach der vorgeschriebenen Zeit die große Reise auf der Landstraße an.

An meinem Fenster gehen Menschen vorüber, sie tragen Blumen und Kränze zum Friedhof. Sie schmücken die Gräber und gedenken der Toten. Ich weiß, daß die Toten keine Blumen brauchen. Sie brauchen die Liebe, die diese Blumen hinlegt, die Kraft, mit der die Zurückgelassenen ihr Leben meistern, die Bereitschaft, die den Toten dient, wenn sie sich an die Lebenden verschwendet. Frau Schlehbaum wußte es und ich weiß es nun auch.

Margarete Kubelka

Hügel der Erinnerung

Als Kind hat sie sich vor diesem Sonntag im November gefürchtet, an dem sie traurig sein sollte und nicht wußte warum. Später, als sie selbst Mutter ist, macht sie ihren Kindern den Totensonntag zum Totenfest. Sie erzählt ihnen Geschichten von früher, leert Schubladen mit Erinnerungsstücken aus und läßt die Kinder damit spielen.
Vorlesezeit ca. 7 Min.

Als Kind hatte sie sich gefürchtet vor diesem Sonntag im November, der eine dunklere Wiederholung des Buß- und Bettages war. Der Vater hatte den Gehrock an, den er zu Beerdigungen und zum Kirchgang und am Karfreitag zu tragen pflegte, und hatte sich, bald nach dem Mittagessen, zurückgezogen. Sei es, weil ihm die düstere Stimmung, die von seiner Frau ausging, nicht behagte, sei es, daß er Erinnerungen nachhing, die er für sich behalten wollte oder mußte.

Die Mutter hatte bereits am Tage zuvor die Bilder der Großeltern mit Kränzen aus Isländisch Moos und Strohblumen geschückt und blasse Schleifen aus gelben und lila Seidenbändern daran befestigt. Sie hatte das schwarze Kleid an, dessen weißes schmales Halsbündchen seine Düsterkeit betonte, statt sie aufzuhellen.

Ob sie den Kindern je verboten hatte, an diesem Tage zu lachen, ist nicht anzunehmen, sicher aber ist, daß schon das Bedürfnis zu lachen bei einem Blick in ihr stilles Gesicht mit den geröteten Augen erstickte, ohne daß sich die Kinder darum mühen mußten. Gespielt wurde nicht wie sonst an verregneten Sonntagen im Kinderzimmer. Sie saßen statt dessen über ihren Bilderbüchern am Wohnzimmertisch und hatten ein Würgen im Hals, ohne recht zu wissen, warum Mutter traurig war, warum sie es sein sollten.

Die Großeltern hatten sie nie gekannt. Und warum man heute weinen mußte um Onkel Hans, der gleichfalls Strauß und Schleife an seinem Bild trug, weil er im Weltkrieg gefallen war – warum man heute um ihn traurig sein sollte, wo er doch an allen anderen Tagen im Jahr der »lustige Onkel Hans« war, von dem es hundert Streiche gab, blieb den Kindern unverständlich, zumal man vergessen hatte, ihnen ein so dunkles Wort wie »gefallen« zu erklären. – Am besten war es, man sprach Mutter an diesem Sonntag gar nicht an.

Vor dem Kaffeetrinken ging sie mit den Kindern auf den Friedhof. Da niemand der Familie sein Grab dort hatte, führte sie die Kinder zu der Grabstätte, die der Vater vorsorglich für Mutter und sich gekauft hatte und die, einstweilen ohne Stein, nur von einer kleinen weißen Mauer eingefaßt, zwei runde Beete beherbergte, auf denen jetzt, im November, Apfelblüten standen. Kaum eine der bräunlichen Blüten hatte dem Wind standgehalten und schwankte noch an dem kränklichen, nackten Stiel. Das Aufsuchen dieser kleinen Beete mit Apfelblüten gehörte zu den Unverständlichkeiten des Tages. Da Mutter nicht ihr eigenes Grab mit Sträußen und Kränzen hatte schmücken können, wie es auf den Nachbargräbern geschah, zupfte sie zwischen dem Kies kleine, nur ihr sichtbare Büschel Unkraut, seufzte und faßte ihre Kinder fester bei den Händen. Die Geschwister blickten verstohlen nach den Gestalten, die zu dreien und vieren aus dem Nebel auftauchten, sich näherten und wieder in ihm verschwanden. Das Mädchen, das damals vielleicht zwölf Jahre alt war, sah eine gespenstische Prozession von Toten auf den Friedhofswegen. Eine Ahnung, die sie später noch einige Male überfiel. Sie ahnte den Tod in den Lebenden und erschauerte, zu den Toten jedoch faßte sie schon als Kind ein inniges Gefühl der Zuneigung und Zugehörigkeit.

Jahre später, als sie selbst die Mutter von drei Kindern war, ließ sie den Totensonntag zu einem Totenfest werden. Sie trug kein dunkles Kleid, wohl aber ein festliches, gleich den Kindern. Sie kochte die Lieblingsgerichte ihrer Mutter und erzählte schon am Frühstückstisch Geschichten, die so anfingen: »Bei uns zu Hause...« und »Als ich so klein war wie ihr...«

Und nachmittags zog sie die Schubladen aus der Kommode und leerte sie auf den Teppich und hockte sich, in jedem Arm eines der Kinder und das Kleinste zwischen den Knien, in die Hügel der Erinnerungen. Fotografien, Broschen, Batisttüchlein, Ordensbänder des Großvaters, Umschläge mit vergilbten Briefen, Medaillons in gelber Watte, Heidesträußchen in Seidenpapier. Die Kinder spielten damit. Spielten mit den Erinnerungen der Eltern, griffen sich heraus, was bunt war und geheimnisvoll. Ein Spiel, das diesem einen Tag im Jahr vorbehalten war. »Erzähl uns, wie Großväterchen den Orden bekam!« – Erzähl, wie Onkel Hans zum letztenmal auf Urlaub war!«

Und sie hatte rote Backen wie die Kinder, und manchmal stiegen Tränen in ihre Augen. Glückliche Tränen, die sie im Haar ihres Kindes trocknete.

Nur auf den Friedhof nahm sie die Kinder nicht mit zum Totenfest, obwohl sich die runden Beete mit Apfelblüten seit Jahren schon zu länglichen Gräbern gestreckt hatten und zwischen dem Kies gewiß Unkraut zu jäten war. Sie mochte der Ansicht sein, daß man die Toten nicht antrifft an einem solchen Tage. Vielleicht fürchtete sie sich noch immer vor der Prozession der künftigen Toten unter den nebelnassen Bäumen des Friedhofes.

Christine Brückner

Turmmusik

Seit 300 Jahren erklingt vom Rathaus an jedem Samstag um sechs Uhr die Turmmusik. Einmal aber werden die Bürger der Stadt mitten in der Woche kurz nach Mitternacht von der Turmmusik geweckt. Die Melodie, die sie spielt, ist nur für den alten Lensky. Ihm soll sie wieder Mut machen. Wie damals, als seine Mutter das Lied für ihn sang.
Vorlesezeit ca. 8 Min.

»Ein besonders schöner und gemütlicher Brauch in unserer Stadt«, heißt es im Prospekt des Verkehrsvereins, »ist die Turmmusik vom Rathausturm, die seit 300 Jahren an jedem Samstag um 6 Uhr abends mit Chorälen die Arbeitswoche aus- und den Feiertag einklingt und zu Silvester um Mitternacht das neue Jahr begrüßt.«

Ja, wir sind recht stolz auf diesen Brauch; er gehört zur »heiligen Ordnung«, an der wir nicht gern etwas verrücken lassen. Und deshalb hat es uns im letzten Sommer zunächst alle befremdet, als wir plötzlich mitten in der Woche kurz nach Mitternacht von der Turmmusik geweckt wurden und noch dazu durch eine höchst weltliche, beinahe wie eine Tanzweise halb lustig, halb traurig klingende, hüpfende Melodie. So ungewohnt war dies, daß viele meinten, sie hätten nur geträumt.

Aber sie hatten wirklich geblasen, mittwochs um Mitternacht, und zwar nicht etwa zur Erbauung der ganzen Stadt wie sonst, sondern für einen einzigen Menschen, und noch dazu für einen, der sozusagen noch gar nicht so recht zu uns gehört. Denn mit dem Titel »Bürger unserer Stadt« sind wir nicht gerade freigebig; man muß schon einen Scheffel Salz mit uns verzehrt haben, ehe wir ihn verleihen. Der alte Lensky aber wohnt erst ein paar Jahre hier, und besondere Verdienste um die Stadt hat er sich auch nicht erworben.

Herr Rabener, der Bäcker vom Markt, hat ihn denn auch lange nicht beachtet, als Lensky hin und wieder gegen Abend in sein Café kam. Aber eines Abends sah er den Alten über ein Schachbrett gebeugt eine Partie mit sich selbst spielen. Das weckte Rabeners Aufmerksamkeit, denn er ist ein Schachnarr, und bald saß er Lensky als Partner gegenüber. Von nun an spielten sie oft miteinander. Dabei geschah's, daß Lensky leise eine kleine Melodie vor sich hinsummte – eine halb lustig, halb traurig klingende Weise, die wie ein ländlicher Tanz daherhüpfte.

»Dies Liedchen sang mir meine Mutter oft vor, als ich ein Kind war«, sagte Lensky, als Rabener einmal danach fragte. »Immer wenn ich traurig war, sang sie's, um mir Mut zu machen.« So kam er ins Erzählen, und Rabener erfuhr einiges von Lenskys Schicksal. Er stand ganz allein in der Welt, seit ihn der Krieg von Familie, Haus und Hof vertrieben und in unsere Stadt verschlagen hatte, und schlug sich als Tagelöhner durch, denn sein Alter und seine immer schwächer werdenden Augen hinderten ihn, besser bezahlte Arbeit zu finden und in der neuen Umwelt richtig Fuß zu fassen.

»Alt, einsam und beinahe blind«, sagte er bitter, »da ist man für niemand mehr etwas wert.«

»Nun, nun«, erwiderte Rabener kopfschüttelnd, »wer wird denn gleich verzweifeln?«

Lensky stand plötzlich auf und schob das Schachbrett unwirsch beiseite. »Ich mag nicht mehr«, sagte er abweisend und ging grußlos fort. Der Bäcker sah ihm ärgerlich nach; er fand Lenskys Benehmen höchst ungehörig.

Als Rabener am selben Abend gegen elf Uhr von einer Innungsbesprechung nach Hause kam, fand er im Hausflur einen Brief, den jemand zu später Stunde unter der Tür durchgeschoben haben mußte. Er brach ihn auf und las:

»Sie waren immer freundlich zu mir. Deshalb möchte ich nicht ohne Dank und Abschiedsgruß von Ihnen gehen. Verzeihen Sie mit meine Heftigkeit vorhin. Auch von Ihnen kann ich Güte nicht annehmen. Alt, verbraucht wie ich bin und demnächst ganz blind, lohnt es sich für Sie nicht mehr, sich um mich zu bemühen, und für mich nicht, noch länger zu leben. Leben Sie wohl!

Lensky.«

Rabener war's, als griffe eine kalte Hand nach seinem Herzen. Er wußte nicht genau, wo Lensky wohnte; nur so viel, daß er in der Nähe des Rathauses in einer Dachkammer hauste. Selbst wenn der Alte den letzten Schritt noch nicht getan hatte, den er plante, gab es kein Mittel mehr, ihn noch rechtzeitig zurückzurufen, es sei denn ...

»Mein Gott, was soll ich nur tun?« flüsterte der Bäcker. Und plötzlich wußte er die Antwort. Er kehrte auf der Stelle um und lief wie gejagt durch die nächtlichen stillen Straßen. Er kannte vier Handwerksmeister gut, die nahe dem Rathaus wohnten und zum Bläseroktett der Turmmusik gehörten. Sie allein konnten und mußten helfen.

Kaum eine Stunde danach begann die Turmmusik mitten in einer Sommernacht zu blasen. Sie blies einmal, zweimal, dreimal die halb lustig, halb traurig klingende, wie ein ländlicher Tanz hüpfende Melodie, die noch niemand von ihr gehört hatte. Plötzlich brach sie ab. Da nämlich sah Rabener, der am Rathaustor wartete, wie der alte Lensky sich zögernd näherte und furchtsam erstaunt zum Turm hinaufstarrte, wo das Mondlicht auf den Instrumenten der Bläser blinkte.

Als Rabener auf Lensky zuging und nach seiner Hand griff, sagte der Alte leise:

»Es war mir, als ob ich meine Mutter hörte – wie damals, wenn sie mir Angst und Kummer fortsingen wollte mit diesem Lied. Und wie damals, so hat's mir auch heute wieder Mut gemacht – Mut zum Leben.«

Kurt Lütgen

Das Lichtkreuz

Die Besucherin kann nicht gleich einschlafen, sieht das Kreuz aus Licht an der Decke des Schlafzimmers und fühlt sich dadurch getröstet.
Vorlesezeit ca. 8 Min.

Es war auf einer Urlaubsreise. Der Zug, mit dem ich gekommen war, hatte Verspätung gehabt und mein Anschluß war verpaßt. Nun mußte ich drei Stunden auf den nächsten Anschlußzug warten.

Ich ließ mein Gepäck auf dem Bahnhof und beschloß, mir ein wenig die Straßen anzusehen. Als ich dann so durch die Straßen schlenderte, fiel mir plötzlich Frau Baumgart ein. Wir waren Nachbarinnen gewesen, vor vielen Jahren. Ich war damals eine blutjunge Hausfrau, und Frau Baumgart hatte mir oft mit Rat und Tat zur Seite gestanden. Sie war ein gutes Jahrzehnt älter als ich und gerne bereit, ihre Erfahrungen mit mir zu teilen. Später war ich dann in die kleine süddeutsche Stadt gezogen und Frau Baumgart kurz darauf nach H., wo ich jetzt durch einen Zufall gelandet war. Ob sie wohl noch hier wohnte?

Kurz entschlossen suchte ich die Post auf und ließ mir ein Adreßbuch geben. Tatsächlich, sie wohnte noch hier, und nun war es für mich eine Selbstverständlichkeit, sie zu besuchen.

Frau Baumgart war natürlich älter geworden, aber in ihrem Wesen unverändert. Mit einer Herzlichkeit, als hätten wir uns erst gestern voneinander verabschiedet, empfing sie mich, und bei einer Tasse Kaffee saßen wir dann beieinander und sprachen von den alten und den neuen Zeiten.

Ihr Mann war vor sechs Jahren an Magenkrebs gestorben, die Tochter Ulrike im Ausland verheiratet. Frau Baumgart lebte nun allein. Sie hatte eine Halbtagsarbeit angenommen, und am Nachmittag besorgte sie ihre auf ein Minimum zusammengeschrumpften Hausfrauenpflichten. Obwohl sie sehr einsam war, beklagte sie sich nicht.

Als ich mich verabschieden wollte, weil es Zeit war, zum Zug zu gehen, lud sie mich ein, auch den Rest des Tages bei ihr zu verbringen und in ihrer Wohnung zu übernachten.

»Wir haben einander noch so viel zu erzählen«, sagte sie, »und Ihr Urlaub läuft Ihnen ja nicht weg. Morgen fährt auch noch ein Zug.«

Eigentlich hatte sie recht, und ich ließ mich nicht ungern von ihren Argumenten überzeugen. Ich durfte in ihrem eigenen Schlafzimmer schlafen, und sie legte sich im Wohnzimmer auf die Couch. Ich konnte nicht gleich einschlafen und dachte noch im Dunkeln lange über all die Dinge nach, die wir einander erzählt hatten. Als ich einmal die Augen öffnete, sah ich das Kreuz. Es war ein helles Kreuz an der Decke, ein schmales Kreuz aus Licht, das waagerecht und senkrecht die Decke teilte. Ich wußte sogleich, wie es entstanden war: der herabgelassene Rolladen schloß an einer Stelle nicht ganz dicht ab, und die Straßenbeleuchtung vor dem Fenster warf, das Fensterkreuz nachmalend, die Erscheinung an die Decke. Ich schloß wieder die Augen, und kurz darauf war ich eingeschlafen.

Als ich am nächsten Morgen beim Frühstück Frau Baumgart gegenübersaß, sagte ich unter anderem: »Ihre Läden schließen nicht ganz dicht.«

»Ach so«, sagte sie ruhig, »Sie meinen das Kreuz.«

»Ja«, erwiderte ich. »Stört es Sie nicht?«

»Ach nein. Es war gut für mich, so viele Jahre unter dem Kreuz zu schlafen.«

Nach einer Weile des Schweigens fuhr sie fort: »Sie wissen ja selbst, wie schwer das Leben manchmal sein kann. Jeder, der über die erste Jugend hinaus ist, weiß das, und manche wissen es sogar schon sehr früh. Da gibt es Schmerzen, auch solche körperlicher Art, da sind die Enttäuschungen, Angst, Zweifel und aufkommende Verbitterung.

Die Zeit, als mein Mann starb, und die Zeit davor, als er so viel leiden mußte. Der Tag, an dem meine Tochter mir sagte, daß sie so weit wegziehen würde. Der Versuch, im Beruf neu Fuß zu fassen, und die anfänglichen Schwierigkeiten dabei. All das zermürbt einen innerlich.

Aber wenn ich am Abend im Bett lag, sehr allein und im Bewußtsein meines Ausgeliefertseins, dann war da dieses Kreuz über mir. Ich wußte natürlich, daß sich seine Herkunft leicht erklären ließ, aber es war mit trotzdem wie ein Zeichen. Daß man mit seinem Kreuz leben muß, und daß Gott einen nie verläßt. Er war da, nicht nur allabendlich in der sichtbaren Form des Lichtkreuzes, sondern auch am Tag, wenn die Anfechtungen kamen und die bösen Worte, die tausend Vergeblichkeiten und der Zwang zum Verzicht.«

Wir haben uns dann bald voneinander verabschiedet, ich fuhr meinem Ferienziel entgegen und dachte nur noch selten an meinen Besuch bei Frau Baumgart. Nur in der Nacht, wenn ich manchmal nicht schlafen kann, weil die Sorgen mich bedrängen oder ein Erlebnis meine Gedanken wachhält, fällt mir das Kreuz in jener Schlafstube ein. Und dann ist mir oft, als sende es seine Lichtstrahlen bis hierher zu mir, in die Dunkelheit meines Zimmers, und tröste mich auf seine stille, Ruhe spendende Weise.

Margarete Kubelka

Dezember

Eine Tür geht auf

Machet die Tore weit
und die Türen in der Welt hoch,
daß der König der Ehre einziehe!

Psalm 24, 7

Alle Jahre wieder – Weihnachten. Tannengrün und vollgestopfte Schaufenster, Lichterglanz und strahlende Kinderaugen, hektischer Trubel, abgehetzte Hausfrauen und mühsame Innerlichkeit.

Die einen reisen in fernste, sonnige Feriengebiete, um allem, besonders sich selbst, in diesen Tagen zu entfliehen, die anderen rücken näher zusammen. Man schreibt Briefe an Verwandte und Bekannte, um die man sich eigentlich das ganze Jahr über schon hätte kümmern können und sollen, man feiert – in Gemeindekreisen, am Arbeitsplatz und in Vereinen, man wünscht sich »Fröhliche Weihnachten«, und viele ersticken heimliches Unbehagen über Weihnachtskrippe, Choräle, Festessen und den nadelnden, bunt behängten Christbaum in Papiergeraschel und Kindheitserinnerungen.

Muß es denn so sein, daß Weihnachten, das Fest der Freude, zu einem Fest der Kritik geworden ist? Liegt es nicht an uns, daß schöne, alte Bräuche zum sinnentleerten Mißbrauch werden, daß wir Weihnachten nicht richtig zu feiern verstehen, weil wir den Hintergrund des Festes vergessen und unser Verhalten von der Reklame diktieren lassen?

Gott schenkt uns seinen Sohn. Er gibt, und wir empfangen. Liebe und Zuwendung sind unverdient, uns zugewendet ohne ein Anrecht unsererseits. Daß wir aus dieser Liebe leben dürfen, eröffnet uns eine neue Welt. An Weihnachten feiern wir dieses unverdiente Geschenk der Liebe Gottes – und suchen es zu begreifen. Das Kind in der Krippe ist Anlaß zur Freude, und wir Beschenkten schenken unsere Freude weiter – das ist der vergessene oder verdrängte Sinn des zum Tauschgeschäft ausgearteten Gaben-Rummels.

Mit Jesu Geburt hat nicht nur eine neue Zeitrechnung begonnen; wie unwichtig wäre das, wenn es alles wäre. Mit ihm ist Hoffnung in die Welt gekommen, Hoffnung, daß der Friede möglich ist, den er uns zusagt. Gott ist uns nahe gekommen, und Weihnachten stellt die Frage, ob wir bereit sind, ihn in unser Leben einzulassen. Eine Tür geht auf, wenn wir es tun. Denn wir wissen, dem Stern über dem Stall vertrauend, daß alle Einsamkeit beendet ist. Die Freude darüber wird, wo sie sich mitteilt, überall um uns Einsamkeit beenden. Freude stiftet Mitfreude. Bei der Familie, die am Heiligen Abend ihre Tür öffnet für Obdachlose oder Einsame, bei der Frau, die einsieht, daß durch gegenseitige Hilfe im Mietshaus Spannungen abgebaut werden, oder erfährt, daß ein überraschendes Geschenk das versteinerte Herz eines Vereinsamten verändert – bei diesen Menschen geschieht Weihnachten.

Der Grund des Lebens, das Fundament, auf dem wir stehen, wird von dem Kind in der Krippe geschenkt: das Wissen, daß nicht Zufall, blindes Schicksal unsere Zeit bestimmt, sondern göttliche Güte, die Mut zum Leben gibt, den wir, wo wir ihn empfangen, dankbar weiterreichen.

Wer so, »des Weihnachtsglanzes voll«, Weihnachten erlebt, der erlebt mehr als ein paar feierlich-stimmungsvolle, arbeitsfreie Tage. Er nimmt in seinen Alltag die Verheißung mit, daß in Gottes bergender Nähe Angst und Unvermögen dauerhaft aufgehoben sind. Er wird mit Bonhoeffer dankbar bekennen: »In mir ist es finster, aber bei dir ist das Licht. Ich bin einsam, aber du verläßt mich nicht. Ich bin unruhig, aber bei dir ist Friede. In mir ist Bitterkeit, aber bei dir ist die Geduld. Ich verstehe deine Wege nicht, aber du weißt den Weg für mich.«

Almuth Hochmüller

Kommt, wir gehn nach Bethlehem

Der Kindergarten gegenüber ist für die alte Frau ein Ärgernis. Allein dieser Lärm! Eines Tages aber geht sie hinüber und nimmt ein Paket selbstgestrickter Puppen und Kasper mit.
Vorlesezeit ca. 17 Min.

Der erste Advent ist vorüber. Bald wird wieder Weihnachten sein. Die alte Frau sitzt mit ihrem Strickzeug am Fenster. Es ist ein trüber Morgen. Drüben, im Kindergarten auf der anderen Straßenseite brennt das Licht, und sie kann die Kinder erkennen, die an kleinen Tischen sitzen und mit irgend etwas eifrig beschäftigt sind. Die Kindergärtnerin geht von einem zum anderen, schaut, spricht, zeigt und hilft.

Während die alte Frau weiterstrickt, wirft sie ab und zu einen Blick hinüber. Jetzt scheinen die Kinder mit ihrer Arbeit fertig zu sein. Eins steht auf und heftet mit Hilfe der Kindergärtnerin einen Stern ans Fenster. Jetzt kommt noch ein Kind mit einem Stern, und dann sind es mehrere, die zu gleicher Zeit ihren Stern aufhängen wollen. Alle drängen zu den Fenstern, und die Kindergärtnerin hat Mühe, ihren Eifer in Schranken zu halten. Aber schließlich sind alle Sterne aufgehängt. Zwei Fenster voll bunter Sterne. Die Kinder stehen noch und schauen. Sie freuen sich an ihrem Werk. Dann laufen sie weg.

Nun kann sie nichts mehr sehen als die Fenster voller Sterne. Schön sehen sie aus, das muß sie zugeben. Aber für sie ist der Kindergarten ein Ärgernis: Viel Lärm dringt von drüben herauf zu ihr. Im Sommer vom Spielplatz neben dem Gebäude, der nur durch eine hohe Hecke von der Straße getrennt ist. Jetzt im Winter das Rufen und Schreien, wenn die Kinder kommen und gehen. Ja, zuweilen hört sie selbst bei geschlossenem Fenster lautes Singen und den Klang kindlicher Instrumente: Trommeln, Pauken, Triangeln und Glokkenspiele. Sie ist froh, daß sie an einer verkehrsarmen Straße wohnt. Aber der Kindergarten stört sie noch mehr als der Verkehrslärm.

Sie lauscht: Wirklich, jetzt singen sie schon wieder. Sie hört es deutlich: Kommt, wir gehn nach Bethlehem.

Sie steht auf. Das kann sie sich nicht anhören. Sie liebt dieses Lied, das sie an ihre eigene beschützte Jugend erinnert. Warum müssen die Kinder gerade dieses Lied singen? Dieses Lied läßt es sie besonders fühlen, daß sie allein ist. Sie ist alt, sie ist nicht verheiratet gewesen. Sie hat keine Angehörigen mehr. Es geht ihr nicht schlecht. Sie ist gesund. Sie kann sich noch selbst versorgen. Sie hat diese hübsche kleine Wohnung gefunden, in der sie sich wohlfühlt. Wenn nicht der Kindergarten wäre!

Und nun ist bald wieder Weihnachten. Sie wird allein sein wie immer. Sie wird ihren kleinen Weihnachtsbaum haben, sie wird weihnachtliche Musik hören, sie wird sich ein gutes Essen kochen. Und doch: Weihnachten wird es bei ihr nicht sein. Sie hat nichts zu erwarten. Niemand wird an sie denken, sie hat niemanden, an den sie denken könnte.

Sie schaut auf ihren Schrank. Da stehen aufgereiht kleine hübsche Puppen, eine schöner als die andere. Sie hat sie selbst gestrickt. Stricken macht ihr Freude. Manchen Pullover und manche weiche und warme Jacke hat sie schon geschaffen und trägt sie gern. Aber einmal hat alles eine Grenze. Mehr Jacken und Pullover braucht sie beim besten Willen nicht. Da kam sie auf den Gedanken, etwas anderes zu stricken. Sie erinnerte sich einer kleinen Puppe, die ihr ihre Großmutter einmal gestrickt, und die sie noch als großes Mädchen geliebt hatte. Sie hat so viele Wollreste, die sie dazu gut verwenden kann.

Das erste Püppchen sieht noch ein bißchen wunderlich aus. Sie versucht es ein zweitesmal. Da ist es schon besser. Und dann wurden die Puppen schöner und schöner. Nun hat sie schon viele gestrickt. Dort stehen sie auf dem Schrank. Und wieder hat sie eins angefangen. Diesmal soll es ein Kasper werden.

Die Puppen schauen sie an. Warum strickst du uns, scheinen sie zu fragen. Für wen?

Sie legt das Strickzeug weg, geht in die Küche und bereitet ihre Mahlzeit.

Dann sitzt sie wieder am Fenster. Sie strickt nicht. Sie hat plötzlich keine Lust, noch mehr Puppen zu stricken. Für wen?

Sie schaut hinüber nach den Fenstern, die mit bunten Sternen geschmückt sind. Jetzt sind die Fenster dunkel, für die Kinder werden die Sterne aber doppelt so hell leuchten. Ach, müssen sie denn schon wieder singen: Kommt, wir gehn nach Bethlehem!

Sie kann es deutlich hören. Die Kinder singen laut. Und jetzt hört sie auch das Duriduridei, das von Triangeln und Schellen begleitet wird. Plötzlich erinnert sie sich der Adventsandacht, die sie in diesen Tagen irgendwann im Radio gehört hat: Die erste Adventskerze ist wie das gelbe Licht der Ampel am Straßenübergang. Es bedeutet: Gleich kannst du gehen. Gleich kommt grün. Der Weg ist frei. Geh mit den anderen! Ist das nicht dieselbe Aufforderung wie: Komm, wir gehn nach Bethlehem?

Geh ihm entgegen! Komm, wir gehn nach Bethlehem! Vielleicht sollte sie es versuchen. Aber sie kann nicht aus ihrer Haut. Nein, sie muß warten, bis ihr jemand entgegenkommt.

Sie steht auf und will ihr Strickzeug holen. Ihr Blick fällt auf die Puppen. Sie scheinen sie vorwurfsvoll anzuschauen: Und uns läßt du auch warten! Wir möchten doch Freude bereiten. Es ist bald Weihnachten!

Sie hört laute Kinderstimmen auf der Straße. Da scheinen noch ein paar Nachzügler zum Nachmittagskindergarten zu kommen. Ja, schon verschwinden sie hinter der breiten Tür.

Plötzlich faßt sie einen Entschluß: Aus einer Schublade holt sie Seidenpapier, wickelt vorsichtig drei der schönsten Puppen ein, zieht sich den Mantel über und verläßt die Wohnung. Sie geht die Treppe hinunter, überquert die Straße und steht vor der Kindergartentür. Sie hat nicht den Mut, die Tür zu öffnen.

Sie sollte lieber wieder umkehren. Aber da kommt noch ein kleines Mädchen, sieht zu ihr auf und fragt: »Willst du auch in den Kindergarten?«

Sie ist angesprochen, nun kann sie nicht mehr zurück. »Ja«, sagt sie, »ich will in den Kindergarten.«

»Komm, ich zeig dir, wo man gehen muß«, sagt das kleine Mädchen und faßt ihre Hand. Sonderbar, plötzlich fühlt sie sich sicher. Das Kind führt sie in den Vorraum, zieht dort seinen Mantel aus und hängt ihn auf. Es öffnet die Tür zum Gruppenraum und geht hinein. Sie folgt ihm zögernd.

Das Kind geht zur Kindergärtnerin und begrüßt sie. Dann sieht die Kindergärtnerin den fremden Gast und spricht ihn an. Die alte Frau stottert. Sie weiß nicht, was sie sagen soll.

Sie packt die Püppchen aus. »Können Sie so etwas brauchen?«

Die Kindergärtnerin ist entzückt von den Puppen. »Haben Sie die selbst gemacht?« Und nun entwickelt sich ein anregendes Gespräch. Sie will noch mehr Puppen bringen. Sie hat sie selbst gestrickt. Wie viele kann die Kindergärtnerin brauchen?

»O viele! Das wird eine hübsche Weihnachtsüberraschung für unsere Kinder werden!« sagt die Kindergärtnerin.

Aber nun werden die Kinder unruhig. Die Kindergärtnerin bittet die alte Frau, sich einen Augenblick zu setzen. Vielleicht mache es ihr Spaß, eine Weile zuzuhören.

Die Instrumente liegen noch auf den Tischen. Die Kindergärtnerin regt die Kinder an, dem Gast noch einmal das heute gelernte Weihnachtslied vorzusingen. »Als kleinen Dank für etwas, das sie uns zu Weihnachten schenken will«, setzt sie hinzu.

Ach, solcherlei Dank will die alte Frau gar nicht haben. Lärm verträgt sie so schlecht. Aber nun beginnen die Kinder. Sie ist erstaunt über die Disziplin, mit der sie das Lied singen und begleiten: Kommt, wir gehn nach Bethlehem. Das Duridei mit den Instrumenten klingt wunderbar zart und fein.

»Das war schön«, sagt sie überzeugt, als die Kinder geendet haben. »Ich danke euch!«

Sie geht nach Hause. Sie kann wiederkommen und noch mehr Puppen bringen!

Schon am anderen Tag führt ihr Weg wieder in den Kindergarten, diesmal mit einem großen Paket voller bunter Puppen. Keine bleibt zurück. Es reicht noch nicht, daß alle Kinder eine bekommen. Sie muß noch einige stricken. Und so sitzt sie nun mit einer Aufgabe am Fenster: Noch einige Puppen und Kasper müssen rechtzeitig vor Weihnachten fertig sein.

Beim Abliefern der letzten Puppen wird sie eingeladen, zur Weihnachtsfeier der Kinder zu kommen. »Nein«, sagt sie, »da sind so viele fremde Menschen; das ist nichts für mich.« Sie kann sich nicht dazu entschließen.

Aber als die Weihnachtsfeier stattfindet und sie vom Fenster aus die erleuchteten Kindergartenräume und die fröhlichen Menschen sieht, tut es ihr fast leid, nicht dabei zu sein. Und als sie hört, wie die Kinder singen: Kommt, wir gehn nach Bethlehem, summt sie leise mit.

Der Heilige Abend kommt. Es ist alles wie immer: Das Bäumchen auf dem Tisch, eine Schale mit selbstgebackenem Gebäck, das Radio spielt leise Weihnachtsmusik. Es wird schon dunkel.

Es klingelt. Sie erschrickt. Wer kann jetzt noch kommen? Sie öffnet. Da stehen draußen ein Dutzend Kinder aus dem Kindergarten. Hinter ihnen die Kindergärtnerin. Sie fangen an zu singen. Und Instrumente haben sie auch mitgebracht: Triangeln, Schellenbänder, Glöckchen. Sie singen: Kommt, wir gehn nach Bethlehem!

Der alten Frau kommen die Tränen. Aber sie unterdrückt sie, und es gelingt ihr, mitzusingen: Duriduriduriduridei; lieb Jesulein, Herre mein, wiegen will ich dich gar fein.

Das Lied ist zu Ende. Sie zieht die Kinder in die Stube und schenkt ihnen Gebäck. »Singt noch etwas«, bittet sie. Und wieder versucht sie mitzusingen: Ihr Kinderlein kommet …

»Daß ihr zu mir gekommen seid«, sagt sie und kann es nicht fassen. »Wie soll ich es euch danken?«

»Ich wüßte etwas«, sagt die Kindergärtnerin. »Wie wäre es, wenn Sie auch nach Weihnachten noch öfter zu uns herüberkämen und uns ein bißchen helfen würden? Es gibt bei uns immer so viel zu tun. Sie könnten uns mit Ihren geschickten Händen gut helfen, Spielzeug zu flicken und Beschäftigungen vorzubereiten. Sie könnten den Kindern zeigen, wie man Knöpfe zuknöpft und Schleifen bindet und Zöpfe flicht. Sie können sicher auch gut erzählen und vorlesen. Ach, und vieles mehr könnten Sie uns abnehmen!«

»Ja«, rufen die Kinder, »komm bald wieder zu uns!« Sie drängeln sich an sie heran und sind ganz und gar nicht leise. Aber es stört sie nicht. »Wenn ihr mich haben wollt«, sagt sie, »komme ich gerne. Ich hab ja so viel Zeit. Und Puppen kann ich auch abends noch stricken, soviel ihr wollt.«

Die Kinder jubeln. Die Kindergärtnerin drängt sie aus der Wohnung hinaus. »Es ist höchste Zeit! Eure Eltern werden schon warten. Wir müssen gehn.«

»Frohes Fest!« ruft sie noch von der Treppe aus zurück. »Danke, gleichfalls!« sagt die alte Frau. Sie schließt die Türe und geht zum Fenster. Da unten laufen sie, eilig jetzt, das Christkind nicht zu verpassen. – Bei ihr war es schon. Sie zündet ihre Kerzen an. Das wird ein schönes Jahr werden, denkt sie. Und nächstes Jahr werde ich auch bei der Kindergarten-Weihnachtsfeier nicht fehlen. Und sie werden wieder singen: Kommt, wir gehn nach Bethlehem!

Elfriede Pausewang

Der Flüchtling und der Weihnachtsbaum

Nur widerwillig nimmt Rosenstein die Einladung an, mit der Familie des schwedischen Pastors Weihnachten zu feiern. Er tanzt auch nicht um den Weihnachtsbaum. Als das Kleid von Klein-Kari Feuer fängt, kann er es löschen. Danach ist er wie umgewandelt.
Vorlesezeit ca. 18 MIn.

Erst als die Katastrophe mit dem brennenden Weihnachtsbaum eingetroffen war, erfuhr Pastor Ahle die Geschichte Albert Rosensteins.

Rosenstein kam zum ersten Male an einem regnerischen Novemberabend auf den Pfarrhof. Eine kleine schmächtige Gestalt stand im Flur und fragte mit leiser Stimme, ob Herr Pastor irgendeine Schreibarbeit für ihn habe.

Das hatte Pastor Ahle zwar nicht, aber er hatte die Angewohnheit, nie einen Menschen vergeblich an seiner Tür anklopfen zu lassen. Darum saß Albert Rosenstein, ehemaliger Bibliotheksassistent in Berlin, im Sprechzimmer des Pfarrers, und Pastor Ahle versuchte, sich nach dem Schicksal des Mannes zu erkundigen.

Rosenstein antwortete mit tonloser Stimme, daß er nicht gekommen sei, um seine Lebensgeschichte zu erzählen, sondern um irgendeine Arbeit zu suchen, wie einfach und gering sie auch sein möchte, um damit sein tägliches Brot zu verdienen. Nachdem der Pastor ihm vorsichtig eine Geldunterstützung statt Arbeit angeboten hatte und Rosenstein sich entschieden geweigert hatte, Hilfe anzunehmen, ohne etwas dafür zu leisten, erinnerte sich der Pastor daran, daß er eine Archivarbeit hatte, die den Mann einige Tage beschäftigen könnte. Nachdem man sich über ein sehr bescheidenes Honorar geeinigt hatte, wollte er ihn zum Kaffee einladen.

»Nein, danke!«

»Lieber Tee?«

»Nein, danke!«

»Ich darf Sie wohl wenigstens meiner Frau und meinen Kindern vorstellen, wo Sie jetzt mein Assistent werden sollen?«

»Danke, ich möchte am liebsten als das behandelt werden, was ich bin, ein Bibliotheksassistent, der Gelegenheitsarbeit verrichtet.«

»Wie Sie wollen. Aber wo werden Sie wohnen?«

»Ich habe mir schon ein kleines Zimmer für Reisende am Bahnhof verschafft.«

Pastor Ahle dachte mit gelindem Grauen an das schmutzige Asyl für allerlei Landstreicher, wo die Polizei oft zu tun hatte. Rosenstein stand auf, verbeugte sich und ging, nachdem man Zeit und Ort für die morgige Arbeit vereinbart hatte.

Drei Tage arbeitete Rosenstein im Kirchenarchiv. Als die drei Tage vorüber waren, hatte Rosenstein nicht nur die Archivforschung über einen Stammbaum gemacht, sondern auch das Archiv mustergültig geordnet und ein Verzeichnis aufgestellt von allem, was es dort gab und was nicht in dem vorgeschriebenen Inventarverzeichnis notiert war. Pastor Ahle wollte mehr bezahlen, als vereinbart war, aber Rosenstein weigerte sich entschieden, mehr anzunehmen. Er quittierte sein Geld, verbeugte sich und ging. Er verschwand aus dem Ort ebenso leise und unbemerkt, wie er gekommen war.

Ein Jahr war vergangen. Einige Tage vor Weihnachten stand der kleine Bibliotheksassistent wieder im Flur des Pfarrhofes und fragte mit noch tonloserer Stimme als das erste Mal, ob der Pastor irgendeine Arbeit für ihn habe.

Pastor Ahle wußte mit dem besten Willen nicht, was er sich ausdenken sollte, aber er forderte den Mann auf, in sein Arbeitszimmer zu kommen. Rosenstein war noch verschlossener und unzugänglicher als das erste Mal. Er war noch magerer geworden, der zerschlissene Anzug hing ihm schlotternd um den Körper, sein Blick war noch erloschener, und seine jüdischen Züge traten mit mumienhafter Schärfe hervor. So konnte einer der ersten christlichen Märtyrer ausgesehen haben, dachte Pastor Ahle. Wieder lehnte es der Mann ab, unter dem Dach des Pfarrhauses etwas zu essen und zu trinken. Plötzlich kam Pastor Ahle ein Gedanke. Er mußte irgendwie versuchen, die Isolierung des Mannes zu durchbrechen.

»Ich habe Ihnen einen Vorschlag zu machen«, sagte er. »Ich werde Ihnen über Weihnachten Arbeit geben, aber unter einer einzigen Bedingung, daß Sie mit mir und meiner Familie Weihnachten feiern.«

Rosenstein atmete heftig. »Sie bedienen sich meiner Notlage, Herr Pastor, um mich zu etwas zu zwingen, was mir sehr schwer ist. Ich kann nicht mit Menschen zusammensein ...«

Pastor Ahle unterbrach ihn. »Ich will Sie nicht zu etwas Schwerem zwingen. Ich will Ihnen nur helfen.«

»Niemand kann mir helfen, so wie Sie es meinen«, sagte Rosenstein. »Sie können mir nur helfen, wenn Sie mir Arbeit geben, daß ich mein täglich Brot habe.«

»Aber wenn ich Sie nun bitte«, sagte Pastor Ahle. »Wenn ich Ihnen sage, daß Sie mir und den Meinen eine große Freude machen, wenn Sie mit uns Weihnachten feiern. Oder –« Pastor Ahle zögerte eine Weile, »ist es vielleicht so, daß Ihre Religion Sie irgendwie daran hindert?«

»Durchaus nicht«, antwortete Rosenstein. »Ich habe jetzt keine Religion mehr«, fügte er hinzu.

»Nun, dann kommen Sie also«, sagte Pastor Ahle.

»Wenn Sie es sehr gern wollen, Herr Pastor, und wenn ich Ihnen eine Freude damit machen kann, obwohl ich das nicht verstehe.«

»Oh, das ist leicht zu verstehen«, sagte Pastor Ahle. »Sehen Sie, wir pflegen immer zu Weihnachten einen Weihnachtsgast zu haben. Meine Kinder sind daran gewöhnt. Wir haben viele Jahre lang eine alte (der Pastor konnte das Wort »arme« gerade noch unterdrücken) Verwandte hier gehabt, aber dieses Jahr ist sie im Krankenhaus, und meine Kinder haben gesagt: ›Papa muß uns einen Weihnachtsgast verschaffen, sonst wird es kein Weihnachten.‹ Sie kommen, als wäre es höheren Orts so bestimmt.«

Das Ende war, daß Rosenstein im Amtszimmer des Pastors mit einem fast bedrückenden Fleiß und äußerster Gewissenhaftigkeit arbeitete und daß er sich am Weihnachtsabend nach dem Gottesdienst im Pfarrhaus einfand. Er kam in seiner dürftigen Kleidung, aber im übrigen sauber und rein. Die Kinder waren anfangs etwas befangen, legten aber allmählich ihre Fremdheit ab. Nur das jüngste, Klein-Kari, die Vierjährige, machte vergebliche Annäherungsversuche. Jedesmal, wenn sie in »Onkel Alberts« Nähe kam, wurde er steif und zog sich zurück.

Als man alle Weihnachtsgeschenke ausgeteilt hatte, sollte um den Weihnachtsbaum getanzt werden. Ein Harmonium ist nicht dafür gemacht, Polka darauf zu spielen. Tut man es dennoch, klingt es wie die allerherrlichste Ziehharmonika. Den Kindern gelang es nicht, Onkel Albert mit in den Kreis zu ziehen, obwohl sie es versuchten und eigentlich noch eine Person zum Tanzen nötig gewesen wäre. Man mußte ein paar Taschentücher zu Hilfe nehmen, um den Kreis zu erweitern.

Während einer Ruhepause in dem fröhlichen Tanz wurden die Wunderkerzen angezündet. Der große Bruder hatte damit angefangen, und zu allerletzt kam Klein-Kari an die Reihe. Der große Bruder wollte ihr helfen, aber nein, das könne sie ›leine‹. Doch das Unglück wollte es, daß sie einen am Weihnachtsbaum hängenden, in Papier eingewickelten Bonbon anzündete. Der zündete einen anderen an, und in einer Sekunde stand der ganze Baum in hellen Flammen. Man hörte einen Schrei, aber der kam nicht von den Kindern, sondern von Onkel Albert Rosenstein. Denn während alle auf den brennenden Baum starrten, sah er, daß Klein-Karis Tüllkleid Feuer gefangen hatte.

Der Pastor stürzte auf den Flur, um den Feuerlöschapparat zu holen, der dort nach den Vorschriften des Brandgesetzes stand. Indessen sprang Rosenstein hinzu, zog seine Jacke aus, wickelte sie um Klein-Kari und wälzte sie auf dem Fußboden hin und her. Es war ein unbeschreiblicher Lärm in dem eben noch so fröhlichen Festsaal. Der große Bruder riß die Gardinen herunter, die Feuer gefangen hatten und wie rußige Fetzen herabhingen, die Mutter hatte die erschrockenen kleineren Kinder um sich gesammelt. Der Vater ging mit dem zischenden Feuerlöscher umher und löschte alles, was glühte oder brannte.

Albert Rosenstein wickelte vorsichtig seine Jacke auf und hielt ein halb ersticktes und zu Tode erschrockenes kleines Mädchen in seinem Arm. Er ging zur Pfarrfrau, die die Arme nach der Kleinen ausstreckte.

»Ich glaube, daß sie außer Gefahr ist«, sagte er, »nur schade um das schöne Kleid.«

Er legte das kleine Mädchen in die Arme der Mutter, dann beugte er sich herab und streichelte der Kleinen die Wange. »Kindchen, du lebst«, sagte er, »du lebst«.

Es wurde plötzlich still im Saal. Jetzt war jeder Funken gelöscht, aber es schwelte und rauchte überall, und der schöne Tannenbaum sah wie ein Gespenst aus. Doch mitten in aller Zerstörung war etwas Großes und Wunderbares geschehen. Der schweigsame, verstörte Weihnachtsgast war wie verwandelt. Er redete und gestikulierte, und plötzlich brach er in ein Freudengelächter aus und lief ans Harmonium.

Jetzt hätte man ihn hören sollen! Wenn die Mutter Polka auf dem Harmonium spielen konnte, so daß es wie eine Ziehharmonika klang, so konnte Onkel Albert es, daß es wie ein ganzes Orchester klang. Onkel Albert wandte sich um und rief: »Hei, laßt uns tanzen und fröhlich sein, Klein-Kari lebt!«

Vater Ahle nahm Mutter Ahle an die Hand, der große Bruder griff zu, und auch Klein-Kari wollte mitmachen. Jetzt brauchte man keine Taschentücher, um den Kreis zu erweitern. Onkel Albert spielte. Er hüpfte und gestikulierte und drehte sich hin und her auf dem Harmoniumbock und war so lustig, daß die Kinder fast vor Lachen erstickten. Und als Vater und Mutter nicht mehr tanzen konnten, setzten die Kinder noch eine gute Weile den Tanz fort.

Dann sammelten sie sich alle um Onkel Albert und wollten mehr hören, und er spielte und sang deutsche Lieder und Lieder auf Hebräisch und Polnisch und Ungarisch, denn er konnte viele Sprachen. Er nahm eine Gitarre, die an der Wand hing, und spielte Serenaden und italienische Tarantella.

Ja, das wurde ein Weihnachtsabend: Man sah nicht, daß der Tannenbaum wie ein Gespenst aussah, daß Mutters Gardinen in Fetzen hingen, daß große Wasserflecke an der Decke waren. Es war Weihnachten, Weihnachten und Fröhlichkeit. Bei der Weihnachtsgrütze reimte Onkel Albert in allen Sprachen der Welt und war ein solcher Spaßmacher, daß der kleine zahnlose Jonke zu ihm kam und sagte: »Onkel Albert soll immer unser Weihnachtsgast sein, solange wir leben.«

Als die Kinder schließlich in ihren Betten schliefen, die Weihnachtsgeschenke auf den Stühlen neben sich, saß Albert Rosenstein mit seinen Gastgebern zusammen in Pastor Ahles Zimmer. Die Kerzen brannten in dem dreiarmigen Leuchter, und beim Schein der Kerzen und der Glut des Kaminfeuers erzählte er seine Geschichte.

»Es muß eine Schockwirkung gewesen sein«, schloß der plötzlich redselig gewordene Bibliotheksassistent. »Als Klein-Karis Kleid Feuer fing, glaubte ich, in Hannover zu sein. Ich saß damals in einer Kirche, als die Bomberstaffel kam, denn Kirchen wurden merkwürdigerweise nur selten getroffen. Die Kirche war überfüllt, hauptsächlich mit Frauen und Kindern. Die Bomben trafen das Gewölbe über der Orgelempore. Es entstand eine Panik. In einem Augenblick brannte die ganze Kirche.

Ich sprang durch ein Fenster mit einem kleinen vierjährigen Mädchen, dessen Kleider Feuer gefangen hatten. Als ich glücklich draußen auf der Straße war, zog ich die Jacke aus, wickelte die Kleine hinein und rollte sie auf der Straße. Ich konnte das Feuer löschen und sie zu einem Verbandsplatz tragen. Aber es war zu spät.

Ich bin ein Jude, und sie war ein kleines deutsches Mädchen, eine aus dem Volk, das mich in ein Konzentrationslager sperrte. Es gelang mir, den Gaskammern zu entkommen. Das kleine deutsche Mädchen zu retten, gelang mir nicht. Ich saß bei ihm, als es starb. Aber Klein-Kari konnte ich retten, Klein-Kari lebt!«

Es herrschte langes Schweigen, als Rosenstein seine Erzählung beendet hatte. Dann streckte Pastor Ahle, der christliche Pfarrer, seine Hand aus, und der Jude Rosenstein streckte die seine auch aus, und Klein-Karis Mutter faltete ihre Hände um die der beiden Männer, die sich zusammenfanden.

Axel Hambraeus. Aus dem Schwedischen übersetzt von Ilse Meyer-Lüne

Die Lupe

Der Ladeninhaberin gelingt es, ihren jungen Boten zu überreden: Er kauft für seinen Stiefvater ein Weihnachtsgeschenk. Nach dem Fest erkennt sie den vorher so mürrischen Burschen kaum wieder, so verändert ist er.
Vorlesezeit ca. 8 Min.

Der Tag war trübe und naßkalt, und die Schuhe der Kunden, die zu mir in den Laden kamen, hinterließen Spuren auf dem Fußboden. Es sah nicht festlich aus. Daran änderten auch die ungezählten Girlanden glitzernden Flitters nichts, die überall von den Wänden und Lampen hingen.

Unser Bote kam. Eben hatte er seine Runde mit Austragen der Pakete beendet. Auch ihm tropfte der nasse Schnee aus den Haaren, die er viel zu tief über die Augen trug. Er war mürrisch wie immer und verzog sich hinter den Vorhang, hinter dem ich ihm die neuen Pakete bereitzumachen gewohnt war. Ich mochte ihn nicht sonderlich, aber er sah ziemlich verfroren aus, und ich stellte ihm eine Tasse vom immer bereiten heißen Tee hin und legte ihm noch eine Süßigkeit dazu.

Ich hatte einmal mit seiner kleinen, zarten Mutter gesprochen. Sie wohnte mit ihrem Sohn allein, und ich erinnerte mich, daß sie sich erst kürzlich wieder verheiratet hatte.

»Du hast jetzt wieder einen Vater, nicht wahr?« sagte ich zu ihm, während ich die Pakete für ihn richtete. »Hm«, tönte es zwischen zwei Bissen. »Ist er nett mit dir?« – »Wir reden nicht mehr miteinander«, sagte er da mit bitterem Stolz in der Stimme. »Das muß schrecklich sein, auch für deine Mutter. Warum denn nur?« Der Bursche zuckte die Achseln: »Er sagte gleich am Anfang zu mir, ich käme zu spät nach Hause und ich trüge zu langes Haar und zu enge Hosen und sonst noch vieles. Aber ich habe ihm auch danach geantwortet.«

»Schade, daß ihr zwei nicht miteinander auskommt. Es muß doch ein anständiger Mensch sein, der eine Frau mit einem großen Sohn heiratet. Er hat da eine schwere Verantwortung übernommen. Du solltest dich bei ihm entschuldigen.« Keine Antwort. Man sah sogar seinem steifgewordenen Rücken die Abwehr an.

»Oder du machst ihm ein kleines Geschenk. Etwas, das ihm zeigt, daß er nun zu euch gehört und daß auch du schätzest, was er für euch tut«, fuhr ich fort. Da sah er mich rasch an. »Ein Geschenk. Ich wüßte nicht was.« Plötzlich schien es mir sehr wichtig zu sein, den jungen Burschen zu überzeugen. »Du weißt sicher etwas, was ihm Freude machen würde. Er hat vielleicht irgendeine Liebhaberei.« Achselzucken. »Ich wüßte nichts«, sagte er zögernd. Dann, als erinnerte er sich an etwas, meinte er: »Letzthin hat er eine tote Fliege angesehen und gesagt, Fliegen hätten riesige Augen. Leider könne man es nicht genau sehen, alles sei viel zu klein. Und noch mehr solche Bemerkungen.« Ich überlegte. »Schenk ihm eine Lupe«, sagte ich, »deine letzte Runde geht durch die Stadt. Da kannst du das Geschenk noch kaufen.« Er antwortete nicht und machte sich auf den Weg.

Später am Abend, ich war daran, das Geschäft zu schließen, brachte er seine Abrechnung. Als er dann heimging, zog er aus seiner Tasche ein kleines Paket und flüsterte: »Ich habe eine Lupe gekauft, aber er wird mich auslachen.«

Es war sehr gut möglich, daß der einfache Mann nicht verstehen würde, was sein Stiefsohn mit seinem Geschenk sagen wollte.

Die Festtage gingen vorbei. Es war kälter geworden und der Schnee fiel weiß und dicht am Morgen, als ich wieder ins Geschäft ging. Ich schloß auf. Es war noch früh, Zeit genug, den leidigen Flitter herunterzuholen. Ich nahm eine Leiter und begann an den Dingern zu zerren und sie zu lösen, und bald häufte sich zu meinen Füßen ein hoffnungslos verknotetes Silbergewirr.

Die Tür ging auf, und da stand der Bote. So früh am Morgen wie noch nie. Ich kannte ihn im ersten Augenblick nicht wieder. Er trug ein Paar neue Hosen, die endlich einmal seiner Körpergröße entsprachen, die Haare waren geschnitten und zurückgebürstet und ließen eine helle, hohe Stirn frei. Der ganze Mensch war dadurch seltsam verändert. Er schien auch sicherer zu sein. »Lassen Sie mich das machen«, damit stieg er an meiner Stelle auf die Leiter und nahm die glitzernden Dinger sorgfältig ab. »Hast du schöne Festtage gehabt?« fragte ich.

»Hm«, war die Antwort, aber er strahlte. »Und die Lupe?«

Da saß er nun zuoberst auf der Leiter, behängt mit Silberfäden, und erzählte: »Vater hat nicht gelacht. Im Gegenteil, er hat lange nichts gesagt und dann immer wieder gefragt, ob ich das Geschenk ohne die Mutter gekauft hätte. Und dann hat er mir gedankt. Vater hatte sich schon immer eine Lupe gewünscht. Schon in der Schule liebte er nur die Naturkunde. Aber da er elternlos war, kümmerte sich niemand um seine Wünsche. Jetzt ist er Lastwagenführer. Mit der Lupe haben wir dann seine Hand mit der Narbe betrachtet und Mutters Handarbeit auf dem Tischtuch und Schneeflocken von draußen, die wir mit unseren Rockärmeln aufgefangen haben. Zuletzt waren unsere Ärmel ganz feucht. Wir haben schrecklich gelacht, weil wir immer zu spät zur Lampe kamen, um sie genau zu betrachten. Die Schneeflocken schmolzen so schnell.

Vater sagt, Sie sollen entschuldigen, aber ich müsse kündigen. Ich darf einen Kurs besuchen im Frühjahr, dann gehe ich in eine Lehre. Vater meint, ich kann das gut, weil er doch jetzt für mich sorgt. Er möchte nicht, daß ich ewig Austräger bleibe. Natürlich helfe ich Ihnen, bis Sie wieder jemanden gefunden haben. Vater sagt, man dürfe nicht so davonlaufen, nur weil man etwas Besseres findet.« Er holte tief Atem.

Vater sagt, Vater meint ... Mir wurde ganz eigen zumute, als ich mich nun nach dem Flitter am Boden bückte, um ihn endgültig zu entwirren.

Es muß doch etwas in dieser seltsamen Zeit vorgehen, das noch immer auf die Menschenherzen wirkt, auch wenn wir uns dessen, vor lauter Flitterkram, oft nicht mehr bewußt werden.

Heidi Kohler

Festliche Invasion

In diesem Jahr keine Gäste zu Weihnachten, hat ihr Mann sie gebeten. Es geht ihm nicht gut. Zwei Wochen vor dem Fest muß er in die Klinik. An Heiligabend klingelt es an ihrer Tür. Die Gäste, die sie ausgeladen hat, hat ihr Mann wieder eingeladen, damit sie nicht allein sei.
Vorlesezeit ca. 6 Min.

»Weihnachten steht wieder vor der Tür«, überlegte ich laut, und schon fällt mir Ferdi, mein Mann, ins Wort:

»Das eine sag' ich dir, das diesjährige Weihnachtsfest möchte ich ganz allein mit dir verbringen! Langsam reichen mir diese Feste mit all deinen Alten, Kranken und Türken – so sympathisch sie mir auch sind.« Er schüttete sich Haarwasser, einmassierend, auf den Kopf. »Von Jahr zu Jahr sind es mehr. Erst eine Türkin, dann zwei. Mal ist zufällig ihr Bruder oder ihre Nichte mit ihrem Mann zu Besuch, die auch gern ein deutsches Weihnachtsfest in einer Familie miterleben möchten. Frau Erna aus dem Altersheim bringt noch eine Freundin mit und – wie ich dich kenne – findest du im Kirchenchor sicher noch eine indische Krankenschwester, außer der Amerikanerin, die du schon angeschleppt hast und die sich bei uns heimisch fühlt. Es kommt noch zu einer festlichen Invasion!« Und tief Luft holend: »Aber dieses Mal ohne mich – akzeptiere das, bitte!«

»Natürlich werde ich mich ganz nach deinem Wunsch richten.«

»Rede dich aus, wie du willst, aber halte sie mir nur ein einziges Mal vom Leibe.«

Dieser Gefühlsausbruch gab mir doch zu denken. Es mußte ihm mies gehen bei seinem Herz- und Gallenleiden, da er in letzter Zeit so empfindlich war und kaum Besuch ertragen konnte. Mir zuliebe hat er viel mitgemacht, manchmal Ja gesagt, wenn er Nein meinte. Nun hat er Rücksichtnahme verdient. Und alles auf Ferdis Unpäßlichkeit schiebend, schrieb ich den Freunden und Bekannten das Nötige.

Zwei Wochen vor dem Fest wurde Ferdi krank. Die Galle spukte und Schmerzen plagten ihn. Ein Klinikaufenthalt war nötig. Als ich wieder einmal in der Klinik an seinem Bett saß, flüsterte er: »Wie schön hatte ich es mir mit dir ausgemalt. Nun wirst du die Feiertage ganz allein verbringen müssen.«

»Mach dir keine Sorgen! Wie du weißt, bin ich ein Mensch, der gut allein sein kann. Wichtig ist nur, daß du bald wieder auf die Beine kommst!«

Heiligabend, nach meinem Kirchgang, war eine Stille um mich, daß ich beinahe eingenickt wäre, wenn nicht heftiges Schellen an der Tür mich hätte aufschrecken lassen.

Beim Öffnen sah ich in zwei strahlende Gesichter. Frau Erna – als habe sie keine Absage erhalten – mit ihrer Freundin aus dem Altersheim. Ich nahm liebevoll ihre Hände und zog sie ins Zimmer. Sie redeten gleich munter drauflos – alle Neuigkeiten mußten sofort berichtet werden –, so daß ich keine Fragen stellen konnte. Eben bestaunten sie den Tannenbaum, als es abermals läutete. Mißverständnis, dachte ich beim Anblick meiner türkischen Freunde und mußte herzlich lachen – bis ich ein schlafendes Kind in den Armen eines mir noch unbekannten Mannes sah – ein Grieche wurde mir vorgestellt, Freund der Türken. Eine festliche Invasion, würde Ferdi sagen. Behutsam legten wir das Kind in mein Bett.

Ich war dankbar für diese Ablenkung und mein Herz wurde froh. Wir lauschten andächtig den Weihnachtsweisen, die aus dem Radio erklangen und sangen dreisprachig die bekanntesten Lieder mit. Während des Glockenspiels war ich mir nicht sicher – hörte ich da nicht auch die Türglocke oder das Telefon? Schlecht hören kann sie gut, pflegte Ferdi zu sagen. Seltsam, Ferdi war auch mein Gedanke, als ich mich zur Tür hinbewegte, wo es mir glatt die Sprache verschlug: »Du?« – »Bin nur über die Feiertage beurlaubt – freust du dich nicht?« – »Doch, doch, sehr!« Ich erdrückte ihn fast zwischen Tür und Angel und raunte ihm ins Ohr: »Ich bin nicht allein. Alle sind sie wieder da.«

»Wirklich, alle, denen du abgesagt hattest?« Er grinste ein wenig unverschämt, schien mir, und ich bat: »Mach ein nettes Gesicht!«

»Und ob!« Er faßte mich um die Taille und führte mich, fast übermütig, ins Zimmer. Ich sah in verschmitzte Gesichter, die ihn alle auffällig freundlich begrüßten. Er schaute sich um. »Suchst du was?« Nickend ging er aus dem Zimmer und stand bald darauf strahlender Laune – so als wäre er soeben Vater geworden – mit dem Kind auf dem Arm vor dem buntgeschmückten Tannenbaum.

»Jetzt erst sind wir vollzählig«, sagte er und ergänzte, mich liebevoll anblickend: »Meine Weihnachtsüberraschung für dich – wir schaffen sicher noch eine internationale Weihnachtsfeier.«

Erika Deichl

Eine Tür tut sich auf

Noch nie hat das mongoloide Kind einen Laut von sich gegeben. Stumm und teilnahmslos sitzt es da, während die Mutter neben ihm den Weihnachtsbaum schmückt. Wozu das alles, denkt sie. Am Abend zündet sie die Kerzen an. Und da geschieht es: Das Kind gibt einen Laut von sich, streckt seine Hand dem Lichterbaum entgegen.
Vorlesezeit ca. 8 Min.

Das mongoloide Kind saß teilnahmslos im Laufgitter. Die kleinen, dunklen Marmelaugen starrten leer auf den Teppich. Stundenlang konnte der Kleine fast bewegungslos verharren. Sein Mund stand offen. Doch war nie ein Laut zu hören. Das Kind blieb gespenstisch stumm, war tot bei lebendigem Leib.

Und stumm schmückte seine Mutter neben ihm einen Weihnachtsbaum mit Silberkugeln, Engelhaar und vielen roten Kerzen. Nur zögernd hatte sie sich entschlossen, einen Christbaum zu kaufen und zu schmücken. Zu schwer war die Last, die sie und ihr Mann seit über zwei Jahren, seit der Geburt dieses Kindes, zu tragen hatten. Es war eine lange Kette schmerzlicher Karfreitage, aneinandergereiht und verknüpft. All ihre Gedanken schenkte sie diesem Geschöpf, ihrem Kind. Aber es war, als ob ihr diese gelebte Liebe fortwährend eine Wunde aufrisse und sie stets neu zum Bluten brächte.

Ein riesiger, lastender Schatten lag über ihr, über ihrem Haus, in dem vor zwei Jahren die Fröhlichkeit erstorben war. Wie weh wurde ihr jedesmal, wenn der Vater bei der Heimkehr sein Kind begrüßte. Kein Lächeln, kein Laut, keine Bewegung verriet auch nur die leiseste Freude, das bescheidenste Echo.

Kummermüde stand die Mutter neben dem Christbaum und blickte auf ihr Kind. Sie bangte vor dem Weihnachtsabend. In dieser Stube fand keine Freude Platz.

Vergeblich versuchte sie erwachende Erinnerungen aus ihrem Bewußtsein zu verscheuchen. Kindheitserinnerungen. Heimliches Flüstern. Neugieriges Lauschen. Der Duft von

Weihnachtsgebäck, der zu später Abendstunde bis in die Schlafkammer drang. Und dann die Ungeduld der letzten Stunden, bevor sich die Tür öffnete, bevor die Stube betreten werden durfte, in der sich der Vater, mit einer großen Zigarre im Mund, eingeschlossen hatte. Niemand durfte Zeuge sein, wenn er den Christbaum schmückte. Und niemand verstand es, ihn so schön zu schmücken wie der Vater. Versteckt zwischen den Ästen hingen Baumnüsse, Schokoladeherzchen, Lebkuchen. Sie zu naschen war erst am Neujahrstag erlaubt.

Unter dem Christbaum lagen die Geschenke. Die Augen blieben darauf geheftet, während man gemeinsam die alten Weihnachtslieder sang, von der Mutter am Klavier begleitet. Dann las der Vater die Weihnachtsgeschichte vor, langsam, mit wohlklingender Stimme. Erst nachher folgte die Bescherung, das Fest des Beschenktwerdens und des Schenkendürfens. Unvergeßliche Erinnerungen! Freuden, deren Zauber das ganze Jahr durch nachgeklungen hatte.

Zu ihren Füßen saß ihr eigenes Kind im Laufgitter. Wie hatte sie davon geträumt, ihm die Türe zu diesem Freudenfest öffnen zu können. Aber da war kein Erwarten, kein Widerhall. Die Kinderaugen blieben leer, ausdruckslos, der Mund stumm.

Einen Augenblick war die Mutter in Versuchung, den Schmuck hastig wieder einzusammeln, zu versorgen und das Bäumchen aus dem Zimmer zu entfernen. Wozu diese Vorbereitungen? Wozu einen Lichterbaum, wo es doch, trotz aller brennenden Kerzen, im Herzen dunkel bleiben mußte?

Sie bückte sich über das Laufgitter und strich ihrem Kind sachte übers Haar. Bewegungslos nahm es die Liebkosung entgegen. So, als ob sie nicht ihm gelten würde.

Stumm saßen die Eltern am Weihnachtsabend im Wohnzimmer. Die Stille schmerzte. Ohne Interesse blätterte der Vater in der Tageszeitung. Unter dem Christbaum lagen Geschenke. Auch für das Kind. Hübsch verpackt, der Name des Empfängers darauf geschrieben.

Wozu das alles? grübelte die Frau wieder. Wurde der Schmerz nicht noch größer, noch brennender? Hatte es einen Sinn, sich selber zusätzlich zu quälen? Sie mußte als Tatsache hinnehmen lernen, daß sie ihr Kind wohl mit Liebe umgeben, aber ihm keine Freude schenken konnte.

Ohne überlegte, bedachte Absicht erhob sie sich, suchte Streichhölzer und begann die Kerzen anzuzünden. Als der Baum im vollen Lichterglanz dastand, löschte sie das elektrische Licht aus.

Das war der Augenblick, wo sich jeweils zu Hause die Wohnzimmertüre geöffnet, sich die Mutter ans Klavier gesetzt hatte und die Kinder mit Herzklopfen und staunenden Augen eingetreten waren. Das war, Jahr für Jahr, die feierliche und beglückende Stunde der Weihnachtslieder, der Weihnachtsgeschichte, vom Vater vorgelesen.

Hier aber blieb es still. Man hörte nur das Knacken der angesengten Tannennadeln.

Der Vater hatte die Zeitung abgelegt. Mit starrem Gesicht blickte er auf den Baum, dessen Lichter wohl den Raum, jedoch nicht mehr, zu erhellen vermochten.

Die Mutter überlegte, zögerte. Dann begab sie sich wortlos ins nächste Zimmer. Dort stand das Kinderbettchen. Sachte hob sie ihr Kind hoch, bettete es auf den Arm und kam leise mit ihm ins Wohnzimmer zurück. Sie scheute davor zurück, sich neben ihren Mann zu setzen, unterdrückte den Wunsch und blieb hinter ihm stehen. Stumm und unbeweglich. – Bis sich der Kehle des Kindes ein Laut entrang, ein Ton. Fassungslos starrte sie auf das Kind. Ungläubig hatte der Vater den Kopf gewendet. Fragend, zweifelnd, hoffend schauten sie sich an.

Und wieder wurden ihre Herzen von einem leisen Ton in Aufruhr gebracht. Jetzt hingen ihre Blicke an der kleinen, unbeholfenen Hand, die sich langsam dem Lichterbaum entgegenstreckte.

Eine Tür hatte sich geöffnet!

Paul Eggenberg

Es war ein gesegneter Abend

Dieser Heiligabend ist eine Qual für die beiden Frauen. Für die Schaffnerin, die zwei Kinder zu Hause hat, und für die alte Frau, die allein lebt und jetzt von einer Endstation zur anderen fährt. Sie sprechen miteinander, kommen sich näher – und freuen sich auf morgen. Da wird die alte Frau die Schaffnerin und ihre Kinder besuchen.
Vorlesezeit ca. 6 Min.

Die Schaffnerin wunderte sich über die alte Frau, die an diesem Heiligen Abend als einziger Fahrgast in ihrem Wagen fuhr, von einer Endstation zur anderen. Sie wunderte sich, daß sie keine Anstalten machte, auszusteigen. Sie konnte nicht verstehen, daß es einen Menschen gab, der diesen Abend freiwillig in einer Straßenbahn verbrachte. Für sie selbst war der Dienst heute eine Qual. Sie wandte den Blick ab, wenn sie zufällig im Vorüberfahren einen Weihnachtsbaum bemerkte, dessen Kerzen brannten und dessen rote und silberne Kugeln bis zu ihr in den Wagen leuchteten. Sie dachte dann an ihre beiden Kinder, die allein zu Hause im Bett lagen und schliefen. Hoffentlich schliefen! Beim Abschied vor drei Stunden hatte Lore geweint. »Nun kommt der Weihnachtsmann nicht zu uns, morgen ist es doch nicht mehr richtig.« Nein, morgen abend war es nicht mehr richtig. Deshalb war es besser, nicht zu den Weihnachtsbäumen zu schauen, eher zu der alten Frau dort, die auch nicht zu den Glücklichsten zu gehören schien.

Sie saß vornübergebeugt, hielt die Hände im Schoß und sah auf den Fußboden, als blickte sie in eine Welt, die versunken war. Einmal bemerkte die Schaffnerin, wie sie sich die Augen wischte. Dann war sie lange Zeit wieder ohne jede Bewegung, ganz verloren an das eigene Schicksal, das ihr an diesem Abend keine Wärme, keine Freude gönnte.

Die Schaffnerin wußte später nicht, woher sie den Mut genommen hatte, die alte Frau anzusprechen und ihr ein paar Plätzchen anzubieten, die ihr Ingrid daheim noch eingepackt hatte. »Damit du knabbern kannst, Mutti, wenn du traurig bist«, hatte sie gesagt. Nun knabberte die alte Frau an dem Honigkuchen, und die Trostlosigkeit war plötzlich aus dem Wagen verschwunden.

»Wissen Sie«, sagte die Frau, »ich hatte zwei Söhne und einen guten Mann, aber der ist schon lange tot. Ein Sohn lebt noch, drüben in Amerika, der andere ist im Krieg geblieben. Ich habe mich an das Alleinsein gewöhnt. Das ganze Jahr über geht es gut, aber am Heiligen Abend kann ich nicht zu Hause sein. Da schleicht es aus allen Ecken auf mich zu. Erinnerungen, Gedanken, Wünsche, – ich muß davor fliehen, sonst bringen sie mich um. Ja, wenn ich noch für jemanden sorgen könnte. So bin ich zu nichts nütze, – das ist schlimm.«

»Ich habe zwei Kinder, die sind traurig, weil ich heute Dienst habe«, sagte die Schaffnerin. »Ich muß arbeiten, mein Mann ist vor zwei Jahren tödlich verunglückt, ich muß Geld verdienen. Morgen habe ich frei und auch übermorgen bis zum Abend. Wir werden morgen die Kerzen anzünden und bescheren. Ich habe das Essen schon vorgekocht, es bleibt nur wenig zu tun, ich habe viel Zeit für die Mädchen. Es ist nicht leicht, wissen Sie, alles in Ordnung zu halten. Den Kindern eine gute Mutter zu sein und einen Beruf auszuüben. Wenn ich nur jemand hätte, der mal zu Haus nach den Kindern schaute, wenn ich schaffen muß, ich würde viel ruhiger sein können.«

Sie sahen sich beide an, die alte Frau und die Schaffnerin. Es wurden Gedanken in ihnen wach, die sie noch nicht zu denken wagten. Sie wollten sie auch nicht mit leeren Worten zerreden. So fuhren sie schweigend miteinander von einer Endstation zur anderen, aber ihr Schweigen war nicht bitter, es war erfüllt von dem guten Gefühl menschlicher Zuneigung, das alles Unklare, Nichtige zwischen ihnen verdrängte und nur dies lebendig werden ließ: den Wunsch, dem Menschen da zu helfen, dadurch selbst zufrieden zu werden. Vielleicht auch glücklich. Auf der letzten Fahrt sagte die Schaffnerin: »Es wäre schön, wenn Sie morgen mittag zu uns kommen würden. Die Kinder würden sich freuen. Sie hätten dann mit einmal eine Oma zu Weihnachten bekommen.« Und sie dachte: Vielleicht bleibt die Oma, und ich kann ruhig zum Dienst gehen.

Die alte Frau lächelte ein wenig, als sie ihr Kommen versprach. Sie dachte dabei: Vielleicht bekomme ich zwei Enkel geschenkt. Dann wäre mein Leben nicht mehr ohne Sinn.

Sie gingen auseinander, als kennten sie sich schon lange. Sie freuten sich auf morgen. Anneliese Probst

Die Frau in der dritten Bank

Die Christvesper ist vorüber, nur eine Frau sitzt noch in der Kirchenbank. Vor sechs Monaten erst ist sie aus dem Osten in die Bundesrepublik gekommen. Der Küster wird angerührt von ihrer Verlorenheit im eigenen Vaterland und nimmt sie mit nach Hause zu seiner Frau.
Vorlesezeit ca. 7 Min.

Küster Kröger wollte nach Hause. Er war fix und fertig. Wie immer an Heiligabend, da die Kirche die mehr oder minder Gläubigen kaum zu fassen vermochte. Zu Hause wartete Hanne. Sicher hatte sie den Baum von ihrem Rollstuhl aus geschmückt und schaute nun nach ihm aus.

Und diese Frau in der dritten Reihe rührte sich nicht vom Fleck. Längst war das Orgelfinale verhallt, die Menge hatte sich hinausgedrängelt, und sie hockte da, wie eine Glucke auf Eiern. Womöglich ist ihr schlecht, durchfuhr es Kröger plötzlich. Besorgt ging er auf sie zu, tippte von hinten an ihre Schulter. Sie wandte sich um. Und da erkannte er sie – jene Frau, die im Herbst im Pfarrbüro vorgesprochen hatte. Pfarrer Tjardes hatte ihr nachgesehen und nachdenklich gesagt: »Eine von jenen, die immer noch Kriegsfolgen durchzustehen haben.«

»Wieso?« hatte Kröger gefragt.

»Sie ist erst jetzt aus dem Osten gekommen und steht ganz allein da. Ich habe sie zu unseren Frauengruppen eingeladen, aber sie wagt wohl noch nicht solche Kontakte.«

Martin Kröger hatte seiner Frau davon erzählt, und sie hatte gemurrt: »Ich bin auch allein – seit dem Unfall.«

»Nein«, hatte er korrigiert, »du hast mich«.

»Du bist mehr weg als da«, hatte sie geseufzt.

Nun saß jene Frau auf der Kirchenbank und fand nicht nach Hause, an diesem Abend voller Erinnerungen für jedermann. Denn nie sind die Menschen selbstsüchtiger als am Heiligabend, den sie so patent zum Fest der Familie zurechtmodelten, um ja alle Türen für Fremde fest verschließen zu können. Krögers Müdigkeit ging unter in Mitgefühl. Die Verlorenheit dieses Fremdlings im eigenen Vaterland in der Heiligen Nacht rührte an wie ein Notsignal. Rasch handeln, wenn's um Hilfe geht, sonst wird nichts draus, hatte seine Mutter immer wieder gesagt.

»Ja, ja, ich geh' schon«, begann die Frau, da fiel er ihr ins Wort: »Ich wollte Sie gerade bitten, mir'n bißchen was zum Küsterhaus tragen zu helfen. Ich krieg das nicht hin mit einem Weg, und – ich bin ganz fürchterlich geschafft.«

»Aber gern«, sagte die Frau. Er gab ihr ein Paket in den Arm und nahm selbst allerlei zum Schein mit. Auf seine Fragen erzählte sie, daß sie Selma Schramm hieße, seit sechs Monaten in der Bundesrepublik lebe und halbtags arbeite. Sie stellte fest: »Drüben wurde ich wenigstens gebraucht. Hier fühle ich mich so nutzlos, belaste den Staat und nehme auch noch jemandem den Arbeitsplatz weg.«

»Sie haben ein Recht auf mehr als das«, entgegnete Kröger ernst, »denn Sie tragen die Last für uns alle, die sich in der Zwischenzeit hier eine Existenz aufbauen konnten.«

Im Küsterhaus empfing sie zuerst Flockis Gebell und dann Hannes enttäuschte Miene. Aha, sie hatte sich auf den Abend mit ihm allein gefreut. Rasch stellte er die Fremde vor: »Frau

Schramm ist kürzlich aus dem Osten gekommen und hat gewiß heute noch keinen guten heißen Tee getrunken, oder?«

»Nein«, antwortete Selma Schramm, »aber – ich störe nur.«

»Kein aber«, wehrte Kröger ab, »meine Frau freut sich über jeden Besuch, seit sie mit dem Rollstuhl leben muß. Und ich muß jetzt unbedingt Flocki ausführen. Der Arme hat es sicher nötig.« Damit ließ er die beiden allein. Er hatte Hanne zugeblinzelt und wußte, sie würde verstehen. Vom Schicksal Geschlagene verstehen ja oft schneller als andere. Er blieb extra lange, zu Flockis Vergnügen. Es nieselte, das Land war grün. Hier herum gab es selten Schnee im Dezember. Aber das Wetter macht die Stimmung nicht, die muß aus dem Herzen kommen. Und in dem seinen war die Weihnacht aufgegangen – weil er rasch gehandelt hatte.

Als er zurückkam, goß Hanne eine Tasse Tee ein, daß der ganze Raum nur so duftete. Dabei sagte sie: »Oben stehen zwei Räume leer, seit ich nicht mehr treppensteigen kann. Ich wüßte gern so jemand da drinnen, wenn ich mal was brauche.«

Kröger, der gerade die Kerzen anzündete, ergänzte schmunzelnd: »Und wenn wir so womöglich eine Hilfe fürs Teekochen oder Tischdecken bekämen, wenn mal was los ist in der Gemeinde.«

Die auf einmal gar nicht mehr so Fremde hatte offensichtlich verstanden, denn sie lächelte wie befreit, als sie zögernd gestand: »Ich habe noch niemals singen mögen, seit ich aus der Heimat fort bin, aber heute – wie wär's mit ›Stille Nacht‹?«

Greta Brese

Raum in der Herberge

Am 24. Dezember bleibt die Wirtschaft geschlossen. Dieser Regelung ihrer beiden Kollegen schließt sich die »Bären«-Wirtin nicht an. Denn an diesem Abend sind die Außenseiter und Verachteten aus dem Dorf und der Umgebung ihre Gäste.
Vorlesezeit ca. 18 Min.

Wir alle kennen die Szene aus vielen Weihnachtsspielen: Maria und Joseph, müde von ihrer langen Wanderung, klopfen in Bethlehem an die Tür einer Herberge, um einen Unterschlupf für die kühle Nacht zu suchen. Der Wirt, der mit seiner Laterne unter das Tor tritt, schüttelt den Kopf: es sei kein Platz mehr in seinem Haus und jedes Lager längst besetzt. Ob er denn nicht irgendwo ein kleines Ecklein habe, an dem sie sich ausruhen könnten, betteln die beiden. Der Wirt zuckt mit den Achseln: im Stall sei wohl noch Platz neben Esel und Rind; wenn sie mit einer Schütte Stroh vorlieb nehmen wollten. So etwa wird in unseren Weihnachtsfeiern dargestellt, was die biblische Geschichte mit dem knappen Satz umschreibt: »... denn sie hatten sonst keinen Raum in der Herberge.« Es war kein Raum da für zwei müde Wanderer und wenig Raum für die Barmherzigkeit Gottes in der Welt.

Sooft ich ein Weihnachtsspiel sehe, in dem diese Szene vorkommt, gehen meine Gedanken über viele Jahre zurück. Ich betreute damals als frisch gebackener Theologe während eines Winterhalbjahres die verwaiste Pfarrstelle eines kleinen Dorfes – mit wenig Erfahrung, aber viel gutem Willen. In diesem Dorf stand die Herberge, von der ich hier erzählen möchte. Sie trug den nicht ganz seltenen Namen »Bären« und ist für mich untrennbar mit Weihnachten verbunden.

In der ersten Dezemberwoche fand eine Sitzung des Kirchengemeinderates statt. Allerlei Geschäfte mußten beraten und die entsprechenden Beschlüsse gefaßt werden. Als die Traktandenliste erledigt war, erkundigte sich der Vorsitzende, ob jemand noch etwas vorzubringen habe. Einer der fünf Männer räusperte sich und hob die Hand: »Ich hätte noch etwas.«

»Bitte, du hast das Wort!«

»Es betrifft Weihnachten. Wir haben in unserem Dorf drei Wirtschaften. In den letzten Jahren haben der ›Löwen‹ und der ›Hirschen‹ die Gaststube jeweils am Heiligen Abend geschlossen. Ich finde das begrüßenswert – schließlich sollten auch die größten Wirtshaushocker wenigstens an diesem Tag zu Hause bleiben! Leider hat sich aber die ›Bären-Wirtin‹ bis jetzt ihren Kollegen nicht angeschlossen und die Wirtschaft auch am 24. Dezember offengehalten. Ich möchte nun den Vorschlag machen, daß unser Pfarrer einmal mit ihr darüber spricht.«

Nachdem der Mann sein Anliegen vorgebracht hatte, schaute der Vorsitzende sich in der Runde um: »Will sich noch einer zu diesem Vorschlag äußern?« Niemand verlangte das Wort, und der Vorsitzende schaute auf mich: »Sie haben den Vorschlag gehört, Herr Pfarrer. Was halten Sie selbst davon?«

»Ich werde gerne einmal mit der ›Bären-Wirtin‹ reden«, gab ich kurz Bescheid, »vielleicht trägt es etwas ab!«

»Damit ist diese Frage erledigt. Ist sonst noch etwas?« Es hatte keiner mehr etwas vorzubringen, und er entließ uns bis zum neuen Jahr.

Ein paar Tage später machte ich mich auf den Weg, um den übernommenen Auftrag auszuführen. Ich kannte die ›Bären-Wirtin‹ noch nicht persönlich und wußte nur, daß sie seit dem Tode ihres Mannes die Wirtschaft selbständig führte. Für meinen Besuch hatte ich eine Tageszeit gewählt, von der ich annehmen konnte, es sei nicht allzu viel Betrieb in der Gaststube. Ich hatte mich nicht getäuscht: als ich eintrat, saß die Wirtin ganz allein an einem Tisch und blätterte in einer Zeitschrift. »Grüß Gott, Frau Gerber! Darf ich stören?«

Sie musterte mich über die Brillengläser hinweg, dann hellte sich ihr Gesicht auf, und sie sagte: »Eh, das ist ja der Herr

Pfarrer.« Sie erhob sich und kam auf mich zu: »Das freut mich, daß Sie auch einmal den Weg in meine Gaststube finden. Nehmen Sie doch Platz!« Und sie zog einen Stuhl unter dem Tisch hervor. Sie erkundigte sich, was sie mir offerieren dürfe, und als dann der Kaffee vor mir auf dem Tisch stand, setzte sie sich mir gegenüber.

Wie es mir gehe im Dorf, fragte sie. Und bald waren wir mitten in einem angeregten Gespräch. Sie erzählte mir von der Gemeinde, von den Leuten und auch von sich selber und machte mir dabei den Eindruck einer tüchtigen und vernünftigen Frau, die das Leben zu meistern wußte.

Plötzlich hatte ich das Gefühl, mit meinem Anliegen etwas fehl am Platz zu sein, aber ich konnte mich doch nicht gut darum herumdrücken. Glücklicherweise kam Frau Gerber von sich aus auf die bevorstehende Weihnachtszeit zu sprechen und auf die Arbeit, die sie dem Pfarrer bringe. »Weil Sie gerade davon reden«, fing ich vorsichtig an, »ich hätte in dieser Beziehung noch ein Anliegen.«

Sie schaute mich mit sichtlicher Neugier an: »Und das wäre?«

»In der letzten Sitzung des Kirchengemeinderats ist davon gesprochen worden, daß der ›Löwen‹ und der ›Hirschen‹ jeweils am 24. Dezember die Gaststube geschlossen halten. Man war der Meinung, Sie sollten sich im ›Bären‹ dieser Regelung anschließen. Ich habe es übernommen, die Sache mit Ihnen zu besprechen.«

Sie lächelte ein wenig vor sich hin und meinte: »Soso, der Kirchengemeinderat hat sich mit dem ›Bären‹ beschäftigt. Was doch diese guten Männer für Sorgen haben!« Und dann fuhr sie ernsthaft fort: »Ich verstehe sie eigentlich ganz gut. Nur, ich vermute, daß die Herren nicht ganz im Bilde sind!«

»Wie meinen Sie das, Frau Gerber?«

Sie schaute mich an: »Darf ich Sie fragen, Herr Pfarrer: Was machen Sie selbst eigentlich am Heiligen Abend?«

Einigermaßen verblüfft über die unerwartete Frage, überlegte ich einen Augenblick: »Ich – ja, ich habe gegen den Abend eine Weihnachtsfeier im Altersheim und dann – werde ich wohl noch einmal hinter meine Weihnachtspredigt gehen. Wissen Sie: Ich fahre erst am Weihnachtstag zu meinen Eltern und feiere mit ihnen Weihnachten.«

Die Wirtin nickte: »Das ist gut. Ich möchte Sie nämlich einladen, am Heiligen Abend zu uns in den ›Bären‹ zu kommen, so um zehn Uhr herum.« Und dann war etwas wie ein verschmitztes Lächeln in ihren Augen zu sehen: »Zu einem Augenschein am Tatort, oder wie Sie dazu sagen wollen.«

Ich war nicht wenig verwirrt über diesen seltsamen Ausgang unseres Gesprächs: »Ich weiß nicht recht.« Aber sie war offenbar entschlossen, ihren Plan durchzuführen, und streckte mir die Hand hin: »Abgemacht, Herr Pfarrer; ich freue mich, wenn Sie zu uns kommen, und die anderen werden sich sicher auch freuen.« Ich schlug ein: »Also gut denn!« Und mit einem kleinen Scherz suchte ich die Situation zu retten: »Aber wehe Ihnen, wenn meine Weihnachtspredigt nicht fertig wird!« Meine Verwirrung hatte sich noch nicht ganz gelegt, als ich schon wieder auf dem Heimweg war. Was die ›Bären-Wirtin‹ nur im Schilde führen mochte?

Es gab in den nächsten vierzehn Tagen ordentlich viel zu tun, bis ich alle Advents- und Weihnachtsfeiern hinter mir hatte. Schließlich aber war es soweit: auch die letzte – jene im Altersheim – war glücklich überstanden und damit der Heilige Abend gekommen. Für zwei Stunden setzte ich mich noch hinter meine Weihnachtspredigt, aber als es dann vom Kirchturm her zehn Uhr schlug, machte ich mich bangen Herzens auf den Weg zum ›Bären‹.

Es hatte fast den ganzen Tag über geschneit, und das Dorf lag unter einer herrlich weißen Decke. Auf meinem Weg begegnete ich keinem Menschen; aber da und dort leuchteten aus den Fenstern noch die letzten Kerzen von den Christbäumen. Ich hatte nun zwar schon einige Male Weihnachten gefeiert, aber vielleicht spürte ich jetzt auf meinem Gang zum erstenmal etwas vom verborgenen Geheimnis der »stillen, heiligen Nacht«.

Am ›Bären‹ waren die Fensterläden geschlossen, aber durch die Brettchen hindurch schimmerte Licht. Ich faßte mein Herz in beide Hände und öffnete die Türe. Ein recht unerwartetes Bild bot sich mir dar, und es war nicht nur die plötzliche Helligkeit, die mich einen Augenblick unter dem Eingang stehen ließ. Einige Tische der Gaststube waren zu einem großen Rechteck zusammengeschoben, und rundherum saßen Männer, aber auch Frauen erkannte ich unter ihnen. Der große Tisch war festlich gedeckt, und am einen Ende stand ein geschmückter Tannenbaum. Jetzt bemerkte ich auch die ›Bären-Wirtin‹, die sich erhob und mir entgegenkam.

»Seien Sie willkommen, Herr Pfarrer!« begrüßte sie mich herzlich und reichte mir die Hand. »Ich hatte schon Angst, Sie hätten uns am Ende vergessen oder wollten sich etwa drücken. Kommen Sie nur an den Tisch!« Ich begrüßte die seltsame Gesellschaft, die mich freundlich, aber ein wenig neugierig musterte, und setzte mich an den Platz, den man mir freigehalten hatte. Sogleich nahm Frau Gerber das Wort: »Ich habe meinen Gästen erzählt, weshalb Sie vor zwei Wochen bei mir waren und weshalb ich Sie auf heute zu uns eingeladen habe. Es interessiert Sie sicher, wer an meinem Tisch versammelt ist. Fang du einmal an, Hans!«

Sie hatten das offensichtlich vorher miteinander verabredet; denn nun stellte sich jeder der Anwesenden mit ein paar Worten vor und berichtete kurz etwas aus seinem Leben. Und während sie sprachen, meist stockend, unsicher und des Redens ungewohnt, gingen meine Augen immer wieder in die Runde: fast alles alte Menschen, die Spuren des harten Lebens in den Gesichtern, nicht ganz behaglich im ungewohnten Sonntagskleid, die Krawatte ungeschickt umgebunden und die borstigen Haare nur mühsam gebändigt. Und aus dem, was ich sah und was ich hörte, war mir plötzlich alles klar: Die ›Bären-Wirtin‹ versammelte am Heiligen Abend jene Menschen aus dem Dorf und aus seiner Umgebung, die zu den Außenseitern gehörten, zum Strandgut des Lebens, zu den wohl Verfemten, Verachteten und Ausgestoßenen, zu denen, für die kaum irgendwo ein Plätzchen ist in der Welt. Sie alle standen allein in ihrem Leben und auf der Schattenseite des Daseins: arme Schlucker, um die sich keiner kümmern mochte, die man kaum kannte, die nicht zählten in der Welt ihrer Mitmenschen. Aber hier hatten sie nun für ein paar Stunden einen Platz gefunden an der Wärme und im Licht. Und aus ihren unbeholfenen Worten klang immer wieder die Dankbarkeit dafür auf, daß ein Mensch ihnen ein wenig Freundlichkeit und Güte entgegenbrachte und sie an diesem Abend unter anderen Menschen sein durften.

Ich war beschämt; denn ich fühlte, daß hier in der Gaststube etwas geschah, was vielleicht christlicher und weihnachtlicher war als mancher feierliche Anlaß, den ich in den letzten Tagen erlebt hatte. Ein gutes und ausgiebiges Nachtessen kam auf den Tisch, von der Wirtin sorgfältig zubereitet und serviert. Der Wein lockerte die Stimmung auf, und bald war ein eifriges Gespräch hinüber und herüber im Gang. Auch der Nachtisch zum Schluß fehlte nicht, und als der Kaffee aufgetragen war, zündete die Wirtin die Kerzen am Baume an.

»Wenn Sie jetzt schon da sind, Herr Pfarrer, könnten Sie eigentlich ein paar Worte sagen!« Was sollte ich tun? Ich zog mein Neues Testament aus der Rocktasche und schlug die Weihnachtsgeschichte im Lukasevangelium auf: »Es begab sich aber zu der Zeit ...« So las ich langsam vor. Aber bei dem Satz »... denn sie hatten sonst keinen Raum in der Herberge« hielt ich unwillkürlich einen Augenblick inne. Wahrscheinlich spürten alle, aus welchem Grunde ich hier stockte.

Es war schon ordentlich über Mitternacht hinaus, als der letzte Gast sich verabschiedet hatte. Nun wollte auch ich mich auf den Weg machen und suchte nach den richtigen Worten, um Frau Gerber zu danken – und den Kirchengemeinderat zu entschuldigen! Sie spürte es offenbar und kam mir zuvor: »Es ist schon recht, Herr Pfarrer; man soll nicht von Dingen reden, die selbstverständlich sind.« Und dann war plötzlich wieder der leise Schalk in ihren Augen, den ich schon einmal gesehen hatte: »Darf ich noch wissen, was Sie nun dem Kirchengemeinderat sagen werden?«

»Das dürfen Sie: Ich werde sagen, daß ich hier im ›Bären‹ die schönste Feier der ganzen Weihnachtszeit erlebt habe – und es wäre schade, wenn Sie die Gaststube am Heiligen Abend schließen würden.« Als ich durch die klare, kalte Nacht heimzu ging, war mein Herz voller weihnachtlicher Freude.

Rudolf Weber

Viel zuwenig

Nach dem Besuch bei Strohbergers kann sich der Zehnjährige nicht mehr auf Weihnachten freuen. Er schämt sich der Wünsche, die er auf seinen Wunschzettel geschrieben hat. Als er dann Weihnachten noch über alle Erwartungen beschenkt wird, macht ihn das nicht glücklich, im Gegenteil. Er wird erst wieder froh, als er sein neues Fahrrad dem Peter Strohberger schenken darf.
Vorlesezeit ca. 9 Min.

Solange wir Kinder sind und sooft wir etwas verkehrt machen, denken wir wohl manchmal, es müsse gut sein, endlich zu den großen Leuten zu gehören, die nicht mehr getadelt werden und alles richtig machen. Aber das kommt nur daher, daß man das Geheimnis noch nicht weiß, das hinter dem Richtigmachen steckt.

Ob meine Mutter glaubte, immer alles richtig zu machen, weiß ich nicht. Aber das weiß ich, daß sie sich sehr darum Mühe gab, und daß sie nach dem geheimen Gesetz handelte, daß recht ist, was man aus Liebe tut.

Sicher wollte meine Mutter uns beiden Kindern rechte Dankbarkeit beibringen, als sie uns kurz vor Weihnachten zu einem Gang in das Strohbergerhaus mitnahm. Bei Strohbergers waren auch zwei Kinder und eine alte Großmutter, die fast taub war, und dann noch die junge Frau Strohberger, die im Bett lag. Einen Vater gab es nicht. Er sei davongegangen, hieß es. Vielleicht war er auch im Gefängnis. Seitdem war die Mutter so elend und krank. Diesen Leuten wollte meine Mutter eine Weihnachtsfreude bereiten, und vielleicht nahm sie uns Kinder nur mit, weil sie nicht alles allein tragen konnte, den Weihnachtsbaum und die Pakete mit Geschenken und Christstollen und Pfefferkuchen. Vielleicht wollte sie uns auch Dankbarkeit dafür lehren, daß wir unseren Vater noch hatten und eine schönere Wohnung und so viele gute Dinge, die wir wohl immer zu sehr als Selbstverständlichkeit nahmen. Aber sie wollte gewiß nicht, daß mir die ganze Weihnachtsfreude verging und daß ich mich nach diesem Besuch auf unsere Bescherung am nächsten Tag gar nicht mehr freuen konnte, wie es doch nach diesem Besuch bei Strohbergers kam.

Meiner Schwester ging es anders. Sie war noch kleiner und spielte mit dem Hannele Strohberger, während ich der Mutter beim Auspacken half und dem Peter Strohberger, der in meinem Alter war, die Gaben aufbaute. Er kam nur zögernd heran, sagte »Danke sehr!« und machte ein trauriges und verschlossenes Gesicht. »Spielst du gern Baukasten?« fragte ich. Er schüttelte den Kopf und sah ängstlich nach der Großmutter hin. Sie verstand nicht, was wir sprachen, aber ihr strenger Blick ging zwischen Peter und dem Wecker auf dem Wandbrett hin und her. »Ich muß Zeitungen austragen!« sagte Peter und lief aus dem Zimmer. Dann baute ich langsam die Gaben fertig auf. Es waren auch Handschuhe für Peter dabei. Nach dem Fest würde er nicht mehr mit nackten Händen in die Kälte hinauslaufen müssen. Vielleicht freute er sich dann. Aber ich konnte mich nicht mehr freuen, nicht an diesem Tag und nicht am nächsten, der uns die Bescherung bringen sollte.

Ich mußte immer an Peter denken, der sich nicht freuen konnte.

Bestimmt ermaß ich damals noch nicht die Schwere des Schicksals, das auf Strohbergers lag. Aber ich schämte mich all der Wünsche, die ich auf meinen Wunschzettel geschrieben hatte, und in einem Winkel meines Gemütes war ich meiner guten Mutter gram, daß sie mich zu Strohbergers mitgenommen und mir die Weihnachtsfreude verdorben hatte.

Dann war der Heilige Abend da, und ich war fast so ernst und still wie Peter. Die Mutter hatte bis zuletzt zu tun. Aber mein Vater, in dessen Arbeitszimmer wir warten mußten, bis die Mutter mit den Vorbereitungen fertig war, bemerkte es wohl. Er sah mich ein paarmal mit seinen guten Augen an, als wolle er etwas fragen. Doch sagte er nur: »Als ich zehn Jahre alt war, durfte ich am Heiligen Abend die Weihnachtsgeschichte vorlesen. Von jetzt an darfst du's auch.«

Da kam die Mutter aus dem Weihnachtszimmer. Vater brannte die beiden Leuchter auf dem Schreibtisch an und schaltete das Licht aus. Nun war es der Vorraum zum Weihnachtsreich, still und feierlich. Mutter setzte sich ans Klavier und spielte »Stille Nacht, heilige Nacht«. Dann las ich aus dem alten Buch die liebe heilige Geschichte. Und während Vater nun nebenan die Kerzen anzündete, sangen wir noch mit unserer Mutter: »Vom Himmel hoch, da komm ich her« – dann tat sich weit die Tür zum Weihnachtszimmer auf, und wir standen im Glanz und Lichterschein vor den Gabentischen. Wir wurden über alle Erwartungen beschenkt. Das Schönste und Wunderbarste war ein Fahrrad mit tiefgestelltem Sattel. Der Wunsch war so groß und so heimlich gewesen, daß ich nicht einmal gewagt hatte, ihn auf den Wunschzettel zu schreiben. Ich stand sprachlos davor.

Nach einer Weile spürte ich, daß mein Vater seine Hand auf meine Schulter legte. »Was ist mit dir? Freust du dich denn gar nicht?« Da sagte ich leise: »Ja, ich danke euch auch sehr.« Mein Vater ließ mich los und ging zu meiner Schwester. Später spielte er auf der Geige noch schöne Weihnachtsstücke. Aber mir wollten immer die Tränen kommen.

Als ich später im Bett lag, setzte sich mein Vater neben mich. »Kann ich dir noch irgendeine Freude machen?« fragte er. »Hast du noch einen Wunsch?« – »Ich habe so viel bekommen«, sagte ich, »viel zuviel.« Mein Vater ging still zur Tür. Da sprang ich aus dem Bett und lief ihm nach. »Vater«, sagte ich, »darf ich das Fahrrad dem Peter Strohberger schenken?« – »Ich will mit Mutter sprechen«, sagte er.

Nach einer Weile kam er wieder und sagte: »Gleich morgen früh!«

Ich bekam auch erst fünf Jahre später wieder ein eigenes Fahrrad. Ob der Peter das Rad zum Zeitungsaustragen gut hat brauchen können, weiß ich nicht mehr. Ich weiß nur, daß ich an dem Abend glücklich einschlief.

Damals waren wir noch Kinder, und es konnte uns Frieden geben, wenn wir einem armen Peter ein Fahrrad schenkten. Jetzt aber weiß ich längst: Wir wünschen uns viel zuviel und schenken viel zuwenig. Und wir feiern doch Jahr für Jahr den Geburtstag des Einen, der sich selbst hinschenkte. Nein, wir Menschen schenken viel zuwenig. Wolfgang Zenker

Die Geschichten auf einen Blick

Inhaltliche Schwerpunkte	Titel	Vorlesezeit in ca. Min.	Monat	Seite
Sich für andere verantwortlich fühlen	Was hast du aus ihm gemacht?	5	1	38
	Für zwei Wochen einen Sohn	11	5	180
	Ines	11	7	242
	Eine immer offene Tür	18	7	270
	Meine Bahnhofsbekanntschaft	16	7	277
	Brot im Müll	6	9	353
	Zweimal Anklage	7	9	356
	Janeks Faterland	16	10	386
	Der schwarze Christus	8	10	404
	Uri auf der Demo	20	10	407
	Der mahnende Traum	11	11	434
	Raum in der Herberge	18	12	478
Generationskonflikt	Engelsgesicht	12	3	101
	Fräulein Berta	6	4	116
	Das machen wir immer so	8	4	140
	Frühling in der Gerberstraße	7	4	149
	Das belauschte Gespräch	6	5	163
	Frage oder Antwort	7	5	189
	Wegen der Freude	6	9	337
Errettung, Versöhnung, Wiedergutmachung	Mutter Christine	11	3	38
	Die Ostergnade	18	4	131
	Der Osterkuß	8	4	137
	Errettung	7	6	224
	Fahr mit Gott, Lutka	12	7	250
	Das größere Glück	24	7	254
	Der Mann aus Wladiwostok	8	9	346
	Jüterbog	9	10	371
	Das Gericht	19	10	379
Leid und Dunkel sind nicht das Letzte	Hoffnung wird groß geschrieben	7	1	22
	Die Straße blüht	10	2	66
	Die Gondel	11	7	246
	Dankbarkeit für die Ernten unseres Lebens	8	9	340
	Ein Dank an Gottvater	13	9	349
	Dies unnütze Leben	14	10	399
	Der lächelnde Engel	8	11	418
	Das Ständchen des Stadtpfeifers	9	11	425
	Als ich die Ewigkeit entdeckte	9	11	428

Inhaltliche Schwerpunkte	Titel	Vorlesezeit in ca. Min.	Monat	Seite
Leid und Dunkel sind nicht das Letzte	Die Witwe	6	11	437
	Hügel der Erinnerung	7	11	440
	Turmmusik	8	11	443
	Das Lichtkreuz	8	11	446
	Der Flüchtling und der Weihnachtsbaum	18	12	458
Mut haben	Die afrikanische Mama	12	3	88
	Ein Ballen Flanell	20	3	105
	Meine ungehorsame Mutter	11	4	123
	Dollys Taufe	24	6	206
	Die Wand	15	10	391
Phantasie entwickeln	Die geschwänzte Urlaubsreise	9	7	262
	Der Reisekoffer	9	7	265
	Guter Trick im Geschäft	6	8	318
	Das häßliche Bild	11	9	343
	Die Dresdener Nachtigall	8	11	431
Neue Perspektiven und Aktivitäten, neue Lebensinhalte	Begegnung mit dem Evangelisten Lukas	9	1	14
	Bäume pflanzen in Tansania	15	1	17
	Jeder neue Tag ein Anfang	10	1	24
	Das Schönheitsmittel	8	2	44
	. . . in ihrem Alter!	12	2	57
	Flügel abzugeben	15	6	227
	Fräulein Bomses Feriengäste	8	7	268
	Das Altenheim auf dem Land	25	8	309
	Uri auf der Demo	20	10	407
	Kommt, wir gehn nach Bethlehem	17	12	452
	Es war ein gesegneter Abend	7	12	473
	Die Frau in der dritten Bank	8	12	475
Frauenleben	Wer sein Leben hingibt	12	3	74
	Das Geheimnis der alten Dame	6	3	82
	Die Mutter der Wölfe	10	3	85
	Der Maiglöckchenstrauß	8	3	93
	Bereitschaft zum Glück	15	3	96
	Die Mutter	16	5	157
	Betriebsausflug bei Bortschiaks	16	5	165
	Haushälterin bei Frau Hadler	10	5	170
	Eine ganz alltägliche Frau	10	5	174
	Die Frau des Petrus	9	6	196
	Tante Lu und der Kirchentag	8	6	215

Inhaltliche Schwerpunkte	Titel	Vorlesezeit in ca. Min.	Monat	Seite
Zum Nachdenken	Warum, warum bist du nicht Susja gewesen?	6	1	12
	Die echte Liebe	9	1	30
	Oh, möge doch dein Herz so rein	5	2	46
	Über das Reden	8	8	296
	Der alte Häuptling	5	9	334
	Danken	4	9	336
Legenden und Beispiel-geschichten	Iljas	16	1	33
	Der Heidenpriester	20	6	199
	Ein seltsames Bild	9	6	232
	Die Hartherzigen ernährt er nicht	10	9	359
	Der wundersame Austausch	12	10	375
	Die drei Fragen	12	11	421

Autorenregister und Quellenverzeichnis

Altendorf, Wolfgang
Errettung S. 224 – Rechte beim Autor –
Andres, Stefan
Fahr mit Gott, Lutka S. 250 – © Agentur Bölzle, Dusslingen
Anthes, Natalie
Dies unnütze Leben S. 399 – © Gayda-Press, Günzburg
*Autry, Ewart
Schluß mit dem Gejammer S. 300

Bergengruen, Werner
Die Ostergnade S. 131 – © Agentur Bölzle, Dusslingen
Blau, Günther
Gisberts gelöste Zunge S. 200 – Rechte beim Autor –
Bourfeind, Paul
Das geheimnisvolle Ostergeschenk S. 146 – © Gayda-Press, Günzburg
Breuer, Alwine
Oh, möge doch dein Herz so rein S. 46 – Rechte bei der Autorin –
Brese, Grete
Die Frau in der dritten Bank S. 475 – © Gayda-Press, Günzburg
Brückner, Christine
Hügel der Erinnerung S. 440 – © Agentur Bölzle, Dusslingen
Buck, Albert
Das Ständchen des Stadtpfeifers S. 425; Der Mann aus Wladiwostok S. 346 – Rechte beim Autor –
Bürstmayr, Hannelore
Ines S. 242 aus: „Hoffentlich bald“, Herder-Verlag, Freiburg

Czerski, Alexander
Mutter Christine S. 78 aus: „Banale Geschichten“, Bleicher Verlag, Gerlingen

Deichl, Erika
Festliche Invasion S. 467 – © Gayda-Press, Günzburg
Dillmann, Erika
Die geschwänzte Urlaubsreise S. 262 – © Gayda-Press, Günzburg

Eggenberg, Paul
Eine Tür tut sich auf S. 470 – Rechte beim Autor –

Fedke, Erika
Die Idee S. 156 – © Gayda-Press, Günzburg

Fierz-Herzberg, Tiny
Fräulein Bomses Feriengäste S. 268 – © Agentur Bölze, Dusslingen

Grandt, Herta
Der mahnende Traum S. 434; Wer sein Leben hingibt S. 74 – © Gayda-Press, Günzburg
*Groß, Gert
Das Geheimnis der alten Dame S. 82

*Hambraeus, Axel
Der Flüchtling und der Weihnachtsbaum S. 458; Dollys Taufe S. 206
Heimeran, Ernst
Über das Reden S. 296 – © Gayda-Press, Günzburg
*Hempel, Rudolf
Ein seltsames Bild S. 232; Hoffnung wird groß geschrieben S. 22
Heynicke, Kurt
Das Lächeln der Madonna S. 324 – © Gayda-Press, Günzburg
Hlauschka-Steffe, Barbara
Bäume pflanzen in Tansania S. 17 – Rechte bei der Autorin –
Hochrain, Helmut
Brot im Müll S. 363 – Rechte beim Autor –
Hönick, Eva
Sorgen um Hubert S. 177; Rufmord S. 306 – © Gayda-Press, Günzburg
Hoffmann, Hans
Verspielte Freiheit S. 127 – Rechte beim Autor –
*Hoffmann, Ruth
Ein Ballen Flanell S. 105

Iljenkow, W.
Die Mutter S. 157 – © Agentur Bölzle, Dusslingen

Joachimi, Hans
Kleines Vorspiel mit Schwiegersohn S. 53 – © Gayda-Press, Günzburg

Kaergel, Dieter
Als ich die Ewigkeit entdeckte S. 428 – Rechte beim Autor –
Keller, A.
Die Mutter der Wölfe S. 85 – © Gayda-Press, Günzburg
Klevinghaus, Wilma
Der Maiglöckchenstrauß S. 93 – Rechte bei der Autorin –
Kohler, Heidi
Die Lupe S. 464 – Rechte bei der Autorin –
Kopsch, Kong K.
Zweimal Anklage S. 356 – © Agentur Bölzle, Dusslingen
Kubelka, Margarete
Begegnung mit dem Evangelisten Lukas S. 14; Das häßliche Bild S. 343; Das Lichtkreuz S. 446; Der Osterkuß S. 137; Der Reisekoffer S. 265; Der schwarze Christus S. 404; Die Witwe S. 437; Suleimann und der Osterhase S. 142 – Rechte bei der Autorin –

Langner, Margot
Das Schönheitsmittel S. 44; Die Straße blüht S. 66 aus: „Pfennigfreuden", Evangelische Verlagsanstalt, Berlin
Lütgen, Kurt
Turmmusik S. 443 – Rechte beim Autor –

Mahlow, Erika
Na und? S. 63 – © Gayda-Press, Günzburg
Marggraf, Friedl
Auf der Sonnenbank S. 302 – Rechte bei der Autorin –
Mertens, Heinrich A.
Die Hartherzigen ernährt er nicht S. 359 aus „Die Messiastrompete", J. Pfeiffer, München, 1985
Mews, Sibylle
Der wundersame Austausch S. 375 – Rechte bei der Autorin –
Mitterhöfer, Jacob
Der alte Häuptling S. 334 aus: „Hoffentlich bald", Herder-Verlag, Freiburg

Neugebauer, Ingeborg
. . . in ihrem Alter! S. 57 – © Gayda-Press, Günzburg
Nick, Dagmar
Eine immer offene Tür S. 270 – © Agentur Bölzle, Dusslingen
Nikolay, Ruth
Das machen wir immer so S. 140
Noack, Hans-Georg
Die Wand S. 391 – Rechte beim Autor –

Pausewang, Elfriede
Das Altenheim auf dem Land S. 309; Ein Dank an Gottvater S. 343; Jüterbog S. 371; Kommt, wir gehn nach Bethlehem S. 452 – Rechte bei der Autorin –
Pausewang, Gudrun
Frau Becht hat recht S. 283 aus: „Ich hab einen Freund in Leningrad"; Uri auf der Demo S. 407 aus: „Frieden kommt nicht von allein", Otto Maier Verlag, Ravensburg
Pätz, Irene
Eine ganz alltägliche Frau S. 174 – Rechte bei der Autorin –
Perlitz, Manfred
Die afrikanische Mama S. 88 – Rechte beim Autor –
Probst, Anneliese
Es war ein gesegneter Abend S. 473 – © Union Verlag, Berlin

Raatma, Salme
Die Knopfsitzung S. 184; Flügel abzugeben S. 227 – Rechte bei der Autorin –
Rein, Heinz
Die Klatschbase S. 320 – Rechte beim Autor –
*Ringeling, Gerhard
Der Heidenpriester S. 199

de Santerre, Maximilien
Janeks Faterland S. 386 – Rechte beim Autor

Wegner, Willi
Haushälterin bei Frau Hadler S. 170 – Rechte beim Autor –
Wiemer, Rudolf Otto
Tante Lu und der Kirchentag S. 215 – Rechte beim Autor –
Wolf, Peter
Für zwei Wochen einen Sohn S. 180 – © Rudolf Arold, Nürnberg

Zacharias, Ernst
Die Akazie S. 397 – © Gayda-Press, Günzburg
Zenker, Rudolf
Der lächelnde Engel S. 418; Die Dresdener Nachtigall S. 431; Die Leute von Zimmer 17; S. 238; Viel zuwenig S. 484 – © Gayda-Press, Günzburg
Zschörnig, Margarete
Die Überraschung S. 48; Frühling in der Gerberstraße S. 149; Liebesbriefe S. 28 © Gayda-Press, Günzburg

*Hier konnten wir keinen Rechtsinhaber ausfindig machen. Für Hinweise sind Herausgeber und Verlag dankbar.